LUCY DILLON

Liebe kommt auf sanften Pfoten

Buch

Als ihr Mann Ben plötzlich und unerwartet durch einen Herzinfarkt stirbt, bricht Juliets Welt wie ein Kartenhaus in sich zusammen. Sechzehn Jahre lang waren die beiden ein glückliches Paar, fünf davon verheiratet. Sie hatten so viele Pläne, wünschten sich Kinder – aber das Einzige, was Juliet von Ben bleibt, ist sein Hund Minton, ein quirliger Jack-Russell-Terrier.
Witwe mit Anfang dreißig? Das Leben scheint zu Ende. In ihrer Trauer zieht die junge Frau sich zurück und schottet sich in ihrer Wohnung in Longhampton ab. Ihre Arbeit als Konditorin hat sie längst an den Nagel gehängt.
Einzig von ihrer Mutter Diane lässt Juliet sich helfen – und die setzt alles daran, ihre Tochter zurück ins Leben zu holen. Als Diane Juliet bittet, sich um die Labradorhündin Coco zu kümmern, geraten die Dinge in Bewegung, und Juliets Leben nimmt eine neue Wendung. Ehe sie es sich versieht, hat nicht nur Coco sie um die Pfote gewickelt – plötzlich ist sie Tiersitterin für die Vierbeiner der halben Stadt. Darunter auch die Spanieldame Damson. Die erobert Juliets Herz im Sturm, und Damson hat ein äußerst charmantes Herrchen ...

Autorin

Lucy Dillon kommt aus Cumbria, einer Grafschaft im Nordwesten Englands, und lebt in London und Wye Valley. Seit Kurzem hat sie zwei eigene vierpfotige Herzensbrecher, die beiden Basset Hounds Violet und Bonham.

Außerdem von Lucy Dillon bei Goldmann lieferbar:

Herzensbrecher auf vier Pfoten. Roman (47422)

Lucy Dillon

Liebe kommt auf sanften Pfoten

Roman

Aus dem Englischen
von Sina Baumanns

GOLDMANN

Die Originalausgabe erschien 2010 unter dem Titel
»Walking Back To Happiness«
bei Hodder & Stoughton, London.

Verlagsgruppe Random House FSC-DEU-0100
Das FSC®-zertifizierte Papier *München Super* für dieses Buch
liefert Arctic Paper Mochenwangen GmbH.

1. Auflage
Deutsche Erstveröffentlichung Oktober 2012
Copyright © der Originalausgabe 2010 by Lucy Dillon
Copyright © der deutschsprachigen Ausgabe 2012
by Wilhelm Goldmann Verlag, München,
in der Verlagsgruppe Random House GmbH
Umschlaggestaltung: UNO Werbeagentur, München
Umschlagillustration: Hodder & Stoughton unter Verwendung
von Fotos von Getty Images/Roberto Westbrook
Redaktion: Ilse Wagner
LT · Herstellung: Str.
Satz: omnisatz GmbH, Berlin
Druck und Bindung: GGP Media GmbH, Pößneck
Printed in Germany
ISBN: 978-3-442-47758-6

www.goldmann-verlag.de

Für Isobel

1

Bens und Juliets Jack-Russell-Terrier wurde auf den Namen Minton getauft, weil sie auf dem Weg zur Hundeauffangstation im Radio einen schrecklich schlechten Witz über einen Hund namens Minton gehört hatten, der einen Badminton-Federball verschluckt hatte. Er war ein böser Hund gewesen. *Bad Minton.*

»Bad Minton!«, hatte Ben fröhlich gerufen. »Einen besseren Namen für einen Hund gibt's einfach nicht!«

Sie hatten gerade Longhampton verlassen und waren an dem großen Kirschbaum vorbeigefahren, der die Spitze des Hügels in ein rosafarbenes Blütenmeer tauchte. Das war vor drei Jahren gewesen, am Maifeiertag – der erste Tag seit Monaten, den Ben sich freigenommen hatte. Juliet konnte sich noch genau an seinen Blick erinnern, als Ben im Auto zu ihr herübergesehen hatte. Die Lachfältchen an seinen Augen hatten gezeigt, wie köstlich er sich über diesen albernen Witz amüsierte. »*Bad* Minton! Hast du den Witz verstanden, Jools? Badminton? Haha, hahaha!«

Jener Moment hatte sich in ihr Gehirn eingebrannt, weil er zwei typische Eigenschaften Bens verdeutlicht hatte. Einmal war da sein Gelächter gewesen, in das er als echter Naturbursche mit einem robusten Körperbau oft und unerwartet ausgebrochen war. Dies war so ansteckend gewesen, dass auch Juliet immer hatte mitlachen müssen; gleich vom ersten Mal an, als sie sein Lachen in der Schule – nach einem ebenso schlechten Witz – zum ersten Mal gehört hatte.

Der zweite Punkt war der Kirschbaum gewesen. Ben hatte ihn geliebt. Als Landschaftsgärtner hatte er ohnehin eine abgöttische Leidenschaft für Bäume im Allgemeinen gehegt, doch dieser Kirschbaum war von allen Bäumen in der ganzen Stadt sein Lieblingsbaum gewesen. Nicht ein einziges Mal waren sie in all den Jahren im Frühling an diesem Baum vorbeigefahren, ohne dass Ben Juliet das Versprechen abgenommen hatte, dass, sollte er vor ihr sterben, sie einen solchen Kirschbaum pflanzen müsse, damit sie beim Blick auf die rosafarbenen Blütenkaskaden wenigstens ein Mal im Jahr glücklich sei.

Im Augenblick konnte Juliet den Gedanken daran nicht ertragen. Sie hatte sich eine neue Strecke ausgesucht, um aus Longhampton hinauszufahren, weil allein schon der Anblick dieses Kirschbaumes dazu führte, dass ihr am Lenkrad die Tränen kamen und diese ihr die Sicht gefährlich verschleierten.

Der ungepflegte kleine Terrier, der ihnen in der Auffangstation gezeigt worden war, hieß eigentlich Dodger. Zwischen ihm und Ben war es Liebe auf den ersten Blick gewesen, und so war aus Dodger kurzerhand Minton geworden. Mit seiner eifrigen, lernbegierigen Art und dem kurzen Wackelschwanz sah er genau wie der Typ Hund aus, der auf der Stelle einen Federball verschlucken würde, nur um sein Herrchen zum Lachen zu bringen. Noch während sie mit der Managerin der Auffangstation im Gespräch gewesen waren, hatte er das volle Programm von »Sitz!«, »Platz!« und »Gib Pfötchen!« dargeboten.

Von seinem Körbchen aus starrte Minton Juliet traurig an. Sein Fell war sahnefarben, mit Ausnahme eines einzigen braunen Flecks rund um das linke Auge. Darum hatte Juliet »Pirat« oder »Captain Hook« vorgeschlagen, doch diese Namen waren auf taube Ohren gestoßen; Minton und Ben hatten einander längst schon Pfötchen gegeben.

Von jenem Augenblick an war Minton Bens Hund gewesen. Und das, obwohl Juliet Minton Futter gab, hinter ihm sauber machte und ihm die Socken aus dem Maul zerrte. Ben nahm ihn zur Arbeit mit – wobei Minton im Kastenwagen vorn auf dem Beifahrersitz Platz nehmen durfte –, und beim Spazierengehen passte sich der kleine Terrier sofort Bens langen Schritten an. Dennoch waren Minton und Juliet seitdem beste Freunde. Manchmal fragte sie sich sogar, wer hier auf wen aufpasste.

»Juliet, du siehst müde aus. Isst du auch genug?«

Sie sah zu Minton hinüber und nickte.

»Juliet!«

Juliet kniff die Augen zusammen. Sie hätte schwören können, dass Minton gerade die Augen verdreht hatte.

Widerwillig riss sie sich von Mintons Anblick los und schaute ihre Mutter an. Diane saß auf einem mit einem Tuch abgedeckten Stuhl, die Knie fest aneinandergepresst. Die Züge ihres eigentlich gütigen Gesichts waren angespannt vor Sorge – und der Anstrengung, diese zu verbergen. Ben hatte über seine Schwiegermutter immer gesagt, dass für sie selten das Glas halb voll war, sondern dass sie eher zu den Menschen gehörte, für die das Glas stets halb leer war und eben aus *Glas* bestand – kurzum, für ihn war sie von Natur aus besorgt.

»Du isst gar nichts«, fuhr Diane fort. »Ich habe gerade einen Blick in deinen Kühlschrank geworfen. Dort steht immer noch das ganze Essen, das ich dir letzte Woche gebracht habe. Und das jetzt abgelaufen ist. Dabei waren das wirklich tolle Sachen«, fügte Diane ein wenig verbittert hinzu. »Alles Fertiggerichte von M&S. Du hättest nicht einmal selbst kochen müssen.«

»Mum, mir geht's gut. Oder sehe ich etwa aus, als würde ich gleich verhungern?«

Diane schielte zu ihrer Tochter hinüber. »Ja«, erwiderte sie schließlich. »Eigentlich siehst du so aus.«

Juliet wusste jedoch genau, dass dem nicht so war. Während der zehn Jahre, in denen sie als professioneller Caterer gearbeitet und sich auf Gourmetgebäck und Cupcakes für Hochzeiten spezialisiert hatte, hatte sie sich einige Speckröllchen zugelegt, die selbst jetzt noch nicht abgebaut waren. Zugegeben –

ihr war einfach nicht danach, sich ein Steak mit Kidney Pie reinzuziehen, auch wenn es sich dabei um eine Luxusvariante mit Bio-Zutaten handelte. Im Gegensatz dazu war es jedoch erstaunlich, wie gut sie immer noch KitKats hinunterbekam. Davon konnte sie dann auch gleich eine ganze Packung futtern. Was sie manchmal auch tat. Schließlich war niemand da, der sie davon abhielt.

Juliet sah auf ihre Hände hinunter, die nun *tatsächlich* älter und dünner aussahen. Rund um ihren goldenen Ehering hatten sich feine Fältchen gebildet. Das waren Witwenhände, wie sie im Buche standen. Diese Erkenntnis verschaffte ihr eine morbide Zufriedenheit; dies war etwas, was sie allen Leuten entgegenhalten konnte, deren Mienen ihr zu verstehen gaben: Aber du bist doch noch zu jung, um eine Witwe zu sein! Als ob der Verlust des einen Menschen, der ihr Leben gewesen war, irgendwie weniger verheerend, weniger *real* sein sollte, nur weil sie erst einunddreißig Jahre alt war.

»Du musst auch mal an die frische Luft gehen.« Diane machte eine bedeutungsvolle Pause. »Minton braucht mehr Bewegung. Du lässt ihn im Stich, wenn du ihn nur hier bei dir einsperrst.«

Jede noch so kleine Andeutung, sie würde Bens Hund vernachlässigen, zwang Juliet automatisch zu einer Antwort. »Ich *gehe* mit ihm Gassi!«, protestierte sie.

»Wann denn?«

»Wenn ich bei *Tesc…*« Sie biss sich auf die Lippe und schaute auf.

Ihre Blicke trafen sich, und sie sah Dianes kummervollen Blick. Juliet war sofort klar, dass sie Bescheid wusste. Es hatte also keinen Sinn, die Sache zu leugnen. Mehr noch: Die Miene ihrer Mutter – verwirrt, nicht nur mitleidig – führte dazu, dass sie das Kinn reckte und zu Ende sprach.

»Wenn ich bei *Tesco* einkaufen gehe. Dann gehe ich mit ihm Gassi.«

»Und wann gehst du zu *Tesco*?«, beharrte Diane.

Juliet schwieg.

»Kathy Gibbon hat dich gesehen«, fuhr ihre Mutter unbeirrt fort. »Als sie von ihrer Nachtschicht im Krankenhaus nach Hause ging. Da hat sie dich auf dem Parkplatz gesehen. Oh, Juliet! Wer erledigt denn seine Einkäufe um *vier Uhr in der Früh*?«

»Diejenigen, die gern in den Supermarkt gehen, wenn es dort schön leer und ruhig ist. Wenn der Laden nicht voller Leute ist, die einen fragen, wie man so etwas verkraftet.« Juliet klopfte sich auf den Schoß, und schon sprang Minton neben ihr aufs Sofa und lehnte sich mit seinem kleinen Körper an sie. »Minton stört das nicht. Er hat einen dieser Bälle, die von innen beleuchtet sind. Das ist lustig. Nicht wahr?«, fuhr Juliet, an Minton gerichtet, fort.

Minton schloss vor Vergnügen die Augen, als sie ihn hinter den Ohren kraulte. Minton glücklich zu machen war nicht schwierig.

»Ich mache mir auch eher Sorgen um dich, wenn du mitten in der Nacht allein durch die Gegend wanderst.« Dianes Stimme zitterte, da sich in ihrem Kopf offensichtlich sämtliche Horrorszenarien abspielten, die einer Frau und einem kleinen Hund im Longhamptoner Einkaufszentrum zu so später Stunde zustoßen könnten. »Dir könnte dabei sonst was passieren!«

Angesichts dieser Ironie hätte Juliet beinahe lachen müssen. Würde man sie überfallen, so käme sie wenigstens auf andere Gedanken.

»Mum, was wäre denn das Schlimmste, was mir zustoßen könnte? Mein Mann ist vor acht Monaten gestorben; ich bin eine Köchin, die arbeitsunfähig ist, weil sie keinen Geschmackssinn mehr hat, und unser Haus, in dem wir bis ans sogenannte Ende unserer Tage leben wollten, wird angesichts des Immobilienmarktes für immer an mir hängenbleiben. Die Gefahr, überfallen zu werden, macht mir keine Angst. Ich könnte das Schmerzensgeld eigentlich sogar ganz gut brauchen, um damit ein neues Badezimmer zu finanzieren.«

Entsetzt riss Diane die Augen hinter ihrer Brille auf, und Juliet vermisste Ben zum fünften Mal an diesem Tag, dieses Mal wegen seines unglaublich schwarzen Humors. Genauer betrachtet waren sie beide sogar die Einzigen in der Familie gewesen, die *überhaupt* über Humor verfügten.

Es sind diese kleinen Dinge, die ich seit deinem Tod vermisse, dachte sie und kämpfte gegen die Wehmut an, die mit einem Mal über sie kam – selbst jetzt. Ich kann mich einfach nicht an Augenblicke wie diesen gewöhnen, wenn ich mich noch mieser fühle, als wenn ich allein bin, weil ich genau weiß, dass du jetzt gelacht hättest und dies einer unserer Insiderwitze geworden wäre.

Beim Gedanken an die vielen Insiderwitze, die über fünfzehn Jahre hinweg zusammengekommen und nun von einer Sekunde auf die andere verloren waren, zuckte Juliet zusammen.

»Hat es im Einkaufszentrum Überfälle gegeben?«, fragte Diane entsetzt.

»Nein, Mum, da ist alles total sicher.« Juliet hätte sich ohrfeigen können: Dies würde nun ein weiterer Punkt auf Dianes und Louises Liste von Orten werden, die für Toby zu gefährlich waren. Dazu zählten schon das Kinderparadies, in dem irgendein Kleinkind eine Murmel verschluckt hatte, das Café an der High Street, in dem Hunde erlaubt waren, und nun auch das Einkaufszentrum.

Anstatt sich hinzulegen, drehte sich Minton unaufhörlich auf Juliets Schoß, um eine gemütliche Schlafposition zu finden. Früher hatte er Gesellschaft stets geliebt, doch mittlerweile schien er Juliets Abneigung gegenüber Besuchern, die ihre Einsamkeit störten, zu teilen.

»Das arme Kerlchen.« Diane seufzte. »Schläft er immer noch an Bens …«

»Ja«, unterbrach Juliet sie schnell. »Soll ich uns eine Tasse Tee kochen?« Sie stand auf und war erleichtert, sich bewegen zu können.

Diane und Minton folgten ihr in die Küche, die immer noch weder Küchenschränke noch einen anständigen Fußboden besaß. Ganz zu schweigen von Fliesen. Ben und sie hatten sich am Tag vor seinem Tod das Hirn zermartert auf der Suche nach Ideen für ihre ideale Küche. In der Annahme, dort bald schon neue Küchenschränke aufzubauen, hatten sie unbekümmert die alte, schäbige MDF-Küchenzeile herausgerissen. An den nackten, aber immerhin verputzten Wänden hingen herausgerissene Magazinseiten, die sie mit Tesa befestigt hatten und die mittlerweile ziemlich zerknittert und zerfleddert waren.

Ohne hinzuschauen, wusste Juliet, dass ihre Mutter das Chaos um sie herum musterte und die losen Kabel und scharfen Kanten kritisch beäugte. Juliets Schwester Louise war ein paarmal mit Toby, ihrem Sohn, hier gewesen, hatte aber streng darauf geachtet, dass Toby zu seiner eigenen Sicherheit schön im Wohnzimmer oder in seinem Buggy angeschnallt blieb.

»Ich könnte deinen Dad bitten herzukommen, damit er sich um den Putz kümmert«, schlug Diane vor, als sei ihr das Problem erst jetzt ins Auge gesprungen. »Mit Spachtelmasse kann er ganz gut umgehen.«

»Das ist wirklich nett, aber nicht nötig.« Juliet zog den Stecker des Toasters aus dem Netzadapter und schloss stattdessen nun den Wasserkocher an den Strom an. Eric, ihr Vater, schaute bereits einmal pro Woche vorbei, um für sie den Garten zu machen. Das war okay; es war schon ein Running Gag in der Familie, dass Juliet das krasse Gegenteil eines grünen Daumens besaß, und außerdem kümmerte sich Eric gern um die Gartenarbeit. Er behauptete, es nicht mit ansehen zu können, wie die viele Arbeit, die Ben in den Garten gesteckt hatte, vom Unkraut zunichtegemacht wurde. Insgeheim vermutete Juliet jedoch, dass er verhindern wollte, dass sie mit scharfen Werkzeugen hantierte. Seit Bens Tod war sie so sehr neben der Spur, dass sie sich beim Rasenmähen wahrscheinlich einen Fuß abtrennen würde.

Die Renovierungsarbeiten waren jedoch etwas völlig anderes, und sie wehrte sich strikt gegen jede Einmischung ihrer Familie – ganz gleich, wie gut es alle mit ihr meinten. Sie und Ben hatten große Pläne für die Küche gehabt; sie sollte das Herzstück ihres ersten richtigen eigenen Hauses werden. Sie hatten einen Original-Aga-Ofen kaufen wollen (cremefarben, gebraucht, aber gut in Schuss), auf dem ein Wasserkessel pfeifen und sich vorn eine Stange zum Trocknen von Geschirrtüchern befinden sollte. Minton hätte sich im Winter gemütlich davor zusammenrollen können, und sie selbst hätte auf dem Ofen Marmelade gekocht und Pfannkuchen gebacken. Wenn sie die Augen schloss, hörte Juliet immer noch Ben, der ihr erklärte, wie er die original viktorianischen Kacheln renovieren, maßgeschneiderte Regale zimmern und für sie ein wahres Bäckerparadies bauen wollte.

Das waren die ursprünglichen Pläne gewesen. Im Augenblick benutzte Juliet jedoch immer noch den Toaster und den Reisewasserkocher, die sie schon im College besessen hatte.

»Es ist besser, wenn alles so bleibt, wie es ist«, erklärte sie stur und spürte beinahe körperlich den verzweifelten Blick ihrer Mutter, den sie über das Chaos schweifen ließ.

»Aber du musst hier irgendwie leben können, Schatz«, entgegnete Diane. »Schließlich geht das Leben weiter.« Schuldbewusst schluckte sie. Ohne sich umzudrehen, wusste Juliet, dass ihre Mutter die Hand vor den Mund presste; sie sah ihre schmerzerfüllte Miene im Spiegel gegenüber. »Tut mir leid, ich wollte nicht …«

Juliet nahm einen Lappen und wischte die Toastkrümel von der improvisierten Arbeitsplatte, die noch vom Frühstück übrig geblieben waren. »Ich werde Handwerker rufen. Die wollen bestimmt alles so sehen, wie es ist. Damit sie einen besseren Überblick darüber bekommen, was alles getan werden muss.«

»Das sagst du schon seit Wochen. Ich weiß, wie schwer das ist, aber Ben würde bestimmt nicht wollen, dass du in einem

Haus ohne anständige Dusche lebst.« Diane gab sich Mühe, stark zu sein, doch ihre Stimme versagte. »Lass mich Keith anrufen. Unseren Wintergarten hat er ganz wunderbar hinbekommen. Du wirst kaum merken, dass er überhaupt da ist. Wenn Geld das Problem ist, dann können dein Vater und ich dir aushelfen. Nur ein paar Zimmer! Nur so viel, dass ich weiß, dass du nicht in einer Baustelle haust.«

Irgendetwas in Juliets Innerem zog sich zusammen wie eine Frischhaltefolie, die sich um ihr Herz wickelte und sie zu ersticken drohte. Ich will nicht, dass hier etwas verändert wird, dachte sie. Die anfängliche Lähmung, in der ihr selbst ihr Geburtstag ohne Ben wie ein Verrat vorgekommen war, hatte sie überwunden, doch sie brachte es einfach nicht übers Herz, die Handwerker zu rufen. Dies war ihr *gemeinsames* Projekt gewesen. Ihr Haus, in dem sie bis ans Ende ihrer Tage zusammen hatten leben wollen. Und Juliet wollte daraus einfach kein Haus machen, in dem Ben bis ans Ende seiner Tage *nicht* gelebt hatte.

Der Wasserkocher war fertig, und Juliet wollte schon nach der Kanne greifen, doch Diane hielt sie davon ab.

»Juliet, ich kann aus Sorge um dich nachts nicht schlafen. Und dein Vater kann aus Sorge um uns beide nicht mehr schlafen. Bitte! Lass uns die Kosten für eine anständige Dusche übernehmen!«

»Macht euch um mich keine Sorgen!« Juliet löste sich sanft aus dem Griff ihrer Mutter und zog zwei Becher heran. Die beiden großen Porzellantassen von Emma Bridgewater mit rosafarbenen und roten Herzen darauf waren Hochzeitsgeschenke gewesen. »Eigentlich …«

Nebenan wurde es furchtbar laut; das Getöse übertönte alles.

»Ja? Was?«, rief Diane durch den Lärm hindurch.

»Mir geht's gut. Ehrlich!«

Juliet nahm an, dass die Kinder der Kellys in ihr menschliches Mausefallenspiel vertieft waren – zumindest nahm sie dies aufgrund des Geklappers, des Geschreis und des gedämpften Lärms von kleinen Füßen, die über irgendetwas hinübersprangen, an. Das Ganze fand mehrmals jeden Nachmittag statt und begann oben im Nachbarhaus, ging dann im Treppenhaus weiter, den Flur entlang und dann hinaus in den Garten. Begleitet wurde alles von einer Auswahl an Tieren, je nachdem, um welche Tiere sich die Kelly-Kinder nach der Schule gerade kümmern mussten.

Dabei brauchten die Kinder nie lange, bis sie im Garten landeten. Die Doppelhaushälfte, das Spiegelbild zu Juliets Haus, war nicht sonderlich groß. Das Haus der Kellys hieß Laburnum Villa, Juliet lebte in der Myrtle Villa. Die Häuser waren gedrungen, besaßen aber eine elegante Fassade, zwei Stockwerke sowie einen Dachboden, lang gestreckte Gärten mit Himbeersträuchern und einem Komposthaufen, einen gemeinsamen Apfelbaum und rote Haustüren. Beide Häuser verfügten über Holzdielenböden.

Mittlerweile wusste Juliet alles über die Holzböden. Eines der Kelly-Mädchen hatte zum Geburtstag Steppschuhe bekommen und viel geübt.

Diane zuckte zusammen, als Füße über die nackten Holztreppen trampelten. »Um Himmels willen! Was ist denn nebenan los?«

»Keine Sorge, um halb fünf hört alles auf. Dann gibt's Abendessen.«

»Aber ich dachte, nebenan wohnt diese nette alte Dame, die den Bücherbus betreut hat? Wendy hieß sie, nicht wahr?«

»Sie ist umgezogen …« Juliet musste beinahe schreien, als ein besonders lautes Getöse hinter der Wand neben ihnen ertönte. »Wendy ist schon vor einer Weile ausgezogen. Die Kellys haben das Haus dann gekauft. Sie haben vier Kinder. Er arbeitet außerhalb und ist oft lange unterwegs. Keine Ahnung, was er macht. Aber ich glaube, sie haben einen Untermieter.«

Jetzt ging der Lärm im Garten weiter und drang durch die Küchenfenster zu ihnen herein. Ein Mädchen brüllte: »Den

VIP-Bereich abtrennen!«, woraufhin ein wahnsinniges Geschrei begann. Minton schlich zu seinem Körbchen hinüber und rollte sich dort zusammen, die Pfoten unter sich vergraben. Er selbst war den Bewohnern von nebenan noch nicht vorgestellt worden. Er legte aber auch keinen gesteigerten Wert darauf, Bekanntschaft mit der Katze zu schließen, die Juliet in ihren Rosenbüschen entdeckt hatte.

Wieder ertönte ein Knall, bei dem beinahe der Putz von der Wand gebröckelt wäre. Diane zuckte zusammen, doch Juliet lächelte nur matt und reichte ihr einen Becher mit Kaffee.

»Wie hältst du das nur den ganzen Tag aus?«, fragte sie. »Ich hätte ununterbrochen Migräne!«

»Oh, ich glaube, ich blende den Lärm einfach aus. Wenigstens spielt keines der Kinder Computerspiele.« Juliet hatte keine Ahnung, warum sie die Kellys in Schutz nahm. Dabei kannte sie ja nicht einmal alle Namen der Kinder. Es gab zwei Jungs und zwei Mädchen, so viel stand fest, und alle hatten feuerrotes Haar. Einer der Jungs bekam Asthmaanfälle. In regelmäßigen Abständen schrie jemand: »Schnell, wo ist Spikes Inhalator?«, woraufhin noch mehr panisches Gerenne folgte.

»Passt eigentlich irgendwer auf die Kinder auf?« Diane ging zum Fenster hinüber und blickte über das hinweg, was einmal Juliets Gemüsegarten hätte werden sollen, um durch die ungepflegte Buchshecke hinüberzuschauen, die die beiden langen Gärten voneinander trennte. »Großer Gott, die haben ein Trampolin. Da ist sogar eine *Katze* auf dem Trampolin!«

»Ihre Mutter muss auch irgendwo da sein. Willst du ein KitKat?« Juliet nahm sich einen Riegel und tauchte ihn in den heißen Kaffee.

»Danke, nein«, erwiderte Diane. »Dr. Dryden hat mir befohlen, auf meine Zuckerwerte zu achten. Juliet, Liebes, versteh mich bitte nicht falsch, aber wenn du schon keine Handwerker beauftragst, wie wäre es dann wenigstens mit einer Putzfrau? Nur ein Mal die Woche, um alles abzustauben?«

»Mir geht's gut, Mum!«

»Ich würde die Putzfrau auch bezahlen! Als Gegenleistung.«

Diane zögerte. »Als Gefallen für einen Gefallen, wenn man das so nennen mag.«

Misstrauisch beäugte Juliet ihre Mutter. »Gefallen« waren normalerweise nur wenig verschleierte Versuche, sie dazu zu zwingen, aus Gründen der gesellschaftlichen Wiedereingliederung das Haus zu verlassen. Diane und Louise hatten eine angemessene Zeit nach der Beerdigung abgewartet, doch mittlerweile kamen sie immer öfter mit solchen »Gefallen« an – einer der letzten war die Bitte gewesen, Dianes Dienst am Samstagmorgen als freiwillige Gassigängerin in der Hundeauffangstation oben auf dem Hügel zu übernehmen. Drei Gassirunden innerhalb von fünf Stunden und dazu so viele Sandwiches mit Frühstücksspeck, wie sie nur essen konnte.

Juliet hatte dankend abgelehnt, mit der Begründung, mit ihrem eigenen Hund Gassi gehen zu müssen.

Diane machte einen eher schuldbewussten als besorgten Eindruck, sodass Juliet schließlich klein beigab.

»Du musst mich nicht bestechen, damit ich dir einen Gefallen tue«, erklärte sie. »Ich brauche keine Putzfrau. Was soll ich für dich tun?«

»Pass auf Coco auf. Nur zwei- oder dreimal pro Woche.«

Juliet runzelte die Stirn. Damit hatte sie nicht gerechnet; wenn, dann hatte höchstens ihre Mum Minton für einen gelegentlichen Spaziergang zusammen mit Coco abgeholt. Coco war ihre schon ein wenig in die Jahre gekommene schokoladenbraune Labradorhündin. Trotz ihrer zwölf Jahre und gelegentlichen Blähungen, die von Würstchen stammten, die der Dad ihr entgegen den strikten Anweisungen des Tierarztes immer wieder unter dem Tisch zusteckte, war an Coco nichts auszusetzen.

»Warum?«

»Weil ich zu Hause auf Toby aufpassen werde.«

»Und? Coco kann sich dabei nicht in ihren Korb legen und

in der Küche fernsehen, wie sie es immer macht?« Juliet starrte in ihren Becher und stellte fest, dass sie ihren Kaffee beinahe schon ausgetrunken hatte. Es war erstaunlich, wie schnell sie mittlerweile Kaffee trinken konnte. Dabei berührte der Kaffee kaum die Wangeninnenseiten; irgendwie spürte sie nicht mehr richtig, wie heiß der Kaffee war. Ein weiterer seltsamer Nebeneffekt von Bens Tod. Sämtliche Sinne waren gedämpft. Abgeflacht wie die Holzdielen, die sie im Wohnzimmer angefangen hatten abzuschleifen. Manchmal fragte sie sich, ob sie wohl jemals wieder intensive Gefühle verspüren würde, und wenn ja, ob das zwangsläufig etwas Schlechtes war.

Juliet stand auf und schaltete den Wasserkocher wieder ein. Mit Bewegung ließen sich Gedanken gut verhindern.

»Kann denn Dad nicht mit ihr Gassi gehen?«, fragte Juliet über ihre Schulter hinweg.

»Nein. Dann ist er bei seinem Walisisch-Kurs.«

»Bei seinem *was*?«

»Er hat sich für die Sommerakademie angemeldet und lernt nun Walisisch.« Seitdem er Frührentner war, hatte Eric Summers über die Jahre hinweg beinahe alle Sommerkurse des örtlichen Colleges durchprobiert. Er scherzte gern, dass er sich nun in den meisten europäischen Ländern in der Landessprache über das Essen beschweren könne. »Ich bin also allein.«

»Aha. Und welchen Unterschied macht das?«

»Louise ist ein wenig besorgt darüber, wie sich Coco wohl gegenüber Kleinkindern verhalten wird. Ihre Bedenken sind durchaus berechtigt, Juliet; so etwas liest man doch andauernd in der Zeitung! Sie sagt, dass man Hunden, die nicht von klein auf an Kinder gewöhnt sind, nie hundertprozentig vertrauen könne. Sie ist der Meinung, dass es für Coco doch viel netter sei, wenn sie währenddessen irgendwo anders wäre, als im Garten ausgesperrt zu sein ...«

»Oh, wie zuvorkommend von ihr.«

»... und ich dachte, weil du ja noch nicht wieder arbeiten

gehst, wäre es für Coco das Einfachste, wenn sie hierherkommen könnte.« Diane hielt nicht ein Mal inne, um Luft zu holen. Juliet fragte sich unweigerlich, wie lange Diane gebraucht haben mochte, um diese Argumentation einzustudieren. »Du könntest doch mit beiden zusammen Gassi gehen. Es würde Minton mal ganz guttun, ein wenig Tageslicht abzubekommen. Vitamin D!«

Ohne darauf einzugehen, kochte Juliet frischen Kaffee und setzte anschließend ihren Becher auf einer alten Ausgabe von *Ideal Home* vom August 2009 ab. Es hatte einmal eine Zeit gegeben, in der sie das Magazin jeden Monat gekauft hatte. Inzwischen kam ihr dies ein wenig lächerlich vor. Ein Keramikspülbecken war ein Keramikspülbecken, außerdem hatte sie dafür kein Geld mehr.

»Jetzt sag doch was, Juliet!« Diane nestelte an ihrem Halstuch herum. »Du weißt, wie ich es hasse, wenn du mich so anschweigst!«

»Ich schweige dich nicht an. Ich bin einfach nur ...« Nicht mehr daran gewöhnt, mit Leuten in Echtzeit zu reden. Anrufbeantworter und E-Mails hatten es Juliet erlaubt, eine sichere Distanz zu anderen Menschen einzuhalten. So blieb ihr stets genügend Zeit, um sich eine Antwort zurechtzulegen, die nicht so verrückt klang, wie sie sich in letzter Zeit fühlte.

Juliet war ein wenig verärgert darüber, so in Zugzwang gebracht zu werden – und das auch noch dank des lächerlichen Aufstandes, den ihre Schwester wegen ihres Erstgeborenen machte. »Arme Coco. Wird aus ihrem eigenen Zuhause vertrieben, nur weil sie vier Pfoten hat. Was könnte sie denn dem Kleinen antun? Ihn anpupsen? Du solltest Louise in solchen Dingen nicht auch noch ermutigen, Mum! Seit Toby auf der Welt ist, tut sie gerade so, als ginge von jedem Zimmer eine potenzielle Todesgefahr aus!«

Diane schreckte bei dem Wort »Tod« zusammen.

»Lass das. Wenn hier jemand vom Tod sprechen darf, dann

ja wohl ich.« Juliets Pulsschlag beschleunigte sich wegen ihrer eigenen Rücksichtslosigkeit. Zum ersten Mal in ihrem Leben konnte sie sagen, was sie wollte: Niemand schien ihr dies anzukreiden. »Coco wird Toby schon nicht anfallen. Oder hat Louise etwa beschlossen, dass Labradore von nun an verboten sind, weil sie sie nicht mit einem Baby-Feuchttuch abwischen kann?«

»Du brauchst gar nicht so sarkastisch zu sein«, widersprach Diane ihr. »Sie hat ein Recht auf ihre Meinung. Als Mutter sieht man eben viele Dinge mit anderen Augen.«

Juliet war sofort besänftigt; sie presste die Zungenspitze an die Zähne. Dies war das einzige Gefühl, das den generellen Schmerz zu durchbrechen vermochte: die tiefe Trauer um eine Zukunft, die sie gleichzeitig mit Bens Tod verloren hatte. Dieses Gefühl kam immer wieder hoch, wenn sie Toby oder Peter, Louises Ehemann, sah, wie er sorgenvoll die Augenbrauen hochzog. Dann wurde Juliet jedes Mal klar, dass sie Bens freches Grinsen niemals in dem pausbäckigen Gesicht eines Babys sehen würde. Seine Gene waren für immer fort, und dafür konnte sie nur sich selbst die Schuld geben.

Diane redete immer noch. »Es ist nur gerecht, dass ich Louise genauso unterstütze, wie ich immer für dich da gewesen bin«, fuhr sie fort. »Nicht, dass ich auch nur eine einzige Sekunde davon bereuen würde! Ich danke wirklich Gott dafür, dass wir praktisch Tür an Tür wohnen. Aber Louise braucht jetzt ein wenig Unterstützung – und ich finde wirklich, dass es an der Zeit ist, dass du dich mal aufraffst.«

Juliet wollte gerade erwidern, dass ihre Schwester keinerlei Hilfe benötigte, doch irgendetwas hielt sie zurück. Der sanfte Druck von Bens Hand auf ihrem Rücken. Er hatte auf diese Art so viele heikle Momente innerhalb der Familie entschärft, bevor sich diese zu einem echten Streit entwickelt hatten.

Juliet besaß eine Schwester, Louise, die schon von jungen Jahren an nahezu perfekt gewesen war, sowie einen Bruder,

der zwar weniger perfekt, dafür aber mindestens ebenso ehrgeizig war. Ian war nach Australien ausgewandert und hatte dort eine Fitnesstrainerin namens Vanda geheiratet, mit der er nun zwei kleine Töchter hatte. Wie Mum und Dad war auch Louise glücklich mit ihrer Sandkastenliebe verheiratet; Ian dagegen besaß die Freiheit, ohne Angst, dass sich jemand einmischen könnte, alles zu tun, worauf er Lust hatte, und war obendrein schön gebräunt.

Nach Bens Tod war Juliet wieder zum Familienküken geworden, dem alle helfen und zureden mussten, als sei sie gerade einmal neun Jahre alt. Insbesondere Kontrollfreak Louise, die anscheinend gar nicht zu schätzen wusste, was sie an Peter hatte, einem Mann, der …

Tief durchatmen, ermahnte sich Juliet. Das hatte Ben immer gesagt, wenn sie während eines Telefonats im Flur hätte losschreien können. Atme tief und langsam ein und stell dir dabei vor, du seiest ein Baum, dessen Wurzeln tief im kühlen Boden verankert sind.

»Was hat Louise denn vor, dass du babysitten musst?«, fragte sie stattdessen.

»Sie will wieder arbeiten gehen«, antwortete Diane. Ihre Miene wechselte zwischen Stolz und Sorge, bevor sich schließlich der Stolz durchsetzte. »Sie hat es endlich geschafft, flexible Arbeitszeiten auszuhandeln. Jetzt schau mich nicht so überrascht an! Sie hat das schon seit einiger Zeit versucht. Gute Staatsanwälte von ihrem Kaliber gibt es hier eben nicht so viele.« Sie deutete auf die Lokalzeitung, die sie zwar mitgebracht hatte, die aber noch ungelesen auf der Arbeitsplatte lag. »Und die haben wir weiß Gott dringend nötig. Hast du diese Woche den Artikel in der *Longhampton Gazette* gelesen? Über den zunehmenden Vandalismus?«

»Ich glaube ja nicht, dass Louise Straftaten verhindern kann«, warf Juliet ein.

»Ich schon«, entgegnete Diane. »Wenn sie als Staatsanwältin auftritt, kommen die Burschen nicht so leicht davon. Und das wissen sie.«

»Aber hat sie nicht noch bei Tobys Geburt gesagt, dass sie eine Vollzeitmutter sein will?« Juliet zwang sich dazu, keine sarkastische Imitation der blasierten Vorträge abzuliefern, die sie alle darüber hatten ertragen müssen, wie wichtig und prägend eine Knetgummi-schwingende Mutter in den ersten Entwicklungsjahren eines Kindes sei. »Ich dachte, es sei für Peter in Ordnung, wenn sie zu Hause bleibt, während er damit Geld verdient, außer Haus Computerspiele zu spielen?«

»Er spielt keine Computerspiele. Er *entwirft* sie. Wie du genau weißt. Aber das ist nicht das Problem«, erklärt Diane. »Sie hat viel dafür getan, sich die Karriereleiter hinaufzuarbeiten. Das sollte sie nicht einfach so wegwerfen.«

Dies war eine derartige 180-Grad-Wende zu ihrer vorherigen Auffassung, dass Diane errötete, während Juliet die Kinnlade herunterklappte. Glücklicherweise – für beide – ging in diesem Augenblick im Garten in einer unglaublichen Lautstärke wieder das Geschrei los.

Während Diane vom Lärm genervt das Gesicht verzog, dämmerte es Juliet allmählich, dass die Alternative zum Coco-Sitten wahrscheinlich wäre, auf Toby aufzupassen, während sich ihre Mutter um Minton kümmerte. Und ganz gleich, welche guten Gründe es dafür gab – dazu war sie einfach nicht bereit.

»Egal«, erwiderte sie laut, um das Geschrei draußen zu übertönen. »Bring Coco einfach vorbei.«

»Danke, Liebes. Dienstags, mittwochs und jeden zweiten Donnerstag. Und jetzt«, fuhr sie fort, nachdem die Sache erledigt war, »könnte ich mich eigentlich mit einem KitKat verwöhnen …«

Als sie in die Keksdose griff, um sich einen Schokoriegel zu angeln, klirrte etwas gegen das Küchenfenster, woraufhin ein lautes Kreischen folgte. Es hatte irgendwas mit Spikes Inhalator zu tun.

2

In der Nacht zuvor hatte Louise eine Liste mit all den Dingen erstellt, die sie noch erledigen musste, bevor sie ihren ersten Arbeitstag nach der Babypause antrat. Doch leider hatte auch das ihre Nerven nicht beruhigen können. Wenn überhaupt, so hatte die Liste allein eine Panik in ihr ausgelöst, dass sie etwas wirklich Wichtiges vergessen haben könnte und dies erst bemerken würde, wenn sie sich schon längst im Büro befand.

Achtzehn Monate lang war sie wegen Toby im Erziehungsurlaub gewesen. Ihr selbst kam die Zeit deutlich länger vor. Sie hatte ein mulmiges Gefühl im Bauch und fühlte sich, als würde sie noch einmal als Referendarin anfangen. Was schlecht war, da von ihr die Sicherheit erwartet wurde zu wissen, was sie tat.

Sie kippte einen Schluck lauwarmen Kaffee hinunter und blinzelte angesichts der langen Liste von Aufgaben, die sie stichpunktartig der Wichtigkeit nach untereinander aufgelistet hatte:

– *Tobys Tasche für den Tag packen.*

Das erledigte sie gerade.

– *Tobys Mittagessen auftauen und in Kühltasche packen.*

– *Peter daran erinnern, die Einzugsermächtigung für den Hort zu prüfen.*

Selbst mit einer Teilzeitstelle überzogen sie damit ihr Konto. Peter hatte seine Mitgliedschaft im Fitnessstudio behalten, doch ihre war mittlerweile gekündigt. Gott sei Dank gab es ihre Mutter.

– Überprüfen, ob Juliet wach und aufgestanden ist.

Sie verzog das Gesicht, nahm dann den Hörer in die Hand und drückte die Schnellwahltaste, unter der ihre Schwester abgespeichert war. Man konnte nie genau wissen, in welcher Laune man Juliet gerade erwischte. Ein wenig benebelt und elendig war noch die beste Möglichkeit. Offen aggressiv und / oder heulend war das Schlimmste. Louise konnte es nicht ertragen, sie am anderen Ende der Leitung weinen zu hören, aber anders als ihre Mutter war sie nicht gut darin, jemanden zu trösten, sodass ihr recht schnell schon die hilfreichen, praktischen Argumente ausgingen, die man in einer solchen Situation anbrachte. Es war noch nie leicht gewesen, Juliet zu helfen.

Es klingelte ein paarmal, bis Juliet endlich mit einem verschlafenen Gähnen ans Telefon ging.

Louise warf einen Blick auf die Uhr. Zehn vor acht. Im Hinblick auf ihren Zeitplan versprach dies nichts Gutes.

»Guten Morgen«, rief sie fröhlich, während sie mit den Fingernägeln auf die Küchenarbeitsplatte aus Marmor trommelte. Hellrosafarbener, schnell trocknender Nagellack. Den hatte sie gestern Abend noch aufgetragen, um sich selbst Mut zu machen. »Und? Schon wach und auf den Beinen?«

»Ja«, erwiderte Juliet.

»Bereit, zu Mum zu fahren und Coco abzuholen?«

»Du brauchst mich nicht daran zu erinnern. Ich kenne die Anordnungen.« Juliets Stimme klang am Telefon wie die eines aufmüpfigen Teenagers. Verärgert und aufgebracht – und bereit, es auf die Spitze zu treiben. »Erinnere mich noch mal kurz, warum wir uns alle bei Mum treffen? Du wohnst doch deutlich näher!«

»Mum hat keinen ordentlichen Kindersitz für Toby im Auto.«

»Wie bitte? Täusche ich mich, oder hat sie einen Kindersitz auf der Rückbank stehen?«

Louise nahm Toby den Löffel aus seinen kleinen dicken Fingern und wischte ihm das Gesicht ab. Er sah verärgert aus, genauso, wie Juliet klang. Louise verzog das Gesicht. Er *wusste*, dass sie ihn bei ihrer Mutter absetzen würde. Er hatte Peters Augen geerbt: glänzend und vertrauensvoll.

»Das ist nicht der richtige. Jetzt sag ihr das aber bitte nicht – sie hat sich immerhin beim Kauf viel Mühe gegeben. Ich werde versuchen, ihn umzutauschen.«

Juliet schnaubte. »Wie konnte sie denn den falschen Kindersitz besorgen? Ich dachte, du hättest dafür extra eine Liste aufgestellt? Aber es gab ja auch nur ein ordentliches Baby-Tragetuch. Und eine Babyschaukel, die gekauft werden durfte. Nicht wahr?«

Ebenso, wie sie über die Unterstellungen der Verteidigung hinwegging, ignorierte Louise den Tonfall ihrer Schwester und konzentrierte sich auf die Fakten.

»Ich kümmere mich ja darum. Aber in der Zwischenzeit ist es eben einfacher, wenn ich Toby zu Mum bringe und du Coco bei ihr abholst. Idealerweise vor Viertel nach acht.« Während sie sprach, wischte sie die Seiten des Kinderstuhls sauber und warf das Feuchttuch anschließend in den Müll.

»Und was ist, wenn mein Auto für den Hund nicht geeignet ist?«

Ach, jetzt hör schon auf, Juliet, dachte Louise. Wir sind alle müde. Wir sind alle gestresst.

»Doch, das ist es«, erwiderte sie geduldig. »Ben hat Minton jeden Morgen in just dem Kastenwagen, der vor deiner Haustür steht, zur Arbeit mitgenommen. Coco wird es darin schon nicht schlecht ergehen.«

Am anderen Ende der Leitung herrschte plötzlich Schweigen. Louise zwang Juliet nicht gern dazu, ihr Schneckenhaus zu verlassen, aber dies war in ihren Augen der einzige Weg. Manchmal war es wirklich besser, wenn es nur eine einzige Möglichkeit gab. Das war derzeit ihr ständiges Mantra: vorwärts, vorwärts, nur nicht zurückschauen.

Sie drehte sich um und stellte Tobys leeres Frühstücksschälchen in die Spülmaschine. Dabei blieb ihr Blick an dem großen gerahmten Hochzeitsfoto hängen, das einen Ehrenplatz an der Wand neben dem Küchentisch bekommen hatte. Die frischgebackenen Mr und Mrs Davies, die in drei verschiedenen Szenen bei ihrem Hochzeitstanz festgehalten worden waren: beim romantischen Tanz zu zweit, dann Peter, der seinen Arm um ihre Hüfte geschlungen hatte, während sie sich vertrauensvoll nach hinten neigte, und schließlich die Hebefigur aus *Dirty Dancing*, die sie wochenlang einstudiert hatten – lange bevor es in Mode kam, große, publikumswirksame, sorgsam choreografierte Tänze aufzuführen.

Die gesamten zweihundert Hochzeitsgäste starrten mit offenem Mund in ihre Richtung und schienen vollkommen beeindruckt zu sein, wie sich der Computerfreak Peter und die kühle Louise in zwei professionelle Tänzer verwandelt hatten. Doch Peter und sie hatten nur Augen füreinander, als ob außer ihnen niemand sonst dort gewesen sei.

Die Bilder wirkten vertraut, doch die Frau auf dem Bild war nicht mehr sie, der Mann nicht mehr Peter. Und zwar nicht nur, weil die beiden auf dem Foto so herausgeputzt und viel schlanker waren; es gab noch einen großen Unterschied. Die beiden sahen wie ein Pärchen aus. Außerdem stellte Louise jetzt, sechs Jahre später, mit schlechtem Gewissen fest, dass ihr als Erstes auf den Fotos auffiel, wie elegant die Tische eingedeckt waren.

Louise riss sich zusammen. Sie musste sich glücklich schätzen, ihren Ehemann zu haben. Den verlässlichen, stets gut gelaunten Peter, der seine Leidenschaft für Computer zu einer profitablen Softwarefirma entwickelt hatte. Peter, der immer zu scherzen pflegte, dass er sie nie verlassen würde, weil er dann das WLAN-Netz im Haus abbauen müsste. Selbst wenn sie nur mit Juliet telefonierte, war sie dankbar für die Tatsache, dass nicht sie diejenige war, die in einer halb renovierten Bruchbude hockte, nach Hundehaaren stank und sich ausschließlich von KitKats ernährte.

Louise zwang sich zu einem fröhlicheren Tonfall. Juliet reagierte nämlich sehr empfindlich auf Mitleid.

»Ich mache mich jetzt auf den Weg. Wenn du also in den nächsten fünf Minuten losfährst, sind wir perfekt aufeinander abgestimmt. Du musst dich dafür nicht einmal mehr anziehen. Wenn du willst, dann zieh einfach einen Mantel über deinen Schlafanzug – das machen jedenfalls die meisten Mütter so, die ihre Kinder zur Schule bringen.«

»Ich ziehe mich morgens an«, entgegnete Juliet eingeschnappt. »Ich bin Witwe, keine Invalidin!«

»Prima. Freut mich, das zu hören.«

Oben im ersten Stock ging die Badezimmertür auf, und keine drei Sekunden später hüpfte Peter mit dem gleichen munteren Ein-zwei-drei-eins-zwei-drei-Rhythmus, den sie jeden Morgen hörte, die Treppe herunter. Umhüllt von einer Duftwolke aus Zahnpasta und Aftershave, eilte Peter an ihr vorbei in die Küche, um sich dort einen Apfel für seine Frühstücksdose zu holen. Dank der detailreichen Beschreibung gestern beim Abendessen wusste sie, dass sein kleines Unternehmen an irgendeiner Gesundheitsaktion der Gemeinde teilnahm.

»Guten Morgen!«, rief er, als er an ihr vorbeilief. »Hallooo, mein Großer!«, fuhr er deutlich enthusiastischer fort, als er Toby in seinem Kinderstuhl erblickte. Toby klatschte vor Begeisterung in die Hände, wobei Louise ihren Anflug von Ärger hinunterschluckte. Gewaschen, angezogen und gefüttert, das schien in Peters Augen Tobys natürlicher Zustand zu sein – dabei schien er völlig ihre Stunde harter Arbeit zu vergessen, die sie gebraucht hatte, um Toby so weit fertig zu machen, während er selbst unter der Dusche gestanden hatte.

»War das Peter? Er klingt so fröhlich«, stellte Juliet fest. »Ich dachte, Toby zahnt gerade?«

»Peter genießt den Luxus von Ohrstöpseln.« Louise folgte

ihm in die Küche und vermied dabei, im Flur ihr Spiegelbild zu betrachten. »In zwanzig Minuten bin ich da, ja? Komm bitte nicht zu spät. Heute ist mein erster Arbeitstag nach der Baby-pause, und ich weiß ganz genau, dass alle nur darauf warten, dass ich zu spät und mit Milchflecken übersät dort auftauche. Und jetzt komm, wir müssen los.«

»Wann kann ich Coco wieder zu Mum zurückbringen?«

»So gegen fünf Uhr? Dann sollte ich eigentlich wieder hier sein.« Louise ignorierte den jammernden Unterton in Juliets Stimme und sammelte die mit verschiedenen Farben gekenn-zeichneten Taschen zusammen: Tobys Spielzeug, sein Essen, Kleidung zum Wechseln. All das hatte sie in der vergangenen Nacht vorbereitet, während Peter oben Online-Games »recher-chiert« hatte. »Ich weiß das wirklich zu schätzen.«

»Kein Problem. Schließlich könnte ich es mir niemals ver-zeihen, wenn Toby versehentlich ein Hundehaar in seinem Joghurt haben sollte.«

»Niemand …«

»Nicht alle Hunde sind sabbernde Mörder, weißt du?«

»Das habe ich auch gar nicht behauptet«, widersprach Louise ihr. Weder hatte sie die Zeit noch die Lust, sich Juliets Rede zur Verteidigung des Hundewesens anzuhören, doch sie merkte, wie sie immer weiter in eine ihrer gewohnten Zanke-reien verwickelt wurde. »Aber Mum kann eben nicht überall gleichzeitig sein. Sie würde sich ewig Vorwürfe machen, wenn Toby Coco einen Buntstift in die Schnauze rammen würde oder dergleichen. Hör mal, warum nimmst du das eigentlich so persönlich? Das war gar nicht persönlich gemeint.«

»Tu ich nicht!«

»Ist es etwa, weil ich Mum und nicht dich gefragt habe, ob sie babysitten kann?«

»Nein!« Juliet klang entsetzt. »Es ist nur … ich …«

Am anderen Ende der Leitung entstand eine Pause. Louise hätte sicherlich genauer hingehört, wenn sie nicht gerade damit beschäftigt gewesen wäre, gleichzeitig den Hörer zu balancieren, Toby aus seinem Hochstuhl zu befreien und Peter zu signalisieren, dass die Spülmaschine ausgeräumt werden musste, bevor er das Haus verließ. »Dann ist ja alles in Ordnung«, erwiderte sie stattdessen. »Dann sehen wir uns in einer Viertelstunde bei Mum.«

Juliets viktorianischer Altbau befand sich in einem Außenbezirk von Longhampton namens Rosehill – ein Stadtteil, in dem es außer einem Pub und einer Kirche eigentlich kaum etwas anderes gab. Das ursprünglich eigenständige Rosehill war damals in Zeiten von Reichtum und Wohlstand eingemeindet worden, als Longhampton immer größer wurde und vor dem Krieg zeitweilig das Marmeladen- und Obstkonserven-Zentrum der Midlands gewesen war.

Ihre Eltern lebten am anderen Ende der Stadt in einem herrschaftlichen Neubau, der über, wie ihr Vater es nannte, »Garagen in bescheidener Größe« verfügte. Dort hinzufahren bedeutete, sich durch Longhamptons kompliziertes Einbahnstraßensystem hindurchzukämpfen, was Juliet eigentlich nur nachts gern tat. Nachts konnte sie durch die leeren Straßen streifen und sich von den Verkehrszeichen den Weg um die schmucke Stadthalle aus Backstein und den Park mit seinen steifhalsigen Tulpen, über die Ben immer gelacht hatte, weisen lassen. Während der Hauptverkehrszeit allerdings waren die Straßen stets mit ungeduldigen, wütenden Autofahrern verstopft.

Juliet wartete immer noch am ersten von fünf Kreisverkehren und hatte sich seit geschlagenen zehn Minuten keinen Meter von der Stelle bewegt. Der Spannungskopfschmerz, der eingesetzt hatte, sobald Juliet den Schutz ihres Zuhauses verlassen hatte, wurde immer schlimmer, da das Radio sie daran erinnerte, dass sie nicht nur zu spät, sondern viel zu spät kommen würde. Ihre Knöchel traten weiß hervor, so klammerte sie sich ans Lenkrad.

Der Kastenwagen heizte sich auf und schien nach und nach Spuren von Bens typischem Geruch freizugeben. Seife. Erde. Schweiß. Aber es gab keine Möglichkeit, irgendwo an den Straßenrand zu fahren und zu weinen, wie sie es nachts tun konnte. Juliet schluckte schwer, drehte das Radio lauter und zwang sich dazu, mitzusingen, um nicht mehr denken zu müssen.

Es war sicherlich nicht schön, aber definitiv eine Besserung im Vergleich zu den Wochen, als sie nicht einmal mehr die Autotür hatte öffnen können. Ihr Vater war darum immer wieder mal mit dem Wagen um den Block gefahren, damit sich die Batterie nicht selbst entlud.

Juliet kämpfte sich durch den Berufsverkehr, riss sich wegen Minton zusammen und parkte das Auto bei ihren Eltern, direkt hinter Louises Citroën Picasso. Dort wurde sie schon von Coco begrüßt, die mit ängstlicher Miene auf den Stufen vor dem Haus wartete. Selbst mit einem Schild um den Hals und einem kleinen Köfferchen neben sich hätte sie nicht tragischer aussehen können, dachte Juliet.

»Endlich!« Diane kam aus dem Haus gelaufen. Sie trug eine Schürze über ihrer marineblauen Stoffhose und hielt in der einen Hand ein Wischtuch, in der anderen ein Desinfektionsspray. »Alles in Ordnung?«

»Bestens«, erwiderte Juliet, öffnete die Fahrertür und ließ für Minton am Beifahrersitz einen Spaltbreit das Fenster offen, damit er seine Nase hinausstrecken konnte.

»Wir hatten uns schon Sorgen gemacht.« Diane musterte Juliet und suchte nach Anzeichen für einen Zusammenbruch. »Wir dachten, du hättest ... Na ja, aber jetzt bist du ja hier. Komm rein, Louise versucht gerade, Toby zu beruhigen.«

Juliet hätte gern angemerkt, dass Louise einfach nur wieder arbeiten ging und nicht etwa zu einer Raumfahrtmission aufbrach. Dies war lediglich ein weiterer Schritt in ihrem perfekten Plan fürs Leben. *Sie* selbst war diejenige, die keinen Lebensplan mehr besaß.

»Ach, endlich!«, rief Louise, als sie zusammen in die Küche traten.

Hier blitzte und blinkte alles. Diane hatte ihre Maßstäbe für Sauberkeit vor Tobys Ankunft deutlich erhöht. Selbst einen Dampfreiniger hatte sie angeschafft, um Louises übertriebenen Hygienekriterien Genüge zu tun. So kam es, dass es in der Küche nach einem Reinigungsmittel mit frischem Pinienduft roch. Zudem fiel Juliet sogleich auf, dass sie die Einzige war, die Schuhe trug. Selbst ihr Vater, der sich in weiser Voraussicht von der Küche fernhielt und im Wohnzimmer einen Reiseführer über Wales studierte, hatte die Füße, die in beigefarbenen Socken steckten, auf einen Stuhl gelegt.

»Hallo, Dad«, rief sie ihm zu.

»*Bore da*, Juliet *cariad*! *Shw mae?*«, fragte er und fuhr dann schnell fort. »Frag nicht – das ist alles, was ich bisher kann!«

Louise verdrehte die Augen und holte das tiefgefrorene Essen aus der Kühltasche heraus. »Er nutzt doch nur jede Gelegenheit, um aus dem Haus zu kommen«, murmelte sie.

»Nur weil ich alt bin, heißt das noch lange nicht, dass mein Hirn mit einem Mal verschwunden ist«, beschwerte sich Eric. »Oder mein Hörvermögen.«

»*Bore da*, Toby«, sagte Juliet.

Toby starrte sie vom Tisch aus mit Peters runden braunen Augen ernst an. Die blonden Haare stammten aber eindeutig von Louise. Obwohl Juliet es nie ausgesprochen hatte, musste sie bei Tobys Anblick immer gleich an einen Pinguin denken. Genauer gesagt an ein flauschiges, ernst dreinschauendes Pinguinküken, das von seinem Platz zwischen Louises schützenden Beinen in die Welt hinausschaute.

»Tapfer, dass du mitten im Berufsverkehr hierhergekommen bist.« Diane schloss die Flurtür hinter sich, um Coco von Toby fernzuhalten, nahm Juliets Hände und drückte sie wie die eines Kleinkindes. »Wieder eine Hürde, die du überwunden hast, nicht wahr? Die Kreisverkehre mitten in der Rushhour!«

Juliet lächelte matt.

»Ich habe dir eine Liste gemacht.« Diane fischte in ihrer Tasche herum und reichte ihr einen Zettel. »Es ist wirklich wichtig, dass du mit Coco vor elf Uhr Gassi gehst. Nach dem Frühstück, aber noch vor der großen Gassirunde, muss sie immer« – sie fuhr nun mit gesenkter Stimme fort – »ihr Hauptgeschäft erledigen. Normalerweise gehe ich mittags abwechselnd mit ihr eine Runde durch den Park oder in den Wald hinauf. Heute ist der Wald dran. Auf dem Weg hinauf geht sie gern an der Leine, aber nicht hinunter – dann fühlt sie sich erwachsener. Ich habe sie noch nicht gefüttert, weil sie bei Autofahrten immer Blähungen bekommt. Hier ist also eine Tüte mit ihrem Trockenfutter. Gib ihr davon aber erst einmal nur die Hälfte, bevor …«

Louise und Juliet starrten ihre Mutter fassungslos an.

»Mum, ich habe selbst einen Hund«, stellte Juliet klar.

»Außerdem müssen sich Hunde nicht erwachsener fühlen«, fiel ihr Louise ins Wort. »Das ist das absolut Lächerlichste, was ich je gehört habe. Aber ich muss jetzt los – ich bin schon spät dran.« Sie nahm einen lilafarbenen Ordner von der Frühstückstheke, auf dem *Toby: Tagesablauf* stand. »Hier steht alles drin, was du brauchst. Da findest du auch alle Telefonnummern, falls es Probleme geben sollte.« Als sie Diane die dicke Akte reichte, fragte sich Juliet unweigerlich, ob Kinder wohl mit einer Bedienungsanleitung auf die Welt kamen. Wie es aussah, befanden sich in diesem Ordner Tobys komplette Garantieunterlagen.

»Es wird gar keine *Probleme* geben«, trällerte Diane. »Toby wird einen wunderbaren Tag mit Oma verbringen, nicht wahr?«

Toby schwieg. Stattdessen starrte er Mummy, Tante Juliet und Oma an und blinzelte.

Diane hatte bei einer Sache nicht gelogen: Coco war eine pupsende Beifahrerin, ganz gleich, ob sie ihr Frühstück bekommen hatte oder nicht. Juliet hatte gerade erst den halben Weg zum ersten Kreisverkehr hinter sich gebracht, als die ersten Duft-schwaden der nervösen Labradordame aus dem hinteren Teil des Kastenwagens zu ihr nach vorn drangen. Doch Juliet fuhr weiter, ohne davon Notiz zu nehmen: Ihr einziges Ziel war, so schnell wie möglich nach Hause zu kommen, die Haustür hinter sich zuzumachen und Teewasser aufzustellen, sodass sie sich den restlichen Tag über dem beruhigenden, tagesfüllen-den Fernsehprogramm widmen konnte, während Minton es sich auf ihrem Schoß gemütlich machte. Was Coco auch gern tun konnte, wenn ihr der Sinn danach stand …

Geradezu vorwurfsvoll lag Dianes Liste in dem Fach, in das Ben während der Autofahrt immer sein Handy und die Ar-beitsaufträge hineingelegt hatte. Juliet warf einen Blick darauf, während sie an der Stadthalle darauf wartete, dass die Ampel auf Grün umsprang; es war ein Zeitplan.

Ihre Mutter hatte also tatsächlich einen *Stundenplan* für den Hund erstellt.

Na ja, das kann sie getrost vergessen, dachte Juliet grimmig. Immerhin tue ich ihr hiermit einen Gefallen. Außerdem hat sie Coco sicherlich nicht mit einem Kilometerzähler ausgestattet. Somit wird sie gar nicht merken, ob wir den ganzen Tag damit verbracht haben, *Homes Under The Hammer* zu schauen oder die Longhamptoner Höhen zu erklimmen. Vielleicht ist Coco ein wenig Entspannung sogar lieber?

»Wie sieht's aus, Coco?«, rief sie nach hinten. »Wollen wir die Füße hochlegen? Eine Gesichtsmaske auftragen?«

Coco antwortete nicht, stattdessen waberte eine Duftwolke nach vorn. Schnell öffnete Juliet das Fenster an der Beifahrer-seite. Minton, der sicher in seinem Geschirr angeschnallt war, streckte seine Nase hinaus und ließ die Ohren im Fahrtwind flattern.

3

Louise zog den Bauch ein und schob den Bund tiefer, bis der Rocksaum die Knie bedeckte. Sie musste sich eingestehen, dass der Rock ein wenig eng geworden war.

In den letzten drei Wochen vor ihrem ersten Arbeitstag hätte sie eigentlich genügend Zeit gehabt, um ihre alten Gerichtskostüme anzuprobieren und falls nötig ein paar neue Stücke zu kaufen. Doch dies war nur ein weiterer Punkt auf ihrer To-do-Liste gewesen, den sie stoisch ignoriert hatte. Und zwar nicht nur, weil sie die gnadenlose Beleuchtung im Umkleidezimmer nicht ertragen konnte, nachdem sie zwei Jahre lang dieselben drei Yogahosen aus dehnbarem Lycra getragen hatte, sondern auch, weil sie einfach keine neue Kleidung *wollte*.

Louise wünschte sich, dass alles wieder so sein würde wie vor ihrer Babypause. Angefangen bei ihren marineblauen Kostümen von Margaret Howell bis hin zum Coffee-to-go, den sie sich in dem kleinen Café mitgenommen hatte, das Gott sei Dank immer noch vom selben Besitzer betrieben wurde.

Vor dem glänzenden Messingschild am Bürokomplex der Staatsanwaltschaft direkt neben dem Amtsgericht blieb sie kurz stehen und fuhr sich durch das frisch geschnittene Haar, um die Frisur so hinzubekommen, wie der Hairstylist es vorgemacht hatte. Es gab eine feine Grenze zwischen schick-wuschelig und mütterlich-ungepflegt-verwuschelt, und sie war nicht sicher, auf welcher Seite sie sich gerade befand.

Sie runzelte die Stirn und starrte intensiv auf ihr Spiegelbild. Lag es an dem Messing, oder hatte sie es mit dem Rouge übertrieben? Vielleicht sollte ich kurz ins Café zurücklaufen und nachsehen, dachte Louise, bevor sie beschloss sich zusammenzureißen.

Du bist verrückt, ermahnte sie sich.

Bis vor einer Minute noch hätte sie nicht schnell genug das Gebäude vor ihr betreten können. Von dem Augenblick an, als sie zum Hörer gegriffen, ihren alten Chef, Douglas, angerufen und ihn gefragt hatte, ob die Stelle mit der flexiblen Arbeitszeit, mit der er im vergangenen Jahr versucht hatte, sie zurückzugewinnen, immer noch zu vergeben war, hatte sie jeden einzelnen Tag bis zur Rückkehr an ihren Schreibtisch gezählt.

Jetzt aber bekam sie vor Nervosität Herzrasen und war sich auf einmal gar nicht mehr sicher, ob ihr berüchtigtes Pokerface gut genug war, um ihre flatternden Nerven zu verbergen.

Würde alles wieder wie vorher sein? Oder hatte sich alles weiterentwickelt und verändert? Mehr noch: War sie immer noch die gleiche Person wie vor ihrer Babypause, als sie mit den Gutscheinen für den Babyladen, für die die anderen zusammengelegt hatten, wie mit einer Trophäe in den Mutterschutz gegangen war? Louise hatte damals tagelang ihre Fallnotizen ausgearbeitet, ihre Gedanken in den Kampfmodus zurückbeordert und den Juristenjargon unter den verschwommenen Massen der Schwangerschaftsbanalitäten herausgekehrt. Ihr Verstand hatte sie dabei nie im Stich gelassen. Das Einzige, worum sie sich Sorgen machte, war sie selbst.

Unverwundbarkeit. Diese zeichnete eine gute Staatsanwältin aus. Absolute Unverwundbarkeit. Absolut verlässlich und integer.

Kann ich das immer noch von mir behaupten?, fragte Louise ihr Spiegelbild, das von den eingravierten Daten der Erbauung dieses Gebäudes gekreuzt wurde. Mit all dem, was ich nun über mich selbst weiß?

»Louise? Louise!«

Sie spürte, wie eine große Hand sie an der Schulter packte. Als sie sich umdrehte, stand Douglas Shelwick vor ihr, der über das ganze runde rote Gesicht strahlte. Er trug dieselbe Krawatte und dieselbe Brille, auch wenn er ein paar Haare verloren zu haben schien. Dennoch sah er ganz genau so aus wie damals, als sie aufgehört hatte.

»Ich hätte mir eigentlich denken können, dass du noch vor mir im Büro bist!«, fuhr er fort und hauchte ihr höflich ein Küsschen auf die rechte Wange. »Schön, dich wiederzusehen! Du siehst fantastisch aus!«

»Das ist nur Selbstbräuner«, winkte Louise ab und fuhr dann mit einem Hauch ihres alten neckischen Selbstbewusstseins fort: »Und die brennende Sehnsucht danach, in den gefährlichen Bezirken Longhamptons aufzuräumen und dort für Ordnung zu sorgen!«

Sollte Douglas die Mühe bemerken, die sie diese Bemerkung gekostet hatte, so zeigte er es jedenfalls nicht. Stattdessen wurde sein Grinsen breiter, und er hielt ihr die Tür auf, um ihr den Vortritt zu lassen. »Was macht denn der Kleine? Schläft er durch?«

»Wie ein Murmeltier«, log Louise. Das war kein guter Beginn, doch wenn sie es nur oft genug wiederholte, würde es sich vielleicht irgendwann einmal bewahrheiten. »Das hat er gleich von Geburt an schon getan.« Heimlich schnupperte sie die Luft im Foyer: Hier roch es immer noch nach Kaffee und dem gleichen Reinigungsmittel wie in allen Gebäuden des öffentlichen Dienstes. Was sofort vertraut und beruhigend wirkte.

»Der Kleine kommt also ganz nach seiner Mutter. Hundertprozentig verlässlich.« Douglas lachte, was unweigerlich dazu führte, dass Louises einsetzende Erleichterung und Entspannung ein jähes Ende fanden und sie sich wieder verkrampfte.

»Wie du vielleicht gehört hast, mussten wir nach deinem Weggang umstrukturieren, deswegen kann ich dir dein altes Büro leider nicht zurückgeben«, fuhr er fort, während er sie durch die Abteilung der Oberstaatsanwaltschaft dirigierte, wo mehrere neue Mitarbeiter bereits an ihren Schreibtischen saßen. Louise kannte keinen von ihnen, doch bei ihnen handelte es sich wahrscheinlich um Referendare – jung und ehrgeizig. Aber nicht wichtig genug, dass Douglas ihnen Louise vorgestellt hätte.

»Das Fenster ist ein wenig kleiner, und du musst das Büro leider ein paar Monate lang mit einem Rechtsgehilfen teilen, aber ich werde ein gutes Wort für dich einlegen. Vielleicht tut sich ja noch etwas Besseres für dich auf.«

Louise erinnerte sich an die Tür, die er nun öffnete: Dies war das Büro von Deidre Jackson, der Sekretariatsvorsteherin. Hier stank es immer noch nach Elnett-Haarspray, und vom Fenster aus blickte man direkt auf die mit Taubenkot übersäten Klimaanlagen. Vor zwei Jahren noch hätte sie Douglas so lange angeschrien, bis er ihr wenigstens ein Büro mit Blick auf die Seitenstraße besorgt hätte, doch jetzt wollte sie einfach nur weitermachen.

»Schon okay«, antwortete sie und stellte ihren Aktenkoffer auf dem Kunststoffstuhl ab, der vor dem Schreibtisch stand. Dieser war, abgesehen von einem Computer und einem Posteingang, der vor lauter Akten aus allen Nähten zu platzen drohte, vollkommen nackt. »Wenigstens ist es schön ruhig hier. Aber was habt ihr mit Deidre gemacht?«, scherzte sie. »Habt ihr sie im Schrank mit dem Büromaterial versteckt? Ich hoffe, sie ist nicht wegen mir ins Hauptbüro verbannt worden?«

Douglas' onkelhafte Miene erstarrte. »Nein. Weißt du das denn nicht? Deidre hat uns verlassen.«

»Ach, tatsächlich?«

Louises Überraschung schien wiederum *ihn* zu überraschen. »Na ja, genau genommen musste sie uns verlassen. Wie sich herausstellte, hatte sie die Spesen für einen der Oberstaatsanwälte gefälscht. Das ist rausgekommen, als uns die Innenrevision eingehend unter die Lupe genommen hat.«

Louise schämte sich. Sie hatte Douglas versichert, stets ein Auge auf alle Nachrichten aus dem Büro zu haben. Was sie auch getan hatte, zumindest irgendwie. Sie hatte die Lokalzeitung durchgeblättert, wenn sie einmal zwei Minuten Zeit für sich selbst hatte. »Ich hatte mitbekommen, dass es Rationalisierungsmaßnahmen gegeben hat, aber das muss ich wirklich verpasst haben …«

»Ja, hinsichtlich der Budgetkürzungen sind wir leider gezwungen, ein strenges Regiment zu führen. Unnötige Ausgaben können wir uns nicht mehr leisten.« Douglas schenkte ihr ein Lächeln, das jedoch irgendwie aufgesetzt wirkte. Louise vermutete daher, dass auch seine ausgedehnten Mittagessen dem Rotstift zum Opfer gefallen waren. »Aber wie dem auch sei – Tanya hat ihre Aufgabe übernommen, also sieh dich vor. Um halb zehn haben wir vor dem Beginn der Gerichtsverhandlungen eine gemeinsame Teambesprechung. Wenn du dich dann auf den Weg zum Besprechungsraum machst, frage ich einen der IT-Jungs, ob sie dir in der Zwischenzeit deinen Computer anschließen. Dann werde ich dir auch alle Mitarbeiter vorstellen.«

»Prima«, erwiderte Louise.

Nachdem er fort war – und »Hey, hey, Jim! Ist deine Uhr stehen geblieben oder was?« quer durchs Büro brüllte –, holte sie ein gerahmtes Foto von Toby in seinem Löwenkostüm aus ihrem Aktenkoffer und stellte es vor sich auf dem Schreibtisch auf. Darauf sah er aus wie ein ernstes Lämmchen im Löwenfell: absolut hinreißend.

Sie zögerte und erinnerte sich daran, wie mitleidlos sie sich stets über Kolleginnen lustig gemacht hatte, die ihre Familienfotos wie gefühlsduselige Trophäen zur Schau gestellt hatten – als »Beweis dafür, dass sie eine menschliche Seite hatten«, wie sie oft in der Büroküche gelästert hatte. Ob die anderen wohl nun das Gleiche von ihr behaupten würden?

Sie machte sich auf, den Bilderrahmen neben dem Aktenschrank zu verstecken, doch dann hielt sie inne und stellte ihn wieder neben dem Computer auf, wo sie ihn jederzeit im Blick hatte. Toby war der Grund, warum sie jetzt hier war. Er sollte es einmal gut haben; das war der einzige Grund, warum sie ihn nun zu Hause bei seiner Oma ließ.

Louise schloss für einen Moment die Augen und stieß ein kurzes Gebet aus. Hilf mir, wieder zu meinem alten Ich zurückzufinden, betete sie, damit ich Toby die Mutter sein kann, die er verdient, und Peter die Frau wiederbekommt, die er geheiratet hat.

Mit Ausnahme des Scharrens und Gurrens der Tauben draußen war alles um sie herum still. Was Louise aber nicht groß überraschte. Nach Bens schrecklichem, unfairem Tod glaubte sie nicht mehr daran, dass man noch von irgendwo anders her eine Antwort bekommen würde als aus dem eigenen Unterbewusstsein. Das Problem bei der Sache war nur, dass ihre eigene innere Stimme, die früher so beruhigend entschlossen erklungen war, in letzter Zeit sehr leise geworden war.

Ich habe den ersten Schritt gemacht, ermutigte sie sich. Hier bin ich.

Dann holte sie tief Luft, nahm den ersten Aktenordner vom Stapel – ein schon lange schwelender Nachbarschaftskrieg, an die Namen der Beteiligten konnte sie sich sogar vom letzten Mal noch erinnern – und brachte ihren gut ausgebildeten Juristenverstand auf Hochtouren.

Als Louise an diesem Tag ihren ersten offiziellen Anruf tätigte, nahm auch Juliet am anderen Ende der Stadt den Telefonhörer in die Hand, nachdem es gleich vier Mal geklingelt hatte und Juliet bei der BBC-Reihe »Escape to the Country« gestört worden war.

»Tut mir leid, Liebes«, entschuldigte sich Diane, als sei Juliet gleich beim ersten Anruf an den Apparat gegangen. »Aber ich habe mich nur gefragt – wie denn Cocos Häufchen war?«

»Wie bitte?« Juliet drehte dem Pärchen im Fernsehen, das sich

40

entscheiden musste, ob es ein Haus in St. Leonard's, in Brighton oder doch lieber in Southampton kaufen wollte, den Ton ab.

»War es von der Konsistenz her ... eher wie Knetgummi? Oder wie Softeis?«

Widerwillig schaltete Juliet den Fernseher aus. Eigentlich hatte sie auch gar nicht mit dem Pärchen mitgefiebert, wenn sie ehrlich war. Bei ihrer Bewertung ging sie nach recht fragwürdigen Kriterien vor, wie etwa, wer am ehesten hübsche altmodische Armaturen verdient hatte oder welche Paare farblich aufeinander abgestimmte Fleecejacken trugen. Diese zwei hier zeigten deutliche Anzeichen von Undankbarkeit und verdienten daher, so Juliets Entscheidung, keinen zusätzlichen Vorratsraum.

»Keine Ahnung. Ich habe nicht hingesehen.«

»Oh, könntest du noch einmal nachsehen? Sie hat doch einen so empfindlichen Magen, und ich stelle gerade ihr Futter um. Ich will wirklich sicher sein, dass sie das neue Futter verträgt.«

Juliets Blick schweifte zum anderen Sofa hinüber, wo Coco lag und ihren großen braunen Kopf auf ein Kissen gebettet hatte. Das Weiße ihrer Augen war zu sehen, und in ihrer Miene war dieser rauschhafte Zustand eines Hundes zu erkennen, der unter normalen Umständen nicht einmal in die Nähe eines Sofas kommen durfte.

»Soweit ich das beurteilen kann, geht es ihr gut, Mum.«

»Bist du sicher?« Es folgte eine wehmütige Pause. »Vermisst sie mich denn gar nicht?«

Coco schnüffelte ein wenig verschlafen, und ihre langsam ergrauende Schnauze runzelte sich bei der Verfolgung eines Hasen in ihrem Traum. Eine ihrer großen Pfoten zuckte, jedoch nicht wild genug, um Minton, der ihre Hüfte als Kissen nutzte, aufzuwecken.

»Vielleicht ein wenig«, erwiderte Juliet.

»Ohne ihre Mummy wird sie vollkommen verzweifelt sein,

die arme Coco! Ich habe mir etwas überlegt«, fuhr Diane dann heiter fort. »Vielleicht können wir uns zu einem Spaziergang treffen? Ich habe für Toby einen Buggy hier – wir könnten also eine hübsche Runde zusammen durch den Park drehen. So in einer halben Stunde? Dann hast du noch genügend Zeit, dir deine Schuhe anzuziehen.«

Sofort verspürte Juliet dieses Gefühl in ihrer Brust, gleich zu ersticken. Dies war immer so, wenn jemand irgendeine Aktion vorschlug, bei der sie nicht genügend Zeit hatte, um darüber nachzudenken.

»Und was ist mit Coco? Geht es bei der ganzen Sache nicht eigentlich genau darum, sie von Toby fernzuhalten?«

»Ach, sie ist doch an der Leine! Dann könnten wir uns auch über Keith unterhalten«, fuhr Diane unbekümmert fort.

»Keith?«

»Über Keith, den Handwerker, den wir engagieren wollten, um die Renovierungsarbeiten bei dir im Haus zu überneh-men. Darüber haben wir doch kürzlich gesprochen. Der Zeit-punkt ist äußerst günstig, da bald der Sommerschlussverkauf beginnt. Dein Dad wird sich heute Nachmittag mal mit Keith unterhalten. Wir können gern die Hälfte der Kosten überneh-men, wenn du …«

»Mum! Lass das!« Juliet rief so laut, dass Minton mit einem Ruck aufsprang. Coco regte sich kein bisschen, doch Minton sprang vom Sofa und setzte sich erwartungsvoll neben ihre Füße.

Sie schluckte und strich sich über den Nacken. »Tut mir leid. Es ist nur … Ich weiß nicht, ob ich schon so weit bin.«

»Jetzt tu nicht so, als würde ich dich zu irgendetwas zwin-gen«, erwiderte Diane verletzt. »Hat dir dein Therapeut nicht geraten, mit den Renovierungsarbeiten fortzufahren, weil es dir helfen könnte, Bens Tod zu bewältigen?«

»Unter anderem. Es ist so ruhig bei euch«, stellte Juliet fest und wechselte schnell das Thema. »Schläft Toby?«

»Nein, er malt gerade etwas. Bei seiner Oma ist er wirklich lieb und still, nicht wahr, Toby? Juliet, wir sollten uns wirklich einmal darüber unterhalten, wie wir dir dabei helfen können, wieder ins Leben hineinzukommen …«

»Ich wollte gerade mit Coco in den Wald Gassi gehen«, stotterte Juliet.

Sobald ihr die Worte über die Lippen kamen, wusste sie, dass sie einen absoluten Anfängerfehler begangen hatte: Cocos Ohren zuckten, ihre Augen öffneten sich. Bevor Juliet auch nur die Chance hatte, eine Kehrtwende zu machen, hatte sich Coco auch schon zu Minton gesellt. Beiden stand ein flehentliches »Geh mit mir Gassi!« ins Gesicht geschrieben.

Juliet versuchte, ihnen per Handzeichen klarzumachen, dass sie auf keinen Fall Gassi gehen würden und dass dies nur ein Vorwand gewesen war. Was jedoch bei den beiden nicht anzukommen schien.

In der Zwischenzeit erzählte nun auch ihre Mutter irgendetwas von »schnell ins Auto springen«. Verzweifelt versuchte Juliet, dies im letzten Moment zu verhindern.

»Mum, wir reden später weiter«, erklärte sie. »Ich will nicht Cocos Zeitplan durcheinanderbringen.«

Es war schon eine ganze Weile her, seit Juliet mit Minton das letzte Mal ganz offiziell eine Runde durch den Gemeindepark von Longhampton gedreht hatte. Nachdem er früher täglich durch die Gärten von Bens Kunden getollt war, war er abends immer so müde gewesen, dass er froh war, zwischen ihnen auf dem Sofa schlummern zu können.

Diane hatte dem Stundenplan eine hilfreiche Skizze der Route beigelegt, die sie normalerweise mit Coco absolvierte und der Juliet nun folgte. Zuerst musste sie jedoch eine gute Viertelstunde lang in die Stadt hineinfahren, dann ging es zu Fuß den Weg am Kanal entlang weiter bis zum Stadtkern. Danach führte die Runde durch den Barockgarten des Gemeindeparks, in dem gerade rund um den alten Konzertpavillon herum leuchtend purpurrote Geranien und lilafarbene Mauerblümchen in voller Blüte standen. Von hier aus führte der Weg hinauf in die Wälder der Coneygreen Woods, die von der Forestry Commission, der Forstwirtschaftsbehörde, verwaltet wurden. Dort hatte Ben immer Juliets Wissen über Bäume auf die Probe gestellt, während Minton Eichhörnchen hinterherjagte.

Im Gegensatz zu Coco, die brav neben Juliet hertrottete, rannte Minton an seiner langen Leine nach vorn und wieder zurück, schnüffelte am Boden umher und hob gelegentlich das Bein wie ein Teenager, der mit einem Graffiti eine Mauer markierte. Insgesamt waren deutlich mehr Menschen unterwegs, als Juliet hier an einem Dienstagvormittag erwartet hätte. Manche Besucher waren älteren Semesters, andere wiederum waren Mütter, die in Zweier- und Dreiergruppen ihre Buggys schoben. Die meisten davon jedoch hatten wie Juliet einen Hund dabei. Während die Mütter und die Spaziergänger, die gerade vom Einkaufen kamen, sie weitgehend in Ruhe ließen, schienen die Hundebesitzer ein großes Gesprächsbedürfnis zu haben – wobei sie sich allerdings nicht über normale zwischenmenschliche Dinge unterhalten wollten, sondern ausschließlich über ihre Hunde.

»Oh, das ist aber eine hübsche alte Dame. Wie alt ist sie denn?«

»Sagen Sie nichts – sein Name ist Pirat, richtig?«

»Ah, jede Wette, mit den beiden brauchen Sie ganz schön viel Futter, was?«

Jeder noch so freundlich gemeinte Versuch, ein Gespräch anzufangen, führte nur dazu, dass Juliets Anspannung wuchs. Die Junisonne schien warm auf sie herab, und ein wunderschöner Sommertag stand bevor, doch Juliet klopfte das Herz bis zum Hals. Denn es gab genau einen einzigen Grund, warum sie nachts mit Minton Gassi ging: Sie wollte mit *nieman-*

dem sprechen. Sobald sich ihr jemand näherte, merkte sie, wie sie sich immer weiter in ihr Schneckenhaus zurückzog und die Fäuste ballte, um nicht sofort wegzulaufen.

Das Schlimmste dabei war, dass alle Minton und Coco kannten.

»Minton!«, protestierte sie scharf, als dieser auf eine ältere Dame mit einem wuscheligen weißen Westie zulief, der trotz des warmen Wetters ein kariertes Mäntelchen trug. »Tut mir leid, er ist …«

»Oh, Minton ist ein alter Freund von uns, nicht wahr?« Die alte Dame bückte sich und kraulte Minton die Ohren. »Du bist ein schlaues Kerlchen, du vergisst niemals ein Gesicht!« Dann richtete sie sich wieder auf und strahlte Juliet an. »Ich bin Mrs Hinchley. Ich wollte mich schon seit Längerem bei Ben melden – er hat sich so wunderbar um meine Veranda gekümmert. Vielleicht hat er ja Zeit, sich auch um den Garten meiner Tochter zu kümmern?«

In Juliets Schläfen pochte es, und sofort setzte der Selbstverteidigungsmechanismus ein.

»Tut mir leid, aber er ist tot«, erwiderte sie. Die Geschichte ratterte sie in einem Anlauf herunter, ohne ein Mal Luft zu holen, damit niemand auf die Idee kam, Fragen zu stellen. »Er hatte im letzten Oktober einen Herzinfarkt. Niemand konnte sagen, wie das passiert ist, weil er vollkommen gesund und fit war. Was aber gar nicht so selten vorkommt, wie man denkt. Ja, das war ein schrecklicher Schock. Ich vermisse ihn furchtbar. Minton war bei ihm, als es passierte, so war er wenigstens nicht allein, als es mit ihm zu Ende ging. Das ist ein kleiner Trost, aber manchmal mache ich mir wirklich Sorgen um Minton.«

Das Lächeln der alten Dame erstarrte, als sie nach und nach begriff, was passiert war. »Oh, meine Liebe, das tut mir schrecklich leid …«

»Nein, schon gut«, entgegnete Juliet automatisch. Eine Sekunde lang befürchtete sie, Mrs Hinchley würde sie in den Arm nehmen, und wich einen Schritt zurück. Sie wollte nicht unhöflich erscheinen, doch die vielen hilfreichen, gut gemeinten Sätze, die Menschen in einer solchen Situation sagten, hatten die Kraft, alles zu zerstören. Sie war nicht »tapfer«, sie war nicht mehr »noch so jung«, und sie war offen gestanden nicht der Meinung, dass »die Zeit alle Wunden heilte«. Nach acht Monaten ohne Ben fühlte sie sich immer noch wie gelähmt, was schon eine gewaltige Verbesserung war, da sie kurz nach seinem Tod das Gefühl gehabt hatte, bei lebendigem Leib gehäutet worden zu sein. Dennoch kam es ihr vor, als könne man ihren Zustand kaum als »Leben« bezeichnen.

»Nein, ist es nicht«, erwiderte Mrs Hinchley. »Es ist nicht gut. Aber irgendwann wird es besser werden.«

Obwohl sie dies insgeheim bezweifelte und ihr die Tränen kamen, zwang sich Juliet zu einem Lächeln.

Die Ratgeberbücher zur Selbsthilfe im Fall eines solchen Verlusts, die von all denjenigen gesendet worden waren, die keine Blumen geschickt hatten, behaupteten, dass es ein Jahr dauern würde, um den Tod eines geliebten Menschen zu überwinden. Juliet hatte einen Kalender in der Küche hängen, und jeden Abend, nachdem sie den Tag mit Fernsehen überstanden hatte, strich sie einen weiteren Tag durch. Bis zum dreizehnten Oktober waren es noch vier Seiten, doch das Datum ragte schon düster wie eine Ziellinie vor ihr auf; dies war ein Tag, vor dem es ihr graute, den sie aber andererseits herbeisehnte.

Hoffentlich würde also am dreizehnten Oktober dieser schwere Mantel der Trauer von ihren Schultern genommen werden, sodass sie endlich wieder das Gefühl haben würde, atmen zu können. Im Augenblick kam ihr dies noch vollkommen unmöglich vor, doch Juliet wollte den Büchern gern Glauben schenken.

Mrs Hinchley tätschelte ihr den Arm. »Ihr Ben war ein wunderbarer Gärtner. Wenn er sich genauso sorgsam um Sie gekümmert hat wie um meine Rosen, dann müssen Sie das Gefühl gehabt haben, für ihn das wichtigste Mädchen auf der ganzen Welt zu sein.«

Juliet biss sich auf die Lippe. Genau dieses Gefühl hatte Ben ihr gegeben: umsorgt und besonders – aus einem jungen Mädchen zu der Frau herangewachsen, die sie nun war. Und jetzt war sie niemand und gehörte zu niemandem mehr. Sie trudelte dahin wie jene Satelliten im All, die aus ihrer normalen Umlaufbahn geraten waren.

Jetzt komm schon, dachte sie. Das solltest du eigentlich hinter dir haben.

»Tut mir leid«, entgegnete sie und putzte sich die Nase. »Ich gehe mit dem Hund meiner Mutter Gassi. Wir müssen jetzt leider zurück.«

»Es freut mich für Sie, dass Sie unter Menschen gehen und aktiv werden«, antwortete die alte Dame. »Frische Luft ist ein gutes Heilmittel.«

Na, das ist neu, stellte Juliet fest. Das hatte sie noch nicht gehört.

Sie zog an Cocos Leine und setzte ein Lächeln auf, bevor sie dann schneller zurückeilten, als Coco es normalerweise gewohnt war, sodass sie hechelnd Schritt halten musste.

»Du bist menschenfreundlicher als ich, Minton«, erklärte Juliet, nachdem sie außer Hörweite waren. »Hat Daddy eine hübsche Veranda gebaut? Gab es vielleicht irgendetwas, was Mrs Hinchley unter der Veranda vergraben haben wollte? Sollten wir da mal genauer nachhaken?«

Mit Minton zu reden verhinderte, dass Juliet wahnsinnig wurde. Ihm konnte sie stundenlang von Ben erzählen, ohne dass er das gleiche betroffene Gesicht machte wie alle anderen – jener Gesichtsausdruck, der das Gespräch bald dahin brachte, wie toll Ben gewesen war und welch eine wunderbare Ehe sie beide geführt haben mussten. Doch zwischendurch gab es auch immer wieder Zeiten, in denen sie sich damit noch schlechter fühlte. Nur Minton ließ ihr Gejammer zu, wie egoistisch Ben gewesen war, zu sterben und sie hier allein zurückzulassen mit einem halb fertigen Haus und einer zerstörten Zukunft.

Begeistert zog Coco plötzlich in eine Richtung, und Juliet schaute auf, wohin sie lief.

Eine rundliche Gestalt in einer roten Fleeceweste und einer praktischen marineblauen Stoffhose eilte an dem schmuckvoll verzierten Konzertpavillon vorbei und kam auf sie zugelaufen. Dabei schob diese Person einen Buggy, in dem ein kleiner Junge mit Wuschelkopf und Latzhose saß. Sie winkte enthusiastisch.

»Das ist Oma Di«, stellte Juliet fest. »Ich fasse es nicht. Sie will uns kontrollieren!«

Minton wollte sich dazu lieber nicht äußern.

Louise hatte während Tobys erstem Lebensjahr eine völlig neue Art der Müdigkeit kennengelernt. Doch die Erschöpfung, die sie jetzt verspürte, nachdem sie nun seit einer Weile wieder arbeiten ging, abends Toby bei ihrer Mutter abholte und danach auf dem großen, gemütlichen Sofa zu Hause zusammenbrach, konnte man mit nichts anderem vergleichen.

Ihr Kopf tat weh. Die Augen wollten sich mit Gewalt schließen. Und ihre Füße brachten sie dank der neuen High Heels um, die sie letzte Woche online gekauft hatte, in der Annahme, dass sie wenigstens an den Füßen nicht zugenommen hatte. Falsch gedacht! Früher hätte sie neue Schuhe eingelaufen oder wenigstens ihre Fersen mit Vaseline eingecremt, doch selbst dazu hatte sie nun keine Zeit gehabt. Nie hatte sie für irgendetwas Zeit.

Mittlerweile wurde alles nur noch in großer Eile erledigt. Peter kam um sechs Uhr von der Arbeit nach Hause und badete schnell Toby, während Louise hastig ein Abendessen kochte und sich um die Schmutzwäsche kümmerte, die Post erledigte und staubsaugte. Vom Aufstehen am Morgen bis zum Zubettgehen am Abend – vor Peter – erledigte sie alles unter Zeitdruck. Pausen gab es in ihrem Leben schon lange nicht mehr.

Früher war der beste Zeitpunkt am Tag immer jener erste, kühle Schluck Wein gewesen, nachdem sie sich von ihren Schuhen befreit hatte. Mittlerweile war dies nun die erste freudige Umarmung von einem nach Babypuder duftenden Toby, wenn sie ihn bei ihrer Mutter oder im Kinderhort abholte. Wenn er mit seinen kleinen, heißen Fingern über ihr Gesicht strich, hatte sie das Gefühl, dass ihr das Herz vor Liebe überging und die Welt plötzlich in allen Farben erstrahlte, während es bis dahin nur Schwarz-Weiß gegeben hatte.

Völlig gelähmt vor Liebe saß sie da, während Toby fröhlich losschnatterte und mit seinen Fingern in ihrem Gesicht herumstocherte. Ich wünschte, ich könnte nur einen Moment so sitzen bleiben, dachte Louise, von diesem Gefühl der Liebe und Müdigkeit völlig erschöpft.

Die Hausarbeit, ertönte eine mahnende Stimme in ihrem Kopf, und schon rappelte sie sich auf, erhob sich vom Sofa, presste Toby an ihre Hüfte und ging mit ihm nach oben, um sich umzuziehen.

»Hat es dir heute bei Oma gefallen?«, fragte sie, während sie ihren Büroanzug auszog und ihre bequeme Yogahose überstreifte. Toby starrte ihr in die Augen und zerrte an dem unsichtbaren Band, das sie beide miteinander verband. »Ja? Hast du Mummy vermisst? Mummy hat dich sehr vermisst!«

Sie nahm ihn hoch und tapste barfuß die Treppe hinunter, während sie innerlich schon wieder eine To-do-Liste für die nächste Stunde bis zu Peters Ankunft erstellte. Toby etwas zu essen machen, mit ihm spielen, ihn baden, uns etwas zu Abend kochen …

»Sollen wir uns erst um die Hausarbeit kümmern?«, fragte sie Toby. »Gute Idee. Lass uns mit dem Wichtigsten anfangen, das wir nicht vergessen dürfen. Nimmst du dir deine Gießkanne? Ja? Braver Junge!«

Zusammen durchquerten sie den Wintergarten und gingen in den Garten hinaus zum Gewächshaus, das die Vorbesitzer dort erbaut hatten. Louises Garten war dafür groß genug und verfügte zudem über eine anständige Rasenfläche, ein Rosenbeet und einen Gemüsegarten und, falls es jemals nötig sein sollte, ausreichend Platz für ein Trampolin und / oder eine Kricketspielfläche.

Ben war nicht ihr Gärtner gewesen. Sie hatten sich darauf geeinigt, dass es ein wenig misslich sein könnte, den eigenen Schwager zu bezahlen. Doch er hatte ihnen ein paar gute Tipps für den Apfelbaum gegeben und Louise einige pflegeleichte Gemüsesorten ans Herz gelegt, die sie während ihrer Babypause anbauen konnte. Ihm war aufgefallen, wie rastlos sie war und dass ihr ohne die tägliche Herausforderung ihrer Arbeit tausend Dinge durch den Kopf gingen. Ohne nachzubohren, hatte er ihr genau das nahegelegt, was sie in dieser Situation brauchte – ein Projekt, bei dessen Wachstum sie zuschauen konnte. Etwas, das nichts mit Toby zu tun hatte.

Mit Toby auf dem Arm blieb Louise stehen und ließ den Blick über den Garten schweifen. Sie vermisste Ben und seine direkte Art. Sie kannte ihn schon seit dem Teenageralter, und es fiel ihr schwer, sich den Garten ohne ihn vorzustellen. Wie oft war er hier in die Hocke gegangen und hatte an Blumen gerochen oder ein Unkraut ausgerissen. Wie oft hatte sie sich vorgestellt, wie er und Juliet wohl bei ihrer Goldhochzeit aussehen würden. Wahrscheinlich sehr ähnlich: Ben mit dickem grauem Haar, Juliet mit drei Kindern und einer Brille, wie ihre Mutter sie trug. Sie konnte es immer noch nicht fassen, dass sie ihn nie wiedersehen würde.

Louise seufzte, öffnete die Tür des Gewächshauses und ging bis hinten durch. Es stand weitgehend leer – denn nur Ben hatte es für seine Ableger benutzt, wenn er zu viele herangezogen hatte. Nun standen dort fünf große Töpfe, in denen jeweils ein Sämling heranwuchs.

Etwa einen Monat vor seinem Tod, im September, hatte er Louise diese fünf Ableger gebracht, die von dem großen Kirschbaum oben auf dem Hügel Richtung Rosehill stammten.

»Der Baum wurde kräftig beschnitten, also habe ich ein paar Ableger mitgenommen«, hatte er stolz erklärt und gestrahlt, als habe er etwas sehr Wertvolles ergattert. »Es ist unser Lieblingsbaum – mal sehen, ob ich aus diesen Zweigen nicht einen kleinen Ableger für uns züchten kann. Den können wir dann in den Garten pflanzen, sodass Jools dann jedes Jahr im Frühling morgens beim Aufstehen die Blüten sehen kann. Verrate ihr aber nichts – ich will, dass es eine Überraschung wird. Wenn die Zweige anwachsen, soll es ein Geschenk zu unserem Hochzeitstag werden.«

Louise war gerührt, dass er sie in sein Geheimnis einweihen wollte, andererseits bewegte sie die schon charakteristische Liebenswürdigkeit dieser Geste. Das war typisch für Ben; Peter würde sie einfach nur zum Essen einladen oder ihr Geld schenken, damit sie sich mit einem Wellnesstag etwas Gutes tun könnte. Ben und Juliet aber nahmen sich viel Zeit für ihre Geschenkauswahl. Juliet hatte einen perfekten Bananenkuchen für Ben gebacken, während sich Ben um die Sämlinge und Ableger gekümmert hatte.

Nach Bens Tod hatte es Louise nicht übers Herz gebracht, ihr von den kleinen Kirschbäumchen zu erzählen. Alle fünf waren angewachsen, nachdem Ben sie sorgsam eingepflanzt und ihr Anweisungen gegeben hatte, wie sie sie wässern und abdecken sollte. Jetzt waren sie zu jungen Bäumchen herangewachsen. Wäre die Situation zwischen Juliet und ihr nicht so angespannt, hätte Louise ihr mittlerweile vielleicht schon davon erzählt. Denn immerhin schien sie auf dem Weg der Besserung zu sein, selbst wenn dies noch nicht lange so war.

Vor den Bäumchen schwenkte Toby seine Gießkanne wie ein Zauberer seinen Zauberstab, als wolle er sie in große Bäume verwandeln. »Baum!«, rief er dabei.

»Ja, das sind Bäumchen.« Louise nickte und warf einen Blick auf die Anweisungen, wie viel Dünger sie ihnen geben sollte. Sie sahen zwar alle gesund und kräftig aus, doch sie fand die Vorstellung furchtbar, dass sie sie Juliet irgendwann geben würde und sie dann verkümmern würden. Das wäre schrecklich symbolisch; immerhin war Juliet bekannt dafür, dass sie selbst die robustesten Zimmerpflanzen innerhalb von wenigen Stunden vernichten konnte.

Ich werde es schon merken, wann der richtige Zeitpunkt gekommen ist, dachte Louise und befühlte mit den Fingerspitzen die Erde. Sie stellte sich den Moment sehr schön vor, wenn Juliet von dem Erbe ihres Ehemannes erfuhr und dann neben den Tränen der Trauer auch Tränen des Glücks vergießen würde angesichts Bens Aufmerksamkeit und Liebe. Bis dahin war es ein beruhigendes Gefühl, die kleinen Kirschbäumchen heranwachsen zu sehen, neue Triebe zu entdecken und den Wurzeln dabei zuzusehen, wie sie sich tief und tiefer in die Blumenerde hineingruben. Sie hatte ihrer Schwester und dem armen Ben gegenüber ein besseres Gefühl, wenn sie ihnen wortlos zu helfen vermochte, da Worte ihnen in letzter Zeit immer mehr im Weg zu stehen schienen.

4

Juliets Lieblingsplatz im Haus war ihr großer Ohrensessel vor dem Wohnzimmerfenster. Von diesem aus konnte sie auf den langen, schmalen Garten hinausschauen, den Ben auf Vordermann hatte bringen wollen.

Viele Möbel hatten sie sich nicht leisten können, doch dieser Sessel war die erste echte »Investition« gewesen: Das antike Stück mit weichem Samtbezug hatten sie bei einer Versteigerung in der Stadt erstanden und im Ladebereich ihres Kastenwagens mühsam nach Hause transportiert. Juliet hatte viel zu hoch geboten, doch bei ihr war es Liebe auf den ersten Blick gewesen – nicht nur hinsichtlich des Sessels. Sofort hatte sie das Zimmer vor Augen, das sie um sein weiches rotes Polster herum dekorieren wollte.

Längst schon hatte sie sich für dunkelmaulbeerfarbene Wände und einen restaurierten Holzofen entschieden, neben dem sie im Winter gemütlich Tee trinken konnten, und auch für Mintons Körbchen sollte genügend Platz bleiben. Das Zimmer nach vorn zur Straße hinaus war luftig und hell, eine Glyzinie schlängelte sich an den Ecken des Fensterrahmens nach oben. Von dem Zimmer nach hinten hinaus hatte man einen wunderschönen Blick auf den Garten, und sie hatte den Sessel so gedreht, dass sie von dort aus das Rosenbeet und die Obstbüsche im Blick hatte, die Ben für sie gepflanzt hatte.

Juliet baute ihre Ausstattung auf der breiten Armlehne des Sessels auf: eine Tasse Tee, die Fernbedienung für den CD-

Spieler (im Gerät selbst befand sich schon eine CD mit Musik, die sie an Ben erinnerte), das Fotoalbum mit den Bildern ihrer Flitterwochen in New York und große weiße Taschentücher. Ihr Vater hatte stets ein frisches Stofftaschentuch dabei und reichte es ihr, wenn ihr die Tränen kamen, sodass sie nun eine hübsche Auswahl an Stofftaschentüchern besaß. Er wollte sie auch nie zurückbekommen.

Dies war ihre Trauerstunde, die ihre Therapeutin, zu der Diane sie vor einigen Monaten geschleppt hatte, ihr dringend ans Herz gelegt hatte. Sie sollte als eine Art »Heilungstaktik« dienen, bei der sich all ihre aufwühlenden Gefühle in einem erschöpfenden Tränenfluss konzentrieren sollten, anstatt sich über den ganzen Tag zu verteilen und sie immer weiter in dieses Netz der Trauer zu verstricken. Sich selbst so konkret mit all den intensivsten Erinnerungen an Ben und ihr verlorenes Leben zu konfrontieren sollte eigentlich nach und nach die Wirkung jedes Fotos und Liedes, jedes T-Shirts und jeder Postkarte mindern, bis das normale Leben »realer« wurde als das vergangene Leben, das sie sich zurückwünschte. Juliet war sich nicht sicher, ob dieser Plan jemals aufgehen würde.

Die Gegenstände, die sie zusammengetragen hatte, verloren nämlich keineswegs ihre Macht dazu, sie sofort in Tränen ausbrechen zu lassen. Sie hatte sogar noch ein grünes Polo-Shirt von Ben gefunden, das tatsächlich nach ihm duftete, doch nachdem sie es herausgeholt und ihre Tränen darauf vergossen hatte, roch es mittlerweile mehr nach ihr als nach ihm, weshalb sie es zur Sicherheit schnell wieder wie eine heilige Reliquie in ihrem Schrank versteckt hatte. Jedoch schienen insbesondere bei der Musik Klauen an ihrer Brust zu zerren – angefangen an ihrem Hals, bevor sie dann langsam mit jedem Atemzug an ihrer Brust zu kratzen schienen. Mittlerweile hatte sie jedoch eher das Gefühl, Ben zu verraten, wenn sie ihre Trauer zu ihrem eigenen Nutzen auf überschaubare Zeitpunkte begrenzte.

Juliet drückte auf »Play«, und sofort durchfluteten die ersten Takte von Coldplays Album *X&Y* das Zimmer wie das Orgelspiel beim Einzug in die Kirche. Vorsichtig schlug sie das Fotoalbum auf und schob die erste Seite des altmodischen Seidenpapiers beiseite, sodass darunter ein Bild von Ben zum Vorschein kam. Darauf stand er mit einem »Just Married«-Aufkleber auf seinem alten abgenutzten Rucksack draußen vor dem JFK-Flughafen. Für beide war es das erste Mal gewesen, dass sie nach Amerika geflogen waren. Ein Abenteuer. Sie hatten sich geschworen, zu ihrer Silberhochzeit wieder hinzufliegen und dann in dem noblen Hotel zu übernachten, in dem sie sich zu diesem Zeitpunkt nur ein Getränk an der Bar hatten leisten können.

Eine dicke Träne kullerte ihr am Kinn entlang. Juliet wischte sie schnell weg, bevor sie auf die Albumseite hinuntertropfte. Ben hatte lachen müssen, als sie mit der Speicherkarte aus seiner Digitalkamera zum Drogeriemarkt gelaufen war. Doch dies war genau das, was Juliet beschäftigte; etwas so Kleines, das so schnell verloren gehen konnte, war einfach nicht geeignet, um ihre kostbaren Erinnerungen aufzubewahren. Sie wollte den gedruckten Beweis in Händen halten, mit altmodischen Fotoecken aufgeklebt, von Seidenpapier geschützt, weil ihre beinahe schon altmodische Liebe die Liebe fürs Leben war.

»Aber wir haben die Bilder doch hier in unserem Kopf«, hatte Ben beharrt. Irgendwie stimmte das ja auch. Aber Ben war jetzt fort, und mit ihm die andere Hälfte ihrer Flitterwochen.

Die Therapeutin lag falsch, dachte Juliet und zwang sich dazu, die Seite umzublättern. Es fiel ihr immer schwerer, sich auf den Bildern anzuschauen, wie glücklich sie einmal gewesen waren. Denn jetzt, nach acht Monaten, akzeptierte sie endlich die Tatsache, dass Ben definitiv nicht mehr zurückkommen würde. Dies war ihr in einer schlaflosen Nacht klar geworden, als habe ihr Verstand nur darauf gewartet, ihr dies vor

Augen zu führen. Als würde sie über ihrem Körper schweben, hatte sie ihre Zukunft wie einen flachen grauen See vor sich liegen sehen: Dort war kein Land in Sicht, das man hätte ansteuern können, keinerlei Landzungen, um die herum es zu manövrieren galt – stattdessen herrschte einfach nur das Gefühl vor, dass sie immer und immer weiter von dem Glück und der Beständigkeit fortgespült wurde, die sie bis dato als ewig betrachtet hatte.

Juliet schloss die Augen und ließ sich von der Musik forttragen.

Es ist, als ob auch ich mit ihm gestorben wäre, dachte sie und schlang ihre Hand um Mintons warmes Ohr, als die ersten Takte von *Fix You* eine überwältigende Sehnsucht in ihr auslösten. Nichts Neues kommt in mein Leben; stattdessen geht mir all dieses alte Zeug durch den Kopf, und nach und nach scheint mir alles immer mehr zu entgleiten. Nichts mit »*Fix Me*«, das kann niemand mehr in Ordnung bringen.

X&Y war »ihr« Sommeralbum gewesen. Es erinnerte Juliet daran, wie sie gemeinsam auf dem Balkon ihres alten Hauses gelegen hatten und immer wieder in der Sonne eingedöst waren, während die Bienen die Blumentöpfe umschwirrt hatten. Sie waren nur selten in Urlaub gefahren, da Ben gerade in den Sommermonaten viel in den Gärten zu arbeiten hatte und Juliet die Speisen für Hochzeiten lieferte. Stattdessen hatten sie es sich zu Hause gemütlich gemacht und nachts auf dem Balkon unter Moskitonetzen geschlafen. Nachmittags waren sie ins Bett gefallen und hatten sich mit selbst gemixter Sangria betrunken.

Das war der glücklichste Moment in meinem Leben, dachte Juliet, als sie die plötzliche Erinnerung an Bens warmen Körper, der sich an sie presste, mit voller Wucht traf. Sie war damals in den frühen Morgenstunden wach geworden; Ben hatte seine nackten Arme um sie geschlungen und die Nase in ihrem Nacken vergraben. Danach hatte sie stundenlang einfach nur dagelegen und seinen dezent muskulösen Körper betrachtet.

Dabei war sie fast ein wenig erschrocken darüber gewesen, wie sehr sie ihn liebte, und gleichermaßen erstaunt, dass der perfekte Mann für sie aus ihrer Heimatstadt und nicht aus irgendeiner Stadt auf der anderen Seite der Weltkugel stammte.

Warum hatte er sterben müssen? Diese Frage stellte sie sich zum millionsten Mal, während ihr heiße Tränen über die Wangen kullerten. Warum hatte es keine Warnung gegeben, damit sie den letzten Tag angemessen in ihrer Erinnerung hätte verankern können? Und dann eben nicht nur jenen letzten Tag, sondern gleich den ganzen letzten Monat und das gesamte letzte Jahr! Sie hätte ihm noch all die Dinge gesagt, die sie ihm immer hatte sagen wollen. Außerdem hätte sie sich einige Bemerkungen verkniffen, die er von ihr wirklich nicht hätte hören müssen.

Wie zum Beispiel die Frage: »Wie sollen wir jemals ein Kind bekommen, wenn du dich entschließt, für immer ein Teenager zu bleiben?«

Damals war ihr dieser Satz geradezu brillant vorgekommen. Aber eben nur als letztes Wort in einem blöden, albernen Streit, und nicht als das definitiv Letzte, was sie einem Mann an den Kopf warf, der ihr Leben war.

Juliet wand sich vor Scham. Bens verärgerte Miene schob sich vor den Anblick seiner goldbraunen Schultern, und sie legte schnell eine andere CD ein, die weniger schmerzvoll war. Mit der Band Athlete verband sie keine besonderen Erinnerungen, wenn man einmal von einem recht durchschnittlichen Konzert absah, das sie in Birmingham besucht hatten.

Minton zuckte auf ihrem Schoß herum; offenbar empfand er noch im Schlaf ihren Kummer. Auch er liebte den großen Ohrensessel und quetschte sich immer auf den winzigen Platz neben ihr, der noch frei war. Juliet spürte durch sein dünnes Fell hindurch, wie sich sein kleiner Körper aufheizte. Dies war ein beruhigendes Gefühl, während sie blind auf den Rasen hinausstarrte.

Ben hatte große Pläne für den Garten gehabt. Juliet verwahrte immer noch seine Entwürfe: bunte Bleistiftzeichnungen von Staudenrabatten, einem Kirschbaum, einem Gemüsegarten mit Kräuterbeet – mit seiner krakeligen Handschrift hatte er mühevoll alle Pflanzennamen daneben notiert. Sie hatte gern jeden Monat stapelweise Inneneinrichtungsmagazine kaufen dürfen, wenn sie ihm dafür nur nicht seine Krokusbeete und das Geißblatt, das er am Rosenbogen pflanzen wollte, ausgeredet hatte. Der Garten sollte schließlich nachts genauso magisch duften wie tagsüber.

Zwischen den Bäumen hatten sie eine Hängematte aufhängen wollen. Außerdem sollte genügend Platz für eine Schaukel und einen Sandkasten für Baby Falconer bleiben.

Juliet keuchte, als der Schmerz wie eine Woge über sie hereinbrach. Das gedämpfte Geschrei und Gelächter von nebenan gingen ihr durch Mark und Bein. Um den Lärm zu übertönen, drehte sie den CD-Spieler lauter und presste die heiße Teetasse an ihre Lippen.

Dann ging plötzlich das Licht aus, und auch die Musik verstummte. Im ganzen Haus war es mit einem Mal totenstill.

Eine Sekunde lang verspürte Juliet eine immense Erleichterung, als hätte sie es endlich geschafft, die ganze Welt auszublenden. Minton rührte sich nicht. Sie schloss die Augen und ließ sich in den samtenen Frieden um sie herum sinken.

Dann ging nebenan wieder das Geschrei los. Zudem ertönten nun dumpfe Schläge. Nervige, rhythmische Schläge.

Ich könnte einfach zu Bett gehen, dachte Juliet mit immer noch geschlossenen Augen. Dafür brauche ich weder Licht noch Strom. Das hat bis morgen Zeit; wenn es ein Stromausfall ist, dann wird es morgen früh bestimmt schon wieder Strom geben.

Aber was, wenn es kein Stromausfall ist?, erklang eine Stimme in ihrem Hinterkopf. Die besorgte Stimme ihres Vaters. Vielleicht war ja im Haus etwas passiert? Wo ist der Sicherungskasten? Vielleicht tritt ja auch Gas aus?

Juliet schob die Stimme einfach beiseite. Ihre Fähigkeit, all das zu ignorieren, was sie nicht wahrnehmen wollte, hatte sie in den vergangenen Monaten erstaunlich perfektioniert.

Ich könnte Müsli essen. Minton frisst nur Trockenfutter. Und zum Baden kann ich zu Mum gehen.

Aber was, wenn das Haus explodiert? Bist du dagegen versichert? Hast du auch den Versicherungsschutz erneuert? Bist du sicher, dass du hier wirklich sitzen bleiben willst?

Ja, dachte sie. Das werde ich. Und zwar, weil ich jetzt allein bin.

Nebenan ertönte wieder ein dumpfer Schlag, dann ein Geschrei des Protests, schließlich laute Rockmusik.

Juliet riss die Augen auf.

Verdammt und zugenäht! Schlimm genug, dass sie in ihrer Trauerstunde durch den Lärm nebenan gestört wurde. Doch spätestens jetzt konnte sie die Tatsache nicht weiter ignorieren, dass es sich keineswegs um einen generellen Stromausfall handelte. Das Problem schien allein ihr Haus zu betreffen. Nur sie. Schon wieder.

Eine vollkommen irrationale Woge der Wut brandete in ihr auf, und sie sprang so schnell aus ihrem Sessel auf, dass Minton Mühe hatte, mit allen vieren auf dem Boden zu landen.

Entschlossen marschierte Juliet durch ihr düsteres Haus, lief den Weg zur Straße hinunter und stieß die Gartenpforte der Kellys auf. Ein paar rosafarbene Kinderräder blockierten den Weg, doch diese konnten sie nicht aufhalten. Juliet stieg die Eingangsstufen hinauf und pochte mit aller Kraft an die Haustür, doch drinnen herrschte ein solches Getöse, dass sie nicht einmal hören konnte, ob die Klingel funktionierte oder nicht. Selbst ihre Faustschläge konnte Juliet kaum hören.

Irgendwo tief im Inneren des Hauses spielte jemand das Bassgitarrenriff von Led Zeppelins *Whole Lotta Love*. Immer und immer wieder, doch jedes Mal war mindestens ein Ton falsch, während alle Anwesenden den Musiker mit einem »Da-da-da-da-DAH!«-Gegröle anfeuerten.

Juliet schlang die Strickjacke enger um sich, obwohl es eigentlich gar nicht kalt war. Wenn sie vorher über die Aktion nachgedacht hätte, hätte sie sich Schuhe angezogen und wäre nicht in ihren Schaffellpantoffeln hierhergelaufen. Damit konnte man nicht so gut mit dem Fuß aufstampfen – denn genau danach stand ihr gerade der Sinn.

Vor dieser Haustür veränderte sich die Wirkung des Kelly'schen Chaos: Juliet fand es nicht mehr nur nervig – jetzt nahm sie es tatsächlich persönlich. Denn diese Familie war nicht nur laut und lästig, sondern schien ziemlich viel Spaß zu haben. Die ganze Familie war an diesem Tohuwabohu beteiligt, während sie selbst gleich die verbitterte alte Witwe von nebenan sein würde, die ihnen den Spaß verdarb.

Einsamkeit und Wut brandeten in ihr auf. Womit hatte sie es verdient, dass sie nun hier stehen musste? Ben und sie hätten eigentlich jetzt ein Baby erwarten sollen. In ein paar Monaten wären *sie* vielleicht diejenigen gewesen, die sich bei den Kellys für das Geschrei hätten entschuldigen müssen. Wann hatte das Schicksal eigentlich entschieden, dass sie keine eigene Familie haben würde? Und dass diese blöden, egoistischen Leute gleich *vier* Kinder bekamen?

Juliet ballte die Fäuste und wollte gerade noch einmal an die Haustür hämmern, als die Tür plötzlich aufgerissen wurde.

Ein Mann, den sie nicht kannte, stand vor ihr, eine Bierdose in der Hand. Er hatte lockiges schwarzes Haar und trug Jeans sowie ein Holzfällerhemd über einem Thin-Lizzy-T-Shirt. Er sah aus wie ein Handwerker. Vielleicht war er tatsächlich ein Handwerker. Das würde zumindest einen Teil des Krachs erklären, dachte Juliet verbittert.

Er hob die Hand, um ihren Zorn abzuwehren, und lächelte sie strahlend an. »Bevor du etwas sagst: Der Krach tut mir leid, aber heute ist Salvadors Geburtstag«, erklärte er mit einem starken irischen Akzent. »Alec ist von der *Philosophy*-Tournee zurück – zumindest für heute Abend – und hat dem Jungen eine Bassgitarre geschenkt. Seiner Meinung nach kann Salvador nicht früh genug damit anfangen, wenn er einmal beim Glastonbury Festival spielen will, bevor sein alter Herr zu alt ist, um hinzugehen und sich die Show anzusehen.«

»Es ist so laut, dass ich nicht einmal …«, fing Juliet an, doch plötzlich hatte sie nur noch das Bild des stolzen Vaters vor Augen, der am Rand der Bühne stand, während ein kleiner Junge mit einer großen Bassgitarre kämpfte. Es war wirklich albern. Sie kannte diese Leute nicht einmal, und es würde zudem auch noch mindestens zehn Jahre dauern, bis dieser Salvador als Headliner beim Glastonbury Festival auftreten könnte – wenn überhaupt. Seiner Unfähigkeit nach zu urteilen, sich ein Riff mit fünf Noten zu merken, war die Sache eher unwahrscheinlich. Doch Juliet hatte plötzlich das Gefühl, als würde tief in ihrem Inneren etwas zerreißen, und ihre Augen füllten sich mit heißen Tränen.

»Herrje!« Der Mann war entsetzt. »Jetzt sag nicht, du bist ein *Led-Zep*-Fan? Wenn es das ist, dann werd ich dem Jungen sagen, dass er was anderes spielen soll …«

»Nein, nein. Ich habe nur keinen Strom mehr«, entgegnete sie und wischte sich die Tränen ab. »Ich dachte, es könnte vielleicht ein Stromausfall sein, aber offensichtlich ist hier alles in Ordnung.«

Der Mann schien erleichtert zu sein. »Wahrscheinlich ist nur eine Sicherung rausgeflogen. Du musst dann nur den Überspannungsschutzschalter wieder umlegen.«

Ein Überspannungsschutzschalter? Was, um alles in der Welt, sollte das denn sein?

»Davon habe ich keine Ahnung!« Juliet schluckte schwer. »Ich weiß nicht einmal, wo sich der Sicherungskasten befindet. Mein Mann hat sich damit beschäftigt.«

Noch während sie dies sagte, wurde ihr klar, dass sie wie eine verwöhnte Hausfrau klang, dabei war es so ja gar nicht gemeint. Die Aufteilung der Hausarbeit nach der Hochzeit in »meine Baustelle« und »deine Baustelle« war ein fortwährender Scherz zwischen Ben und ihr gewesen. Sie hatten sogar eine Tafel besessen, auf der jederzeit weitere Aufgabenbereiche hinzugefügt werden konnten. Juliet musste sich um Geburtstage in der Familie kümmern und mit Minton zum Tierarzt fahren, während Ben sich um den Sicherungskasten und den Ofen kümmerte. Das war der Deal; für jede Aufgabe, die man abgab, musste man eine andere Aufgabe von der Liste übernehmen.

Aber wie sollte sie das einem Fremden erklären? Es erinnerte sie nur wieder daran, dass es jene Liste und die kleinen Liebesbeweise, die diese Liste gleichzeitig bedeutet hatte, seit Bens Tod nicht mehr gab. Der Sicherungskasten war somit nun ein Teil ihres Aufgabenbereichs geworden – sowohl jetzt als auch in Zukunft.

»Ich …«, stotterte Juliet und hielt dann inne. Sie kämpfte mit sich, um ihre Gefühle in den Griff zu bekommen.

»Hey, hey!« Der Mann streckte die Hand aus und tätschelte ihr ein wenig unbeholfen den Arm.

»Lorcan! Wer ist denn da?«, rief eine Frau aus der Küche.

»Lorrrrcaaaan! Loorrrrrcaaaan!«, äfften die Kinder sie nach. »Komm zurück, Looorcaaaan!«

»Ich bin Lorcan, Lorcan Hennessey«, stellte sich der Mann daraufhin vor und streckte ihr ironisch steif die Hand hin. »Hallo.«

»Juliet«, erwiderte sie mühsam. »Falconer.«

»So, da ich ja nun kein Fremder mehr bin, soll ich kurz mit rüberkommen und mich um den Sicherungskasten kümmern?« Er zwinkerte ihr zu. »Damit du deine Stereoanlage einschalten und Sal übertönen kannst?«

»Wenn es dir nichts ausmacht?« Plötzlich wurde ihr klar, dass sie Lorcan gegenüber gar nicht erwähnt hatte, dass sie nebenan wohnte. Hatten sich die Kellys also schon über die griesgrämige Frau von nebenan unterhalten, die sich wahrscheinlich über den Lärm beschweren würde?

»Kein Problem. Warte kurz, ich hole nur eben eine Taschenlampe. Bleib hier. Emer? Emer, wo zum Teufel finde ich in diesem Chaos eine Taschenlampe?«

Juliet konnte nicht widerstehen und warf einen Blick in den Flur der Kellys. Als Wendy noch hier gewohnt hatte, war sie stets nur bis zur Veranda vorgedrungen und war seitdem auch nicht mehr hier gewesen. Die schwarz-weißen viktorianischen Bodenfliesen waren die gleichen wie bei ihr, doch hier war von ihnen kaum etwas zu sehen, weil sie von einer chaotischen Sammlung von Sachen bedeckt waren, die aus Körben, Taschen und Schuhregalen hervorquollen und quer über den Boden verstreut waren. Turnschuhe, Bücher, Gummistiefel, Fußbälle, Zeitschriften, Plastiktüten vom Supermarkt – eben alles, was zu einem Familienleben dazugehörte.

Beunruhigenderweise bemerkte sie auch ein paar leere Käfige in Hamstergröße mit stillstehenden Hamsterrädern.

In der Luft lag der Duft von Curry und warmem Brot. Juliets Magen knurrte, und plötzlich fiel ihr auf, dass sie zwar Minton Futter gegeben, an sich selbst jedoch nicht gedacht hatte.

»So, da bin ich wieder.« Lorcan tauchte vor ihr auf, eine riesige Taschenlampe in der Hand. »Geh vor«, forderte er Juliet auf und deutete auf die Tür.

Verlegen ging Juliet den beinahe zugewachsenen Weg zurück und öffnete ihre eigene Haustür. Mit einem Mal nahm sie die Kistenstapel im Wohnzimmer, die immer noch nicht ausgepackt waren, viel deutlicher wahr.

»Gerade erst eingezogen?«, erkundigte sich Lorcan und steuerte auf die Treppe zu. »Oder lässt du renovieren?«

»Wir wohnen seit einem Jahr hier. Ich meine, *ich* wohne seit einem Jahr hier. Bisher habe ich es noch nicht geschafft, mit den Renovierungsarbeiten anzufangen.«

»Das leuchtet ein. Wozu auspacken, wenn man dann doch

wieder alles einpacken muss? So – der Sicherungskasten befindet sich höchstwahrscheinlich unterhalb der Treppe. Zumindest ist das bei Emer so.«

Mit der Taschenlampe leuchtete er über die Holzpaneele, um die Tür des Sicherungskastens zu finden. Von Weitem schon konnte man das Tapsen von Mintons Pfoten hören, als dieser aus der Küche angetrabt kam. Als er jedoch den fremden Mann roch, knurrte er so furchterregend, wie Juliet es von ihm noch nie gehört hatte.

»Tut mir leid, er will mich nur beschützen«, erklärte sie schnell.

»Ruhig Blut, mein Freund!« Lorcan ging in die Hocke und ließ Minton an seinen Fingern schnüffeln. »Braver Junge. Du passt schön auf Frauchen auf, nicht wahr? Aber von mir hast du nichts zu befürchten.« Er kraulte ihn am Ohr, und sofort hörte Minton auf zu knurren. Dennoch überschlug er sich nicht gerade vor Freude.

Juliet beobachtete Lorcan. Er strahlte definitiv keine merkwürdigen Signale aus – eher im Gegenteil –, dennoch schien Minton auf der Hut zu sein. Neuerdings funktionierte Minton als ihr Barometer, da ihr Urteilsvermögen, was Mitmenschen anging, ziemlich aus den Fugen geraten war. Seinem Gespür vertraute Juliet jedoch.

Lorcan richtete sich wieder auf und fand den versteckten Griff für den Untertreppenschrank. Als er mit der Taschenlampe die Tiefe des Schranks ausleuchtete, wurde es im Flur plötzlich wieder stockfinster, und nur das fahle Mondlicht fiel durch das Fenster am Treppenabsatz herein.

»Sei ehrlich: Was war's?« Seine Stimme klang gedämpft. »Ein billiges Glätteisen für die Haare? Ein Anschluss, den du selbst verkabelt hast?«

»Ich habe keine Ahnung«, erwiderte Juliet. »Plötzlich war der komplette Strom weg.«

Lorcans Lockenkopf tauchte wieder aus der Dunkelheit auf.

»Wahrscheinlich weißt du es, aber du musst es mir natürlich nicht sagen. Du hast es jedenfalls geschafft, einen Kurzschluss auszulösen«, erklärte er. »Komm und sieh selbst, dann kannst du den Schaden beim nächsten Mal selbst beheben.«

Juliet trat in das kleine Kämmerchen und dachte dabei an ihre Mutter, die wahrscheinlich außer sich vor Angst wäre, wenn sie wüsste, dass sie sich hier auf so engem Raum in einem leeren Haus mit einem völlig unbekannten Mann befand, der mit einer riesengroßen Taschenlampe bewaffnet war, und sie nur von einem kleinen Terrier beschützt wurde.

»Keine Angst, du kannst hier keinen Stromschlag bekommen«, beschwichtigte Lorcan sie und missinterpretierte ihr Zögern als Angst vor Heimwerkerarbeiten. »Versprochen!« Er hob die Hände und lächelte. Es war wieder dieses breite, strahlende Lächeln.

Er sah so aus, als würde er selbst in einer Band spielen, dachte Juliet beiläufig. Er besaß große Hände, trug an einem Finger irgendeinen keltischen Ring, während an einem anderen Finger ein Pflaster klebte.

Hätte er über mich herfallen wollen, so wäre dies sicherlich längst geschehen, dachte sie. Außerdem hatte Minton ihn auch nicht angefallen.

Sie lächelte kurz und ging an der Stelle, auf die er deutete, in die Hocke.

»Siehst du den Schalter hier? Der ist ausgeschaltet. Er sollte aber eingeschaltet sein.« Er legte den Schalter um, und sofort ging das Licht wieder an. »Den Schalter solltest du immer als Erstes überprüfen. Für alles andere würde ich lieber den Elektriker rufen.«

Juliet nickte. Lorcan verströmte einen sehr männlichen Duft. Er war keineswegs unangenehm … nur eben ein wenig ungewohnt.

Er richtete sich wieder auf und klopfte sich den Staub von den Jeans. Gerade als er etwas sagen wollte, meldete sich ihr

Magen mit einem beschämenden Knurren laut zu Wort. Lorcan musste lachen.

»Wie ich höre, hast du noch nichts gegessen. Willst du vielleicht nach nebenan mitkommen und dort einen Happen mit uns essen? Emer kocht gerade ein indisches Curry – und ihr Curry ist wirklich einsame Spitze. Sal durfte sich nämlich aussuchen, was er heute essen will, da es heute sein Tag ist, und er hat sich viel zu viel gewünscht.«

»Ähm, nein, danke«, erwiderte Juliet automatisch. Ihr war nicht danach, an einem Geburtstagsessen teilzunehmen, ganz zu schweigen von einem, bei dem es so wild und laut wie bei den Kellys zugehen würde. Juliet vermutete, dass Emer die Mutter war, und Alec der Vater. Doch bei den Kellys gab es so viele Familienmitglieder, dass sie den Durchblick verloren hatte. Von den Gästen, die womöglich eingeladen waren, einmal vollkommen abgesehen. Dem Lärm nach zu urteilen waren ganze Heerscharen von Gästen geladen.

»Es würde aber wirklich keine Umstände machen«, beharrte Lorcan. »Emer kocht immer zu viel. Meistens vergisst sie nämlich, für wie viele hungrige Mäuler sie kochen muss. Heute sind aber alle da. Sogar Alec ist heute Morgen extra eingeflogen.« Er zwinkerte ihr zu. »Er ist mir ja ein schöner Vater! Macht sich einfach vor Sals offizieller Geburtstagsparty aus dem Staub. Partys bei zugedröhnten Heavy-Metal-Musikern, kein Problem – aber kaum steht eine Fete mit zehn Elfjährigen auf der Kegelbahn an, ist er raus aus der Nummer.«

»Was macht Alec beruflich?«, erkundigte sich Juliet neugierig.

»Er besitzt ein Unternehmen für den Auf- und Abbau von Livebühnen für Rockbands. Früher war er selbst mal Roadie, aber mittlerweile ist er nur noch im Management tätig. Darum fliegt er in der gesamten Weltgeschichte umher. Wusstest du das nicht?«

»Ich war … in letzter Zeit nicht viel unter Leuten«, gab sie zu. »Arbeitet er für bekannte Bands?«

»Sogar für ziemlich berühmte Bands.« Lorcan grinste sie an. »Komm mit, dann können wir uns unterhalten. Er wird dir gern ein paar Geschichten erzählen. Emer hat sie nämlich schon zur Genüge gehört. Alec freut sich über jeden, der seine Anekdoten noch nicht kennt.«

Einen kurzen Augenblick lang war Juliet versucht, die Einladung anzunehmen, doch im letzten Augenblick machte sie einen Rückzieher.

»Ich …«, stotterte sie, doch Lorcan schien schon zu wissen, was sie sagen wollte.

Er verdrehte die Augen und nickte zu dem wummernden Bass, der just in diesem Augenblick nebenan wieder ertönte. »Eine höfliche Entschuldigung ist nicht nötig. Ich liebe die Kids abgöttisch, aber was den Lärm angeht, so muss man sich schon eine hohe Toleranzgrenze zulegen. Was würdest du sagen, wenn ich kurz nach nebenan laufe und uns einfach etwas zu essen herüberhole? Wenn ich ehrlich bin, wäre mir eine gute Entschuldigung ganz recht, damit ich mein *Tarka dhal* in Ruhe essen kann, ohne von Florrie mit den neuesten Storys über ihren Hamster vollgequatscht zu werden.« Lorcan zwinkerte. »Ich könnte ja sagen, dass deine Sicherungen Schrott sind. Du würdest mir damit wirklich einen Gefallen tun.«

»Ähm, bei mir herrscht ein ziemliches Chaos«, stammelte Juliet. Sie hatte Mühe, angesichts der vielen widersprüchlichen Dinge, die ihr durch den Kopf schossen, einen klaren Gedanken zu fassen. Einerseits wollte sie Lorcan so schnell wie möglich wieder loswerden, damit sie sich ihrer Trauer hingeben konnte, andererseits hätte sie liebend gern mehr über ihre Rockstar-Nachbarn erfahren. Und das Curry klang eigentlich auch ganz gut. Allein schon der Duft des Essens eben hatte das seltene Phänomen bewirkt, dass sie Appetit bekam.

Juliet sah zu Minton hinunter, der seinerseits zu Lorcan hinaufstarrte. Seine Gefühle schienen recht klar zu sein.

Lorcans Lächeln wurde noch breiter und spiegelte sich in

seinen strahlend blauen Augen wider. Diese funkelten kokett. »Chaos? Das stört mich nicht. Daran bin ich gewöhnt. Wenn man allein ist, wen stört's dann, wie das Spülbecken aussieht? Jede Trennung hat auch ihr Gutes, nicht wahr? Wenn du uns eine Flasche Wein aufmachst, dann ...«

Juliet erstarrte. Es war nur eine beiläufige Bemerkung gewesen, doch ihr kam sie wie ein Schlag ins Gesicht vor. *Wenn man allein ist?* Woher wusste er das? Hatte Emer nebenan ihm etwa erzählt, dass Ben *ausgezogen* war?

Eiskalt lief es ihr den Rücken hinunter, als ihr plötzlich ein ganz anderer Gedanke kam. Wollte Lorcan sie etwa anmachen? Hatte Minton *das* eben schon gespürt? Dass da jemand versuchte, Bens Platz einzunehmen?

O Gott, wie verdreht war sie eigentlich?

»Nein«, erwiderte sie schnell. »Ich denke, das ist keine gute Idee.« Ihre Stimme klang steif und angespannt.

Lorcan schien verwirrt zu sein. »Entschuldigung, habe ich etwas Falsches gesagt?«

»Ich habe keine Trennung hinter mir.« Juliet schlang die Arme um ihren Oberkörper. »Mein Mann ist gestorben. Ich bin Witwe. Mein Mann Ben und ich, wir waren fünfzehn Jahre lang zusammen. Ich wünschte, ich wäre sitzengelassen worden, dann bestünde immerhin noch die Chance, dass ich ihn zurückbekommen könnte.«

»O Mann, ich wusste nicht, dass ...«

Juliet war es egal, welche Gefühlsregungen gerade an Lorcans Miene abzulesen waren. Sie schritt schnurstracks zur Tür und öffnete sie für ihn.

»Danke, dass du dich um die Sicherungen gekümmert hast«, erklärte sie und hielt den Blick starr auf die viktorianischen Fliesen im Schachbrettmuster gerichtet. Sie waren fast brandneu, da ein verdreckter Teppichbelag sie jahrelang vor allen Einflüssen geschützt hatte, und gehörten zu den wenigen Dingen im Haus, bei denen Juliet nicht gleich den Mut verlor.

Lorcan ging hinaus, drehte sich jedoch auf der Treppe noch einmal zu ihr um. »Emer wusste nichts davon«, entschuldigte er sich. »Sie hatte einfach angenommen, dass …«

»Dass ich noch zu jung bin, um eine Witwe zu sein? Oder dafür nicht traurig genug bin?« Juliet wusste, wie unfair es war, ihre Verbitterung an ihm auszulassen, zumal er so nett zu ihr gewesen war. Doch sie konnte nicht aufhören, in ihrem Inneren schäumten die Gefühle über.

»Na ja, jetzt wissen wir Bescheid«, erwiderte Lorcan schlicht. »Es tut mir leid, dass du deinen Mann verloren hast.« Er ging ein paar Schritte den Weg hinunter, bevor er sich ein letztes Mal umdrehte. »Du weißt, dass du bei uns jederzeit herzlich willkommen bist. Egal, ob du reden oder einfach nur einen Tee trinken möchtest. Ich bin sicher, dass sich Emer über eine erwachsene Gesprächspartnerin sehr freuen würde.«

»Ich werde darauf zurückkommen«, erwiderte Juliet, doch sie hatte keine Absicht, diese Einladung jemals tatsächlich anzunehmen.

5

Louise war bewusst, dass sie ihr ehrgeiziges Streben nach Qualifikationen und Abschlüssen von ihrem Vater geerbt hatte, doch sie hoffte inständig, dass sie nicht die störenden Gene ihrer Mutter abbekommen hatte.

Gerade als sie unterwegs war, um vor Gericht einige Anzeigen wegen öffentlicher Ruhestörung zu verhandeln, hatte Diane sie auf ihrem Handy angerufen und sich über Juliets Baustellenbad aufgeregt.

»Wir müssen dafür sorgen, dass Juliet eine anständige Dusche bekommt«, hatte Diane erklärt. »Ich habe schlaflose Nächte, weil sie nur eine Wanne hat. In so einer Wanne kann alles Mögliche passieren! Ruf mich an, wenn du wieder zurück bist! Wir müssen einen Plan schmieden.«

Darum saß sie nun, um zehn vor sieben, immer noch in ihrem Anzug vor dem Laptop – Toby auf ihren Knien – und suchte nach Badezimmerarmaturen, während sich Diane am Telefon um Juliets sanitäre Einrichtung sorgte.

»Ben hat einmal erwähnt, dass sie nach original viktorianischen Armaturen suchen wollten, damit alles zum Stil des Hauses passt«, erinnerte sich Louise, während sie sich durch einige sehr hübsche kupferne Duschköpfe mit schweren emaillierten Drehknöpfen klickte. »Bevor er ... du weißt schon.«

»Aber funktionieren die denn auch? Ich will nicht, dass sie in einem schäbigen alten Antikladen wohnt, wo nichts funktioniert, nur weil es schön aussieht!«

»Nein, Mum, das sind doch heutzutage alles Nachbildungen.« Diane redete über Juliet, als sei sie immer noch ein unzuverlässiger Teenager, der zu Unfällen im Umgang mit Henna neigte und andauernd das Geld für den Bus verlor. Louise hielt bei einer Dusche inne, die wie für Juliets Haus gemacht zu sein schien. Tatsächlich hatte sie sogar das Gefühl, dass dies eine der Duschen war, die Ben ihr gezeigt hatte, als sie ihm den Prospekt für ihr eigenes Badezimmer vorgelegt hatte. »Ah, ich glaube, ich habe die richtige gefunden. Du meine Güte! Die ist nicht gerade billig!«

Am anderen Ende der Leitung ertönte eine gedämpfte Unterhaltung, und plötzlich kam ihr Vater an den Apparat.

»Hallo, Liebes!«, grüßte Eric sie. Er hatte nur selten Geduld mit Dianes ewigem Hin und Her. Louise meinte beinahe schon zu hören, wie er sich die Lesebrille von der Nase riss und sich frustriert die Augen rieb, da er so lange Dianes Gespräch gelauscht hatte. »Was die Dusche anbetrifft: Kauf einfach die richtige, wir werden sie bezahlen. Ganz gleich, wie viel sie kostet.«

»Aber Juliet wird nie im Leben zulassen, dass ihr sie kauft. Dazu ist sie viel zu stolz.« Louise zögerte, als sie sich an das letzte Mal erinnerte, als sie ihr hatte aushelfen wollen und Juliet ihr ausgedientes Sofa angeboten hatte. »Sie mag es nicht, wenn wir unsere Nasen in ihre Angelegenheiten stecken.«

»Meine Nase ist groß genug, um damit klarzukommen«, erklärte Eric und diktierte ihr seine Kreditkartennummer.

Somit war ein einstündiges Telefonat innerhalb von weniger als einer Minute erledigt. Eines musste Louise ihrem Dad lassen: Er wusste, wie er die Sachen anpacken musste, damit es funktionierte.

Als Louise nach oben geeilt war, um Toby ins Bett zu bringen, hatte die Küche wie ein Schlachtfeld ausgesehen. Doch als sie nun nach unten kam, war alles makellos sauber. Drei Kerzen brannten, und die guten Weingläser standen auf dem Küchentisch.

Begriffsstutzig starrte Louise die Gläser an und versuchte zu ergründen, warum Peter nicht einfach die Weingläser aus Recyclingglas genommen hatte, die man in die Spülmaschine stellen konnte. Und warum er Leinenservietten auf die Teller gelegt hatte. Sie hatten noch nie Servietten benutzt – nicht einmal, seit die Waschmaschine sieben Stunden am Tag lief und alles säuberte, was Toby, der fleischgewordene Dreckspatz, an Schmutzwäsche produzierte.

Louise nahm die Serviette von ihrem Teller und betrachtete sie. Daran hing immer noch der Hochzeitsanhänger. Von Tante Cathy, die tatsächlich damals gelobt hatte: »Gut gemacht, Louise! Mit einem Computerfreak an der Hand wirst du niemals arm sein!«

»Ist alles in Ordnung?«, rief Louise in den Hauswirtschaftsraum hinein. Sie hörte, wie der Kühlschrank geöffnet und wieder geschlossen wurde.

»Das ging aber schnell.« Peter trat in die Küche und machte einen nervösen Eindruck. Über seinem Anzug trug er eine gestreifte Grillschürze, die Ärmel seines Hemdes hatte er hochgekrempelt. In der einen Hand hielt er eine Flasche Wein, in der anderen einen Weinkühler. Er lächelte, gab dabei den Blick auf seine kleinen weißen Zähne frei und deutete auf den Tisch. »Setz dich doch. Soll ich dir etwas einschenken? Ist Weißwein in Ordnung?«

Louise zog einen Stuhl unter dem Tisch hervor. Ihr war klar, dass seine Aufmerksamkeit sie eigentlich umwerfen sollte – insbesondere da Peter den ganzen Tag bei einer großen Softwarekonferenz zugebracht hatte. Doch tief in ihrer Magengrube schien sich ein unerwünschter Knoten zu bilden.

»Soll ich kurz nach oben laufen und mich umziehen?«, scherzte sie verlegen. »Ich komme mir ein wenig underdressed vor.«

»Nein, nein, du siehst prima aus!«, erwiderte Peter, doch die Antwort kam mit einer Sekunde Verzögerung, sodass Louise nur allzu gut wusste, dass er ihre ausgeleierte Yogahose in Augenschein genommen hatte. Louise war gleich nach dem Telefonat mit Diane in ihre alte Mummy-Uniform geschlüpft; sie besaß nur noch einen Rock fürs Büro, der richtig passte – da wollte sie lieber keine Unfälle riskieren.

»Ich ziehe mich kurz um«, beharrte sie schließlich. Es war wirklich albern, doch sie fühlte sich alles andere als entspannt, wenn Peter seinen Anzug trug und sie hier mit ihrer Relaxhose saß, bei der sich womöglich auch noch ihre Unterhose abzeichnete. Darüber hatte sie bis heute noch nie nachgedacht. Aber das war nun dank des Bleistiftrocks, den sie zur Arbeit trug, anders geworden. »Eine Sekunde nur, ich laufe schnell hoch und …«

»Nein, bleib sitzen!« Peters frustrierte Stimme klang streng, doch er bemerkte es selbst und lächelte schnell. Sein Tonfall wurde weicher. »Nein, das brauchst du wirklich nicht. So wie du bist, siehst du toll aus. Setz dich einfach nur hin und entspann dich. Erzähl mir doch mal, wie dein Tag war!«

»Hm, der war eigentlich ganz gut«, antwortete sie und verschwieg ihr ausgefallenes Mittagessen und die etwas hinterlistige Ausrede, die sie benutzt hatte, um Toby abzuholen. »Ich habe die meiste Zeit des Tages im Gericht verbracht und auf Zeugen gewartet. Manche nutzen die Situation richtig aus und kommen mit Sonnenbrillen und allem. So wie sie uns warten lassen, könnte man meinen, sie treten bei X Factor auf. Für den Anfang hat mir Douglas ein paar ziemlich langweilige Fälle übertragen. Wahrscheinlich will er nur überprüfen, ob mein Verstand noch funktioniert.«

»Ja, ja!« Er schenkte ihr ein Glas Wein ein und reichte es ihr.

Louise musterte ihn. Hörte Peter ihr eigentlich zu? Merkte er denn nicht, wie sehr ihr die Frage zu schaffen machte, ob sie wohl da wieder anknüpfen konnte, wo sie vor der Babypause aufgehört hatte? Insbesondere in Zeiten, da an allen Ecken und Kanten Personalkosten eingespart wurden?

»Wie war denn dein Tag?«, erkundigte sie sich höflich, woraufhin Peter von einer Anfrage einer Agentur aus Amerika berichtete, für die sie eine trendsetzende Spielesoftware für einen supergeheimen Kunden programmieren sollten. Doch sein Kompagnon vermutete, dass es sich bei dem Kunden um ein anderes Unternehmen handelte, von dem sie noch nie etwas gehört hatten.

Louise versuchte, seiner Erklärung zu folgen und einen interessierten Eindruck zu machen, was ihr aber sehr schwerfiel. Sie war hundemüde. Außerdem konzentrierte Peter sich nie auf die wirklich interessanten Aspekte, wie zum Beispiel auf die Frage, wie jene Spielesoftware aussehen könnte. Oder auf die Story, wie der ehemalige Kiffer Jason nach Techmates erstem richtig großem Geschäftsdeal aufhörte, mit Turnschuhen zur Arbeit zu kommen, und von da an nur noch handgefertigte italienische Schuhe trug.

Genau so war es aber auch schon gewesen, als Louise noch zu Hause gewesen war: Peter hatte sich kurz nach Toby erkundigt – dabei war Toby so ziemlich das Letzte, worüber sich Louise unterhalten wollte, nachdem sie den ganzen Tag damit verbracht hatte, ihm die Windeln zu wechseln –, bevor er dann endlos von seiner Arbeit erzählt hatte. Er zeigte nur wenig Verständnis dafür, wie müde sie abends war. Denn im Gegensatz zu ihr war er so munter und vergnügt, wie jemand nur sein konnte, der sich nachts nicht um Tobys Geschrei kümmern musste, sondern weiterschlafen konnte.

Louise ließ ihn erzählen. Das war das Einfachste. Während er von dem neuen System berichtete, das Jason gerade entwickelte, servierte er ein Fertiggericht von Waitrose, Hühnchen mit Salat, den Louise im Hinblick auf ihren stramm sitzenden Rock anstatt der Kartoffeln aß. Peter schwärmte immer noch von den vielen wirtschaftlichen Möglichkeiten, als er eine Crème brûlée zum Nachtisch servierte.

Louise aß ihre Portion zur Hälfte und schob den Rest zu Peter hinüber. Fröhlich machte er sich darüber her. Er besaß einen Stoffwechsel wie ein Rennpferd. Damals, als sie sich kennengelernt hatten, war dies eine seiner Eigenschaften gewesen, die sie an ihm so gemocht hatte: seine schlaksigen Arme, die aus dem College-Kapuzensweatshirt herausragten. Er war der typische süße Computerfreak gewesen.

»Gibt es einen speziellen Grund hierfür?« Louise konnte sich diese Frage nicht verkneifen, als Peter ihr noch Wein nachschenkte. »Also für das tolle Candle-Light-Dinner und all das hier?«

Peter zog die Augenbrauen hoch. »Ich weiß, du verbringst viel Zeit mit zwielichtigen, unaufrichtigen Typen, aber muss es denn immer einen Grund geben, wenn ich meiner Frau das Abendessen auftische?«

»Nein«, erwiderte Louise. »Nur … du hast dir so viel Mühe damit gegeben.«

»Na ja, ich weiß doch, dass wir nicht ohne eine aufwendige Militäroperation ausgehen können, deswegen dachte ich, ich hole stattdessen eben das leckere Essen ins Haus.« Er schenkte sich selbst Wein nach und hob dann das Glas zu einem Toast. »So sparen wir immerhin die Taxikosten. Und natürlich den Babysitter.«

»Wir beide haben also gerade ein Date?« Louises Mundwinkel zuckten.

»Na klar. Ein Tisch für zwei im Chez Peter, ein paar Gläser Chardonnay, Musik von Classic FM – gut, die Menüauswahl ist recht bescheiden, da muss ich dir zustimmen, aber der Service ist hier deutlich besser als im La Galette.« Er lächelte sie über den Tisch hinweg an, und der Schein des Kerzenlichts fing den romantischen Blick in seinen Augen ein. »Außerdem wird uns hier niemand gleich nach dem Nachtisch zum Gehen bewegen wollen.« Peter streckte seine Hand aus und schlang seine Finger zwischen die ihren. »Oder dazwischengehen, wenn wir hier am Tisch ein wenig amourös werden. Oder unterm Tisch.«

Louise drückte seine Hand und steckte ihren Löffel in die

Crème brûlée, die sie zu ihm hinübergeschoben hatte. »Oder mir ein schlechtes Gewissen einreden, wenn ich noch ein letztes bisschen Pudding nasche! Hm!«

Langsam dämmerte ihr, worauf sie zusteuerten, und sie bekam immer mehr das Gefühl, als säße sie in einem kleinen Boot, das auf die Niagarafälle zutrieb, während sie hoffnungslos versuchte, mit dem Paddel gegen die reißende Strömung anzukommen. Ihr Fuß krümmte sich um das Stuhlbein, als Peter seinen Fuß nach ihr ausstreckte und sie verfehlte.

»Genau das meine ich«, stellte Peter fest, und Louise meinte, einen Hauch von Langeweile in seiner Stimme erkannt zu haben.

Ihr schlechtes Gewissen meldete sich zu Wort. Eigentlich sollte sie wirklich für einen Ehemann dankbar sein, der nicht nur versuchte, sie bei einem Abendessen zu verführen, sondern auch noch das Abendessen selbst warmgemacht hatte. Komm schon, Louise, schalt sie sich. Jetzt mach schon!

»Das ist wirklich toll. Eine süße Idee von dir. Wenn ich das gewusst hätte, hätte ich mich ein wenig schick gemacht«, schnatterte sie, weil sie das sagen wollte, was er von ihr hören wollte.

»Das brauchst du gar nicht zu tun. So wie du bist, bist du wunderschön.«

»Bin ich nicht. Ich bin total …«, fuhr Louise fort, doch Peter beugte sich vor und presste seinen Zeigefinger auf ihre Lippen. Unweigerlich fragte sie sich, ob er jetzt wohl von ihr erwartete, dass sie verführerisch daran herumknabbern sollte.

Denn wenn er dies erwartete, würde er bitterlich enttäuscht werden.

»Du sollst einfach nur wissen, wie stolz ich auf dich bin, dass du wieder arbeiten gehst«, erklärte er. »Sehr stolz. Du bist eine tolle Juristin und eine fabelhafte Mutter. Aber – lass mich das kurz noch sagen, okay? – von meiner Seite aus gibt es keinerlei Druck, das tatsächlich auch durchzuziehen, falls es dir doch zu stressig sein sollte. Wenn du lieber mit Toby zu Hause bleiben willst, wäre das auch okay für mich.«

»Das ist mir nicht …«

»Nein, lass mich bitte ausreden, Louise. Ich will nicht deine Autorität untergraben. Du sollst einfach nur wissen, dass du niemandem irgendetwas beweisen musst. Wir bekommen das mit dem Geld schon hin. Und falls du in ein paar Monaten feststellen solltest, dass es dir zu viel ist … dann werde ich ganz bestimmt nicht hingehen und sagen: ›Siehst du, ich hab's dir doch gesagt.‹«

Louise schaute zu Peter auf. Er war immer noch der süße Computerfreak von früher, doch sie verspürte dieses Zittern tief in ihrem Inneren nicht mehr, das sein Anblick früher in ihr ausgelöst hatte. Seine dunkelbraunen Augen passten ironischerweise hervorragend zu der Streberbrille. Seine Wangenknochen darunter traten scharf hervor, und Anka, ihre Putzfrau, errötete jedes Mal und musste sich Luft zufächeln, wenn er nach dem Joggen nach Hause kam. Seit Bens Tod ging er öfter laufen. Doch in letzter Zeit … wenn sie seine Attraktivität bemerkte, dann war dies nur noch eine Beobachtung, keinesfalls ein Impuls für mehr.

»Ich möchte etwas für unsere Familie beisteuern«, erklärte sie und griff damit auf ihr bestes Argument zurück.

»Das tust du aber doch! Du tust mehr für unsere Familie als ich, indem du Toby großziehst!«, entgegnete Peter beinahe verletzt. »Das ist die wichtigste Aufgabe, die man haben kann.« Mit der Hand fuhr er sich durch das dunkle Haar und schob seinen Stuhl vom Tisch weg. »Lass uns nach nebenan gehen.«

Er nahm die Flasche aus dem Weinkühler. »Ein weiterer Vorteil hier bei Chez Peter: Man braucht kein Taxi zu rufen, wenn man sich in eine Nachtbar zurückziehen möchte. Weißt du noch, wie wir immer durch London gefahren sind auf der Suche nach einer Bar, die nach ein Uhr nachts noch geöffnet hatte?«

»Und wie wir dann jedes Mal in dieser Spelunke gelandet sind, die du für eine Transvestitenbar gehalten hast, obwohl sie das gar nicht war?« Louise war klar, dass sie damit nur Zeit schinden wollte.

»Das kann uns hier nicht passieren.« Peter tat, als würde er nachdenken. »Jedenfalls, soviel ich weiß. Jetzt komm schon nach nebenan. In die Liebeslounge.«

Langsam griff Louise nach ihrem Glas, erhob sich und blies die Kerzen auf dem Tisch aus.

Im Wohnzimmer dimmte Peter gerade mit seiner Lieblings-fernbedienung das Licht und stellte die Flasche und das Baby-fon auf den Couchtisch. Im Hintergrund erklang die Musik von Ella Fitzgerald – alles schwermütige Lieder.

Dann zog er sich die Schuhe aus und ließ sich auf dem großen Sofa nieder, das sie zwei Jahre vor Tobys Geburt im Schlussverkauf bei Heal's erstanden hatten. Es war aus creme-farbenem Samt und besaß eine breite, geschwungene Rücken-lehne, die zwar schön aussah, im Grunde jedoch ziemlich un-praktisch war.

Das Sofa schien aus einem anderen Leben zu stammen, stellte Louise plötzlich schmerzhaft fest. Aus jenen Tagen, als ich noch nicht darüber nachdenken musste, ob etwas feucht abwischbar ist oder nicht.

Peter klopfte neben sich auf die Sitzfläche des Sofas.

»Komm zu mir, Lulu.« Eine Stimme in ihrem Hinterkopf sagte Louise, dass ihr Ehemann in diesem gedämpften Licht verdammt attraktiv aussah. Mit dem zerzausten Haar wirkte er wie ein Filmstar, und seine bewundernden Blicke folgten ihr, trotz dieser alten, ausgeleierten Yogahose.

Das Weinglas fest umklammernd, ging Louise zu ihm hin-über. Als sie sich setzte, packte Peter ihre nackten Füße und hob sie über seinen Schoß, sodass sie in seinen Armen landete. Sanft nahm er ihr das Glas ab und zog sie an sich heran, damit sie sich aneinanderschmiegen konnten.

»Wie lange ist es eigentlich schon her, seit wir das letzte Mal zusammen einen Abend auf der Couch verbracht haben?«, fragte Peter und schmiegte sich an ihren Hals. »Wir sollten das öfter tun.«

»Hmmm«, erwiderte Louise. Sie merkte, wie sie sich anspannte, obgleich ihr Verstand ihr befahl, sich zu entspannen – wenn sie sich einfach treiben ließ, würden die Gefühle vielleicht schon wieder zurückkommen.

»Noch was. Falls du dich entscheiden solltest, mehr Zeit zu brauchen, um dich auf die Familie zu konzentrieren, und erst in ein paar Jahren wieder in Vollzeit arbeiten willst, dann stehe ich hinter dir.«

Um sich auf die Familie zu konzentrieren? Was genau meinte er damit?

Louise schwieg, doch Peter fuhr mit mittlerweile leicht lallender Stimme fort. Er hatte den Großteil der Flasche ausgetrunken, während Louise nur ein paarmal nervös an ihrem Wein genippt hatte.

»Du bist so wunderbar im Umgang mit Toby. Und Toby selbst ist wunderbar. Ich hätte nie gedacht, dass ich einer jener Männer werde, die beim Thema Kinder ganz gefühlsduselig werden, aber er ist das Beste, was mir je passiert ist. Klar, ich war am Anfang nicht ganz so versessen auf Kinder wie du, aber …« Ganz sanft schob er seine Finger unter Louises Kinn und hob es an, sodass sie ihm in die Augen sehen musste. An seinem Blick erkannte sie, wie ernst es ihm war.

Dann folgten die Worte, vor denen sie sich gefürchtet hatte.

»Ich fände es schön, wenn wir noch ein zweites Baby hätten, Lulu.«

Louise rutschte das Herz in die Hose, doch sie zwang sich zu einem Lächeln. »Ja?«

»Ich weiß, wir hatten eigentlich ausgemacht, noch zu warten, damit du erst noch einmal arbeiten kannst. Aber um ehrlich zu sein, ich war nicht sicher, ob wir finanziell über die

Runden kommen würden. Aber mittlerweile denke ich, dass wir das ganz gut hinbekommen, oder?« Er beugte sich vor und arbeitete sich mit Küssen von ihrem Ohr bis zum Hals vor. »Ich glaube, ein weiteres Baby würde gar nicht so viel mehr Arbeit machen.«

Die Küsse ließen Louise erschaudern, aber nicht auf die Art, die Peter sich erhofft hatte.

Es war ja klar, dass *er* das sagen würde. Innerlich kochte sie vor Wut. *Er* war ja schließlich auch nicht derjenige, der um drei Uhr nachts aufstehen und sich mit stinkenden Windeln herumschlagen oder wunde, rissige Brustwarzen in einen BH quetschen musste, der sich anfühlte, als sei er aus Schleifpapier. Für Peter bedeutete Elternschaft, dass sie allein die ganze Arbeitslast übernahm.

Louise biss sich auf die Unterlippe, um diesen Gedanken für sich zu behalten.

»Ich kann nicht«, erwiderte sie stattdessen. »Bei der Staatsanwaltschaft wäre die Hölle los, wenn ich nach der Babypause zurückkomme, nur um dann gleich wieder in den Mutterschutz zu verschwinden. Das ist alles andere als professionell, da Douglas alle Hebel in Bewegung gesetzt hat, um mich zurückzuholen.«

»Dann sollen sie dich doch verklagen! Schließlich gibt es Gesetze, nach denen intelligente, hübsche Frauen so viele Babys bekommen dürfen, wie sie nur können. Oder sollten.« Er verharrte einen Augenblick lang an ihrer Halsbeuge; Louise spürte seinen warmen Atem heiß auf ihrer Haut. »Vielleicht klappt es ja nicht sofort. Es könnte Monate dauern! Und darum sollten wir schon einmal anfangen zu üben …«

»Hmmm«, brummte Louise. Peter hatte mittlerweile seinen Arm um sie geschlungen und streichelte ihre Taille, während die langen Finger seiner anderen Hand unter ihr T-Shirt glitten. »Peter«, murmelte Louise und schob seine Hand fort.

»Was ist denn?«

»Ich finde nicht, dass der Zeitpunkt dafür günstig ist. Juliet …«

»Was ist mit Juliet?«

»Sie trauert immer noch. Mum sagt, dass ihr sofort die Tränen kommen, wenn sie an die Kinder denkt, die sie mit Ben niemals haben wird. Ich weiß … na ja, ich glaube zumindest, dass sie und Ben planten, eine Familie zu gründen. Und jetzt kann sie das nicht mehr.«

Frustriert richtete Peter sich auf. »Ich verstehe das, aber wir können doch nicht unsere eigene Familienplanung auf Eis legen, nur weil Juliet sich aufregen könnte! Wenn das wahr wäre, würde sie sicherlich auch schon Tobys Existenz völlig aufwühlen.«

Darüber hatte auch Louise bereits nachgedacht. »Vielleicht ist das so. Immerhin habe ich gesehen, wie sie mit Minton umgeht. Er ist wie eine Art Ersatzkind für sie, so wie sie mit ihm redet und ihren Tagesablauf nach seinen Bedürfnissen abstimmt. Es macht mich ganz traurig, wenn ich darüber nachdenke, dass sie vielleicht niemals eigene Kinder bekommen wird.«

»Natürlich wird sie Kinder bekommen! Sie ist doch erst dreißig! Ihr bleibt also noch genügend Zeit, um jemanden kennenzulernen und so viele Kinder mit demjenigen zu zeugen, wie sie will.«

»Sie ist einunddreißig. Und das werden nicht Bens Kinder sein – genau *das* ist doch das Problem.«

Peter starrte sie an und strich ihr mit einer Hand die Haare aus den Augen. »Du bist die gütigste und verständnisvollste Frau, die ich je kennengelernt habe.«

»Bin ich nicht …« Louise zuckte zusammen.

»Doch. Du machst dir immer so viele Gedanken über andere Leute. Das ist einer der vielen Gründe, warum ich dich liebe. Und genau darum ist es meine *Pflicht* als dein *Ehemann*« – er betonte jedes seiner Worte mit einem Kuss auf ihren Hals –,

»dich mit *Speis* und *Trank* zu verwöhnen und dafür zu sorgen, dass du hier zu Hause *glücklich* bist ...«

Er schien nicht zugehört zu haben, dachte Louise verzweifelt, als Peter zu einem leidenschaftlichen, langen Kuss überging und sie in die Arme schloss, sodass sie sich nicht bewegen konnte. Nach einem Augenblick des Widerstands zwang sich Louise dazu, sich zu entspannen und alles über sich ergehen zu lassen. Dabei war ihr vollkommen klar, dass Peter alles tat, was früher dazu geführt hatte, dass ihr Innerstes dahinschmolz, angefangen von seinem innigen Kuss bis hin zu der Art, wie seine Hände über ihre Taille strichen – dem einzigen Körperteil, mit dem sie restlos glücklich war.

Louise stellte auf Autopilot um und ließ ihre Hände über ihn gleiten, bis sie die kleine Vertiefung hinter seinem Ohr fand und diese halb streichelte, halb kratzte. Den gedämpften Lauten nach zu urteilen, die er an ihrem Hals ausstieß, verfehlte dies seine Wirkung nicht, selbst wenn es für sie nichts weiter als ein reiner Bewegungsablauf war.

Louise fühlte sich, als würde sie über sich schweben und die Szene von oben herab betrachten. Ich habe mich verändert, dachte sie. Aber wann ist das passiert?

Wann habe ich mich von jemandem, der Tausende Pfund für ein Sofa ausgab, das eine »gute Investition« sein sollte, in jemanden verwandelt, der nun das gleiche Geld für Babykleidung ausgibt? Und wann hat sich meine Sehnsucht nach diesem begehrenswerten Mann davongeschlichen, sodass nun nur noch die Hülle einer liebenden Ehefrau übrig geblieben ist, die er in mir immer noch sieht? Ist das plötzlich von einem Tag auf den nächsten geschehen, oder war es eine schleichende Veränderung?

Louise wusste von den Ratschlägen auf zahllosen Internetseiten, die sie in den letzten Monaten gelesen hatte, dass Experten auf den Zeitpunkt von Tobys Geburt verweisen würden, als es in ihrem Leben mit einem Mal eine neue Art der Liebe gab, eine vollkommen irrationale, leidenschaftliche Liebe, die alles andere verdrängt hatte.

Tief in ihrem Inneren wusste sie jedoch, dass dies nicht stimmte. Ihre Liebe zu Toby war die gleiche, die sie Peter gegenüber empfand, nur war diese Liebe um ein Vielfaches stärker. Diese Neubewertung der Welt nach der Geburt war eine gute Entschuldigung, aber sie entsprach einfach nicht der Wahrheit. Louises nüchterner Juristenverstand konnte exakt den Zeitpunkt bestimmen, als ihre Welt aus den Fugen geraten und in ein Geflecht aus Geheimnissen und Zweifeln abgeglitten war. Irgendwann hatte ihr Leben nur noch aus Lügen und einem Verhalten bestanden, von dem sie nur schwerlich begreifen konnte, dass *sie* diese Person sein sollte.

Es war der Tag gewesen, an dem ihre Schwester sie angerufen und ihr erklärt hatte, dass Ben, der braun gebrannte, Cider-trinkende, lebenslustige Ben, der in der Schule zwei Klassen unter ihr gewesen war, an einem Herzinfarkt gestorben war. Dies war der Katalysator gewesen, der alles Weitere ausgelöst hatte.

»Louise«, murmelte Peter, »mach dich mal locker.«

Sie merkte, dass sie den linken Arm krampfhaft an ihre Seite presste, damit er ihr das T-Shirt nicht über den Kopf ziehen konnte. Sie wollte nicht, dass Peter sie berührte, dass seine Hände über ihre Haut strichen – falls irgendetwas an ihr sie verraten sollte und er plötzlich merkte, dass sie ein anderer Mensch geworden war.

Louises Magen rebellierte. Diese mentale Krise machte ihr Angst, da sie ihr ganzes Leben lang ihren Gedanken und Empfindungen mit einer geradezu analytischen Präzision auf den Grund gegangen war. Ein weiteres Baby könnte Peter und sie wieder zusammenschweißen; Toby hätte ein Geschwisterchen zum Spielen; es wäre ein Neubeginn; sie konnten sich einen Familienzuwachs glücklicherweise leisten. Vielleicht würde sie sogar ein kleines Mädchen bekommen. Andererseits könnte

sie dann wieder eine Zeit lang nicht arbeiten, was einen Rück-
schritt bedeuten würde. Louise hatte den Blick starr nach vorn
gerichtet. Es gab keinen Weg zurück.

»Louise«, wiederholte Peter eindringlich, und sie merkte,
wie seine gute Laune allmählich dahinschwand.

Komm schon, ermahnte sie sich. Du musst dich nur darauf
einlassen und ihm etwas vorspielen. Du kannst das hier nicht
zu einem dauerhaften Verhaltensmodell werden lassen.

Sie bewegte den Arm und ließ zu, dass Peter ihr über den
Rücken streichelte. Dann knackte es, und aus dem Babyfon
ertönte ein gedämpftes Glucksen, das sich erfahrungsgemäß
gleich in ein ausgewachsenes Wutgeschrei verwandeln würde.
Louise schämte sich für die Erleichterung, die sie überkam.

»Tut mir leid«, erklärte sie und zog sich das T-Shirt mit einem reuigen Lächeln wieder über. »Ich habe das irgendwie
schon geahnt. Es wäre auch zu schön, um wahr zu sein.«

Peter seufzte und ließ sich nach hinten aufs Sofa fallen. »Was
meinst du – ist er noch zu klein, um bei deinen Eltern zu schlafen?«

»Auf jeden Fall«, erwiderte Louise. »Ich kümmere mich darum. Sollen wir eine DVD anschauen? Such schon mal eine
aus, ich bin in einer Minute wieder unten.«

»Prima«, erwiderte er lustlos und griff nach der Weinfla-
sche.

Louise biss sich auf die Lippe. Im Augenblick konnte es noch
warten. Aber allzu lange durfte sie sich nicht mehr Zeit lassen.

6

Wenn mein Anruf ungelegen kommt, melde ich mich später noch einmal«, erklärte Ruth.

Bens Mutter sagte dies immer zu Beginn eines ihrer langen Telefonate, meinte es aber nie wirklich ernst. Juliet hatte ein einziges Mal versucht, sie zu bitten, es später noch einmal zu versuchen, weil ihre eigene Mutter gerade zu Besuch war. Ruth hatte daraufhin so laut losgeschluchzt, dass selbst Minton sie gehört hatte und völlig verängstigt in den Garten geflohen war. Juliet hatte das letzte Quäntchen Stärke und Beherrschung aufbringen müssen, um Ruth davon zu überzeugen, dass sie sich wirklich mit ihr unterhalten wollte.

Juliet hatte keine Ahnung, woher sie diese Stärke genommen hatte, um die dann folgende stundenlange Auflistung von Bens wunderbaren Eigenschaften, seinen witzigen Sprüchen und anderen Erinnerungen an ihn zu ertragen, die Ruth so dringend mit ihr teilen wollte, damit wenigstens ein Teil von ihrem Sohn lebendig blieb.

Das Problem dabei war nur, dass Juliet nicht über Ben reden wollte. Vielmehr zog sie es vor, an ihn zu *denken*. All das Gerede über ihn erinnerte sie nur daran, dass er fort war und nicht mehr wiederkommen würde. All diese Vergangenheitsformen, unter die sich gelegentlich ein Präsens mischte, das sie dann beide aus der Bahn warf.

»Nein, du rufst nicht ungelegen an, Ruth«, erwiderte Juliet und stellte mit der Fernbedienung den Ton der Fernsehsendung ab, während sie den Blick starr auf den Bildschirm gerichtet hielt, wo das Pärchen mit den blauen Fleecejacken gerade selbstgefällig erklärte, dass ihre original Siphonflasche aus den Zwanzigerjahren ihnen deutlich mehr einbringen würde als die fünfzig Pfund, die sie dafür bezahlt hatten.

Die verdienen das doch gar nicht! Die hätten auf den Experten hören sollen, dachte Juliet und rüttelte sich dann selbst auf.

Konzentriere dich auf Ruth. Sie braucht Unterstützung, genau wie ich. Bens Vater, Raymond, redete nicht viel. Seit Bens Tod arbeitete er abends länger – um sich von dem tragischen Verlust abzulenken, wie Ruth erklärte, doch Juliet vermutete, dass er damit Ruths fassungsloser, ungestümer Trauer aus dem Weg gehen wollte.

Eine Viertelstunde. So lange würde es dauern. Bis vor einem Monat noch hatte Ruth täglich angerufen; jetzt konnte sie sich mit ihr immerhin über die Neuigkeiten der letzten drei Tage unterhalten.

»Wie geht es dir?«, fragte sie und kraulte geistesabwesend Mintons samtige Ohren.

»Ich komme klar.« Es folgte das gewohnte tiefe Seufzen, das auf das Gegenteil schließen ließ. »Ich glaube nicht, dass wir jemals über seinen Tod hinwegkommen werden. Jedenfalls nicht vollkommen. Da er doch unser einziges Kind war. Ich kann nicht begreifen, wie schnell die Leute vergessen! Ob du es glaubst oder nicht, diese blöde Frau im Postamt hat mich doch tatsächlich heute Morgen gefragt, ob ich in Urlaub fahren würde! In Urlaub! Dabei kann ich mich kaum dazu aufraffen, auch nur einkaufen zu gehen ...«

Minton sprang vom Sessel herab und blieb neben der Tür stehen, die Ohren aufgerichtet. Juliet klopfte auf die Sitzfläche neben sich, doch er wollte nicht mehr zurück. »Die Leute verstehen das einfach nicht«, erklärte sie. »Das kannst du auch nicht von ihnen erwarten, wenn sie so etwas nicht selbst schon einmal erlebt haben. Was macht die Bank?«

Die Erinnerungsbank war das Einzige, was Ruth »derzeit aufrecht hielt«. Sie war bereits mit der Stadtverwaltung darüber in Streit geraten, wo genau die Bank im Park aufgestellt werden sollte, welche Holzart erlaubt war und so weiter. Juliet war eigentlich gar nicht so sicher, ob diese Bank wirklich die beste Gedenkstätte für Ben war. Er hatte die Bänke im Park gehasst und es vorgezogen, sich ins Gras zu legen. Doch Ruth hatte die Bank zu ihrem Projekt erkoren, und wenn sie ihre Trauer darauf konzentrieren wollte und konnte, dann wollte Juliet sich da nicht einmischen.

»Ich habe mich mit einem Kunsthandwerker unterhalten«, erzählte Ruth. »Aber ich will nichts überstürzen. Die Bank soll genau so werden, wie Ben sie sich gewünscht hätte.«

Juliet sah sich um und ließ den Blick über die unverputzten Wände und die klumpigen Tapetenreste schweifen. Ben hatte es nicht mehr geschafft, die Reste mit dem Dampfreiniger abzulösen, weil er das Leihgerät wieder hatte zurückgeben müssen. Die BBC-Sportsendung *Test Match* war damals dazwischengekommen.

»Was meinst du damit?«, scherzte Juliet. »Soll das heißen, die Bank wird erst 2019 fertig, ist dann aber immer noch nicht lackiert?«

Erst nach einer Pause antwortete Ruth hochmütig. »Ben war ein absolut verlässlicher Handwerker. Wie all seine Kunden, die zur Beerdigung gekommen sind, gern bestätigt haben. Sein Kundenstamm wäre nicht so groß gewesen, wenn man sich auf ihn nicht hätte verlassen können, oder?«, fragte sie verärgert.

»Das habe ich auch gar nicht behauptet.« Juliet schloss die Augen. O Ben, Scherze sind also von nun an verboten, stellte sie fest. »Nur … mit dem Haus sind wir nie über die vorbereitenden Arbeiten hinausgekommen. Wahrscheinlich, weil er eben für seine Kunden so viele Überstunden gemacht hat.«

Als ob *das* nicht schon längst Thema eines Streitgesprächs gewesen war!

»Ben hat hart gearbeitet, um …«, fing Ruth an.

Juliet entschuldigte sich lieber schnell. »Tut mir leid, das wollte ich so nicht sagen. Ich kann im Augenblick keinen klaren Gedanken fassen. Ich schlafe nicht sehr viel.«

»Warst du schon beim Arzt? Du musst immer wieder danach fragen, aber meiner hat mir ziemlich gute Tabletten verschrieben, die aber kein direktes Beruhigungsmittel sind …«

Ausdruckslos starrte Juliet auf die Hauskäufer, während sie Ruths Arztgeschichte über sich ergehen ließ. Doch wie das Bankdrama war auch diese Geschichte längst bekannt: das fehlende Verständnis des Doktors, die Weigerung, so viele Tabletten zu verschreiben, wie Ruth es für nötig befand. Juliet wollte weder Beruhigungsmittel noch Antidepressiva nehmen. Denn sie *wollte* sich nicht normal fühlen.

»… Neulich meinte er tatsächlich, Sport sei genauso gut wie Medizin, aber das kann ich doch nicht, denk bloß an meine Knie, deswegen habe ich nein gesagt, ich hätte von einem neuen Medikament namens Xanax gehört, das ich vielleicht nehmen könnte …«

Minton hielt den Blick starr auf die Tür gerichtet, obwohl es weder geklopft noch geklingelt hatte. Juliet schnalzte mit der Zunge und klopfte neben sich auf den Sessel, doch Minton wollte einfach nicht gehorchen.

Sie hoffte nur, dass er nicht schon wieder auf Ben wartete. Monatelang hatte Minton, den Kopf auf seinen Pfoten, neben den Arbeitsstiefeln gelegen, die Ben im Flur hatte stehen lassen. Juliet brachte es nicht übers Herz, die Stiefel wegzuräumen, doch Mintons aussichtslose – aber doch immer noch hoffnungsvolle – Treue zu seinem Herrchen ließ sie immer wieder in Tränen ausbrechen.

Als sie missbilligend schnaubte, drehte er sich zu ihr um, sah dann aber wieder zur Tür. Obwohl es warm war, lief Juliet ein kalter Schauer über den Rücken. Was sah Minton dort bloß?

Etwa Ben? Kam er zurück?

Sie stand vom Sessel auf, während Ruth unaufhörlich weiterschnatterte, was sie dem Arzt zum Thema Rezeptgebühren alles an den Kopf geworfen hatte. Zwischen dem Wohnzimmer und der Korridortür befand sich ein kleiner Garderobenraum – mit einer Markierung, wo Ben eigentlich einen Durchbruch geplant hatte. Als Juliet zu Minton ging, der vor der Tür zum Flur stand, spürte sie einen kalten Luftzug, als sei an dieser Stelle plötzlich die Temperatur abgefallen – wie es oft in jenen Sendungen berichtet wird, in denen es um übersinnliche Begegnungen geht.

Minton hatte seinen Schwanz warnend in die Luft gereckt; Juliets Puls schnellte in die Höhe. Eine Zeit lang hatte sie sich einfach zu viele dieser parapsychologischen Sendungen angeschaut. Alles in der Hoffnung, selbst einmal so etwas zu erleben.

»Bist du hier, Ben?«, fragte sie mit einer vollkommen irrationalen Sehnsucht. »Spürst du, wie sehr ich dich vermisse? Habe ich dich mit meinem Wunschdenken zurückgeholt?«

»… Juliet? Juliet, hast du gehört, was ich gerade gesagt habe?«

»Ruth, da ist jemand an der Tür«, erwiderte Juliet. »Tut mir leid – aber ich rufe dich zurück, sobald ich kann!«

Sie drückte auf die Taste des schnurlosen Telefons, schloss die Augen und atmete all die Düfte ein, an die sie sich erinnern konnte, während sie sich Bens Gesicht vorstellte, sein Lachen, die gekrümmte Nase, die kleinen Lachfältchen, die sich ganz allmählich um seine braunen Augen herum gebildet hatten. Eine Woge der Sehnsucht schwappte über sie hinweg, als sie tatsächlich seinen Geruch zu riechen glaubte – eine Mischung aus Schweiß, Erde und CK One.

Und dann ertönte die Stimme eines Mannes. Einen kurzen Augenblick wurde Juliet ganz schwindelig vor Angst, Hoffnung und Ungläubigkeit.

Dann erkannte sie die Stimme ihrer Mutter, die antwortete.

Enttäuschung stieg in ihr auf. Juliet öffnete die Tür zum Flur. Daher stammten also der kalte Luftzug und der Geruch –

durch die Jacken und Mäntel wehte frische Luft herein, die winzige Duftspuren mit sich trug.

Minton lief ein paar Schritte vor und schnupperte an der Tür.

Warum stand die Haustür offen? Und warum war ihre Mutter nicht hereingekommen? Eigentlich war es gar nicht ihre Art, nicht anzuklopfen, sondern direkt hereinmarschiert zu kommen.

Juliet schlang die Strickjacke enger um sich und trat in den Windfang hinaus, ohne dabei auf die vertraute Arbeitsjacke zu schauen, die neben der Tür hing. »Mum?«, rief sie.

»Ach, hallo, Liebes! Ich unterhalte mich gerade mit Lorcan über die Arbeiten, die in deinem Haus noch erledigt werden müssen.«

Diane stand auf der untersten Treppenstufe, beinahe auf der Straße. Ihre Wangen waren leicht gerötet, die Augen strahlten. Juliet fiel auch der frisch aufgetragene Lippenstift auf – etwas, womit ihre Mutter sich normalerweise überhaupt keine Mühe machte.

Der Grund dafür lehnte am Torpfosten des Nachbarhauses: Lorcan, den sie am Vorabend kennengelernt hatte, aß dort lässig eine Scheibe Toast. Als sein Blick auf Juliet fiel, erstarrte er, und er richtete sich auf. Sein Selbstvertrauen war mit einem Schlag verschwunden. »Guten Morgen!«

Coco hatte sich zwischen die beiden gelegt, da sie die Unterhaltung zu langweilen schien. Als sie jedoch Minton erblickte, richteten sich ihre großen Ohren auf, und sie erhob sich. Minton seinerseits flitzte los und beschnupperte sie neugierig.

»Morgen«, erwiderte Juliet verlegen. Vielleicht war sie gestern Abend ein wenig unhöflich zu Lorcan gewesen, als sie ihn praktisch hinausgeworfen hatte. Aber er hat das Problem mit den Sicherungen ausgenutzt, um dich anzubaggern, ertönte eine Stimme in ihrem Hinterkopf. Was solltest du da anderes tun?

»Deine Mum hat gerade erzählt, dass du mit der Arbeit am

Haus beginnen willst.« Sein Interesse schien ehrlich zu sein und nicht nur eine höfliche Floskel.

»Irgendwann, ja«, entgegnete Juliet, doch Diane unterbrach sie lächelnd.

»Juliet hat nicht einmal eine Dusche, ist das zu fassen? Liebes, du solltest lieber heute als morgen mit den Arbeiten anfangen, während das Wetter noch gut ist, das meint auch Lorcan. Das Baugutachten, das sie vor dem Hauskauf haben anfertigen lassen, enthielt einige Empfehlungen für die Dachsanierung. Und das ist immerhin schon vor mehr als einem Jahr gewesen, Juliet! Seitdem hatten wir ziemlich viel schlechtes Wetter, und es hat doch bei dir hereingeregnet ...«

»Mum, darum habe ich mich gekümmert.« Juliet warf ihrer Mutter einen durchdringenden Blick zu. »Ich dachte, Dad wollte sich mit Keith unterhalten?«

»Keith ist mit seiner Familie für ein paar Wochen nach Menorca geflogen. Aber stattdessen wird Lorcan hier zu dir kommen und einen Kostenvoranschlag anfertigen.« Diane strahlte vor Vergnügen, als sie ihren Trumpf ausspielte. »Und zwar morgen.«

»Das wird kein direkter Kostenvoranschlag sein, sondern nur eine Liste, was alles gemacht werden müsste. Bis zu meinem nächsten Job habe ich nämlich noch ein paar Tage frei«, erklärte Lorcan. Zähneknirschend überlegte sich Juliet, wie sie dagegen protestieren sollte. »Das soll nicht heißen, dass du mich auch für die Arbeit engagieren musst. Aber du würdest zumindest schon einmal einen Überblick über alles bekommen. Manche Handwerker sind nämlich echte Scharlatane und schreiben jede Menge Unsinn auf, in der Annahme, dass du von der Materie keine Ahnung hast.«

»Lorcan hat nebenan ein paar wundervolle Dinge gebaut, seitdem er bei Emer wohnt«, fuhr Diane fort und lockerte ihr ohnehin schon aufgeplustertes Haar auf. So lebhaft hatte Juliet sie zum letzten Mal erlebt, als sich der Buchclub mit ihr an der

Spitze neu.formiert hatte. »Du kannst also jederzeit rüberge-
hen und dir ein Bild von seinen Fähigkeiten machen. Er hat mir
von ein paar hübschen schwebenden Wandregalen erzählt, die
er selbst gebaut hat.«

»Ach, zaubern kann er also auch?«, erkundigte sich Juliet.
Gut, sie brauchte seinen Flirtversuch nicht persönlich zu nehmen; offensichtlich ließ er seinen Charme bei jeder Frau spielen, die er traf.

Um Lorcans dunkelblaue Augen zeichneten sich Lachfält-
chen ab. »Nein, ich habe nur versenkbare Schrauben benutzt.
Wenn du magst, kannst du gern kurz reinkommen und dir die
Regale anschauen. Emer macht es bestimmt nichts aus.«

»Emers Ehemann kennt Mark Knopfler!«, erklärte Diane
ganz beiläufig, als habe sie tagtäglich mit Rockbands zu tun.
»Und Emer war auch mit *der Band* zusammen!«, fügte sie hinzu und formte dabei mit den Fingern Anführungsstriche, die
sie Lorcan abgeschaut haben musste, da Juliet ziemlich sicher
war, dass »mit der Band zusammen« für Diane bedeutete, dass
Emer irgendwo im Hintergrund Tamburin gespielt hatte.

Juliet verzog das Gesicht. Kein Wunder, dass es drinnen
plötzlich kalt geworden war; die Tür hatte wohl die ganze Zeit
offen gestanden, während sich ihre Mutter angeregt mit Lorcan unterhalten hatte. »Weiß ich schon.«

»Und nicht nur Mark Knopfler«, fuhr Lorcan fort. »Er kennt
auch noch viele andere der älteren Rockstars. Aber lass Emer
ja nicht hören, sie sei ein Groupie.«

»Emer stammt aus Galway«, erklärte Diane. »Sie und Lorcan kennen sich von …«

»Mum«, unterbrach Juliet sie warnend, »warte wenigstens
ab, bis der arme Mann hier wieder drinnen ist, bevor du all seine Geheimnisse brühwarm weitererzählst!«

»Ich wollte dich nur informieren«, erwiderte Diane und lockerte ein letztes Mal mit einer mädchenhaften Geste ihr Haar
auf. »Ich muss mich für meine Tochter entschuldigen«, fuhr sie

dann, an Lorcan gewandt, voller Anmut fort. »Sie gehört leider nicht zu der Generation, die sich noch beim Nachbarn ein Paket Zucker borgt. Wenn sie sich doch nur schon früher bei Ihnen vorgestellt hätte, dann könnten Sie sich ihr Haus schon längst angeschaut haben!«

Juliet war zu entsetzt, um ihre Mutter daran erinnern zu können, dass die Kellys erst in der äußerst schwierigen Zeit zwischen Bens Tod und seiner Beerdigung eingezogen waren. Ihr Umzugswagen hatte die komplette Straße blockiert, sodass die Männer vom Beerdigungsinstitut mit ihrem Wagen in der Devonshire Street hatten parken müssen, während der Umzugswagen weggefahren wurde. Juliet erinnerte sich nur vage an einen hochgewachsenen Mann mit Bart, der sich vielmals entschuldigt hatte und dann beim Zurücksetzen des LKWs in den Citroën der Nachbarn hineingefahren war.

Lorcan schien zu spüren, wie gereizt sie war. »Jedenfalls«, fuhr er fort und ließ den Blick zwischen Diane und Juliet wandern, »muss ich erst noch jemanden wegen der Farben zum Anstreichen treffen. Passt es morgen um zehn? Dann wären wir um die Mittagszeit herum schon fertig.«

»Prima«, erwiderte Diane. »Zehn Uhr, abgemacht.«

»Großartig.« Lorcan hob die Hand und ging zu einem Van, der vor dem Haus der Kellys parkte.

»Zehn Uhr, abgemacht.« Juliet imitierte den leicht irischen Akzent, mit dem Diane gesprochen hatte. »Begorrah, begorrah. Bei Gott.«

»Wie bitte?«

»Ich ahme nur seinen Akzent nach. Ehrlich.«

»Er macht mir einen wirklich liebenswürdigen Eindruck.«

»Ich weiß. Er ist ja auch … nett. Das heißt aber trotzdem noch lange nicht, dass du einfach jemanden dazu verdonnern kannst, bei mir vorbeizukommen und mir bei der Renovierung zu helfen, als sei ich ein Kleinkind, das nicht einmal einen Handwerker anrufen kann.«

Diane wurde wütend. »Ich habe nichts dergleichen getan. Er wollte von sich aus bei dir vorbeischauen, um die Sicherungen noch einmal zu überprüfen.«

»Tatsächlich?«

»Ja. Du hast mir gar nicht erzählt, dass du gestern einen Kurzschluss hattest. Warum hast du nicht deinen Vater angerufen?« Ihre Miene erstarrte. »Was ist eigentlich noch so alles vorgefallen, das du uns verschwiegen hast? Herrscht in diesem Haus Lebensgefahr? Vielleicht sollte er mit seinem Besuch gar nicht bis morgen warten. Das sollte lieber heute geklärt werden!«

Diane drehte sich um und wollte Lorcan davon abhalten, in seinen Van zu steigen. Doch Juliet konnte sie gerade noch rechtzeitig am Arm packen. »Nein! Mit meinem Sicherungskasten ist alles in bester Ordnung! Ich habe eben Fernsehen geschaut. Komm rein, dann koche ich dir einen Tee mit meinem perfekt funktionierenden Wasserkocher!«

»Nein«, erwiderte Diane fest entschlossen. »Darum sind Coco und ich ja hier. Wir wollen dich auf andere Gedanken bringen, damit du nicht den ganzen Tag vor dem Fernseher hockst. Du musst doch auch mal nach draußen! Frische Luft schnappen! Und das mit uns zusammen – nicht wahr, Coco?«

Beide starrten zu Coco hinunter. Sie schien jedoch keineswegs versessen darauf zu sein, in den Park zu laufen. Juliets Meinung nach schien der Glanz in ihren braunen Augen nur eines zu sagen: Sofa.

»Ich möchte bei ihr etwas wiedergutmachen«, gestand Diane. »Du weißt schon – dafür, dass ich neulich nicht selbst mit ihr Gassi gegangen bin.« Sie streichelte über Cocos weichen Kopf. »Ich habe unseren Spaziergang genauso vermisst wie sie. Zieh dir deinen Mantel an. Minton! Kannst du dir deine Leine holen? Deine Leine! Damit wir Gassi gehen können?«

Sie benutzte diesen Babytonfall, den Juliet Minton gegenüber niemals anschlug. Sie und Ben hatten damals vereinbart, dass sie ausschließlich in Erwachsenensprache mit ihrem Hund reden wollten.

»Er kann keine Kunststückchen. Er ist ein *Terrier*, Mum!«

Ärgerlicherweise trabte Minton jedoch los und schnappte sich sein Halsband, das neben der Haustür am Haken hing, und kaute stolz darauf herum. Das war der Zeitpunkt, an dem Juliet aufgab.

»Dieser Lorcan ist ein wirklich interessanter Mann. Wusstest du eigentlich, dass er früher mit Alec zusammen ein Roadie war? Und dass er mit Emer in einer Folk-Rock-Band in Kilburn gespielt hat?«

»Das überrascht mich nicht«, erwiderte Juliet. »Ich hoffe nur, dass sie besser spielen können als Salvador.«

»Salvador?«

»Emers Sohn. Er besitzt eine Bassgitarre, hat aber kein Ohr für Musik.«

Zusammen spazierten sie den Pfad am Longhamptoner Kanal entlang. Minton lief an seiner langen Leine, jagte umher und schnüffelte überall interessiert herum, während Coco elegant zwischen Diane und Juliet herstolzierte – eher wie eine Dame, weniger wie ein Hund.

»Du lässt doch Lorcan morgen ins Haus, damit er sich alles ansieht, oder?«, hakte Diane nach. »Mir wäre wirklich wohler bei dem Gedanken, dass du vor dem Winter noch eine hübsche, warme Küche hast.«

»Ja, mache ich«, erwiderte Juliet.

»Das sagst du doch jetzt nur, damit ich dich in Ruhe lasse!«

»Da hast du vollkommen recht.« Juliet zog Minton von einer verdächtigen Gestrüppgruppe weg. »Aber ja, er soll sich alles anschauen. Schließlich will ich es mir nicht mit den Nachbarn verscherzen.«

»Gut. Das freut mich.« Diane seufzte. »Vielleicht kannst du danach eine Liste erstellen und entscheiden, was du als Erstes erledigen möchtest. Setze Schwerpunkte, dann hast du mehrere Möglichkeiten zur Auswahl.«

»Welche Möglichkeiten denn?«

»Nun ja …« Diane kramte in ihrer Tasche auf der Suche nach Cocos Tennisball. »Du könntest das Haus verkaufen und dir was Kleineres suchen. Dann könntest du die Differenzsumme investieren. Oder aber bleiben.«

Juliet wusste ganz genau, dass Diane die Möglichkeit des Bleibens nur hinzugefügt hatte, weil sie eine zusätzliche »Wahlmöglichkeit« liefern musste. Ihr Vater hatte schon das ein oder andere Mal gesagt, wie viel Gartenarbeit auf sie allein zukommen würde, was Juliet aber alles stur ignoriert hatte. Diese Bemerkungen waren mehr auf ihr Alleinsein bezogen gewesen als auf den Garten an sich.

»Ich möchte nicht umziehen.« Ich will ja nicht mal, dass sich das Haus in ein Heim verwandelt, das Ben nicht mehr wiedererkennen würde, fügte sie insgeheim hinzu.

»Aber du kannst doch nicht in einem Haus bleiben, in dem es nicht einmal eine anständige Dusche gibt!«

Bevor Juliet antworten konnte, warf Diane den Ball und feuerte ihren Hund mit »Lauf Coco, lauf!« an. Minton brauchte keine Einladung, um sofort loszustürmen. Coco schlich ihm hinterher und zeigte zumindest ein wenig guten Willen.

»Ich freue mich richtig, dass ich Lorcan heute kennengelernt habe«, fuhr Diane fort. »Ich habe gleich das Gefühl, dass ich mir weniger Sorgen um dich machen muss, wenn nebenan ein anständiger Kerl wohnt, auf den man sich im Notfall verlassen kann. Wie gestern Abend, zum Beispiel. Er scheint wirklich nett zu sein.«

Juliet warf ihrer Mutter einen scharfen Blick zu. *Diesen* Vorstoß konnte sie gleich im Keim ersticken. »Für solche Fälle gibt es die Gelben Seiten. Außerdem: Woher willst du wissen, ob er ein anständiger Kerl ist? Immerhin hat er mit mir *geflirtet* – vielleicht hat er die rausgeflogene Sicherung nur als Vorwand benutzt, um mich anzubaggern. Vielleicht stehst du ja auf diesen öligen irischen Charme, ich jedenfalls nicht. Also versuch gar nicht erst, uns zu verkuppeln – nur weil er zufällig Single ist und obendrein auch noch nebenan wohnt.«

»O Juliet! Das würde ich nie tun!«

Juliet presste die Lippen fest aufeinander. In letzter Zeit war ihr bereits mehrmals aufgefallen, dass Diane und Louise – ob bewusst oder unbewusst – einige Freunde und Bekannte hatten vorsprechen lassen für die Rolle des »Mannes, der Juliet wieder in die Welt der Lebenden zurückholen sollte«. Dabei wollte sie wirklich niemanden an ihrer Seite. Juliet konnte es sich überhaupt nicht vorstellen, jemals irgendjemanden lieben zu können, der nicht Ben war. Ihr Herz fühlte sich an, als sei es planiert worden. Da war nichts mehr. Selbst ihre liebevollen Erinnerungen an Ben fühlten sich bisweilen an wie ein bloßes Echo, nicht wie die echte Liebe.

Jedenfalls hatte ihr die Therapeutin – dieselbe, die ihr auch gesagt hatte, dass es ein Jahr dauern würde, bis es ihr besser gehen würde – erklärt, dass sämtliche posttraumatischen Empfindungen nur darauf zurückzuführen seien, dass das Herz einen Neustart versuche und darum auf Katastrophen praktisch vorprogrammiert sei.

»Oh, sieh mal!«, rief Diane plötzlich. »Da ist Hector!«

»Hector?«

Eine Frau mittleren Alters mit einem Baseballcap kam ihnen auf dem Pfad entgegen, doch von einem Mann war weit und breit nichts zu sehen.

»Hallo, Hector!«, brüllte Diane. Sofort kam ein Dackel unter einem Strauch hervorgestürzt und stürmte mit wackelndem Schwanz auf Coco zu.

Coco jaulte überrascht auf und lief zu Diane zurück, wo sie mit eingezogenem Schwanz zwischen Dianes Beinen stehen blieb. Was den Dackel jedoch nicht davon abhielt, sehr interessiert an ihren Geschlechtsteilen herumzuschnuppern.

»Hector, du bist ungezogen! Das ist doch deine Freundin! Hallo, Coco«, rief die unbekannte Frau Diane zu, wie Juliet feststellte.

»Coco«, rügte Diane – wieder an die Frau gewandt –, »sei nett zu Hector!«

Sei nett?, wunderte sich Juliet. *Sei nett?* Lass schön zu, dass dich ein Dackel hemmungslos angräbt und sich dabei wie ein volltrunkener Erstliga-Footballer in einem Nachtclub verhält? Und warum unterhalten sie sich miteinander über ihre Hunde – wie mit Handpuppen? Warum sagen sie nicht einfach »Hallo Diane!«, »Hallo Pam!«?

Minton umkreiste aufgeregt Coco und schien sich über seine Pflichten nicht ganz im Klaren zu sein. Denn im Gegensatz zu Minton besaß Hector ein beeindruckendes Paar haariger Eier und sah aus wie einer, der wusste, was damit zu tun war.

Juliet starrte mit hochgezogenen Augenbrauen ihre Mutter an und wartete darauf, vorgestellt zu werden.

Diane reagierte ein wenig nervös. »Oh – tut mir leid. Juliet, das ist Hector. Hector, das ist Minton. Minton stammt aus der Hundeauffangstation *Four Oaks* oben auf dem Hügel.«

»Ach, tatsächlich?«, erwiderte die Dame am anderen Ende von Hectors Leine. »Hector auch! Wie klein die Welt doch ist! Dann sind wir ja beinahe miteinander verwandt!«

Hat meine Mutter gerade wirklich meinen Hund einem anderen Hund anstatt der Besitzerin vorgestellt? Juliet konnte es nicht fassen.

»Verzeihen Sie meine Frage, aber …«, fuhr Hectors immer noch namenlose Besitzerin fort, »wohin geht Coco *in Urlaub*?« Sie flüsterte »in Urlaub«, als sei dies ein Euphemismus, während sie gleichzeitig schuldbewusst zu Hector hinuntersah.

»Manchmal besucht sie Rachel in *Four Oaks*, aber für gewöhnlich kümmert sich Juliet um sie.«

»Oh, ich hatte auf eine andere Möglichkeit gehofft.« Der Regenmantel der Dame hob und senkte sich mit ihrem tiefen

Seufzer. »Rachel ist vollkommen ausgebucht, und es würde mir gar nicht gefallen, Hector bei jemandem unterzubringen, der ihn nicht kennt. Es wäre ja auch nur für ein paar Tage. Ich habe schon versucht, eine dieser Tierpaten zu engagieren, die einmal am Tag vorbeischauen, ihm Futter geben und ein wenig mit ihm spielen. Wissen Sie, meine Schwester ist nämlich im Krankenhaus«, fuhr sie, an Juliet gewandt, fort. »Und Hector mag es gar nicht, allein zu sein.«

»Wenn es nur darum geht, dass jemand ein paar Tage lang auf Hector aufpasst, so könnte Juliet Ihnen bestimmt aushelfen«, erwiderte Diane. »Immerhin tut sie das gerade auch bei mir. Ich passe nämlich zwei- oder dreimal pro Woche auf meinen Enkel auf; während dieser Zeit ist Coco bei Juliet und Minton.«

Juliet wollte gerade protestieren, doch da war es schon zu spät. Die Frau explodierte geradezu vor Dankbarkeit.

»Das würden Sie für mich tun? Wirklich? Es wäre ja auch nur für ein paar Tage. Und Hector ist so ein lieber Junge! Wenn man mittags mit ihm Gassi geht, dann schlummert er den Rest des Tages selig vor dem Fernseher.«

Hector war dazu übergegangen, nun aufdringlich an Minton herumzuschnuppern. Der arme Minton wusste gar nicht, wie ihm geschah. Mit flehentlichem Blick sah er zu Juliet auf.

»Ich habe kein Gewerbe als Hundesitterin angemeldet«, widersprach sie, doch die beiden Frauen hörten sie gar nicht.

»Warten Sie, ich schreibe Ihnen schnell meine Telefonnummer und die wichtigsten Infos auf …« Die Frau suchte in ihrer Handtasche nach Stift und Papier. »Oh, damit würde mir ein großer Stein vom Herzen fallen. Außer mir hat Una nämlich niemanden, und in der Onkologie sind Hunde natürlich nicht erlaubt … So gegen fünf Uhr wäre ich jeden Nachmittag wieder zurück.«

Juliets Widerstand schmolz dahin. Die Onkologie.

»Hier.« Die Dame reichte ihr einen Zettel, auf dem sie zwei

Telefonnummern, Hectors Namen sowie den Namen des Zwingers, Grizzlehound Captain Caveman, notiert hatte.

Den Namen der Frau selbst musste Juliet jedoch erst erfragen.

»Ich? Oh, Barbara. Barbara Taylor«, erwiderte sie überrascht. »Entschuldigung, ich würde Sie am liebsten Mrs Minton nennen, aber Sie heißen in Wirklichkeit …?«

»Juliet Falconer. Und das hier ist Diane. Diane Summers.«

Ihre Mutter versuchte zwar, es zu überspielen, doch Juliet konnte deutlich merken, dass dies für beide Seiten – mit Ausnahme von Coco und Hector – eine Neuigkeit war.

Juliet wartete, bis Mrs Taylor und Hector außer Hörweite waren, bevor sie sich zu ihrer Mutter umdrehte. »Was sollte das?«, zischte sie verärgert.

»So kommst du wenigstens an die frische Luft«, antwortete Diane. »Und es sorgt für ein wenig Ablenkung.«

»Bitte versuch nicht, mein Leben in die Hand zu nehmen. Ich bin eine erwachsene Frau und durchaus in der Lage, mich selbst zu organisieren«, entgegnete Juliet verärgert.

Diane schwieg und warf stattdessen mit einer ausgesprochen selbstzufriedenen Miene den Ball für Coco und Minton, sodass Juliet sich insgeheim ernsthaft fragte, ob sie dieses Treffen wohl schon vor einer Weile eingefädelt hatte.

7

Wie versprochen klopfte Lorcan am nächsten Morgen genau zwischen der *Crimewatch Roadshow* und *Cash in the Attic* an ihre Haustür.

Er trug ein Black-Sabbath-Tour-T-Shirt, das den Blick auf einige Kratzer auf seinen sehnigen Armen freigab, sowie schwere Stiefel über der Jeans. In seinem Haar klebten einige kleine Blätter und anderes Grünzeug, und er schien sich große Mühe zu geben, freundlich zu sein.

»Ich störe doch nicht, oder?«, fragte er, während Minton auf der Türschwelle interessiert seine schlammverkrusteten Jeansbeine beschnupperte. »Wenn du möchtest, kann ich auch gerne später noch einmal wiederkommen – brüll einfach über den Zaun.« Mit dem Daumen deutete er nach draußen. »Ich bin dabei, für Emer die Kletterrosen zurückzuschneiden, sonst bekomme ich heute Mittag nichts zu essen.«

»Hast du denn keine Gartenhandschuhe?«, fragte Juliet mit einem Blick auf seine zerkratzten Hände. Zwar hatte Ben eine wahre Nashornhaut gehabt, dennoch hätte er sich einer Kletterrose niemals ohne Spezialhandschuhe genähert.

Lorcan schüttelte so den Kopf, dass seine Locken hüpften. »Nö. Aber ich habe Roadie-Hände. Die sind hart wie Stahl. Roisin kam eben schon mit einem Paar Backhandschuhen raus. Außerdem bin ich ohnehin gleich fertig.«

»Ich werde dir Arbeitshandschuhe leihen«, entgegnete Juliet. »Mein Mann war Gärtner und ist nie ohne seine Spezialhandschuhe aus dem Haus gegangen. Einmal hatte er nämlich einen Rosendorn unter dem Fingernagel stecken, der sich dann entzündet hat. Jedes Mal wenn er einen Gärtner ohne Handschuhe gesehen hat, war er …«

Dieser Schmerz. Dieser plötzliche, dunkle Schmerz, der sich mit einem Schlag unter ihren Rippen ausbreitete, wenn sie sich an etwas erinnerte, das Ben niemals wieder laut sagen würde. Selbst wenn sie eine dieser abgedroschenen Anekdoten erzählte, von denen sie niemals erwartet hätte, dass ihr diese einmal fehlen würden.

Während Lorcans Miene immer noch Verwirrung widerspiegelte, riss Juliet die Tür weit auf und wechselte schnell das Thema. »Ähm, komm rein. Jetzt passt es genauso gut oder schlecht wie später.«

»Okay.« Lorcan sah sie kurz prüfend an. Juliet hoffte inständig, dass aus seinem Blick nicht irgendeine unbeholfene Entschuldigung hervorging.

»Tut mir leid wegen neulich Nacht«, fing er an. »Ich war …«

»Du hast mich einfach auf dem falschen Fuß erwischt«, erwiderte Juliet schnell. »Es war unhöflich von mir, dir so etwas zu unterstellen. Wahrscheinlich bin ich nicht mal dein Typ. Vergessen wir die Sache einfach.« Ihre Blicke trafen sich, und Lorcan schien etwas sagen zu wollen. Doch Juliet hob abwehrend die Hand. »Und das war jetzt keine Einladung dazu, mir zu verraten, auf welchen Typ du abfährst. Erzähl mir einfach nur was über mein Haus.«

»Okay«, erwiderte Lorcan. Er pochte an den Türrahmen. Der Klang war nicht sonderlich gut. »Wahrscheinlich müssen die Rahmen alle ausgetauscht werden. Das ist mir bereits aufgefallen, als ich mich gestern mit deiner Mutter unterhalten habe. Auch dein Türschloss ist nicht richtig eingebaut.«

»Tatsächlich?« Juliet kaute auf der Unterlippe herum.

»Ja. Du brauchst dringend eine Fünffachverriegelung, denn dieses Schloss hier ist ziemlich wackelig. Siehst du?«

Ben hatte irgendwann einmal etwas über ein neues Tür-schloss gesagt – und diesen Punkt mit Kreide auf der To-do-Liste in der Küche notiert. Schon regte sich Widerstand in ihrer Brust; sie *brauchte* niemanden, der ihr erklärte, was alles aus-getauscht werden musste.

»Du solltest das Türschloss ziemlich schnell wechseln las-sen, da es nicht mehr zulässig ist. Versicherungen können da im Ernstfall ziemlich unangenehm werden.« Er tippte an das Schloss. »Ich könnte das im Handumdrehen für dich erledi-gen – es wird auch nicht lange dauern. Aber dann könnte we-nigstens deine Mutter beruhigt sein.«

Na *prima!* Was *genau* hatte Diane eigentlich Lorcan zwischen Tür und Angel so alles darüber erzählt, was im Haus gemacht werden müsste? Möglicherweise hatte sie ihn sogar noch be-stochen, ihr darüber Bericht zu erstatten, was tatsächlich alles repariert werden musste, damit sie alles überwachen konnte.

Andererseits würde ihr ihre Mutter höchstwahrscheinlich tatsächlich ewig in den Ohren liegen, wenn ihre Eltern er-fahren würden, dass Ben es nicht geschafft hatte, vernünftige Schlösser einzubauen. »Könntest du das bitte für mich tun?«, hörte sie sich sagen.

»Kein Problem!«, erwiderte Lorcan mit einem umwerfen-den Lächeln. »Wird heute noch erledigt.« Verunsichert fuhr er fort: »Wenn das für dich in Ordnung ist?«

Juliet nickte. Mist, dachte sie. Ich sollte mein Handwerker-Pokerface aufsetzen! Vor Handwerkern zu bluffen – das war eindeutig eine von Bens Aufgaben gewesen. Dummerweise sendete sie alle nur möglichen Signale aus, während Ben wahr-scheinlich seinerseits lässig an den Rahmen gepocht und eine Bemerkung über die Türstürze gemacht hätte. Und wie sah es überhaupt mit der Versicherung aus? Hätte sie dort mitteilen müssen, dass Ben tot war? Hatte sie das vielleicht schon getan? Oder ihre Mutter?

Minton hörte auf, an Lorcans Bein herumzuschnüffeln,

kehrte zu Juliet zurück und lehnte sich an ihr Schienbein. Zwar beäugte er Lorcan misstrauisch, knurrte aber nicht.

»Ich weiß, die Frage ist ein wenig frech, aber könnte ich vielleicht eine Tasse Tee bekommen?«

»Tee?« Juliet hatte eigentlich die Nase voll von Tee. Während der letzten acht Monate hatte sie so viel stark gesüßten schwarzen Tee getrunken, dass ihr Inneres mittlerweile bestimmt die Farbe einer Mahagonianrichte angenommen hatte.

Lorcan nickte. »Seit Emer die Frau eines Managers ist, hat sie nur noch diese lächerliche Kaffeemaschine. Die kann alles, außer selbst Kaffeebohnen anzubauen. Dabei ist sie so kompliziert zu bedienen, dass Emer ihren Ältesten, Sal, bitten muss, sie anzustellen. Ich hab ihr immer wieder gesagt, dass die Lifestyle-Polizei schon nicht vorbeikommen und einen hopsnehmen wird, nur weil man einen verdammten Teekessel besitzt!«

Aus ihr völlig unerfindlichen Gründen merkte Juliet, wie sich ein Kichern durch ihre Tränen kämpfte. Dabei hatte sie keine Ahnung, warum das so war – sie fand seine Bemerkung eigentlich nicht mal witzig. Tatsächlich hätte sie am liebsten sogar losgeheult, anstatt zu lachen. Aber vielleicht hatte es etwas mit Lorcans Gesichtsausdruck zu tun. Durch den immer wieder ansteigenden und abfallenden Tonfall seines irischen Akzents hatte man das Gefühl, dass er stets eine witzige Pointe in petto hatte, obwohl dem vielleicht gar nicht so war. Außerdem hatte sie so gut wie nicht geschlafen.

»Tee. Okay.« Juliet ging vor, vorbei an den immer noch unausgepackten Bücherkisten, die neben den Stufen zur Küche im hinteren Teil des Hauses standen.

»Schon komisch, wie unterschiedlich zwei benachbarte alte Häuser aussehen können, was?«, stellte Lorcan fest. Er lehnte sich an den Kühlschrank, während sie das Teewasser aufsetzte und zwei Tassen aus dem Spülbecken nahm. Nach allem, was er am vorherigen Abend über das Singledasein und den fehlenden Antrieb, sich um solche Dinge zu kümmern, gesagt hatte, wünschte sie inständig, ihr Frühstücksgeschirr abgewaschen zu haben.

»Unterschiedlich? Inwiefern?«

»Ach, du weißt schon. Durch die ganzen Durchbrüche hier wirkt alles schön hell. Und doppelt so groß.« Er gestikulierte mit seiner zerkratzten Hand und betrachtete die Größe der Küche und des Hinterzimmers. »Emer … die alte Lady, der das Haus zuvor gehört hat, hat dort jahrelang allein gelebt. Es gibt viele winzige Zimmerchen, noch mehr Bücherregale und verwinkelte Ecken. Selbst wenn alles aufgeräumt und sauber ist, wirkt es dort durcheinander. Du dagegen hast hier optimale Voraussetzungen. Bei uns werde ich wohl den alten Vorschlaghammer schwingen müssen.«

»Das alles war schon so, als wir hier eingezogen sind. Die Arbeiten waren aber nur zur Hälfte erledigt. Das war auch der Grund, warum wir uns dieses Haus leisten konnten. Der vorherige Beisitzer hatte angefangen, alles von Grund auf zu renovieren, doch dann musste er aus beruflichen Gründen umziehen.« Juliet holte die Teekanne aus dem Schrank. »Aber vielen Dank für dieses Vertrauensvotum. Meine Mum und mein Dad konzentrieren sich ja eher auf die unfertigen Böden und die Stromleitungen.«

»Na ja, ich behaupte nicht, dass du nicht noch einen Haufen Arbeit vor dir hast. Aber immerhin sind die grundlegenden Arbeiten erledigt. Und es ist ein schönes Haus. Ein fröhliches Haus.«

Das Teewasser kochte, doch Juliet nahm den Kessel nicht vom Herd. »Findest du?«

Lorcan nickte. »Ich habe schon viele Häuser gesehen. Und das hier ist ein fröhliches Haus.« Dann, als ihm klar wurde, was er sagte, war das Strahlen in seinen Augen mit einem Schlag erloschen, und er vergrub das Gesicht in seiner riesigen Hand. »Herrje, ich wollte nicht … Es tut mir leid!«, murmelte er. »Das war blöde. Schon wieder. Ich bin ein Idiot.«

Unbewegt goss Juliet das kochende Wasser in die mit rosafarbenen Herzen verzierte Teekanne von Emma Bridgewater. Diese Kanne hatte auf ihrer Liste mit den Hochzeitsgeschenken gestanden und war ihnen von Auntie Cathy geschenkt worden, die sich beim Empfang so sehr betrunken hatte, dass sie ihrer Mutter erklärte, es sei doch eine Schande, dass Juliet keinen besseren Mann als einen Gärtner gefunden habe. Im Gegensatz zu der hochambitionierten Louise mit ihrem Peter, die »einmal so reich wie Bill Gates werden wird, ich sag's euch!«.

»Alles bestens«, erwiderte sie. »Alles bestens.« Diese Antwort konnte sie mittlerweile schon automatisch abspulen. Sie hatte sie oft angebracht – meistens wenn sie Besuchern, die es gut mit ihr meinten, heißen, gesüßten Schwarztee vorsetzte. »Wir haben es auch als ein fröhliches Haus empfunden, als wir es gekauft haben. Schließlich kann das Haus ja nichts dafür, dass sich die Dinge nicht ganz so schön entwickelt haben.«

Lorcan fuhr sich mit der Hand über das Gesicht und schaute sie zerknirscht über die Handkante hinweg an. »Es tut mir leid. Deine Mutter hat mir von deinem Verlust erzählt. Sie hat allerdings nicht gesagt, wann das passiert ist.«

»Letzten Oktober. Man darf sich das aber nicht so wie die Masern vorstellen. Man ist nicht plötzlich geheilt.«

»Nein, das habe ich auch nicht gemeint.«

»Oder wäre es einfacher, wenn Witwen eine schwarze Armbinde tragen würden?«, fuhr Juliet verärgert fort. »Oder einen Trauerflor? Damit die Leute daran erinnert werden?«

»Es tut mir wirklich leid«, flehte Lorcan, doch Juliet regte sich immer mehr auf.

»Vielleicht aber auch eine dieser kleinen Schleifen. In Schwarz?«

Er hob abwehrend die Hände. »Es reicht. Ich hab's verstanden.«

Juliet fühlte sich auf einmal wie leer. »Ben ist nicht hier gestorben, wenn du das mit dem fröhlichen Haus gemeint hast. Er ist um die Ecke auf der Straße gestorben.«

Plötzlich merkte sie, dass sie die Keksdose fest an ihre Brust presste. Irgendwann einmal hatte sie die Dose für die vielen Kondolenzbesucher täglich aufgefüllt und Schokoladenkekse wie eine Opfergabe hineingekippt, damit die Gäste etwas zu tun hatten, wenn ihnen die tröstenden Worte ausgingen.

Hör auf damit, befahl sie sich und nahm den Deckel der Dose ab. »Kekse?«

»Danke.« Lorcan gab sich keine Mühe mit der »Nein, eigentlich darf ich nicht«-Floskel, sondern nahm gleich drei auf einmal. »Warst du lange verheiratet?«

»Fünf Jahre.« Juliet drückte die Teebeutel am Kannenrand aus, da sie zu ungeduldig war, um darauf zu warten, bis der Tee fertig war. Nachdem ihre Verbitterung wie eine Eiterbeule aufgeplatzt war, hatte sie keine Lust mehr, noch länger mit diesem lebendigen Mann Smalltalk über ihren verstorbenen Ehemann zu betreiben. Der Tod war genauso schrecklich wie ihre seltsame Single-aber-doch-auch-wieder-nicht-Single-Situation. In Lorcans Gegenwart fühlte sie sich irgendwie unbehaglich, und das ärgerte sie.

Juliet überlegte gerade angestrengt, wie sie die ganze Hausbesichtigung beschleunigen konnte, als Lorcan hüstelte.

»Gibt es Pläne für die Küche?«, fragte er. »Sollen hier frei stehende Küchenblöcke entstehen? Oder willst du lieber eine Einbauküche?«

Juliet sah auf und entdeckte, dass Lorcan ein Notizbuch wie einen Skizzenblock aufgeschlagen hatte und nun methodisch die gesamte Küche unter die Lupe nahm. Dabei bewegte er den Kopf so ruckartig wie ein Vogel, als er die Details begutachtete.

»Die Wände müssen abgeschliffen und angestrichen werden. Wandkacheln müssen angebracht werden. Was hattest du für den Boden vorgesehen?« Lorcan hielt mit seinen Kritzeleien inne und hob die Augenbraue.

»Ich …« Juliet verstummte. »Ich weiß es nicht.«

Sie hatten sich nie über den Küchenboden unterhalten. Bens Entwürfe für den Garten waren bis ins kleinste Detail ausgereift, aber seine Pläne fürs Haus waren recht vage geblieben. »Das habe ich alles im Kopf«, hatte er stets erklärt, wenn sie ihn wegen einer Budgetkalkulation oder Einzelheiten gedrängt hatte, damit sie bei eBay danach suchen konnte. Doch auf die Ideen in seinem Kopf hatte sie nun keinen Zugriff mehr.

»Du könntest alles fliesen oder auch eine Fußbodenheizung einbauen«, schlug Lorcan vor. »Emer ist ganz scharf darauf.« Er grinste. »Im Winter wird sich vor allem der Hund darüber freuen. Wegen der warmen Pfoten, du weißt schon.«

»Minton will einen Aga-Ofen«, entgegnete Juliet. »Er hat bereits einen Antrag gestellt. Außerdem hätte er gern einen beheizten Handtuchhalter im Bad.«

»Die kleine Ratte hat einen ganz schön teuren Geschmack, was?«, stellte Lorcan ernst fest. Juliet fiel auf, dass Minton ihnen auf Schritt und Tritt gefolgt war, nun auf der oberen Treppenstufe saß und kerzengerade aufgerichtet alles beobachtete. »Ich gehe mal davon aus, dass du die Katzenklappe in der Küchentür nach draußen entfernen willst?«

Angesichts Mintons strenger Überwachung musste Juliet lachen, doch dann hielt sie inne. Ein dicker Kloß hatte sich in ihrem Hals gebildet. Genau das war es, was sie nicht gewollt hatte – zu sehen, wie das Traumhaus langsam Gestalt annahm.

»Vielleicht solltest du dich nur auf das Wesentliche beschränken«, erklärte sie mit einer Stimme, die selbst ihr deutlich zu hoch vorkam. »Eine Möglichkeit wäre, es in einen annehmbaren Zustand zu versetzen und es dann einfach« – Juliet zwang sich, so zu tun, als sei dies ihre eigene Idee und nicht etwa die ihres Vaters – »zum Verkauf anzubieten.«

»Keine schlechte Idee«, erwiderte Lorcan und nickte ermunternd. »Ich habe schon eine Handvoll Häuser in dieser Gegend gesehen, die einen ordentlichen Preis erzielt haben. Und wenn Alec dann noch investiert … Ist das hier mein Tee? Milch und drei Stück Zucker, wenn es dir nichts ausmacht.«

Juliet löffelte ordentlich Zucker in Lorcans Tasse und schob diese dann über die Küchentheke zu ihm hinüber, während sie ihre Tasse fest umklammert hielt. Ihre Hände schienen nicht zu spüren, wie kochend heiß der Tee war.

Lorcan nahm einen Schluck und seufzte anerkennend. »Ah, du hattest also schon einmal Handwerker im Haus.«

»Nein. Aber Gärtner«, entgegnete Juliet, woraufhin er sie kurz dankbar anlächelte.

Lorcan war eigentlich ganz nett, aber sie merkte deutlich, wie vorsichtig er war, da er die unsichtbare Grenze, die sie gezogen hatte, nicht überschreiten wollte.

»Willst du den Rest des Hauses sehen?«, fragte Juliet schließlich.

Sie fingen die Besichtigung im oberen hinteren Stockwerk an, von wo aus man einen wunderbaren Blick auf den lang gezogenen Garten hatte.

Nebenan konnten sie zwei rothaarige Mädchen sehen, die, umgeben von Spielzeug und Gartenmöbeln, kraftvoll auf einem Trampolin hüpften. Ihr Geschrei drang durch die geschlossenen Fenster herein, die wackelten, als Juliet und Lorcan die Treppen hinaufstiegen.

»Ich denke, dass auch die Fenster ausgetauscht werden müssten«, stellte Juliet fest, als ihr die abgeblätterte weiße Farbe auf der Fensterbank draußen ins Auge fiel. Während des Winters hatte sich der Zustand der Fenster noch verschlimmert; die Farbe rollte sich wie die Zunge eines alten Schuhs auf und legte das nackte Holz darunter frei. »Wir hatten über eine Isolierverglasung nachgedacht, um uns vor …« Sie wollte eigentlich sagen: »…vor dem Lärm zu schützen«, schaffte es dann aber gerade noch rechtzeitig, die Kurve zu kriegen. »Um uns vor der kalten Zugluft zu schützen.«

Lorcan nickte verständnisvoll. »Wohl eher, um Roisins und Florries Lärm draußen zu halten! Ich würde die beiden selbst gern schallisolieren.« Er riss eine Seite aus seinem Notizblock heraus und faltete sie mehrmals. »Manchmal glaube ich, dass Alec sich absichtlich direkt vor die Musikboxen stellt, bevor er nach Hause kommt – um sich taub zu machen. Hier.«

Er verkeilte das Papier zwischen dem Fenster und dem Rahmen. »Das sollte fürs Erste reichen, damit die Fenster nicht mehr so klappern. Ich werde diesen Punkt auf jeden Fall auf die Liste setzen. Du hast vier Schlafzimmer hier oben?«

Er stand auf der Schwelle zu Juliets und Bens Zimmer und warf einen Blick hinein. »Das ist das Schlafzimmer?«

Juliets Beschützerinstinkt war mit einem Schlag geweckt. »Ja, aber das Zimmer ist okay …«

Außer Ben und ihr hatte noch nie eine andere Person dieses Zimmer betreten. Nicht einmal ihre Mutter. Nach seinem Tod war dies der einzige Raum gewesen, bei dem sie die Tür hinter sich hatte schließen und mit ihm allein sein können, wenn das Haus voller anteilnehmender Leute war.

Lorcan stand in der Tür und kritzelte etwas auf seinen Block. Zum ersten Mal sah Juliet das Zimmer aus der Perspektive einer anderen Person: der Stuhl, auf dem die drei Kleiderkombinationen lagen, die sie abwechselnd anzog, die vom Vorbesitzer lachsrosa gestrichene Wand mit den Testfarbstreifen nahe dem Kamin, wo sie und Ben sich über Graugrün oder Cremefarben gestritten hatten, und schließlich das kurze Mauerstück, an dem gerahmte Bilder von ihnen beiden hingen.

Zumindest befanden sie sich unter dem Betttuch, das sie in einer schlaflosen Nacht über die Bilder gehängt hatte. Juliet brachte es nicht übers Herz, die Fotos abzunehmen und die gespenstische Leere dort zu ertragen, wo die Tapete vergilbt war. Genauso wenig konnte sie es aber ertragen, sich die Bilder anzuschauen, weshalb sie sie mit dem Betttuch abgedeckt hatte. Allerdings sah dieses nun wie ein Leichentuch aus.

»Was befindet sich darunter?«, fragte Lorcan und hob einen Zipfel des Lakens hoch. »So kann man natürlich Risse im Putz auch verdecken … Oh. Entschuldigung.«

»Nimm es ruhig ab«, entgegnete Juliet tapfer. »Irgendwann muss es ohnehin runter.«

»Bist du sicher?« Lorcan musterte sie und prüfte ihre Reaktion. »Ich komme mir ein wenig vor wie der Elefant im Porzellanladen.«

Juliet nickte, woraufhin Lorcan ganz langsam die Reißzwecken entfernte, die sie mit Hilfe eines Buchs in die Wand gehauen hatte. Als das Bettlaken zu Boden fiel, gab es den Blick frei auf eine Vielzahl von Rahmen, die in einem Durcheinander der Erinnerungen dort angebracht worden waren – hier die schnell zusammengesteckten Köpfe, dort eine Selbstaufnahme –, alle durch die vergoldeten Rahmen in Szene gesetzt. Ben lächelte auf allen Bildern lässig, wobei sich seine blonde Wuschelmähne vom strähnigen Surferschnitt über den Ultrakurzhaarschnitt bis hin zu seinem letzten, beinahe erwachsenen Schnitt veränderte. Juliet betrachtete sich selbst eigentlich nie, doch jetzt sah sie sich mit Lorcans Augen: Auf den ältesten Bildern war sie als pausbäckiger Teenager mit selbst gefärbtem, hennafarbenem Haar zu sehen, doch auf den jüngsten Fotos waren ihre Gesichtszüge schärfer und erwachsener geworden, und die mausbraunen Locken waren mehr oder weniger gezähmt.

Was sich aber auf allen Bildern nicht verändert hatte, war die Beziehung zwischen ihr und Ben, selbst wenn sie einander auf den Fotos gar nicht ansahen. Sie berührten sich stets – ihre Hände, ihre Köpfe, ihre Schultern.

»Das ist eine tolle Bilderwand«, stellte Lorcan fest. »Einige Fotos müssen schon ganz schön alt sein. Seid ihr hier in Glastonbury?« Er deutete auf den obersten Rahmen: Auf dem Bild waren sie und Ben mit albernen Narrenhüten und verzücktem Blick zu sehen.

»Das war unser erster gemeinsamer Urlaub nach dem Schulabschluss.« Der erste Urlaub, das erste Mal Zelten, die erste ernsthafte Blasenentzündung. Platt getrampeltes Gras, jede Menge Jack Daniels und Supermarktcola, Sex am frühen Morgen trotz eines Hammerkaters – all das verrieten ihr die schweren Augenlider auf den Bildern.

Juliet fuhr sich hektisch mit der Hand über den Mund. Sie hatte so vielen Menschen schon die gleiche Geschichte erzählt – wie sie sich kennengelernt hatten, wie Ben um ihre Hand angehalten hatte –, sodass diese Geschichte kaum noch eine Bedeutung hatte. Aber sie fühlte sich mit einem Mal ganz schwach bei dem Gedanken daran, jetzt und in diesem Raum die Geschichte einem Fremden zu erzählen, der nur das wissen würde, was sie ihm erzählte. Wie konnte man eine ganze Ehe mit wenigen Worten zusammenfassen?

Es war vollkommen unmöglich, entschied sie.

»Ähm, eigentlich finde ich, dass hier alles in Ordnung ist. Nur ein neuer Farbanstrich wäre nötig, mehr nicht.«

»Na ja ...« Lorcan verzog das Gesicht, sah Juliet entschuldigend an und deutete auf die Wand hinter dem offenen Kamin.

»Was denn?« Juliet hatte sich schon umgedreht, um ihm das Gästezimmer zu zeigen.

»Dort befindet sich ein tiefer Riss?«

Juliet ging ins Schlafzimmer zurück, um mit eigenen Augen zu sehen, was er meinte. Als sie hinsah, bemerkte sie es sofort: An der einen Seite des Kamins verlief ein Riss seitlich am Kaminschacht hinauf und quer über die Decke. Warum war ihr der Riss vorher eigentlich nicht aufgefallen? War der etwa schon immer da gewesen? Oder war er erst kürzlich entstanden?

»Oh ... Mist.«

»Vielleicht ist es nicht weiter schlimm«, versuchte Lorcan, sie zu beruhigen. »In alten Häusern findet man viele Risse im Putz. Bei kaltem Wetter gerät alles ein wenig in Bewegung.

Aber du solltest das wirklich untersuchen lassen – damit es nicht irgendetwas Ernstes ist.«

»Wie zum Beispiel?«

Er hielt kurz inne. »Na ja, dass der Boden absackt? Oder es sich um Feuchtigkeitsschäden handelt?«

Juliet rutschte das Herz in die Hose. Das war *noch* so etwas, was sie nicht brauchen konnte: die Entdeckung, dass der Bausachverständige einen Bergbauschacht oder Ähnliches unter dem Haus übersehen hatte!

»Ich bin aber fast sicher, dass es sich nur um einen rein kosmetischen Makel handelt«, erklärte Lorcan beruhigend. »Aber bei Putzrissen ist es besser, die Dinge nicht zu ignorieren und zu hoffen, dass sich das Problem von allein lösen wird. Zumindest rät mir das meine Erfahrung.«

Mit erhobenem Kinn sah Juliet ihn an. »Und? Glaubst du etwa immer noch, dass dies ein fröhliches Haus ist? Oder hast du deine Meinung schon geändert?«

»Natürlich nicht«, entgegnete Lorcan und trat in den Flur hinaus. »Das ist ein schönes Familienheim – sieh dir doch bloß mal an, wie viel Platz du hier hast …«

Juliet zuckte zusammen. »Den ich im Augenblick gar nicht brauche.«

»Das ändert aber nichts an dem Haus«, erwiderte er monoton.

»Ein Gästezimmer.« Juliet deutete mit der Hand auf das gegenüberliegende Zimmer. »Und noch ein Gästezimmer dort. Und …« Das winzige Zimmerchen, das sich zwischen dem Bad und dem Wandschrank befand, hätte eigentlich ein Kinderzimmer werden sollen, obwohl Ben und sie das nie laut ausgesprochen hatten. Das Zimmer war warm und behaglich, eher ein Nest als ein Raum.

»Du könntest es als Ankleidezimmer nutzen?«, schlug Lorcan vor. »Oder du machst einen Durchbruch und nutzt es dann als Bad en suite. Wie wäre es mit einem Wellnessbadezimmer? Das hätte Emer für ihr Leben gern.«

»Ich werd's mir überlegen«, erwiderte Juliet. Sie schielte auf Lorcans Notizen, die mittlerweile mehrere Seiten umfassten. Sie waren in einer sauberen Handschrift verfasst und beinhalteten auch Skizzen. Aus welchem Grund auch immer, aber sie hatte nicht erwartet, dass ein Handwerker eine so schöne Schrift haben könnte. »Du meine Güte, da kommt aber ganz schön was zusammen.«

»Nein, keine Sorge.« Lorcan hielt inne. »Doch, es muss tatsächlich viel getan werden. Aber damit muss man rechnen, wenn man ein altes viktorianisches Haus kauft. Das lässt sich nicht mal eben über Nacht renovieren.«

»Was schätzt du, wie lange die Arbeiten dauern werden?«

»Ich habe mir noch keinen Überblick über die Lage im Erdgeschoss verschafft ...«

»Wie lange? Sei ehrlich!«

Lorcan sah sie an, doch nun flirtete er nicht mehr mit ihr. Sein Blick war ernst, als verstünde er die verletzbare Position, in der sich Juliet befand. »Vielleicht ein halbes Jahr? Aber auch nur, wenn du dabei ein Auge auf die Arbeiten hast. Handwerker haben leider die unschöne Angewohnheit, mehrere Jobs gleichzeitig anzunehmen, die sich dann überschneiden.«

Wieder wurde es Juliet schwer ums Herz. Die Arbeiten würden also bis Weihnachten dauern, wenn sie sofort morgen anfangen würde – die Einjahresgrenze, die sie sich gesetzt hatte und die ihre Gedanken wie eine Ziellinie beherrschte, würde dies weit überschreiten.

Allein der Gedanke, einen Menschen länger als eine Stunde in ihrem Haus zu haben, belastete sie bereits. Sechs Monate aber würden sie in den Wahnsinn treiben. Einen Moment lang dachte sie daran, ihrer Mutter einfach den Hausschlüssel und das Geld, das aus Bens Lebensversicherung noch übrig war, für die Handwerker zu geben und sich dann eines dieser Tickets zu kaufen, mit denen sie einmal um die ganze Welt reisen konnte. Was aber bedeuten würde, dass sie Ben verlassen müsste.

Minton. Die Channel-4-Serie *Time Team*. Und all die anderen kleinen Anker, die sie davor bewahrten, in den reißenden Strudel der Finsternis zu geraten.

»Hattest du etwa gehofft, meine Antwort würde ›drei Wochen‹ lauten?«, erkundigte sich Lorcan. »Ich glaube, du schaust tagsüber ein wenig zu viel fern.«

»Was hast du eigentlich dagegen, tagsüber fernzuschauen?«, entgegnete Juliet abwehrend. »Es ist nicht wahr, dass ich den ganzen Tag vor der doofen Flimmerkiste sitze!«

»Da behauptet deine Mutter aber etwas ganz anderes.« Lorcan lächelte sanft, doch seine Worte trafen Juliet unerwartet hart. »Sie sagt, du könntest den tatsächlichen Verkaufswert bei *Bargain Hunt* vorhersagen, bevor überhaupt der Auktionator zu sehen ist.«

»Das ist *eine* Sendung. Und gut geraten von mir. Aber meine Mutter hat keine Ahnung, was ich brauche, um den Tag zu über…« Juliet hörte selbst, wie sie im Takt zu ihrem Herzrasen die Stimme hob.

Sie schloss die Augen und versuchte, Bens Stimme zu finden. Sie holte tief Luft. Eines nach dem anderen.

Genau das war es, was ihr dabei geholfen hatte, die Beerdigung zu überstehen: sich der Reihe nach auf die Dinge zu konzentrieren. Wenn sich alle in die Renovierung ihres Hauses einmischen wollten, dann bitte! Vielleicht würde sich dies als ein weiterer Handlauf erweisen, an dem sie sich an diesen seltsamen, einsamen und leeren Tagen entlanghangeln konnte, bis sie sich wieder in der Lage fühlte, sich der Welt zu stellen. Dazu müsste sie einfach nur alles *exakt* so machen, wie Ben es gewollt hätte – bis hin zu den alten Messingbeschlägen für die Türen, die ihn so begeistert hatten.

Als Juliet die Augen wieder öffnete, rieb sich Lorcan mit seinen langen Fingern über die Stirn. »Irgendwie sage ich immer die falschen Dinge.« Er stöhnte.

Juliet dachte für den Bruchteil einer Sekunde darüber nach,

ihre Witwen-Karte auszuspielen und beleidigt nach unten ab-
zurauschen, doch überraschenderweise tat ihr Lorcan plötzlich leid. Er hatte ja nur das wiederholt, was ihre Mutter gesagt
hatte, und wahrscheinlich angenommen, dass es sich dabei um
einen Insiderwitz der Familie handelte. Dabei hatte ihre Mutter wirklich recht: Von dem Vorfall mit den Sicherungen einmal abgesehen, war Lorcan wirklich ein netter Kerl. Weder
hatte er sich irgendwie danebenbenommen noch war er ans
Handy gegangen, als dieses in seiner Gesäßtasche geklingelt
hatte.

»Tut mir leid«, erwiderte sie in einem plötzlichen Anflug
von Ehrlichkeit. »Manchmal denke ich, dass es mir besser geht,
und dann merke ich mit einem Mal, dass es doch nicht so ist.«

»Ich weiß«, antwortete er, als würde er sie nur allzu gut verstehen. »Das ist alles nicht so leicht.«

Juliet hatte keine Lust, dieses Thema noch weiter zu vertiefen. Die Aussicht, in diesem Haus Änderungen vorzunehmen,
war mehr als genug, womit sie erst einmal zurechtkommen
musste. »Okay, das war also die obere Etage. Unten ist die Lage
ein wenig komplizierter …«

Lorcan und Juliet drehten ihre Runde durch das Erdgeschoss,
während er ihr die verschiedenen Möglichkeiten aufzeigte, die
sie hatte. Sie nickte und konzentrierte sich, wobei sie sich zuerst zwang, Fragen zu stellen, bis sie dann schließlich merkte,
dass sich diese ganz von allein ergaben.

Je mehr Lorcan redete und umherdeutete, wo überall eine
indirekte Raumbeleuchtung möglich wäre oder welche Effek-
te bestimmte Farben erzielen würden, desto einfacher klang
alles. Überrascht ertappte sich Juliet bei dem Wunsch, dass einige der Arbeiten schon erledigt wären.

»… Natürlich könnte man hier auch Jalousien anbringen«,
erklärte Lorcan gerade. Dann sah er sie schief an. »Es klingelt,
oder?«

»Ich höre nichts.«

Minton hörte jedoch sehr wohl etwas. Anstatt sie zu verfolgen, starrte er mit gespitzten Ohren zur Haustür.

»Entschuldige mich bitte kurz«, sagte Juliet und eilte in den Flur.

Als sie die Haustür öffnete, standen die zwei kleinen Mädchen von nebenan vor ihr. In ihren kupferroten Mähnen hingen Grashalme und Blütenblätter.

Juliet sah die Zwillinge zum ersten Mal aus der Nähe; sie konnte aber nur schwer schätzen, wie alt die beiden waren – sieben, acht vielleicht? Woher sollte man so etwas auch wissen, wenn man selbst keine Kinder hatte? Die beiden glichen sich aufs Haar, nur trug die eine ein Led-Zeppelin-T-Shirt über ihrem langen Stufenrock, während die andere ein Bad-Company-Shirt trug. Beide hatten große, runde blaue Augen, die sie jeweils hinter einer Brille mit Goldrand anblinzelten.

»Ist Lorcan da?«, fragte die eine mit einem hübschen halb irischen, halb Londoner Singsang-Akzent.

»Ja, er …« Zum ersten Mal in ihrem Leben fühlte sich Juliet von jemandem verunsichert, der ihr nur bis zur Taille reichte. »Ich werde ihn mal …«

Lorcan tauchte hinter ihr auf. »Was wollt ihr zwei Radauschwestern denn jetzt schon wieder?«

»Mum lässt ausrichten, dass du nach Hause kommen kannst – sie hat ein Glas, das sie nicht aufbekommt«, erwiderte das Led-Zeppelin-Mädchen.

»Sag ihr, sie soll es gegen die Küchentheke schlagen.«

»Das hat sie schon versucht. Sie sagt, dabei wäre beinahe die verdammte Theke kaputtgegangen.«

Lorcan drehte sich zu Juliet um und sah sie entschuldigend an. »Tut mir leid, würdest du mich bitte kurz ent…« Er hielt inne, runzelte die Stirn und drehte sich wieder zu den Mädchen um. »Roisin! Du sollst doch ›verdammt‹ nicht sagen!«

Roisin runzelte nun ihrerseits die Stirn. »Ich könnte noch

viel schlimmere Dinge sagen. Ich könnte zum Beispiel sagen, dass ...«

Lorcan drohte mit dem Zeigefinger und sah sie böse an. Roisin zeigte sich davon jedoch vollkommen unbeeindruckt.

»Sie hätte auch ›beschissen‹ sagen können«, erklärte das andere Mädchen gelassen.

Roisin sah ihre Schwester mit gespieltem Entsetzen an. »Florrie!«

Mit einem verschämten Blick, den sie sich bei einer deutlich älteren Person abgeguckt haben musste, wandte sich Roisin wieder an Lorcan. »Willst du uns denn gar nicht vorstellen?«

»Juliet, ich kann mich für die beiden nur entschuldigen.« Lorcan hob resignierend die Hände. »Die mit den *Sprachproblemen* hier ist Roisin Kelly, und das ist Florrie Kelly, die ein ... was, zum Teufel, ist das, Florrie?«

»Eine Maus.« Florrie hielt ein pelziges Etwas hoch, das sie aus ihrer Rocktasche hervorgeholt hatte, und zeigte Lorcan die rosafarbene Schnauze des Tiers. »Ich hab sie im Garten gefunden.«

Minton stieß ein scharfes Bellen aus und hätte sich auf die Maus gestürzt, wenn Juliet ihn nicht im letzten Moment am Halsband gepackt und hochgehoben hätte. Auf ihrem Arm zappelte er nun verärgert herum.

»Tu die Maus weg«, befahl Lorcan, »bevor sie aufgefressen wird!«

»Kommst du jetzt und machst dieses Scheißglas auf?«, drängte Roisin ungeniert. »Wir bekommen nämlich sonst kein Mittagessen. Es ist ein Glas mit Pestosauce.«

Juliet warf einen Blick auf ihre Armbanduhr. Schon halb zwölf. Bis auf *Bargain Hunt* hatte sie heute alle Sendungen im Fernsehen verpasst. Der Vormittag war ziemlich schnell vergangen.

»Möchtest du vielleicht mit rüberkommen und dir Emers Bad mal ansehen?«, fragte Lorcan. »Bevor ich es dir umständlich beschreibe, zeige ich es dir besser.«

»Lorcan ...« Das kleine Mädchen zupfte an seinem T-Shirt.

»Nein, schon okay. Ich ... Ich muss mit Minton Gassi gehen.«

Das stimmte zwar, aber noch während sie dies sagte, verspürte sie ein seltsames Gefühl, das sie nicht genau beschreiben konnte.

Erst als Juliet die erste Hälfte der Runde durch den Park hinter sich hatte, gestand sie sich die Wahrheit ein: Trotz des Lärms und des schlechten Starts mit Lorcan wollte sie gern nach nebenan gehen, doch zum ersten Mal seit vielen Jahren fühlte sie sich sehr schüchtern.

8

Als Louise und Juliet noch im Teenageralter waren, platzte Juliet immer wieder gern in Louises Zimmer hinein, wenn ihre Schwester noch mit den Hausaufgaben beschäftigt war, und überredete sie, mit ihr Persönlichkeitstests aus Zeitschriften auszufüllen – jene Tests, die einem Auskunft darüber geben sollten, welcher »Dating-Typ« man war oder welchem *Friends*-Charakter man am meisten ähnelte. Juliet war raffiniert genug, ihre Antworten mitten im Test zu ändern, wenn sie der Meinung war, dass ihre eigentlichen Antworten zu einem unerwünschten Ergebnis führten; doch Louise war unerbittlich.

Juliet, die recht offen und arglos war, liebte es, herauszufinden, wie sie »wirklich« war, obwohl ihr Louise dies hätte sagen können, ohne dafür Antwort a, b oder c ankreuzen zu müssen. Juliet war schlicht und einfach der liebste Mensch, den sie je kennengelernt hatte. Ein typischer Krebs eben, wie die Zeitschriften wohl sagen würden, Lieblingsfarbe Gelb, Lieblingstier Labradoodle – ein Mischling, in dem sowohl Labrador als auch Pudel steckt.

Mit solchen Fragebögen gab sich Louise jedoch lieber erst gar nicht ab, da sie dank ihrer sechsjährigen Mitgliedschaft im Schul-Debattierclub eine sehr dezidierte Meinung zu allen Themen besaß, ganz gleich ob es dabei um Atomkraft, das Erwachsensein, den Euro oder Reality-TV ging. Obwohl sie den gleichen Test gemacht hatte (typische Jungfrau; Marineblau; Pferde), wusste sie sehr gut Bescheid über sich, sowohl über

ihre Stärken als auch über ihre Schwächen. Sie ging stets überaus methodisch vor, arbeitete hart, war in allem sehr berechen-
bar und legte Wert auf ein gepflegtes Äußeres. Sie würde niemals zu den superbeliebten Mädchen gehören oder mit einer
süßen zerzausten Mähne wie Juliet herumlaufen, doch Louise
war glücklich mit den Sicherheiten, die ihr Leben ihr bot. Ihr
erklärtes Ziel war es, eine glücklich verheiratete Mutter zu
werden wie ihre eigene Mum, jedoch in Kombination mit einem interessanten Job wie ihr Dad.

In den folgenden Jahren veränderte sich nicht viel: Sie fand
einen Beruf, mit dem sie alle »Ich brauche Ordnung«-Kästchen
abhaken konnte, sowie einen Ehemann, der sie innerlich auf
eine überraschend chaotische Art und Weise dahinschmelzen
ließ, aber ihre Vorliebe für ein penibel sauberes Bad genauso
sehr schätzte wie sie selbst.

Aber das war vor Tobys Geburt gewesen. In einem Zeit-
raum von zwei Jahren waren Dinge geschehen, die jede ihrer
Anschauungen und Prämissen durchbrochen hatten. Die bittere Wahrheit war, dass Louise mittlerweile keine Ahnung mehr
hatte, wer sie überhaupt war.

Die ersten Veränderungen hatten begonnen, als auf dem
Schwangerschaftstest der zweite blaue Balken sichtbar geworden war – gerade zwei Monate, nachdem Peter und sie beschlossen hatten, dass sie alle ersehnten Ferienziele bereist hatten und nun bereit für ein Baby wären. Louise hatte zuvor stets
angenommen, diese Nachricht ruhig und gelassen aufzunehmen, doch tatsächlich hatte sie nichts als Panik verspürt. Während Peter sie immer noch umarmte und weinte, hatte Louise
gemerkt, wie sie ein neuer Mensch wurde. Einerseits war sie
immer noch sie selbst, aber da war gleichzeitig auch dieses andere Ich. Sie war wichtig, doch im Gegensatz zu dem Leben,
das sich in ihr entwickelte und heranreifte, sollte sie von nun
an nur noch eine untergeordnete Rolle spielen.

Louise hatte einige Versuche unternommen, Peter diese

merkwürdige Empfindung zu erklären, doch seine Antwort hatte stets nur gelautet: »Für mich wirst du immer die Nummer eins sein!«, was in ihren Augen jedoch nicht der Punkt war.

Da half es auch wenig, dass ihre Schwangerschaft zeitlich mit dem Verkauf eines Techmate-Produkts an ein größeres Softwareunternehmen zusammenfiel, was einen immensen Durchbruch für die kleine Firma bedeutete. Peter wurde praktisch über Nacht vom Designer zum Unternehmenschef, was eine Verdoppelung seiner Arbeitszeit zur Folge hatte. Zwar hatte er es geschafft, sie zu beiden Ultraschalluntersuchungen zu begleiten, doch dabei hatte er fast mehr Zeit damit verbracht, das Ultraschallgerät unter die Lupe zu nehmen, als sich Toby auf dem Bildschirm anzusehen. Der Geschäftsdeal hatte zum Zeitpunkt ihrer Niederkunft einen heiklen Punkt erreicht, sodass in den folgenden Wochen Peters Elternzeit so drastisch gekürzt wurde, dass er Louise manchmal versehentlich »Jason« nannte, wenn er hundemüde mit seinen Ohrstöpseln ins Bett fiel.

Louise hingegen wollte sich nicht eingestehen, dass sie einen Tag, den sie mit Toby allein verbrachte, als anstrengender und frustrierender empfand als eine volle Verhandlungswoche vor Gericht. Hätte es den Elternverein des National Childbirth Trust NCT nicht gegeben, dann wäre Louise wahrscheinlich verrückt geworden. Nach der Geburt der Babys war man in Kontakt miteinander geblieben und hatte die Treffen hauptsächlich als Entschuldigung dafür aufrechterhalten, aus dem Haus herauszukommen. Zudem waren die Mittagessen mit den Müttern vom NCT wirklich lustig gewesen. Mit Ausnahme von Bio-Karen, die mit wirklich jedem in Streit geriet, einschließlich des Chirurgen, der ihren Kaiserschnitt ausgeführt hatte, gehörten ansonsten nur äußerst nette, normale Frauen zur Gruppe.

Da gab es zum Beispiel Rachel, die ursprünglich aus London stammte, seit einiger Zeit die Auffangstation für Hunde leitete und ganz selbstverständlich Gummistiefel mit Nagellack von Chanel kombinierte. Sie war immer noch überrascht, Mutter geworden zu sein. Paula war Physiotherapeutin in der Privatklinik; ihr Töchterchen Nummer vier hatte am gleichen Tag wie Toby das Licht der Welt erblickt. Paula brachte alle dazu, Beckenbodengymnastik zu absolvieren. Susie hatte sich dafür entschieden, als frischgebackene Mum zu Hause zu bleiben. Ihr Baby war ein wirkliches Wunder, da sie nur einen halben Eileiter besaß.

Und dann gab es dort noch Michael, eine echte Rarität – den einzigen NCT-Dad. Zu Beginn war er noch mit seiner Partnerin, Anna, zu den Treffen gekommen. Doch irgendwann war Anna dann immer öfter fortgeblieben. Sie schien sehr gestresst zu sein und schloss sich nie dem kollektiven Gejammer über Bäuche so dick wie Pizzateig und den fortwährenden Schlafmangel an. Zuerst hatte Louise Anna um ihren Partner beneidet, der sich stets die Zeit nahm, zur Gruppe zu kommen. Doch ihre Adleraugen hatten die Risse in ihrer Körpersprache schon lange vor der Geburt ihres Babys bemerkt. Wenn sie zusammen da waren, berührten sich die beiden so gut wie nie, und Anna beschwerte sich bitterlich über Michael, wenn dieser einmal nicht kommen konnte. Was Louise eigentlich ziemlich überraschte: In ihren Augen schien Michael ein sehr guter Vater zu sein, der seine kleine Tochter stets zum Lachen brachte. Auch Louise musste immer wieder über seine selbstsicheren, selbstironischen Witze schmunzeln. Am schmeichelhaftesten war die Tatsache, dass er sich mit ihr nicht nur über Kinderkrankheiten unterhalten wollte.

Eines Tages, als sie gerade ein Café verlassen wollten, hatte sie beiläufig nach Anna gefragt, da sie sie schon lange nicht mehr gesehen habe. Michael hatte sie daraufhin angespannt angeschaut. »Ihr geht es gut. Aber wir haben uns getrennt. Wir teilen uns das Sorgerecht.«

»Aber du kannst *uns* doch nicht verlassen!«, war es aus

Louise herausgesprudelt, woraufhin sie errötete. »Tut mir leid, das war eine ziemlich egoistische Antwort! Ich wollte nur sagen … Es tut mir sehr leid, dass ihr …«

Michael hatte sie mit ernstem Blick angesehen. »Ich will euch alle gar nicht verlassen. Wo sonst sollte ich denn dann erfahren, wo es die beste Brustwarzencreme gibt?«

Das war vor einer ganzen Weile gewesen. In der Gruppe wurde das Thema Anna nicht mehr angesprochen, und man behandelte Michael wie eine der anderen Mütter, auch wenn er einige Köpfe größer als die meisten war und mit einem einzigen geschickten Tritt den Buggy zusammenfalten konnte.

Aber Louise sah ihn mit völlig anderen Augen. Für sie war Michael eine Art Rettungsleine, eine Verbindung zu der alten Louise, die eine deutliche Meinung zu Virginia Woolf und nicht etwa zu Pampers, Babypuder und dergleichen besaß. Die Unterhaltungen, die sie nach dem Mittagessen auf dem Weg durch den Park führten, wurden nach und nach das Highlight ihrer monotonen Woche. Sie speicherte alle witzigen Beobachtungen und Fragen ab, für die Peter sich während der sensiblen knappen Stunde, die sie am Ende des Tages ohne das Baby miteinander verbrachten, nicht zu interessieren schien.

Peter wollte über nichts anderes als Toby sprechen, wenn er nach der Arbeit heimkam. Was, ganz gleich, wie sehr sie ihren hübschen Jungen auch anbetete, so ziemlich das *Letzte* war, worüber Louise sprechen wollte.

Bei einem jener Spaziergänge nach dem Mittagessen hatte Louise Michael von den kleinen Kirschbaumschösslingen erzählt, die Ben am Vortag vorbeigebracht hatte und bei ihnen für ihre Schwester heranziehen wollte.

»Das ist richtig romantisch«, hatte Michael sofort erwidert. »Fast ein Bildnis für die Liebe, nicht wahr? Das Wachsen und Absterben. Blüten tragen, danach der Winterschlaf, um dann wieder zu blühen.«

»Ich würde ja eher etwas Immergrünes bevorzugen, um bei

den Metaphern zu bleiben«, hatte Louise entgegnet. »Das ist zwar weniger aufregend, aber dafür das ganze Jahr schön grün. Und es gibt nichts, was abstirbt.«

Michael, der den Buggy vor sich herschob, blieb abrupt stehen und musterte sie. »Wirklich?«, fragte er mit einem gewissen Unterton in der Stimme. Ein Tonfall, der sie zutiefst verunsicherte. »Du würdest also tatsächlich auf dieses unglaubliche Kirschbaumblüten-Gefühl verzichten, selbst wenn es nur ein Mal im Jahr dazu kommt?«

Das war der Moment gewesen, als in Louises Innerem etwas gekippt war – als ihr klar wurde, dass sie nicht die Person war, für die sie sich hielt. Von da an sah sie jedes Mal, wenn sie Bens Schösslinge wässerte, Michaels Hände auf den Griffen des Buggys vor sich, seine starken Arme, die unter dem Polo-Shirt hervorschauten. Sie hatte Schmetterlinge im Bauch und war ein wenig erschrocken über die Faszination, die sie für diese unfassbar neue Louise empfand, die sich in ihr entwickelte.

Ben hatte sie davor gewarnt, die Schösslinge zu ertränken. Louise musste sich jedes Mal daran erinnern, wenn sie das Gewächshaus betrat.

Um zehn Uhr abends hatte sich Juliet im Ohrensessel zusammengerollt. Minton schnarchte selig auf ihrem Schoß und pustete seinen heißen Atem auf ihre Beine. Der Fernseher war ausgeschaltet – das Nachtprogramm bot einfach nicht die gleiche beruhigende Vorhersehbarkeit wie das Tagesprogramm. Juliet lauschte der Musik von Coldplay und weinte dabei leise, um Minton nicht aufzuwecken. Auf den breiten Armlehnen des Sessels lagen Fotos, einer von Bens Arbeitskalendern sowie seine Brieftasche, in der sich immer noch die selben Kassenbelege und Karten befanden wie damals, als die Krankenschwester sie ihr ausgehändigt hatte.

Trotz ihrer Tränen fühlte sich Juliet nicht besser oder schlechter, sondern einfach nur müde.

Mintons Ohren richteten sich auf; plötzlich erhob er sich und ging in Habachtstellung. Juliet schenkte ihm keine Beachtung. Minton merkte sogar, wenn eine Katze auch nur eine Pfote in ihren Garten setzte – was er verdammt persönlich nahm. Juliet kraulte ihn am Ohr und versuchte, sich Bens Sommergarderobe in Erinnerung zu rufen. Im letzten Jahr hatte er sich an einem unerwartet heißen Tag einen solch schlimmen Sonnenbrand eingefangen, dass er den Rest des Sommers nur noch Shirts mit langen Armen getragen hatte …

Oder war das vor zwei Jahren gewesen? Mit geschlossenen Augen runzelte Juliet die Stirn und wollte schon Ben fragen – bis ihr, wie es mindestens zehnmal am Tag passierte, klar wurde, dass es keine Möglichkeit mehr gab, von ihm irgendetwas zu erfahren. Er war fort. Ein uferloser Schmerz schnürte ihr die Brust zu.

Auf der kleinen Veranda vor dem Haus ertönte ein Geräusch, und sofort sprang Minton von ihrem Schoß herunter, um der Sache auf den Grund zu gehen. Es klang wie das Klappern des metallenen Briefkastens. Wahrscheinlich war eine Pizzawerbung eingeworfen worden. Ein halbes Jahr nach Bens Tod hatte ihr Vater es so eingerichtet, dass Juliets gesamte Post an seine Adresse geschickt wurde, damit sie nicht jeden Morgen mit Bens Namen konfrontiert wurde. Eric sortierte alles penibel aus, kümmerte sich um alle finanziellen Angelegenheiten und brachte jeden Morgen Päckchen mit Karten und Notizen vorbei, wobei er jedes Mal so tat, als sei er »zufällig« gerade in der Gegend gewesen.

Kondolenzbriefe kamen mittlerweile keine mehr, auch Anrufe blieben nun aus. Es war fast so, als hätten alle vergessen, dass sie immer noch einsam war und trauerte.

Die erste Werbesendung, die an Ben adressiert war, hatte sie bis ins Herz getroffen. Erst in diesem Augenblick hatte sie begriffen, wie viel ihr Dad tatsächlich von ihr ferngehalten hatte. Seine Liebe hatte er mit Taten ausgedrückt, nicht mit Worten.

Juliet stand auf und ging zur Haustür, um zu sehen, was in den Briefkasten geworfen worden war.

Pizzawerbung war es nicht. Stattdessen fand sie einen DIN-A4-Umschlag, auf dem ihr Name in Großbuchstaben stand. Die Schrift kam ihr nicht bekannt vor, doch ihr Name war mit einem lilafarbenen Filzstift geschrieben worden.

Juliet lief in die Küche und öffnete den Umschlag. Darin befand sich ein ganzer Stapel von Zetteln, die halb gedruckt und halb von Hand beschrieben waren. Fasziniert setzte sie den Wasserkessel auf und knipste die kleine Nachttischlampe an, die eigentlich ins Schlafzimmer gehörte, im Augenblick aber hier als Küchenleuchte herhalten musste.

Juliet, stand auf einer Postkarte, die ganz zuoberst lag. Es war eine kostenlose Werbepostkarte aus dem Kino.

Ich habe überschlägig alle Kosten für die Arbeiten an deinem Haus zusammengerechnet. Die beiliegenden Kopien sind für die Handwerker gedacht, damit denen sofort klar ist, dass du weißt, wovon du sprichst. Der Rest, den ich markiert habe, ist für dich gedacht. Dieser Teil ist realistischer berechnet. Ich könnte dich wahrscheinlich zwischen zwei Aufträge schieben, wenn du möchtest, dass ich die Arbeiten durchführe, aber ich kann nicht alles in einem Rutsch erledigen. Sag mir einfach kurz Bescheid – du weißt ja, wo du mich findest.

Gruß,

Lorcan

Die Liste mit Lorcans feiner Handschrift zog sich über mehrere Seiten hin. Juliet hielt kurz inne, bevor sie weiterlas. Sie hatte noch dreißig Minuten ihrer Trauerstunde vor sich; besaß sie genügend Kraft, um sich damit auseinanderzusetzen? Wäre es geschummelt, wenn sie sich jetzt mit den Seiten ablenken würde?

Mintons Pfoten rutschten über den Küchenboden. Unter

dem Tisch, auf dem eine Tupperdose mit seinen Hundeleckerli stand, stoppte er. Er bettelte nicht, sondern wies Juliet mit seinen glänzenden Augen auf die Dose hin. Er wirkte putzmunter und schien, wie Juliet fand, mächtig froh zu sein, dass die Trauerstunde so früh beendet war und das normale Abendprogramm nun fortgesetzt werden konnte.

Eigentlich bin ich auch ein wenig erleichtert, dachte sie. Es gibt doch Grenzen dessen, wie viel Coldplay man sich am Stück reinziehen kann.

Mit einem Seufzer nahm sie den Deckel von der Dose ab und hielt Minton ein Leckerli hin, das er ihr vorsichtig aus der Hand nahm. Dann lief er zur Küchenbank, um in Ruhe daran zu knabbern, während er sie gleichzeitig ständig im Blick hatte.

Juliet kochte sich einen Kaffee und überflog die Liste, die sich über mehrere Seiten erstreckte: *Putz im Wohnzimmer, Anstrich für acht Räume, Fenster prüfen, Badezimmer sanieren ...*

Vor ihrem geistigen Auge sah sie das Haus vor sich, das sich wie in einem Zeitraffer dieser Renovierungsshows veränderte. Sanfte Wandfarben kletterten die rohen Wände empor wie Efeu, neutrale Teppiche überschwemmten die nackten Holzdielen wie die hereinbrechende Flut.

Ein Teil von ihr schreckte vor dieser Vorstellung zurück. Woher soll ich denn bloß wissen, wofür Ben sich entschieden hätte, zermarterte sie sich den Kopf, ohne dass ich ihn danach fragen kann?

Lorcans Notizen waren absolut ehrlich, nichts war geschönt. *Lass nicht zu, dass irgend so ein frecher Mistkerl dir etwas für Farben abknöpft*, hatte er geschrieben. *Ich kenne da jemanden, der dir Farben zum Einkaufspreis besorgen kann.*

Juliet versuchte einen Augenblick lang, das Ganze aus einer anderen Perspektive zu sehen. Es schien durchaus sinnvoll zu sein, jemanden zu engagieren, den sie kannte. Lorcan selbst hatte gesagt, dass Handwerker immer überwacht werden sollten; wer schien dann also besser geeignet zu sein, die Arbeiten auszuführen, als der Handwerker von nebenan? Von ihrem Zimmer aus konnte sie ihn ganz bequem im Auge behalten und sogar seine Mittagspause überwachen, wenn sie im Garten war.

»O Gott«, stöhnte Juliet laut. »Das klingt ja fast, als würde ich mich langsam in Louise verwandeln!«

Minton schaute von seinem Platz auf dem Sofa hoch.

»Tut mir leid«, entschuldigte sie sich bei ihm. »Ich hab mir nur vorgestellt, wie Tante Louise die Sache in Angriff nehmen würde.«

Louise würde zuerst einen Plan austüfteln, um diesen dann anschließend exakt in die Tat umzusetzen – wie sie es schon bei ihrer Hochzeit, ihrer Karriere und dem Baby gemacht hatte. Überraschend war dabei eigentlich nur, dass Louise noch nicht selbst vorbeigeschaut hatte, um sich die Renovierungsarbeiten anzusehen. In der gleichen Zeit, die Juliet und Ben für den Kauf eines Vogelhäuschens gebraucht hatten, hatte sie bei sich einen kompletten Wintergarten bauen lassen.

Warum auch immer, Juliet hatte stets ein Leiterspiel vor Augen, wenn sie an Louise dachte: Zuerst befanden sich Louise und sie zum ersten Mal seit Jahren auf Augenhöhe, bevor Louise dann durch ihre Mutterschaft eine Sprosse hinaufgeklettert war, während sie selbst mehrere Etagen zurückgefallen war, ganz an den Anfang zurück. Kein Baby. Kein Ehemann. Nichts. Nur ein langer, mühsamer Wiederaufstieg ohne jede Chance auf einen goldenen Ehering – zumindest nicht, wenn vor ihrem fünfzigsten Geburtstag keine Tabletten erfunden wurden, die ewiges Leben schenken konnten.

Juliet schloss die Augen und ließ ihrer Eifersucht freien Lauf. Es war kein schönes Gefühl, aber Louise besaß alles, was Juliet sich immer gewünscht hatte. Alles. Dabei schien sie sich nicht einmal im Klaren darüber zu sein, wie kostbar das alles war und wie schnell alles auch wieder verloren sein könnte.

Juliet machte die Augen wieder auf und wehrte sich dieses Mal gegen die Erinnerungen, die ihr sofort in den Sinn kamen.

Konzentrier dich auf das, was du ändern kannst, ermahnte sie sich. Wie dieses Haus.

Am Ende der Notizen befand sich eine Kostenaufstellung, bei der es Juliet beinahe schlecht wurde. Lorcan hatte netterweise noch ein paar Worte hinzugefügt: *Ich könnte die Arbeiten für 20 % weniger erledigen, aber eben nicht in einem Rutsch – das würde die Kosten nur in die Höhe treiben.*

Sie legte die Liste auf den Küchentisch und umschloss ihre heiße Tasse mit beiden Händen. Der Betrag war *deutlich* höher, als sie erwartet hatte. Der romantische Plan war gewesen, dass Ben und sie gemeinsam ihr Traumhaus renovierten, Zimmer für Zimmer, ganz nach ihren eigenen Wünschen. Wobei »romantisch« eigentlich mit »keine andere Wahl« gleichzusetzen war – sie hatten schon alles Geld zusammenkratzen müssen, um das Haus überhaupt zu bekommen; der Großteil ihrer Ersparnisse war in die Anzahlung geflossen. Und »Ben und sie« hieß, dass Ben die Arbeiten mit Hilfe seiner Kumpel erledigte und sie sich auf die Auswahl der Farben und der Position der Steckdosen konzentrierte.

Für Handwerker gab es also kein Budget. Nachdem die Lebensversicherung ausgezahlt worden war, hatte die Ratenzahlung fürs Haus das meiste Geld verschlungen – was Juliet unweigerlich und unangenehmerweise zu dem anderen Thema brachte, über das sie lieber nicht nachdenken wollte: ihrem Job.

Seit dem Collegeabschluss hatte Juliet für das Catering-Unternehmen ihrer Freundin Kim gearbeitet, *Kim's Kitchen*. Mit der Belieferung von Hochzeitsempfängen hatten sie sich einen äußerst guten Ruf erarbeitet, was hauptsächlich Juliets aufwendigen Cupcake-Türmen zu verdanken war, die mittlerweile zu ihrem Markenzeichen geworden waren. Zwar arbeiteten auch andere Köche für Kim, doch sie und Juliet waren uralte Freundinnen. Nach Bens Tod hatte Kim ihr großzügig Urlaub und Geld gegeben, obwohl sie das nicht hätte tun müssen.

Juliet war es ziemlich unangenehm, ihre Auszeit noch zu verlängern, doch sie hätte ohnehin nicht arbeiten können: Ihr Geschmackssinn hatte sich vollständig verabschiedet. Weder wollte sie etwas essen noch kochen oder backen, da Ben nicht mehr da war, um ihre Gerichte zu probieren und zu genießen. Kochen und Backen hatten keinen Sinn mehr. Für jemanden, der so versessen auf das Essen gewesen war wie Juliet, war dies schon ein ziemlich verwirrendes Gefühl.

Doch mit Bens Lebensversicherung ließen sich nur die laufenden Kosten für das Haus abstottern, nicht aber die anderen Rechnungen. Früher oder später würde sie dafür sorgen müssen, dass Geld in die Kasse kam, da ihr weniges Erspartes allmählich zur Neige ging. Sie selbst aß zwar so gut wie nichts, doch bei Minton sah das anders aus. Er speiste wie ein König, da sie Bens Tod für ihn mit Steaks und Würstchen mit abgelaufenem Haltbarkeitsdatum wiedergutzumachen versuchte.

Erneut warf Juliet einen Blick auf Lorcans Finanzplan. Das Wissen, das sie aus dem Tagesprogramm des Fernsehens gezogen hatte, besagte, dass es sich durchaus lohnen konnte, ein Haus eigenhändig zu renovieren und es dann mit Gewinn zu verkaufen, doch in letzter Zeit waren die diesbezüglichen Experten nach und nach verstummt.

»Mit Traumhäusern kann man kein Geld mehr verdienen, Minton«, stellte sie fest und verdrehte die Augen. Wann hatte sie eigentlich angefangen, sich ohne jeden Hauch von Ironie mit Minton zu unterhalten? Dies schien ein eindeutiges Zeichen zu sein, schnellstens ins Bett zu gehen. »Minton, Schlafenszeit!«

Minton sprang fröhlich vom Sofa. Gemeinsam machten sie sich auf den Weg nach oben.

9

Als um acht Uhr in der Früh die Klingel ertönte, fräste sich diese mitten durch Bens Beerdigung, von der Juliet gerade träumte. Dieses Mal jedoch saß sie nicht einfach nur stocksteif wie eine Statue in der ersten Kirchenbank. Stattdessen stand sie am Ambo und erzählte von all den schönen Dingen, die ihr leider erst hinterher eingefallen waren, als ihr Gehirn aus dem Nebel der Beruhigungsmittel wieder aufgetaucht war. Doch da war es schon zu spät gewesen.

Mit ihren Worten brachte sie alle Trauergäste zum Weinen, und als sie von dem glänzenden schwarzen Sarg aufschaute, der mit Blumen aus den Gärten von Bens alten Kunden geschmückt war, erblickte sie Ben hinten in der Kirche. Er lauschte ihr, weinte und lächelte sie an. Er trug sein altes Lieblingsshirt, das grüne.

Wieder klingelte es an der Tür.

Nur langsam wurde Juliets Verstand klarer, und sie merkte, dass sich Minton auf ihrer Brust zusammengerollt hatte. Als sie sich bewegte, wurde auch er wach.

»Wer, zum Teufel, ist das?« Sie warf einen Blick auf die Uhr. »Um diese Zeit?«

Unter der Bettdecke war es warm und gemütlich. Juliet zog kurz in Betracht, so zu tun, als sei niemand zu Hause, doch dann klingelte es wieder, anhaltend und ungeduldig. Dann hämmerte jemand an die Tür.

Minton sprang auf, um der Sache auf den Grund zu gehen,

und schließlich schlug auch Juliet mit einem Seufzen die Decke zurück und folgte Minton nach unten.

Vor der Tür stand Diane, die unter Cocos strengem Blick verwelkte Blüten aus der Kletterrose zupfte. Diane sah in ihrem neuen, angesagten Oma-Outfit ziemlich flott aus. Nichts schlotterte oder baumelte herab; sie trug stattdessen flache Ballerinas und eine dunkle Hose. Alles sauber und vor allem pflegeleicht.

»Hallo, Liebes! Oh! Habe ich dich aufgeweckt? Du warst doch hoffentlich schon wach?« Mit gerunzelter Stirn musterte sie Juliets Pyjamahose und die dicke Fleecejacke.

»Ich war heute Morgen schon mal draußen.« Verschlafen rieb sich Juliet die Augen. Sie hatte sich stundenlang im Bett herumgewälzt und irgendwann schließlich aufgegeben, war nach unten gegangen, um sich einen Tee zu kochen. Dann hatte sie jedoch weder Milch noch Kekse gehabt, weshalb Minton und sie zum *Tesco* gefahren waren, der rund um die Uhr geöffnet hatte. Noch während sie an der Selbstbedienungskasse gestanden hatte, war sie von Müdigkeit überwältigt worden. Ihre Wanderungen bei Mondlicht durch die Supermärkte waren nicht mehr so tröstlich, seit sie nun auch tagsüber viel auf den Beinen war.

»Du warst doch nicht schon wieder bei *Tesco*?«

»Spielt das eine Rolle?« Zwar wollte Juliet ihrer Mutter nichts davon erzählen, doch insgeheim hatte sie geplant, die fehlenden Stunden Schlaf auf dem Sofa wieder nachzuholen – mit Coco.

Besorgt verzog Diane das Gesicht. »Darüber reden wir später noch – ich habe jetzt leider keine Zeit. Ich dachte, ich bringe dir Coco dieses Mal vorbei, dann sparst du dir die Fahrtzeit.« Sie reichte Juliet je einen Plastikbeutel mit Cocos Futter und ihren Leckerli. »Achte bitte darauf, dass sie ihre volle Gassirunde bekommt, Liebes. Sie muss morgen zum Tierarzt und wird dort gewogen. Immerhin ist sie auf Diät – wir beide eigentlich. Offenbar haben sich mein Arzt und der Tierarzt gegen uns verbündet.«

Diane wich dem Blick ihrer Tochter aus und reichte ihr ein kleines Plastikgerät. »Ach ja … würde es dir etwas ausmachen, das hier anzustecken?«

»Was ist das?«

»Ein Schrittzähler. Eigentlich sollte ich ihn tragen, aber wenn du mit Coco Gassi gehst …«

»Mum, das ist Schummelei!«, protestierte Juliet. »Du kannst doch nicht …«

»Tschüss!« Und schon war Diane auf und davon.

Juliet, Coco und Minton verbrachten eine gute Stunde unter Juliets Bettdecke, während sie Toastbrot knabberten und sich Trödelmarkt-Sendungen im Fernsehen anschauten. Minton und Coco aßen den größten Teil des Toasts.

Nähkästchen wurden gekauft und verkauft. Die TV-Sonne schien warm. Die Hunde schnarchten zufrieden. Cocos warmer Körper neben ihr beruhigte Juliet derart, dass sie dem großen Labrador auf eine fast lächerliche Art und Weise dankbar war. Sie empfand es als tröstlich, dass die Hündin halb auf ihr lag; es war zwar nicht mit einer menschlichen Umarmung zu vergleichen, half aber doch.

Die drei hätten noch eine Ewigkeit einfach nur so daliegen können, wenn sie nicht gegen elf Uhr von einem Schlagbohrer aufgeschreckt worden wären, der nebenan zum Einsatz gebracht wurde. Und diese Bohrarbeiten konnte nicht einmal der Fernseher übertönen. Just in dem Moment, als Juliet dachte, sich mit Ohrstöpseln und Untertiteln behelfen zu können, standen plötzlich Roisin und Florrie mit einem Stück Biskuitkuchen, der mit grünem Zuckerguss überzogen und mit Kokosnussraspeln verziert war, vor der Tür.

»Sind Sie noch gar nicht auf gewesen?«, fragte Roisin. »Warum sind Sie noch nicht angezogen? Erwachsene sollten vor den Kindern aufstehen und sich anziehen. Das sagt das Gesetz.«

»Mum schickt Ihnen den Kuchen«, erklärte Florrie und hielt Juliet den Teller hin.

»Hat das etwas mit dem Lärm zu tun?«, erkundigte sich Juliet. Sie musste fast brüllen.

»Mit welchem Lärm?«, schrie Roisin. »Bei uns werden keine Umbauarbeiten erledigt!«

Juliet runzelte die Stirn. Die Antwort klang doch recht einstudiert. Sie fragte sich, wie wohl die Vorschriften für Umbauten aussahen. Denn die Häuser in dieser Gegend standen ganz gewiss unter Denkmalschutz.

»Ist das Salvadors Geburtstagskuchen?«, fragte sie stattdessen. Wenn dem so sein sollte, dann war der Kuchen bereits mehrere Tage alt.

»Ja«, erwiderte Florrie. »Mum meinte, es sei ein Bestechungsgeschenk. Aber der Kuchen schmeckt ganz gut. Roisin hat aber leider schon was vom Zuckerguss genascht, tut mir leid. Hallo, Hunde!« Sie drückte Juliet den Teller in die Hand und bückte sich, um Minton zu streicheln, der wie ein Schatten hinter Juliet aufgetaucht war.

Juliet schnappte sich mit der freien Hand Minton, bevor er irgendwelche Nagetiere erschnüffeln konnte, die sich in Florries Kleidung verbergen mochten. »Passt bitte auf eure Mäuse auf.« Sie nahm Minton umständlich auf den Arm. »Wie lang dauert der Lärm noch? Und das sollen tatsächlich keine Umbauarbeiten sein?«

»So lange, bis Lorcan den großen Pfeiler gesetzt hat.«

»Aha.« Den großen Pfeiler? Juliets Laune verschlechterte sich. »Reißt ihr da drüben Wände heraus?«

»Möchten Sie jetzt den Kuchen oder nicht? Sonst würde ich ihn nämlich gern essen.«

»Ich nehme ihn«, erwiderte Juliet schnell. »Sagt eurer Mum danke, aber ich hoffe inständig, dass dieser Krach nicht den ganzen Tag anhalten wird.« Juliet hielt inne. »Und richtet das auch bitte eurem Onkel Lorcan aus.«

Die Mädchen starrten sie an – nicht mit argwöhnischem Blick, sondern mit einer Neugier, für die sie noch viel zu jung waren.

»Was machen Sie eigentlich?«, fuhr Roisin fort. »Warum sind Sie nicht bei der Arbeit?«

Florrie stieß ihr den Ellbogen in die Seite. »*Roisin!* Nicht fragen!«

»Ich muss jetzt leider los«, erwiderte Juliet. »Mit den Hunden. Hoffentlich geht es hier wieder leiser zu, wenn ich zurück bin.«

Nach einer kurzen Dusche stand Juliet drinnen vor der Haustür und bereitete sich auf die Außenwelt vor. Dazu stopfte sie sich eine Tüte mit Trockenfutter, ein paar Hundekotbeutel und Bens Trillerpfeife in die Jackentaschen, bevor sie ihre Umhängetasche auf Handy, Geldbörse, Taschentücher, Pfefferminzbonbons und den Hausschlüssel überprüfte – ihr Rettungspaket, falls sie jemandem über den Weg lief, der sie kannte und sie fragte, wie sie zurechtkam …

Warum tust du dir das überhaupt an?, fragte eine seidenweiche, überzeugungskräftige Stimme in ihrem Kopf. Gleich um zwei Uhr liefen im Fernsehen *Die Girls von St. Trinian.* Häng doch Minton Mums Schrittzähler um den Hals und jag die beiden ein paar Runden durch den Garten. Gib Roisin und Florrie ein paar Pfund dafür, dass sie den Hunden Bälle werfen.

Juliet schloss die Augen und zwang sich dazu, ihre Antriebslosigkeit zu überwinden, doch als sie die Augen wieder öffnete, saß Minton vor ihr und starrte sie an. Er zitterte vor Aufregung angesichts der Aussicht, gleich einen Spaziergang zu machen – selbst wenn er dafür sein Geschirr tragen musste. Dennoch kratzte er weder an der Tür noch zog er an der Leine.

Auch Coco schien sich schon zu freuen.

»Oh, Minton!«, rief Juliet und bekam ein schlechtes Gewissen. Bis vor Kurzem noch hatte seine Welt aus ganz Longhampton und sämtlichen Gärten im Umkreis von zwanzig Meilen bestanden. Jetzt gab es dagegen nur noch das Haus. Und den Weg am Kanal entlang, wenn er viel Glück hatte.

Ich nehme einfach meinen iPod mit, dachte Juliet. Wenn ich mir die Stöpsel in die Ohren schiebe, muss ich mich mit niemandem unterhalten. Ich komme raus, stehe aber für Unterhaltungen nicht zur Verfügung.

»Gebt Gas, ihr zwei!«, rief sie den Hunden über den anschwellenden Lärm von nebenan hinweg zu. »Ich will spätestens zur Versteigerung bei *Flog it!* wieder zu Hause sein!«

Juliet stellte das Auto auf dem kostenlosen Parkplatz neben der Bibliothek ab und machte sich auf den von Diane vorgeschriebenen Weg zum Gemeindepark. An dessen Ende angelangt durchquerte sie das große Tor und stieg den Hügel hinauf zum Forstwirtschaftsweg.

Dieser Weg lag zwar still und leise vor ihr, doch sicherheitshalber stellte Juliet ihren iPod an – die Musik verbannte sämtliche Gedanken aus ihrem Kopf und deutete anderen Spaziergängern an, dass sie für eine Unterhaltung nicht zu haben war. Forsch lief sie los, um mit Minton, der geschäftig irgendwelchen Spuren hinterherschnüffelte, Schritt zu halten. Als sie den Weg hinunter zum Kanal einschlugen, ließ sie ihren Blick über die Landschaft schweifen. Mittlerweile war ihr diese Route zwar vertraut, aber dennoch entdeckte ihr wachsamer Blick, der durch Bens begeisterte Erklärungen zur Botanik geschult war, die Unterschiede in den wild wachsenden Hecken: Die Brombeersträucher und Brennnesseln waren nach ein paar Regentagen in die Höhe geschossen und wuchsen üppig, und entlang der Hecken öffneten sich überall weiße Blüten.

Coco und Minton entdeckten offenbar überall Neues, blieben alle paar Meter fasziniert stehen und schnüffelten leidenschaftlich an etwas herum. Minton hinterließ stets seine Visitenkarte, eine »Pieselmarke«, wie Diane es nachsichtig bezeichnet hatte.

Juliet war felsenfest entschlossen, sich niemals in einen *solchen* Hundebesitzer zu verwandeln und Witze dieser Art zu machen.

Als sie sich allmählich dem Stadtzentrum näherten, begegneten ihnen ein paar Leute, die Juliet vom Sehen her kannte – die Frau, die von ihrem Basset durch die Gegend gezerrt wurde und in Longhampton ein Café betrieb, in dem Hunde erlaubt waren, oder der Mann mit dem Border Collie – und alle hätten kurz haltgemacht und begeistert Minton gestreichelt, wenn Juliet nicht höflich lächelnd einfach weitergegangen wäre. Es machte ihr überhaupt nichts aus, wenn diese Leute Minton und Coco anlächelten, aber sie selbst fühlte sich einfach noch nicht in der Lage, sich mit anderen zu unterhalten. Fürs Erste wollte sie die Außenwelt mit ihrer Unvorhersehbarkeit lieber so weit wie möglich von sich fernhalten.

Juliet machte kurz am Kaffeestand vor dem schmiedeeisernen Tor Pause und bestellte sich einen Cappuccino, den sie dann auf ihrer Runde durch den Park trank – hauptsächlich, um wach zu bleiben. Gerade als sie mit den Leinen und den diversen Tütchen in ihren Händen kämpfte, hörte sie, wie jemand ihren Namen rief.

»Juliet!«

Juliet drehte sich um, doch sie konnte niemanden entdecken.

»Ihr Wechselgeld?«

»O ja. Danke.« Beide Leinen um ihr Handgelenk geschlungen, steckte sie gerade die Geldbörse wieder in die Tasche, als eine Frau auf sie zugeeilt kam.

»Juliet!« Die Frau strahlte, als seien sie uralte Freundinnen.

Juliet lächelte verhalten und merkte, wie sie innerlich schon den Rückzug antrat – wie eine Krabbe, die sich bei Gefahr in ihre Schale zurückzieht. Ich will mich mit niemandem unterhalten, dachte sie. Steht mir das denn nicht deutlich ins Gesicht geschrieben?

»Ich freue mich so, Sie zu sehen! Ich hatte gehofft, Sie hier zu treffen. Hector! Hector, hör sofort damit auf! Ach, hübschen Hündinnen kann er einfach nicht widerstehen!«

Als Juliet zu Boden schaute und den wollüstigen Dackel sah, der an Cocos üppigem Gesäß herumschnupperte, fiel endlich der Groschen. Die Frau war ... – sie musste sich gewaltig anstrengen, um sie nicht Mrs Hector zu nennen – Barbara Taylor.

»Als ich Sie eben hier entdeckt habe, dachte ich, dass es eine gute Idee sei, wenn Sie mit ihm vielleicht zur Probe eine Runde Gassi gehen, bevor Sie ihn dann nächste Woche übernehmen. Dann kann ich wenigstens sicher sein, dass Sie beide miteinander auskommen. Und wenn Sie dann noch dafür sorgen, dass er gehorsam an der Leine geht, wäre ich Ihnen schrecklich dankbar.«

Wie sollte sie denn das bloß anstellen? Juliet hatte keine Ahnung, was sie darauf erwidern sollte. Gern hätte sie die Frau daran erinnert, dass sie keine Expertin auf diesem Gebiet war – aber dachte Barbara denn ernsthaft, sie würde sich mit Hundeerziehung auskennen? Hatte sich etwa ihre Mutter wieder einmal in ihre Angelegenheiten eingemischt?

»Wie der Zufall so will, muss ich kurz in die Stadt«, fuhr Barbara fort. »Eigentlich wollte ich Hector in die Auffangstation bringen, aber da ich Ihnen nun begegnet bin ... vielleicht könnten Sie ihn so lange nehmen? Nur für eine Stunde etwa – in der Zeit könnten Sie mit ihm G-A-S-S-I gehen?«

»Ich bin nicht ...«

»Ich habe ja Ihre Handynummer, nicht wahr? Ich klingele kurz durch, wenn ich fertig bin und wir uns wieder treffen können.«

Juliet vermutete, dass Barbara Taylor eine große Familie besaß. Sie gab all diese Anweisungen auf eine Art und Weise, dass diese wie Vorschläge klangen, die aber in Wirklichkeit keinen Spielraum für jedwede Diskussion ließen. Und seltsamerweise konnte Juliet ihre anfängliche Wut, die sie als Witwe verspürt hatte, nicht wieder aufrufen. Wie ärgerlich – gerade jetzt, wo sie diese gebrauchen könnte.

»Ich wohne nicht im Stadtzentrum«, erklärte sie kraftlos. »Ich wollte nur kurz mit den Hunden eine Runde durch den Park gehen und eigentlich gar nicht lange …«

»Kein Problem! Laufen Sie ruhig Ihre Runde, und schon bin ich wieder da! Sei schön artig, Hector! Bis dann!«

Und so stand Juliet nun vor dem Kaffeestand mit drei Leinen in der Hand, einem jetzt kalten Kaffee, ihrem Wechselgeld und einer schönen Menge an Häufchen, die es einzusammeln galt.

»Kann ich Ihnen helfen?«, fragte die junge Frau vom Kaffeestand freundlich.

Der einzige Vorteil, den Juliet bei einem Spaziergang mit drei Hunden sah, war die Tatsache, dass sich niemand mehr in ihre Nähe traute, da sie nun die Antwort der Hundewelt auf Russell Brand an der ausziehbaren Leine führte.

Dabei war es schwierig genug, ein Plätzchen zu finden, das Coco, Minton und Hector gleichermaßen gefiel. Noch schwieriger stellte es sich allerdings dar, so mit den dreien zu gehen, dass Hector nicht unaufhörlich an Cocos Hinterteil hing – oder dem Hinterteil einer jeden anderen Hündin, an der er vorbeikam.

»Lass sie in Ruhe!«, rief Juliet und riss Hector von einer Yorkshire-Hündin fort. »Sie ist doch gar nicht dein Typ! Tut mir leid«, fuhr sie, an den Besitzer gewandt, fort, bevor sie dann mit einem mitfühlenden Lächeln weiterging.

»Du blamierst mich bis auf die Knochen«, zischte Juliet Hector an. »Jetzt reiß dich aber mal zusammen!«

Mit widerborstig abstehendem Barthaar stolzierte Hector unbekümmert weiter.

Mittlerweile hatten sie die malerisch angelegten Blumenrabatten des Gemeindeparks hinter sich gelassen und liefen den Weg zum Wald hinauf. Immer wieder tauchten am Wegesrand gelbe Zeichen auf, die die verschiedenen Pfade auswiesen, sowie rote Eimer für die Hundekotbeutel, die unverhohlen daran erinnerten, wem die Wälder eigentlich gehörten.

Minton liebte die Wälder der Coneygreen Woods; hier wimmelte es von Eichhörnchen und Kaninchen. Juliet wusste: Wenn sie ihn hier von der Leine ließ, dann wäre er im Nu auf und davon. Auch Hector zog und zerrte an seiner ausziehbaren Leine und verschwand mit seinen kurzen Beinchen immer wieder im dichten Gestrüpp.

Eine gemächliche Runde durch die Coneygreen-Wälder war sonntags Bens und ihr Lieblingsspaziergang gewesen, bei dem Ben immer wieder ihr Wissen über Bäume auf die Probe gestellt hatte und Minton nach Herzenslust Löcher in den Waldboden hatte graben dürfen. Nachdem sie wieder in die Stadt zurückgekehrt waren, hatten sie dann im *Wild Dog Café* einen Hotdog gegessen, weil nur hier der beste Freund des Menschen mit dabei sein durfte, während man ausgiebig brunchte.

Juliet hatte den Weg den Hügel hinauf automatisch angesteuert. Bis sie dort war, hatte sie keinen Gedanken daran verschwendet, wo sie herauskommen würde: direkt am Aussichtspunkt, von dem aus man einen wunderbaren Blick auf die verwinkelten Straßen und die viktorianischen Schornsteine Longhamptons hatte. Dort unten befand sich das einzige Nachtlokal der Stadt, das *Majestic*, in das sich Ben und sie als minderjährige Teenager hineingeschlichen hatten. Daneben befand sich der imposante Bogen des Bahnhofs, gefolgt von der Kirche, die im Krieg halb zerbombt worden war und über die sie in der Schule einmal eine Projektarbeit gemacht hatten. Und dort drüben stand die alte Freimaurerhalle, in der es angeblich spuken sollte. Dieser Aussichtspunkt war ein Ort, an dem Ben und sie bei ihrem Spaziergang immer haltgemacht und jedes Mal auf die gleichen vertrauten Wahrzeichen der Stadt gedeutet hatten.

Juliet ließ ihren Blick über die Stadt schweifen, doch nichts davon bedeutete ihr auch nur noch halb so viel, seitdem Ben nicht mehr hier war, um diesen Anblick mit ihr zu teilen. Alle diese Erinnerungen waren wie Spinnweben – filigran gesponnen und schnell zerrissen. Wenn sie etwas vergaß, wen gab es dann noch, um sie wieder daran zu erinnern?

Juliet biss die Zähne zusammen und zwang sich dazu, den Blick nicht abzuwenden, sondern sich die Details anzusehen. Tränen brannten ihr in den Augen, doch sie blieb standhaft. Vor ein paar Monaten noch wäre dieser Besuch hier vollkommen unmöglich gewesen. Vielleicht brachte die Trauerstunde ja doch etwas.

Dann merkte sie plötzlich, dass die Leinen in ihrer Hand verdächtig schlaff geworden waren.

Coco saß ihr – entweder aus Gehorsam oder aus Faulheit – zu Füßen, doch von Minton und Hector war keine Spur zu sehen. Panisch drückte Juliet auf die Aufwicklungstaste an Mintons Leine, bis sich diese anspannte, was bedeutete, dass er wahrscheinlich gerade irgendwo in der Tiefe des Waldes einen Salto rückwärts gemacht haben musste. Doch bei Hector sah das Ganze anders aus.

Hectors Leine spulte sich auf, doch am Ende der Leine tauchte ein einsames, leeres Halsband auf. Er hatte sich losgerissen.

»Mist!« Juliet sah sich nach irgendetwas um, an dem sie Coco festbinden konnte, bevor sie es sich anders überlegte. Falls Coco in die Hände des ersten Hundediebs Longhamptons geraten sollte, wären viele Dinge schon zu Ende, bevor sie überhaupt richtig angefangen hatten.

»Komm schon«, rief sie und zog so lange an der Leine, bis Coco wieder auf allen vieren stand. »Wir müssen diesen albernen Hund suchen, dieses Würstchen auf vier Beinen!«

Auch Minton hatte in diesem Wald schon einmal Reißaus

genommen, und Juliet konnte sich noch gut an ihre Panik erinnern, als sie zwanzig Minuten lang vergebens nach ihm gerufen hatte. Der Wald war hier sehr dicht, und es gab genügend Kaninchenbauten, in denen kleine Hunde stecken bleiben konnten. War es nicht tatsächlich so, dass Dachshunde dazu gezüchtet wurden, um in Kaninchenbauten zu kriechen? Hector schien genau der Typ Hund zu sein, der sich kopflos in die Tiefe stürzte, ohne sich Gedanken über einen Rückweg zu machen. Juliet rutschte das Herz in die Hose.

»Hector? Hector! Minton, komm hierher!«

Juliet lief los und zerrte gleichzeitig an Mintons Leine. Einige Schritte entfernt tauchte sein weißes Hinterteil aus einem kräftig gewachsenen Farn auf, gefolgt, nach einem kurzen Schwanzwedeln, von seinem Kopf. Blätter klemmten in seinem Geschirr, und er sah aus wie ein schlecht getarnter Soldat.

»Wo ist Hector?«, fragte sie ihn wider jede Vernunft. »Wohin ist er verschwunden?«

Dies waren die Momente, in denen sie sich wünschte, Minton etwas Nützlicheres beigebracht zu haben, als einfach nur die Fernbedienung zu apportieren.

»Hector!«, brüllte sie. Das Blut pochte ihr in den Schläfen und presste sich ins Hirn. Panik stieg in ihr auf und wurde noch durch die unverhältnismäßige Wut verstärkt, die sie seit Kurzem in so vielen, deutlich unwichtigeren Situationen empfand.

Wie hatte das nur passieren können? Warum musste ausgerechnet sie sich nun um diese beschämende, stressige …

»Runter! Runter mit dir!«

Juliet hielt inne und lauschte. Irgendwo oberhalb ihrer Position brüllte jemand.

Außerdem hörte sie ein Japsen. Genauer gesagt zwei verschiedene Arten von Japsen, doch eines davon war das tiefe Japsen eines verliebten Dackels.

»Runter!«

»O Mist!«, stammelte Juliet und rannte los. Der Pfad führte nun in einem großen Bogen nach rechts und stieg steil an. Die Wegesränder waren von Bäumen gesäumt, sodass Juliet erst, nachdem sie die Biegung hinter sich gebracht hatte, völlig außer Atem einen Mann erblickte, der einen schwarz-weißen Cockerspaniel gepackt und ihn praktisch über seinen Kopf gehievt hatte, während Hector auf seinen Hinterläufen tänzelte und mit seinen Vorderpfoten an der Hose des Mannes riss.

»Hector! Komm sofort her!« Juliet rannte die letzten Meter hinauf und hielt Hectors Halsband parat. Als sie es ihm umlegen wollte, rutschte sie jedoch auf dem nassen Laub aus und fiel zu Boden, wobei sie den Mann von den Füßen riss. Dieser geriet ins Taumeln, da er ohnehin schon mit dem Gewicht seines Hundes zu kämpfen hatte, und landete im Farnkraut.

Minton und Coco, die mit ihren Leinen immer noch an Juliets Handgelenk befestigt waren, folgten ihm.

Ein paar Sekunden lang lag Juliet reglos da, während das laute Hundegebell von den Bäumen widerhallte. Während der letzten acht Monate hatte es immer wieder Momente gegeben, in denen sie sich auf seltsame Weise selbst gesehen und ihr Elend beobachtet hatte, als sei es ein Drama im Fernsehen. Jetzt wünschte sie, sie könnte dies tun, nur funktionierte es dieses Mal nicht. Sie spürte die volle Demütigung am eigenen Körper, obwohl dieser gegenüber tatsächlichem physischen Schmerz immer noch unempfindlich war.

Der Mann richtete sich mühsam auf, und Juliet fühlte sich verpflichtet, dies auch zu tun, obwohl sie gut und gerne noch länger hätte liegen bleiben können – um sich geeignete Worte zu überlegen.

Automatisch spulte sie Entschuldigungen ab, obwohl ihr tief in ihrem Inneren eigentlich nicht nach Entschuldigungen war. Stattdessen hätte sie lieber wie ein Ork gebrüllt, alles um sich herum zertrümmert und erst Hector, dann Barbara Taylor über die Bäume geschleudert, weil sie sie in diese missliche Lage gebracht hatten.

»Es tut mir leid«, begann sie. »Ehrlich. Das ist nicht mein Hund. Er muss aus seinem Halsband geschlüpft sein.«

»Warum war denn das Halsband nicht eng genug eingestellt?«, fragte der Mann.

»Keine Ahnung. Ich habe es ihm nicht angezogen – ich gehe nur mit ihm Gassi … Komm hierher, Hector!« Juliet packte den Dachshund am Nackenfell und klemmte ihn zwischen ihre Knie, damit sie ihm das Halsband wieder umlegen konnte.

»Wenn Sie ihn nicht unter Kontrolle bekommen, dann sollten Sie ihm ein Geschirr anlegen«, fuhr der Mann fort. Zwar sprach er ruhig, doch man merkte ihm seine Verärgerung deutlich an. »Haben Sie gesehen, was er meiner Hündin antun wollte? Das grenzte beinahe schon an sexuelle Nötigung!«

»Ist sie gerade läufig?« Juliet hatte Mühe, höflich zu bleiben, obwohl ihr bewusst war, dass der Mann eigentlich recht hatte. »Sollte sie dann überhaupt nach draußen gelassen werden?«

Der Mann richtete sich zur vollen Größe auf und starrte sie an. »Damson ist kastriert. Ihr Rüde verschwendet also seine Zeit. Ganz im Ernst: Ein solches Verhalten ist einfach unmöglich. Früher oder später wird er dafür angezeigt werden. Das ist wirklich skandalös!«

Juliet sank auf ihre Fersen zurück, als ihre Wut mit einem Mal wie weggeblasen war. Sie fuhr sich mit der Hand durchs Haar und wünschte sich inständig, sich an einem anderen Ort zu befinden. »Es tut mir wirklich leid. Ich werde seiner Besitzerin ausrichten, dass sie ihm Bromide verabreichen soll, oder was auch immer damals den Soldaten im Krieg als Beruhigungsmittel verschrieben wurde. Hector, hältst du jetzt wohl still!«

Juliet schüttelte ihn ein wenig – nicht fest, aber auf die gleiche Art, wie Minton mit seinen Stofftieren umging – und packte ihn wieder am Nackenfell. Endlich schien Hector zu gehorchen, denn er schaute mit seinen dunkelbraunen Augen respektvoll zu ihr auf.

145

Danach sah Juliet zu dem Mann hinüber, der seine Spaniel-hündin beruhigte, indem er ihr über die flauschigen Ohren strich und leise auf sie einredete.

Wenigstens hatte sie mit ihrem Tacklingangriff einen Mann ins Gebüsch befördert und nicht etwa eine nette alte Oma. Einen höchst attraktiven Mann obendrein, wie sie fand. Er erinnerte sie an den jungen Antiquitätenexperten aus dem Fernsehen, bei dem selbst Omas verlegen kicherten. Er war groß und wirkte sehr kompetent, hatte sandblondes Haar, das ihm immer wieder ins Gesicht fiel, und trug eine Brille. Hinter dieser versteckten sich intelligente, haselnussbraune Augen, und er besaß ein ironisches Lächeln, das zwar bestimmt irgendwann einmal zum Vorschein kam, aber sicherlich nicht innerhalb der nächsten fünf Minuten – zumindest seinem Gesichtsausdruck nach zu urteilen.

»Haben Sie sich Ihre Kleidung zerrissen?«, erkundigte sich Juliet.

Der Mann sah an sich hinunter und nahm seine Jacke und die Hose unter die Lupe. »Nein, alles gut. Das hätte aber durchaus schlimmer ausgehen können. Immerhin hätte ich auch in den Brombeersträuchern landen können.« Er nickte in Richtung des dornigen Gestrüpps ein paar Schritte weiter links.

»Oder im Hundekoteimer.« Juliet deutete auf die andere Seite des Weges. Bei genauerer Betrachtung hätte das Ganze in der Tat *deutlich* schlimmer ausgehen können.

»Stimmt. Alles in Ordnung mit Ihnen? Sie sind schließlich noch schlimmer hingefallen als ich.«

Als sie zu ihm aufsah, merkte sie, wie der Mann sie von Kopf bis Fuß musterte und offenbar überprüfte, ob sie einen Schaden davongetragen hatte. Sie fuhr sich mit der Hand über die Stirn, falls dort – peinlicherweise – etwas kleben sollte. »Alles gut.«

»Was ist mit den Hunden?«

»Ach, denen geht's auch gut.« Die Situation wurde langsam

unangenehm. War diese steife Befragung etwa eine Vorbereitung für eine Versicherungsklage? Schnell leinte Juliet ihre Hunde wieder an. »Ich werde mit Hectors Besitzerin ein ernstes Wörtchen reden. Sie haben recht – er sollte dringend dem Tierarzt einen Besuch abstatten.«

Juliet bückte sich und strich dem Spaniel über das weiche Köpfchen. »Tut mir leid, Damson. Das wird nicht noch einmal passieren. Wenn du Gassi gehst, solltest du wirklich keinen sexuellen Übergriffen ausgesetzt sein. Selbst wenn du so eine Hübsche bist!«

Juliet rechnete jeden Moment mit einer bissigen Bemerkung des Besitzers, doch der Mann lachte nur kurz auf. »Na ja, Hunde sind eben Hunde. Da kann man nicht erwarten, dass er sie schick zu Abendessen und Kino einlädt. Hector heißt der Knabe, nicht wahr?« Die Augen hinter den Brillengläsern blickten nun nicht mehr ganz so verärgert. Im Gegenteil: Der Mann schien beinahe amüsiert zu sein.

»Ja. Und das sind Coco und Minton. Minton ist mein Hund. Mit den anderen beiden gehe ich nur Gassi.«

»Wir kommen von da …« Er deutete den Hügel hinauf. »Wohin waren Sie unterwegs?«

Juliet zögerte. Schlug der Mann ihr etwa gerade vor, gemeinsam weiterzuspazieren? Oder wollte er nur sichergehen, dass sie mit ihren Hunden nicht den gleichen Weg nahm wie er?

»Ich wollte eigentlich wieder in die Stadt zurück«, erwiderte sie. »Ich denke, es wird Zeit, dass Hector ein Bad nimmt.«

»Okay. Na dann …« Er presste die Lippen aufeinander und nickte.

Was soll ich jetzt bloß darauf sagen?, fragte sich Juliet. Offensichtlich erwartete der Mann irgendetwas von ihr. Einen Ausgleich für Damsons verletzte Gefühle? Eine Schachtel Hundeleckerli als Wiedergutmachung für das Leid und die Schmerzen, die ihr zugefügt wurden?

»Noch einmal: Es tut mir wirklich leid«, erklärte sie daher. »Und jetzt los, ihr Rasselbande.«

Erst als Juliet den Hügel schon wieder zur Hälfte hinuntergelaufen war, merkte sie, dass sie in hübscher Gassigängertradition zwar ihre Hunde vorgestellt, sich selbst aber vergessen hatte.

Juliet, Minton, Coco und ein kleinlauter Hector liefen ein paar ereignislose Runden um den Rosengarten, bis Barbara Taylor endlich wieder am Kaffeestand auftauchte. Sie war mit Tüten und Taschen beladen und hatte offensichtlich die meiste Zeit der Hundebetreuung in Longhamptons Geschäftsviertel verbracht, insbesondere bei M&S.

»Hier«, erklärte sie, bevor Juliet auch nur einen Ton darüber verlieren konnte, was Hector angestellt hatte. »Sind zehn Pfund in Ordnung? Den Betrag würde ich auch oben in der Auffangstation für eine Halbtagsbetreuung bezahlen. Ich weiß, ich war leider ein wenig länger unterwegs als ausgemacht.«

»Das ist …« Da Juliet keine Hand frei hatte, stopfte Barbara ihr den Schein in die Jackentasche.

»Wir haben noch gar nicht über die Raten für die Betreuung gesprochen, oder?«, unterbrach Barbara sie. »Ich würde Ihnen gern das Gleiche wie Rachel bezahlen, und sogar noch ein wenig mehr, da er eine Einzelbetreuung bekommt.« Sie bückte sich und kraulte Hector am Bart. »Er ist ein richtiges Muttersöhnchen, oder?«

Juliet blinzelte im Sonnenlicht. »So würde ich ihn nicht unbedingt beschreiben. Finden Sie ihn nicht ein wenig … aufdringlich?«

»Aufdringlich?« Barbara musste lachen. »Er kann ein ganz schön ungezogener Junge sein, aber das ist schließlich auch der Grund, warum ich ihn so liebe.«

Hector ließ sich von ihr den Bart kraulen und sah aus, als könnte er kein Wässerchen trüben.

Vielleicht sollte ich im Zweifel für den Angeklagten stimmen, dachte Juliet. Wahrscheinlich war es einfach nur mein Fehler, dass ich nicht permanent ein Auge auf ihn hatte. Sie warf ihm einen Blick zu, der ihm deutlich zu verstehen gab: Freundchen, das war eine erste Verwarnung!

»Vielleicht wäre für ihn ein Geschirr besser«, erklärte Juliet beim Gedanken an ein paar andere Hunde, die sie unterwegs gesehen hatte. »Es könnte gut sein, dass man ihn dann leichter unter Kontrolle hat.«

»Ach, meinen Sie? Ich werde es mir durch den Kopf gehen lassen«, versprach Barbara, als sei Juliet die geborene Hundeexpertin. »Sie haben offensichtlich ein Händchen für Hunde. Schauen Sie sich die drei nur an!«

Minton, Coco und Hector saßen fein säuberlich neben Juliet und schnüffelten interessiert am Kaffeestand.

»Komm schon, Hector«, rief Barbara und nahm seine Leine entgegen. »Dann sehen wir mal zu, dass wir nach Hause kommen. Bis nächste Woche, Juliet! Tschüss! Tschüss, Minton!«

Juliet wollte gerade erwidern: »Tschüss, Hector!«, konnte sich aber gerade noch rechtzeitig bremsen.

Coco und Minton sahen zu ihr auf wie zwei Kinder, die zwar erleichtert waren, dass der albtraumhafte Spielkamerad endlich fort war, aber zu höflich waren, dies tatsächlich zu sagen.

»Ab nach Hause!«, rief Juliet. »Sonst verpassen wir noch das *Time Team*!«

Sie würde den beiden erlauben, sich zu ihr aufs Sofa zu legen, um das Erlebte wiedergutzumachen.

10

Es war Freitag, was bedeutete, dass Coco heute nicht zu ihnen kommen würde. Was wiederum zur Folge hatte, dass niemand Juliet zwang aufzustehen.

Als der Wecker ertönte, machte Juliet sich also gar nicht erst die Mühe, richtig wach zu werden. Stattdessen hatte sie sich noch einmal umgedreht und versucht, wieder in den schönen Traum zurückzufinden, den sie von Ben gehabt hatte. Doch obwohl sie immer wieder Szenen aus ihren Fotoalben heraufbeschwor, blieben die Bilder hartnäckig statisch. Nachdem es nun schon zum zweiten Mal an der Haustür geklingelt hatte, schlug sie grollend die Bettdecke zurück.

Sie schnappte sich den Morgenmantel, der an der Innenseite der Schlafzimmertür hing, zog ihn über ihren Pyjama und stampfte die Treppe hinunter, während es weiter an der Tür klingelte.

»Was?«, rief sie übellaunig, als sie in der Erwartung, ihre Mutter mit Coco zu sehen, die Tür aufriss. »Kann Coco denn nicht ein einziges Mal bei – Oh.«

Lorcan stand in einem Bad-Company-T-Shirt vor ihr, das die Erwachsenenversion von Roisins Shirt war, neben ihm auf dem Weg ein paar große Plastiktüten. Sein Haar war noch zerzauster als Juliets, als sei er selbst gerade erst aus den Federn gekrochen.

»Ich bin hier, um deine Dusche zu reparieren.«
»Ich habe keine Dusche.«

»Das ist mir auch zu Ohren gekommen.« Lorcan deutete auf die Tüten neben ihm. »Aber du kennst ja deine Mutter.«

»Entschuldigung, ich kann dir nicht ganz folgen.«

»Deine Mum hat mich angerufen und sich erkundigt, wie es mit den Handwerksarbeiten hier vorangeht. Jetzt schau doch nicht so überrascht – sie hat meine Visitenkarte eingesteckt. Sie brauchte jemanden, der sich um ihre Dachrinnen kümmert.«

Das brauchte sie *nicht*, dachte Juliet. Keith war seit zwanzig Jahren immer Dianes erste Anlaufstelle für alles, was den Umfang einer kaputten Glühbirne überstieg.

Sie nahm sich vor, ihrer Mutter diesbezüglich noch einmal auf den Zahn zu fühlen, doch es gab keinen Grund, deswegen Lorcan gegenüber gemein zu werden.

»Und während wir uns unterhalten haben«, fuhr er fort und bückte sich, um Minton hinter den Ohren zu kraulen, »fragte sie mich, ob du mittlerweile eine Dusche hast. Ich habe verneint und gesagt, dass ich oben keine Dusche gesehen hätte. Sie sagte daraufhin, dass sie dir ein anständiges Bad spendieren würde.« Er deutete wieder auf die Taschen. »Die hier sind mir zufällig in die Hände gefallen, wenn du weißt, was ich meine.« Lorcan verzog das Gesicht zu einem »Besser nicht fragen«-Ausdruck.

»Du meinst, die sind vom LKW gefallen?«, hakte Juliet nach. Sie verschränkte die Arme vor der Brust, als ihr einfiel, dass sie im Pyjama in der Tür stand. Sie wusste nicht einmal, wie spät es war, doch Lorcan zeigte keinerlei Anzeichen dafür, dass irgendetwas nicht stimmte.

»Richtig. Aber sehr sanft.« Er zwinkerte ihr mit seinen blauen Augen zu, bevor ihm wieder einfiel, dass er ihr gegenüber seinen Charme am besten so schnell wie möglich abstellte. »Du und dein Haus, ihr habt Glück: Es ist ein erstklassiges Messing-Duschsystem, das hervorragend zu deinem Stil passen würde. Ich könnte es dir gern zeigen. Vielleicht bei einer Tasse Tee?«

Er griff nach den Tüten und Schachteln, und Juliet war klar, dass dies der Zeitpunkt war, an dem sie ihn eigentlich hereinlassen und ihn fragen sollte, ob er schon gefrühstückt hatte, da sie jederzeit Toast machen könnte, und so weiter.

Doch ein letzter Rest Dickköpfigkeit sorgte dafür, dass sich ihre Hand fest an den Türrahmen krallte. Was war eigentlich aus den Grenzen geworden, die man als Erwachsener zieht? Hat Mum sich vielleicht mal bei mir gemeldet, bevor sie Lorcan den Auftrag gegeben hat, zu mir zu kommen?

»Ähm, eigentlich habe ich mich bisher noch nicht entschieden, was das Bad anbelangt. Ich denke immer noch darüber nach, in welcher Reihenfolge ich all die Arbeiten erledigen lassen will«, erklärte sie stur. »Das ist ja doch eine ganze Menge. Vielen Dank übrigens für die Auflistung. Ähm … schulde ich dir etwas für die Zeit, die du da reingesteckt hast?«

»Oh, nein!« Lorcan winkte ab, wobei Juliets Blick auf ein Freundschaftsarmband fiel, das er am Handgelenk trug. Es sah aus, als hätte eines der Mädchen es gebastelt. »Du könntest dafür gern mal bei Emer zum Babysitten kommen oder die Katze füttern, wenn sie fort sind.«

»Fahren sie in Urlaub?«

»Nicht oft.« Lorcan bemerkte den hoffnungsvollen Unterton in ihrer Stimme und musste grinsen. »Komm schon, das hier ist eine wirklich tolle Dusche. Und außerdem zahlt deine Mutter alles. Ich an deiner Stelle würde das Angebot annehmen.«

»Ich …«

»Juliet, du hast langes Haar. Wie willst du das waschen, wenn du keine Dusche hast?«

»Mit einem Duschaufsatz«, erwiderte Juliet stur, ohne nachzudenken. »Den schließe ich an den Wasserhahn der Badewanne an.« Was nie so richtig klappen wollte – es tropfte immer. Das behielt sie aber lieber für sich.

»Mit einem Duschaufsatz?« Lorcan sah sie misstrauisch an. »Sind wir wieder in den Achtzigerjahren? Komm schon. Jeder braucht eine gute Dusche – das ist so was wie ein Menschenrecht. Ich habe sie dir installiert, bevor du ›Head and Shoulders‹ sagen kannst.« Er warf einen Blick auf seine Armbanduhr. »Jedenfalls vor dem Nachmittagstee.«

Juliet hatte nichts Besonderes vor, und es gab auch eigentlich keinen Grund, warum sie die Tür nicht weit aufstoßen und Lorcan einen Tee kochen sollte, damit irgendwo ein Anfang gemacht wurde. Doch schon merkte sie, wie die Barrieren bei ihr hochgingen. Und zwar nicht nur, weil sie nicht angezogen war. »Eigentlich wollte ich jetzt einen Spaziergang machen«, erklärte sie. »Na ja, nicht sofort, aber bald. Du kommst zu einem ungünstigen Zeitpunkt. Ich bin … noch nicht bereit, mit der Dusche loszulegen. Außerdem gibt es hier andere Baustellen, um die man sich zuerst kümmern müsste.«

»Herrje. Du weißt doch, dass ich sogar im größten Chaos arbeiten kann.« Lorcan seufzte. »Du hast doch gesehen, wie es nebenan zugeht.«

Juliet schlang die Arme enger um ihren Körper. Eine neue Dusche schien eigentlich nur eine Kleinigkeit zu sein, doch tatsächlich war sie alles andere als das. Zumindest für sie. Die Dusche war der einzige konkrete Punkt, über den Ben und sie ausgiebig diskutiert hatten. Er hatte eine richtige Duscharmatur im viktorianischen Stil in der Größe eines Esstellers haben wollen. Eine Dusche, unter der sie gemeinsam hätten stehen können.

Hatte es irgendeinen Sinn, jetzt einen so großen Duschkopf installieren zu lassen? Wäre das etwa ein Zeichen für Ben, dass sie plante, mit jemand anderem dort zu duschen?

»Ich bin nicht …« Juliet versagte die Stimme. »Ich will nicht unhöflich sein, aber das wäre der erste Schritt. Wahrscheinlich kommt dir das gar nicht so bedeutend vor, aber für mich … du weißt schon.«

Lorcans gute Laune verschwand. »Na schön. Ich hatte einfach nur einen freien Morgen und dachte, nachdem wir neulich über dein Bad gesprochen hatten, dass es für dich okay wäre ... Wann wäre denn in deinen Augen ein guter Zeitpunkt? Ich könnte die Sachen einfach hierlassen und an einem anderen Tag vorbeischauen. Oder dir jemand anders besorgen, der die Arbeit übernimmt. Oder gar nichts tun.«

»Es tut mir leid.« Juliet schluckte schwer. »Ich bin nicht ... Es kommt und geht einfach. Als wir durchs Haus gegangen sind, war noch alles okay. Ehrlich! Aber mir geht's gut.«

»Dir geht es nicht gut. Aber es ist vollkommen in Ordnung, wenn man mal in den Seilen hängt. Ich verstehe das.« Er hantierte mit dem Bandmaß herum.

Jetzt komm schon, Juliet, ermahnte sie sich.

Denk doch bloß mal an die schöne Dusche.

Die ich niemals mit irgendwem teilen werde!

»Warum lässt du die Sachen nicht einfach hier?«, fuhr Juliet schnell fort. »Ich rufe dich später an, wann du die Dusche installieren kannst. Dann können wir auch noch einmal das Angebot durchsprechen. Und über all die Dinge reden ... über die du bei der Arbeit so redest.«

Die Worte sprudelten nur so aus ihr heraus; Juliet wusste kaum, was sie da sagte, doch die Sorgenfältchen um Lorcans Augen herum verschwanden allmählich, und seine alte Zuversicht kam langsam wieder zum Vorschein.

»Prima«, erwiderte er und räumte die Tüten nach drinnen. »Du hast ja meine Nummer.«

»Richtig.« Juliet wollte die Tür schließen. »Danke.«

»Dann einen schönen Spaziergang!« Lorcan zwinkerte ihr zu und schlenderte, die Hände in seinen zerbeulten Jeans vergraben, den Weg zur Straße hinunter.

Damit er nicht dachte, sie würde ihm diese vor der Nase zuknallen, schloss Juliet die Tür zwar so leise, wie sie konnte, aber doch sehr bestimmt. Das Herz klopfte ihr bis zum Hals, und sie fühlte sich so aufgewühlt und aufgeregt, als habe sie gerade eine Attacke auf das Haus abgewehrt.

Während sie sich auf die Fliesen sinken ließ, schnupperte Minton so interessiert an den Tüten und Schachteln herum, dass Juliets Blick irgendwann auf die Duscharmatur fiel.

Es war eine wunderschöne Messingarmatur im viktorianischen Stil mit großer Regendusche. Genau jene, die sie sich in den Einrichtungsmagazinen ausgesucht hatten.

Obwohl Coco nicht Gassi gehen musste, machte sich Minton zur gewohnten Uhrzeit auf den Weg zur Tür. Juliet brachte es einfach nicht übers Herz, ihm diesen Wunsch abzuschlagen.

Auf den Park und die Blumenrabatten hatte sie allerdings keine Lust, da dort die Leute die Angewohnheit hatten, anzuhalten und sich, wenn schon nicht mit ihr, dann doch zumindest mit Minton zu unterhalten. Außerdem hatte sie noch weniger Lust, dem Spanielmann in die Arme zu laufen und spontane Spötteleien von Hundebesitzer zu Hundebesitzer über den notgeilen Hector auszutauschen.

So steuerte sie schließlich das andere Ende von Longhamptons dichtem Fußweg-Netz an, das sich zwischen dem Bishops-Meadow-Grundstück aus den Dreißigerjahren und dem Teich dahinschlängelte – an dem sich sicherlich früher einmal ein viel genutzter Schandkorb befunden hatte –, der verlassen dalag und von Unkraut überwuchert war. Nirgends war auch nur eine Menschenseele zu sehen, aber um auf Nummer sicher zu gehen, steckte sich Juliet vorsichtshalber die Ohrstöpsel ihres iPods in die Ohren. Entschlossen marschierte sie dann den sanft abfallenden Hügel hinunter, lauschte dem Hörbuch *Emma* und ließ sich auf Jane Austen ein, wie es ihr früher in der Schule nie gelungen war.

Nach einer Weile hatte sich ihr Atem auf einen regelmäßigen Rhythmus eingependelt, und ihr Verstand schaltete sich aus, sodass es schließlich nur noch den strahlend blauen Himmel über ihr, die frische Sommerluft und die Erzählung gab. Minton flitzte fröhlich umher und hielt Schritt mit ihr. Zu ihrer großen Überraschung stellte Juliet fest, dass die warmen Sonnenstrahlen in ihrem Gesicht ihr Herz auf eine sehr unschuldige Weise mit Freude erfüllten.

Doch der Anblick eines freundlich aussehenden älteren Pärchens mit drei japsenden Yorkshireterriern am Fuße des Hügels riss sie jäh aus diesem Zustand heraus. Die Straße bog in Richtung einer altmodischen Einkaufsstraße mit vielen kleinen Läden ab. Juliet wusste, dass sie den Leuten durch den Umweg über diese Straße ausweichen und dann später wieder auf ihre ursprüngliche Route zurückkehren konnte. Das Pärchen lächelte schon und hatte diesen »Wir sind noch zu weit entfernt, um mit Ihnen zu reden, aber gleich haben wir Sie!«-Ausdruck im Gesicht.

Juliet wollte wirklich nicht unhöflich sein; aber sie hatte einfach keine Lust auf irgendwelche Unterhaltungen.

»Komm, Minton!«, rief sie und zog ihn von einem Laternenpfahl fort. »Dann wollen wir mal sehen, was es alles Neues auf der South Parade gibt!«

Als Juliet noch klein gewesen war, hatte es auf der South Parade nur Boutiquen mit altmodischer Damenoberbekleidung mit Cellophanschutz in den Schaufenstern gegeben. In den letzten Jahren hatten jedoch immer mehr reiche, gut aussehende, junge Mütter die großen Einfamilienhäuser in der Nähe bezogen, sodass aus den ehemaligen Kurzwaren- und Wollläden mittlerweile Delikatessengeschäfte und Cafés mit Keramikwerkstatt geworden waren. Diane war jahrelang immer zu »Angela's Hair« gegangen; nun war der Friseur in »Angel Hair« umbenannt worden.

Juliet starrte in das elegante Innere des Friseurladens und versuchte, sich vorzustellen, wie sie früher einmal mit Lockenwicklern auf dem Boden dieser – sie warf schnell einen Blick auf das Schild am Eingang – zertifizierten Ayurveda-Wellness-Erlebniswelt gespielt hatte.

Ich muss unbedingt Ben erzählen, dass Angela jetzt auch

heiße Steine auflegt, dachte sie. Für richtig große Kieselsteine könnte er ihr einen guten Preis machen …

Ein Kloß bildete sich in ihrem Hals.

Schnell suchte Juliet nach einer Ablenkung, und ihr Blick fiel auf die Preistafel. Erst durch Lorcans Bemerkung über ihr Haar war ihr bewusst geworden, dass sie seit beinahe einem Jahr nicht mehr beim Friseur gewesen war. Ihr Haar hatte dennoch nicht übermäßig zerzaust ausgesehen; es war ein anständiger, wenn auch recht lockiger Bob.

Vielleicht war es an der Zeit für einen anständigen Haarschnitt, dachte sie, da sie nun die »Schneiden Sie einfach alles ab, ist mir doch egal«-Phase hinter sich hatte. Dasselbe Buch, das ihr versichert hatte, dass es ihr nach einem Jahr besser gehen würde, hatte ebenso nachdrücklich vor spontanen Schönheitsentscheidungen wie radikalen Haarschnitten, Erinnerungstattoos und dergleichen gewarnt.

Angesichts der Preise fielen Juliet beinahe die Augen aus dem Kopf. Anscheinend waren nicht nur die Handtücher teurer geworden. Als sie nach drinnen starrte, um zu sehen, ob es für die Preise wenigstens vergoldete Haarföne gab, entdeckte sie ihre Mutter. Diane bezahlte gerade an der Theke, und als sie sich umdrehte und so tat, als würde sie ernsthaft über den Kauf eines dort angebotenen Shampoos oder Conditioners nachdenken, entdeckte auch sie Juliet vor dem Schaufenster.

Ihre Blicke trafen sich.

Mist, dachte Juliet. Jetzt kam Fortschleichen nicht mehr infrage.

Juliet runzelte die Stirn und zermarterte sich den Kopf auf der Suche nach einer Ausrede, was sie dringend zu Hause erledigen musste. Dummerweise ging sie nicht einmal mit einem fremden Hund Gassi. Vielleicht behaupte ich einfach, dass ich auf dem Weg zu Hector bin, um ihn abzuholen, dachte sie.

Diane winkte kurz mit der Hand, sagte etwas zu der Dame am Empfang und kam dann herausgestürzt.

»Was machst du hier?« Sie wirkte ziemlich überrascht.

»Ich gehe mit Minton Gassi. Ist das so etwas Ungewöhnliches?«

»Nein, ich dachte nur …« Diane setzte ein Lächeln auf. »Es ist einfach schön, euch beide unterwegs zu sehen. Hallo, Minton!«

Nachdem ihre Mutter den Salon verlassen hatte und unmittelbar vor ihr stand, konnte Juliet einen Blick auf ihr Haar werfen und war vollkommen verblüfft.

Zum ersten Mal seit mehr als zwanzig Jahren sah sie Diane mit einer anderen Frisur als dem gewohnten Mum-Schnitt. Ihr Haar war frisch gestuft, leuchtete dank teurer Highlights und hatte einen neuen Schnitt, der Diane wie eine der attraktiven »älteren Modelle« im Marks-&-Spencer-Modekatalog aussehen ließ.

»Mum, hast du dir Highlights machen lassen?«, fragte sie erstaunt.

»Ja.« Diane fuhr sich selbstbewusst durch die Föhnfrisur. »Ein paar Honig-Highlights, wie Angela meinte.«

»Und du hast einen Stufenschnitt?« Juliet war klar, dass sie ihre Mutter fassungslos anstarrte. »Du siehst um Jahre jünger aus!«

»Ja? Das hätte man auch charmanter formulieren können, Juliet, aber … danke. Manchmal ist es gar nicht so schlecht, ein paar … Dinge zu verändern. Wie sieht es aus, hast du Lust, einen Kaffee mit mir zu trinken? Wir könnten uns draußen hinsetzen. Und jetzt tu ja nicht so, als hättest du etwas Dringendes zu erledigen!« Diane drohte spielerisch mit dem Zeigefinger. »Es sei denn, du erzählst mir, dass du vor den Handwerksarbeiten geflohen bist.«

»Darüber würde ich gern mit dir reden«, erwiderte Juliet grimmig.

»Dann lass uns das doch bei einer Tasse Kaffee tun.« Ihre Mutter senkte die Stimme. »Angela hat sich eine dieser neuen Maschinen einbauen lassen. Ich will ja nichts sagen, aber …«

Sie verzog das Gesicht. »Total wässrig. Wir könnten doch mit Minton zu diesem Café auf der High Street gehen, das du gern besuchst – das, in dem Hunde erlaubt sind. Wie wäre das?«

Das war ein Zugeständnis für Diane, das war Juliet klar. Denn Louise und Diane waren trotz makelloser Oberflächen und perfekter Cappuccino durchaus skeptisch, was die Hygiene im *Wild Dog Café* anbelangte. Juliet liebte dieses Café, doch sie war schon eine ganze Weile nicht mehr dort gewesen: Es erinnerte sie zu sehr daran, wie oft sie es mit Ben und Minton besucht hatte.

»Lass uns einfach zu dem Café dort drüben gehen«, erklärte Juliet daher und wies zum Ende der Einkaufsstraße.

Juliet ließ sich von ihrer Mutter in das besagte Café am Ende der Straße schleppen, in dem es früher einmal lauwarme Milkshakes gegeben hatte. Mittlerweile konnte man in diesem Café, das sich nun *The Pantry* nannte, zwischen 327 Cappuccino-Sorten wählen. Minton rollte sich unter dem Tisch zusammen und gab sich Mühe, nicht bemerkt zu werden.

»Mum, warum hast du mir eine Duscharmatur gekauft und dann Lorcan damit vorgeschickt?«, fragte Juliet, nachdem ihre Kaffees in riesigen Tassen mit viel zu kleinen Henkeln serviert worden waren.

»Aus deinem Mund klingt das so rechthaberisch! Ich habe ihn eigentlich nur angerufen, um nachzufragen, wie weit er mit deiner Kostenaufstellung gekommen ist, weil dein Vater das wissen wollte. Und Lorcan erwähnte, dass er zufällig eine Duscharmatur übrig hätte. Daraufhin meinte ich: ›Das ist eine hervorragende Idee, die nehmen wir.‹ So hat sich das Ganze entwickelt.«

In Juliets Ohren klang das alles ziemlich einstudiert. »Er hatte *zufälligerweise* genau *die* Dusche, die Ben und ich uns ausgesucht hatten?«

»Ist sie das?« Diane schien überrascht zu sein. »Na, dann sollte es wohl so sein.«

»Mum, ich weiß es wirklich zu schätzen, dass du das alles hier für mich machst, aber ...«

»Mit dem Rest des Hauses kannst du anstellen, was du willst«, unterbrach Diane sie. »Aber keine meiner Töchter soll ohne eine anständige Dusche leben – Schluss, aus!« Sie hielt inne, und ihr Tonfall änderte sich. »Bitte, lass ihn die Dusche installieren. Dann hätte ich ein weitaus besseres Gefühl.«

Juliet tunkte ihren Keks in den Milchschaum. Selbst sie begriff, dass es ziemlich ungehobelt wäre, nun weiterzustreiten. Immerhin ging es um eine Dusche, die Ben und sie ohnehin eingebaut hätten. Oder vielmehr gekauft hätten, um sie dann acht Monate herumliegen zu lassen, während sie Ben immer wieder in den Ohren gelegen hätte, die Dusche doch endlich zu installieren.

Sie war über sich selbst erbost. Das war ziemlich gemein! Mittlerweile hätte Ben die Duscharmaturen sicherlich eingebaut.

»Okay, Mum«, erwiderte sie schließlich. »Das ist wirklich nett von dir. Ich werde mit Lorcan reden, dass er zu mir kommen und die Dusche installieren soll.«

»Prima!« Diane beugte sich vor und tätschelte Juliets Hand. »Prima. Lorcan ist ein wirklich netter Kerl. Er erinnert mich an Ben.«

»Mum, warum muss bei dir eigentlich jeder immer wie eine andere Person sein?«, fragte Juliet und zog ihre Hand zurück, als hätte sie eine heiße Herdplatte berührt. »Kann denn nicht jeder einfach mal er selbst sein?«

»Ich weiß gar nicht, was du damit ...«

»Natürlich weißt du das! Peter sieht deiner Meinung nach aus wie Tom Cruise. Dad ist Paul Newman wie aus dem Gesicht geschnitten. Zumindest einem kahlköpfigen Paul Newman.« Juliet machte eine sarkastische Pause. »Ruth hat dir immer noch nicht verziehen, dass du ihr gesagt hast, sie erinnere dich an die Fernsehmoderatorin Carol Vorderman. Ben kannst du überhaupt nicht mit Lorcan vergleichen. Also ... ich meine ... Lorcan mit Ben ...« Sie schluckte und setzte noch einmal an. »Lorcan ist dunkelhaarig. Ben war blond. Lorcan ist zu kräftig, um beim Beschneiden der Rosen Handschuhe tragen zu können. Er hat eine andere Augenfarbe. Und er ist kleiner als Ben ... Soll ich weitermachen?«

»Ich meinte das auch nicht in physischer Hinsicht«, widersprach Diane ihr und tupfte sich die Lippen mit einer Papierserviette ab. Seit Langem trug sie wieder einmal Lippenstift, stellte Juliet fest. »Seine Art erinnert mich an Ben. Er wirkt so ... tüchtig. Liebenswürdig.«

»Na ja, das ist mir noch nicht aufgefallen«, erklärte Juliet dickköpfig.

Diane merkte, dass sie etwas Falsches gesagt hatte. »Tut mir leid. Jedenfalls«, fuhr sie fort und wechselte so feinfühlig wie möglich das Thema, »habe ich heute Kim im Supermarkt gesehen. Hast du ihr eigentlich gesagt, ab wann du wieder arbeiten möchtest?«

»So ähnlich. Sie meinte, ich solle sie anrufen, wenn ich mich dazu wieder bereit fühle. Sie will nicht noch einmal so ein Cupcakes-Desaster erleben.«

In dem Versuch, Juliet vor ein paar Monaten wieder zurück an ihren Arbeitsplatz zu bringen, hatte Kim sie gebeten, hundert Cupcakes für einen Hochzeitsempfang zu backen. Früher war Juliet es durchaus gewohnt gewesen, an einem Morgen mehr als zweihundert Cupcakes zu backen, doch dieses Mal waren sie nicht aufgegangen, sahen traurig aus und schmeckten abscheulich. Louise und Diane hatten sich schließlich die ganze Nacht um die Ohren schlagen müssen, um die Cupcakes für Juliet zu backen.

»Aber wie schafft sie es, ohne dich auszukommen?« Diane blieb beharrlich. »Immerhin sind die Sommermonate die arbeitsreichste Zeit des Jahres für euch.«

»Ich *weiß*, Mum.«

Der Begriff *Hochzeitsmonate* stand unausgesprochen zwischen ihnen.

Juliet rührte in ihrem Kaffee. Die ehrliche Wahrheit war, dass sie im Augenblick keine Menschen sehen wollte. Insbesondere keine glücklichen, lebenden, frisch verheirateten Paare. Darum war ihr auch die Anwesenheit von Minton und Coco um ein Vielfaches lieber. Die beiden würden höchstwahrscheinlich nie heiraten oder hätten nur wenig hilfreiche Tipps für sie auf Lager, wie zum Beispiel, dass es einfach nur eine Sache der Überwindung sei, wieder zu arbeiten.

»Vielleicht hilft es dir ja auch«, fuhr Diane fort. »Meine Freundin Jean hat gleich nach Philips Tod wieder in der Bibliothek gearbeitet. Sie sagte, es habe ihr geholfen, sich mit der Arbeit abzulenken.«

»Mum, ich will Kim nicht im Stich lassen, indem ich nutzlose Arbeit abliefere. Damit tue ich niemandem einen Gefallen. Vielleicht im Herbst.«

Sobald das Jahr vorbei ist. Nachdem ich einen Neustart versucht habe.

Diane ließ nicht locker. »Louise sagt, Peter brauche neue Mitarbeiter bei *Techmate*, da dieses neue Projekt grünes Licht bekommen hat.«

Juliet schnaubte.

»Oder du könntest dich freiwillig irgendwo engagieren. Beim Buchclub habe ich mich mit Rachel unterhalten. Die Hundeauffangstation sucht verzweifelt nach freiwilligen Gassigängern während der Sommermonate, wenn die Helfer, die für gewöhnlich dort sind, in Urlaub gehen. Und du kannst doch so gut mit Hunden umgehen! Ich habe sogar ...« Diane stellte ihre Handtasche auf den Tisch und suchte darin nach etwas. »Ich habe Mrs Cox gesagt, dass du sie anrufen würdest.«

Juliet versuchte krampfhaft, sich zu erinnern. Dianes Buchclub hatte viele Mitglieder, und normalerweise wurde mehr darüber diskutiert, wer alles wieder nicht zum Treffen erschienen war, als über den jeweiligen Roman. »Mrs Cox … meine alte Klavierlehrerin?«

»Ja, sie ist fast jeden Monat da. Für ihre achtzig Jahre ist sie noch erstaunlich fit! Sie ist im Augenblick die Einzige, die den Roman auch wirklich gelesen hat, und sie hat auch keine Hemmungen, uns das deutlich spüren zu lassen. Es ist fast wie in der Schule!«

Gott, wie unfair, dachte Juliet und war für den Augenblick von Dianes Nörgelei abgelenkt. Wie kam es, dass Klavierlehrerinnen weit über achtzig Jahre alt wurden, aber körperlich fitte Gärtner, die die meiste Zeit an der frischen Luft verbracht hatten, nur einunddreißig?

»Aber sie hat doch gar keine Hunde«, entgegnete sie. »Hat sie nicht Katzen? Diese großen weißen Perserkatzen? Die Sahne vom guten Teeservice schlecken durften, während ihr aus schrecklichen alten und gesprungenen Bechern trinken solltet, als ihr *Drachenläufer* gelesen habt?«

»Genau diese Katzen meine ich. Sie sind ein wenig … speziell. Jedenfalls unternimmt Mrs Cox eine dieser skandinavischen Kreuzfahrten und möchte die Katzen so lange nur ungern in eine Katzenpension geben. Sie würden dort nur weinen, die armen Dinger. Ich habe ihr gesagt, dass du sie anrufst und es dir überlegst, ob du nicht in dieser Zeit bei ihr vorbeischauen und die Katzen verpflegen kannst, während Mrs Cox in Urlaub ist.«

»Mum!« Juliet fühlte sich regelrecht bedrängt. »Warum hast du das gesagt?«

»O Juliet, jetzt stell dich nicht so an! Sie wohnt in Rosehill doch nur ein paar Häuser von dir entfernt. Du könntest ganz leicht auf dem Heimweg nach den Katzen schauen, wenn du mit Coco und Minton aus dem Park zurückkommst. Hier ist ihre Telefonnummer. Jetzt nimm sie schon.«

Diane schob Juliet den Zettel hin. »Es soll ja auch nicht für einen guten Zweck sein«, fuhr Diane fort. »Sie wird dich dafür bezahlen. Außerdem wird es dir guttun, mal rauszukommen.«

Das war also der Punkt, um den es eigentlich ging, stellte Juliet fest. Dass sie das Haus verließ!

»Ich bin doch jetzt auch hier, oder?« Juliet starrte rebellisch über den Rand ihrer Kaffeetasse hinweg.

Es ging gar nicht darum, Mrs Cox' Katzen zu füttern – das machte ihr nämlich nichts aus. Vielmehr hatte sie etwas dagegen, in den Tagesablauf anderer hineingeplant zu werden. Die Tagesroutine anderer zu ihrer eigenen zu machen – und das, obwohl sie die letzten Monate damit zugebracht hatte, sich vor anderen Menschen, deren Forderungen und Fragen zu schützen. Juliet sah, wie ihr sorgsam aufgebauter Schutzwall aus Fernsehsendungen und gelegentlichen Nickerchen durchbrochen wurde, was sie zutiefst beunruhigte.

»Denk doch nur mal an die Katzen«, ermahnte Diane sie. »Die Armen müssten sonst ganz allein im Katzenhotel sitzen, ohne all den Komfort, den sie von zu Hause gewohnt sind. Sie würden es hassen. Jede Wette, dass auch Minton das nicht gefallen würde. Du könntest also sowohl den Katzen als auch Mrs Cox einen großen Gefallen tun. Zweimal pro Tag eine halbe Stunde. Komm schon.«

Juliet nahm den Zettel mit der Adresse an sich. Es hatte keinen Zweck, die Sache jetzt abzulehnen. Sie konnte später immer noch Mrs Cox anrufen und einen guten Grund vorschieben, warum sie nicht nach den Katzen schauen könnte. Doch zugegebenermaßen ließ sie das Bild der einsamen Katzen nicht ganz kalt, obwohl sie insgeheim fürchtete, sich nur noch mit verzogenen Haustieren abzugeben, die betreut werden mussten, weil ihre Besitzer amüsante Kreuzfahrten unternahmen.

»Warum rufst du sie nicht gleich an?«, fragte Diane entschlossen.

Juliet versuchte, sich zu wehren, doch ihre Energie war mit einem Mal erloschen. »In Ordnung.«

Mrs Cox klang sehr erfreut, von ihr zu hören – was Juliet argwöhnen ließ, dass Diane den Deal längst unter Dach und

Fach gebracht hatte. Sie lud Juliet für den Nachmittag des nächsten Tages ein, »um die pelzigen kleinen Diktatoren kennenzulernen«. Minton, so versicherte sie Juliet, sei kein Problem, er sei ebenfalls herzlich eingeladen.

»Schließlich haben meine Süßen letzte Woche beim Tierarzt einen zudringlichen Labrador erfolgreich abgewehrt.« Mrs Cox kicherte nachsichtig. »Sie sind wirklich keine Mauerblümchen.«

Juliet sah zu Minton hinunter, als sie sich von Mrs Cox verabschiedete. Er lag ihr zu Füßen, seine Schnauze ruhte auf den Vorderpfoten. »Armer Minton«, seufzte sie. »Niemand fragt dich, ob du bereit bist, meine Zeit mit anderen zu teilen, nicht wahr?«

»Er ist ein braver Junge«, erwiderte Diane und hielt ihm ein Stück Croissant unter dem Tisch hin.

»Und genau *das* ist der Grund, warum Coco auf Diät ist«, entgegnete Juliet.

Zurück in Rosehill, ließ Juliet Minton als Vorhut ins Haus trippeln, um nach Eindringlingen oder Mäusen zu suchen, wie er es als neuer Mann im Haus jetzt gewohnt war.

Erfreulicherweise war alles still. Es war sogar so leise, dass sie das Ticken der Uhr im Wohnzimmer hören konnte. Juliet zog sich die Schuhe aus, schlüpfte in ihre bequemen Fellpantoffeln und spürte, wie sie sich innerlich dem Tag verbunden fühlte, der sich langsam dem Ende zuneigte. Dies war ein weiterer Tag, der abgehakt werden konnte.

Auf Channel 4 lief ein alter Schwarz-Weiß-Film, den sie sich in ihrer Fernsehzeitschrift für den späten Nachmittag markiert hatte. Der Film hatte zwar schon begonnen, aber man kam gut in die Handlung hinein: eine wunderbare, aber von vornherein zum Scheitern verurteilte Liebesbeziehung zwischen zwei britischen Schauspielern mit einer unglaublich deutlichen Aussprache, die während des Krieges – umgeben von vielen Militäruniformen und dünnen Oberlippenbärtchen – spielte.

Trevor Howard hatte noch kaum die Gelegenheit gehabt, den steifen britischen Offizier herauszukehren, als die friedliche Stille des Hauses durch den Klang von zwei Flöten jäh durchbrochen wurde – die eher einen Wettbewerb gegeneinander auszutragen als ein Duett zu spielen schienen.

Juliet schloss entnervt die Augen. Konnte sie den Lärm ignorieren? Vielleicht wenn sie den Ton des Fernsehers laut aufdrehte?

Nein. Die Flöten kratzten an den Grenzen ihrer Toleranz. Und ihre Toleranzschwelle lag schon fünf Punkte niedriger als gewohnt, was der Aktion um Mrs Cox und ihren Katzen zu verdanken war.

»Bleib hier«, befahl sie Minton. »Ich laufe nur kurz rüber. Danach gibt's Abendessen.«

Die Flöten wurden immer lauter, je weiter sie den Fußweg nebenan hinaufeilte, und kreischten ohrenbetäubend.

Kein Wunder, dass Alec nie zu Hause ist, dachte Juliet und ballte die Fäuste. Wahrscheinlich ist er nicht einmal auf Tour, sondern genießt einfach die wonnige, friedliche Stille im Travelodge-Hotel in Watford.

Juliet schlug gegen die Tür, lauter, als sie eigentlich beabsichtigt hatte. Als niemand sie zu hören schien, hämmerte sie so fest gegen die Tür, dass die Glasscheiben klirrten.

Woher nahm sie diese Kraft, fragte sie sich verwundert, was sie von ihrer ursprünglichen Verärgerung ablenkte. Die Superwitwe. Erst Löcher in den Beton hauen und dann im nächsten Moment völlig erschöpft vor dem Fernseher liegen.

Juliet hörte Schritte, bevor Lorcan die Tür aufriss. »Hallo!«, rief er. »Und es tut mir wirklich sehr, *sehr* leid!«

»Du weißt doch noch gar nicht, warum ich hier bin!«, entgegnete Juliet.

»Stimmt« – er nickte –, »aber ich denke, ich bin auf der sicheren Seite, wenn ich mich gleich schon mal für die Kinder entschuldige. So spart man Zeit, da immerhin vier von ihnen hier hausen. Ehrlich gesagt weiß ich lieber nicht so genau Bescheid, was sie gerade tun.«

Seine verwirrte Miene löste etwas in Juliet aus, das es ihr unmöglich machte, ihre Killersätze über akustische Folter vom Stapel zu lassen, die sie sich auf dem Weg von ihrer Haustür bis hierher überlegt hatte. Außerdem hingen Lorcan Stücke vom Putz in den Locken, doch davon schien er nichts zu merken.

»Es sind die Flöten«, erklärte Juliet gerade, als wie aufs Stichwort das Flötenspiel wieder begann – dieses Mal als Solo, das wie eine unter PMS leidende Todesfee klang, die oben im Haus in den höchsten Tönen kreischte.

»Das ist Roisin«, erwiderte Lorcan. »Sie glaubt, sie hat die *Gabe*. Sie hat einen Schal ans Ende der Flöte gebunden, als sei sie in einer Band.« Er ahmte Roisin nach, wie sie sich mit geschlossenen Augen zum Flötenklang wiegte. »Wie früher Stevie Nicks.«

»Kannst du dafür sorgen, dass sie aufhört?«, bat Juliet. »Ich würde nur ungern eine Blockflöte zertrümmern, aber ich bin definitiv gewillt, es auszuprobieren!«

»Ich werd's versuchen.« Lorcan lehnte sich zurück und brüllte: »Roisin! Hör mit dem Lärm auf!«

Sofort herrschte Stille.

»Das ist meine Schuld«, fuhr Lorcan fort und rieb sich über das Gesicht. »Eigentlich sollte ich die Musikübungen beaufsichtigen. Emer musste mit Spike ins Krankenhaus, und Salvador ist bei seinem Fußballabend.«

»O nein!« Juliet hatte mit einem Schlag ein schlechtes Gewissen, so viel Wirbel um den Lärm gemacht zu haben. »Wie geht es Spike?«

»Spike? Ihm geht's gut. Was auch immer es war – es wird schnell genug wieder am anderen Ende aus ihm herauskommen. Hey – möchtest du kurz auf eine Tasse Kaffee reinkommen?« Lorcan öffnete die Tür ein Stück weiter. »Die Mädchen und ich wollten uns gerade einen Tee kochen«, fuhr er fort, als würde er ihren Widerwillen spüren, sich mit so vielen fremden

Gesichtern auseinandersetzen zu müssen. »Und wenn wir uns alle zusammen unterhalten, dann können Florrie und Roisin nicht mit der Flöte spielen, oder?«

»Ähm, ich kann nicht«, entgegnete Juliet. »Ich … ich habe Minton allein zu Hause gelassen. Das mag er gar nicht. Dann macht er sich immer Sorgen, dass ich nicht mehr zurückkomme.«

Das war zwar eine Lüge, jedoch eine, die sich im vergangenen Jahr schon oft bewährt hatte. Für Minton war es völlig in Ordnung, eine Weile lang allein gelassen zu werden. Nur wenn sie tagsüber einschlief und dann geweckt wurde, wenn er verzweifelt ihr Gesicht ableckte, um sie wieder ins Leben zurückzuholen, brach es ihr jedes Mal das Herz.

»Verstehe ich. Wir werden versuchen, den Lärm in Grenzen zu halten. Sonst wird Minton wahrscheinlich völlig kirre.«

»Ach, noch etwas.« Kaum hatte sie angefangen, hielt Juliet inne.

Dies war ein großer Schritt, aber es war einfach nur eine Frage.

Mach schon, redete sie sich zu. Tu's.

»Es geht um die Dusche.« Juliet schluckte. »Wann wäre ein günstiger Zeitpunkt, um sie anzuschließen?«

»Fan…« Er wollte eigentlich »Fantastisch!« rufen, doch er biss sich auf die Lippe, bevor er das Wort ausgesprochen hatte. Wahrscheinlich spürte er, dass es für sie um viel mehr ging als um eine bloße Dusche. »Ich könnte das recht kurzfristig erledigen«, antwortete er stattdessen. »Soll ich dir vielleicht jemanden besorgen, der dir die Wand dahinter fliest? Ich würde wahrscheinlich nur eine Schweinerei anrichten, wenn ich Löcher für die Armaturen in die Fliesen hineinschneide. Ich kenne ein paar gute Kumpels, die das für dich erledigen könnten.«

»Oh. Sind Fliesen teuer?«, fragte Juliet. »Und … ist es schwierig?«

»Na ja, die Arbeit ist ein wenig kniffelig. Warum? Willst du etwa versuchen, selbst zu fliesen?«

»Nein. Es ist nur so, dass ...« Sie starrte auf den Verandabo-
den, auf dem die Tüten mit Recyclingstoffen aufgereiht waren,
bevor sie wieder zu Lorcan aufsah. Er betrachtete sie forschend
mit seinen freundlichen blauen Augen, sodass die ehrliche Antwort nur so aus ihr heraussprudelte. »*Erstens* habe ich leider
kein großes Budget, insbesondere wenn der Rest des Hauses
auch noch instand gesetzt werden muss, und *zweitens* wollten
mein Mann und ich die Handwerksarbeiten eigentlich zusammen erledigen ...« Juliet verstummte. Wie erklärte man bloß
dem Handwerker, den man beauftragt hatte, dass man nicht
einfach irgendjemanden haben wollte, sondern einen Handwerker, mit dem man zusammen im Haus werkeln konnte?
Jemanden, der einem etwas beibrachte?

»Ich will mich jetzt noch nicht in größere finanzielle Ver-
pflichtungen stürzen«, erklärte sie schnell. »Ich brauche einfach nur eine Dusche.«

»Verstehe. Warum fangen wir nicht mit der Dusche an und
sehen, wie sich alles entwickelt? Ab wann bist du morgens ein-
satzfähig? Wenn ich hier bin, vergesse ich immer, was als ›normal‹ gilt.« Er verdrehte die Augen in Richtung der Kellys. »Außerdem war ich gerade auf einer Tour mit Alec, wo wir dem
Jetlag *voraus* waren.«

Juliet fand, dass das eigentlich ziemlich cool klang, obwohl
sie nicht genau verstand, wie so etwas überhaupt möglich war.
Wahrscheinlich lag es einfach nur an Lorcans Akzent. Dank
diesem klang selbst ein simpler Einkauf nach Rock 'n' Roll.

»Morgens ab halb sieben. Ist morgen Mittwoch? Dann gehe
ich allerdings zuerst noch mit Mums Hund eine Runde.«

»Das ist prima. Lass mir ein Radio und jede Menge Tee da,
dann bin ich zufrieden. Ich gehöre nämlich nicht zu diesen Phi-
losophen, die bei der Arbeit gern quatschen ... Oh, wen haben
wir denn da? Longhamptons erste Rockflötistin!«

Hinter ihm tauchte eines der rothaarigen Zwillingsmäd-
chen auf, dem wiederum eine Katze auf dem Fuße folgte.

»Hallo, Roisin!«, rief Juliet. Die Chancen standen fünfzig zu fünfzig.

»Ich bin *nicht* Roisin«, erwiderte das Mädchen tadelnd. »Ich bin Florrie!«

»Du kannst es ganz leicht an der Katze erkennen«, erklärte Lorcan. »Florrie ist ganz dicke mit ihr, aber Smokey hat Angst vor Roisin, nicht wahr?«

»Lorrrrrcan?«, fragte Florrie und klammerte sich an sein Bein, während sie irritierenderweise mit ihren blauen Augen Juliet fest im Blick behielt. »Lorcan, backst du uns Schokoladenbrownies zum Abendbrot? Wenn du da bist, gibt es immer Brownies.«

»Ich habe ein tolles Rezept für Brownies«, mischte sich Juliet ein.

»Ja?« Lorcan schien interessiert zu sein. »Das ist das Einzige, was ich backen kann.«

»Du bist ja ein richtiger Küchenheld.«

»Na ja.« Er sah sie ein wenig belämmert an. »Ich kann die Brownies am besten, bei denen noch ein paar Sonderzutaten hinzugefügt werden, wenn du weißt, was ich meine.«

»Bei Lorcan dürfen wir immer die Schüssel auslecken. Mum erlaubt uns so was nie«, stellte Florrie fest. »Und Dad erlaubt uns nicht einmal Brownies.«

Juliet brannte die Frage unter den Fingernägeln, wie das Verhältnis von Lorcan zu den Kellys genau aussah. Sie wusste, dass er zusammen mit Alec Roadie gewesen war und mit Emer in einer Band gespielt hatte, aber warum lebte er jetzt bei ihnen? Passte er auf die Kinder auf? Dieses Beziehungsgeflecht war ziemlich kompliziert und eindeutig *Rock 'n' Roll*, doch obwohl sie neugierig war, war sie zu schüchtern, um nachzuhaken. Jede diesbezügliche Frage käme ihr wie eine Einmischung vor, mit der sie ihre Unwissenheit preisgab.

»Bist du sicher, dass du nicht doch mit reinkommen willst?«, fragte Lorcan, aber noch während er sprach, fuhr draußen ein

Taxi vor, aus dem Emer ausstieg, Spike im Schlepptau. Ihr schildpattfarbenes Haar stand in wilden Locken vom Kopf ab, und sie trug eine Jeansweste über ihrem bodenlangen Kleid. An jedem anderen hätte diese Weste total bescheuert ausgesehen, aber sie konnte sie wirklich tragen.

Spike hatte einen Ritterhelm auf dem Kopf, und an seinem T-Shirt klebte ein »Ich war im Krankenhaus tapfer!«-Sticker. Durch die Sehschlitze funkelte seine Brille.

»Er«, rief Emer und deutete auf Spike, »muss aufhören, sich alles in den Mund zu stecken! Und du« – sie zeigte mit dem Zeigefinger auf Florrie –, »du hörst auf, ihm immer solche Flausen in den Kopf zu setzen. Hi, Juliet! Du meine Güte, steht der Teekessel auf dem Herd? Ich verdurste gleich!«

Umhüllt von einer Parfumwolke eilte sie an Juliet vorbei, jedoch nicht auf unfreundliche Art und Weise. Spike folgte ihr und starrte währenddessen durch seinen Helm hindurch auf den enormen Verband an seinem Daumen, knallte gegen den Türrahmen, rappelte sich auf und lief dann weiter.

»Komm rein«, lud Lorcan Juliet erneut ein. »Du darfst auch die Schüssel auslecken.«

»Muuuum!« Juliet vernahm einen donnernden Klang von Füßen auf der Treppe – Roisin, wie sie annahm. In der Küche plärrte das Radio mit voller Lautstärke, und Emer sang lauthals mit.

Das ganze Haus schien explosionsartig zum Leben erwacht zu sein wie eine Blüte, die sich im Zeitraffer öffnete.

Das meinte Lorcan also damit, dass mein Haus ein Familienhaus sei, dachte Juliet. Nur dass ich keine Familie habe, um dieses Haus zu füllen. Trauer überwältigte sie mit einem Schlag, und sie verspürte das dringende Bedürfnis, zu Minton zurückzukehren, ihrem loyalen, aber stillen Familienmitglied mit der feuchten Schnauze.

»Schon gut. Muss noch was erledigen. Bis morgen«, verabschiedete sie sich hastig.

»Bis morgen!« Lorcan schien eigentlich noch etwas anderes sagen zu wollen, änderte dann jedoch seine Meinung und grinste. »Und falls dir danach sein sollte, ein paar deiner Brownies zu backen, dann würde ich mich gerne opfern, um sie im Vergleich zu meinen zu probieren …«

»Ich werde sehen, was sich machen lässt«, erwiderte Juliet schnell.

Als sie sich umdrehte, um den Fußweg hinunterzugehen, sah sie aus dem Augenwinkel, wie Lorcan an Florries Zopf zog. Als Florrie herumwirbelte und gellend schrie, tat er, als sei nichts gewesen.

»Das ist der Geissssssssssst!«, heulte er, woraufhin Florrie den Flur hinunterlief und völlig außer sich nach Roisin rief.

Überhaupt nicht mit Ben zu vergleichen, dachte Juliet. Mum schien nicht mehr ganz bei Trost zu sein.

11

Louise wünschte sich nichts sehnlicher als einen Job, bei dem das Mittagessen einen tatsächlichen, zeitlich festgelegten Punkt auf der Agenda eines jeden Arbeitstages darstellte. Vielleicht hätte sie Literaturagentin werden oder eine Karriere in der Stadtverwaltung anstreben sollen – einen Job eben, bei dem man seine Arbeit mitnehmen konnte, um dann einen leckeren Salat *Tricolore* zu essen und idealerweise jemand anderes dafür bezahlen zu lassen.

Sie wusste, dass es solche Mittagessen durchaus gab, da sie sie durch die Fenster von *Ferrari's*, Longhamptons angesagtem Restaurant, stattfinden sah, während sie zum Sandwichshop lief, um sich dort ein Baguette zu kaufen, das sie essen sollte, ohne dabei irgendwelche Fettflecken auf den Unterlagen zu hinterlassen, die sie eigentlich lesen musste, wofür sie aber keine Zeit hatte, wenn sie um Punkt vier Uhr gehen wollte, um Toby bei demjenigen abzuholen, der heute auf ihn aufpasste.

Louise reihte sich in die Schlange ein, die sich draußen auf der High Street vor dem *Daily Bread* gebildet hatte, und verspürte mit einem Mal eine große Sehnsucht nach etwas, das in ihren Augen beinahe schon wie eine andere Welt anmutete. Zu Hause mit Toby zusammen zu Mittag zu essen war immer ganz entspannt gewesen – mit vielen Gesprächen über Flugzeuge und Züge, die durch Tunnel fuhren, sowie der Frage, ob Mummys selbst gekochte Mittagessen tatsächlich besser waren als die Möglichkeiten, die der Supermarkt zu bieten hatte.

Noch besser waren die Mittagessen mit den Leuten vom NCT-Elternverein gewesen. Ungehemmte Kohlenhydrat- schlemmereien, bei denen sie sich über ihre Fehler als Eltern und die »Wo soll das bloß enden?«-Momente ausgetauscht hatten. Gemeinsam hatte man so lange davon erzählt und darüber gelacht, welch alberne Dinge sie alle mit ihren perfekten, durchschlafenden Engeln vorgehabt hatten, bevor die Kinder tatsächlich zur Welt gekommen waren.

Es war aber nicht alles so rosarot gewesen, erinnerte sich Louise. Toby zu füttern hatte immer auch viel Betteln und Flehen bedeutet, außerdem musste sie jedes Mal anschließend alles putzen. Seine guten Tischmanieren schien er sich immer für das Abendessen aufzusparen, wenn Peter genau rechtzeitig nach Hause kam, um ihn zu füttern. Während er sich durch diverse Nachfragen über die Geschehnisse des Tages und die Erziehung auf den neuesten Stand brachte, präsentierte sich Toby, glänzend und duftend wie in einer Pamperswerbung, von seiner besten Seite.

Kein Wunder, dass sie sich schließlich in einen anderen Menschen verwandelt hatte ...

Hör sofort damit auf, befahl sich Louise. Denk nicht darüber nach. Zurück auf die Spur. Zurück in die Warteschlange für die Baguettes! Sorg dafür, dass du durch viele Überstunden bei Douglas wieder einen Stein im Brett hast. Die alte Louise Davies ist wieder *zurück*.

In der Tasche klingelte ihr Handy. Während sie danach griff, rasten ihre Gedanken zwischen ihrer Mum, Toby, dem Kinderhort und der Arbeit hin und her.

Ein weiterer Nebeneffekt von Bens Tod: Jeder Anruf war mit dem Schauder eines möglichen Unglücksfalls verbunden.

»Louise? Können wir reden?«

Es war Peter. Ihre Laune sank in den Keller.

»Hi«, antwortete sie und rückte in der Schlange einen Schritt vor. »Ich hole mir gerade mein Mittagessen.«

»Ich habe nicht viel Zeit«, gestand Peter, wie er es immer tat, wenn er tagsüber anrief. »Ich will nur kurz wissen, ob du am Freitagabend Zeit hast – für ein Date?«

»Mit wem?« Louise hasste sich für diesen aufgesetzt-fröhlichen Tonfall in ihrer Stimme. Er klang schon gezwungen, aber die Frage, ob die eigene Frau Zeit für ein Date hatte, erst recht.

»Mit mir! Ich habe es geschafft, uns einen Tisch bei einer ganz kleinen Weinprobe mit anschließendem Abendessen im *White Hart* zu reservieren.« Peter hielt inne und schien darauf zu warten, dass sie vor Begeisterung die Luft anhielt. »Du weißt schon – wir haben am Wochenende die Anzeige in der Zeitung gesehen.«

»Ich weiß, was du meinst.« Das *White Hart* war ein alter Pub mit teurer Leinentischwäsche und einem Chefkoch, der aus dem *River Café* geflohen war und seine eigene Nudelmaschine mitgenommen hatte. »Das klingt fabelhaft.«

»Das sollte es auch sein! Ich dachte, ich sage dir früh genug Bescheid, damit du einen Babysitter organisieren kannst.«

Einen Babysitter konnte natürlich auch nur *sie* besorgen, dachte Louise verärgert. Entweder von ihrem mit Akten überhäuften Schreibtisch bei der Staatsanwaltschaft aus oder in der Schlange vor einer Imbissbude.

»Prima«, erwiderte sie. »Ich muss ein paar Anrufe tätigen, danach melde ich mich sofort noch einmal.«

Louise merkte eine Mikrosekunde zu spät, dass sie wie ihre eigene Assistentin klang, doch da hatte Peter schon längst aufgelegt. Ihm war sicherlich nicht einmal aufgefallen, dass sie sich ein ganzes Telefonat lang in dem Tonfall von grottenschlechten Amateurschauspielern unterhalten hatten.

Sie seufzte und verstaute das Handy wieder in ihrer Tasche.

»Der Nächste, bitte! Hi. Was bekommen Sie?«, fragte der Sandwichverkäufer Nummer vier.

Louise starrte auf die Kreidetafel und merkte mit einem

Mal, dass sie gar nicht hungrig war. Dennoch bestellte sie ein Baguette mit griechischem Salat, weil sie dies vor Tobys Geburt immer gegessen hatte. Schon dabei zuzusehen, wie das Baguette wie früher zubereitet wurde, besänftigte und entspannte sie wieder ein wenig.

Vor Toby war Louise stets die Anführerin der »Warum sollten wir für Mütter einspringen?«-Brigade gewesen; darum bemühte sie sich lieber sofort um einen Babysitter, bevor sie ins Gerichtsgebäude zurückkehrte. Sie wollte einfach nicht, dass jemand ihre Gespräche belauschte und sie an ihre frühere blasierte Art erinnerte.

Diane war der erste Hafen, den sie ansteuerte.

»Hallo, Liebes.« Diane klang gedämpft. »Ist alles in Ordnung? Ich kann leider gerade nicht reden.«

»Warum nicht?« Louise warf einen Blick auf die Uhr. »Wo bist du? In der Bibliothek?«

»Ähm, nein. Was gibt's? Ist was mit Toby?«

»Irgendwie schon.« Louise war ein wenig verunsichert angesichts Dianes ausweichender Antwort.

Juliet hatte erzählt, dass Diane sich seltsam verhalten habe, als die beiden sich kürzlich über den Weg gelaufen waren. Zum einen war da die neue Frisur. Zudem sprach sie davon, sich die Augen lasern zu lassen. »Du hast nicht zufällig am Freitagabend Zeit, um auf Toby aufzupassen, oder? Peter hat mich zu einer Weinprobe mit Abendessen im *White Hart* eingeladen.«

»Oh, wie nett! Das ist ja fast wie ein Date!«, flüsterte Diane.

»So war es gedacht.«

»Oh, ich freue mich, dass ihr zwei ein wenig mehr Zeit miteinander verbringen wollt! In den ersten Jahren einer Ehe ist es sehr wichtig, sich immer wieder daran zu erinnern, dass man nicht nur Mummy und Daddy ist. Wenn dein Vater und ich nach Ians Geburt den Wohnwagen nicht gekauft hätten, dann hätten wir ...«

»Ähm ... hast du am Freitag Zeit?« Louise hatte keine Lust, dieses Thema mit ihrer Mutter noch weiter zu vertiefen. Es hatte bereits mehrere hitzige Diskussionen darüber gegeben, mit dem zweiten Kind »nicht zu lange zu warten«, sowie über den nur sechzehnmonatigen Altersunterschied zwischen Juliet und ihr. Louise hoffte inständig, dass Diane gegenüber der armen Juliet nicht ähnliche Kommentare über alternde Eierstöcke abgab.

Sie verzog das Gesicht, als sie sich an einige ziemlich taktlose Bemerkungen erinnerte, die sie selbst Juliet vor Bens Tod an den Kopf geworfen hatte. Etwas, das sie ihr von Herzen gern erklären würde, wenn Juliet und sie nur wieder das gleiche unbeschwerte Verhältnis zueinander hätten, das sie früher einmal gehabt hatten. Es gab eine Menge, was Louise gern wieder rückgängig machen würde, aber das Zerwürfnis mit ihrer Schwester – das auch noch zu dem schrecklichsten Zeitpunkt in ihrem Leben passiert war – stand ganz oben auf ihrer Wiedergutmachungsliste.

Diane schob Entschuldigungen vor. »Sagtest du Freitag? Freitag kann ich nicht. Ich helfe Beryl mit dem Abendessen für den Buchclub. *Dienstag* wäre prima ...«

»Nein, es muss Freitag sein.« Mit schlechtem Gewissen stellte Louise fest, wie erleichtert sie war. Vielleicht würden sie nicht zu dem Date gehen können. Vielleicht war dies eine Art Galgenfrist – ein Aufschub dieses Dates und der romantischen Annäherungsversuche, die diesem Date unweigerlich folgen würden.

Nein. Jetzt komm schon, schalt sie sich. Ich muss das Ganze wie einen Besuch im Fitnessstudio betrachten; wenn man einmal da ist, wird es einem auch gut gefallen. Außerdem *liebst* du italienisches Essen.

»Warum versuchst du es nicht mal bei Juliet?«, schlug ihre Mutter vor. »Sie ist Freitag garantiert zu Hause und könnte bestimmt für ein paar Stunden zu euch kommen. Du bringst einfach Toby ins Bett, bevor ihr ausgeht, dann muss sie sich keine Gedanken machen, dass er nicht einschläft.«

»Und was ist mit Minton? Sie müsste ihn allein zu Hause lassen.«

»Ich denke, es wird ihm nichts ausmachen, einmal einen Abend allein zu sein«, entgegnete Diane. »Außerdem könnte sie ihn auch nebenan bei Lorcan lassen.«

»Lorcan?« Louise stellte entsetzt fest, dass sie nicht mehr auf dem Laufenden war. Es war Monate her, seit Juliet ihr das letzte Mal etwas gesagt hatte, das persönlicher war als … Sie zermarterte sich das Hirn. Juliet hatte ihr nicht einmal erzählt, wie sie sich nach der Beerdigung gefühlt hatte. So schlimm war es um ihr Verhältnis zueinander bestellt.

»Ja, das ist der Handwerker, der nebenan bei den Kellys wohnt. Ein netter Kerl. Ein wenig unrasiert vielleicht, aber sonst ziemlich verlässlich. Wahrscheinlich zu nicht mehr als einem Flirt zu gebrauchen, aber das hat noch niemandem geschadet.«

»Mir gegenüber hat sie nie etwas erwähnt«, stellte Louise fest.

»Nicht?« Diane klang überrascht. »Ich dachte … Na ja. Das wird sie sicherlich noch tun, wenn ihr zwei euch mal bei einer Flasche Wein miteinander unterhaltet. Wie ihr das früher immer getan habt.«

»Wir sind beide sehr beschäftigt«, entgegnete Louise abwehrend. »Seit ich wieder arbeiten gehe, habe ich sogar kaum noch Zeit, mir die Haare zu waschen. Außerdem will ich Juliet nicht dazu *zwingen* müssen, sich mit mir zu treffen.«

Am anderen Ende der Leitung herrschte Schweigen.

»Was, Mum?«, fragte Louise schärfer als beabsichtigt. »Spuck's aus, ganz gleich was es ist.«

»Habt ihr zwei euch etwa gestritten und mir nichts davon erzählt?«

Louise blieb stehen und trat in den Eingang von *Boots*. Seit

Monaten hatte sie darauf gewartet, dass ihre Mutter exakt diese Frage stellte. Nachdem diese nun gestellt war und zwischen ihnen stand, war sich Louise nicht mehr sicher, was sie darauf antworten sollte.

Ja, Juliet und sie hatten sich zerstritten, aber nicht auf die geschwisterliche Art. Es war weitaus schlimmer. Alles hatte mit einer simplen Unterhaltung begonnen, die dann eine unerwartete Wendung genommen hatte und außer Kontrolle geraten war wie ein Rodelschlitten, der aus der Bahn geworfen wurde. Danach waren beide erschrocken darüber gewesen, wie wenig sie beide übereinander wussten.

Es war ein Abend »ohne die Jungs« gewesen, an dem nur sie beide sich bei Louise zu einer Flasche Wein getroffen hatten, kurz nach Bens Geburtstag. Nach nur einem Glas Wein war Juliet allerdings etwas über Ben herausgerutscht, das Louise für einen Moment lang zum Schweigen gebracht hatte. Da sie nicht wusste, welchen Rat sie ihrer Schwester geben sollte, hatte sie sich zu einem ähnlich schockierenden Geständnis gegenüber Juliet hinreißen lassen. Doch der Gesichtsausdruck ihrer Schwester hatte sie innehalten lassen, bevor das eigentliche Geständnis aus ihr herausprudeln konnte.

Selbst hier, vor *Boots* mitten auf der High Street, hatte sie noch Juliets Blick vor Augen, der normalerweise nachsichtig war, damals aber eiskalt wurde. Dann hatte Juliet sich ihren Mantel geschnappt und war davongestürmt, ohne auf eine Erklärung zu warten. Louise war allein zurückgeblieben und hatte den Rest der Flasche ausgetrunken und noch eine weitere halbe Flasche, bis es schließlich zu spät war, um Juliet noch anzurufen und die Worte loszuwerden, die zwischen Freundinnen alles wieder gekittet hätten. Juliet war allerdings keine Freundin, sondern ihre Schwester.

Es wäre schon schlimm genug gewesen, Juliet am nächsten Morgen in die Augen sehen zu müssen, nachdem Louise den schlimmen Kater überstanden hatte, doch nur vierundzwanzig

Stunden später lag Ben tot im Krankenhaus von Longhampton, und Trauer, Bestürzung und Schock waren wie eine Flutwelle über die gesamte Familie hereingebrochen. Diese hatte jedoch nicht die schlechte Stimmung zwischen ihnen beiden wie Sand fortgespült, sondern sie nur noch verstärkt und erstarren lassen wie die Körper in Pompeji. Immer noch war alles da – die Geheimnisse, die ungestellten Fragen –, jedoch nur verborgen.

Louise lehnte sich an die Marmorverkleidung der Schaufensterfront und fragte sich, wie viel – und ob überhaupt – ihre Mutter davon erfahren sollte. Wahrscheinlich war auch die Frage sinnvoller, wie viel sie vielleicht ohnehin schon wusste?

»Wie kommst du darauf?«, fragte sie ausweichend.

Leider besaß Diane nicht Louises Fähigkeit, vor Gericht in jeder Situation angemessen reagieren zu können. Vielleicht war sie eine Intrigantin, doch im Kreuzverhör war sie wie Juliet und gestand alles.

»Da ist so eine komische Atmosphäre zwischen euch, wenn ihr euch begegnet. Das ist mir kürzlich aufgefallen, als ich Toby abgeholt habe; da hat sich Juliet ziemlich seltsam benommen. Sei ehrlich – ist sie wegen ihm eifersüchtig auf dich? Ich hätte nicht gedacht, dass sie und Ben versucht haben, ein Kind zu bekommen. Andererseits: Hätte sie mir davon erzählt? Hat sie dir gegenüber irgendetwas erwähnt?«

Louise bekam ein schlechtes Gewissen, die nächstbeste Ausrede anzubringen, doch sie tat es. »Ich denke, sie haben zumindest darüber nachgedacht. Ich will sie nicht zum Babysitten zwingen, um nicht noch zusätzlich Salz in die Wunde zu streuen.«

»Oh, aber sie liebt doch Toby von ganzem Herzen«, entgegnete Diane sofort. »Juliet ist jung und hat noch genügend Zeit, um eine eigene Familie zu gründen. Es wäre nicht Bens Familie, das ist mir auch klar, immerhin war er die Liebe ihres Lebens, aber ... Oje. Manchmal ist es wirklich schwer, zu wissen, was das Beste für jemanden ist. Ich finde aber immer noch, dass es ihr helfen würde, ein Teil deiner Familie zu werden. Sie braucht ihre große Schwester jetzt.«

Louise sah Juliets wütende Miene vor ihrem geistigen Auge. Wenn sie selbst sich schon jedes Mal an jenes Gespräch erinnerte, sobald sie an Juliet dachte, dann musste es Juliet wohl genauso ergehen.

»Und sie braucht Toby«, fuhr Diane fort. »Sie braucht jemanden, den sie lieben kann. Und das sollte jemand anders als Minton sein. Gott segne ihn, aber er wird nicht immer in der Lage sein, ihr zu sagen, dass er sie genauso liebt, nicht wahr? Sei die Klügere von euch beiden, Louise. Fang an, eine Brücke zu bauen.«

»In Ordnung, ich werde sie fragen«, erwiderte sie schließlich. Immer war *sie* diejenige, die einen Anfang machen musste.

»Jetzt geht es mir gleich viel besser«, erklärte Diane erleichtert. Louise fragte sich unweigerlich, ob ihre Mutter wohl immer noch besorgt wäre, wenn sie wüsste, was *sie* der armen, traurigen Juliet damit antat und warum ihre zwei Mädchen – die sich in mancherlei Hinsicht so ähnlich, in anderen Bereichen aber vollkommen gegensätzlich waren – nicht mehr miteinander redeten.

Zufälligerweise befand sich Juliet nur wenige Hundert Meter von Louise entfernt, als diese anrief, während Juliet mit Coco, Minton und Hector eine Runde durch den Park drehte.

Seitdem Hector ein Geschirr trug und von jemandem Gassi geführt wurde, der ihm Anweisungen gab, anstatt zuzulassen, dass er in jede beliebige Richtung lief, hatte er eine erstaunliche Entwicklung durchgemacht. Zudem schien Hector seine Probleme mit Minton überwunden zu haben, da die zwei vor Juliet und Coco kumpelhaft nebeneinanderhertrabten. Wie ein paar Kerle, die abends in der Stadt einen draufmachen wollen, stießen sie gelegentlich mit den Schultern aneinander.

Juliet freute sich, dass Minton einen Freund gefunden hatte. Selbst wenn dieser Freund ein ziemliches Früchtchen war, das ihren unschuldigen Jungen vom rechten Weg abbringen konnte, so nahm ihr dies doch eine gewaltige Last von den Schultern, was Mintons Unterhaltung anbelangte. Denn sie glaubte nicht, dass sein derzeitiges Leben auch nur ansatzweise so spannend und abwechslungsreich war wie zu der Zeit, als Ben ihn jeden Tag zur Arbeit mitgenommen hatte.

Coco lief brav neben Juliet her, die sich, ausgestattet mit Dianes Schrittzähler, in einer wunderbar schützenden Blase befand, die ihr Kapitel sieben von Jane Austens *Emma* bescherte. Das höfliche Nicken der anderen Gassigänger war den recht förmlichen Beziehungen gar nicht mal so unähnlich. Die blonde Besitzerin des *Wild Dog Café* mit ihrem rot-weißen Basset Hound strahlte sie vertraut an, auch wenn Juliet nicht einmal ihren Namen kannte. Ebenso der Ruheständler mit Schirmmütze mit seinem überraschend männlichen Scottish Terrier namens Churchill; dieser tippte im Vorübergehen sogar mit dem Zeigefinger an seine Mütze.

Das Leben war deutlich zivilisierter gewesen, als die Menschen früher noch gezwungen waren, bei Besuchen zuerst ihre Visitenkarten abzugeben, dachte Juliet, als sie den Park verließ und den Hügel in Richtung der Coneygreen Woods hinauflief. Damals musste man es auch als Witwe einfacher gehabt haben. Für Witwen hatte es früher einen Zeitplan gegeben, der sogar vorgab, welche Kleidung sie anziehen mussten, um den Mitmenschen zu signalisieren, in welcher Phase ihrer Trauer sie sich gerade befanden. Darum hatten die Leute auch immer gewusst, was in solch einer Situation zu sagen war, und hatten nicht etwa so alberne, ärgerliche Dinge gesagt wie »Die Zeit heilt alle Wunden« oder »Er hatte ein erfülltes Leben«.

Juliet hielt inne, als der Erzähler inmitten eines Bonmots plötzlich verstummte und sich ein Handyklingeln dazwischenschob. Als sie ihr Handy aus der Tasche gekramt hatte und sah, dass es nicht etwa ihre Mutter war, sondern Louise, sank ihre Stimmung. Dennoch nahm sie das Gespräch an.

»Juliet, ich bin's.« Louise klang fröhlich – wenn auch aufgesetzt fröhlich. »Wie geht's dir?«

»Gut.«

»Was machst du gerade? Ist alles in Ordnung?«

Juliet sah Hector an und verdrehte die Augen. Sie könnte auch gut und gerne ohne dieses ewige Quiz auskommen, das jedes Mal stattfand, wenn ihre Mutter oder Louise sie anriefen. Sollte sie je über den Einsatz einer scharfen Messerklinge in Kombination mit einer Flasche Gin nachdenken, würde sie ihnen wohl kaum vorher davon berichten. »Ich gehe mit den Hunden Gassi.«

»Oh, du bist unterwegs! Das ist toll! Hör mal, hast du am Freitagabend Zeit?«

»Nein, ich fahre für eine Übernachtung mit Frühstück nach Paris«, erwiderte Juliet sarkastisch. »Natürlich habe ich Zeit.«

Sie ahnte, worauf das Ganze hinauslaufen sollte. War dies wieder eine von Louises Einladungen zum Abendessen, um »ein paar neue Gesichter« kennenzulernen? Wie viele ungebundene Computerfreaks gab es eigentlich in einer so kleinen Stadt?

»Hättest du Lust, herzukommen und ein wenig Zeit mit Toby zu verbringen?«, fragte Louise. »Peter hat mich zu einem Abendessen eingeladen.«

Die Einwände gegen Dates flimmerten vor Juliets Augen auf wie ein Abspann im Kino – *Ich bin dazu noch nicht bereit; ich habe nichts, worüber ich mich unterhalten könnte; es käme mir vor, als würde ich Ben betrügen.*

Toby? Louise hatte sie noch nie gefragt, ob sie auf Toby aufpassen würde.

Wichtiger noch: *Peter führte Louise zum Essen aus?*

»Du meinst, ob ich den Babysitter für Toby spielen will?« Sie zog Minton zurück, der gerade eine zusammengeknüllte KFC-Tüte eifrig untersuchte.

Es entstand eine Pause am anderen Ende der Leitung, und

Juliet war klar, dass Louise sich am liebsten dafür ohrfeigen würde, ihre Karten offen auf den Tisch gelegt zu haben. Offensichtlich war sie noch nicht wieder in bester Form, feixte Juliet.

»Na ja, stimmt. Aber er fände es wirklich toll, wenn seine Tante auf ihn aufpassen würde. Du kannst auch gern früher kommen und mir dabei helfen, ihn zu baden und hinzulegen, wenn du magst. Das heißt, es wäre nett«, fügte Louise in der Absicht hinzu, einen Rückzieher zu machen. Doch dazu war es nun bereits zu spät. »Aber du musst nicht, wenn du nicht willst.«

Juliet antwortete nicht gleich, und das nicht nur, weil sie es genoss, dass sich ihre Schwester unbehaglich fühlte. Sie mochte Toby, und er war keinesfalls so ein Wildfang wie die Kelly-Kinder, aber sie traute ihren eigenen Fähigkeiten, auf ein Kleinkind aufzupassen, nicht so recht. Wie viel Schaden konnte er sich selbst zufügen?

Du könntest jederzeit schnell mit ihm zu Emer gehen, hob eine Stimme in ihrem Hinterkopf hervor.

Emer und Juliet waren zu einer Phase der zögerlichen gegenseitigen Besuche übergegangen, nachdem sich Emer vor ein paar Tagen selbst zu einer Tasse Kaffee bei Juliet eingeladen und eine Schachtel Kekse mitgebracht hatte, die sie »eigentlich gar nicht essen durfte«. Sie war dann geschlagene drei Stunden geblieben und hatte Juliet davon erzählt, wie sie Hemden für verschiedene Britpoplegenden gewaschen hatte, bis Roisin kam, um sie abzuholen. Minton hatte sich neben ihren nackten Füßen mit den grün lackierten Fußnägeln zusammengerollt; ein gutes Zeichen.

Vielleicht lag es an dieser Date-Sache. Beim letzten Mal, als Louise und sie sich unterhalten hatten – vor Bens Tod –, war Peters fehlendes Interesse, was das gemeinsame Ausgehen anging, ein … na ja, ein echtes Problem gewesen. Hatte sich da etwas verändert?

Ja, natürlich, erinnerte sie sich. Bens Tod hatte wahrscheinlich Peters und Louises Ehe ebenso belebt, wie er ihre Ehe zerstört hatte. Ein weiterer von vielen schrecklichen Nebeneffekten der Ungerechtigkeit, mit der sie leben musste und die jeder als eine Art hilfreiche *Carpe-diem*-Lektion zu nutzen schien.

»Ich muss um sechs Uhr zu Mrs Cox, um ihre Katzen zu füttern.«

»Dann komm doch einfach danach vorbei«, erwiderte Louise. »Woher wollen die Katzen wissen, ob es sechs Uhr ist? Haben sie Armbanduhren?«

»Sie haben ihren festen Tagesablauf«, entgegnete Juliet. Sie betrachtete einen Baum, der, seit sie das letzte Mal an ihm vorbeigegangen war, in voller Blüte stand; Wahnsinn, wie ungeduldig die Natur sein konnte. Ich muss unbedingt Ben fragen, was das für ein …

»Kannst du nicht Peters Mum fragen?«, platzte es aus ihr heraus, damit dieser Gedanke erst gar keine Chance bekam, weiter zu reifen.

»Das könnte ich, aber es wäre mir lieber, wenn du es tun würdest«, erklärte Louise überraschend. Der müde, erschöpfte Klang ihrer Stimme durchbrach Juliets Schutzwall.

»Na gut, okay. Wie lange?«

»Wir bleiben nicht lange fort. Wir sind beide erledigt – jede Wette, dass wir schon vor dem Nachtisch gehen. Das heißt, wenn wir nicht während des Essens bereits in einen Tiefschlaf verfallen! Ehrlich gesagt wäre es mir lieber, jemand anders würde mit *Toby* zum Essen gehen, damit Peter und ich um sieben schlafen gehen können.«

Juliet fiel auf, dass Louise wieder in ihrem sehr gnädigen Tonfall sprach – jenem überfröhlichen Tonfall, den sie benutzte, während sie so tat, als sei diese ganze fantastische Familiensituation in Wahrheit eine Art Belastungsprüfung, damit Juliet nicht neidisch wurde. Das Baby, der Job, das Auto – alle waren im Unterhalt sehr kostspielig. Wie traurig. Nein – eigentlich war es fast noch ärgerlicher als normale Prahlerei.

Louise klang jedoch angespannter als sonst. Vielleicht war

doch nicht alles aufgesetzt gewesen, dachte Juliet insgeheim. Es klang fast so, als müsse sie versuchen, sich selbst von ihren Worten zu überzeugen.

»Wie schön, dass ihr ein Date habt«, erklärte Juliet. »Ein romantisches Dinner für zwei, nehme ich an?«

»Ja. Wir … Peter bemüht sich.«

»Ist es nicht ein wenig spät dafür?«

Sobald sie es gesagt hatte, wusste sie, dass dies ein Schlag unter die Gürtellinie gewesen war. Sofort meldete sich ihr schlechtes Gewissen, doch es war zu spät, um den Satz zurückzunehmen, und auch Louises Reaktion konnte da nicht helfen.

Schwierig.

Oben von der Spitze des Hügels, wo sich die verschiedenen Naturwanderwege voneinander trennten, winkte ihr jemand zu.

Juliet kniff die Augen zusammen. Die Sonne war endlich zwischen den grauen Wolken zum Vorschein gekommen und strahlte durch die Blätterkronen. Derjenige, der dort oben winkte, war ein Mann, ein Mann mit einem Cockerspaniel.

Juliet erkannte die Hündin sofort – es war Damson.

Offenbar hatte ihr Besitzer Juliet an den vielen Hunden erkannt, die sie durch die Gegend zerrten.

Juliet nahm die Leinen in die andere Hand, klemmte sich das Handy zwischen das Ohr und die Schulter und winkte zurück. Louise hatte sich mittlerweile wieder gefangen und berichtete ausschweifend über Fütterzeiten und andere Dinge, während der Mann auf Juliet zukam und die Distanz zwischen ihnen ziemlich schnell verringerte.

Dieses Mal hätte Juliet ihn auch ohne den Spaniel wiedererkannt. Sein zerzaustes Haar, die Brille und die Barbour-Wachsjacke, aus deren Taschen Frischhaltetütchen mit Leckerli herausschauten, wirkten vertraut. Anhand dieser Eigenschaften konnte man beinahe jeden Hundebesitzer erkennen. Er lächelte und schien sich schon auf die Begrüßung vorzubereiten.

Der Gedanke an eine solch spontane Unterhaltung jagte Juliet den gewohnten Panikschauer über den Rücken. Sie schätzte, dass sie noch etwa zwei Minuten Zeit hatte, um das Telefongespräch zu beenden, sich wieder die Stöpsel ins Ohr zu schieben und so zu tun, als sei sie vollkommen in ihr *Emma*-Hörbuch vertieft, ohne dabei unhöflich zu wirken.

»... also so um sechs?«, schloss Louise.

»Ja, alles klar«, antwortete Juliet und fummelte an ihren Ohrstöpseln herum. Sollte sie? Sollte sie nicht?

Der Mann war jetzt in der Nähe und deutete auf Damson, dann auf den Kaffeestand und gestikulierte schließlich, etwas trinken zu wollen.

»Prima«, erwiderte Louise. »Toby freut sich schon! Soll ich dir etwas Bestimmtes fürs Abendessen in den Kühlschrank stellen?«

»Ist mir egal. Ich esse ohnehin nicht viel.« Louise vergeudete mit ihren albernen Fragen, ob Juliet auch genug Vitamine zu sich nahm, kostbare Sekunden, die Juliet zum Nachdenken gebraucht hätte. Bevor sie sich schließlich eine passende Ausrede zurechtlegen konnte, hatte Juliet schließlich aufgelegt. Damson und Mark (er hieß doch Mark, oder? Juliet zermarterte sich das Hirn. Oder doch Luke? Zumindest sah er wie ein Mark aus!) waren zu diesem Zeitpunkt schon so nah, dass Hector zur Begrüßung zu bellen anfing – sein Äquivalent zu »Hallo, Süße, hübsche Beine«.

»Hör auf damit«, zischte Juliet. »Du bereitest mir damit nur Schwierig...«

Zu spät. Schon stand der Mann vor ihr.

»Hallo«, begrüßte sie ihn. »Tut mir leid wegen Hector. Ich bin heute noch nicht weit genug mit ihm gelaufen, um ihm dieses Verhalten abzugewöhnen.«

»Ach, er will doch nur nett sein«, erwiderte Mark. »Wunderbares Wetter heute, oder? Da hätte ich die hier gar nicht anziehen müssen«, erklärte er mit Blick auf seine Wachsjacke. »Aber hier habe ich alles drin, was ich zum Gassigehen brauche, und ich hatte keine Lust, alles auszupacken.«

»Sie sollten sich wie ich einfach in jede Jacke ein paar Plastiktüten stecken«, erwiderte Juliet. »Ich habe sogar eine Tüte in meiner Jacke bei der ...«

Sie wollte eigentlich sagen, »bei der Beerdigung meines Mannes gefunden«. Dies hatte ihr damals beinahe den Rest gegeben. Denn bis zu diesem Zeitpunkt hatte sie sich eigentlich ganz gut geschlagen. Als sie aber die einzelne Hundekottüte zusammen mit ihren Handschuhen für den eiskalten Friedhof aus der Tasche gezogen hatte, war Juliets einziger Gedanke Minton gewesen, dessen Pfoten nachts über die Holzdielen kratzten, wenn er in der Annahme, sie würde tief und fest schlafen, heimlich das Haus nach seinem Herrchen absuchte.

»... Taufe meines Neffen gefunden«, fuhr sie schnell fort. Denn auch das entsprach der Wahrheit. »War aber andererseits auch ganz praktisch, um ein paar feuchte Tücher, die mit Erbrochenem verschmiert waren, schnell verschwinden zu lassen.«

»Tausendundeine Möglichkeit, die Tüten anderweitig zu nutzen! Haben Sie vielleicht Lust, einen Kaffee zu trinken?«, fragte der Mann. »Eigentlich hatte ich sogar gehofft, Sie zu treffen – ich möchte Sie nämlich etwas fragen.«

Er lächelte hoffnungsvoll, und so ließ sich Juliet zum Kaffeestand begleiten.

Tu's einfach, ermahnte sie sich. Trink einfach den Kaffee und unterhalte dich fünf Minuten lang mit ihm, dann sind wieder fünf Minuten vorbei, und du hast ein weiteres Gespräch hinter dir – ein weiterer Schritt in Richtung Normalität.

Nach einigem Chaos mit den Leinen hielten sie bald beide einen dampfenden Cappuccino in der Hand und warteten ein wenig unbehaglich auf das Wechselgeld. Mark grinste Juliet nervös an, während die junge Frau vom Kaffeestand das Wechselgeld für seinen Zwanzig-Pfund-Schein abzählte.

»Gehe ich richtig in der Annahme, dass Sie beruflich mit

Hunden Gassi gehen?«, fragte er, sobald sie sich langsam auf den Weg um die Blumenrabatten machten.

»Na ja, als Beruf würde ich das nicht bezeichnen«, entgegnete Juliet, doch dann ertönte plötzlich Louises Stimme in ihrem Hinterkopf. *Sei nicht immer so negativ.* Wie sollte sie sich sonst die Kosten fürs Essen leisten können, wenn sie immer noch Kims Anrufe ignorierte? Außerdem musste sie ohnehin mit Coco und Minton Gassi gehen.

»Ich fange gerade erst damit an«, erklärte sie in einem anderen, mehr Louise ähnelnden Tonfall. »Bis jetzt habe ich allerdings nur zwei Hunde und ein paar Katzen, um die ich mich kümmern muss.«

»Sie hätten unter Umständen also Zeit, um Damson Gassi zu führen?«

»Aber gehen Sie denn nicht ausreichend oft mit ihr?« Dass sie ihn dabei meistens sah, behielt sie jedoch lieber für sich, damit sie das nicht wie eine … Stalkerin aussehen ließ.

»Das tue ich. Na ja, ich meine, das habe ich getan.« Mark nahm einen Schluck Kaffee und verzog das Gesicht. »Bei meinem Job hat sich einiges verändert, sodass ich nun drei Tage pro Woche im Büro bin. Außerdem hat meine Exfrau beschlossen, dass sie das Sorgerecht für Damson nicht mehr will – weil sie nie einen Hund wollte, wie es scheint –, sodass wir jetzt ganz schön in der Klemme stecken, nicht wahr, Damson?«

Er blickte auf seine Hündin hinunter, die auf der Suche nach geschwisterlicher Unterstützung nicht von Cocos Seite wich. »Meine Nachbarin von nebenan kommt um die Mittagszeit kurz vorbei und lässt Damson nach draußen, aber sie möchte das nicht auf Dauer machen. Das kann ich ihr auch nicht übel nehmen. Und ich möchte Damson nicht in einen Zwinger bringen, weil sie einfach nur mittags mal kurz rausmuss. Wenn sie müde ist, schläft sie gern für den Rest des Tages, und da sie mit Ihren Hunden so gut klarkommt …«

Er zog die blonden Augenbrauen hoch wie der Antiquitätenexperte im Fernsehen, wenn er ein Pärchen dazu überreden wollte, das Risiko einzugehen, sich für eine bestimmte Vase zu entscheiden. »Ich bin gerne bereit, Sie dafür zu bezahlen.«

»Natürlich«, antwortete Juliet, als hätte sie schon eine genaue Zahl im Kopf. »An welchen Tagen?«

»Dienstags, mittwochs und donnerstags?«

»Könnte klappen«, erwiderte Juliet. »Ich muss aber erst in meinem Kalender nachschauen.«

Mark machte einen erleichterten Eindruck. »Toll! Wie sieht der Ablauf aus? Soll ich Ihnen Damson vorbeibringen?«

»Na ja.« Juliet fand, ein wenig unorganisiert zu klingen sei vielleicht gar nicht so schlecht. »Hectors Besitzerin hat mir einen Haustürschlüssel überlassen, sodass ich ihn abhole, mit ihm gehe, ihn dann wieder zurückbringe und dann nachschaue, ob er noch genug Wasser im Napf hat. Danach kann Hector dann ein Nickerchen machen. Aber die Dame wohnt auch nicht weit von mir entfernt. Sie brauchen sich übrigens keine Sorgen zu machen«, fuhr sie fort. »Ich habe einen dieser gut gesicherten Schlüsselkästen mit einem ordentlichen Schloss davor.« Ben hatte einen für die vielen Schlüssel seiner Kunden benötigt. »Wo wohnen Sie eigentlich?«

»Unten am Kanal. Am Riverside Walk.«

Oh, dachte Juliet. Das sind die schönen Neubauten. Er scheint von Beruf Manager zu sein.

»Okay«, antwortete Juliet und reagierte schnell. »Geben Sie mir doch Ihre Telefonnummer, dann rufe ich Sie zurück.«

Während er seine Daten aufschrieb, kam es Juliet in den Sinn, dass dies eine gute Gelegenheit war, die Sache mit den Namen zu klären.

Doch wie alle Hundehalter hatte er nur *Damson* sowie seine Adresse und Telefonnummer notiert.

Und wie immer lächelte Juliet nur verlegen. »Prima.«

12

Es war schon erstaunlich, fand Juliet, wie viel man über eine Person erfahren konnte, wenn man lediglich deren Tiere fütterte.

Mrs Cox war Witwe, besaß aber eine Horde Enkelkinder und Urenkel von fast schon biblischen Ausmaßen. Zudem schien sie eine Vorliebe für Süßes zu haben – zumindest ließen die Großpackungen von *Thorntons Toffees* in ihrer Vorratskammer diesen Schluss zu. Sie besaß drei volle Regalreihen mit Sardinenbüchsen, eine gesonderte Waschmaschine für die Katzendecken sowie die Angewohnheit, die Gutscheine für Sonderangebote des Supermarktes entlang des Küchenfensters an Kleiderhaken aufzuspießen, damit sie sich daran erinnerte, sie auch zu benutzen.

Juliet kam sich beinahe wie in einer Fernsehsendung des Nachmittagsprogramms vor, als sie mit der Gießkanne bewaffnet ins Wohnzimmer ging, um dort, wie von Mrs Cox gewünscht, die Begonien zu wässern. Hier kam sie in den vollen Genuss, sich das Haus einer fremden Person anschauen zu können, ohne mit dieser ein Gespräch führen oder £ 4,80 für ein Inneneinrichtungsmagazin bezahlen zu müssen. Perfekt.

Na ja, sie sollte sich mit den Katzen unterhalten. Diese schienen ein wenig Konversation von ihr zu erwarten – so majestätisch, wie diese sie anstarrten.

»Geht es dir gut?«, fragte sie also Bianca, während sie sich ein Toffeestück in den Mund schob (»Bedienen Sie sich ruhig und kochen Sie sich auch gerne einen Tee oder einen Kaffee«).

»Du siehst ein bisschen traurig aus. Vermisst du deine Mum?«

Boris schien noch betrübter zu sein als bei ihrem letzten Besuch. Seine Augenwinkel hingen noch weiter nach unten, und auch sein Schwanz schien ... an Kraft verloren zu haben.

Juliet war zwar keine Katzenexpertin, doch er sah aus, als sei alle Luft aus ihm heraus.

»Leute, was ist los?«, fragte sie besorgt. »Ihr habt nicht mal euren Lachs angerührt!«

Sie stellte die Gießkanne ab und wackelte mit den Wedgwood-Porzellanschüsseln, in denen sich frisch zerkleinerter roter Lachs befand (immerhin der Marke John West, nicht etwa die billige Supermarkt-Eigenmarke), doch keine der Katzen schien auch nur das geringste Interesse dafür zu zeigen.

»Hat das Futter die falsche Temperatur?«, hakte Juliet nach. »Habe ich die falschen Schüsseln genommen? Vielleicht würdet ihr den Fisch ja lieber vom Boden essen?«

Keine Antwort.

Juliet runzelte die Stirn und zog ihre brandneue rote Aktenmappe aus ihrer Tasche. Zweifellos hatte Louise von Diane, der Tiersitter-Vermittlerin, einen Tipp bekommen, denn sie hatte Juliet eine ganze Ladung Büromaterial vorbeigebracht: Prospekthüllen für Anweisungen, verschiedenfarbige Stifte, Quittungsblöcke und Aufkleber. Eigentlich alles außer Hundekottüten.

»Du musst dich richtig organisieren«, hatte Louise in ihrer klassischen Louise-Art kommandiert. »Das wird bei deinen Kunden das Gefühl von Vertrauen erwecken.«

»Kunden? Ich bin doch gar nicht ...«

»Du musst ihnen zeigen, wie ernst dir die Angelegenheit ist.« Louise hatte richtig kämpferisch gesprochen und schien extra den Anzug angezogen zu haben, den sie sonst bei Gerichtsverhandlungen trug. »Wenn du dich um die Lieblinge anderer Leute kümmerst – ganz gleich ob es sich dabei um ein

Baby oder ein Haustier handelt –, dann wollen deine Kunden das Gefühl haben, dass diese bei dir in sicheren Händen sind.«

Danach war eine kurze Pause entstanden, und Juliet hatte sich schon gefragt, ob sie jetzt etwas sagen sollte, doch plötzlich hatte Louise hinzugefügt. »Juliet, du tust damit etwas wirklich Sinnvolles und veränderst das Leben anderer Leute. Weiter so!«

Juliet hatte sich nicht zurückhalten können. »*Weiter so?*«, hatte sie ungläubig wiederholt. »Wie lange gehst du eigentlich schon wieder arbeiten?«

Louise hatte daraufhin das Gesicht verzogen. »Okay, der Spruch funktioniert vielleicht nur bei uns im Büro, aber wir – Mum und ich – sind wirklich stolz auf dich. Du weißt schon, du kommst wieder unter Leute.«

Sie sagte zwar nicht »Du machst Fortschritte«, aber Juliet wusste genau, dass dies nur wieder ein weiterer Auftakt für eine getarnte Predigt darüber war, dass sie den Rest ihres Lebens noch vor sich hatte. Doch nachdem Juliet am Nachmittag eine Begegnung zwischen Hector und einem geschlechtstechnisch recht uneindeutigen Bobtail überstanden hatte, hatte sie dafür einfach keine Kraft mehr.

Hätte sie die Kraft gehabt, dann hätte sie etwas getan, um jene seltsame Spannung zu verändern, die zwischen ihnen herrschte. Doch diese war einfach zu groß, außerdem hatte sie keine Ahnung, wo sie anfangen sollte.

Glücklicherweise war Louise kurz darauf losgeeilt, um Toby aus dem Kinderhort abzuholen, womit die Sache erledigt gewesen war.

Juliet blätterte durch den Hefter mit den »täglichen Aufgaben«, bis sie auf Mrs Cox' getippte Anweisungen für die Versorgung von Bianca und Boris stieß. Der Hefter war nicht gerade dick: Bislang befanden sich darin nur Hector, die Katzen und Coco. Doch bei der Menge an Informationen, die Diane ihr zu Coco gab, würde sich der Hefter schnell füllen. Papierschnipsel mit Daten von Sommerferien und Adressen warteten darauf, von Juliet weiter bearbeitet zu werden.

»*Bianca liebt Radio Four*«, las Juliet laut vor. »*Boris bevorzugt die Stille, also sorgen Sie bitte dafür, dass in zwei Zimmern das Radio läuft und in zwei Zimmern Stille herrscht.*«

Sie sah auf. Boris war davongelaufen, und Bianca schnupperte am Lachs herum, als hätte Juliet ihn vergiftet.

»Bist du einsam?«, fragte sie die Katze. »Oder ist dir langweilig? Soll ich auch etwas essen?«

Bianca wandte ihr flaches Gesicht von der Schüssel ab wie eine Primaballerina, die gerade den Sterbenden Schwan gab.

»Tut mir leid«, entschuldigte sich Juliet, weil sie das Gefühl hatte, bei dieser eigentlich recht simplen Aufgabe zu versagen. »Ich hatte noch nie eine Katze. Eigentlich bin ich nämlich eher ein Hundetyp. Ich würde dir ja gern helfen, aber ich …«

Sie sah sich in der Küche um auf der Suche nach etwas, das ihr helfen konnte. Laut der Einrichtungsmagazine im Fernsehen bargen die Heimtextilien einer Person insgeheim schon die Antworten auf die meisten Probleme. Mrs Cox besaß eine ganze Reihe neuer Teekannen, die auf ihrer Kommode standen, und überall, wohin man sah, hingen gerahmte Fotos ihrer Familie. Kinder, Jugendliche, junge Erwachsene mit Babys auf dem Arm, die alle die Cox-Familie repräsentierten. Und wieder spürte Juliet mit einem Schlag, dass ihr eigener Familienstammbaum abgeknickt war. Sie schloss die Augen, als sie plötzlich merkte, wie sich ein Kloß in ihrem Hals bildete.

Zu ihren Füßen schrie Bianca mitleiderregend. Alles Gebieterische war mit einem Mal von ihr abgefallen, sodass sie nur noch traurig aussah. Traurig und einsam.

»Du wärst jetzt lieber bei deiner Mum, nicht wahr? Auf der Kreuzfahrt. Ich könnte mir dich ganz gut auf dem Kreuzfahrtschiff vorstellen, Bianca!« Juliet hob die Katze hoch, und sofort begann das Tier zu schnurren, sein kleiner Körper zu vibrieren. Unter dem flauschigen Fell versteckte sich ein Häufchen Elend.

»Arme Bianca«, murmelte Juliet, als die schon in die Jahre gekommene Katze ihren seidigen Kopf an ihrem Hals rieb. »Du willst einfach nur schmusen, oder? Davon stand allerdings nichts in den Notizen. Das ist mir ja eine schöne Katzenmummy, die die wichtigsten Informationen vergisst!«

Aber warum hätte sie dies auch aufschreiben sollen? Zuwendung und ein paar nette Worte, das waren doch Dinge, die man ganz selbstverständlich seinen Haustieren zukommen ließ – wie *jedem*, den man liebte. Dies geschah so instinktiv, dass es nicht im Arbeitsvertrag erwähnt werden musste.

Und oftmals war es so selbstverständlich, dass man es erst bemerkte, wenn Zuwendung und nette Worte ausblieben. Genau das war es, was Juliet so vermisste; die Frage nach einem Kaffee, wenn sich der andere einen für sich selbst kochte, eine unerwartete Umarmung, wenn sie gerade das Geschirr spülte. Der enge Kontakt und die Gedanken, die dafür sorgten, dass sich nicht jeder Tag wie eine Isolationshaft anfühlte.

Das Gefühl, gleich zusammenzubrechen, erfasste sie plötzlich, begleitet von jener Finsternis, den Rest ihres Lebens, der noch vor ihr lag, allein verbringen zu müssen. Minton war auch schon acht Jahre alt und würde nicht ewig leben …

Lautes, bemitleidenswertes Miauen durchbrach Juliets düstere Gedanken. Sie schaute zu Boden, wo Boris saß und sich kratzte. Sein weißes Fell war mit schrecklichen schwarzen Klumpen durchsetzt, die wie Blutegel aussahen. Ein riesengroßer Klumpen klebte ihm im Gesicht, und er versuchte ohne Erfolg, ihn mit der Pfote zu entfernen.

»Boris!« Juliet setzte Bianca kurzerhand auf dem Küchentisch ab und schnappte sich ihren Bruder. »Was hängt denn da in deinem …«

Toffee. Ganz viele Toffeebonbons, die alle in seinem langen weißen Fell klebten.

»Oh … nein!«, stammelte Juliet.

Draußen auf dem Vordersitz des Vans war Minton nicht gerade begeistert, als Juliet mit einem großen Katzenkorb unter dem Arm aus dem Haus zurückkehrte. Aber auch Bianca und Boris waren alles andere als erfreut, Minton zu sehen – und das, obwohl Mrs Cox erzählt hatte, dass die beiden beim Tierarzt einen zudringlichen Labrador abgewiesen hatten. Doch Juliet fand, dass keiner von den dreien eine andere Wahl hatte.

Sie hatte nicht die geringste Ahnung, wie sie die Toffees aus Boris' Fell herausbekommen sollte. Doch sie wollte auf keinen Fall in Mrs Cox' Haus in Panik geraten, falls irgendein Nachbar das Katzengejammer hören und vorbeischauen würde, um nachzusehen, ob Juliet etwa die Katzen quälte.

Als sie jedoch bei sich zu Hause die Haustür aufschloss, merkte sie, dass auch ihr Haus nicht gerade zuschauerfrei war: Laute Musik von *Guns N' Roses* schallte ihr entgegen, die von Gesang und Hämmern begleitet wurde.

Lorcan war da und arbeitete offensichtlich im Badezimmer.

Na *prima*, dachte Juliet. Dies war das erste Mal seit Bens Tod, dass sie nach Hause kam, das Radio lief und jemand im Haus war – was allein schon aufwühlend genug war –, doch jetzt würde es für ihre unprofessionelle Katzenpanik auch noch Zeugen geben.

Mintons Schwanz schlug wie ein Schlagzeug gegen die Tür. Er gab sich keine Mühe, seine Begeisterung für Lorcans Anwesenheit zu verbergen – so ein wankelmütiger Köter!

»Lorcan?«, rief Juliet die Treppe hinauf und fragte sich dann, warum sie ihre Anwesenheit in ihren eigenen vier Wänden verkünden musste.

»Juliet?« Die Musik wurde jäh abgestellt, und Lorcan kam die Treppe heruntergelaufen. »Stell dir bloß mal vor …!«

»Was denn?« Juliet setzte Boris' und Biancas Weidenkorb auf dem Sofa ab. Die beiden pressten ihre flachen Köpfe ans Drahtgitter und nahmen das Wohnzimmer unter die Lupe.

Lorcan tauchte im Türrahmen auf. Ein strahlendes Lächeln

machte sich in seinem Gesicht breit, und die schwarzen Locken klebten ihm am Kopf. »Ich hoffe inständig, dass Minton und du total schlammverkrustet von eurer Gassirunde zurückgekehrt seid, denn die neue Dusche ist ... Oh!« Er hielt inne, als sein Blick auf den Katzenkorb und Juliets verzweifelte Miene fiel. »Hast du geweint?«

»Nein. Die Dusche ist fertig?«, fragte Juliet.

»Ja. Na ja, beinahe. Ich hatte gehofft, vor deiner Rückkehr fertig zu werden, aber ... Ist das eine Katze?«

»Das sind zwei Katzen.« Juliet fasste sich an die Stirn, als Boris zu miauen begann und verzweifelt versuchte, dem Katzenkorb zu entkommen.

»Kann ich ... helfen?«

»Keine Ahnung. Weißt du zufällig, wie man Toffeebonbons aus einem Katzenfell entfernen kann? Hast du irgendwelche Supertricks mit Terpentin auf Lager?«, fragte sie verzweifelt.

»Nein.« Lorcan schüttelte den Kopf. »Ich hab mir mal meine Haare an einer Lichttraverse verkokelt, musste alles abschneiden und sah wochenlang wie ein Streichholz aus.«

»O Gott«, stöhnte Juliet und ließ sich neben den Katzen aufs Sofa sinken. »Das war's mit meiner Karriere als Tiersitterin.«

»Aber ich kenne jemanden, der weiß, was zu tun ist«, fuhr Lorcan fort.

»Wen?«

»Emer.« Er nickte in Richtung Nachbarhaus. »Du willst gar nicht wissen, was Roisin schon so alles im Haar kleben hatte. Und sie hat nie zugelassen, dass ihr das Zeug rausgeschnitten wurde. Sobald sie auch nur eine Schere sieht, reagiert sie wie ein Vampir beim Anblick von Knoblauch.«

Eine leise Hoffnung flackerte in Juliet auf. »Glaubst du denn, dass Emer ihre Tricks auch bei Katzen anwenden kann?«

Lorcan sah sie amüsiert an. »Ich sage nur so viel: Ganz gleich, was sich da in diesem Katzenkorb befindet: Es wird deutlich weniger kratzen als Roisin!«

Lorcan machte sich gar nicht erst die Mühe, anzuklopfen, sondern brüllte gleich los. »Emer?« Er lief in den Flur, und Juliet folgte ihm in einem gewissen Abstand mit dem Weidenkorb.

Sofort tauchten die Zwillinge auf. Keineswegs leise, sondern begleitet vom donnernden Getrampel ihrer Füße auf den nackten Holzdielen.

· »Lorrrrcan!«, riefen sie und warfen sich an seine Beine, als sei er monatelang auf hoher See gewesen anstatt einen halben Tag nebenan.

»Beruhigt euch«, erwiderte er und löste ohne jede Hemmung ihre Hände von seinen Beinen. »Keine Autogramme, keine Fotos.«

War er *wirklich* nur ein Freund der Familie? Juliet stellte sich ernsthaft diese Frage. Sie schienen sich alle viel näher zu stehen, fast schon wie ein Onkel mit seinen Neffen und Nichten. Je länger sie darüber nachdachte, desto seltsamer kam es ihr vor, dass jemand wie Lorcan nicht mit einer Freundin allein irgendwo wohnte.

Lorcan bemerkte ihre verwirrte Miene und grinste. »Die beiden haben zu viele Tourvideos gesehen«, erklärte er. »Das ist ihrer Meinung nach die Art, wie man Leute begrüßt.«

»Florrie! Sieh mal! Eine Katze! Juliet hat eine *Katze*!«

Juliet fühlte sich geschmeichelt, dass Roisin ihren Namen behalten hatte, doch ihre Ohren schrillten bei Roisins Gekreische. Sie war so viel Lärm (und dann auch noch aus solcher Nähe) einfach nicht gewohnt – Bianca und Boris wohl auch nicht. Sie zogen sich in den hinteren Teil des Korbes zurück, als Roisins klebriger Finger sich durch die Gitterstäbe schob und Florrie sich vor dem Korb hinkniete und besänftigende Geräusche ausstieß.

Emer tauchte im hinteren Teil des Hausflurs auf und trocknete ihre Hände an einem Geschirrtuch ab. Heute trug sie eine gestreifte Kochschürze über einem Patchworkkleid, und das Haar hatte sie auf dem Kopf zu einem hohen Turm zusammengebunden. Dennoch strahlte sie eine große Sinnlichkeit aus, wie eine Nigella Lawson auf Rock 'n' Roll.

»Herrje, Roisin, kannst du mal ein paar Gänge runterschalten?«, rief sie, kaum leiser als Roisin. »Hallo, Juliet! Du meine Güte – jetzt sag nicht, dass du uns noch mehr Haustiere mitgebracht hast! Florrie, schau sie dir nicht einmal an!«, befahl sie, als sich Florrie auf den Korb stürzte. »Wage. Es. Nicht. Sie. Dir. Anzuschauen!«

»Florrie schleppt andauernd irgendwelche pelzigen Viecher an«, erklärte Lorcan und gab sich Mühe, Florries zur Beruhigung gedachtes Miauen zu übertönen. »Alles, was nur noch ein Bein oder keine Ohren mehr hat oder von den Schulkameraden traumatisiert ist. Dann kommen die Tiere hierher und Roisin gibt ihnen dann den Rest. Emer, Juliet hat gehofft, dass du ihr bei einem kleinen Problem weiterhelfen kannst.«

»Ich soll für eine ältere Dame auf diese Perserkatzen aufpassen und ...« Juliet merkte, wie Emer sie mit einem halb amüsierten Blick von Kopf bis Fuß musterte und ihre Jeans und die Frisur unter die Lupe nahm. »Ich nehme mal nicht an, dass du weißt, wie man Toffeebonbons aus einem Katzenfell herausbekommt, oder? Also, ohne die Bonbons herauszuschneiden?«

»Wie kommst du bloß auf die Idee, ich könnte mich mit klebrigen, chaotischen, Toffee-verwandten Katastrophen auskennen?«, fragte Emer.

»Lorcan dachte ...«, stammelte Juliet und war unsicher, ob die Empörung in Emers Miene echt war.

»Da war zum Beispiel dieser Vorfall, bei dem Roisin Kaugummi im Haar klebte und du Erdnussbutter draufgemacht hast«, schlug Florrie vor. »Oder als Smokey in die rote Karamellmasse gelaufen ist, die für die Liebesäpfel vorgesehen war. Wir mussten zum Tierarzt fahren, der meinte, Smokey müsse operiert werden. Lorcan hat dann Smokeys Pfoten eingeölt, und du hast gesagt, wenn das nicht funktioniert, könnten wir aus seinem Fell Handschuhe ...«

Emer beugte sich vor und legte ihre Hand auf Florries Mund. »Smokey ist nicht groß genug, um aus seinem Fell Handschuhe zu machen. Außerdem lieben wir unseren Kater.« Sie zwinkerte Juliet zu. »Man kann also mit Fug und Recht behaupten, dass wir einige Erfahrung mit Karamellunfällen und langem Haar haben. Komm herein – dann schauen wir uns die Sache mal an.«

Juliet seufzte erleichtert.

»Wenn ihr Katzenexperten mich nicht mehr braucht, verschwinde ich kurz nach oben und mache mich ein wenig frisch«, erklärte Lorcan. Er zupfte an seinem T-Shirt, und erst da merkte Juliet, dass es nass war. »Du stinkst«, stellte Roisin angewidert fest.

»Igitt«, stimmte Florrie ein.

Lorcan sah mit hochgezogenen Augenbrauen zu Juliet hinüber, die grinste und den Kopf schüttelte. »Keine Einwände.«

»Na dann los!«, befahl Emer. »Dann setz die Katze mal bitte auf den Operationstisch!«

Begleitet von Roisin und Florrie, folgte Juliet Emer den dunkelgrünen Flur entlang bis in die Küche. Die Zwillinge machten freundliche, aber sehr neugierige Gesichter, und Juliet hatte das Gefühl, als sei sie das Kind und die beiden die Erwachsenen. Sie konnte sich nicht daran erinnern, in ihrem Alter Fremden gegenüber so offen gewesen zu sein. Andererseits war aber auch ihr Dad Kostenplaner beim Longhamptoner Stadtrat gewesen und nicht etwa ein cooler Tournee-Manager.

»Entschuldige bitte das Chaos«, erklärte Emer und räumte einen Stapel Zeichnungen vom Küchentisch. In dem kleinen Zimmer herrschte ein lebhaftes Durcheinander. Große gerahmte Tournee-Plakate schmückten die Wände, und zwei große Pfannen mit geschälten Kartoffeln standen neben dem Herd, daneben befand sich ein Wissenschaftsprojekt für die Schule. Neben der Tür stand ein großer Wäschekorb mit ungebügelter Kleidung.

Als sie alle in die Küche kamen, sprang Smokey so schnell

aus dem Wäschekorb und verschwand im Garten, dass von ihm nur noch die klappernde Katzenklappe in der Gartentür zu hören war.

»Kann ich die Katze aus dem Korb holen?«, fragte Florrie, als Juliet ihn auf dem Tisch abstellte. »Ich bin auch vorsichtig!«

»Wir müssen alle sehr vorsichtig sein«, stellte Emer fest. »Roisin, denk bitte daran, was mit Hammy passiert ist.«

»Ja, Mum«, jammerte Roisin. »Aber Hammy hat auch so rumgezappelt …«

»Er ist wirklich hübsch!«, gurrte Florrie. »Wie heißt er?«

»Boris. Ähm, könnten wir bitte Bianca da lassen, wo sie ist?«

Bianca blieb beharrlich auf ihrer Seite des Katzenkorbes, während Boris zwinkernd im hellen Schein der Küchenlampe auftauchte. In diesem Licht sahen die Toffeeklumpen noch grotesker aus als in Mrs Cox' Wohnung.

»Das ist ein *Hexenkater*!«, flüsterte Roisin. »Wie bei Harry Potter!«

»Das Problem hatten wir schon mal.« Emer inspizierte Boris kurz und zupfte an einem Toffeeklumpen, um zu sehen, wie fest dieser im Fell klebte. »Kein Problem. Das kriegen wir hin. Ich muss nur kurz meine Zauberutensilien holen. Und ihr zwei, ihr bleibt hier«, erklärte sie, an die Mädchen gewandt. »Bietet Juliet etwas zu trinken an.«

»Möchten Sie etwas trinken?«, fragte Florrie höflich, als Emer die Treppe hinauf verschwand.

Ging sie etwa ins Badezimmer?, fragte sich Juliet verwundert. Wo sich Lorcan gerade duschte? Die Wasserrohre schepperten genau wie die ihren, wenn heißes Wasser lief. Vielleicht gab es auch zwei Badezimmer. Oder ein Bad en suite.

Beide Mädchen starrten sie mit ihren großen blauen Augen an.

»Ähm, ja. Danke«, stammelte Juliet.

Roisin marschierte zu dem großen amerikanischen Kühlschrank und zog die Tür auf. Im Gegensatz zu Juliets Kühlschrank war dieser zum Bersten voll mit Essen, Tupperdosen und allen möglichen Milchtüten.

»Was hätten Sie gern?« Sie fing an, alle Möglichkeiten aufzuzählen, angefangen von Cola light über Cola und Cherry Coke bis hin zu einer Rum-Cola.

Während Roisin ihre Auflistung abspulte, konnte Juliet im oberen Stockwerk Stimmen hören – Lorcans und Emers. Im Badezimmer?

Hör auf, schalt sie sich. Das hier ist keine Nachmittags-Telenovela, bei der du deine Nase in die Angelegenheiten anderer Leute stecken kannst!

»Ich hätte gern eine Cola light, bitte.«

»Mit Eis und Zitronenscheibe?«, hakte Roisin nach. »Oder straight up?«

»Mit Eiswürfeln, bitte. Vielen Dank.«

Während Roisin nach Gläsern angelte, streichelte Florrie Boris und beobachtete Juliet mit einem Blick, den Juliet viel beunruhigender fand als Roisins Gespensterkostüm.

»Was macht Lorcan bei Ihnen?«, fragte sie schließlich.

»Er repariert meine Dusche.«

»Haben Sie keinen Ehemann, der sie reparieren kann?«

»Nein.« Juliet musste schlucken. »Mein Mann ... Mein Mann ist tot.«

»Wie ein Geist?«

»Nein, nicht wie ein Geist.«

Da die beiden offenbar gut mit Fragen umgehen konnten, nahm Juliet an, dass auch sie ihnen eine stellen konnte. »Wohnt Lorcan immer hier?«

»Nein, nicht immer«, entgegnete Florrie. »Nur wenn Dad unterwegs ist.«

»Tatsächlich.«

»Lorcan ist Mums Bodyguard«, erklärte Roisin und schob ein ziemlich volles Glas quer über den Tisch zu ihr herüber. »Wie im Film.«

»Aha.« Juliet war sich nicht sicher, was sie mit dieser Antwort anstellen sollte.

»Lorcan passt auf Mummy auf. Und er repariert alles im Haus. Und er kümmert sich darum, die Plastikbeutel in die Eimer zu stecken. Mum kann das nicht.«

»Na ja, ich auch nicht«, gab Juliet zu. Ben hatte so einen Trick gehabt, die Tüten ganz einfach in die Treteimer hineinzuhängen, doch sie schaffte das nie. Er hatte sich jedes Mal totgelacht, wenn sie letzten Endes überall Joghurt an sich kleben hatte. Das hatte sie schon wieder vergessen, doch das würde ihr jetzt nicht mehr passieren.

»Und Lorcan hat Mummy *lieb*«, fuhr Roisin fort.

»Roisin!« Florrie wurde krebsrot.

»Ja, das hat er. Ich habe gehört, wie er ihr das mal in der Küche gesagt hat.« Sie riss die Augen auf. »Er hat sie umarmt. Sie hat geweint, und dann hat er gesagt, dass er sie *lieb* hat, und ...«

»Rosin! Du hast gelauscht! Du weißt doch genau, was Mummy übers Lauschen sagt!« Florrie tat so, als wolle sie sich in die Nase kneifen, überlegte es sich dann aber, beugte sich vor und kniff stattdessen Roisin in die Nase.

Roisin heulte vor Schmerz auf und zielte mit einem überraschend geschickten Schlag auf Florrie.

»Hey, hey!« Juliet trat schlichtend zwischen die beiden. »Es reicht!«

Zwei Sekunden lang fühlte sie sich wie die Supernanny, bis sie Florries Vergeltungsschlag abbekam, der auf ihrer Hüfte landete.

»Au!«, stöhnte sie. »Florrie, du bist doch eigentlich die Liebere von euch beiden ...!«

»Was ist denn hier los? Kleiner Boxkampf oder was?«

Lorcan tauchte in der Küchentür auf. Sein Haar war vom Duschen noch ganz nass, und er hatte sich schnell ein verknittertes T-Shirt übergezogen.

Er sah wirklich aus, als sei er hier zu Hause. Zwar war Roisin sicherlich nicht die verlässlichste Quelle für Informationen, aber wenn nur ein Körnchen Wahrheit dahintersteckte, dann brauchte man nicht viel Fantasie, um sich dies vorzustellen. Diese Rocker-Typen waren doch bekannt für ihre eigenwilligen Arrangements und Absprachen. Würdest du nicht ein Auge zudrücken, wenn du dafür sicher weißt, dass ein Kumpel auf deine Frau und die Kinder aufpasst, während du unterwegs bist?

Und Lorcan kam wirklich prima mit den Kids klar. Waren einige vielleicht … von ihm?

»Ich habe gerade Juliet erzählt, wie lieb du Mummy hast«, erklärte Roisin ohne jede Hemmung. »Und dann hat Florrie in meine Nase gekniffen!«

»Habe ich nicht!«

»Hey, hey!« Lorcan legte jeweils eine Hand auf die Köpfe der Mädchen. »Ich habe euch alle lieb. Mummy und euch zwei, Spike und Sal. Aber nicht, wenn er wieder Gitarre spielt.« Über die Köpfe der beiden hinweg sah er zu Juliet hinüber und verdrehte die Augen. »Wir haben uns alle lieb, ja? Wir sind eine große, glückliche Familie!«

Juliet fühlte sich plötzlich unbehaglich und sehr spießig.

»Florrie, warum gehst du nicht schnell Smokeys Bürste holen?«, fragte er. »Dann können wir schon mal die Fellstellen bürsten, die nicht mit Toffee verklebt sind.«

Florrie flitzte los, Roisin folgte ihr auf den Fersen.

Lorcan sah auf Boris hinunter, der neugierig an der Obstschale schnupperte, und fuhr sich dann mit der Hand durch das nasse Haar.

»Die beiden haben dich aber nicht mit Fragen über deinen Ehemann gelöchert, oder?«

Sie schüttelte den Kopf und war ziemlich verlegen, dass eigentlich sogar sie diejenige gewesen war, die die pikanteren Fragen gestellt hatte, und nicht die Zwillinge. »Nein. Na ja, nicht so richtig jedenfalls.«

»Du musst es mir sagen, wenn die beiden dumme Fragen

gestellt haben«, erwiderte Lorcan. »Das ist so eine Phase, die sie gerade durchmachen – insbesondere Roisin. Sie wäre eine fabelhafte Journalistin – sie hat *keinerlei* Empfinden dafür, was angemessen ist und was nicht. Emer hat ihnen zwar erklärt, dass dein Mann gestorben ist, aber in dieser Familie glaubt man nicht wirklich daran, dass es im Himmel Harfe spielende Engelchen gibt. Die sind hier ein wenig forensischer drauf. Ich hoffe, die beiden haben dich nicht geärgert?«

»Schon gut«, erwiderte Juliet schnell. Roisin hatte sehr wohl ihren Finger in die sensible Wunde gelegt – die Mülleimer, die Dusche, all die Dinge, die Ben immer getan hatte und die sie nun allein übernehmen musste. Aber das war schließlich nicht Roisins Schuld.

»Die Duscharmatur sieht prima aus«, fuhr Lorcan fort und wechselte das Thema. »Hast du dir schon Gedanken über die Fliesen gemacht?«

»Ja. Ich habe über die gesamten Handwerkerarbeiten nachgedacht.« Juliet holte tief Luft und wagte den Schritt. »Ich hätte gern, dass du die Arbeiten übernimmst, aber … Das klingt jetzt vielleicht ein wenig komisch …«

»Komisch?« Lorcan tat, als habe er nicht richtig gehört. »Für jemanden, der in einem derartigen Tollhaus wohnt? Erzähl mir was Neues! Du möchtest das Bad im Zebrastreifenlook tapezieren? Oder Spiegel an allen Decken anbringen?«

Juliet errötete und musste beinahe lachen. »Nein. Ich würde dir gern bei der Arbeit helfen.«

»Ah. Na, das ist jetzt in der Tat ein wenig komisch«, entgegnete er und blähte die Wangen auf. »Die meisten Kunden würden am liebsten so weit wie möglich wegfahren, wenn Handwerker im Haus sind.«

»Ich nicht. Ich möchte mitmachen. Ben und ich …« Juliet streichelte Boris und wich Lorcans Blick aus. »Wir hatten geplant, alles selbst zu machen und so jeden Zentimeter des Hauses kennenzulernen. Diese Idee würde ich gern fortführen, so weit wie möglich. Außerdem sollte ich wissen, wie ich die wichtigsten Arbeiten selbst erledigen kann, weil ich ja jetzt allein bin. Also, nichts Kompliziertes wie einen Anbau oder so was …«

»Aber du hättest nichts dagegen, den Vorschlaghammer zu schwingen, der im Fernsehen so gern rausgeholt wird?« Lorcan ahmte das unbekümmerte Zuschlagen eines Möchtegern-Handwerkers nach.

Juliet war entsetzt. »Keine Vorschlaghämmer!«

»Na gut. Hast du vor, mir mehr oder weniger zu bezahlen, wenn du freiwillig mitarbeitest und ich dir freiwillig ›Verputzen für Anfänger‹-Lektionen erteile?«, fragte Lorcan und nahm sich ein paar Kekse aus der großen Dose auf dem Tisch.

»Oh. Ähm … gleich viel? Es sei denn, du findest, dass …«

»Jetzt hör aber mal auf!«, erwiderte Lorcan lachend. »Ich freue mich über jede helfende Hand. Aber wie ich dir schon geschrieben habe: Ich habe verschiedene Jobs, die ich zwischendurch erledigen muss, sodass ich nicht alles in einem Rutsch erledigen kann. Außerdem gibt es ein paar Aufgaben, die ich lieber Experten überlassen würde, wie zum Beispiel die Fenster … Ich mache dir einen Vorschlag: Warum fangen wir nicht einfach mit dem Badezimmer an und sehen, wie's klappt? Ich mache die Duscharmaturen fertig und passe alles an, danach können wir streichen und fliesen. Wir schauen einfach, wie weit wir kommen.«

»Gute Idee«, erwiderte Juliet. Das war ein Projekt, das machbar war. Machbare Projekte kamen ihr sehr entgegen und füllten die leeren Stellen in ihrem Kalender. Mit dem Badezimmer sollten sie bis – wann? – Ende September beschäftigt sein? Dann wären es nur noch ein paar Wochen bis zum Jahrestag.

Das wäre doch endlich mal was, das Badezimmer ihrer Träume fertig zu haben. Etwas, das sie mit Ben teilen könnte. Vielleicht wäre danach alles viel einfacher. Dann, wenn sie das erste Jahr hinter sich gebracht hatte.

Lorcan hielt ihr einen Doppelkeks hin. »Vergiss nicht dein

Tiersitten! Zusammen mit den Renovierungsarbeiten wird dich das ganz schön auf Trab halten. Ich hab dich diese Woche ja schon kaum gesehen.«

»Na ja …« Juliet verzog das Gesicht und kraulte Boris an den klebrigen Ohren. »Wenn irgendwer von Boris' kleinem Unfall hier hört, dann habe ich vielleicht demnächst sogar mehr Zeit, als mir lieb ist.«

»Ach, komm schon! Was wäre denn das Schlimmste, was passieren könnte? Hm? Wir müssten den armen Kerl hier rasieren. Wie schwer wird es sein, einen anderen flauschigen weißen Kater zu besorgen? Und wie will die Besitzerin unter dem ganzen Fell einen Unterschied zwischen den beiden ausmachen? Florrie könnte den rasierten Kater behalten. Oder du beklebst einfach Smokey mit weißer Wolle.«

Lorcan grinste lässig wie immer, und Juliet merkte, wie sich auch ihre Mundwinkel zum ersten Mal seit einer Ewigkeit hoben. Das war ein richtiges – wenn auch düsteres – Lächeln.

»Hier!« Emer kam in die Küche gestürmt. Ihr folgten Roisin und Florrie, die verschiedene Katzenreinigungsmittel mitbrachten. »Wir fangen mit der Erdnussbutter an. Wenn das nicht hilft, haben wir hier noch ein Spezialmittel, das Alec in den Staaten für seine Motorräder gekauft hat.« Sie warf einen Blick auf den Aufkleber auf der Flasche. »Ich glaube nicht, dass es für Katzen giftig ist. Damit haben wir jedenfalls beim letzten Mal die Teerklumpen aus Spikes Haaren entfernen können.«

»Und wenn das alles nichts bringt, kommt Boris eben sieben Stunden lang ins Gefrierfach«, erklärte Lorcan todernst. »Dann kann man die Toffeebonbons ganz leicht rausbügeln.«

»Neeeeeeeeein!«, brüllten Roisin und Florrie so schrill, dass Bianca, die sich kurz hatte blicken lassen, sofort wieder tief im Inneren des Korbs verschwand.

Das Geschrei war noch lauter als die Blockflöten. Juliet hielt sich unweigerlich die Ohren zu. Lorcans und ihre Blicke trafen sich, und Lorcan zwinkerte ihr zu.

13

W ann kommt Juliet?«, fragte Peter. »Ich hab kurz mit dem Manager des *White Hart* gesprochen, und er sagte, dass wir den ›Küchentisch‹ haben können, wenn wir rechtzeitig da sind. Von dort aus können wir dann sogar zusehen, wie die Köche in der Küche arbeiten.«

Er stand vor dem Schlafzimmerspiegel und hantierte mit seinen Manschettenknöpfen herum, den schweren silbernen Knoten, die Louise ihm zur Hochzeit geschenkt hatte. Peter hielt kurz inne und beobachtete, wie sie nach ihrer flüchtigen Dusche aus dem Badezimmer kam, und lächelte sie anerkennend an.

»Hättest du Lust darauf? Das ist zwar nicht ganz so romantisch wie die anderen Tische im Restaurant, aber vielleicht können wir dabei noch ein paar Kochtipps abstauben. Ich finde, so eine richtig geschäftige Küche ist schon ganz schön sexy. All der Dampf, die heiße Luft und das geschäftige Treiben.«

Louise bekam zum ersten Mal an diesem Abend ein schlechtes Gewissen. Ziemlich offensichtlich hatte sie deutlich weniger Aufwand betrieben als Peter – sein Nacken war noch gerötet, da er am Nachmittag extra beim Friseur gewesen war, und er trug ein neues Hemd in einem blassen Zitronengelb. Jahrelang war Peter in Jeans und T-Shirt zur Arbeit gegangen, während sie sich täglich in Schale hatte schmeißen müssen. Jetzt musste auch er Anzüge tragen und legte Wert darauf, dafür dann sein Haar etwas länger zu tragen und Hemden zu wählen, die nicht weiß waren.

Louise hatte sich lediglich die Beine rasiert. Die Bikinizone hatte sie ausgelassen, um nicht den Eindruck zu erwecken, sie wolle wieder in die Babyzeugung einsteigen. Und obwohl sie sich für ihre Vermeidungstaktiken schämte, hielt sie es nicht für fair, solche Signale auszusenden.

Manchmal fragte sie sich ernsthaft, ob Ashleigh im Schönheitssalon wohl darüber spekulierte, warum ihre einst ziemlich abenteuerlustige Bikinizone seit einiger Zeit so vernachlässigt wurde. Ob die Schönheitsassistentinnen dort wohl an der Häufigkeit der Heißwachsbehandlung erkennen konnten, wie es um das Liebesleben der Kunden bestellt war? Die müssen doch alles Mögliche mitbekommen, dachte Louise, und zwar nicht nur das, was man ihnen erzählt.

Diese Gedanken schob sie schnell beiseite, um sich nichts anmerken zu lassen.

»Ähm, Juliet sollte so gegen halb sieben hier sein«, antwortete sie. »Sie muss am anderen Ende der Straße zuerst noch Katzen versorgen.«

»Hat sie ihr Angebot jetzt auch auf Katzen ausgedehnt? Das nenne ich ja mal Unternehmergeist. Das Taxi habe ich jedenfalls für sieben Uhr bestellt«, fuhr Peter fort, während er seine Frisur im Spiegel überprüfte und dann einen Blick auf die Uhr warf. »Und das wäre … in zwanzig Minuten.«

»Du hast ein Taxi bestellt? Ich hätte doch fahren können!«, erwiderte Louise.

»Wie? Zu einem Abendessen mit Weinprobe?« Peter lachte. »Ich wollte einfach nicht, dass du auf den Alkohol verzichten musst, Louise! Der Abend soll eine Art Belohnung für dich sein, weil du wegen Toby monatelang nichts trinken konntest. Nicht dass du's jetzt übertreiben sollst, aber …« Er zwinkerte ihr zu. »Ich kann mich noch gut an all die Vorschriften erinnern – keinen Kaffee, keine eng sitzenden Hosen und all dieser Unsinn. Aber mittlerweile finde ich, wir könnten die Null-Alkohol-Regel ein wenig lockern.«

»Wir versuchen jetzt also, noch ein Baby zu zeugen?«, fragte sie, bevor sie sich bremsen konnte.

Peter sah sie überrascht an, dann ein wenig unbeholfen. »Ich dachte, wir versuchen gerade alles, um das *nicht* zu tun?«

Komm schon, ermahnte sich Louise. Ein paar Gläser Wein werden dir guttun. Du musst dich einfach nur entspannen. Hör auf, so viel über alles nachzudenken. Sieh dir Peter an: Er trägt sogar einen Anzug. Und sieh bloß, wie attraktiv er ist. Wie viel Mühe er sich gibt, damit dies ein ganz besonderer Abend wird. Du solltest dich wirklich glücklich schätzen.

»Tut mir leid«, antwortete sie. »Das habe ich so nicht gemeint. Die Arbeitswoche war ganz schön hart. Ich möchte einfach Douglas nicht verärgern, indem ich ihm so schnell schon wieder einen weiteren Antrag auf Mutterschaftsurlaub unter die Nase halte. Bei meinem Glück, das ich immer habe, brauche ich nur eine Nacht wie heute, und nicht etwa achtzehn Monate, bis ich das nächste Mal schwanger werde.«

»Es ist nur ein Abendessen«, entgegnete Peter sanft. »Was heute Nacht anbelangt, kann ich dir nichts versprechen.«

Louise drehte sich wieder zu ihrem Kleiderschrank um und holte ihr Seidenkleid hervor, in dem sie sich immer kurvenreich und selbstsicher gefühlt hatte. Seit sie es das letzte Mal getragen hatte, schien es jedoch kleiner geworden zu sein.

»Schade, dass Juliet nicht früher vorbeikommen konnte«, fuhr Peter fort und wandte sich wieder seiner Krawatte zu. »Dann hätte sie dir dabei helfen können, Toby zu baden. Für mich ist das immer der Höhepunkt eines jeden Tages.«

»Wirklich?«, erwiderte Louise. »Nicht das Füttern spät in der Nacht? Oder die rituelle Frage, was sich Toby heute wohl in die Nase gesteckt hat? Heute war es übrigens eine Eichel. Wer hätte gedacht, dass die Nasenlöcher von Kleinkindern so dehnbar sind?«

Peter warf ihr einen ernsten Blick zu. »Bist du gerade sarkastisch?«

»Ein wenig.«

Louise wusste, dass sie gemein war, und hasste sich dafür. Da half es auch nicht, dass sie vierhundert Pfund für wunderschöne Fliesen für Juliets Badezimmer ausgegeben hatte, die Lorcan geliefert werden sollten, der dann seinerseits so tun sollte, als habe er sie für einen Fünfziger günstig erstanden. So wie ihre Mutter von Lorcans Fähigkeiten als Fliesenleger schwärmte, fragte sich Louise allmählich, ob sie vielleicht selbst einmal Juliet einen Überraschungsbesuch abstatten sollte.

Als sie vor dem Schubladenschrank stand, in dem ihre gesamte Unterwäsche in wabenähnlichen Fächern ordentlich sortiert verstaut war, kam Peter zu ihr herüber. »Sei nicht sarkastisch«, erklärte er. »Ich würde gern all die unschönen Aufgaben übernehmen, aber die Arbeit macht mich gerade wahnsinnig. Ich werde versuchen, ein paar Tage freizubekommen, dann kannst du auch mal ausgehen und dir was Gutes tun. Toby und ich werden schon klarkommen.«

Das werdet ihr nicht, dachte Louise. Du hast ja keine Vorstellung davon, wie das wirklich ist. Das war das Gute an Michael gewesen: Er musste nachts nicht nachfragen, wie viel Toby gefüttert bekommen sollte, oder ihr sagen, wie viel sie ihm laut Internetauskunft hätte geben sollen. Michael wusste es einfach. Weil er selbst in dieser Situation war.

Louise merkte, wie Peter seine Arme um sie schloss. Sie wurde stocksteif.

»Willst du so ausgehen?«, fragte Peter belustigt und zupfte an ihrem Duschtuch.

Sie stemmte die Arme in die Hüften. »Nein, ich wollte mein Wickelkleid anziehen. Hör mal, Toby ist auf dem Kinderstuhl eingeschlafen, aber er könnte jede Minute aufwachen. Könntest du …«

»Ihm geht's dort gut. Ich habe das Babyfon hier. Und wir haben noch zwanzig Minuten Zeit.« Peters Lippen wanderten seitlich an ihrem Hals empor, und er blies warme Luft über ihren Nacken. Dabei war sie früher immer dahingeschmolzen. »Wir haben nicht viel Zeit, aber doch genug, um das zu tun, was mir vorschwebt – so als eine Art Vorspeise ...«

Jetzt kribbelte es nur überall. Louise hatte nichts anderes im Sinn als die Fliesen und Tobys Schlafrhythmus. Sie zog die Schultern hoch, um Peter abzuwehren. »Nein«, erwiderte sie. »Juliet kann jeden Augenblick hier sein. Außerdem muss ich mich anziehen.«

»Das musst du nicht.« Peters Küsse wanderten zu ihrem Nacken, bis zum Haaransatz hinauf, seine Hände lagen auf ihrer Taille. »Dann lass mich wenigstens deine Unterwäsche aussuchen.«

»Ich habe mir schon etwas ausgesucht«, entgegnete sie und zog eine fleischfarbene Miederhose aus einer der Waben hervor. »Die brauche ich.«

»So eine Unterhose?« Er hörte auf, sie zu streicheln. »Kommt nicht infrage. Wo hast du denn die ganzen schönen Sachen? Lass mich mal sehen ...«

Entschlossen schob er sie beiseite und durchsuchte ihre Unterwäscheschublade.

»Welche schönen Sachen?«, fragte sie in der Annahme, dass er die Seidendessous meinte, die er ihr zu Weihnachten geschenkt hatte. »Meinst du das hier?«

»Nein, dieses cremefarbene Ensemble. Das mit der Spitze und diesen ... du weißt schon ... wie auch immer man diese Bänder bezeichnet.«

Louise lief es eiskalt den Rücken hinunter. Woher wusste Peter von diesen Dessous? »Ich habe keine Ahnung, was du meinst!«

Natürlich wusste sie, was er meinte. Ganz genau sogar. Er meinte jene Unterwäsche, die mehr entblößte, als sie bedeckte, ihr aber das Gefühl verlieh, trotz ihres wabbeligen Bauches nach Tobys Geburt eine Sexgöttin zu sein. Sie hatte diese Dessous nicht ein einziges Mal getragen, sondern sie nur gekauft

und darüber nachgedacht, wo und wann sie sie einmal anziehen und wer sie zu Gesicht bekommen sollte. Allein schon
beim Kauf dieser Dessous hatte sie sich gefährlich und wie ein
neuer Mensch gefühlt. Wenn sie nicht rechtzeitig zu Sinnen gekommen wäre, dann hätte sie sie auch angezogen, und dann …

»Doch, das weißt du. Aber sie sind nicht hier. Vielleicht liegen sie ja im Wäscheschrank? Ich schau mal kurz nach.« Peter
verschwand im Flur. »Aber warum sollten sie da sein?«

»Ähm, sie sind ausschließlich Handwäsche.« Louise zuckte
zusammen. Das war die falsche Antwort gewesen.

»Ich dachte, du weißt nicht, was ich meine?« Aber Peter
klang amüsiert. »Das ist schon okay, Louise. Ich habe nichts
dagegen, wenn du Geld für hübsche Dessous ausgibst, solange
ich sie zu sehen bekomme.«

Er kehrte mit sündhaft teuren Dessous von *Agent Provoca-
teur* aus spitzenbesetzter Seide zurück. Louise wurde es fast
schlecht. Nein, ihr wurde *richtig* schlecht, als sie die Reiz-
wäsche in Peters Händen sah.

»Wann hast du die getragen?«, beschwerte er sich. »Ich kann
es nicht fassen, dass ich das verpasst habe!«

»Oh, bisher habe ich sie noch nicht angehabt«, log sie eilig
und nahm ihm den Slip ab. Dabei zitterten ihre Hände weniger als ihre Stimme.

Innerlich spürte sie immer noch das Beben tief in ihrer Magengrube, das sie an dem Nachmittag bei der Anprobe der Teile verspürt hatte. Sofort meldete sich siedend heiß ihr schlechtes Gewissen, als sie daran dachte, wie sie sich dabei vorgestellt
hatte, dass *er* sie in diesen Dessous sehen und dann beobach-
ten würde, wie sie die Schleifen genüsslich löste. Da war sie
ein anderer Mensch gewesen, ganz anders als die zugeknöpfte
Louise oder die nach Erbrochenem riechende Supermummy.
Wie hatte sie nur vergessen können, dass sie die Dessous in
den Wäscheschrank gestopft hatte? Warum hatte sie sie nicht
einfach weggeworfen?

»Warum hast du sie in den Wäscheschrank gelegt?«, erkundigte sich Peter, mehr neugierig als misstrauisch. »Wirst du langsam wie deine Mum, die ihre Einkäufe im ganzen Haus versteckt, damit dein Vater sie nicht findet?«

»Nein, nein! Unterwäsche wasche ich immer erst, bevor ich sie anziehe. Man weiß ja nie, wer sie im Laden bereits anhatte«, erklärte Louise spontan. Sie war fast ein wenig enttäuscht, dass er ihre Aussage nicht im Geringsten anzweifelte. Offensichtlich war dieser Reinheitsfimmel typisch für sie.

»Zieh sie an.« Peters Augen glänzten vor Aufregung. »Bitte.«

»Diese Dessous sind eigentlich für heute ungeeignet. Unter dem Kleid brauche ich etwas Glattes, Unauffälliges.«

Peter zog ein Gesicht, das zu sagen schien: »Mir doch egal, wenn man sieht, was du drunter trägst!« Louise war sofort klar, dass sie genau das Falsche gesagt hatte. Jetzt beobachtete er sie und wartete darauf, dass sie genau das tat – nämlich die Dessous vor seinen Augen anzuziehen.

Es war genau das, was eine gute Ehefrau tun würde, um ihrer ein wenig eingeschlafenen Ehe wieder frischen Wind einzuhauchen: Sie würde das Handtuch zu Boden fallen lassen und dann ganz langsam den Slip, diesen Hauch von Nichts, anziehen, während sie den nun deutlich in Stimmung gebrachten Ehemann fixierte. Anschließend würden beide sich aufs Bett fallen lassen und leidenschaftlichen, wilden Sex haben, kurz bevor Juliet ankam.

Das Problem dabei war nur, dass Louise nicht wollte, dass Peter sie nackt sah. Dafür waren ihre Schuldgefühle zu übermächtig; sie fühlte sich zu beschämt und verwirrt. Noch schlimmer wog die Tatsache, dass der bloße Anblick dieses Slips dazu führte, dass jede einzelne dieser Gefühlsregungen auf ein kaum zu ertragendes Niveau gesteigert wurde.

»Lass es dir doch als Überraschung für später«, schlug Louise vor.

Peter musterte sie und schien herausfinden zu wollen, was

sie im Schilde führte. Schließlich grinste er – sehr heldenhaft – und nickte.

»Sieh doch mal bitte nach Toby«, fuhr Louise fort und hielt sich krampfhaft an ihrem Handtuch fest. »Ich bin in zwei Minuten unten.«

»Zwei Minuten«, erwiderte Peter. »Brauchst du länger, komme ich hoch und hole dich, Dessous hin oder her.«

Es folgte eine kurze Pause, in der ein eindeutiges *Lieber nicht* im Raum zu stehen schien. Dann drehte sich Peter um und lief die Treppe hinunter.

Louise lächelte tapfer, bis er den Raum verlassen hatte. Dann schloss sie leise die Tür und riss ein Loch in den Slip, sodass sie ihn nicht mehr tragen konnte.

Sie hatte das Gefühl, dass die Luft in ihren Lungen brannte.

Ihr ganzes Leben lang hatte sie immer Richtig und Falsch voneinander zu unterscheiden gewusst und akribisch sogar auf kleinste Details geachtet – wie hatte sie es dann jetzt geschafft, sich innerhalb weniger Wochen in ein solches Chaos zu manövrieren?

Was Louise aber zutiefst verunsicherte, war die Tatsache, dass ihr Plan sich keinesfalls so entwickelte, wie sie es beabsichtigt hatte. Sie versuchte, nach vorn zu schauen, doch die Vergangenheit tauchte plötzlich immer wieder vor ihr auf.

Auf dem Weg zu Louise fragte sich Juliet, warum sie so durcheinander war. Sie fand jedoch keine Antwort auf ihre Frage, bis sie die Einfahrt zu Louises und Peters Haus hinauflief und an die glänzende grüne Haustür klopfte, an der eine Woche vor Tobys Geburt eine »kaum sichtbare« Kamera installiert worden war.

Minton war nicht bei ihr.

Das fühlte sich seltsamer an als das erste Mal, als sie den Ehering abgenommen hatte. Seine Anwesenheit, wenn er klein, weiß und wachsam zu ihren Füßen lag oder sie ihn zumindest aus dem Augenwinkel heraus sehen konnte, war eine Konstante geworden, an die zu gewöhnen sie sich nicht hatte vorstellen können. Fast genauso hatte es sich mit dem schweren Goldring an ihrem Ringfinger verhalten. Wenn er nicht da war, konnte sie nicht aufhören, unruhig herumzuzappeln.

Sie hatte Minton zusammengerollt auf dem Sofa zurückgelassen und QVC eingeschaltet, damit er ein wenig Gesellschaft hatte. Falls sie bis elf Uhr noch nicht zurück sein oder Lorcan ein Bellen von nebenan hören sollte, hatte er versprochen, Minton kurz rauszulassen.

»Oder wenn Minton anfangen sollte, teure Diamantketten zu bestellen«, hatte Lorcan mit todernster Miene hinzugefügt.

Ich hätte ihn einfach mitnehmen sollen, stellte Juliet beunruhigt fest. Er hätte ja in der Küche bleiben können. Was, wenn zu Hause irgendetwas passierte? Wenn er einen Anfall bekam? Oder Feuer ausbrach? Oder …

»Hi!« Louise riss die Tür auf, Toby auf dem Arm.

In ihrem Seidenkleid mit dem Paisleymuster sah sie schlank aus, ihr Haar glänzte und war frisch geföhnt. Toby trug einen Strampler mit einem Jack-Russell-Terrier vorn darauf und schien schon ganz schläfrig zu sein. Zusammen, dachte Juliet mit einem Anflug von Eifersucht, sahen die beiden aus wie frisch einem Foto aus dem *Red*-Magazin entsprungen: als arbeitende Mum mit einem aktiven Gesellschaftsleben und praktischem Haarschnitt.

»Sieh mal, wer da ist!«, rief Louise und deutete unnötigerweise mit dem Finger auf Juliet. »Tante Juliet!«

»Hi, Toby!«, rief Juliet in dem gleichen hohen Babytonfall. Eigentlich hatte sie nie so mit ihm reden wollen, doch jetzt geschah es automatisch. »Bist du schon bettfertig?«

»Und er trägt auch schon den Strampler, den du ihm geschenkt hast«, fuhr Louise fort. »Mit dem Wauwau drauf. Wer ist das, Toby?«, fragte sie und tippte auf den applizierten Hund auf seinem kleinen, dicken Bäuchlein.

»Minton«, erwiderte Toby feierlich, und gegen ihren Willen schmolz Juliet dahin.

»Ah! Hier, nimm ihn mal.« Louise drückte ihren Sohn in Juliets Arme und schob sie in die Küche. »Wir müssen uns beeilen – das Taxi kommt gleich.«

»'n Abend, Juliet.« Peter lehnte an der Küchentheke und blätterte durch den Wirtschaftsteil der Zeitung. Er hielt inne, als Juliet in die Küche kam, und schenkte ihr seine volle Aufmerksamkeit.

Juliets Kopf war mit einem Schlag völlig leer. Sie wusste nie, worüber sie sich mit Peter unterhalten sollte, da er auch nicht über die für Männer typischen Hobbys verfügte. Normalerweise endete es damit, dass sie sich über sein iPhone austauschten.

»Vielen Dank, dass du deinen Freitagabend für uns opferst«, fuhr Peter fort. »Wir wissen das beide wirklich zu schätzen. Außerdem weiß ich genau, wie sehr sich Toby freut, seine Tante Juliet zu sehen. Nicht wahr?«

»Kein Thema«, erwiderte Juliet und schob einen sehr fügsamen Toby weiter die Hüfte hinauf. Bei genauerem Hinsehen sah auch Peter in seinem Anzug und dem, du meine Güte, *gelben* Hemd nach Hochglanzmagazin aus. Mum und ihr Baby hätten in der *Red* abgebildet sein können, während der Ehemann eher nach dem Cover der *Men's Health* aussah – jedoch ohne die Surfershorts. »Heute Abend ist also Date-Abend?«

Sie schielte zu Louise hinüber, die jedoch damit beschäftigt war, Notfallfläschchen mit Milch zusammenzustellen, und nicht reagierte.

Peters kurzes, kontrolliertes Lachen erklang. »Ich kann mich nicht daran erinnern, dass wir früher unsere Dates so durchorganisieren mussten. Aber ich bin überzeugt, dass es sich lohnt. Der Wein soll exzellent sein. Vielleicht können wir das Ganze noch einmal wiederholen, und dann kommst du einfach mit?« Sein Blick wanderte zwischen seiner Frau und deren Schwester hin und her. »Hey, wie wäre es denn, wenn ihr zwei euch mal einen schönen Mädelsabend macht? Die Rechnung geht dann auch auf meine Kappe. Als eine Art nachträgliches Geburtstagsgeschenk?«

Louise wirbelte herum. Dieses Mal meinte Juliet, in ihrem Gesicht einen Ausdruck blanken Entsetzens gesehen zu haben.

Entweder hasst Louise es, wenn Peter »Hey« sagt, oder sie schockt die Vorstellung, einen Abend mit mir verbringen zu müssen, dachte Juliet und war überrascht über den Stich, den ihr diese Erkenntnis versetzte.

Na ja, sie selbst war angesichts dieses Vorschlages auch nicht gerade außer sich vor Freude. Worüber sollten sie sich unterhalten? Über Louises dunkles Geheimnis oder über ihr eigenes? Das würde ja ein schöner Abend werden!

»Hm«, machte sie. »Also, was muss ich für heute Abend wissen?«

Peter deutete auf Louise. »Du bist dran, Louise. Hast du nicht eine deiner berühmt-berüchtigten Listen erstellt?«

»Oh, es ist keine Liste«, beeilte sich Louise zu sagen. »Es ist nur … na ja, es ist schon eine Liste, aber die ist eher für mich gedacht als für dich, Juliet, damit ich nichts vergesse. Hier sind einige Telefonnummern. Klar, du hast unsere Handynummern, aber hier steht, wo wir heute Abend hingehen, und das hier ist die Nummer von Peters Mum, falls du sie brauchst …«

»Soll ich die Pflanzen gießen?«, erkundigte sich Juliet. »Nach dem Gemüsebeet sehen? Die Post reinholen?«

Louise sah sie verständnislos an.

»Das mache ich immer, wenn ich Tiere sitte«, erklärte Juliet. »Das war ein Witz!«

O Gott, wie deprimierend, andauernd Witze erklären zu müssen! Sie überlegte ernsthaft, ob sie sich überhaupt noch die Mühe machen sollte. Wenn es nicht um ihre Mum und Louise ging, die sich um ihre »Gemütslage« sorgten, täte sie es nicht.

»Oh. Haha. Nein, alles in Ordnung«, entgegnete Louise, die

dennoch ein wenig skeptisch dreinschaute – wahrscheinlich weil sie Toby in die Obhut einer Frau gab, die ebenfalls Bianca und Boris Cox auf ihrem Betreuungsplan hatte. »Aber bediene dich ruhig am Kühlschrank und iss, was du möchtest. Und Ferngespräche mit deinem Freund sind auch okay.« Sie hielt inne und fuhr dann ängstlich fort: »Das war ein Scherz. Das haben wir nämlich immer gemacht, wenn wir bei den McGregors zum Babysitten waren. Tut mir leid. Jetzt, da ich darüber nachdenke, finde ich es gar nicht mehr so witzig.«

»Schon gut. Halte dich an deine Listen.« Noch einmal schob Juliet Toby ihre Hüfte hinauf. Er war ohnehin kein Leichtgewicht und wurde sekündlich schwerer, da er kurz vor dem Einschlafen war. Das war ein schönes Gefühl, aber es beschäftigte sie schon sehr, dass ihre Gefühle außer Kontrolle gerieten – ihr eigener Wunsch, Mutter zu werden, Bedauern und Kummer. Sie hatte Angst, von diesen Gefühlen überwältigt zu werden, bevor Louise und Peter fort waren, sodass das Ganze schließlich bis zu ihrer Mutter vordrang. »Sollen wir ihn ins Bett bringen? Seine Batterien scheinen ein wenig leer zu sein.«

»Ja.« Louise breitete die Arme aus, und dankbar übergab Juliet ihr Toby. Just in diesem Moment fuhr draußen ein Auto vor und hupte.

»Perfektes Timing! Das wird unser Taxi sein«, erklärte Peter. »Ich gehe schon mal raus und sag dem Fahrer, dass es noch einen Augenblick dauert, damit er nicht wieder wegfährt.«

»Prima!«, rief Louise. »Ich bin in drei Minuten bei dir!«

Der Umgang der beiden miteinander wirkte irgendwie bemüht, dachte Juliet. Für ihren Geschmack waren dies ein paar Ausrufezeichen und strahlende Lächeln zu viel. Oder war sie vielleicht nur noch an die schweigende Gesellschaft der Tiere gewöhnt, die keine Ausrufezeichen kannten?

Wahrscheinlich lag es daran, dachte sie und folgte Louise nach oben.

Toby ließ sich widerstandslos hinlegen, und leise zogen sich

Juliet und Louise aus dem abgedunkelten Kinderzimmer zurück.

»Ich rufe dich zwischendurch mal an, ob auch alles okay ist«, flüsterte Louise, als sie sich ihre Bolerojacke anzog, die hervorragend zu dem Kleid passte. Wahrscheinlich waren beide als ein »Ensemble« gekauft worden. Louise kaufte immer nur Ensembles und liebte es, Kleidungsstücke zu kombinieren. Sogar in ihrem Erziehungsurlaub, als sie nur in ihren *Sweaty-Betty*-Yogahosen herumgelaufen war.

»Nicht nötig. Wir kommen schon klar. Einen schönen Abend!« Juliet fiel noch etwas Nettes ein. »Es ist schön, dass ihr mehr Zeit zusammen verbringt.«

Als Louise mit dem Hausschlüssel in der Hand in der Tür stand, hielt sie kurz inne. Plötzlich wirkte ihr Gesicht unter dem ganzen Make-up sehr verletzlich. »Wir sind nicht ...«, flüsterte sie und verstummte dann. »Ich meine, Peter bezeichnet es als Date, aber wir ...«

»Du darfst auch einmal einen schönen Abend haben und ausgehen«, erwiderte Juliet ernst. »Das Leben geht weiter, wie Mum immer sagt, wenn sie vergisst, dass sie das nicht mehr sagen soll.«

Es war zwar nicht das, was Louise gemeint hatte, und das wusste Juliet auch, aber jetzt war nicht der Zeitpunkt, um dieses Thema zu vertiefen.

Louise kaute auf ihrer Lippe herum. »Es wird nicht spät.«

»Raus mit dir!«, rief Juliet und schob sie zur Tür hinaus, als das Taxi ein weiteres Mal hupte.

Wie sich herausstellte, war Babysitten deutlich weniger anstrengend, als auf Tiere aufzupassen.

Juliet machte es sich mit der Fernbedienung, einer Reihe Cola-light-Dosen, einem Stapel Hochglanzmagazine und dem Babyfon in Sichtweite auf Louises großem Ledersofa gemütlich. Dabei musste sie sich nicht einmal mit Toby unterhalten,

wie sie es mit Hector oder den Cox-Katzen tat. Ab und an musste sie horchen, ob Toby noch atmete, aber das war's auch schon.

Peter und Louise verfügten über das komplette Sky-Paket,
sodass sich Juliet erst einmal eine halbe Stunde lang durch
sämtliche Kanäle zappte, bevor sie merkte, dass sie das meiste
davon schon bei den anderen Sendern gesehen hatte. Was ihr
aber nichts ausmachte. Wie immer war es für sie schon Unterhaltung genug, sich in einem fremden Haus aufzuhalten. Nur
dass es sich dieses Mal merkwürdiger anfühlte als sonst, weil
auch sie auf den gerahmten Familienfotos abgebildet war, die
über dem Telefontisch an der Wand hingen. Zumindest ihr altes Ich, als sie noch die eine Hälfte eines Pärchens gewesen war.

Juliet erhob sich schwerfällig vom Sofa, um die Bilderwand
genauer unter die Lupe zu nehmen. Anders als die wild zusammengewürfelten Bilderrahmen an ihrer eigenen Schlaf-
zimmerwand hatte Louise die Bilder eindeutig mit Hilfe einer
Wasserwaage arrangiert. Zudem waren die Rahmen kunstvoll
zusammengestellt worden – im Gegensatz zu Juliets bunter
Mischung.

Auf einem Foto war sie mit Mum und Dad bei Louises
Hochzeit zu sehen, auf der »Familie der Braut«-Seite, Ben ne-
ben sich, der den Arm um ihre Schulter gelegt hatte und vor
Stolz strahlte.

Ben hatte bei der Hochzeit die Aufgabe gehabt, den Gästen ihre Plätze anzuweisen. Doch anders als Peters Freunde
von der Uni hatte er sich keinen taubengrauen Stresemann
geliehen. Stattdessen hatte er den hellblauen Leinenanzug getragen, den Juliet ihm gekauft und der viel besser zu ihrem
schlichten sonnengelben Brautjungfernkleid gepasst hatte.
Nur wenige Monate später hatte er ihn noch einmal zu ihrer
eigenen, spontanen Hochzeit angezogen.

Na ja, als spontan konnte man die Hochzeit vielleicht doch
nicht bezeichnen – nicht nach neun Jahren. Doch nach all den
enorm komplizierten Spielen und Streichen, die an Louises

und Peters großem Tag gespielt wurden, hatte Juliet beschlossen, dass sie ihren Eltern dies nicht noch ein zweites Mal antun konnte, zumindest nicht für eine Feier, die ohnehin nicht nach ihrem Geschmack war. So waren Ben und sie quasi durchgebrannt. Wenn sie den ganzen Hochzeitstag betrachtete, konnte sie sich am besten an den chaotischen, bunt zusammengewürfelten Brautstrauß erinnern, den Ben ihr an jenem Morgen mitgebracht hatte. Jede einzelne Blume darin hatte eine symbolische Bedeutung.

Ben mochte vielleicht kein sehr gebildeter Mann gewesen sein, doch mit der Sprache der Blumen hatte er sich besser ausgekannt als jeder andere.

»Rosmarin, damit du dich immer an unsere glückliche Zeit erinnerst. Heliotrop für eine lebenslange Liebe. Eukalyptus, weil ich dich immer beschützen werde …«

Juliet schloss in Louises Wohnzimmer die Augen und hörte Bens Stimme, als er jede Pflanze einzeln in seine kräftigen Finger nahm, um sie ihr zu zeigen. Dabei hatte sie seinen offenen, ehrlichen Blick, in dem seine Liebe zu ihr deutlich zu erkennen war, klar vor Augen. Automatisch wanderte ihr Daumennagel an die Stelle, an der sich bis vor Kurzem noch ihr Ehering befunden hatte – bis sie dessen täglicher Anblick zu sehr geschmerzt und sie ihn abgenommen hatte.

Alle anderen hatten es nicht fassen können, doch sie konnte es nicht mehr länger ertragen, andauernd daran erinnert zu werden, dass sie und der Ring immer noch da waren, während die andere Hälfte des Ehepaars nicht mehr am Leben war. Vielleicht bin ich am Jahrestag stark genug, dachte sie, um den Ehering wieder zu tragen. Vielleicht an einer Kette um den Hals.

Das Babyfon knisterte, und sofort war Juliet wieder bei der Sache und lauschte, ob ein Weinen zu hören war.

Nichts. Vielleicht sehe ich doch besser mal nach, dachte sie und zog ihre Schuhe aus, um so leise wie möglich nach oben zu schleichen.

Auf dem Weg nach oben fand sie noch mehr fotografische Beweise, die es zu entdecken und zu genießen gab: Louises Universitätsmannschaft im Netball und Louise im Debattierclub, alles in goldenen Rahmen und säuberlich beschriftet. Auch Peters Bilder. Er war Mitglied im Bridge- und im Badmintonclub, beim Orientierungslauf sowie in sämtlichen Jugendteams, bei denen er in allen möglichen heiklen und ungünstigen Posen auf den diversen Spielfeldern der Universität von Oxford abgelichtet worden war.

Obendrüber hingen Louises Gymnastikzertifikate aus der Schule vom britischen Amateursportverband, die ebenfalls aufwendig gerahmt waren (ein Weihnachtsgeschenk von Diane und Juliet) und die »Hall of Fame« damit abrundeten. Weder Louise noch Peter waren für Ironie zu haben, deswegen war der Witz der Goldrahmen leider verpufft. Ein wenig irritiert hatten sie sich für die Rahmen bedankt und sie zu den restlichen Zertifikaten gehängt.

Bei ihrem Anblick fühlte Juliet sich ein wenig unbehaglich. Es hatte eigentlich ein liebevoller Scherz sein sollen, aber möglicherweise hatte Louise es als puren Sarkasmus aufgefasst? Als Gemeinheit sogar? Da Juliet allein hier war, war es fast verlockend, die Rahmen abzunehmen. Besser wäre es vielleicht noch, zu Louise hinzugehen und ihr zu sagen: »Weißt du eigentlich, wie sehr wir dein Leistungsstreben bewundern? Wie du das, was du dir vornimmst, einfach machst und abhakst?« Aber seit ihrem großen Streit hatte Juliet das Gefühl, dass Louise aus allem, was sie sagte, eine zweite oder dritte Bedeutung herauszulesen versuchte. Die Kluft zwischen ihnen wuchs von Tag zu Tag.

Besonders traurig war die Tatsache, dass sie sich entzweit hatten, nachdem sie sich ein paar Monate lang so nah wie nie zuvor gewesen waren – nach den beiden Hochzeiten, nachdem Louise Toby zur Welt gebracht hatte und auch sie und Ben darüber nachgedacht hatten, eine Familie zu gründen.

Der Mutterschaftsurlaub war Louise gut bekommen; sie war in allem lockerer geworden, aß Brot und sah tagsüber fern. Als Juliet und Ben ein wenig stürmische Zeiten durchmachten, war es ihr wie das Natürlichste der Welt vorgekommen, mit ihrer großen Schwester darüber zu sprechen. Dann aber hatte Louise zu tief ins Weinglas geschaut und ihre eigene Bombe platzen lassen.

Die Erinnerung daran ließ Juliet zusammenzucken. Louise hatte ihr gestanden, dass sie sich verliebt hatte und die Sache allmählich aus dem Ruder geriet. So etwas von Frau Superkorrekt in Person zu hören, war an sich schon bizarr genug, doch Louise hatte so ausweichend auf die Frage nach der betreffenden Person und den Orten, wo sie sich getroffen hatten, reagiert, dass Juliet die Vermutung gehegt hatte, dass es sich bei Louises Objekt der Begierde um eine Person handelte, die sie kannte.

Louise gab vor, unter der Situation zu leiden, doch der fieberhafte Glanz in ihren Augen hatte eine vollkommen andere Louise gezeigt, nicht die ruhige, vernünftige Ehefrau und Mutter, die Juliet kannte. Dies hatte sie zutiefst beunruhigt. Sie war diejenige, die *hergekommen* war, weil sie in großer Sorge war wegen der Risse in ihrer von allen als »perfekt« bezeichneten Ehe. Aber Louise, die ihr eigentlich Ratschläge hätte geben sollen, hatte Dinge gesagt, die Juliet in helle Panik versetzt hatten. Was, wenn sich alle Ehen ab einem gewissen Zeitpunkt selbst zerstörten? Was, wenn diese Zerrissenheit, die sie empfand, in Wahrheit der Anfang vom Ende war?

Wenn sie nicht so vom Wein und von ihren eigenen Problemen in Beschlag genommen gewesen wäre, hätte sie vielleicht Louise richtig zugehört. Rückblickend war Juliet nämlich nicht sonderlich stolz darauf, wie sie schließlich abgerauscht war. Denn im Vergleich zu dem, was dann geschehen war – was war da schon eine kleine Schwärmerei?

Aus dem Kinderzimmer ertönte ein leises Murren, das sich schließlich zu einem Jammern entwickelte. Juliet hielt den

Atem an und öffnete die Tür einen Spaltbreit, um hineinzuse-
hen.

Toby saß aufrecht in seinem Kinderbettchen und starrte
durch die Gitterstäbe wie ein eingesperrter Pinguin. Sein Gesicht war blass, und die Haare standen in alle Richtungen ab.

Juliet lächelte und überlegte zögerlich, was sie tun sollte.
Sollte sie ihn in Ruhe lassen oder ihn auf den Arm nehmen?
Würde er ihre Unerfahrenheit spüren und das ganze Haus zu-
sammenschreien, wenn sie versuchen würde, ihn zu beruhigen
und wieder hinzulegen?

Juliet konnte es immer noch nicht fassen, wie viel Glück
Louise hatte! Ein brennendes Gefühl der Ungerechtigkeit
machte sich in ihrem Herzen breit. Sie besaß doch wirklich
alles, was Juliet verloren hatte – und sie dachte immer noch,
das alles aufs Spiel setzen zu können. Jetzt fühlte sich das alles
noch viel schlimmer an als damals, als Louise ihr davon erzählt
hatte. Denn Juliet wusste nicht einmal, ob Louise sich immer
noch mit diesem Mann traf, der ihr Gesicht zum Leuchten
brachte. Möglich war es.

Toby starrte sie zwischen den Gitterstäben hindurch an und
wartete auf Zuneigung und Aufmerksamkeit.

Juliet ging zum Kinderbett hinüber, hob Toby hoch und
spürte sein Gewicht an ihrer Brust. Als er sich an sie schmiegte,
merkte Juliet, wie sich ihr Herz zusammenzog.

Was sollte man Babys sagen? Wahrscheinlich doch nichts
anderes als auch Katzen und Hunden – alles, was keine Antwort einforderte. Juliet hatte genügend solcher Gespräche auf
dem Kasten.

»Hallo«, murmelte sie, Tobys flauschigen Kopf direkt vor
sich. »Hallo, Toby!«

Das schien zu klappen.

Juliet hielt inne und kam sich ein wenig albern vor, fuhr
dann jedoch fort: »Weißt du, wie Ben und ich deinen Cousin
oder deine Cousine genannt hätten, wenn wir ein Kind bekom-

men hätten? Hm? Lily, wenn es ein Mädchen geworden wäre. Das ist ein schöner Name, oder? Lily Iris Falconer. Oder Arthur Quentin, falls es ein Junge geworden wäre. Jetzt lach nicht über den Namen Quentin; so hieß Bens Großvater. Wir fanden, ›Q‹ wäre ein toller Spitzname. Du bist jetzt die einzige Person, die weiß, dass …« Juliet hielt inne. Es fühlte sich seltsam an, es laut auszusprechen, und noch schlimmer, es zu hören. Doch wahrscheinlich war es besser, wenn es endlich einmal heraus war und sie den Kopf dann wieder freihatte.

»Wir haben überlegt, ein Baby zu bekommen. Es hat allerdings nicht geklappt. Zu diesem Zeitpunkt jedenfalls nicht. Danach haben wir die Kurve nicht mehr gekriegt.« Sie musste schlucken. Juliet hatte in jenen einsamen Wintermonaten nach Bens Tod so bitterlich geweint, dass er dank ihrer albernen Streitereien nun nach seinem Tod nicht die geringste Spur von sich hinterließ. »Wir haben uns über die albernsten Dinge gestritten, die letztlich völlig unwichtig waren … Deine Mummy kann sich wirklich glücklich schätzen.«

Toby erwiderte nichts. Juliet wusste nicht, was sie für ihn tun sollte. Weder schien seine Windel nass zu sein noch war er krank. Also hielt Juliet ihn einfach nur auf dem Arm und streichelte seinen Kopf, wie sie es bei den Katzen und Hunden tat, bis er wieder eingeschlafen war.

Dann legte sie ihn in sein warmes Bettchen zurück, setzte sich neben das schmale weiße Schubladenregal und hielt das große Peter-Hase-Stofftier fest umschlungen, das Ben und sie Toby geschenkt hatten. Sie dachte darüber nach, wie anders ihr Leben verlaufen wäre, wenn sie nicht Diskussionen auf die lange Bank geschoben, sich mit anderen Leuten verglichen oder darauf gewartet hätte, dass Ben endlich eine Entscheidung traf. Aber erst dann, wenn es zu spät war, merkte man, wie sinnlos all das gewesen war. Dennoch hielt es Juliet nicht davon ab, über die großen Probleme nachzudenken, von denen sie auch jetzt noch genügend hatte.

Juliet schloss die Augen und lauschte Tobys Atem. Für Louise war es noch nicht zu spät, sich wieder zusammenzureißen. Juliet hoffte inständig, dass Louise aus diesem ganzen Chaos wenigstens etwas gelernt hatte, auch wenn ihr selbst dies versagt geblieben war.

Das war etwas, was sie Toby auf jeden Fall beibringen würde. Das Leben war eine einzige Reise nach Jerusalem, und niemand signalisierte einem vorher, wann die Musik verstummen würde.

14

»Wie ist es eigentlich mit der alten Dame und ihren Katzen weitergegangen? Hat sie den Braten gerochen?«

»Nein.« Juliet klemmte einen Abstandhalter neben ihre Fliese und versuchte, Lorcans akkurate Fugen hinzubekommen. »Sie hat mich sogar gefragt, ob ich mit den Katzen beim Tierfriseur gewesen sei, weil sie so toll aussahen.«

»Ah. Sie hat also doch was gemerkt.«

Natürlich war es ihr sofort aufgefallen. Als Juliet vorbeigekommen war, um ihren Lohn abzuholen, hatte Mrs Cox' Reaktion sie unweigerlich in die Zeit ihres Klavierunterrichts zurückversetzt. »Das Fell der Katzen glänzt so wunderbar«, hatte Mrs Cox erklärt. »Haben Sie ihnen Vitamine gegeben?«

Die Frage war die gleiche wie: »Wie lange hast du geübt?« Sie führte dazu, dass Juliet beinahe auf der Stelle alles gestanden hätte. Aber Mrs Cox' stechender Blick hatte zugleich ein gewisses Strahlen, das sicherlich nicht allein auf die Luxuskreuzfahrt zurückzuführen war. Außerdem hatte Juliet die Hälfte ihres Verdienstes für eine gute Flasche Wein für Emer ausgegeben. Die war sie ihr *definitiv* schuldig gewesen.

»Ich rede mir ein, dass sie nichts gemerkt hat.« Juliet warf einen Blick ans andere Ende des Bads, wo Lorcan bereits drei Fliesen an der Wand angebracht hatte. Zwei weiße und eine glasgrüne. »Jedenfalls ist sie in ein paar Wochen wieder unterwegs und hat mich gefragt, ob ich meine hervorragende Arbeit noch einmal wiederholen könnte.«

»Sie ist schon wieder unterwegs?«

»Ja. Ich hatte ja keine Ahnung, dass Ruheständler ein so ge-
schäftiges Gesellschaftsleben führen. Das ist eine völlig andere
Welt, das sage ich dir!« Juliet war dabei, ihre Vorurteile in Bezug auf Witwen und Katzen zu revidieren. Es war auf jeden
Fall wahrscheinlicher, dass eher die Katzen einsam und allein
starben als ihre Besitzerinnen, wenn sie von Mrs Cox' Beispiel
ausging. »Jetzt habe ich noch eine weitere Katze, die ich versorgen muss – gegenüber von meiner Mum. Ich muss an diesem Wochenende nach ihr sehen, weil ihre Besitzerin sich in
Nizza sonnt. Als Kinder haben wir das Haus immer ›Hexen-
haus‹ genannt. Ich wollte schon immer mal wissen, wie es innen aussieht. Jetzt habe ich endlich die Gelegenheit dazu. Und
das ist super.«

»Aber schränkt dieses ganze Tiersitten nicht dein eigenes
Sozialleben ein?« Lorcan sah sie über den Rand der Badewanne hinweg an. »Ist die Katze aus dem Haus … passt Juliet auf?«

»Das stört mich nicht. Außerdem ist es nicht so, als würde
ich an den Wochenenden ausgehen.«

Juliet konzentrierte sich auf die nächste Fliese, eine »akzent-
setzende« grüne Kachel, oberhalb des Orientierungsfadens,
den Lorcan gespannt hatte.

Ihr gefielen die grünen Fliesen. Sie selbst hätte sie sich zwar
vielleicht nicht unbedingt ausgesucht, aber sie passten perfekt
hier herein. Unter der oberen Glasschicht befand sich eine dünne Schicht Metallfolie, die wie Fischschuppen schillerte, wenn
sich das Licht darin spiegelte. Außerdem hätte sie laut Lorcan
den doppelten Preis bezahlt, wenn sie sie im Laden gekauft
hätte, anstatt bei seinem Kumpel, der sie noch übrig hatte.

»Du gehst nie aus?«

»Nie.«

Es entstand eine verlegene Stille, und Juliet wurde klar, dass
sie sich einfach etwas hätte ausdenken sollen. Das war der Haken bei Lorcan: Juliet vergaß immer, sich während eines Ge-

sprächs mit ihm Ausreden auszudenken. Aber er war auch der einzige Mensch, der ihr das Gefühl gab, dass ihr Leben mit den Katzen und Hunden, der Trauerstunde und der Fernsehsendung *Bargain Hunt* vielleicht nicht ganz so normal war, wie sie dachte.

Was daran lag, dass das Leben der *Kellys* definitiv nicht normal war, rief sich Juliet in Erinnerung. Schließlich plante wohl niemand sonst seine Sommerferien rund um europäische Tourneen und / oder Austernfeste – oder wofür auch immer Emer an diesem Wochenende zurück nach Galway fliegen musste und Lorcan so lange die Verantwortung für die Familie übertragen hatte.

»Also, wenn du vielleicht mal mit uns in den Pub kommen willst, dann …«, bot er an.

»Schon gut«, entgegnete Juliet, die sich nicht dazwischendrängen wollte. Emer und sie trafen sich zwar mittlerweile fast täglich zu einer Tasse Kaffee und tauschten sich über den neuesten Tratsch aus (wobei Emer eindeutig mehr zu berichten hatte; Juliets Beiträge drehten sich meist nur darum, wer Billigfutter aus dem Supermarkt für seine Lieblinge kaufte). Doch ihr war es nach wie vor immer noch ein wenig unangenehm, sich in das Familienleben der Nachbarn zu drängen. So wie sie Emers Begeisterung für Lärm und Alkohol kannte, war sie sich nicht sicher, ob sie dafür schon bereit war. »Ich bin nicht so für Leprechauns … und … grünes Bier zu haben.«

»Die Iren gehen nicht *nur* in den Pub«, erwiderte Lorcan ein wenig eingeschnappt, »essen Kartoffeln und trinken Guinness und kämpfen gegeneinander.«

»Das war ein Witz.«

»Oh. Tut mir leid. Das habe ich nicht gemerkt – man begegnet ja immer wieder diesen stereotypen Vorurteilen. Du bist jedenfalls herzlich eingeladen. Du musst auch nicht Riverdance tanzen.«

»Nicht? Schade! Nein, ganz ehrlich, das ist schon okay.« Juliet presste ihre Fliese in den Fliesenkleber. Lorcan gab sich wirklich Mühe, nett zu sein, das wusste sie. Sie hoffe nur, dass er dabei keinen Hintergedanken hegte. »Ich würde lieber hierbleiben und Tapeten abkratzen. Hattest du nicht gesagt, dass die Wände vor dem Streichen noch vorbereitet werden müssten?«

»Na gut, ich gebe mich geschlagen.«

Es entstand eine weitere Pause, die von *De Dannan* gefüllt wurde. Angesichts der relativ frühen Uhrzeit hatte Lorcan eine Auswahl an irischer Folkmusik mitgebracht, die nun während des Fliesenlegens anstatt seiner aggressiveren Rockmusik lief. Solch eine Musik hatte Juliet noch nie gehört, und sie war sich auch nicht sicher, ob die Sängerin überhaupt auf Englisch sang, aber insgesamt gefiel es ihr eigentlich ganz gut.

»Als Ben noch lebte, bist du da am Wochenende öfter rausgegangen?«, fragte Lorcan. »Wart ihr Musikfans? Oder seid ihr lieber zum Essen oder regelmäßig ins Theater gegangen?«

Er sprach nicht in diesem Flüsterton, den die meisten Leute benutzten, wenn sie sich nach Ben erkundigten – wenn sie es denn überhaupt taten.

»Das kam ganz darauf an«, erwiderte Juliet und freute sich, über Ben sprechen zu können. »Die Samstage waren oft ein wenig kompliziert, wenn Kim und ich eine Hochzeit hatten, für die wir abends das Catering organisieren mussten. Aber sonntags sind wir immer zusammen ausgegangen. Dann haben wir lange Spaziergänge mit Minton unternommen, draußen auf dem Land in einem Pub zu Mittag gegessen oder in der Stadt gebruncht. Wir haben uns einen eigenen Stadtführer zugelegt, in dem wir notiert haben, wohin wir mit Hund gehen konnten.«

»Cool. Den solltest du veröffentlichen.« Lorcan brachte neben seiner Fliese geschickt ein paar Abstandhalter an.

Juliet lächelte und nahm sich eine weitere Fliese. »Vielleicht sollte ich das wirklich tun«, antwortete sie, doch tief in ihrem Inneren wusste sie, dass sie das Notizbuch nicht öffnen wollte, weil ihr Blick dann auf Bens unordentliche Handschrift, seine entschlossenen, aber fairen Bewertungen zwischen eins und zehn sowie auf ihre eigenen entsetzten Korrekturen fallen würde.

»Das klingt, als hättet ihr beide ziemlich hart gearbeitet«, fuhr Lorcan fort. »Seid ihr in eurer Freizeit viel gereist?«

Juliet hätte die Frage am liebsten bejaht, damit sie beide nicht so langweilig erschienen, doch wieder konnte sie nicht flunkern. »Das ist schwierig, wenn man selbstständig ist. Wir hatten geplant, dieses Jahr für eine längere Zeit nach Australien zu reisen, um dort meinen Bruder Ian und seine Frau zu besuchen.« Juliet hielt inne und strich über die scharfe Kante der Glasfliese. Es fühlte sich seltsam an, Lorcan von etwas zu erzählen, das eigentlich geplant gewesen war, nun aber doch nicht stattfand. Dieses Ereignis lag gleichzeitig in der Zukunft und in der Vergangenheit, wie so vieles in ihrem Leben.

Juliet fuhr fort: »Wir hatten angefangen, Geld für die Flugtickets zurückzulegen. Deswegen hatte er zusätzliche Gartenarbeiten übernommen, um sich das leisten zu können. Dieser Urlaub sollte wie zweite Flitterwochen werden. Unsere eigentlichen Flitterwochen haben wir in New York verbracht«, fügte sie hinzu.

»Coole Stadt. Aber die Sache mit Australien ist wirklich schade. Hattet ihr schon die Flugtickets gebucht?«

»Nein. Wir hatten gerade erst angefangen, dafür zu sparen. Und um ehrlich zu sein, wir haben die Pläne geschmiedet, als Ian gerade hier zu Besuch war und wir alle in diesem Gefühl von Familienzugehörigkeit geschwelgt haben. Er hatte uns angeboten, bei ihm zu wohnen, um Kosten zu sparen. Denn bei uns reichte es gerade so für die Flugtickets, sodass wir wahrscheinlich bei ihm auf dem Boden hätten schlafen müssen.«

Juliet erinnerte sich noch gut an das gemeinsame Abendessen. An den Wein und Ians Angebot, doch in seinem Gartenhaus zu wohnen. »In Maßen kann man Ian gut ertragen, doch mittlerweile ist er ein richtiger Fitnessfreak geworden. Und außerdem war Ben nie der Ordentlichste. Das Ganze hätte also schrecklich enden können.«

»Du hast recht.« Lorcan nickte. »Das hätte es. Und das Flugzeug hätte abstürzen können, du hättest dir auf dem Weg nach Australien eine Lebensmittelvergiftung zuziehen und vor Ort von Koalas aufgefressen werden können.«

»Wie bitte?«

»Du bist komisch, Juliet. Du schilderst das Ganze, als wäre es dir fast lieber gewesen, wenn sich die Reise als Reinfall erwiesen hätte. Warum fliegst du nicht einfach hin?«

»Allein?«

»Hm. Warum nicht? Du bist doch ein großes Mädchen. Tu's einfach. Dafür wirst du wahrscheinlich nie wieder die Zeit haben. Außerdem würde es dir bestimmt guttun. Ein Neubeginn. Neue Erfahrungen.«

Juliet starrte Lorcan an, der in der einen Hand eine grüne Fliese balancierte und in der anderen den extrastarken Fliesenkleber hatte, als bestünde überhaupt keine Gefahr, dass er sich die Finger für alle Ewigkeit ans Bein kleben könnte. Für ihn war es leicht, so etwas zu sagen. Er war schon überall in der Welt herumgereist. Er war mit diversen Rockbands unterwegs gewesen. Schließlich war er ja auch nicht derjenige, der sich fühlte, als sei er plötzlich als nervöser Teenager im Körper einer Dreißigjährigen neu geboren – wie sie.

»Ich brauche das Geld für das Haus«, erwiderte Juliet. »Diese Fliesen bezahlen sich schließlich nicht von selbst. Obwohl sie äußerst günstig waren.«

»Das kommt ganz auf den Blickwinkel an«, entgegnete Lorcan und kümmerte sich wieder um den Fliesenkleber.

Um halb eins erhob sich Juliet und trat einen Schritt zurück, um ihr Werk zu begutachten. Nachdem nun vier Reihen Fliesen an der Wand klebten, kam allmählich das Muster zum Vorschein, und das Sonnenlicht, das durch das geöffnete Fenster hereinschien, ließ die Glasfliesen erstrahlen. Es sah wunderschön aus und passte hervorragend zu der Messingbrause, die sich über sie neigte. Das Badezimmer erwachte langsam zu neuem Leben.

»Das sieht toll aus, oder?«, stellte sie begeistert fest. »Und man merkt auch gar nicht, dass ein blutiger Anfänger am Werk war!«

»Es sieht fantastisch aus«, nickte Lorcan. »Von mir bekommst du zehn von zehn möglichen Punkten. Wir müssen natürlich noch verfugen, aber das machen wir ein anderes Mal.« Er setzte sich auf seine langen Beine und stieß einen Seufzer aus. »Besteht Aussicht auf eine Tasse Tee, nachdem du jetzt auf den Beinen bist?«

»Ich setze Teewasser auf«, erwiderte Juliet. »Aber ich muss um eins in der Stadt sein, deswegen musst du ihn dir wahrscheinlich selbst aufbrühen. Ich gehe mit einem neuen Spaniel Gassi. Und bei einem neuen Kunden möchte ich nicht gleich zu Beginn zu spät kommen!«

»Um eins?« Lorcan warf einen Blick auf seine Armbanduhr. »Da hast du noch ausreichend Zeit.«

»Ich wollte zu Fuß gehen. Ich habe mir neulich den Stadtplan angeschaut, um neue Routen für die Hunde zu finden. Dabei habe ich diesen alten Pfad entdeckt, der hinter der Kirche beginnt und bis hinunter in die Stadt führt. So brauche ich nur eine halbe Stunde, und ich spare mir die Parkgebühren.«

Sie war überrascht gewesen, als ihr die rote Linie auf dem Plan ins Auge gesprungen war – dies war über einige Felder und ein kleines Wäldchen die perfekte Verbindung zwischen ihrem Haus und dem Park. Wie kam es, dass ihr der Pfad vorher nie aufgefallen war?

Wahrscheinlich aus dem gleichen Grund, warum sie nicht wusste, wo sich der Stromkasten befand oder wie sie Mintons Krallen schneiden sollte. Weil sie es bisher nie wissen *musste*.

»Also kein Tee?«, jammerte Lorcan. »Sag nicht, dass ich für einen Tee nach nebenan gehen muss! Emer hat einen ihrer Putzanfälle, weil in der Schule die Läuse grassieren – und jetzt ist in allen Gefäßen Bleichmittel. Das ist wie ein russisches Kaffeetassen-Roulette. Ich habe fast das Gefühl, wieder mit *The Bends* auf Tour zu sein … Keine Sorge«, fuhr er fort, »die muss man nicht kennen. Nicht einmal ihre Mutter kann sagen, wer bei ihnen der Bassspieler ist. Tee? Bitte!«

Juliet wurde weich. Schließlich saß Damson ja nicht gerade mit einer Stoppuhr da und überwachte streng, wann sie eintraf. Und Lorcan hatte heute Morgen wirklich hart gearbeitet.

»Na gut. Dann aber schnell!«, rief sie, und Lorcans breites Lächeln ließ das ganze Bad erstrahlen.

Draußen auf den Feldern hinter dem Haus blieb Juliet vor einem Zaunübertritt stehen, legte den Kopf in den Nacken und atmete tief ein, was schließlich in einem Seufzer des Bedauerns endete. Der Juni war in den Juli übergegangen, und es war ein Sommer genau nach Bens und ihrem Geschmack. Es war warm, aber es herrschte nicht diese trockene Hitze; der Himmel strahlte blau, und kleine weiße Wolken zogen über den Horizont. In der Luft lag der Duft von frisch geschnittenem Gras, und alles um sie herum war schön grün. Ein perfekter Tag. Sie wollte eine Sekunde lang innehalten und ihn, zusammen mit Ben – in ihren Gedanken –, genießen.

Ben und Juliet waren eigentlich gar nicht so begeistert von richtig heißem Wetter, obwohl beinahe jeder das angesichts ihrer Jobs annahm. Juliet besaß eine sehr empfindliche Haut, die schnell rot wurde; außerdem hasste sie es, während einer Hitzewelle am heißen Herd stehen zu müssen. Ben hasste verbrannten Rasen; wenn es über achtundzwanzig Grad warm wurde, hatte er sich stets vor Wasserknappheit und dem damit verbundenen Verbot gefürchtet, Gärten zu wässern. Selbst Minton war kühleres Wetter lieber – im vergangenen Sommer war es so brütend heiß gewesen, dass er bis zum späten Nachmittag hechelnd im Schatten gelegen hatte.

Heute war es schön warm, und die Luft war erfüllt vom Brummen der Hummeln, die sich in den Hecken und Sträuchern tummelten, die den alten gewundenen Fußweg bis hinunter zur Stadt säumten. In der Ferne tuckerte irgendwo ein Traktor über ein Kornfeld, und rote Admiräle flatterten immer wieder über den Weg. Heute wäre so ein Tag gewesen, an dem Ben sie angerufen hätte. »*Heute* ist der schönste Tag des Sommers, Jools. Stell schon mal den Cidre kalt.« Dann hätten sie zusammen im Garten gelegen, Cidre getrunken und sich am dunklen, klaren Nachthimmel die Sterne angeschaut.

»Möchtest du im Garten einen Cidre trinken, Minton?«, fragte Juliet laut.

Minton hing die Zunge aus dem Maul, und in seinem Geschirr klemmten kleine Zweige von seinen Versuchen, im Gestrüpp ein paar Hasen ausfindig zu machen. Er sah aus, als würde er breit grinsen.

»Ja«, gab sich Juliet selbst die Antwort. »Ich werde die Flasche gleich kalt stellen.«

Mit einem melancholischen Gefühl ging sie weiter, weil sie wusste, dass sie nie wieder einen Cidre mit Ben trinken würde, der ihre Füße mit dem Flaschenverschluss kitzelte. Doch sie zwang sich, den rot-schwarz gemusterten Schmetterlingen hinterherzuschauen, und spürte die warmen Sonnenstrahlen auf ihrem Haar. Sie genoss es für sie beide zusammen.

Das konnte den Verlust nicht aufwiegen, aber wenigstens konnte sie so Bens Stimme hören, als ihr Blick auf die Brombeerblüten in der Hecke fiel. Ohne weinen zu müssen, nahm sie sich vor, in ein paar Wochen mit einer Plastiktüte wiederzukehren. Aber es stimmte sie traurig.

Ben war ziemlich rechthaberisch gewesen, wenn es um kostenloses Strauchobst ging – selbst jetzt noch, dachte Juliet, aus dem Jenseits heraus.

Marks Haus befand sich am Ende einer Ringstraße mit neuen Stadthäusern, die entlang des Kanals gebaut worden waren. Der Immobilienmakler, der Juliet und Ben ihr Renovierungsobjekt verkauft hatte, hatte zunächst versucht, ihnen ein »Grundstück in erstklassiger Lage« am *Riverside Walk* zu zeigen, bis sie dann den Umfang ihres Budgets offenbart hatten und er daraufhin die Informationsbroschüren derart schnell von seinem Schreibtisch entfernt hatte, als seien sie Staatsgeheimnisse.

Als Juliet um die Ecke bog, konnte sie Damson schon bellen hören. Ihr unruhiges, ängstliches Kläffen hallte wie eine Autoalarmanlage durch das Viertel und animierte in der Nachbarschaft weitere Hunde, in das Gebell einzustimmen. Aus dem Haus gegenüber von Mark trat eine Frau mit einigen Altglasflaschen auf die Straße, starrte erst böse zu Marks Haus hinüber, starrte dann Juliet böse an, warf die Flaschen in die Mülltonne und knallte schließlich die Haustür wieder hinter sich zu.

Juliet lief schneller, falls gerade der Tierschutz verständigt wurde. Der Miene der Nachbarin nach zu urteilen, schien das Gebell für sie nichts Neues zu sein.

Je näher Juliet kam, desto mehr schwoll das Bellen an und verhallte sofort wieder, als ob Damson im Hausflur hin und her rennen würde. Dann sah sie auch schon Damsons schwarzweißen Kopf am Flurfenster auftauchen, als sie sich mit ihren flauschigen Pfoten an der Rückenlehne eines Sofas abstützte. Ihr Kopf zuckte hektisch, als sie durch die Fensterscheibe den Eindringling ankläffte.

Du meine Güte, dachte Juliet mit einem Anflug von Panik. War sie etwa krank? War irgendetwas passiert? Strömte vielleicht unkontrolliert Gas aus?

»Beruhige dich«, rief sie und legte ihre Hände auf die Glasscheibe. »Beruhige dich! Ich bin's doch nur!«

Damsons Schwanz begann zu wedeln, aber sie hörte einfach nicht auf zu bellen.

»Warte kurz, ich muss nur im Garten schnell den Hausschlüssel finden.« Juliet malte mit dem Finger den Weg in den
Garten nach, und sofort verschwand Damson vom Sofa, als
hätte sie Juliet verstanden.

Ein wenig unsicher lief Juliet an der Seite des akkurat ge-
schnittenen Rasens vorbei und suchte in der Blumenampel
(sehr originelles Versteck!) nach dem Schlüssel.

Danach schloss sie zunächst die Tür zum Hauswirtschaftsraum auf, wo Damson auf Juliet zugeschossen kam wie eine
fellbesetzte Kanonenkugel. Mit ihren verzweifelten Versuchen,
ihr die Hände abzulecken, und dem Gebell hätte sie es beinahe
geschafft, Juliet aus dem Gleichgewicht zu bringen. Im letzten
Moment konnte Juliet schnell die Tür hinter sich schließen.
Dann lehnte sie sich an den Türrahmen und ignorierte Damson,
bis sich diese ein wenig beruhigt hatte, so wie es im Buch über
Hundeerziehung stand. Doch das war leichter gesagt als getan.
Die Spanieldame war so begeistert, dass die Zeit ihres Alleinseins
beendet war, dass sie versuchte, in Juliets Arme zu springen.

Minton hielt sich zunächst zurück, da Damson ein ganzes
Stück größer war als er.

»Scht, scht«, beruhigte Juliet sie und sah nach, ob sich Dam-
son vielleicht irgendwo verletzt hatte. So weit schien alles in
Ordnung zu sein, doch ihr Herz raste wie wild, und sie leckte
Juliet mit einer herzergreifenden Dankbarkeit die Hände ab.

Juliet ahnte bereits, wo das Problem lag, da sie so etwas selbst
schon einmal erlebt hatte. Minton hatte zunächst unter großer
Trennungsangst gelitten, als sie ihn zu sich genommen hatten.
Rachel aus der Auffangstation hatte ihnen geraten, nicht zu viel
Aufwand zu betreiben, wenn sie nach Hause kamen. »Verhal-
ten Sie sich vollkommen normal, ignorieren Sie Minton, bis Sie
den Teekessel aufgesetzt haben. Dann wird er begreifen, dass
Gehen und Wiederkommen eigentlich keine große Sache sind.«

Was sich aber als ziemlich schwierig herausgestellt hatte.
Minton war schon einmal von seinem Vorbesitzer im Stich ge-

lassen worden, weshalb Juliet es gehasst hatte, ihn zu ignorieren. Und Damson war außer sich vor Erleichterung und Freude, ein menschliches Gesicht vor sich zu haben.

Juliet zwang sich, aufzustehen und sich von der Tür zu entfernen. Damals hatte sie dreiundachtzig Tassen Kaffee gekocht (und in zwanzig davon ihre Tränen vergossen), bis Minton seine Lektion gelernt hatte.

»Komm rein, Minton«, rief sie und ignorierte Damson vollkommen. »Wie wäre es mit einem Schluck Wasser? Mit Eis und einem Spritzer Zitrone, oder ohne alles? Ohne alles? Kein Problem. Also, wo ist der Wassernapf?«

Sie sah sich in Marks weiß getünchtem Hauswirtschaftsraum um. Hier standen eine Waschmaschine, ein Trockner, ein übervoller Korb mit Bügelwäsche, ein Weinregal ... und dort drüben Damsons Näpfe.

Darunter befand sich eine Plastikmatte, auf der die zwei Metallschüsseln standen. Die eine Schüssel, der Futternapf, war noch voll Futter. In der anderen Schüssel, dem Wassernapf, befand sich kaum noch ein Tropfen Wasser.

»Kein Wasser?«, rief Juliet entsetzt. »Und das an einem heißen Sommertag wie heute? Das ist aber nicht schön!«

Damson war verstummt und schnüffelte kontaktfreudig an Minton herum. Minton ließ sie gewähren, doch gleichzeitig warf er Juliet einen lustlosen Blick zu.

»Wo ist denn das Spülbecken?« Die Tür zum Rest des Hauses stand von Damsons wildem Spurt einen Spaltbreit offen, weshalb Juliet annahm, dass Mark es ihr nicht übel nehmen würde, wenn sie ins Haus ging und den Wassernapf auffüllte.

Juliet stieß die Tür weit auf, und die Hunde kamen ihr hinterhergelaufen, als sie sich mit professionellem Blick umsah. Wie alle Häuser, die sie in letzter Zeit betreten hatte, roch es hier nach einem anderen Menschen, was ihren Blick für verräterische Details zu schärfen schien.

Dem ersten Eindruck nach zu urteilen, passte die Küche definitiv zu ihrem Besitzer. Sie war stilvoll und neu eingerichtet und verfügte über das komplette Programm (Espressomaschine, Küchenmaschine, Entsafter etc.). Ob Mark diese Spielereien tatsächlich nutzte, konnte sie jedoch nicht feststellen. Alle Oberflächen waren blitzsauber, wenn sie auch Louises strengen Hygienevorschriften nicht ganz zu entsprechen schienen. Juliet nahm an, dass Mark eine Putzfrau beschäftigte. An der Wand hing ein großer Siebdruck mit einer Ansicht von Paris, und im Schrank standen teure Weingläser. Dies war die Küche eines Erwachsenen und konnte mit dem Campingkocher und den nackten, unverputzten Wänden in ihrer Bruchbude nicht verglichen werden.

Aber was war mit Mark? Was konnte sie hier über ihn herausfinden? Juliet merkte, wie die Neugier sie packte, als sie den Blick durch das Zimmer schweifen ließ.

Von einer Ausgabe der Longhamptoner Lokalzeitung und einem Automagazin einmal abgesehen, die auf dem Küchentisch lagen, war hier sonst nicht viel zu entdecken.

Weder gab es teure Keramik- oder Porzellanwaren, die sie hätte taxieren können, noch irgendwelche Einkaufslisten auf einer Tafel, die sie einer Psychoanalyse hätte unterziehen können, oder Fotos, die sie sich hätte anschauen können. Mit Ausnahme eines Fotos, das mit einem einzelnen Magneten am Kühlschrank befestigt war und auf dem Mark neben Damson auf einem Berg hockte.

Auf dem Bild blies der Wind Mark die Haare ins Gesicht, und offenbar hatte er mit seiner Polarfleece-Jacke und seinem dicken Pullover auf dem Bild Mühe, aufrecht sitzen zu bleiben, während Damson überglücklich zu sein schien.

Vielleicht hatte seine Exfrau andere Bilder mitgenommen. Oder Mark konnte den Anblick der Fotos einfach nicht mehr ertragen. Oh, ich werde immer besser, dachte Juliet, jetzt kann ich schon Dinge aufgrund ihrer bloßen Abwesenheit interpretieren!

Sie merkte, dass Damson auf ihr Wasser wartete, und füllte

schnell den Napf in der makellosen Edelstahlspüle auf. (Teure Handseife und -lotion von *L'Occitane*, vielleicht ein Weihnachtsgeschenk?) »Hier. Aber bitte nicht schlabbern, ja?«

Damson versenkte ihre Schnauze im Wasser und trank gierig, wobei auch die Spitzen ihrer langen Ohren ins Wasser hingen. Minton wartete höflich hinter ihr.

Juliet fand es ein wenig seltsam, sich auf dieser halb freundschaftlichen, halb formellen Basis allein in Marks Küche aufzuhalten. Es war *eine* Sache, Mrs Cox' reiche Enkelschar in Familien zu gruppieren und zu schätzen, wie viele Jahre die Geschirrtücher von Barbara Taylor wohl schon auf dem Buckel hatten, aber *das hier* war etwas völlig anderes. Mark war ein Single, der sie gebeten hatte, nach seiner Hündin zu sehen – aber erst, nachdem sie sich fast schon flirtend im Park miteinander unterhalten hatten.

Juliet verzog das Gesicht. *Hatte* er mit ihr geflirtet? Sie wusste nur allzu gut, wie sie bei Lorcan überreagiert hatte, doch ihre Flirtantennen waren in dieser Hinsicht nicht mehr zu gebrauchen. Ben war ihr Leben lang an ihrer Seite gewesen, und sie hatte nie auch nur einem einzigen anderen Mann hinterhergeschaut. Sich mit Leuten zu unterhalten, die sie noch nicht kannte, war selbst in guten Zeiten schon schlimm genug, aber mit Männern, möglichen Date-Partnern ... Juliet errötete und dachte noch einmal über Mark und seine Absichten nach.

Sie musste sicherlich lernen, sich mit Fremden zu unterhalten, bevor diese zu irgendetwas anderem werden konnten als zu Gesichtern, die ihr im Vorübergehen zunickten. Schließlich brauchte sie früher oder später neue Freunde, und Mark schien ein netter Kerl zu sein. Besäße er einen Hang zu Serienmorden, so wäre wohl jetzt der geeignete Zeitpunkt, um ein wenig in seinen Sachen herumzuschnüffeln und Beweise dafür zu finden.

Juliet merkte, wie sie Bauchschmerzen bekam – halb aus Aufregung, halb aus Angst –, und wandte sich wieder Damson zu, die immer noch schlabbernd vor dem Wassernapf stand.

Arme Damson! Das war ja nicht so nett von Mark. Hatte er etwa vergessen, den Wassernapf aufzufüllen, bevor er zur Arbeit gefahren war? Oder hatte Damson etwa alles schon getrunken, weil sie den ganzen Morgen über gekläfft hatte? Und wenn sie tatsächlich zu aufgeregt gewesen war, um ihr Frühstück aufzufressen, wie lange war sie dann schon bellend durchs Haus gelaufen?

Juliet biss sich auf die Lippe und gab sich Mühe, im Zweifel für den Angeklagten, also Mark, zu stimmen. Eigentlich schien er gar nicht der Typ zu sein, der seine Hündin vernachlässigte; immerhin bezahlte er Juliet dafür, dass sie vorbeikam und sich um Damson kümmerte, weil er es tagsüber nicht konnte. Andererseits machte er einen sehr beschäftigten Eindruck. Vielleicht wusste er nichts davon, wie stark Damsons Trennungsangst war. Möglicherweise *wollte* er es aber auch gar nicht wissen angesichts der Schuldgefühle, die er wegen seiner eigenen Trennung schon mit sich herumschleppte.

Rachel hatte erzählt, dass ein paar der neurotischsten Hunde, die in der Auffangstation untergekommen waren, aus Scheidungsfamilien stammten. Zuerst hatten sie all den Streit miterlebt, dann den Auszug der einen Hälfte der menschlichen Familie, dann vielleicht auch noch den der anderen Hälfte, dann die Erfahrung, wie sie zwischen den beiden Parteien hin- und hergereicht wurden, ohne dass sie wussten, wen sie mehr lieben sollten. Kein Wunder also, dass Damson nicht wusste, wer sie als Nächstes streicheln würde.

Endlich hörte Damson auf zu trinken, und Juliet bückte sich, um ihre weichen Ohren zu kraulen.

»Bereit fürs Gassigehen? Lass uns doch einen schönen, ausgedehnten Spaziergang machen. Dann kannst du anschließend schlafen, bis dein Daddy nach Hause kommt.«

Die Spanieldame wackelte so begeistert mit dem Schwanz, dass es Juliet fast das Herz brach.

Juliet lief mit Damson und Minton eine ordentliche Runde durch die Gartenanlagen des Gemeindeparks, dann hinauf in den Wald und über eine Wiese, wo die Hunde wie verrückt Mintons Ball hinterherjagten, bis beide erschöpft waren und ihnen die Zunge aus dem Maul hing.

Wieder zu Hause, rollte sich Damson in ihrem Korb unter dem Küchentisch zusammen und überließ sogar Minton eine kleine Ecke. Juliet wusste, dass sie Damson jetzt guten Gewissens zurücklassen konnte, da sie völlig ausgepowert war. Gleichzeitig war ihr aber auch klar, dass sie Mark davon berichten musste, in welchem Zustand sie Damson vorgefunden hatte.

Aber was sollte sie ihm sagen? Weder war sie eine Tierärztin noch die Hundepolizei. Außerdem ging es dabei nicht nur um den Hund allein: Marks Leben zu Hause und auch seine Beziehung zu Damson spielten eine genauso große Rolle. Wäre es ungerecht, ihm die Schuld zuzuweisen? Wenigstens war er bemüht, so viel stand fest.

Juliet kramte ihr Notizbuch aus der Tasche. Sie hatte sich angewöhnt, dieses immer mitzunehmen – weniger, um rechthaberische Kommentare für Tierbesitzer zurückzulassen, sondern eher, um den besorgten Nachfragen bei ihr zuvorzukommen, die sich um die Konsistenz der Hinterlassenschaften oder die Menge des Frühstücksfutters drehten.

Einen Augenblick kaute sie an ihrem Stift herum, bevor sie dann loskritzelte:

Lieber Daddy,
könntest du mir beim nächsten Mal bitte den Fernseher anstellen? Damit wird nicht nur das Gebell von dem blöden Hund nebenan übertönt, sondern auch das Geschrei vom Baby gegenüber. Dann kann ich besser schlafen und muss mir nicht ununterbrochen Sorgen um die beiden machen. QVC wäre ganz gut, aber die BBC News 24 tun's auch.

Wenn du mir dazu dann noch ein großes Hundespielzeug ins Körbchen legen könntest, wäre das echt toll.

Oh, und wenn du in deinen Arbeitsklamotten öfter mal ums Haus gehst und mit den Schlüsseln klimperst, dann brauche ich mich auch nicht so zu sorgen, wenn du tatsächlich einmal weggehst. Ich muss einfach nur wissen, dass du auch wieder nach Hause kommst, weil ich dich vermisse. Sehr sogar.

Liebe Grüße

Damson

Juliet überlegte kurz, noch einen Pfotenabdruck hinzumalen, fand dann aber, dass dies vielleicht des Guten zu viel sein könnte.

Sie faltete die Nachricht, stellte sie auf den Tisch und sah sich dann nach einem Radio um. Erst nach einer Weile fand sie in einer Ecke der Küche den schmalen iPod-Lautsprecher. Als sie das Gerät einschaltete, war bereits ein klassischer Sender eingestellt, sodass sie es dabei beließ.

Juliet verspürte ein seltsames Flattern in der Magengrube, zu wissen, welche Musik Mark hörte. Es passte jedoch gut zu ihm: sehr erwachsen und kultiviert. Und ziemlich sexy.

Damson schnarchte tief und fest in ihrem Körbchen, als die beruhigenden Melodien von Strauss durch die Küche hallten. Juliet prüfte ein letztes Mal, ob der Wassernapf auch voll war, und wandte sich dann um. »Minton?«, flüsterte sie.

Sofort hob Minton seinen Kopf. Vorsichtig kletterte er aus Damsons Körbchen heraus und kam zu ihr gelaufen.

So leise wie möglich zog Juliet die Tür hinter sich zu, schloss ab und versteckte danach die Schlüssel wieder in der Blumenampel. Als sie sich von Marks Haus entfernte, spitzte sie die Ohren, ob von drinnen Gebell zu hören war, doch alles blieb mucksmäuschenstill.

Als Minton und sie den Fußgängerweg verließen und den Pfad einschlugen, der querfeldein bis hinauf nach Rosehill führte, kam die Sonne zum Vorschein. Juliet spürte, wie auch sie innerlich zu strahlen begann.

In Damsons Hundeleben hatte sie heute eine Veränderung bewirkt. Möglicherweise könnte sie beim nächsten Besuch sogar noch ein wenig die Routine des Kommens und Gehens trainieren. Und vielleicht könnte sie ihr eines von Mintons vielen Spielzeugen mitnehmen.

Während sie den Hügel hinaufspazierten, flatterten die Schmetterlinge an diesem schönen Spätnachmittag geschäftig durch das Getreide – und Juliet merkte plötzlich, dass sie kein Geld bekommen hatte.

15

Wenn wir weiterhin so viel unterwegs sind, dann werde ich mir neue Jeans kaufen müssen«, erklärte Juliet Minton, als sie am Freitagnachmittag den Weg vom Pfarrhaus zum Park hinuntergingen.

Sie hatte die Veränderungen bereits an ihrer Kleidung festgestellt; alles war ein wenig zu weit geworden, besonders an den Hüften. Ihre Hose, in der sie die Gassirunden bestritt – und die einst ihre Gartenhose gewesen war –, hing fast schon sackartig an ihr herab. Derart weite Jeans hatten nie zuvor zu ihrer Garderobe gehört.

»Wahrscheinlich liegt es daran, dass wir in letzter Zeit keine KitKat-Riegel mehr gegessen haben. Und dass ich nicht mehr backen kann«, fuhr sie fort. In der vergangenen Woche hatte sie ein paar halbherzige Versuche gestartet, Kekse zu backen, doch ihr Talent ließ sie immer noch im Stich. Entweder waren die Kekse steinhart, verbrannt oder matschig. Nicht mal Coco wollte einen solchen Keks, sodass Juliet sie schließlich niedergeschlagen allesamt in den Müll gekippt hatte. »Ein weiterer Grund: dass ich mit dir und deinen Kumpels durch die Stadt wandere. Und die Trauer natürlich. Das alles hilft dabei.«

Minton wedelte mit dem Schwanz und freute sich, dass sich jemand mit ihm unterhielt.

Es war auch mal schön, mit Minton allein zu sein, dachte Juliet, und nicht mehrere andere Hunde im Schlepptau zu haben. Auch Minton schien sich zu freuen, Juliet für sich allein

246

zu haben. Beim Kaffeestand kamen sie an ein paar bekannten Gesichtern vorbei – die Besitzerin des *Wild Dog Café* mit Bertie und der Mann, der wie Bill Nighy aussah, mit seinem Border Collie. Juliet ertappte sich dabei, wie sie alle grüßte, da sie dieses Mal ihre iPod-Stöpsel nicht im Ohr hatte.

Zum ersten Mal merkte sie, dass sie sich nicht gleich zurückzog. Juliet wünschte der Cafébesitzerin sogar einen schönen Tag und erfuhr dabei, dass der mobile Kaffeestand, den sie mittlerweile so oft besuchte, zum selben Café gehörte und dass Bertie vier Jahre alt war. Wenn Bertie nicht wie ein Zugwagen in Richtung des Waldes gezerrt hätte, wäre vielleicht sogar ein richtiges Gespräch daraus geworden.

Während der Sommerferien funktionierte der Kaffeestand gleichzeitig als mobile Eisdiele. Früher hatte Juliet nie Eis gegessen – wie bei heißer Schokolade im Winter wollte sie absichtlich lieber nicht auf den Geschmack kommen, um ihr Gewicht unter Kontrolle zu halten. Jetzt aber, da sie laut Aussage des Schrittzählers ihrer Mutter täglich über zwanzigtausend Schritte absolvierte, schien ein Magnum das Wenigste zu sein, womit sie sich bei diesem warmen Wetter etwas Gutes tun konnte.

Gerade als sie genüsslich in ihr Magnum Mandel beißen wollte, rief jemand von der anderen Seite des Rosenbeetes ihren Namen.

»Juliet!«

Mit zuckenden Ohren schaute Minton vom Wassernapf auf, der neben der Eistruhe stand.

Juliet wirbelte herum. Im Park herrschte reger Betrieb; viele Einkaufsbummler, Kinder auf Kickboards und ältere Leute waren unterwegs und genossen die Sonne. Juliet war unsicher, ob es ihr recht war, hier entdeckt zu werden. Dies war ihr ganz privater Eiscreme-Moment. War es schon zu spät, um sich schnell noch die Stöpsel in die Ohren zu schieben?

Ja, das war es. Ein Mann in einem Leinenjackett kam auf

sie zugelaufen; seine Aktentasche hüpfte auf und ab. Ebenso ein Spaniel.

Es war Mark, mit Damson.

»Ich bin froh, dass ich Sie hier erwische.« Mark keuchte, bevor er sich aufrichtete und sich offenbar für seine geröteten Wangen ein wenig schämte. »Tut mir leid! Man merkt, dass ich im Augenblick nicht mehr so viel mit Damson Gassi gehe. Sie haben letzte Woche Ihr Geld nicht mitgenommen.«

»Sie haben mir nichts hingelegt«, erwiderte Juliet und wischte sich schnell ein paar Schokoladenreste vom Kinn. »Das wollte ich Ihnen noch sagen …«

»Das Geld lag im Flur. Auf dem Schränkchen, auf dem auch die Schlüssel liegen. Ooooh.« Mark wollte weiterreden und gab sich alle Mühe zu verbergen, wie sehr er außer Puste war. »Einen Augenblick bitte.« Er drehte sich um, atmete ein paarmal tief durch und wandte sich dann wieder Juliet zu.

Hat er das wegen mir gemacht?, fragte sich Juliet. Ziemlich schmeichelhaft!

»Das warme Wetter ist schuld«, erwiderte sie. »Auf dem halben Weg den Hügel hinauf muss ich auch immer stehen bleiben, um Luft zu holen. Und ich betrete nie den Flur.« Sie hielt kurz inne. »Sie haben mir gesagt, wo ich den Schlüssel für die Gartentür finde, und ich stöbere nicht bei anderen Leuten im Haus herum.«

»Sie können bei mir im Haus hingehen, wohin Sie mögen. Das stört mich nicht. Ich kann es nicht fassen, dass Sie diese liebe Mitteilung von Damson dalassen, dann aber nicht hinzufügen: ›Wo ist das verdammte Geld?‹«, fuhr er fort.

»Das würde ich niemals tun.« Juliet errötete. »Und ich hoffe, Sie haben mir die Nachricht nicht übel genommen, aber ich finde, dass Damson wirklich Hilfe braucht. Sie ist es einfach nicht gewohnt, allein zu sein.«

»Ich weiß.« Mark sah sie schuldbewusst an. »Meine Nachbarn haben mir erzählt, dass sie den ganzen Tag über gebellt hat. Ich hatte wirklich gehofft, dass sie es einfach … keine Ahnung … *lernen* würde, dass ich abends wieder zurückkomme?«, sagte er hoffnungsvoll.

»Na ja. Wenn wir ihnen ein paar Dinge sagen könnten, wäre alles viel einfacher.« Sie schaute zu Minton hinunter. Auf eine recht mütterliche Art und Weise leckte Damson ihm das Wasser von den Kinnhaaren; er ertrug es mit einer stoischen Höflichkeit, die Juliet dahinschmelzen ließ. »Er wartet immer noch auf Ben. Ich würde alles dafür geben, wenn ich mich nur fünf Minuten lang mit ihm in der Hundesprache unterhalten könnte.«

»Was würden Sie Minton denn dann sagen?«

Juliet wollte sogleich etwas erwidern, überlegte es sich dann jedoch noch einmal. »Wahrscheinlich die gleichen Klischees, die alle Leute mir erzählen«, antwortete sie schließlich. »Wie zum Beispiel, dass die Zeit alle Wunden heilt und auch andere Mütter schöne Kinder haben.«

»Und dass er mehr ausgehen muss, um neue Leute kennenzulernen?«

»Na, aber bitte – das tut er doch schon längst!« Juliet blinzelte in die Sonne und konnte Marks Miene nicht erkennen.

»Darf ich Ihnen noch ein Eis spendieren?«, fragte er und deutete auf die Eistruhe.

»Mir reicht das eine hier, vielen Dank.« Sie neigte den Kopf zur Seite und setzte eine ernste Miene auf. »Wollten Sie das Eis etwa von meinem Lohn bezahlen?«

»Nein! Lassen Sie mich Ihnen schnell das Geld geben, bevor ich es vergesse.« Sofort holte er sein Portemonnaie heraus und blätterte in den Scheinen. Er besaß mehr Karten als Juliet, und ihr Blick fiel auf ein Foto eines Babys, das seitlich im Portemonnaie steckte.

Das überraschte sie vollkommen – es wäre Juliet im Traum nicht eingefallen, dass Mark vielleicht Vater sein könnte. Anders als bei Louise war in seinem Haus von Babysachen nichts zu sehen gewesen. Juliet verspürte ein seltsames Flattern in der Magengegend, als sie sich ihn mit einem Baby vorstellte. Dann hätte sie sich am liebsten selbst geohrfeigt. Wie schlimm war es um ihren Verstand bestellt, wenn sie sofort auf die alten Daddy-mit-Buggy-Klischees hereinfiel? Die Vaterschaft hatte bei Peter schließlich auch nicht dazu geführt, dass er attraktiver geworden war.

Außerdem könnte es sich auch um eine Nichte oder einen Neffen handeln. Schließlich konnte er genauso gut ein vernarrter Onkel sein, wie sie die in Toby vernarrte Tante war.

»Hier.« Mark reichte ihr das Geld. »Das ist für diese Woche und die gesamte nächste Woche. Und könnte ich bitte ein Magnum Classic bekommen?«, fragte er und drehte sich zu der Frau am Eisstand um.

Juliet gefiel sein Tonfall gut. Freundlich, kultiviert, höflich.

Zusammen spazierten sie an den Rosenbeeten entlang. In der Zwischenzeit versuchte Juliet, den letzten Rest ihres Magnums so zu essen, dass nicht alles auf ihrer Kleidung landete, während Mark sein Eis mit schnellen, sauberen Bissen aufaß, ohne sich irgendwie zu bekleckern. Die weit geöffneten Rosenblüten verströmten einen betörenden Duft, und Juliet bemerkte erstaunt den Unterschied zu ihrem letzten Besuch, als die gelben Knospen noch fest verschlossen gewesen waren. Nur drei Sonnentage hatten alles verändert.

»Sie haben mir doch erzählt, dass Sie eine waschechte Longhamptonerin sind, nicht wahr?« Mark warf den Holzstiel in einen Mülleimer. »Wären Sie vielleicht so freundlich und würden mir mit Ihrer Fachkompetenz nächsten Monat einen Abend lang zur Seite stehen? Ich weiß, bis August ist es noch lange hin, aber ich befürchte, dass Ihr Terminplan bis dahin ziemlich voll sein wird.«

»Was haben Sie denn vor?« Juliet wollte nicht sofort ablehnen, was schon ein gewaltiger Fortschritt für sie war – doch sie tat sich immer noch schwer, feste Zusagen zu geben. In nächster Zeit sollten einige gute Filme und Serien im Fernsehen laufen.

»Ein Freund von mir organisiert eine Ausstellung mit Fotos, die alle hier in der Gegend aufgenommen wurden. Er hat mich zur Vernissage oder Eröffnung eingeladen, wie auch immer man das nennen mag. Ich habe ihm bereits zugesagt, aber da ich erst seit ein paar Jahren hier wohne, könnte es passieren, dass die schönen, stimmungsvollen Aufnahmen bei mir völlig vergeudet sind.« Er blinzelte zu ihr hinüber und sah sie verschwörerisch an. »Ich brauche jemanden, der mir ein paar gute Kommentare einflüstert, wie der Fotograf die wahre Stimmung des Longhamptoner Naherholungsraums eingefangen hat.«

»Herrje«, entgegnete Juliet. »Lässt er etwa sein Auto in Flammen aufgehen? So etwas passiert hier jedes Jahr, wenn die Schulferien beginnen.«

Mark tat entsetzt. »Ich denke, es geht eher um das Mondlicht in den Coneygreen Woods. Von Kriegsberichterstattung hat er nichts gesagt.«

Während sie ein paar Schritte weitergingen, war seine Frage immer noch unbeantwortet. Juliet wusste, dass er auf ein Ja oder Nein von ihr wartete. Na ja, ein Nein würde es kaum werden. Für eine Absage hätte sie sich schon eine wirklich überzeugende Ausrede einfallen lassen müssen. Das Problem dabei war nur, dass ihr außer Fernsehsendungen und der Arbeit im Badezimmer mit ihrem Handwerker keine anderen Begründungen einfielen – und beide Ausreden hätten ihn womöglich gekränkt.

Zudem hob eine leise, sehr schmeichelhafte Stimme in ihrem Kopf hervor, dass Mark vielleicht sehr nett sein könnte.

»Wann wäre das?«, erkundigte sie sich schließlich.

»Am fünfzehnten August. Das ist ein Donnerstag. Am nächsten Tag ist ganz normal Schule, das heißt, es wird nicht sehr spät werden. Außerdem ist Chris überzeugt, dass niemand

kommen wird – wenn Sie also nur für eine halbe Stunde vor-
beikämen, würde er sich wahnsinnig freuen. Und hatte ich
schon den kostenlosen Sekt erwähnt?« Mark schien sich über
sich selbst zu ärgern. »Ich hoffe, ich habe die Ausstellung nun
nicht über Gebühr angepriesen.«

»Klingt doch gut«, entgegnete Juliet.

»Fabelhaft! Die Vernissage beginnt um sieben Uhr in der
Memorial Hall. Sollen wir uns dort treffen? Wenn es hart auf
hart kommen sollte, lade ich Sie anschließend als Entschuldigung zu einer Pizza ein.«

»Okay.« Juliet blieben immer noch ein paar Wochen Zeit, um
die Einladung abzulehnen, wenn sie es doch nicht übers Herz
bringen sollte, hinzugehen. Das war das Gute am Tiersitten:
Man konnte sich jederzeit einen Notfall-Dackel ausdenken.

»Prima.« Lächelnd schob sich Mark die Brille ein Stückchen
höher. »Dann also bis dahin! Na ja, wir sehen uns natürlich hoffentlich vorher noch, oder? Entweder hier oder bei mir oder …«

»Ja! Klar …!«

Jetzt waren beide ein wenig nervös. Mark hatte es zwar so
direkt nicht ausgesprochen, aber dennoch schien das Wort
»Date« anzuklingen.

Juliet hatte in all ihren Ratgebern zur Trauerbewältigung die
Kapitel über neue Beziehungen mit einer gewissen Distanziert-
heit gelesen – weil sie sich schlichtweg nicht vorstellen konnte,
sich aktiv auf eine neue Beziehung einzulassen. Es kam ihr so
vor, als habe man die St. Paul's Cathedral abgerissen, und sie be-
käme nun einen Plan in die Hand gedrückt, um die Kirche wie-
deraufzubauen. Technisch durchaus machbar, ja, aber wozu?
Es würde niemals so gut gelingen wie bei dem damaligen Ar-
chitekten Christopher Wren, außerdem wäre dieses Monument
dann nicht mehr dreihundert Jahre alt. Zudem würde man die
Fertigstellung zu seinen eigenen Lebzeiten nicht mehr erleben.

Aber selbst in ihrem gefühllosen Zustand verspürte Juliet
den Kitzel, weil jemand sie bat, mit ihr auszugehen. Dies war

eine Mischung aus Aufregung, Nervosität und wehmütiger Angst, die sie seit ihrer Teenagerzeit nicht mehr empfunden hatte – obwohl Mark natürlich kein Teenager war! Er war ein erwachsener Mann mit komplizierten familiären Absprachen und einer attraktiven Aura von Kompetenz, die Juliet zwar früher nie als eine unwiderstehliche Eigenschaft betrachtet hätte, die sie nun aber seltsam aufregend fand.

Genau wie früher wusste Juliet auch jetzt nicht, wie sie mit den heiklen Sekunden nach einer solchen Date-Frage umgehen sollte. Sie musste hart mit sich kämpfen, um nicht mit irgendwelchen dummen Ausreden herauszuplatzen und doch noch einen Rückzieher zu machen.

Glücklicherweise hatte das Universum Erbarmen mit ihr: Plötzlich klingelte ihr Handy.

»Ah! Sie kommen zu spät, um einen weiteren Kunden abzuholen?«, fragte Mark schmunzelnd.

»Wenn ich wirklich Verspätung hätte, dann aber so richtig.« Juliet kramte in ihrer Tasche nach dem Handy. »Ich wüsste nicht, dass ich jetzt noch einen Termin hätte … Hallo?«

»Juliet? Hier ist Emer.« Sie klang sehr nervös.

»Hallo, Emer.«

»Lorcan sagte, du bist Chefköchin?«

»Ich bin Caterer«, entgegnete Juliet und merkte, dass Mark ihr aufmerksam zuhörte.

»Was ist der Unterschied?«

»Ich bereite große Mengen Essen zu und tänzele nicht in einem weißen Kochjäckchen herum, auf das mein Name gestickt ist.« Dies war die Erklärung, mit der sie sich für gewöhnlich gegen Louises blendende Karriere verteidigte. Wäre Louise in die Catering-Branche eingestiegen, so hätte sie sich den Weg nach oben erkämpft und würde auf dem Level von spitzenmäßigem Cordon bleu agieren.

Juliet wurde allmählich klar, dass Emer möglicherweise beim Kochen Hilfe brauchte. Bei dem Gedanken daran, in

ihrem derzeitigen Zustand für eine Dinnerparty bei Rocke-
rin Emer engagiert zu werden, wurde ihr allerdings schlecht.
»Aber eigentlich, Emer, bin ich nicht …«

»Hervorragend!« Im Hintergrund ertönte lautes Getöse: Salvadors Bassgitarre, dazu ohrenbetäubendes Geschrei.
»Kannst du auch für Kinderpartys kochen?«

»Eigentlich nicht, nein.« Juliet sah zu Mark hinüber und verzog entschuldigend das Gesicht. Er winkte gelassen ab. »Und
ich bin nicht …«

»Könntest du für eine Kinderparty kochen? Ich bin … Oh,
Moment, Lorcan würde dich gern sprechen.«

Der Hörer wurde weitergereicht, und schon ertönte Lorcans vertraute Stimme. »Juliet, hier herrscht das Chaos. Eine
Katastrophe bahnt sich an. Alarmstufe Rot. Alec hat's so was
von versaut. Er sollte eigentlich heute für Spikes Geburtstag
herfliegen. Besondere Sache, viele Kinder, Caterer angeblich
gebucht. Jetzt ist er hier, aber stockbesoffen. Wir können die
Adresse der Catering-Firma nicht finden, und um ehrlich zu
sein, glaube ich nicht, dass es je eine gegeben hat – dieser nutzlose Mistkerl! Er hat mich nämlich heute Morgen noch per
SMS gefragt, wo er in der Nähe des Heathrow Airport eine
Geburtstagstorte kaufen könne.«

Lorcans Stimme klang immer wütender, und sein irischer
Akzent wurde stärker, je länger er sprach. Juliet nahm daher
an, dass er sich von Emer entfernt hatte, um seinem Ärger Luft
zu machen.

»Könntest du uns aushelfen?«, fragte er. »Ich gebe dir auch
das gesamte Geld, das in Alecs Portemonnaie ist – und das ist
eine Menge, glaub mir.«

Juliet zuckte innerlich zusammen. Der Lärm am anderen
Ende des Telefons war schrecklich, und sie hatte keine Vorstellung davon, wie laut es tatsächlich werden würde. Und ein Not-
fallkochen in einer fremden Küche? Sie *hasste* so etwas. »Wäre
es nicht einfacher, schnell Fertiggerichte bei *M&S* zu holen?«

»Das wäre es, aber ehrlich gesagt ist Emer derzeit nicht in einer Verfassung, in der sie das Haus verlassen könnte. Sie ist wahnsinnig sauer auf Alec und hat trotz der Heuschnupfentablette, die sie genommen hat, *ein* Glas Wein getrunken – sagt sie zumindest, und …« Lorcan klang wirklich besorgt. »Ich brauche jemanden, der wirklich weiß, was er tut. Und das bist du. Bitte. Ich habe mit meinen Quiches schon verschiedene Bands fast vergiftet. *Bitte.* Als Nächstes rufe ich die Polizei an und lasse mich verhaften, damit ich die Nacht über hier rauskomme.«

Juliet blickte zu Mark hinüber, der in die Hocke ging und Minton streichelte, während sich Damson von der anderen Seite an ihn drückte. Der Kontrast zwischen der Vernissage-Einladung für geladene Gäste hier und der Notfall-Hysterie am anderen Ende der Leitung kam ihr beinahe surreal vor.

Essen für Kinder. Wie schwierig könnte das wohl sein? Das bedeutete Sandwiches und Biskuitrollen. Das könnte sie auch in ihrer Küche herrichten. Außerdem: Wenn die Kinder satt waren, würden sie ruhiger sein. Zudem schuldete sie Emer noch etwas für deren Einsatz beim Verarzten von Boris …

»Na gut«, seufzte sie. »Aber nur, weil du es bist, Lorcan. Als Dankeschön für die Dusche und die Fliesen.«

»Braves Mädchen. Bist du in der Stadt? In zwei Stunden kommen zwanzig Jungs zu uns. Spike wünscht sich einen Raumschiffkuchen und grüne Würstchen.«

»In zwei Stunden? Grüne Würstchen schaffe ich nicht in zwei Stunden.«

Mark sah überrascht auf. Juliet verdrehte die Augen.

»Emer sagt, Würstchen wären toll, egal welche Farbe.«

»Dann muss ich jetzt los«, erwiderte Juliet. »Wir treffen uns im Supermarkt.«

Eine halbe Stunde später wankten Lorcan und Juliet mit einundzwanzig schweren Einkaufstüten beladen in Emers Küche.

»Und Alec ist einfach eingeschlafen? Bei dem Höllenlärm?«,

schrie sie und versuchte, die Bassgitarre und eine Trompete zu übertönen. Jedenfalls klang es wie eine Trompete.

»Selbst während eines Heavy-Metal-Konzertes kann er tief und fest schlafen. Hat er auch schon gemacht.« Mit dem Fuß stieß Lorcan die Wohnzimmertür zu, und sofort wurde der Lärm um ein halbes Dezibel leiser. »Ich glaube, der Idiot hat auf dem Weg vom Flughafen hierher eine Schlaftablette genommen, die ihn umgehauen hat.«

»Saß er etwa am Steuer?«

»Nein.« Lorcan schien sich über Juliets Naivität zu amüsieren. »Er hat einen Wagen gestellt bekommen. Schließlich hat die Band alle Kosten für seinen Rückflug und alles andere heute übernommen. So steht es in seinem Vertrag. Zu den Geburtstagen seiner Kinder darf er nach Hause fliegen. War nicht seine Idee«, fuhr Lorcan fort und kämpfte sich in die Küche vor. »Das war Emer. Sie weigert sich, sich allein mit dieser Horde Kinder herumzuschlagen. Hallo, wir sind wieder da!«

Juliet glaubte, einen Haufen Bügelwäsche auf dem Tisch zu sehen, doch auf einmal hob sich Emers Kopf. Sie hatte dunkle Schatten unter den Augen und war zerzaust; türkisfarbener Kajalstift war bis auf ihre Wangen verschmiert. Sie sah aus, als hätte einer der Zwillinge etwas auf ihre Wangen geschrieben, während der andere versucht hatte, es wegzureiben.

»Dieses Mal ist die Scheidung fällig!«, nuschelte sie. »Dieser egoistische, ignorante ...«

»Juliet wird uns mit dem Essen helfen«, erwiderte Lorcan schnell. »Hast du dich um die Partyspiele gekümmert?«

Emer ließ den Kopf wieder auf die Arme sinken und deutete kraftlos auf den Stapel Zeitungen, der auf dem Tisch lag und in den etwas eingewickelt war. Juliet wollte sich lieber nicht ausmalen, was sich in dem Paket befand. Sie sah schon Louise vor sich, die sich mit Hilfe der Polizeiakten für die Klage vor Gericht vorbereitete.

»Emer«, sagte sie und wandte sich gleichzeitig an Lorcan,

»warum gehst du nicht kurz hoch und legst dich ein wenig hin?« Ihr Plan, nebenan zu kochen, würde keinesfalls funktionieren, wenn auch noch Emer bewusstlos wurde. Also musste sie hier kochen.

Lorcan bekam nicht einmal die Chance zu antworten, so schnell winkte Emer ab.

»Mir geht's gut«, stammelte sie. »Ich werde einfach nur ein wenig hier sitzen und zugucken.« Sie angelte nach der Obstschale und zauberte dort eine riesige Sonnenbrille hervor, die sie nach ein paar Versuchen aufsetzte. Der Effekt war durchaus beunruhigend, da sie wie eine riesige Stubenfliege über den Tisch hinwegstarrte.

»Bist du sicher, dass du nicht nach oben gehen willst?«

Emer winkte königlich mit der Hand. »Zuschauen und lernen«, nuschelte sie. »Eine Unterrichtsstunde von einer Küchenfee könnte mir guttun. Gott hat mir ein *Wunder* geschenkt, als wir dich als Nachbarin bekommen haben, Juliet.«

»Danke«, erwiderte Juliet und packte die Cocktailwürstchen aus. »Ich könnte das Gleiche behaupten.«

»Als Wiedergutmachung für Alec ... hey, Lorcan! Steh nicht einfach so herum! Wir brauchen eine gescheite Musikanlage. Du kannst damit anfangen, Sal den Stecker aus der Dose zu ziehen. Nimm ihm das Kabel weg, wenn es sein muss. Autsch, mein Kopf ...« Und schon sank ihr Kopf wieder auf die Arme.

Lorcan warf Juliet einen Blick zu, der »Was soll man da schon machen?« zu sagen schien, und verschwand, um der Anweisung der Fliegenkönigin Folge zu leisten.

Juliet wirbelte in Emers unordentlicher Küche so schnell umher, wie sie konnte. Mittlerweile hatte sie hier ein paarmal Kaffee getrunken, sodass sie sich einigermaßen zurechtfand. Die Kopfhörer im Brotkasten und ein kleiner Dolch an dem Ort, wo Juliet ihre Kartoffeln gelagert hätte, überraschten sie jedoch schon.

Lorcan tauchte just in dem Moment wieder auf, als sie das

erste Backblech mit honigglasierten Cocktailwürstchen in den Ofen schob und sich suchend nach einem Topf umschaute, in dem sie Eier kochen konnte. Lorcan hatte Roisin und Florrie im Schlepptau. Auch ihre Augen waren mit türkisfarbenem Kajal umrandet; sie sahen aus wie zwei Glam-Rock-Engel.

»Hier habe ich ein paar Souschefs für dich«, erklärte er. »Zumindest, solange keine Messer zum Einsatz kommen. Beim nächsten Vorfall will die Notaufnahme nämlich das Jugendamt benachrichtigen.«

Juliet hatte keine Zeit, um sich wie gewohnt um ihre Nerven zu kümmern, wenn die beiden in der Nähe waren. Die Zeit schritt unbarmherzig voran, und je schneller sich der Tisch mit Essen füllte, desto früher könnte sie hier weg – einerseits um vor der Horde von Kindern zu fliehen, die gleich kommen würde, andererseits um nicht zum Schiedsrichter bei den geplanten Partyspielen abkommandiert zu werden.

»Topf«, rief sie Roisin zu, »für Eier. Große Schüssel«, fuhr sie fort und deutete auf Florrie.

»Antwortet ›Ja, Chef!‹«, befahl Lorcan und schob die Zwillinge zum Küchenschrank.

»Ja, Chef!«, erwiderte Florrie zur gleichen Zeit, wie Roisin rief: »Warum?«

»Vielen Dank, Florrie!« Juliet leerte mehrere Chipstüten in die Schüssel und siebte danach Zucker in eine andere, die zu Emers glitzerverzierter Küchenmaschine gehörte. »Lorcan wird sich um den Kuchen kümmern.«

»Was? Nein. Sei nicht albern! Ich kann keine Kuchen backen …!«

»Der Kuchen ist schon längst da«, erwiderte Juliet und deutete auf eine schlichte, flache Biskuitscheibe. »Du wirst den Kuchen mit Zuckerguss überziehen und verzieren.« Dann kniff sie die Augen zusammen, betrachtete den Prototypen des Raumschiffs und berechnete, wie viel Zuckerguss dafür wohl nötig wäre. »Zurücktreten bitte!«

Roisin quietschte vor Vergnügen, als eine Zuckerwolke durch die Küche zog.

»Jetzt mal im Ernst, Juliet«, protestierte Lorcan, der versuchte, den Lärm des Mixers zu übertönen. »Der Kuchen soll schön werden. Der arme Kerl! Spike hat einen zusammengeschusterten Horrorkuchen nicht verdient!«

»Betrachte das Ganze doch als eine Art Spachtelarbeit!«, erwiderte Juliet und reichte ihm ein flaches Messer. »Florrie, Waffelhörnchen bitte!«

Nachdem sie ein paar unzusammenhängende Anweisungen unter ihrer Sonnenbrille geknurrt hatte, verschwand Emer irgendwann nach oben und tauchte zur Überraschung aller mit einem regenerierten Alec drei Minuten vor drei Uhr wieder auf, kurz bevor Spikes Gäste eintrudelten. Sie standen in der Küchentür wie das Königspaar auf Staatsbesuch und musterten das Chaos mit einer Art tiefenentspannter Billigung. Juliet konnte nicht fassen, dass sie dieselbe Frau wie zuvor vor sich hatte. Emers Gesicht war nun perfekt geschminkt, und sie trug eine wunderschöne Designertunika über ihren hautengen Jeans. Der teure Diamantschmuck wirkte wie eine Entschuldigung.

Juliet war fasziniert, Alec kennenzulernen. Nach allem, was Emer und Lorcan über ihn erzählt hatten, hatte sie einen echten Wikinger erwartet. Nun stand aber ein großer, bärtiger Mann vom Typ Erdkundelehrer mit sehr engen Jeans vor ihr. Das Einzige, was sie an ihm an Rock 'n' Roll erinnerte, war ein Tattoo, das unter seinem Kragen hervorlugte. Juliet nahm an, dass es sich dabei wohl um den Schriftzug »Emer« handelte.

Es entstand eine bedeutungsvolle Pause, bevor Emer über die verstreuten Einkaufstüten und Spike kletterte, der mit einer Kartoffelpresse spielte. Sie packte Juliets Hand. »Danke!«, sagte sie mit einer herzergreifenden Rührung, die man sonst normalerweise nur bei einer wichtigen Preisverleihung erleben konnte. »Du bist fantastisch!«

»Ja, danke«, fuhr Alec fort. Er war Schotte. »Ich weiß gar nicht, wie wir das wieder…«

»Ich habe sie schon bezahlt«, erwiderte Lorcan knapp.

»Das Geld gebe ich dir zurück.« Alec grinste nervös. »Ich gebe dir das Doppelte von dem, was Lorcan dir gegeben hat.«

Juliet entging der eiskalte Blick nicht, den Lorcan Alec zuwarf.

»Ihr zwei … seid ihr bereit für die Party?«, fragte Juliet taktvoll.

»Wir? Oh, uns geht's *gut*«, bestätigte Emer.

Juliet sah zu Lorcan hinüber, der nickte. »Keine Ahnung, was wir ohne den Unterhaltungskünstler machen sollen, aber ich bin sicher, dass uns was einfallen wird.«

»Wenn alle Stricke reißen, haben wir eine umfangreiche Verkleidungskiste«, fuhr Emer fort und deutete nach oben. »Capes, Masken, Glitter … Da oben kann sich das Leben eines kleinen Jungen verändern.«

»Spike, hast du dich über die Trompete gefreut?«, fragte Alec, als sei seine stundenlange Auszeit schon völlig vergessen. »Sollte eine Überraschung sein.«

Juliet dachte, dass eine Trompete für ein asthmakrankes Kind, das alle möglichen Dinge verschluckte, sicherlich nicht gerade die beste Wahl war, sagte jedoch nichts. Stattdessen nahm sie die Küchenschürze ab, solange sie dazu noch die Gelegenheit hatte. »Ich lasse euch jetzt besser allein«, erklärte sie. »Ich muss mich gleich um einen Labrador kümmern.«

Dianes Haus befand sich hoffentlich in sicherer Entfernung. Bis dahin konnte nicht einmal Salvadors Verstärker reichen.

»Ah, geh noch nicht!«, rief Emer und schien plötzlich fast wieder die Alte zu sein. »Bleib noch auf einen Drink! Ich verspreche auch, dass du nicht ›Reise nach Jerusalem‹ mit den Kindern spielen musst!«

»Eigentlich bin ich kein Fan von Kindergeburtstagen.« Juliets Blick wanderte zwischen Emer und Lorcan hin und her. Lorcan zuckte mit der Schulter, als wolle er sie zwar zu nichts zwingen, habe aber andererseits auch nichts dagegen, wenn sie noch ein wenig blieb und ihm moralische Unterstützung leistete.

»Na gut, einen Drink nehme ich«, willigte Juliet schließlich ein. »Aber nichts Alkoholisches bitte ...«

Emer schnipste mit den Fingern. »Barmädchen?«

Sofort erschienen Roisin und Florrie – immer noch glitzernd – auf der Bildfläche, um Juliets Getränkebestellung aufzunehmen.

Als nach und nach Spikes Gäste ankamen, zogen sich Juliet und Lorcan in die Küche zurück und überließen Emer und Alec die Begrüßung der Kinder. Zu Juliets Überraschung erwiesen sie sich als lockere, ungezwungene Gastgeber – charmant gegenüber den Eltern, angemessen cool gegenüber den Kids.

Noch mehr staunte Juliet allerdings, als sie einen Blick auf die Uhr warf und merkte, dass eine weitere Stunde vergangen war, während sie einen prickelnden Holunderblütencocktail geschlürft und die ansteckende Energie der Party aus sicherer Entfernung genossen hatte.

»Ich muss los!«, rief sie Lorcan durch das Getöse hindurch zu. »Ich muss mit Minton Gassi gehen. Wahrscheinlich hat er sich nebenan unterm Bett verkrochen, weil er glaubt, der Krieg sei ausgebrochen!«

Quer durchs Zimmer trafen sich Emers und ihre Blicke. Emer war gerade dabei, die Jungs, die ungeduldig in einer Schlange warteten, wie die Musiker von Kiss zu schminken. Juliet deutete zur Tür, woraufhin sich Emer als Zeichen des Danks die Hand auf die Brust legte. In Juliet regte sich etwas. Sie empfand es fast als albern, sich in ihrem Alter über eine neue Freundschaft derart zu freuen, doch die Gutmütigkeit der Kellys machte sie ganz euphorisch. Sie war glücklich, von dieser Gefühlsregung gepackt zu sein. Auch war es schön (obwohl sie dies mit schlechtem Gewissen feststellte), sich einmal keine Gedanken darüber machen zu müssen, dass sie Spaß hatte. Die sonst so unvermeidliche Frage »Wie kommst du in dieser Situation bloß klar?« wurde hier einfach nicht gestellt.

Juliet bahnte sich gerade einen Weg durch die Massen von Geschenkpapier, als Emer sie einholte und am Arm packte.

»Ich möchte mich noch einmal bedanken. Nicht nur in meinem Namen, sondern auch in Lorcans. Er weiß deinen Einsatz wirklich zu schätzen – ich weiß, dass du nicht uns, sondern eigentlich ihm diesen Gefallen getan hast.«

»Nein«, sagte Juliet, doch Emer schnitt ihr das Wort ab.

»Er ist ein wirklich wunderbarer, wunderbarer Mann«, erklärte sie vielsagend.

»Emer, fang bitte nicht damit an.« Juliet fühlte sich zum ersten Mal an diesem Tag unbehaglich und befürchtete verärgert, dass gleich alles verdorben sein könnte. Es war Juliet durchaus in den Sinn gekommen, dass irgendwann dieses Thema zur Sprache gebracht würde, dass der Single Lorcan möglicherweise ebenso ein Opfer war wie sie selbst, doch jetzt war nicht der Zeitpunkt, um sich darüber zu unterhalten. Zumindest nicht, während *ABBA* nur fünfzehn Schritte entfernt ohrenbetäubend laut aus Profi-Boxen plärrte.

Emers geschminkte Augen funkelten. »Schon verstanden. Aber wir sollten uns darüber einmal unterhalten. Es gibt da ein paar Dinge, die du wissen solltest.«

»Welche Dinge?«, hakte Juliet nach, doch schon tauchte Alec hinter Emer auf und winkte mit einer Flasche teuren Champagners.

»Für später«, erklärte er und drückte Juliet die Flasche in die Hand, als die Trompete wieder anhob – dieses Mal wurde sie allerdings von jemandem gespielt, der über kräftigere Lungen verfügte als Spike. »Du könntest sie brauchen.«

»Danke«, erwiderte Juliet und verabschiedete sich.

16

Nachdem nun endlich die Sommerferien begonnen hatten, verbrachte Juliet mit Minton so gut wie kaum noch Zeit in ihrem Samtsessel – oder überhaupt im Haus. Zwar vergingen die Tage dadurch nicht schneller, doch ihr alter Zeitplan, der von Trödel- und Hausrenovierungssendungen im Fernsehen bestimmt worden war, wurde nun durch einen anderen Tagesablauf abgelöst. Dieser führte dazu, dass ihr abends ab elf Uhr die Augen zufielen und sie manchmal sogar die ganze Nacht durchschlief.

Auf die gleiche Art und Weise, wie Diane und Louise damals Gott und jedermann davon »überzeugt« hatten, Partys zu geben, bei denen das Catering von *Kim's Kitchen* stammte, hatten sie es sich nun zur Aufgabe gemacht, die Nachricht von Juliets Haustier-Service zu verbreiten. Juliet vermutete insgeheim, dass dies ausschließlich deshalb geschah, damit sie unter Leute kam und nicht wieder einen Rückzieher machte. Louise brachte ihr verschiedene Ratgeber der Stadtverwaltung für Kleinunternehmer mit und besorgte ihr eine Unternehmerhaftpflichtversicherung. Diane überließ Juliet ihrerseits ein paar Leinen, die Coco nicht mehr brauchte, sowie einige Wassernäpfe.

Das Telefon, das einst tagelang geschwiegen hatte, stand nun nicht mehr still, da immer mehr Leute ihre Dienste anfragten und auf die Warteliste gesetzt werden wollten. Wie es schien, gab es einige Hundebesitzer in Longhampton, die unter Zeitproblemen litten und gern dafür bezahlen wollten, wenn ihre Hundelieblinge ein paarmal pro Woche zusätzlich durch den Park gejagt wurden. Mit Minton konnte sich Juliet nur noch die Sendung *Homes Under The Hammer* ansehen, in der Zeit zwischen acht und zehn Uhr morgens, nachdem Coco vorbeigebracht worden war und bevor sie Hector abholen und dann mit den drei Hunden vor dem Mittagessen noch Gassi gehen musste.

Um die Mittagszeit herum wurde es richtig betriebsam: Dann nämlich begannen die Grenzen zwischen Hausbesichtigungen im Fernsehen und der Realität zu verschwimmen.

Montags und freitags mussten sie einen Abstecher zu Mrs Rogers machen, die ebenfalls Mitglied in Dianes Buchclub war. Bei ihr holten sie Spike ab, einen wilden Colliemischling, dem so oft das Bällchen geworfen werden musste, dass sich Juliets Arm bei der Rückkehr jedes Mal doppelt so dick anfühlte. Diane kam für gewöhnlich zähneknirschend vom Buchclub zurück und beschwerte sich über Mrs Rogers' ausführliche Erzählungen über den »großartigen Mr Rogers«. Juliet beschloss, lieber nicht zu erzählen, dass im Flur bei Mrs Rogers ein Stapel Adressaufkleber lag, die besagten, dass Post an Mr C. Y. Rogers an eine Adresse nach Hunterton geschickt werden sollte, und dass es in dem ordentlichen Schuhregal neben der Tür kein einziges Paar Herrenschuhe gab.

Dienstag- und donnerstagnachmittags schloss Juliet die ultramoderne Gartenwohnung neben der Polizeistation auf, die Louises Kollegin Mina Garnett gehörte, und spielte eine Stunde lang mit deren Beaglewelpen namens Pickle. Minas elegante Wohnung schien direkt einem ihrer Einrichtungsmagazine entsprungen zu sein, und Juliet konnte nicht widerstehen, zur eigenen Inspiration mit ihrer Handykamera ein paar Bilder von Minas Duschvorhang aufzunehmen. Sie fühlte sich wie Sherlock Holmes und schloss anhand der Indizien, dass Mina und ihr Freund, Ed, eine Menge transatlantischer Reisen unternahmen – zumindest wenn sie der riesigen Schüssel mit Toilettenartikeln der Virgin Atlantic Airways glauben durfte, die Pickle beinahe umgeworfen hätte, als Juliet die Fotos schoss.

Juliet war nicht sicher, wie genau es dazu gekommen war, doch über den Sommer hinweg erschien es ihr immer normaler, im lärmerfüllten Haus der Kellys vorbeizuschauen. Vielleicht weil bei der Hitze die Türen immer weit offen standen. Juliet stattete ihnen oftmals einen Besuch zwischen zwei Aufträgen ab; um für Lorcan einen Schraubenzieher zu holen; um zu fragen, ob Emer einen nützlichen Tipp hatte, wie man verkrusteten Lehm aus Katzenfell entfernen konnte; um Roisin zu zeigen, wie man Baisermäuse herstellen konnte, und um Florrie ihre Tierarztfähigkeiten am geduldigen Minton testen zu lassen. Es gab Hunderte verschiedene, aber gute Gründe, um an Emers abgenutztem Küchentisch Platz zu nehmen, anstatt sich zu Hause an ihren eigenen Klapptisch zu setzen.

Der Hauptgrund jedoch war, dass sich Juliet zum ersten Mal seit Monaten mit jemandem über ein anderes Thema als Ben unterhalten wollte. Und jenes Thema war nicht eines, das sie mit ihrer Mutter oder gar ihrer Schwester diskutieren wollte.

Mark beanspruchte mehr Zeit als jeder andere ihrer Kunden – und nicht etwa, weil sie mit Damson eine gute halbe Stunde länger Gassi ging als mit den anderen Hunden. Vielmehr benötigte Juliet nach dem Spaziergang noch eine weitere halbe Stunde, um sich das Hirn zu zermartern, was sie auf die Nachricht antworten sollte, die Mark ihr nun jedes Mal deutlich sichtbar hinterließ.

Es sollte witzig und geistreich sein, gleichzeitig aber so spontan klingen, als hätte sie es im Vorbeigehen hingekritzelt. Ihre Antwort sollte zwar kokett, aber nicht nach Flirten klingen. Und normalerweise sollte sie so verfasst sein, als habe entweder Damson oder Minton den Brief geschrieben. Das Problem war nur, dass diese kryptischen Verklausulierungen allmählich begannen, ihr Probleme zu machen. Und sie war reichlich unerfahren, was die Kunst des Flirtens anbelangte.

Juliet wusste, dass sie sich höchstwahrscheinlich auf ein Minenfeld begab, doch gleichzeitig bekam sie eine Gänsehaut, wenn sie die Tür öffnete und ihr Blick auf Marks zusammengefaltete Nachricht fiel, die dort auf sie wartete. Seine Worte waren immer witzig und klug und klangen voll und ganz nach ihm – genau *so* sollten eigentlich auch ihre eigenen Antworten klingen. Vielleicht ließ sie sich aber auch von der vornehmen Höflichkeit der Jane-Austen-Hörbücher beeinflussen, die sie auf dem Weg rund um die Stadt hörte. Doch Juliet merkte, wie sich der erste Nervenkitzel einer echten Schwärmerei allmählich zu etwas Größerem entwickelte.

Vieles an Mark schien wirklich schicksalhaft zu sein. In einem schüchternen Versuch eines Kompliments hatte sie ihm erzählt, dass er sie an einen der Antiquitätenexperten und Auktionatoren im Fernsehen erinnerte, woraufhin er gelacht und erklärt hatte, dass dies sicherlich so sei, weil er tatsächlich einer sei: Er arbeite für ein großes örtliches Auktionshaus und taxiere hauptsächlich den Wert von Ländereien und Höfen, habe aber auch schon einige Verkäufe selbst geleitet. Minton und Damson besuchten den gleichen Tierarzt; zudem war er auch schon bei einigen Partys gewesen, bei denen Juliet und Kim das Catering übernommen hatten. Man konnte sich unheimlich gut mit ihm unterhalten, und er gab ihr das Gefühl, interessant zu sein. Auch brachte er sie dazu, Dinge zu erzählen, mit denen sie nie zuvor irgendjemanden hatte behelligen wollen. Zudem war er natürlich äußerst attraktiv, und sein Blick schien ihr jedes Mal, wenn er sie ansah, ein unausgesprochenes Kompliment zu machen. Juliet ertappte sich dabei, dass sie beinahe so oft wie Jane Austens Elizabeth Bennet errötete.

Die heißen Augusttage gingen vorüber, und die Ausstellungseröffnung rückte langsam näher. Weder wusste Juliet, ob dies nun ein Date war oder nicht, noch, ob sie *wollte*, dass es eines war. Sämtliche Websites und Ratgeber warnten sie davor, dass es wahrscheinlich eine Katastrophe mit Ankündigung werden

würde. Doch das war nur das, was im Internet und in den Büchern stand. Juliet wünschte sich einen echten Ratschlag – von
jemandem, der sie nicht so entsetzt anschauen würde, weil sie
angeblich die Erinnerung an Ben vernachlässigte.

Glücklicherweise wartete Emer erst gar nicht darauf, dass
Juliet dieses Thema anschnitt, sondern sprach sie eines Nachmittags einfach darauf an, als Juliet und Minton mit glänzenden Gesichtern und voller Kletten von einem ihrer Spaziergänge zurückgekehrt und auf der Suche nach einem kühlen
Drink waren.

Roisin versorgte Juliet sogleich mit einer Cola light mit Eiswürfeln und Salzbrezeln als Beilage, nachdem sie sie durch ein
Samtband, das quer über den Türrahmen gespannt war, in den
VIP-Bereich der Küche gelotst hatte (es war *Studio-54*-Woche
»chez Kelly«, wie Emer erklärte).

»Dann schieß mal los«, begann Emer und beugte sich verschwörerisch vor, nachdem sie die Mädchen in den Garten geschickt hatte, um auf Spike aufzupassen. »Wer ist der Mann
mit dem Spaniel?«

»Wer?«

»Dieser attraktive Typ mit dem Spaniel. Ich habe neulich
gesehen, wie du im Park mit ihm einen Kaffee getrunken
hast. Ich hätte dich beinahe nicht erkannt, weil du so fröhlich
aussahst, aber dann habe ich Minton und Coco entdeckt. Du
musstest es also sein.«

»Wann soll das gewesen sein?« Juliet hatte Emer nicht bemerkt, aber es hätte sie auch nicht im Mindesten überrascht,
wenn Emer sie in ihrer Kristallkugel im Schlafzimmer gesehen hätte.

»Keine Ahnung. Freitag? Wie heißt er eigentlich?«

»Es ist eine Sie. Damson«, erwiderte Juliet. »Ich gehe regelmäßig mit ihr Gassi.«

»Nein!« Emer sah sie entsetzt an. »Nicht der Hund! Der
Mann! Wie heißt er?«

»Oh, der. Mark, glaube ich.« Juliet hätte dieses winzige Detail beinahe vergessen. Sie sprachen einander nie mit Namen an, sondern unterschrieben die Nachrichten immer mit einem J oder M. Oder eben mit Damson und Minton.

»*Glaubst du?*«

»Ja, klar. Unter Gassigängern tauscht man die Namen nicht aus«, antwortete Juliet. »Das ist Standard. Man benutzt eigentlich immer nur den Hundenamen und erinnert sich dann meistens gar nicht mehr daran, wie der Besitzer heißt.«

»Also, ich würde mich an den Namen eines so heißen Typen erinnern.«

Juliet errötete. »Tue ich doch. Er heißt Mark.«

»Und das ist alles nur rein geschäftlich?«, entgegnete Emer in einem Tonfall, der keinerlei Zweifel daran ließ, dass sie die Angelegenheit für alles andere als das hielt.

Juliet holte tief Luft. »Er hat mich zu einer Vernissage nächste Woche eingeladen …«

»Das freut mich für dich!«

»Nein, nein!«, rief Juliet schnell. »Ich wollte sagen, dass ich nicht weiß, ob ich hingehen soll. Das war's auch schon. Ich habe keine Ahnung, ob da *etwas* zwischen uns ist und ich einfach nur unfähig bin, irgendwelche Signale zu verstehen, oder ob ich mir alles nur einbilde und ich mich total lächerlich mache. Schließlich ist es ja auch möglich, dass er einfach nur nett sein will.«

»Triffst du ihn jedes Mal an der gleichen Stelle, wenn du mit den Hunden unterwegs bist?«, erkundigte sich Emer scharfsinnig.

»Mehr oder weniger.« Juliet dachte kurz nach. »Er kommt normalerweise immer den Hügel herunter, wenn wir gerade hinaufgehen wollen. Dann treffen wir uns am Kaffeestand …«

»Ziemlich weitläufig, dieser Park«, stellte Emer fest. »Das ist ja dann schon ein echter Zufall, was?« Sie tätschelte Juliets Hand. »Ich gehe davon aus, dass das ein Date ist. Warte mal – er ist doch nicht etwa verheiratet, oder?«

»Getrennt. Obwohl er ein Kind hat. Ich nehme mal an, dass das auch der Grund ist, warum er nichts überstürzen will.« Juliet merkte, wie sich ihre Wangen röteten. »Darüber haben wir so noch nie gesprochen, aber wir haben sehr wohl schon Witze darüber gemacht, dass es viel einfacher ist, neue Hunde kennenzulernen als Leute.«

»Er weiß also von deinem Mann?«

Juliet nickte.

»Wie lange ist dein Mann jetzt schon tot?« Emer zog den Teller mit den Plätzchen näher heran und bediente sich. »Tut mir leid, dass ich das fragen muss, eigentlich sollte ich das wissen.«

»Zehn Monate«, erwiderte Juliet, ohne nachdenken zu müssen. »Am Dreizehnten.«

»Das ist lange genug, um sich daran zu gewöhnen, aber noch nicht lange genug, um darüber hinweg zu sein«, stellte Emer mitfühlend fest. »Wart ihr lange zusammen?«

»Seit unserem fünfzehnten Lebensjahr.«

»Und ihr wart immer noch zusammen? Wow.« Emer nippte an ihrem Kaffee. »Wäre ich immer noch mit dem Jungen aus der Schule zusammen, säße ich jetzt wahlweise entweder im Gefängnis oder im Irrenhaus.« Entrüstet fuhr sie fort: »Und ich würde sicherlich nicht mehr in dieser verdammten Pink Floyd Tribute Band spielen, bei der Hopfen und Malz verloren sind. Jedenfalls nicht ohne Gage!«

Juliet lächelte. Emers ehrliche Redseligkeit hatte etwas Schmeichelhaftes, doch andererseits konnte sie diese Vertraulichkeit nicht völlig gefahrlos genießen. Juliet hatte nämlich keinen blassen Schimmer, was Emer als Nächstes sagen würde – doch sie vermutete, dass es selbst uralten Freunden von Emer ebenso ging.

»Wie habt ihr beide das denn gemacht, als ihr aufs College gegangen seid? Komm schon, mir kannst du's ruhig sagen. Hattest du nicht mal ein oder zwei heimliche Uni-Flirts?«

»Wir sind gar nicht erst von hier fortgegangen. Ich bin hier zum Catering College gegangen, und Ben hat ein Jahr lang Gartenbau in Birmingham studiert. Er ist jeden Tag gependelt – Birmingham ist schließlich nicht so weit weg, außerdem war es so ganz praktisch.«

»Du lebst also schon immer hier? Wolltest du nie mal wegziehen? Ein bisschen was von der Welt sehen?« Jetzt gab sich Emer keine Mühe mehr, ihre Überraschung zu verbergen.

Juliet erinnerte sich daran, wie überrascht Lorcan darauf reagiert hatte, dass sie nie wirklich verreist waren. Sie hatte das Gefühl, sich verteidigen zu müssen.

»Hier hatte ich alles, was ich je wollte«, protestierte sie. »Meine Familie ist immer für mich da – meine Mum und mein Dad wohnen auch immer noch in demselben Haus wie nach ihrer Heirat!« Doch noch während sie dies sagte, spürte sie den Hauch einer alten Gefühlsregung, die sie lange Zeit so fest unterdrückt hatte, dass sie fast verschwunden gewesen war. Es hatte nämlich mal eine Zeit gegeben, in der sie ziemlich gern auf Reisen gegangen wäre.

Emer schien beeindruckt zu sein. »Wow. Aber eine Familie ist eben unbezahlbar.« Sie erhob sich vom Küchentisch und ging zum Kühlschrank hinüber, wo sie sich kühle Luft zufächelte. »Schön zu wissen, dass es so perfekte Ehen tatsächlich gibt – und sie nicht nur in kitschigen Liebesliedern besungen werden.«

»Ich habe nicht behauptet, dass unsere Ehe perfekt war …«, begann Juliet. Nun, angefacht durch Emers Reaktion, züngelte dieses Gefühl in ihrem Magen und entzündete sich an der dürren Trockenheit vieler dicht zusammengepackter Gedanken.

»Bei dir klingt es aber so, als sei sie perfekt gewesen«, entgegnete Emer.

»Das war sie auch«, protestierte Juliet. »Jedenfalls die meiste Zeit über. Das ist auch der Grund, warum ich mich ängstige, mit jemand anderem etwas Neues anzufangen. Ben kannte mich in- und auswendig. Er kannte mich sogar besser als ich mich selbst. Der Gedanke daran, all das wieder von vorn durchzumachen mit jemandem, der mich eben nicht so gut kennt und mich wahrscheinlich auch nie so gut kennen wi...« Mitten im Wort hielt sie inne und schloss den Mund. Überlegungen sprudelten da aus ihr heraus, über die nachzudenken sie sich bisher nicht einmal erlaubt hatte.

Emer holte sich eine Cola und eine Dose Oliven aus dem vollen Kühlschrank und schloss dann wieder die Tür. Sie bedachte Juliet mit einem langen, gedankenverlorenen Blick. Mit ihren wilden kupferfarbenen Locken und der seltsamen Kaftan-Tunika, die sie über ihren Jeans trug, sah sie wie eine keltische Fruchtbarkeitsgöttin aus – wenn denn die Götter neuerdings bei Monsoon einkaufen gingen.

»Darf ich dir einen Rat geben?«, fragte sie schließlich.

»Solange du mir nicht irgendwas davon erzählst, dass die Zeit alle Wunden heilt oder ich mir eine Katze anschaffen soll ...«, erwiderte Juliet. Sie gab sich Mühe, unbeschwert zu klingen, doch sie bemerkte selbst ihren angespannten Tonfall.

»Meine Mum ist gestorben, als ich fünfzehn Jahre alt war«, erzählte Emer. »Es war, als sei sie quasi über Nacht durch die Jungfrau Maria ausgetauscht worden. Mein Dad behauptete steif und fest, sie hätten sich niemals gestritten oder je eine Nacht getrennt voneinander verbracht. Weder habe sie des Öfteren gerne einen über den Durst getrunken, noch sei sie – Gott bewahre! – schuld an dem Fritteusenbrand, der beinahe unser gesamtes Haus abgefackelt hätte. Wir haben Mummy vermisst, ganz ehrlich, aber nach ein oder zwei Jahren haben wir Dad auf Knien angefleht, wieder zu heiraten. Er konnte sich nicht einmal allein ein Sandwich zubereiten.«

Sie verdrehte die Augen. »Ich habe die Möglichkeit aufgegeben, mit der besten Metal-Band, die Cork je hervorgebracht hat, in einem Transit nach Norwegen zu fahren, weil mein Daddy weder sich noch die Hunde allein versorgen konnte.«

»Vielleicht hat er immer noch getrauert«, wandte Juliet ein.

»Schließlich kann man Trauer nicht mit einer Deadline versehen.«

Was ziemlich albern war – weil sie selbst genau das getan hatte, nicht wahr? Ein Jahr.

O Gott, ich bin nicht besser als die anderen, dachte sie. Ich wiederhole auch nur typische Trauer-Phrasen.

Emer deutete auf Juliet. »Er hat nicht getrauert. Er fühlte sich *schuldig*. Schuldig, weil er zu ihren Lebzeiten nicht netter zu ihr gewesen war. Nur dank der Hilfe unseres Priesters, Father Nolan, waren die beiden zusammengeblieben. Und Daddys Art und Weise, mit ihrem Tod zurechtzukommen, war, sie in seiner Vorstellung zu einer perfekten Frau zu machen. Von diesem Tag an hatte keine andere Frau mehr eine Chance bei ihm. Alle haben versucht, ihn mit den bezauberndsten Frauen zu verkuppeln, doch sie alle kamen nur völlig schockiert zurück und erklärten: ›Ich hatte ja keine Ahnung, dass Theresa das Brot selbst gebacken und sich sogar noch um Mrs Flynn gekümmert hat, als sie selbst schon Krebs hatte!‹«

»Aber Ben und ich haben uns wirklich nie gestritten!«, protestierte Juliet. »Jedenfalls nicht richtig. Wir haben uns immer einigen können.« Ihr Kopf fühlte sich heiß an. So war das nicht vorgesehen gewesen! Emer sollte traurig darüber sein, welch tolle Ehe sie durch Bens Tod verloren hatte. Stattdessen erlebte Juliet immer wieder Rückblenden zu dem Gespräch, das sie mit Louise geführt hatte. In dem Louise ihr nämlich gesagt hatte, sie solle aufhören zu heulen und zu jammern, und stattdessen darüber hinwegkommen. Und dass sie, falls sie je vor die Wahl gestellt würde, sich zwischen einem Mann, der Budgetkalkulationen erstellte und Handwerkerarbeiten in Eigenregie erledigte, und einem Mann, der ihr das Gefühl gab, aus purem Sex und Blüten zu bestehen, zu entscheiden, ganz genau wisse, für wen sie sich entscheiden würde.

Danach hatte sich die Unterhaltung auf gefährliches Terrain begeben. Auf *verdammt* gefährliches Terrain.

Emer sah zu ihr hinüber und musterte ihre geröteten Wangen.

»Nie? Nicht ein einziges Mal? Ach, komm schon! Es gab nicht einmal Streit, weil er die Toilettenbrille hinterher nicht wieder heruntergeklappt hat? Oder wegen Regalen, die er nie repariert hat?«

»Nein.« Juliet kam sich ziemlich stur vor. Wenn *sie* aufhörte, an den Rettungsring einer perfekten Ehe zu glauben, dann ...

»Dann muss er dich irgendwie mit Drogen zugedröhnt haben«, schloss Emer. »Denn je größer die Liebe, desto schlimmer die Streitereien. Und desto länger dauert die Versöhnung. Wenn ihr nie gestritten habt, seid ihr dann nicht nur Mitbewohner gewesen?«

Emer schaute sie mit ihren grauen Augen freundlich, aber scharfsinnig an. Ihr Blick und ihre ungeteilte, unvoreingenommene Aufmerksamkeit fingen an, Juliets Abwehr zu durchbrechen.

»Natürlich war nicht immer alles eitel Sonnenschein«, gab Juliet schließlich zu. »Wir hatten gehofft, eine Familie zu gründen, aber es sollte irgendwie nicht sein, was dazu führte, dass alles ein wenig ...« Sie suchte nach einer geeigneten Formulierung. Die Blicke. Die Zweifel. Das Schweigen, wo es zuvor keines gegeben hatte. »... deprimierend war. Außerdem arbeiteten wir beide freiberuflich, was dazu führte, dass Geld immer knapp war; dann kamen noch die neuen Hypothekenzahlungen und die Wirtschaftskrise hinzu.« Prima. Die Wirtschaftskrise – damit bewegte sie sich wieder auf sicherem Terrain. Daran war immerhin niemand schuld.

Weil Emer schwieg, füllte Juliet mit weiteren Bekenntnissen die Stille. »Manchmal war ich ziemlich angespannt, wenn es um das Thema Geld ging, während Ben einfach mehr der ›Es kommt, wie's kommt‹-Typ war. Wenn man in den Zwanzigern ist, ist auch nichts dagegen einzuwenden, aber ...« Sie sah zu den Collagen an der Pinnwand hinüber und musterte anschließend eingehend die riesigen Rolling-Stones-Poster an der Wand, um Emers Blick auszuweichen.

Natürlich hatten sie sich gestritten. Just in jenem letzten Jahr hatte es immer wieder bei gewissen Themen Auseinandersetzungen gegeben, bei denen sie sich früher stets darauf geeinigt hatten, einfach unterschiedlicher Meinung zu sein. Kleine Streitereien um wichtige Dinge und große Streitereien um unwichtige, belanglose Dinge.

Zwei Tage vor Bens Tod hatten sie ihren ersten richtig erbitterten Streit gehabt, der von einer wirklich dummen Sache entfacht worden war: Er hatte ihr nicht gesagt, dass er die Steuer für den Kastenwagen bereits gezahlt hatte, weshalb sie das Geld noch einmal überwiesen und damit das Konto überzogen hatte. Dies hatte sich jedoch als Kettenreaktion erwiesen; nach der ersten beiderseitigen Runde der »Warum erzählst du mir nie was?«-Beschuldigungen hatte Ben sie angeschrien, dass er keine künstliche Befruchtung wolle, obwohl Juliet ihm gegenüber davon nie etwas erwähnt hatte. Geplagt von den Kopfschmerzen, die ihr der Stress mit der Bank eingebracht hatte, hatte sie zurückgeschrien, dass es sowieso besser wäre, wenn sie keine Kinder bekämen, wenn er vorhabe, sich bis ans Ende seines Lebens wie eines aufzuführen. Die bissige Bösartigkeit des Streits hatte Juliet erschreckt, denn als sie sich gegenseitig anbrüllten, hatte ihre Wut in diesem Sog alle möglichen unwillkommenen Gedanken an die Oberfläche gewirbelt. Hatte sie sich plötzlich in einen langweiligen Erwachsenen verwandelt, oder hatte Ben tatsächlich niemals irgendwo hinreisen wollen, wo es keinen McDonald's gab? Wollte er wirklich alle Arbeiten am Haus eigenhändig erledigen, oder würde sie sich um alles kümmern und für alles bezahlen müssen? Und konnte man tatsächlich anfangen, jemanden zu verabscheuen, den man tief im Inneren eigentlich liebte?

Dummerweise hatte sie beschlossen, sich Louise anzuvertrauen. Sie war in der Hoffnung zu ihr gegangen, dass Louise sie beruhigen und ihr erklären würde, dass alle Paare sich stritten, dass sie und Peter monatelang versucht hatten, schwanger zu werden, bevor Toby schließlich gezeugt worden war, und dass sie sich in den Monaten zuvor ordentlich gezankt hatten.

Was Louise aber nicht getan hatte. Louise hatte sie nur schockiert angestarrt, woraufhin Juliet sich noch schlechter gefühlt hatte.

O Gott, dachte Juliet mit einer messerscharfen Klarheit, warum kann ich nicht die Zeit zurückdrehen und einfach eine Kopfschmerztablette einwerfen, bevor Ben an jenem Abend nach Hause kommt? Warum kann ich nicht die Zeiger der Uhr zurückdrehen und einige der Dinge, die ich gesagt habe, hinunterschlucken? Würde es etwas an dem ändern, was danach passiert ist? Ich würde alles dafür tun. Ich würde mein halbes Leben hergeben, damit ich ein weiteres halbes Leben mit ihm verbringen könnte.

Emer lief in der Küche auf und ab, während sie redete, und nahm dabei die wohltuende Heimeligkeit ihrer Küche wahrscheinlich gar nicht wahr.

»Ich behaupte ja nicht, dass ihr nur mit Hilfe des Gemeindepfarrers zusammengeblieben seid«, fuhr sie fort, »aber mach nicht den gleichen Fehler wie Dad. Versuch nicht, alles in deiner Erinnerung als perfekt darzustellen, sodass kein anderer mehr an Ben heranreichen kann. Das hätte er ganz bestimmt nicht gewollt. Ben würde sicherlich wollen, dass du wieder glücklich wirst. Und dieser Mann ist ein Hundebesitzer! Das ist ja fast so, als habe Minton euch zusammengebracht! Und klingt das nicht danach, als hätten höhere Mächte ihre Finger im Spiel gehabt?«

Juliet schwieg, doch ihre Schultern zitterten immer noch vor Anstrengung, gegen das anzukämpfen, was sich in ihrer Brust zu entladen drohte. Es kam ihr fast vor, als besäße jemand eine Fernbedienung, mit der er ungefragt ihre Gefühle aufdrehen konnte.

Bevor sie irgendetwas tun oder sagen konnte, war Emer mit einem Mal an ihrer Seite, legte den Arm um sie und presste ihren üppigen Busen wie ein Kissen an Juliets Gesicht.

»Herrje, es tut mir leid. Ich wollte nicht respektlos gegenüber deiner Ehe erscheinen – ehrlich.«

»Das ist es nicht«, schluchzte Juliet.

»Was denn dann?«

»Ich fühle mich nur so …« Juliet stocherte in ihrem Inneren herum und versuchte, das Gefühl zu benennen. »Schuldig.«

»Warum?«

»Weil immer alle gedacht haben, dass Ben und ich das perfekte Paar wären, und ich habe es zugelassen, weil es unser *Ding* war. Wir waren die Sandkastenliebe, genau wie meine Mum und mein Dad. Und dann, als ich ein einziges Mal Louise gegenüber erwähne, dass nicht alles so rosig ist, wie es scheint, da …« Sie hatte Mühe, sich zu beherrschen.

»Das ist deine Schwester, die eine erstklassige Staatsanwältin ist, ein perfektes Baby hat sowie einen Ehemann mit einem eigenen Unternehmen?«

Juliet nickte.

»Und? Was ist passiert? Hat sie gestanden, eine Affäre mit Ben zu haben?«

»Nein! Er ist am Tag danach gestorben! Und das Letzte, an das sie sich erinnert, wenn sie an Ben denkt, ist nun, dass ich mich darüber beschwert habe, dass er nicht auf mich hören und eine Familie gründen will. Woraufhin sie mir erklärte, dass ich gar nicht zu schätzen wisse, was ich mit Ben hätte, und eine Paartherapie machen solle, bevor unsere Ehe in die Brüche ginge.«

Emer drückte sie. »Juliet, du weißt, dass es albern ist zu denken, dass Ben gestorben ist, weil du all das gesagt hast, nicht wahr? Das muss ich dir nicht erklären, oder?«

In den finstersten, absurdesten Stunden ihrer Trauer war es genau *das* gewesen, was Juliet gedacht hatte: dass ihr Geständnis irgendeinen kosmischen Zauberbann losgetreten hatte, was sie aber vor Emer nicht zugeben wollte.

»Ich habe das Gefühl, dass jedes Mal wenn jemand vor Louise erklärt, was wir doch für eine wunderbare Ehe gehabt hätten, sie sich an das erinnert, was ich gesagt habe, und mich für eine unfassbare Heuchlerin hält.«

»Das wird niemand tun ... Hör zu, Juliet, du hast das *Recht* zu erzählen, dass du einen wunderbaren Ehemann hattest.« Emer trat ein Stück zur Seite, damit sie Juliet ansehen konnte. »Das ist nur gerecht. Was ich damit sagen will: Du musst nicht aufhören, deine Vergangenheit zu lieben, um den Rest deines Lebens genießen zu können. Das Universum hat noch mehr für dich auf Lager. Wer weiß, was da noch alles auf dich zukommt?«

Juliet stieß ein Geräusch aus, das weder Zustimmung noch Widerspruch verriet. Denn genau das hatte auch in ihren Ratgeberbüchern gestanden.

»Ich habe Lorcan mal erklärt, dass die *Foo Fighters* eine tolle Band sind. Aber wenn David Grohl gesagt hätte: ›Nö, mir reicht's, ich werde von nun an bis zum Ende meines Lebens um *Nirvana* trauern‹, dann wären wir niemals in den Genuss dieser genialen Band gekommen! Stimmt doch, oder?«

»Hm ...«

Hatte Lorcan einen Menschen verloren? Juliet runzelte die Stirn.

»Du willst mir aber jetzt nicht ernsthaft erzählen, dass du mit deiner Schwester seit Bens Tod nicht mehr über dieses Thema gesprochen hast?«, fuhr Emer unbeirrt fort. »Während all der Monate? Juliet, das ist doch Wahnsinn! Worüber *unterhaltet* ihr euch denn in eurer Familie?«

»Hauptsächlich darüber, wer wann bei meinem Neffen babysittet. Das ist gar nicht so einfach«, erklärte Juliet. »Das Gespräch damals war wirklich schrecklich.«

»Warum schrecklich? Hatte sie eine Waffe auf dich gerichtet?«

»Nein! Sie ...« Wie kam es bloß, dass es ihr so leichtfiel, Emer davon zu erzählen? »Louise hat *mir* mehr oder weniger deutlich erklärt, dass sie was mit einem anderen Mann angefangen hat. Ich glaube eigentlich nicht, dass sie tatsächlich so viel erzählen wollte, aber sie hatte ein bisschen zu viel Wein getrunken, und es war komisch, so als habe sie jemandem davon erzählen müssen.«

»Tatsächlich?« Emer beugte sich gespannt vor. »Wer ist es?«

Roisin kam aus dem Garten hereingetrampelt. »Muuuuu-um, Spike ist ganz rot im Gesicht.«

»Geh und hol seinen Hut. Und das Asthmaspray.« Emer wedelte ihr mit der Hand zu. »Wir unterhalten uns hier gerade.«

»Kann ich ...«

»Nimm dir, was du willst. Aber nicht die letzte Cola – die ist für Lorcan.«

Roisin warf Juliet einen unfassbar durchdringenden Blick zu und verharrte dann vor der offenen Kühlschranktür. Sie ließ sich Zeit, die verschiedenen Getränke zu mustern, während ihre Ohren wie Satellitenschüsseln in Position schwenkten.

»Roisin! Noch fünf Sekunden, bis die Bar schließt!«, kommandierte Emer. »Eins, zwei, drei, vier ...«

»Solltest du nicht zwischen den Zahlen kleine Pausen machen?«, fragte Juliet.

»... fünf!«

Roisin schnappte sich ein paar Limodosen und eine halbe Tüte mit Mini-Twix-Riegeln und rannte davon.

»Louise hat nicht gesagt ...«, fing Juliet an, doch Emer hob warnend einen Finger.

»Warte«, flüsterte sie, wirbelte herum und klatschte in die Hände.

Mit einem lauten Knall fielen Roisin, die sich hinter dem Rollwagen mit dem Gemüse versteckt hatte, vor Schreck zwei der Limodosen aus der Hand. »Verdammt«, murmelte sie.

Emer scheuchte sie nach draußen und schloss dann die Tür

278

zum Garten. »Das Mädchen wird später mal entweder Spionin oder Klatschreporterin«, stellte sie – gar nicht mal missbilligend – fest. »Du meinst also«, schloss sie und ließ sich auf der Tischkante nieder, das Kinn auf eine Hand aufgestützt, als schaue sie gerade Fernsehen, »dass jedes Mal, wenn ihr euch seht, deine Schwester glaubt, dass gleich alles über ihre Affäre ans Licht kommt, und du wiederum denkst, du hättest deinen verstorbenen Ehemann niedergemacht. Na ja. Ihr hättet schon längst mal darüber reden müssen.«

»Ich weiß«, erwiderte Juliet. »Die Situation war und ist schrecklich.«

Emer lächelte sie mitfühlend an. »Juliet, ich wette, sie wird sich kaum noch daran erinnern. Meinst du nicht, dass der Tod deines Mannes das ist, woran sich die meisten Leute erinnern werden?«

»Nicht Louise.« Juliet seufzte. »Sie kann sich noch bestens daran erinnern, was man ihr 1998 zu Weihnachten geschenkt hat. Sie ist die absolute Perfektionistin in unserer Familie.«

»Das klingt in meinen Ohren aber alles andere als perfekt. Trifft sie sich immer noch mit diesem Kerl?«

»Keine Ahnung. Mittlerweile arbeitet sie wieder und verbringt jede Sekunde, die sie nicht am Arbeitsplatz ist, mit Toby.« Juliet strengte sich an, sich an alle Details zu erinnern. »Um ehrlich zu sein war ich so wütend, dass sie mir zu einer Therapie geraten hat, obwohl es um ihre eigene Ehe offensichtlich viel schlimmer bestellt war! Kurz darauf bin ich gegangen, weil ich nichts mehr hören wollte.«

»Du hast nicht einmal gefragt, wo sie sich kennengelernt haben?«

»In irgendeiner Elterngruppe, glaube ich. Ich war ziemlich fassungslos. Sie schwärmte, wie sehr er ihr das Gefühl gab, ein völlig anderer Mensch zu sein – und eben nicht nur eine Mummy, wie Peter. Peter ist IT-Entwickler, ein richtiger Computerfreak. Obwohl er mittlerweile ein ziemlich reicher Computerfreak ist. Er findet diese Online-Games toll, bei denen man einen Zauberer spielen kann.« Juliet suchte nach anderen Fakten und Beschreibungen, die ihn nicht so langweilig aussehen ließen. Ihr fiel aber nichts ein. »Dieser andere Typ war mehr …« Wie hatte Louise ihn beschrieben? »Er war ganz anders, auch in Bezug auf sich selbst … Er war viel körperlicher.«

Noch während sie sprach, sah sie, wie Emers Augen angesichts des zu erwartenden Skandals zu glänzen begannen.

»Was?«, fragte Juliet.

»Sicher, dass sie sich nicht in deinen Ehemann verliebt hatte, ohne dass ihre Liebe erwidert worden wäre?«

»Dann hätte sie mir ja wohl kaum davon erzählt, oder?« Juliet schnaubte.

Emer riss so weit die Augen auf, dass das Weiße um ihre Pupillen herum deutlich zu sehen war. »Man hat schon Pferde kotzen sehen.«

Plötzlich wurde Juliet wütend und verspürte den Wunsch, sich zu verteidigen. »Jedenfalls nicht in unserer Familie. Ben und Louise … haben sich gut verstanden, aber sie hatten nichts gemeinsam.«

»Okay«, beschwichtigte Emer sie, »vergiss, was ich gesagt habe. Ich bin ein furchtbares Klatschmaul. Zurück zu dem Mann, den du da an der Angel hast. Dieser Mark. Magst du ihn?«

»Ich glaube schon«, erwiderte Juliet. »Ja, ich mag ihn.«

»Dann haben wir's doch!«, rief Emer und klatschte begeistert in die Hände. »Dann ist es auch ein Date. Was kann es denn schon schaden?«

Juliet verspürte ein Flattern in ihrer Brust. Das aus Emers Mund zu hören – und eben nicht von ihrer Mutter oder Louise – half ihr eher, dem zuzustimmen.

17

Die Tage gingen deutlich schneller vorüber, seit Juliet alle Hände voll zu tun hatte und sie durch die viele Bewegung an der frischen Luft nachts durchschlief. Bevor sie es sich versah, war der Tag der Vernissage, von der Mark gesprochen hatte, gekommen – und damit auch das Date, das damals noch in unendlicher Ferne gewesen war.

Juliet stand vor dem Schlafzimmerspiegel und überlegte, was sie anziehen sollte, während der Stapel mit den »ungeeigneten« Kleidern auf dem Bett immer größer wurde. Nichts sah gut aus, und allmählich lief ihr nicht nur die Zeit davon, ihr gingen zudem die Möglichkeiten aus. Nicht etwa das Date selbst, sondern die schwierige Kleiderproblematik war der Grund, warum sie sich plötzlich wieder wie mit sechzehn Jahren fühlte.

Es war kein Date, ermahnte sie sich, sondern einfach nur ein Abend, an dem man miteinander ausging.

Dennoch fühlte es sich eigenartig an. Juliet war sich alles andere als klar darüber, was sie ausstrahlen wollte. Einerseits wollte sie es nicht zu sehr darauf anlegen, toll auszusehen; andererseits verspürte sie aber ein gewisses Flattern im Magen, das sie zu etwas Hübscherem als ihrer gewohnten Jeans greifen ließ.

Minton saß auf dem Bett und beobachtete sie, was ihr in ihrem aufgewühlten Zustand aber auch nicht weiterhalf. Minton war verwirrt. In letzter Zeit hatte er Juliet nicht allzu oft in einem Rock zu sehen bekommen.

281

»Was sagst du dazu?«, fragte sie ihn heiter und drehte sich, damit sie sich im Spiegel von hinten betrachten konnte. »Den schwarzen Rock und das Zigeunertop, das vielleicht nicht mehr ganz so modisch ist, oder lieber den Jeansrock und den schwarzen V-Pullover, von dem Louise mal behauptet hat, dass ich darin blass aussähe, wenn ich nicht doppelt so viel Lippenstift auftragen würde wie sonst?«

Minton wedelte verunsichert mit dem Schwanz.

»Okay«, erwiderte Juliet, »also der Jeansrock mit dem schwarzen Oberteil und Lippenstift. Zusammen mit den hohen Stiefeln, die dein Daddy nie gemocht hat, weil ich seiner Meinung nach darin aussehe, als wollte ich gleich damit ein Motorrad angreifen.«

Wer A sagt, muss auch B sagen, dachte Juliet. Wahrscheinlich erkenne ich mich gleich selbst nicht mehr.

Als sie gerade den Reißverschluss der Stiefel zumachte, klingelte es an der Haustür. Minton sprang vom Bett und rannte die Treppe hinunter, um den Besucher unter die Lupe zu nehmen.

Juliet folgte ihm langsam. Wegen der hohen Absätze musste sie zur Sicherheit schräg auf jede Treppenstufe treten und dann unter dem Einsatz völlig anderer Muskeln als gewohnt den Flur durchqueren. Andererseits war es auch ein recht befreiendes Gefühl, dass ihr nun niemand erklärte, wie albern es gewesen war, sich Stiefel zu kaufen, auf denen sie weder stehen noch gehen konnte.

»Tut mir leid, dass Sie warten mussten«, erklärte sie, als sie die Haustür aufriss. »Oh, hi!«

Vor ihr stand Lorcan mit ein paar Farbdosen in den Händen.

»Wow!«, stieß er aus und musterte sie theatralisch von Kopf bis Fuß. »Ist Stelzenlaufen wieder in?«

»Halt die Klappe!«, erwiderte Juliet. »Das ist voll im Trend. Außerdem gehe ich irgendwohin, wo ich vielleicht über die Köpfe der Leute hinwegschauen muss.«

»Du hättest auch einfach nur ein wenig mehr bezahlen können, um dann weiter vorn einen Sitzplatz zu bekommen«, entgegnete Lorcan.

»Ich gehe zu keinem Konzert, sondern zu einer Fotovernissage.«

»Jetzt? Wer hätte gedacht, dass es so etwas hier in Longhampton gibt!« Lorcan zog die Augenbrauen hoch und tat, als sei er geblendet. »Übersteigt ein wenig mein *soziales Milieu*, so eine Vernissage ... Aber egal. Wie sieht's aus? Hast du morgen Zeit, damit wir das Badezimmer streichen können? Ich könnte dich in die Geheimnisse der wasserabweisenden Latexfarben einweihen!«

Er hob die Dosen an, damit sie den Namen des Farbtons lesen konnte: Indian Tea. Das war genau jener altmodische Grünton, den sie haben wollte, um die glasgrünen Fliesen in der Dusche noch mehr zur Geltung zu bringen. Obwohl sie sich nicht daran erinnern konnte, Lorcan je davon erzählt zu haben.

»Dann brauche ich meine Leiter auch nicht zu holen – mit den Absätzen kommst du beim Anstreichen nämlich problemlos bis an die Decke.«

Juliet kam nicht umhin, festzustellen, dass er sich kaum Mühe machte, sein Grinsen zu verbergen. Zum Dank schubste sie ihn leicht.

»Jetzt hör schon auf, dich über meine Stiefel lustig zu machen, Lorcan! Die sind total in!« Plötzlich hielt sie verunsichert inne. »Oder mache ich mich tatsächlich lächerlich?«

»*Neeein*«, erwiderte Lorcan. »Du siehst toll aus. Wirklich ... toll.«

»Tatsächlich?«

Er nickte.

»Nicht zu ... verkleidet?«

»Nein. Auch nicht zu leger. Sieht für meinen Geschmack ganz nach einem Date aus!« Er zog die Augenbrauen hoch. »Ah, sieh mal, du wirst ja rot – es ist also ein Date.«

»Na ja, nicht so richtig. Ich treffe mich nur … mit einem Kunden von mir. Ein Freund von ihm hat die Fotoausstellung organisiert. Wahrscheinlich bleibe ich ohnehin nur eine halbe Stunde, um meinen guten Willen zu zeigen. Du weißt doch, wie das bei solchen Veranstaltungen abläuft. Am Anfang werden einfach möglichst viele Leute hingelockt, damit der Künstler nicht so verloren dasteht.«

Juliet merkte, dass sie viel zu schnell sprach und wahrscheinlich auch errötete, doch Lorcan schien es nichts auszumachen, dass sie mit einem Mann ausging. Er nickte ihr sogar ermunternd zu. Wie Emer zuvor.

»Schön für dich«, erwiderte Lorcan. »Was soll schon falsch daran sein, neue Leute kennenzulernen? Jedenfalls haben die Jungs von der Band das immer gesagt, wenn sie im Backstage-Bereich auf die Suche nach neuen Leuten gegangen sind.«

»Vermisst du es, mit der Band unterwegs zu sein, Lorcan?«, fragte Juliet in einem betont traurigen Tonfall. »Wünschst du dir manchmal, du könntest wieder Groupies auf dem Konzertgelände abschleppen? Total versaute, heiße Frauen mittleren Alters, die darum betteln, von dir benutzt zu werden?«

»Nein. Die Groupies haben mir eher Angst eingejagt«, gestand Lorcan. »Emer hat sie für mich immer mit ihrer Zackenschere in die Flucht geschlagen.« Lorcan seufzte. »Darum hatte sie bei uns auch den Spitznamen ›Hurricane Emer‹. Wenn sie in der Stadt war, hinterließ sie anschließend verbrannte Erde. Trink ja nie Cherry-Brandy-Shots mit ihr. Wie sieht's denn nun aus?«, fragte er und hob noch einmal die Farbdosen in die Höhe. »Kann ich die bis morgen hierlassen?«

»Gerne.«

Er stellte die Farbdosen im Flur ab und wackelte dann spielerisch mit dem Finger. »Komm heute Nacht ja nicht mit einem dicken Kopf nach Hause. Verkaterten Studenten erteile ich keinen Unterricht.«

»Ich werde nicht …«, wollte Juliet gerade protestieren, doch dann sah sie, wie Lorcan ihr zuzwinkerte. »Ich bin um zehn wieder zurück, Mum. Worüber du dir allerdings wirklich Sorgen machen solltest, ist die Möglichkeit, dass ich ein hässliches Bild kaufe, das du mir dann aufhängen musst.«

»Ich werde meinen Hammer mitbringen«, erwiderte Lorcan. »Ah.« Er entdeckte Minton, der hinter Juliet verharrte. »Sollen wir heute Abend den Tiersitter spielen?«

»Minton?«, fragte Juliet. »Möchtest du heute Abend mit Florrie das lustige Suchspiel ›Floh und Zecke‹ spielen?«

Minton drehte sich geflissentlich um und sprang aufs Sofa, wo er sich zu einer kleinen Fellkugel zusammenrollte.

»Ich deute das mal als ein Nein«, stellte Lorcan fest.

Die Longhamptoner Memorial Hall war ein unerwartet schönes Gebäude, alte Handwerkskunst, das sich inmitten grauer Betonbauten am Ende einer ebenso hässlichen grauen Fußgängerzone verbarg. Die dicken, mit Stützpfeilern versehenen Wände und die hübschen Bleiglasfenster ließen die Halle aussehen, als sei ein Tornado in Chelsea losgewirbelt und habe sie von dort hierhergefegt, mitten hinein in Longhamptons unattraktives Stadtzentrum.

Juliet war bislang erst ein Mal im Inneren der Halle gewesen, als nämlich Louise darauf bestanden hatte, dass ihre Brautjungfern vor ihrer Hochzeit einen Tanzkurs absolvierten, damit diese sie nicht auf der Tanzfläche bloßstellten. Juliet und Ben hatten eine Stunde lang kichernd Foxtrott gelernt, während der die unwirsche Lehrerin ihnen vor versammelter Mannschaft Noten gegeben hatte und sie und Ben gerade einmal zwei von zehn Punkten für Begabung bekommen hatten, dafür aber neun für ihr Bemühen.

Am Straßenrand gingen langsam die Laternen an und tauchten die Halle in einen frühabendlichen Schein. Als Juliet die Eingangsstufen hinaufging, sah sie jenen Abend auf einmal in einem rosigeren Licht. Nachdem Ben und sie erst einmal den Bogen herausgehabt hatten, war es eigentlich ganz nett gewesen. Sie hatten den Tanz schneller erlernt als die anderen Paare, da Juliet nur Ben anschauen musste, um zu wissen, was er dachte. Er hatte sie allein mit einem Zucken seiner blonden Augenbrauen über die Tanzfläche geführt, und in ihrem Blick hatte er alles über ihre geschundenen Zehen lesen können.

Mark dagegen wirkte wie ein überaus erfahrener Mann, der richtig tanzen konnte. Jede Wette, dass er eine schwarze Krawatte in seinem Kleiderschrank hatte, die er für noble Charity-Veranstaltungen herausholte, dachte Juliet. Sie sah ihn vor sich, wie er mit einem selbstbewussten Lächeln über die Tanzfläche wirbelte und es seiner Tanzpartnerin sehr leicht machte. Garantiert tanzte er mit jeder Frau und wusste bestimmt auch immer das Richtige zu sagen ...

Juliet holte tief Luft, um den Schmetterlingsschwarm niederzukämpfen, der in ihr emporflatterte, und haderte mit ihren Erinnerungen.

Hierbei geht es nicht darum, sich einen anderen Mann zu angeln, ermahnte sich Juliet. Das ist nichts anderes als ein Probelauf. Mit einem gut aussehenden, intelligenten Typen, der einen interessanten Job hat, viele Bücher besitzt und nett zu seinem Hund ist. Das reicht für den Anfang.

Schade war nur, dass sie ihn an einem Ort traf, der mit so vielen Erinnerungen verknüpft war. Andererseits gab es in Longhampton wohl kaum eine Ecke, der nicht irgendein Spinnennetz von Bens und ihrer gemeinsamen Vergangenheit anhaftete. Entweder würde sie lernen, damit zu leben, oder sie könnte von nun an andere Leute nur noch online treffen.

Juliet straffte die Schultern und machte sich auf den Weg zur Eingangstür, neben der eine Staffelei mit einem großen Poster stand, auf dem ein großer Baum mit drei Hunden und einem Schaf darunter zu sehen war.

EIN JAHR IN LONGHAMPTON
VON ADAM PERKINS

»Hallo! Tut mir leid, dass ich zu spät bin!«

Juliet wirbelte auf dem Absatz herum und sah, wie Mark hinter ihr die Stufen heraufgeeilt kam.

Ihr schien sich der Magen umzudrehen: Er trug ein steingraues Leinenjackett über einem weißen Hemd, eine marineblaue Hose sowie einen blau karierten Schal und sah wirklich umwerfend aus. An jedem anderen hätte diese Kombination geckenhaft gewirkt, doch er konnte sie tragen. Und mehr als das. Der bewundernde Blick, den er ihr zuwarf, rundete das Bild ab.

»Haben Sie schon lange hier gewartet?«, fragte er Juliet.

»Nein, ich bin auch gerade erst angekommen.« Juliet war heilfroh, dass sie sich die Mühe gemacht und die Stiefel angezogen hatte. Ohne diese hätte sie neben Mark ein wenig verloren gewirkt, und dank der enormen Absatzhöhe reichte sie nun bis an Marks Ohr heran. Offensichtlich freute er sich sehr, sie zu sehen.

»Ich war heute den ganzen Tag auf dem Land mit Bauern unterwegs, deswegen musste ich kurz zu Hause vorbei und mich umziehen. Hier sind wahrscheinlich alle dankbar, wenn man nicht mitbekommt, durch was ich heute alles waten musste.« Er beugte sich vor und küsste sie flüchtig auf die Wange. »Frische Luft ist ja schön, aber die Begleitumstände sind manchmal nicht ganz so angenehm.«

Während er ihr den Kuss gab, redete er weiter, sodass Juliet gar keine Zeit blieb, darauf zu reagieren. Als er wieder einen Schritt zurückwich, lächelte er sie an, und sie erwiderte sein Lächeln mit einem kleinen Anflug von Erleichterung.

Erster Begrüßungskuss von einem fremden Mann. Abgehakt.

»Sollen wir hineingehen?«, schlug er vor und griff nach der Türklinke.

Nachdem der Mann am Empfang ihre Namen von der Liste gestrichen hatte, nahm Mark zwei Gläser Sekt von einem Tablett, das herumgereicht wurde, und gab Juliet eines davon. »Wo haben Sie eigentlich Minton heute Abend gelassen?«

»Zu Hause. Meine Nachbarn haben ein Auge auf ihn. Es fühlt sich allerdings ein wenig seltsam an, ohne ihn unterwegs zu sein.«

»Sie beide gehen überall zusammen hin?«

»Ja.« Gemeinsam schlenderten sie durch das Foyer, und Mark nickte lächelnd Leuten zu, die er kannte. Wie es schien, kannte er ziemlich viele Leute. »Das ist der Vorteil an Minton – er hat eine praktische, tragbare Größe. Anders als Damson.«

»Damson denkt gerne, sie sei so ein tragbarer Minihund«, erwiderte Mark. »Einmal habe ich mitbekommen, wie sie während einer längeren Wanderung in meinen Rucksack klettern wollte. Die feine Dame wollte wohl einfach nur ein Stück getragen werden. Dumm ist sie nicht!«

Juliet musste lachen. Das läuft wirklich hervorragend; wir unterhalten uns schon wieder über die Hunde. Anschließend können wir dann über die Fotografien reden.

Mark und sie vertieften sich in eine entspannte Unterhaltung, während sie von einem Bild zum nächsten gingen und die Sehenswürdigkeiten Longhamptons betrachteten, auf denen gelegentlich auch Hunde und interessante Wolkenformationen zu sehen waren. Mark besaß die für Auktionatoren typische Fähigkeit, den Gesprächsfaden nicht abreißen zu lassen; Juliets gelegentliche Pausen und kleine Panikattacken überspielte er geschickt mit schlichten Fragen – gefiel ihr dieses Bild? Wusste sie, wo sich diese Kirche befand? –, und ganz allmählich erinnerte sie sich wieder an all die beiläufigen Fragen, die bei Partys gern gestellt wurden. Nicht zu langweilig, nicht zu persönlich; gerade genug Öl, um die Räder der Konversation geschmeidig in Gang zu halten.

Das Glas Sekt half ebenso wie die Tatsache, dass sie nicht

ununterbrochen Blickkontakt mit Mark halten musste. Nachdem sie sich die Hauptwand mit den Fotos angesehen und geklärt hatten, woher Mark Christopher, den Organisator der Ausstellung, kannte, und Juliet erklärt hatte, dass Chris wahrscheinlich bei ihrem Bruder Ian in der Klasse gewesen war, gab ein warmes, prickelndes Gefühl Juliets Laune Auftrieb.

Ich habe ziemlich viel Spaß, dachte sie mit einer Mischung aus Überraschung und Erleichterung. Bei einem Kunstevent! Obwohl mich meine Füße fast umbringen.

Während sie sich unterhalten hatten, waren nach und nach immer mehr Gäste eingetroffen, die den Raum bald füllten. In dem Teil der Ausstellung, den sie bislang noch nicht gesehen hatten, standen die Gäste nun so dicht gedrängt, dass von den Fotografien kaum noch etwas zu sehen war. Juliet überraschte es, wie bunt gemischt die Besuchermenge war.

»Chris arbeitet für die Lokalzeitung und dieses Hochglanzmagazin, *Hamptons Life*, das man immer beim Zahnarzt zu lesen bekommt«, flüsterte Mark Juliet ins Ohr. »Das ist auch der Grund, warum Sie hier die Crème de la Crème des inneren Longhamptoner Medienzirkels sehen. Und auch des äußeren.«

»Ooooh«, staunte Juliet beeindruckt. Louise wäre sicherlich auch angetan davon, genau wie ihre Mutter. Diane hatte ihrem Sohn Ian ein Abonnement des *Hamptons Life* geschenkt, damit er »weiterhin mit seinen Wurzeln in Kontakt blieb«. Insgeheim fanden Louise und Juliet aber, dass er mit diesem Magazin nur mit den Gesichtern der Stadtverwaltung und der allgemeinen Vorliebe der Longhamptoner für die mit Spanferkelessen verbundenen Spendenaktionen in Kontakt blieb.

»Haben Sie ...«, setzte Juliet an und drehte sich zu ihm um. Mark wurde im selben Augenblick von jemandem, der mit vollen Gläsern in den Händen versuchte, durch das Gedränge zu kommen, nach vorn geschubst. So kam es, dass Juliet, dank der Höhe ihrer Absätze, aus Versehen mit ihrer Nase Marks Wange streifte.

Juliet erstarrte, und Mark, der sich umdrehte, um zu sehen, was ihn berührt hatte, ebenso. In diesem unbehaglichen Moment der schieren Panik trafen sich ihre Blicke, woraufhin Mark plötzlich in Gelächter ausbrach und wieder einen Schritt zurückwich.

»Tut mir leid! Für derlei Dinge ist es wohl noch ein wenig früh am Abend!«

»Hm«, erwiderte Juliet und wusste nicht, was sie angesichts des verunsichernden Dufts seines Aftershaves und seiner Haut denken sollte.

Ein Mikrofon pfiff, und der Mann, der ihre Namen auf der Liste abgehakt hatte, betrat die Bühne. Er hob die Hände, damit Ruhe einkehrte. »Ladies and Gentlemen«, begann er.

»Jetzt geht's los«, stellte Juliet nervös fest, doch Mark sah interessiert zur Bühne.

Juliet gab sich Mühe, ihre Nerven in den Griff zu bekommen, indem sie sich auf die Begrüßung konzentrierte, auf die Rede, die vielen Dankesworte des Fotografen und die Ermunterungen des Organisators, doch reichlich zu kaufen, kaufen, kaufen.

»Sollen wir kurz rausgehen und ein wenig frische Luft schnappen?«, schlug Mark vor, als die Musik wieder einsetzte. »Wir können uns den Rest gern später anschauen. Ich glaube nicht, dass Chris mit so vielen Besuchern gerechnet hat! Das muss am kostenlosen Sekt liegen.«

Er deutete nach draußen auf den Hof, wo jemand Tische und Stühle aufgebaut und Teelichter in Goldfischgläsern angezündet hatte. Da die Sonne gerade unterging und sich am Abendhimmel rote Streifen bildeten, begannen die Kerzen zu funkeln.

»Ja«, antwortete Juliet. »Ich würde mich ganz gerne hinsetzen. Meine geschundenen Zehen senden schon andauernd die Botschaft ›Mehr Sekt!‹ ans Gehirn.«

Mark sah auf ihre Füße hinab und hielt überrascht die Luft

an, als er ihre Stiefel erblickte. »Ich dachte eben schon, dass Sie mir heute Abend irgendwie größer vorkommen. Wow. Die Stiefel sind wirklich toll!«, lobte er. »Keine Ahnung, wie Sie es schaffen, auf den Absätzen zu stehen ... aber sie sind toll!«

Juliet gefiel diese Antwort. Es war keine vernünftige Belehrung über ihre strapazierten Fußgewölbe oder eine Warnung, dass sie sich den Knöchel brechen würde, sondern einfach nur ein Ausdruck seiner Bewunderung. Sie fühlte sich ungewöhnlich schick. Und ungewöhnlich ... flirtlustig.

Sie lachte und taumelte zum ersten Tisch. Als sie sich setzte, war sie erleichtert. Mark nahm erneut einem Kellner zwei Sektgläser vom Tablett und setzte sich auf den Platz neben Juliet.

»So. Der Abend war deutlich angenehmer und amüsanter, als ich nach dem Eintreffen der Einladung angenommen hatte. Wie war denn Ihre Woche bislang?«

Ihre entspannte Stimmung fand ein jähes Ende. Das ist jetzt der schwierige Teil, dachte Juliet und zermarterte sich das Hirn nach irgendetwas, was sie zu diesem Gespräch beitragen konnte. Jetzt ist also der Punkt gekommen, an dem wir nicht mehr über die Fotografien und Hunde sprechen, sondern uns auch über andere Dinge unterhalten. Der *Date-Teil* des Abends.

»Hatten Sie heute viel zu tun, oder konnten Sie das wunderbare Wetter genießen?«, fuhr er fort und streckte seine langen Beine aus. Er trug Mokassins, fiel Juliet auf. Schöne Mokassins. Konnte sie ihn nach seinen Schuhen fragen? Konnte man das als eine Unterhaltung bezeichnen? »Aber wahrscheinlich sind Sie ohnehin umso mehr an der frischen Luft, je mehr Sie zu tun haben, nehme ich mal an.«

»Na ja, jetzt sind Sommerferien, also muss ich mich nicht nur um die Hunde kümmern, sondern auch um Katzen und verschiedene Zimmer- und Balkonpflanzen. Diese Woche betreue ich sechs Hunde, sechs Katzen sowie eine ganze Reihe Tomatensträucher und warte obendrein auf eine Anlieferung von John Lewis«, erwiderte sie. »Wer hätte gedacht, dass manche Familien offenbar drei Waschmaschinen brauchen? Da frage ich mich doch, welche Wäscheberge die so haben müssen …!«

»Das klingt doch allemal besser, als bei diesem Wetter drei Herden Milchkühe für eine Auktion zu taxieren.«

»Und es ist definitiv angenehmer, als bei diesen Temperaturen für ein Catering in der Küche zu stehen.« Juliet nickte mit dem Anflug eines schlechten Gewissens, weil sie sich immer noch nicht bei Kim gemeldet und ihr einen Termin für ihre Rückkehr genannt hatte. »Der August bedeutet für Caterer den Höhepunkt der Barbecue-Saison. Meine Chefin wird wohl bis zu den Augenbrauen hinauf versengt sein.«

»Sie gehen also tagsüber mit Hunden spazieren und arbeiten abends als Caterer?« Mark zog eine Augenbraue hoch. »Hat das etwas mit einem Hotdog-Witz zu tun, der an mir vorübergegangen ist?«

Juliet erzählte ihm daraufhin von *Kim's Kitchen*, von ihren beliebten Croquembouches und den vielen witzigen Zwischenfällen, die es in der Vergangenheit immer wieder mit hysterischen, perfektionistischen Bräuten gegeben hatte. Zwar kannte Mark die weiteren Mitarbeiter ihres Arbeitslebens nicht, wie Ben es getan hatte, dafür kannte er jedoch einige der Kunden, für die Kim und Juliet gearbeitet hatten. Sein gesellschaftliches Umfeld war sehr breit gefächert, was er seiner Arbeit zu verdanken habe, wie er bescheiden erzählte. Dadurch bekam er natürlich sämtlichen Klatsch und Tratsch zu hören. Mit der wahren Geschichte, warum die Braut bei der Hanleigh / Court-Hochzeit plötzlich in ein Taxi gestiegen und verschwunden war, und der Erklärung, wohin die Labradore bei der Hochzeit von Williams all das Fleisch geschleppt hatten, das eigentlich fürs Barbecue vorgesehen gewesen war, brachte er Juliet zum Lachen.

»Aber verraten Sie bloß nichts davon Ihrer Chefin!« Seine

Augen funkelten in der Dunkelheit. »Ich habe versprochen, nicht darüber zu reden!«

»Glauben Sie mir – sie wird froh sein, nichts davon zu wissen.« Juliet lachte.

Um sie herum brach die Nacht herein, doch die Heizpilze hielten die Kälte ab, während die Kerzen in den Glaskugeln flackernde Schatten auf ihre Gesichter warfen. Gelegentlich sah Juliet verstohlen zu Mark hinüber und beobachtete, wie ihm der Pony in die Augen fiel oder er sich auf ziemlich süße Art die Brille die lange Nase hinaufschob, während er redete. Man konnte sich angenehm mit ihm unterhalten, aber tief in ihrem Inneren verspürte sie auch den prickelnden Reiz des Unbekannten, während das Ende des Tages näher rückte.

Die Dämmerung und die Gesprächsfetzen, die vom Halleninneren nach draußen drangen, erleichterten es ungemein, persönliche Fragen zu stellen. Juliet ertappte sich sogar dabei, wie sie Mark eine Kurzfassung von Bens Herzinfarkt erzählte und berichtete, wie orientierungslos sie in den letzten Monaten gewesen war, als sie wie blind in ihr neues Leben hineinstolperte.

»Abende wie der heutige helfen«, schloss sie schließlich. »Also, unter Leute zu gehen und Neues auszuprobieren. Damit bin ich ein wenig aus der Übung.«

»Um ehrlich zu sein ist dies die erste Veranstaltung, die ich seit einer Ewigkeit besuche«, gab Mark zu. »Ich hatte genug von den Fragen, wo denn meine Frau sei, um dann die ganze Geschichte von der Scheidung erzählen zu müssen … Sie wissen ja, wie das ist.«

»Das stimmt«, pflichtete Juliet ihm bei. »Aber mit der Zeit wird es besser. Die Leute, die es wissen müssen, erfahren es ohnehin. Und irgendwann merken Sie, dass Sie es gar nicht mehr jedem erzählen müssen.« Sie wagte es, eine persönliche Frage zu stellen. »Wie lange sind Sie schon getrennt?«

»Lange genug«, erwiderte er mit einem ironischen Schnauben. »Letztes Jahr bin ich ausgezogen, aber die Anwälte haben eben ihre Zeit gebraucht. Wie immer.«

»Tut mir leid«, entgegnete Juliet. »Wie lange waren Sie verheiratet?«

»Nicht so lange. Zwei Jahre? Es war eine ziemlich turbulente Romanze, mit einem ewigen Auf und Ab. Lief es gut, war es toll, aber wenn wir wieder an einem Tiefpunkt angekommen waren, war's schrecklich. Und obendrein haben wir den fatalen Fehler gemacht zu glauben, dass ein Baby uns zusammenhalten würde – was natürlich die dümmste Idee der Welt war, wie mir hinterher aufgegangen ist.«

»Habe ich schon mal irgendwo gehört. Werden nicht Schlafentzug und die Teletubbies als illegale Foltermittel benutzt?«

Mark lachte kurz, bevor er wieder traurig dreinschaute. »Ja, das ist hart. Wenn es vorher schon einige Risse in der Beziehung gibt, dann lassen ein paar Wochen ohne Schlaf alles zusammenbrechen. Danach merkt man erst, wo die wirklichen Prioritäten im Leben liegen. Keiner von uns beiden hat sich vorbildlich verhalten. Um ehrlich zu sein haben wir so ziemlich alles falsch gemacht.« Er schüttelte den Kopf, als er sich offenbar an einige Dinge erinnerte, die er lieber nicht noch einmal erleben wollte. Dann rieb er sich kurz die Nase: »Meine Exfrau ist zu einem Therapeuten gegangen und hat auch mich dazu gezwungen«, fuhr er schließlich fort. »Doch der hat eigentlich nur das bestätigt, was wir ohnehin schon wussten – dass wir als Alleinerziehende besser auskommen. Und das ist auch so. Das einzig Gute an dieser Sache ist Tasha. Für sie würde ich das alles noch hundert Mal durchstehen.«

Juliets Herz schlug ein wenig schneller, als sie Marks verträumten Gesichtsausdruck sah. Männer, die ihre Kinder liebten, hatten etwas ziemlich Attraktives an sich. Juliet hatte sich oft Ben mit einem Kleinkind auf dem Schoß vorgestellt.

»Wie alt ist sie?«

»Achtzehn Monate. Wollen Sie sie mal sehen?« Er holte ein

Foto aus seiner Brieftasche hervor. Juliet tat so, als habe sie es noch nicht gesehen, und geriet ins Schwärmen.

»Sie ist wirklich bezaubernd«, stellte sie fest und sah Tobys kleine Hände vor sich, die nach ihr griffen. Sie wusste nicht viel über Kinder und wollte daher nichts Falsches sagen. »Wie sieht es mit Gehen und Sprechen aus ...?«

»Ja.« Marks Lächeln wurde unbewusst breiter. »Sie ist ziemlich klug für ihr Alter. Aber das würde wahrscheinlich jeder stolze Vater behaupten. Da waren die flexiblen Arbeitszeiten rund um die Auktionen natürlich praktisch. So konnte ich richtig viel Zeit mit ihr verbringen, als sie noch klein war. Vielleicht haben Sie uns ja im Park gesehen? Damson, den Kinderwagen und mich?«

Juliet schüttelte den Kopf, obwohl sie innerlich angesichts dieser Vorstellung grinsen musste. »Außer an den Wochenenden bin ich nie mit Minton Gassi gegangen. Ben hat ihn immer zur Arbeit mitgenommen. Die täglichen Spaziergänge sind etwas völlig Neues für ihn. Für uns beide, wenn man's genau betrachtet.«

»Na ja, Sie scheinen ziemlich gut darin zu sein. Innerhalb weniger Monate haben Sie es gleich von null zum Halbprofi geschafft!«

Aus Spaß ließ Juliet ihren Kopf in die Hände sinken. »O Gott. So weit ist es also schon mit mir gekommen – ich bekomme Komplimente für meine Qualitäten als Gassigängerin!«

Mark zögerte einen Augenblick und schien nicht ganz sicher zu sein, ob er sie mit seiner Bemerkung wirklich gekränkt hatte. Schnell hob Juliet wieder den Kopf, damit er sah, dass sie nur einen Witz gemacht hatte. Er kennt mich noch nicht gut genug, um die Ironie in meinem Tonfall zu verstehen, dachte sie. Was aber, wenn er tatsächlich keinen Sinn für Humor besitzen sollte?

»Minton hat mich wahrscheinlich davor bewahrt, wahnsinnig zu werden. Vor etwa einem halben Jahr hat meine Mum tatsächlich einen Feueralarm inszeniert, um mich zu zwingen, bei Tageslicht das Haus zu verlassen. Jetzt bin ich jeden Tag

fast zehn Kilometer zu Fuß unterwegs ...« Sie sah Mark überrascht an. »Ich gebe nur ungern zu, dass sie recht hatte, aber
ja, Hunde sind ein guter Grund, um aufzustehen, auch wenn
man eigentlich keine Lust dazu hat.«

Mark nickte. »Na ja, aber nicht nur Hunde. Heute Abend
zum Beispiel. Ich glaube nicht, dass ich hergekommen wäre,
wenn ich Sie nicht gefragt hätte.«

»Oh, danke sehr. Ich betrachte das einfach mal als Kompliment«, erwiderte Juliet.

Dieses Mal entging ihm ihre ironische Miene nicht. »Das
habe ich so nicht gemeint.« Er lachte. »Sondern eigentlich
ziemlich positiv. Der Abend war toll, und er wäre nicht so
schön gewesen, wenn Sie nicht hier gewesen wären.«

Das Gespräch verebbte, als sie sich über den Tisch hinweg
ansahen. Der Blick in Marks Augen entfachte ein seltsames Gefühl in Juliets Magen. Als Lust oder Verlangen hätte sie es nicht
bezeichnet, eher als eine Art Nervenflattern, aber das war immerhin ein Anfang. Sie rannte nicht schreiend fort, sondern
erwiderte Marks Lächeln.

Flirtende Blicke von einem Mann zugeworfen bekommen, der
nicht Ben ist. Abgehakt.

Mit gesenkten Augenlidern zurückflirten und es genießen. Abgehakt.

Jemand tauchte in der Tür zum Hof auf. »Ähm ... Entschuldigung, aber wir schließen gleich ...«

Es war eines der Mädchen, die sich um den Barbetrieb gekümmert hatten. Es balancierte ein Tablett mit leeren Gläsern
auf den Händen.

»Wie spät ist es denn?« Juliet schob ihren Stuhl nach hinten.
Die Memorial Hall war nun hell erleuchtet, und überall liefen
Leute herum, stapelten Stühle und räumten Tische ab. Aus
eigener Erfahrung konnte sie die Signale deutlich lesen. Gro-
ße Tafeln, auf denen die roten Leuchtbuchstaben »Bitte nach
Hause gehen« blinkten, hätten nicht deutlicher sein können.

»Schon nach zehn. Die Zeit ist wirklich wie im Flug vergangen.« Mark hielt inne. »Möchten Sie vielleicht noch etwas essen?«

Die mit dieser Frage verbundenen Möglichkeiten standen im Raum, doch Juliet konnte sich nicht dazu überwinden. Ich sollte gehen, solange alles so gut läuft, dachte sie.

»Ich sollte jetzt besser gehen. Minton wartet bestimmt schon auf mich. Und ich kann auch nicht zulassen, dass Sie Damson länger als vier Stunden allein lassen.«

Mark grinste. »Sie sind immer im Dienst, oder?«

Sie standen auf und schlenderten in die Halle zurück. Angesichts des grellen Lichtes musste Juliet blinzeln, und sie versuchte gleichzeitig, die Schmerzen in ihren Zehen zu ignorieren, da die betäubende Wirkung des Sekts allmählich nachließ.

»Hey, wo hast du dich denn die ganze Zeit über versteckt?« Chris, der Organisator, stand neben einer großen Landschaftsaufnahme des Bahnhofs – aus einem Blickwinkel, der Juliet bisher noch nie aufgefallen war. Eine etwas schrille Blondine hatte ihren Arm um Chris' Taille gelegt, unterhielt sich aber mit einem anderen Mann. Als Chris mit Mark und Juliet sprach, drehte sie sich zu ihnen um und musterte sie beide von Kopf bis Fuß. Angesichts so vieler neuer Leute, die sie heute Abend kennengelernt hatte, kletterte Juliets Puls in die Höhe.

»Haben Sie einen Verkauft-Punkt auf eine der Fotografien geklebt?«, wollte die Blondine von Mark wissen, bevor sie Juliet anlächelte. »Oder haben Sie beide den ganzen Abend über gequatscht?«

»Das ist Juliet Falconer«, erwiderte Mark schnell und stellte Juliet Chris und Lisa vor, die Chris' Freundin (und »Agentin«!) war. Juliet versuchte, sich alle Namen einzuprägen, obwohl ihr gesellschaftliches Erinnerungsvermögen ein wenig eingerostet war.

»Kann ich dich morgen früh anrufen?«, entschuldigte sich Mark, als Chris ein anderes Thema anschnitt. »Ich muss zu meinem Hund zurück. Juliet auch.«

»Besorgen Sie sich doch das nächste Mal einen gemeinsamen Hundesitter. Dann kommen auch die Hunde in den Genuss eines Dates!«

Mark lachte höflich, und Juliet tat es ihm gleich. Das Wort »Date« stand nun deutlich im Raum, bevor Mark Juliet nach draußen geleitete.

»Tut mir leid«, erklärte er, als sie vorsichtig die Eingangstreppe hinuntergingen. »Ihnen geht es wahrscheinlich genauso – immer diese *Date*-Sache …«

»Hm.« Juliet nickte. War das etwa die höfliche Art und Weise, ihr zu sagen, dass sie *kein* Date gehabt hatten? Überrascht stellte sie fest, wie sich bei diesem Gedanken ihr Magen verkrampfte.

»Obwohl«, fuhr Mark mit einem gewinnenden Lächeln fort, »ich mich frage, ob ich Sie wohl dazu überreden kann, so einen Abend noch einmal zu wiederholen? Dieses Mal dann vielleicht ohne düstere Fotografien von Gastürmen? Vielleicht bei einem Abendessen?«

Juliet war angenehm überrascht. Nie zuvor hatte sich jemand so um sie gesorgt. Selbst Bens erster Schritt hatte eine Menge Arbeit *von ihr* hinter den Kulissen erfordert.

»Ja«, hörte sie sich antworten, »sehr gern.«

Es war ein ganz normales Date. Das, was erwachsene Frauen eben taten. Sie gingen mit Männern aus, testeten eine Handvoll Männer und Veranstaltungsorte. Persönlichkeiten.

Sei bloß vorsichtig, ertönte eine Stimme in ihrem Kopf. Was passiert jetzt eigentlich?

Bevor sie sich darüber den Kopf zerbrechen konnte, schickte das Schicksal Juliet ein freies Taxi vorbei. Das ist ein Zeichen, dachte Juliet und streckte den Arm aus, um das Taxi zum Anhalten zu bewegen. »Ich muss leider in die entgegengesetzte Richtung«, fing sie an, doch Mark ließ sie nicht ausreden.

»Sie nehmen das Taxi. Ich gehe zu Fuß nach Hause.«

Das Taxi bremste ab. Was soll ich denn jetzt bloß sagen?, überlegte Juliet verzweifelt.

»Vielen Dank für den schönen Abend«, bedankte sie sich schließlich.

»Das Vergnügen ist ganz meinerseits. Ich danke *Ihnen*.« Er legte eine Hand auf ihren Arm, beugte sich vor und gab ihr einen Kuss auf die Wange. Juliet fühlte sich gleichermaßen erleichtert wie enttäuscht.

»Gute Nacht.«

Marks Gesicht war direkt neben dem ihren, und sie zuckte nicht zurück. Stattdessen beugte sie sich vor und küsste ihn nun ihrerseits auf die Wange, mehr als eine Art Experiment. Seine Haut fühlte sich weich an, ein wenig rau, dort wo sich die ersten Bartstoppeln zeigten. Anders.

Ihre Blicke trafen sich, als sie zurückwich. Mark beugte sich wieder vor – eine Sekunde, bevor sie es tat; sie stießen mit den Nasen zusammen, und seine Lippen pressten sich fest auf die ihren. Warm und kräftig, aber geschlossen. So verharrten sie einen Augenblick, als gäbe es beim nächsten Mal vielleicht keine zweite Chance mehr.

Dies war der unschuldigste Kuss, den Juliet bekommen hatte, seit sie fünfzehn Jahre alt gewesen war. Zugleich war es auch der einzige Kuss, den sie von einem Mann bekommen hatte, der nicht Ben war.

Sie wappnete sich gegen heftige Attacken von Schuld und schlechtem Gewissen, doch diese blieben aus. Stattdessen verspürte sie ein Nervenflattern und etwas, das sie nicht genau beschreiben konnte.

Das Taxi hupte, und mit klopfendem Herzen löste sie sich von Mark.

»Ich rufe dich an«, rief er ihr hinterher.

Juliet lächelte ihn schief an, als sie ins Taxi stieg und dem Fahrer ihre Adresse nannte.

Attraktiven Mann küssen. Abgehakt.

»Ich freue mich darauf«, rief sie und winkte Mark zu, als das Taxi in Richtung Rosehill abfuhr.

18

Louise, bitte sag mir ehrlich, wenn ich mich damit lächerlich mache, aber ist es Ende August noch zu früh, um sich über Weihnachten Gedanken zu machen?«

Louise sah von ihrem Laptop auf, an dem sie die nächsten Baumarkt-Updates für Juliet herunterlud (dieses Mal: Gästetoilette im Erdgeschoss mit einem perfekten Eckwaschtisch, den Louise selbst gern gehabt hätte), und schaute zu ihrer Mutter hinüber. Diese packte gerade Tobys Sachen zusammen, weil sie gleich nach Hause gehen würden. Selbst wenn es sich hierbei um keine direkte Suggestivfrage handelte, so war doch in Dianes Miene eindeutig »Bitte stimme mir zu« zu lesen.

Insgeheim fand Louise, dass der Monat August dafür tatsächlich vielleicht noch ein wenig früh war, was aber eher daran lag, dass sie momentan nicht weiter schauen konnte als bis zum Tischkalender auf ihrem Schreibtisch. Früher hätte sie spätestens jetzt damit angefangen, ihre Weihnachtskarten selbst zu basteln. Mitte September hätte sie dann den ersten Weihnachtsstollen gebacken und die im Sommerschlussverkauf im Juli ergatterten Geschenke im Oktober bereits einmal eingepackt ...

Sie nahm sich vor, ihren alten Weihnachtsplaner hervorzukramen, damit sie sich nicht ganz so überarbeitet und gestresst fühlte.

»Eigentlich nicht«, erwiderte sie. »Ich war heute bei M&S beim Mittagessen, und da gab es schon sämtliche Winterpullover und Stiefel. Warte nur ab, in wenigen Wochen wird alles mit Schneemännern und Lametta dekoriert sein.«

»Prima«, erwiderte Diane sichtlich erleichtert. »Ich dachte, ich frag einfach mal, damit wir Pläne machen können. In diesem Jahr soll es ein ganz besonderes Fest werden.«

Mit einem lauten Schmatzen küsste Louise Tobys zartes Köpfchen. »Na ja, schlimmer als letztes Jahr kann es ja wohl kaum werden, oder?«

Bei dem Gedanken an die Vorjahresfeier verstummten beide.

Letztes Weihnachten war eher ein emotionaler Abenteuerparcours gewesen, durch den man sich hatte durchkämpfen müssen, als ein feierliches Fest. Zwei Monate nach Bens Tod hatte Juliets betäubender Schockzustand allmählich nachgelassen, und sie war in eine Wutphase geraten, in der schon allein der Anblick von glücklichen Paaren im Fernsehen eine Schimpftirade gegen die verdammte Ungerechtigkeit der Welt auslöste, gefolgt von bitteren Tränen.

Louise brach es das Herz, Juliet so zu sehen – und auch ihre Eltern so leiden zu sehen. Zwar trank Juliet nicht so viel, wie Louise es in ihrer Situation wohl getan hätte, doch sie wies die unvorhersehbaren Stimmungsumschwünge einer Trinkerin auf. Ein- oder zweimal hatte Louise Juliet erwischt, wie diese Peter und sie in ihren Weihnachtssocken mit einem schrecklichen Widerwillen angesehen hatte. Louise wusste, dass dies nur so war, weil ihre kleine Familie so heil und schön schien, während Juliets eigenes Leben nur noch aus Trümmern bestand.

Ihre Familie war natürlich nicht so heil und schön, wie man von außen betrachtet hätte meinen können. Sie selbst hatte ein schlechtes Gewissen wegen ihrer Affäre mit Michael, und an Peter blieb die Rolle des einzigen anderen Mannes im Hause hängen, sodass er doppelt so viel Zeit damit verbringen musste, zuzuhören, wie ihr Dad auf Portugiesisch um Erdnüsse bat. Toby litt unter Durchfall, und keiner von ihnen hatte in der Nacht mehr als vier Stunden geschlafen. Doch es schien nicht angemessen zu sein, sich darüber zu beklagen – nicht wenn Juliet immer wieder während der Weihnachtsfolge von *Coronation Street* nach draußen rennen musste, weil sie den unvermeidlichen Heiratsantrag in der beliebten Serie nicht ertragen konnte.

Louise machte sich schwere Vorwürfe. Wenn Juliet und sie sich hätten aussprechen können, hätten sie die Situation gemeinsam durchstehen können. So wie sich die Lage allerdings augenblicklich darstellte, wusste Louise nicht, wie sie die Sache aus der Welt schaffen könnte, ohne alles noch viel schlimmer zu machen.

Diane hob die schwere Tasche auf den Tisch und sah Toby spielerisch mit weit aufgerissenen Augen an. Toby klatschte vor Begeisterung in die Hände. »Ich kenne einen kleinen Mann, der Weihnachten gar nicht mehr abwarten kann! Nicht wahr? Wir müssen dem Weihnachtsmann bald einen Brief schreiben! Damit er weiß, was du dir wünschst!«

»Mum, bitte versuch, dieses Mal auf dem Teppich zu bleiben. Letztes Jahr hat er viel zu viele Geschenke bekommen, das war schon beinahe peinlich.« Und unter Verhältnismäßigkeitsaspekten völlig überzogen, um die fehlende Fröhlichkeit der Familie wieder wettzumachen. Selbst Juliet war mit einem ganzen Arm voller Babylernspielzeug aufgetaucht, mit dem Louise sie später weinend aufgefunden hatte.

»Du weißt, am meisten gefallen ihm ohnehin die Geschenkkartons an sich.«

»Oh. Dann sollten wir dafür sorgen, dass er ganz viele Geschenkschachteln bekommt. Warum sollen wir ihn nicht so lange ein wenig verwöhnen, bis er ein kleines Geschwisterchen bekommt, mit dem er sich dann alles teilen muss?« Diane sah ihre Tochter vielsagend an. »Du und Peter, habt ihr schon einmal darüber nachgedacht ...«

»Nein«, entgegnete Louise entschlossen. »Zurück zu den Plänen für Weihnachten. Du willst also hier feiern?«

»Ja, ich denke schon. Dann können wir über Skype auch Ian und Vanda ein frohes Fest wünschen.« Skype hatte Dianes Leben verändert, insbesondere an Weihnachten. Für die jährliche Weihnachtsübertragung nach Australien war das Wohnzimmer sauberer und aufgeräumter als das der Queen. »Ist es denn für Peters Eltern in Ordnung, wenn ihr dieses Jahr an Heiligabend wieder hier seid? Sind sie nicht eigentlich an der Reihe?«

»Nein, sie fahren über Weihnachten bis nach Silvester nach Wien.« Louise nahm Toby den Salzstreuer ab und drückte ihm stattdessen sein Spielzeugtelefon in die Hand. »Sie haben die Reise schon vor Monaten gebucht. Una hat sich bereits ihre Kleidung zurechtgelegt.«

»Sie wollen die ganzen Weihnachtsferien über verreisen? Werden sie denn ihren Enkel nicht vermissen?« Diane schien diese Vorstellung zu schockieren.

»Nicht sehr.« Louise hatte es längst aufgegeben, Diane Peters Eltern zu erklären. »Sie sind nicht so verrückt auf Babys. Obwohl sie uns Geld für den Kinderhort geben, das wir wirklich gut brauchen können.«

»Habt ihr Geldprobleme? Du sagst uns, wenn ihr Hilfe braucht, oder? Wir könnten euch nämlich auch …«

»Nein. Alles in Ordnung.« Sie nahm die Hand ihrer Mutter und drückte sie. »Die Zeit, die du für uns aufbringst, ist mir viel wichtiger, Mum. Ich wüsste gar nicht, was Juliet und ich ohne dich tun sollten. Es war toll, wie du im vergangenen Jahr für uns da warst. Wir können uns wirklich glücklich schätzen, dich zu haben!«

Diane lächelte kurz und musste sich dann abwenden. Tränen traten ihr in die Augen, und mit einem Mal wirkte sie viel verletzlicher als eben noch, als Louise sie mit Toby spielend im Garten vorgefunden hatte.

»Mum? Ist alles in Ordnung?« Louise setzte Toby in seinen Kinderstuhl und strich ihrer Mutter tröstend über den Arm. Unter dem Baumwolljersey fühlte sich der Arm sehr schmal an. »Mum?«

»Alles bestens«, erwiderte Diane und wischte sich mit einem Taschentuch, das sie aus dem Ärmel zog, über die Augen. »Ich ... Es macht mich einfach traurig. Keiner von uns weiß, was die Zukunft für uns bereithält, oder?« Sie blinzelte und lächelte trotz ihrer Tränen, bevor sie sich die Nase putzte. »Wir müssen eben das Beste aus allem machen.«

»Ich weiß. Wir werden dieses Weihnachten zu einem richtig schönen Fest machen«, erklärte Louise mit der gleichen wilden Entschlossenheit, mit der sie an ihre eigene To-do-Liste des Lebens heranging. Bis jetzt schien alles – mit Ausnahme des zweiten Babys – gut zu funktionieren. »Wir werden für den Wein sorgen, da Peter ja jetzt offiziell einen Narren an diesem Sommelier vom *White Hart* gefressen hat. Habe ich schon erzählt, dass wir noch ein zweites Mal zu einer Weinprobe dort waren? So betrunken habe ich Peter nicht gesehen, seit wir uns das erste Mal begegnet sind.«

Nicht dass es ihr etwas ausgemacht hätte. Im *White Hart* hatte er nur wenig ermunternde Worte benötigt, um sich durch die ganze Liste zu trinken, anschließend auf dem Heimweg im Taxi mit ihr zu knutschen und dann tief und fest bis um zehn Uhr des nächsten Morgens zu schlafen, ohne Louise dieses Mal an die figurformende Unterwäsche zu gehen.

»Glaubst du, Juliet würde vielleicht das Weihnachtsessen kochen wollen?«, fragte Diane besorgt. »Würde sie das ablenken, oder würde sie es als Frechheit von mir empfinden, wenn ich sie danach frage? Sie kann gern zubereiten, was sie will für sie würde ich sogar Bio-Geflügel kaufen, damit sie so ein gefülltes Hühnchen-in-der-Ente-in-einer-Gans-im-Truthahn kochen kann, wie es bei *River Cottage* im Fernsehen zu sehen war.« Als Louise ihr einen zweifelnden Blick zuwarf, fuhr Diane fort:

»Vielleicht ist das eine Herausforderung für sie, mit der wir ihre Begeisterung fürs Kochen wieder wecken können.«

Louise sah sie skeptisch an. »Kim hatte das Gleiche mit der Cupcakes-Aktion gehofft. Das Ganze hat nur dazu geführt, dass wir uns bis drei Uhr in der Früh mit Mehl und Backpulver herumgeschlagen haben.«

Diane schaute sie verlegen an – wie immer, wenn sie ein Geheimnis verriet. Sie war eine schlechte Lügnerin. »Unter uns: Kim hat mich angerufen und gefragt, wann Juliet so weit sei, dass sie wieder zurückkommen könne. Ich habe ihr gesagt, dass ich das nicht weiß. Aber mittlerweile geht Juliet wieder häufiger aus dem Haus – sie kümmert sich reizend um die Hunde und Katzen ihrer Kunden. Ich will aber nicht, dass Kim sie irgendwann einmal in der Stadt sieht und denkt, dass Juliet sie zum Narren hält.«

»Aber das ist doch etwas ganz anderes, oder?«, hob Louise hervor. »Sich mit Katzen und Hunden oder sich mit Menschen beschäftigen zu müssen. Ich kann gut verstehen, wenn Juliet im Augenblick noch nichts mit Hochzeiten und Taufen zu tun haben will.«

Louise musterte ihre Mutter eingehender. Diane öffnete und schloss die Lippen immer wieder, als könne sie sich nicht entscheiden, ob sie etwas sagen solle. Louise fiel zudem auf, dass ihre Mutter eine neue Brille trug. Ein moderneres Modell mit dünneren Gläsern.

Hatte Juliet nicht auch etwas von neuer Kleidung erzählt? Vielleicht lag es an dieser »Carpe diem«-Sache, aber ihre Mutter wirkte deutlich ... *frischer*. Beunruhigenderweise erinnerte es Louise an ihr eigenes Strahlen, als sie sich noch jede Woche mit Michael getroffen und sie sich für jedes Treffen herausgeputzt hatte, um seine Aufmerksamkeit zu erregen.

Vielleicht war es nur Zufall. Ach, ganz sicher war es das.

»Mum, spuck's einfach aus«, erklärte sie matt. »Ich habe einen langen Tag hinter mir.«

Diane warf einen Blick durch die Küchentür ins Wohnzimmer, wo Eric sich zusammen mit Coco die Nachrichten im Fernsehen anschaute. Ungläubig schüttelte er den kahlen Kopf. Coco fixierte allerdings die gefährlich wackelnde Schüssel mit Chips, die Eric auf den Knien balancierte.

Diane senkte die Stimme zu einem Flüstern. »Hat Juliet dir von ihrem Date erzählt?«

»Von ihrem *Date*?« Louise hörte auf, mit Toby zu spielen, und schenkte Diane ihre volle Aufmerksamkeit. Mit dem Fuß stieß sie die Küchentür zu. »Juliet hatte ein *Date*?«

»Vielleicht ist Date nicht ganz das richtige Wort, und wir sollten auch keine voreiligen Schlüsse ziehen«, fuhr Diane fort, doch ihre Augen glänzten. »*Aber* sie ist letzte Woche mit einem Mann zu einer Veranstaltung in der Memorial Hall gegangen. Eine meiner Bekannten aus dem Buchclub, Edith – die mit dem Haarausfall –, hat sie dort gesehen. Angeblich haben sich die beiden draußen eine halbe Ewigkeit lang unterhalten. Juliet soll diese schrecklichen Stiefel getragen haben, mit denen sie Ben ein gutes Stück überragt hat – kannst du dich noch an die erinnern? Mit den Stiefeln kann man sich ganz schnell den Knöchel verknacksen.«

»Mum, jetzt vergiss doch mal die Stiefel – wer ist *er*?« Louise durchlebte in diesem Augenblick ein Wechselbad der Gefühle. Einerseits empfand sie Freude, weil ihre Schwester endlich ein wenig Licht in ihr düsteres Dasein brachte. Andererseits war sie gleichzeitig aber auch eifersüchtig, weil Juliet einen Neubeginn wagen konnte und eine Romanze in Aussicht hatte, obwohl sie selbst die Euphorie, die man verspürte, wenn man sich verliebte, wegen all der Verantwortung, die sie trug, hatte unterdrücken müssen.

Schnell schob Louise diesen Gedanken beiseite, weil sie sich wegen dieser Angelegenheit schämte.

»Oh, das hat sie nicht verraten wollen. Nur dass er einer ihrer Kunden ist, der sie eingeladen hatte, um ein volles Haus bei der Ausstellung zu haben.« Diane verzog das Gesicht zu einer »Na ja, eigentlich glaube ich ja nicht daran«-Miene. »Edith kannte den Mann auch nicht, aber er schien sehr nett zu sein. Juliet hatte die Lippen fest aufeinandergepresst, du weißt ja, wie sie ist, deswegen habe ich sie zu nichts gedrängt. Mittlerweile sollte sie aber wissen, dass man in dieser Stadt keine Geheimnisse haben kann!« Diane wackelte mit dem Zeigefinger. »Irgendwann kommt alles ans Licht!«

Louise schluckte. Ihrer Meinung nach kam es ganz allein darauf an, wie sehr man sich bemühte, ein Geheimnis zu bewahren.

»Wollte sie dir denn nichts davon erzählen?«, hakte Louise weiter nach. »Wie komisch, dass sie nichts gesagt hat. Wann soll das gewesen sein? Letzte Woche? Ich überlege gerade, ob wir vielleicht auch eine Einladung für diese Veranstaltung hatten ...«

Diane versuchte unweigerlich, einen Rückzieher zu machen, da sie eine gewisse Spannung zwischen ihren Töchtern gespürt hatte. »Ich kann gut verstehen, warum sie es für sich behalten hat. Sie weiß doch genau, wie gern dein Vater und ich Ben hatten. Natürlich hatten wir ihn gern, aber ich fände es dennoch gut, wenn sie wieder jemanden findet, der sie glücklich macht.«

»Das hoffen wir doch alle«, entgegnete Louise automatisch. Toby schlug mit einem Löffel auf das Tischchen vor ihm, und Louise nahm ihm schnell den Löffel ab, bevor es ihr auf die Nerven ging.

»Da wir gerade über Weihnachten reden«, fuhr sie fort. »Welchen Collegekurs will Dad denn jetzt belegen? Er spricht ja nun fließend Walisisch.«

Die Septemberkurse am College waren jedes Mal ein Highlight für Eric. Im Juli besorgte er sich das Kursbuch und studierte eingehend, welche Collegekurse er seinem Lebenslauf hinzufügen wollte. Mittlerweile hatte er mehr Abschlüsse vorzuweisen als Louise und Juliet zusammen.

»Oh, er hat sich noch nicht festgelegt«, erklärte Diane ausweichend. »Vielleicht meldet er sich dieses Jahr auch gar nicht an. Immerhin verschlingt so ein Kurs sehr viel Zeit.«

»Wie bitte?« Das kam Louise seltsam vor. »Will er denn mehr Zeit im Garten verbringen?«

»Nein, er will sich nur nicht wieder für ein ganzes Jahr binden. Der Walisisch-Kurs hat ihn ziemlich mitgenommen.« Während Diane sprach, räumte sie den ohnehin schon aufgeräumten Tisch auf. Die Reklamesendungen sortierte sie zu einem kleinen Stapel und legte ein paar Äpfel in den Obstkorb. »Er will sich alle Möglichkeiten offenhalten.«

Besorgt musterte Louise ihre Mutter. Die Strähnchen und die neue Brille – egal. *Wirklich beängstigend* war die Tatsache, dass Dad im neuen Semester keinen Kurs belegen wollte. »Mum, gibt es vielleicht irgendetwas, was du mir verschweigst?«

»Nein!« Diane schaute auf und sah sie mit glänzenden Augen an. »Könnte ich je etwas vor Longhamptons Oberstaatsanwältin verbergen?«

Louise erwiderte nichts. Doch für eine Familie, für die ihre Mitglieder wie ein offenes Buch waren, taten sich derzeit ziemlich viele Geheimnisse auf.

19

Wo sollen die hin? Oh, störe ich gerade?«

Hastig schloss Louise das Browserfenster des Internets, als Tanya, die neue Büroleiterin, geschäftig mit einer Ladung Aktenmappen und dicken Ordnern mit Fallnotizen ins Büro geeilt kam.

»Nein«, erwiderte sie schnell, doch als sie Tanyas »Ja, klar«-Miene sah, fuhr sie fort: »Ja, erwischt. Ich habe kurz einen Blick auf meine *Tesco*-Einkaufsliste geworfen. Wenn ich mich erst kurz vor Feierabend darum kümmere, vergesse ich immer alles Mögliche. Tut mir leid. Legen Sie bitte alles hier auf die Ecke.«

»Ihr kleines Geheimnis ist bei mir sicher.« Tanya zwinkerte ihr zu. »Sie sprechen hier nämlich gerade mit der Frau, die eine Stunde früher zur Arbeit gekommen ist, um herauszufinden, wann der Schlussverkauf beginnt, bevor die anderen es tun.«

Louise lachte verschwörerisch und räumte eine Ecke ihres Schreibtisches für die Akten frei. Ihre »Wiedereingewöhnungsphase« war längst vorbei; Douglas hatte ihr mehr Gerichtsfälle übertragen als allen anderen, um die Arbeitsrückstände vor der nächsten Leistungsbewertung des Stadtrats aufzuarbeiten.

Wenigstens einmal am Tag erinnerte er jeden einzelnen Mitarbeiter daran, dass immer noch die Gefahr bestand, mit dem Bezirksgericht des benachbarten Landkreises zusammengelegt zu werden. Was Louises Panik aber nur noch steigerte, sodass sie noch schneller ihr altes Arbeitstempo wieder errei-

chen wollte, damit sie sich auf diese Art für Douglas unent-
behrlich machen konnte.

Wenn doch nur ihre verzweifelte Arbeitswut sie von all den
Dingen ablenken könnte, die ihr durch den Kopf gingen! Was
aber leider nicht der Fall war. Sobald sie etwas erledigen sollte,
wurde sie heimtückisch von Sorgen und Ängsten überwältigt,
die sie von ihrer Arbeit ablenkten. Stand sie vor Gericht, sorgte sie sich um Peter und ihre Ehe. Zu Hause quälte sie sich mit
der Frage herum, was passieren würde, wenn sie schwanger
werden würde, bevor der Stadtrat die Zusammenlegung ver-
kündete.

Obwohl sie diese eine Sorge – realistisch betrachtet – von ihrer Liste streichen konnte. Was das betraf, sollte sie sich wohl
eher Gedanken darüber machen, dass der arme Peter wegen
ihrer Gefühlskälte nicht noch die Scheidung einreichte.

»Louise?«

Louise merkte, dass sie schon eine ganze Weile auf die zuoberst liegende Akte starrte, einen Genehmigungsantrag, der
zum wiederholten Male gestellt wurde. »Tut mir leid. Ich habe
mich nur gerade ... gefragt, wann der Fall der Red Lions noch
einmal wiederaufgerollt wird. Und da ist er schon.«

Tanya schien das kaum zu überzeugen, doch sie schwieg
wohlweislich.

Nachdem sie die Tür hinter sich geschlossen hatte, öffnete
Louise das Browserfenster wieder und las weiter.

Wie hatte sie es so weit kommen lassen können, fragte sie
sich, während ihr Blick die Internetseite nach bestimmten
Schlüsselwörtern absuchte. Affäre. Schuld. Verlust der Leidenschaft. Suchte sie tatsächlich auf *Mumsnet* Rat, wie sie ihr
Leben nach einer Affäre wieder in den Griff bekommen sollte, anstatt einfach ihre Mutter zu fragen? Oder eine Freundin?
Oder gar ihre Schwester?

Louises Juristenverstand argumentierte sogleich, dass dies
genau *die* Leute waren, die man in einer solchen Situation nie-

mals um Rat fragen sollte. Stattdessen sollte sie einfach aufhören, dumme Fragen zu stellen, und sich lieber um eine hilfreiche Strategie kümmern.

Ihr blieb aber auch kaum eine andere Wahl – sie hatte schlichtweg keine Zeit dafür, selbst zu *Relate* zu gehen, der Organisation, die Hilfe und Unterstützung bei Beziehungsproblemen gab. Außerdem würde Peter sicherlich wissen wollen, wo sie hinging, und jeder Moment, den sie mit Toby verbringen konnte, war ihr wichtiger als alles andere – insbesondere, seitdem sie wieder arbeitete. Ihre Freundinnen vom Elternverein des NCT hatten sich alle glücklich in ihre Mummy-Welt eingeigelt, zudem wollte sie gar nicht mehr zur NCT-Gruppe zurück. Sie traute sich selbst nicht über den Weg, *nicht* nach Michael zu fragen, um herauszufinden, wo er war und wie es ihm ging. Es tat weh, doch Louise befürchtete, sogleich wieder schwach zu werden.

Einzig sicher waren in dieser Zeit allein zwei Dinge: Sie liebte ihren Sohn über alles und fühlte sich unsagbar einsam. Und dabei hatte sie nicht einmal einen Minton, bei dem sie ihren Kummer abladen konnte. Juliet dagegen wurden wenigstens unbegrenztes Mitgefühl und Ratschläge zuteil, und alle Leute erklärten ihr, welch perfekte Ehe sie geführt hatte – selbst wenn sie es besser wusste ...

Louise wurde angesichts ihrer eigenen Gemeinheit ganz schlecht, und schnell öffnete sie ihre Schreibtischschublade. Der *Dairy-Milk*-Schokoriegel für den Notfall hatte gerade mal sechsunddreißig Stunden gehalten. Ein Rekord. Sie riss die Verpackung auf, brach den Riegel in der Mitte durch und erlaubte sich, noch vier Minuten über ihre Möglichkeiten nachzudenken, bevor sie mit der Bearbeitung ihrer Fälle fortfuhr.

Der Konsens der Meinungen schien sich zu etwa gleichen Teilen in zwei Lager zu splitten. Entweder sollte sie die Last ihrer Schuld und Schande als eine verdiente Strafe bis an ihr Lebensende tragen oder Peter alles gestehen, ehrlich zugeben, was sie getan hatte und warum, um dann einen Neubeginn zu versuchen.

Gruppe A fand, dass es Peter gegenüber nicht fair sei, ihn mit den Details zu bestrafen, und Louise war geneigt, dem zuzustimmen. Schließlich war es ihr Chaos, das sie angerichtet hatte, und nicht seines. Gruppe B dagegen beharrte darauf, dass sie nichts wiederaufbauen könne, solange nicht alle Karten auf dem Tisch liegen würden, und sosehr Louise allein schon bei dem Gedanken zurückschreckte, wie sie ein solches Gespräch überhaupt anfangen sollte, so war sie doch nicht dumm. In den letzten zehn Monaten war sie keinen einzigen Schritt vorwärtsgekommen. Jedes Mal wenn sie Peter ansah, war eine dritte Person im Raum. Nicht nur Michael stand zwischen ihnen, sondern auch ihre Scham und das schlechte Gewissen.

Im Grunde bin ich diejenige, mit der ich mich auseinandersetzen muss, dachte sie, während sie die zweite Hälfte des Riegels in kleine Stücke brach, damit diese nicht so schnell verschlungen waren wie die erste Hälfte. Ich bin diejenige, die einen Schlussstrich unter die ganze Angelegenheit ziehen muss.

Das Ende ihrer Affäre war trotz allem recht würdelos gewesen. Eine panische, taktlos formulierte SMS, eine knappe Antwort; dann hatte sie all seine E-Mails und seine Telefonnummern gelöscht und jeden Hinweis auf ihn zerstört, um jeglichen Rückfall zu verhindern.

Nicht, korrigierte sich Louise, dass irgendein Rückfall zu befürchten war, zumindest nicht in körperlicher Hinsicht. Es waren vielmehr die Freundschaft und das Gefühl, dass ihr jemand zuhörte, die sie wie eine klaffende Lücke in ihrem Leben empfand. Ja, natürlich hatte sie Michael attraktiv gefunden, aber dieses Empfinden war allein der Zeit geschuldet, die sie miteinander verbracht hatten. Mit jeder Woche hatten sie ihre gleiche geistige Wellenlänge mehr genossen. Bens Tod und die chaotischen Wochen danach, als nichts mehr real zu sein schien, hatten dazu geführt, dass die natürlichen Grenzen aller Dinge überschritten worden waren. Wenn Ben nicht gestorben wäre, vielleicht hätte sie alles so belassen können, wie es gewesen war. Dann hätte sie niemanden enttäuschen und hintergehen müssen.

Ja, genau, erklang die Stimme in ihrem Kopf.

Während sie eine Akte studierte, blinkte plötzlich eine neue Mail in ihrem Postfach auf. Sie stammte von Peter, der Betreff lautete »Freitagabend-Date«.

Louise wurde es schlecht, was sicherlich nicht an der Schokolade lag.

Vielleicht wenn ich Michael noch einmal sehe, mich aufrichtig bei ihm entschuldige und akzeptiere, dass es einfach nur eine Freundschaft war, die quasi übergekocht ist, und keineswegs eine vernichtende Anklage gegen meine Ehe – vielleicht kann ich dann über alles hinwegkommen, dachte sie.

Louise hatte plötzlich wieder seinen überraschten Gesichtsausdruck vor Augen – den Moment, als sie den Kopf verloren und ihn auf der Brücke geküsst hatte. Zuvor hatte sie zwei Tage lang nicht schlafen können und mit einer hysterischen, trauernden Juliet dagesessen und sich rund um die Uhr um Toby gekümmert, doch sie hatte sich nie wacher und entschlossener gefühlt, jede Minute auszukosten, als in jenem Moment. Der Kuss war unglaublich gewesen. Ihr war schwindelig geworden, und dennoch hatte sie den Geschmack seiner Lippen und ihren heißen Atem in aller Deutlichkeit wahrgenommen.

Was aber, wenn du ihn wiedersiehst und nicht die richtigen Worte findest, argumentierte die Stimme in ihrem Inneren. Schließlich war dies kein Gerichtshof, und es würden keine Zeugen gehört werden. Du wärst auf dich allein gestellt.

Ich werde ihm einen Brief schreiben, beschloss Louise. Sie konnte ihn nicht anrufen oder ihm eine E-Mail schreiben, da sie all seine Kontaktdaten rigoros gelöscht hatte. Aber sie konnte ihm schreiben. Die Worte würden sie nicht im Stich lassen.

Zufrieden mit ihrem Plan drehte sie sich mit ihrem ledernen Bürosessel um und beobachtete ein Taubenpärchen, das sich draußen auf der Klimaanlage niederließ.

Wenn ich nicht meine Gedanken geordnet bekomme und mein Leben wieder in geregelte Bahnen lenke, dann werde ich noch sehr lange in einem Büro sitzen, von dem aus ich auf die Klimaanlage hinausschaue, dachte Louise.

Und dann, weil ihr nichts anderes wichtiger erschien, zerrte sie einen Stapel Papier aus dem Drucker und begann zu schreiben.

Jeden Morgen war Juliet so sehr mit den Haushalten anderer Leute beschäftigt, dass sie bereits die kompletten Hörbuchausgaben von Jane Austen durchgehört hatte und nun mit Charles Dickens begann.

Obwohl der August beinahe schon vorüber war und die Sommerferien sich langsam dem Ende zuneigten, wollte ihr Telefon nicht stillstehen. Sobald eine Familie aus Florida zurückkehrte, rief deren Nachbar an und bat, ob sie vielleicht vorbeikommen, die Katzen füttern und mit den Meerschweinchen spielen könne. Und die Post hereinholen, den Goldfisch des Sohnes versorgen und überprüfen, ob der DVD-Recorder auch die richtigen Filme und Serien aufnehmen würde.

Manche Aufträge musste sie ablehnen, weil sie einfach nicht genug Zeit hatte, sich um alles zu kümmern. Eine halbe Stunde lang kraulte Juliet gern jeder Katze den Bauch und schenkte ihr ihre volle Aufmerksamkeit, wenn diese das denn wünschte – manche von ihnen steckten nicht einmal den Kopf durch die Katzenklappe, wenn sie ihnen frisches Futter hinstellte. Andere wiederum kamen auf sie zugestürzt, strichen ihr um die Beine und waren dankbar für jedes Kraulen und ein paar liebe Worte.

Juliet bekam das Gefühl, richtig gebraucht zu werden und etwas Nützliches zu tun. Zwar tat sie auch etwas Sinnvolles, wenn sie die Post der Leute hereinholte und kleinere Gefallen

für die Tierbesitzer erledigte, doch keine andere Aufgabe erwärmte ihr Herz so sehr wie diese. Vielleicht beeinträchtigte
es allmählich ihren Verstand, dass sie mehr Zeit mit Tieren verbrachte als mit Menschen, doch den Tieren ein wenig Gesellschaft zu leisten ließ sie aufleben. Ohne ihre Herrchen waren
die Tiere ganz offensichtlich einsam und wussten nicht, ob diese für immer fort waren. Juliet gefiel die Vorstellung, dass sie
der Angst der Tiere entgegenwirken und sie davon überzeugen
konnte, dass die Herrchen zurückkehren würden.

Außerdem war es nett, ein oder zwei Stunden lang mit Katzen spielen zu können, ohne dabei die Verantwortung für sie
zu haben. Eigentlich hätte Juliet immer gern eine große, hübsche Katze mit Schildpattmuster gehabt, doch Ben und Minton
waren nie sonderlich versessen darauf gewesen. Nun besaß sie
eine ganze Reihe von »geliehenen« Tieren, und die meisten
davon liebten sie. Emer bat sie neuerdings flehentlich, Florrie
mitzunehmen, um sie von der Menagerie zu Hause abzulenken. Just als Juliet das Haus der Kellys verließ und die Haustür
abschloss (zwei Hamster, drei Katzen, vierzehn verschiedene
Sorten Frühstücksmüsli und -cornflakes auf der Küchentheke), schickte Lorcan ihr eine SMS, um zu fragen, ob sie Zeit
habe, endlich die Fliesen in der Dusche zu verfugen. Er war
bereit, ihr das Verfugen beizubringen, wenn sie ihm dafür eine
Portion Austern kochen würde, die heute Morgen vom gleichen Laster gefallen waren wie die meisten Bestandteile ihres
Badezimmers.

»Solange die Austern frischer sind als deine Witze«, schrieb
sie zurück. »Wann?«

»Nach dem Mittagessen?«

Juliet warf einen Blick auf ihre Uhr. Um die Mittagszeit herum
musste sie mit Hector, Minton und Damson Gassi gehen, was
bis etwa vierzehn Uhr dauern würde. Erst um achtzehn Uhr
fing dann wieder ihre tägliche Katzenrunde an. Vielleicht würde Lorcan so lange auf Minton aufpassen, während sie unter-

wegs war; dann könnten sie um neunzehn Uhr zu Abend essen. Womit wieder beinahe ein ganzer Tag vorüber wäre.

Mit sanftem Bedauern fiel Juliet ein, dass sie dann einige nacheinander laufende St.-Trinitan's-Filme im Fernsehen verpassen würde. Doch ihre regelmäßigen Gedanken an das Fernsehprogramm waren mittlerweile eher zu einer Gewohnheit geworden als zu einem Verlangen, sich die Filme und Serien auch tatsächlich anzuschauen.

»Cool«, schrieb sie zurück. »Wir brauchen Guinness.«

Wie gewohnt freute sich Damson unbändig, Juliet zu sehen. Juliet ihrerseits war begeistert, als Damsons Gebell erst dann ertönte, als sie den Schlüssel im Schloss der Hintertür drehte.

Im Haus lief das Radio, und im Wohnzimmer war sogar der Fernseher an. Offenbar wollte Mark Damson die freie Wahl lassen. Auf dem Küchentisch lagen unter Juliets Geld sogar noch ein brandneues Spielzeug und eine Dose mit Hundekäse für Damson sowie eine mit Füllfederhalter verfasste Nachricht mit seiner feinen Schreibschrift.

Liebe Juliet,
ich habe einen tollen Pub für Hunde in Hanleih gefunden, bei dem sogar Menschen im Barbereich erlaubt sind! Du und Minton, hättet ihr Lust, am kommenden Sonntag dort zu Mittag zu essen? Der Pub heißt Pig and Whistle. *Wir sind ab ein Uhr dort. Danach könnten wir vielleicht einen Spaziergang machen, wenn mein Futterlieferant es nicht wie gewohnt mit dem Mittagessen ein wenig übertrieben hat.*
Liebe Grüße,
Damson

PS: Hier liegt ein neues Spielzeug für Minton, da ich seines kaputtgemacht habe – tut mir leid. Mir ist eben langweilig, wenn du nicht da bist.

Juliet musste lachen. Es fiel ihr deutlich leichter, eine Einladung zum Mittagessen von Damson anzunehmen, auch in Mintons Namen. So drohte aus keinerlei Richtung irgendein Druck zu entstehen.

Ganz schön geschickt von Damsons Futterlieferanten, fand sie. Und auch ziemlich taktvoll. Wie sollte da schon irgendein Druck entstehen, wenn sie unter dem Schutz ihrer tierischen Anstandswauwaus standen? Je besser sie Mark kennenlernte, desto weniger sah sie in ihm den Auktionator aus dem Fernsehen, sondern viel mehr einen realen, herzlichen Menschen, mit dem sie sich vorstellen konnte, vielleicht eines Tages ...

Juliets Magen verkrampfte sich, doch sie zwang sich, den Gedanken zu Ende zu führen. Sie konnte sich auf jeden Fall vorstellen, zusammen mit ihm in seiner Küche etwas zu kochen. Und auch, wie er sie umarmte, während er im Kochtopf rührte.

Juliet merkte, wie etwas ihr Bein streifte, und sah hinunter.

Damson hatte sich zu ihren Füßen niedergelassen; die Leine baumelte in ihrem Maul. Man benötigte nur ein paar Hundekekse, um Damson einige Tricks beizubringen. Mittlerweile konnte sie Pfötchen geben, sich auf Kommando hinlegen und eine Rolle machen.

»Vielen Dank, Damson«, sagte Juliet erfreut, nahm ihr die Leine ab und befestigte diese an Damsons Halstuch mit Schottenmuster. »Ich würde liebend gern mit euch zu Mittag essen gehen. Jetzt aber los, damit du schön müde wirst!«

Louise sollte eigentlich um drei Uhr in einer Fallbesprechung sitzen, doch der Termin war in letzter Minute abgesagt worden, als sie schon auf dem Weg durch die Stadt war.

Der Brief befand sich in ihrer Tasche und war fest verschlossen, damit sie es sich nicht in letzter Minute noch einmal überlegte und alles änderte. Der Brief war gut geworden, und sie hatte sich alle Last von der Seele schreiben können, ohne dass

Michael gezwungen war, darauf zu antworten. Als der Brief geschrieben war, hatte sich Louise besser gefühlt. Sie hatte ehrlich gesagt, wie viel ihr ihre Freundschaft bedeutet hatte, und sich für das jähe Ende entschuldigt, das sie – ohne einen Blick zurückzuwerfen – so plötzlich herbeigeführt hatte. Da sie nun diese Gedanken nicht mehr mit sich herumschleppen musste, grübelte sie, würde es vielleicht einfacher werden, die Beziehung zu Peter wieder in Ordnung zu bringen.

Louise fragte sich, ob Michael wohl auch in der gleichen Zwickmühle steckte. Ob er sich vielleicht wieder mit seiner Exfrau zusammengerauft oder möglicherweise sogar auch jemand Neues kennengelernt hatte. Es hatte ihr ein gehöriges Maß an Selbstbeherrschung abverlangt, diese Fragen in ihrem Brief nicht zu stellen.

Eigentlich könnte ich den Brief schnell bei ihm einwerfen, dachte sie, schließlich bin ich gerade in der Nähe seines Hauses. Vielleicht war er sogar da, falls er heute von zu Hause aus arbeiten sollte.

Sie setzte sich über das nervöse Flattern hinweg, das sie am ganzen Körper verspürte. Hierbei ging es einzig und allein darum, einen Schlussstrich zu ziehen. Um nach vorn schauen zu können.

Louise eilte die High Street entlang und bog dann in die Duke Street ab, vorbei an den Läden, bei denen man vor der Wirtschaftskrise eine Renovierung begonnen hatte, die aber nun nach und nach leider wieder in ihren alten, vernachlässigten Zustand zurückfielen. Die Schuhe, die Louise für Gerichtsverhandlungen trug, waren eigentlich nicht fürs Laufen vorgesehen. Sie hatte schlichtweg vergessen, auch die flachen Schuhe einzustecken, so sehr war sie in Eile gewesen, das Haus zu verlassen. Doch die Überzeugung, dass sie bis fünf Uhr nachmittags das Problem angepackt und hinter sich gelassen haben würde, ließ sie entschlossen voranschreiten.

Sie bog von der Geschäftsstraße ab und lief an den viktorianischen Häuserreihen vorbei. Sie näherte sich dem Ziel, das nur noch zwei Straßen entfernt lag. Ihr Herz raste so wild, wie sie es nur von den Verhandlungen des Strafgerichtshofs kannte.

Wollte sie, dass er da war, oder lieber nicht?

Zuerst war der Brief nur Plan B gewesen, den sie in der Hinterhand haben wollte. Doch da die Aussicht, Michaels sympathisches Gesicht tatsächlich gleich wiederzusehen, immer realer wurde, fragte sich Louise unweigerlich, ob es nicht vielleicht besser wäre, den Brief einfach nur in den Briefkasten zu werfen und sich gar nicht erst in Versuchung zu bringen. Ihre Aufregung stieg merklich an, und sie überprüfte hektisch, ob ihre Frisur saß. Was sollte sie sagen, wenn er die Tür öffnen würde?

Ganz gleich ob diese Aktion hier richtig oder falsch war: Sie fühlte sich so kraftvoll wie schon seit Monaten nicht mehr, und das Blut in ihren Adern schien heißer zu pulsieren.

Louise bog um die letzte Ecke und stand plötzlich vor seinem Haus. In den gegenüberliegenden Häusern schien niemand da zu sein, und auch Michaels Landrover parkte nicht vor dem Haus. Louises Magen flatterte; war dies ein gutes oder ein schlechtes Zeichen? Es bedeutete nicht zwangsweise, dass er tatsächlich nicht zu Hause war.

Sie klingelte und wartete. Seine Klingel gehörte nicht zu jenen, die man bis draußen hören konnte. Drinnen waren keine Schritte zu vernehmen oder Bewegungen durch das mattierte Glas der Haustür zu erkennen.

Louise hüpfte von einem Fuß auf den anderen und klingelte ein zweites Mal. Dann klopfte sie an die Glasscheibe – nur für den Fall.

Nichts. Offenbar war niemand zu Hause.

Sie schob die Enttäuschung beiseite, die langsam in ihr emporkroch, und griff in ihre Tasche. Nachdem sie den Briefumschlag herausgeholt hatte, musterte Louise den Briefkasten an der Seite des Hauses. Obwohl es sich in dieser Gegend um Stadthäuser handelte, hatten sich die Eingangstüren als viel zu modern erwiesen, um sie mit einem solchen Anachronismus wie einem Briefkasten abzuwerten. Stattdessen besaß nun jedes Haus an der Straße einen Briefkasten im amerikanischen Stil, komplett mit einem niedlichen Fähnchen.

Du tust das Richtige, Louise! Du gehst das Problem an.

Ganz langsam ließ sie den Brief in den Kasten fallen. Die Öffnung klickte zu, und Louise drehte sich auf dem Absatz um und marschierte fort, das Herz schwerer als angenommen.

Sie kam bis zum Mülleimer an der Ecke, als sie begriff, was sie gerade getan hatte – und ihr schlecht wurde. In Wahrheit hatte sie einzig und allein Michael wiedersehen wollen. Eine Entschuldigung finden wollen, ihm zu begegnen. Wie ein Teenager, der einer Illusion hinterherjagte, hatte sie ihren nichtsnutzigen Verstand benutzt, um das Falsche zu tun, während sie gleichzeitig so getan hatte, als geschehe dies zum Wohle aller. Ihr wurde klar, dass sie eigentlich nur darauf gewartet hatte, dass Michael an die Tür kam und vor Freude strahlte, sie wiederzusehen. Was nicht geschehen war, da dies alles nur in ihrer Vorstellung passiert war.

Oh, Louise, du törichtes Ding, verfluchte sie sich selbst vor Schreck über ihren fehlenden Durchblick.

Mit zitternden Knien eilte sie zu Michaels Haus zurück. Das war immer noch dasselbe, doch im Briefkasten lag eine Bombe, die nur darauf wartete hochzugehen.

Wo war bloß ihr juristischer Sachverstand? Was, wenn jemand anders den Brief las? Anna vielleicht? Was, wenn die beiden tatsächlich wieder zusammengekommen waren? In ihrem Brief war sie zwar vorsichtig gewesen, aber sicherlich nicht vorsichtig genug; sie kannte genügend Scheidungsanwälte, die aus den wenigen Krumen, die sie verstreut hatte, ein komplettes Mahl zaubern konnten.

Unbeholfen versuchte Louise, mit den Fingern in den Briefkasten zu greifen, doch dieser war so entworfen worden, dass genau *das* verhindert wurde. Sie geriet in Panik und fing an zu schwitzen. Ihr war klar, wie unlogisch ihr Verhalten war, doch sie hämmerte an die Haustür, falls doch jemand zu Hause sein sollte.

Ihr Mund wurde ganz trocken. Irgendjemand kam nun *tatsächlich* den Flur entlang, doch die Umrisse dieser Person waren für Michael nicht groß genug. Louises gerichtserprobter Verstand ging schnell alle Möglichkeiten durch und legte sich mögliche Antworten parat – war er umgezogen? War dies seine Putzfrau? War das *Anna?*

Die Haustür öffnete sich, doch auf dieses Gegenüber war Louise nicht vorbereitet.

»Juliet?«, stammelte sie.

Es war nur ein schwacher Trost, dass Juliet sie genauso überrascht anstarrte.

20

Louise?«

Juliet hatte Louise noch nie so erschüttert erlebt. Obwohl sie ihr volles Make-up trug, schien ihr alle Farbe aus dem Gesicht gewichen zu sein, und es sah aus, als würde sie gleich in Ohnmacht fallen.

»Was machst du hier?«, fragte Louise sie schließlich mit trockenen Lippen.

»Und was tust du hier?!«, erwiderte Juliet. Damson und Minton kamen aus dem Hauswirtschaftsraum angerannt, wo sie sie eigentlich wegen ihrer schlammverkrusteten Pfoten eingesperrt hatte. »Pass auf die beiden auf – sie haben dreckige Pfoten.«

Louise schien das nicht zu interessieren. »Ich bin hier, um Michael zu sehen.«

»Michael?« Juliet verspürte die seltene Chance, die Königin der Korrektheit in diesem Punkt korrigieren zu können. »Hier gibt es keinen Michael. Du stehst vor dem falschen Haus.«

Louise starrte an ihr vorbei in den Flur und schien dann etwas zu erkennen – die Wanduhr im Modern-Art-Stil vielleicht. Fotos konnte sie nicht gesehen haben, dachte Juliet, da es diese hier nicht gab. Danach hatte sie selbst schon Ausschau gehalten.

Louise schüttelte den Kopf. »Michael. Mike Ogilvy. Er wohnt definitiv hier.«

»Louise, hier wohnt kein M...« Juliet hielt inne. Ihr klappte der Mund auf, als der Groschen fiel. »Mark. Mike. O mein Gott!« Sie schlug die Hand vor den Mund. »Ich habe ihn die ganze Zeit über Mark genannt! Na ja, meistens einfach nur ›Futterlieferant‹. Vielen Dank für die Info – das hätte noch ziemlich peinlich werden können ...«

Doch Louise konnte darüber nicht lachen. Sie sah eher aus, als würde sie gleich in Tränen ausbrechen.

»Lou, alles in Ordnung mit dir?«, fragte Juliet besorgt. »Willst du kurz reinkommen? Mark ... Entschuldigung, *Mike*, kommt erst so gegen sechs zurück. Er muss eine ganze Herde Rinder taxieren, und das in ... Hey!«

Louise schwankte. Juliet packte sie schnell am Arm. »Alles okay mit dir?«

»Ich muss da etwas rausholen«, erklärte Louise schwach und deutete auf den Briefkasten.

»Was denn? Hast du deinen anonymen Brief an die falsche Adresse geschickt? Wird Mike wegen irgendwas vorgeladen? Ich dachte eigentlich, das sei Aufgabe der Polizei!«

»Jetzt hör endlich auf, Witze zu machen!«, heulte Louise. Sie heulte wirklich. »Verrate mir einfach nur, ob du diesen be-schissenen Briefkasten für mich öffnen kannst?«

»Ja, wahrscheinlich ...«

»Dann tu es. Bitte. Tu's für mich.«

»Okay. Aber du musst mir erst sagen, warum ich das tun soll.« Juliet war sich nicht sicher, ob hier nicht eine Vertrau-ensfrage auf dem Spiel stand. Sie ging nie an den Briefkasten; das Fähnchen war immer unten, wenn sie herkam. Deswegen hatte es auch keine Anhaltspunkte dafür gegeben, dass sie ihn tatsächlich monatelang mit dem falschen Namen angespro-chen hatte. Oje.

»Mache ich. Alles, was du willst. Aber ... hol jetzt einfach nur den Brief da raus.«

Juliet warf einen Blick auf die Rückseite der Tür, wo Mark – *Mike* – seine Schlüssel aufbewahrte. Dort hing auch ein kleiner Schlüssel, von dem sie annahm, dass er zum Briefkasten gehörte. Unter Louises flammenden Blicken schloss sie den Briefkasten auf.

»Das finde ich ein wenig unmoralisch«, erklärte Juliet, als sie ein paar Anwaltsbriefe auf schwerem Briefpapier, eine Gasrechnung, ein paar Pizzaflyer, eine Benachrichtigung der Post (wie schade, sie hätte das Paket annehmen können, wenn er ihr etwas davon gesagt hätte) sowie einen dünnen Brief mit Louises Handschrift aus dem Kasten holte.

»Was steht denn darin?« Juliet sah den Umschlag an, als wolle sie ihn gleich öffnen. »Ist das etwa ein Liebesbrief?« Als sie zu ihrer Schwester hinübersah, merkte sie, dass Louises Blick glasig geworden war.

Ganz langsam setzten sich die Zahnrädchen in Bewegung, und ihr drängte sich ein Verdacht auf. Louises seltsames Geständnis, was diesen naturliebenden Mann betraf – war das etwa Mark? Immerhin war er geschieden. Und dann gab es da noch dieses Kleinkind, das ebenso alt wie Toby war.

»O mein Gott!«, keuchte Juliet. »*Er* ist es! Mark ist der Mann, in den du dich vor Bens Tod verliebt hattest!«

Michael, erklang eine Stimme in ihrem Hinterkopf. Er heißt nicht einmal so, wie du dachtest! So gut kennst du ihn also! Du *dumme Gans*! Wie hattest du bloß annehmen können, dass sich hieraus vielleicht eine neue Beziehung entwickeln könnte?

Juliet wurde es schwindelig, und sie hatte das Gefühl, als würden die Mauern um sie herum auf sie zustürzen. Louise sagte irgendetwas, doch ihre Worte verhallten, da Juliets Verstand viel zu sehr damit beschäftigt war, das Rauschen in ihren Ohren zu besänftigen. Sie kannte den Mann ja kaum – wieso tat es dann so weh?

»Es ist vorbei, Juliet, ganz ehrlich. Da war ja auch nie wirklich etwas. Es war … Es war nicht einmal eine richtige Affäre. Eher ein kleiner Flirt, der ein wenig zu weit gegangen ist, als ich nach Bens Tod in einer Art Schockzustand war. Als er starb, habe ich mich gefragt, was wohl als Nächstes passieren würde, und ...«

»Lass Ben aus der Sache raus, du Heuchlerin!«, schrie Juliet. »Versuche ja nicht, meinen Ehemann als Entschuldigung für deine billige Affäre zu benutzen!«

Louise klappte der Mund auf, bevor sie die Augen zusammenkniff. »Erklär mir bitte mal, was ich geheuchelt haben soll? Immerhin bin nicht ich diejenige, die überall herumläuft und vor allen so tut, als habe sie die perfekteste aller Ehen geführt, oder? Oder hast du schon vergessen, was du mir damals erzählt hast?«

Das war zu viel für Juliet. Die Wut, die seit Monaten in ihr gebrodelt hatte, kochte über.

»Und hast *du* etwa vergessen, was du *mir* erzählt hast? Mit dieser scheinheiligen Miene?« Juliet ahmte Louises belehrenden Tonfall nach. »*Alle Ehen erleben auch mal einen Durchhänger. Du musst dich anstrengen, es ist die Sache wert.* Und die ganze Zeit über hast du hier mit *Michael* ...«

»Ich habe dabei von deiner Ehe gesprochen«, schrie Louise. »*Deine* Ehe war es wert, gerettet zu werden! Du und Ben, ihr wart ein tolles Paar; ihr wart dafür bestimmt, zusammen zu sein. Ich wollte nicht dabei zusehen, wie ihr euch trennt, nur weil es ein einziges Mal bei euch kriselte! Ben ist ein wenig verantwortungslos mit Geld umgegangen? Verglichen mit der echten, schweren Krise, in der Peter und ich uns zu dem Zeitpunkt befunden haben, war das ...«

»Stimmt, du hast natürlich immer das Recht auf die einzig gültige Version gepachtet, nicht wahr?«

Louise warf Juliet einen bitterbösen Blick zu. »Dann versuch du doch mal, mit drei Stunden Schlaf auszukommen, ohne dass dein Ehemann dir bei irgendwelchen Hausarbeiten hilft, weil er Computerspiele aus ›Recherchegründen‹ spielt, und du obendrein das Gefühl hast, dass jeder in dir nur die hirntote Mummy sieht. *Das* ist eine echte Krise. Ich weiß, dass ich mit

Michael einen Fehler gemacht habe. Ich wollte einfach nicht, dass du in den gleichen Albtraum hineinschlitterst wie ich.«

»Von meiner Warte aus sah das aber ganz anders aus«, bellte Juliet zurück. »Für mich wirkte es eher, als hättest du es verdammt genossen, nebenher noch etwas laufen zu haben.«

»O Gott.« Louise schlug eine Sekunde lang die Hände vors Gesicht. Als sie die Hände wieder sinken ließ, sah sie elend aus. »Okay, für kurze Zeit war es toll. Was aber nicht heißen soll, dass ich mich deswegen nicht gleichzeitig total schlecht gefühlt habe! Es war furchtbar und ...«

Draußen vor dem gegenüberliegenden Haus fuhr ein Auto vor, und beide Frauen verharrten wie erstarrt. Eine Frau stieg aus und sah neugierig zu ihnen herüber, bevor sie ihre Einkäufe auslud. Der ganze Kofferraum war voller Einkaufstüten. Sie würde noch eine ganze Weile dort zu tun haben.

»Ich will mir hier draußen keinen Schlagabtausch liefern«, zischte Juliet. »Und nein, ich halte es auch für keine gute Idee, nach drinnen zu gehen«, fuhr sie fort, als sie Louises Blick bemerkte, der zum Flur gehuscht war. Sie fragte sich, wie oft Louise wohl hier gewesen war. Öfter als sie? War sie auch im oberen Stockwerk gewesen? Juliet lief es eiskalt den Rücken hinunter.

Schlimm genug, dass sie einsehen musste, »Mark« kaum zu kennen; aber jetzt auch noch zu erfahren, dass auch ihre eigene Schwester nicht wiederzuerkennen war, brachte das Fass zum Überlaufen.

Ihr fiel auf, dass sie immer noch Louises Brief in der Hand hielt.

»Könnte ich den bitte haben?«, fragte Louise.

Juliet überlegte, einfach Nein zu sagen, um Louise zu bestrafen. Ihre Wut kam und ging wie Ebbe und Flut. Schnell steckte sie den Brief in ihre Gesäßtasche und zog den Autoschlüssel aus der Jeans.

»Hier.« Sie warf Louise den Schlüssel für ihren Kastenwagen

zu. Glücklicherweise war sie mit dem Auto gefahren, um alle Katzentermine wahrnehmen zu können. »Setz dich mit Minton ins Auto. Ich komme in einer Minute nach.«

Louise starrte auf den Schlüssel, während Juliet sie neugierig beobachtete. Es war seltsam, Louise einmal so außer Kontrolle zu sehen, dass sie beinahe hyperventilierte. Immerhin war sie immer diejenige gewesen, die sogar dann noch einen kühlen Kopf bewahrt hatte, wenn der Strom plötzlich ausfiel oder jemand Nasenbluten bekam.

»Okay«, erwiderte sie schließlich und ging zum Auto.

»Vielleicht musst du kurz über den Beifahrersitz bürsten«, fuhr Juliet aus alter Gewohnheit fort. »Das ist nämlich Mintons Platz. Es könnte dort ein wenig ... haarig werden.«

Mike. Michael. *Michael.*

Juliet zwang sich, den Namen immer wieder aufs Neue zu wiederholen, als sie ihren gewohnten Ablauf im Hauswirtschaftsraum schnell abspulte und den Wassernapf auffüllte, Futter hinstellte und Damsons Decke im Körbchen aufschüttelte.

Er sah gar nicht aus wie ein Michael. Eher wie ein Mark. Wie hatte sie einen Mann küssen können, ohne seinen richtigen Namen zu kennen? Plötzlich fühlte sie sich schmutzig. Wie hatte sie sich bloß einreden können, dass er wie ein Auktionator aussah, um dann zu erfahren, dass er – wow! – tatsächlich einer war! Wie hatte sie so blauäugig sein können, dies allein als gutes Zeichen zu werten? Juliet zuckte zusammen. Selbst in der Schule hatte sie reifere Gedanken gehabt.

Die Trauerratgeber hatten dieses Mal also recht behalten. Offensichtlich hatte sie zu früh die ersten Schritte gemacht. Deutlicher ging es nicht – sie sollte sich besser aus der chaotischen Welt neuer Beziehungen heraushalten. Sich von allem fernhalten.

Dagegen rollte sich Damson nun nach dem Gassigehen

glücklich und zufrieden in ihrem Körbchen zusammen. Juliet beneidete sie, wie friedlich sie schnarchte. Das universelle »Bitte nicht stören«-Schild, das der Schlaf mit sich brachte, schien ziemlich verlockend. Wenn nicht ihre Schwester und ihr Hund draußen im Auto gesessen hätten, wäre sie schnurstracks nach Hause gegangen und hätte sich ins Bett gelegt.

Louise hatte die ersten fünf Minuten, die sie allein war, dazu genutzt, ihr Make-up aufzufrischen, und sah jetzt wieder der alten Louise, die Juliet kannte, ein wenig ähnlicher.

»Juliet«, sagte sie, bevor diese überhaupt auf dem Fahrersitz Platz genommen hatte, »du sollst nicht denken, dass Mum und ich uns den Mund über dich zerrissen haben, aber bevor du irgendetwas sagst: Ist Michael der Kunde, mit dem du ein Date hattest? Mit dem du bei dieser Vernissage warst?«

»Ja«, antwortete Juliet tonlos.

»Oh.« Louise holte tief Luft. »Das ist ja wohl ein Zufall, was? Bei all den Männern, die in Longhampton wohnen ...«

»Und dann hattest ausgerechnet du etwas mit dem einen Mann, den ich mag«, schnitt Juliet ihr das Wort ab. »Ich finde das alles andere als komisch. Aber andererseits war das ja wohl zu erwarten.«

»Das heißt?«

»Das heißt ...« Juliet gab den Versuch auf, reif und erwachsen zu wirken. Sie war hauptsächlich wütend auf sich selbst, doch Louise war eine leichtere Beute. Sie ließ ihrer Wut sowie dem Gefühl, moralisch absolut im Recht zu sein, freie Bahn. »Du bist doch immer diejenige, die alles zuerst bekommt. Examen. Hochzeit. Ehemann.« Sie hielt inne. »Kinder. Mum, die dir hinterherläuft und alles für dich macht. Dad, der dir Geld als Sicherheit für den Hauskredit leiht. Du bist immer diejenige, der alles *hinterhergeworfen* wird.«

»Oh, Juliet ...«

»Ich hatte nie etwas, das einfach *nur mir* gehört hat!«

»Du hattest Ben! Deinen Seelenverwandten!«

»Lass das!«, fing Juliet an, doch Louise schnitt ihr einfach das Wort ab.

»Hattest du wohl. Ganz gleich in welcher Krise du euch gesehen hast, das war nichts weiter als ein kleines Problemchen. Mit Ben hattest du das ganz große Los gezogen, und er mit dir. Ihr hättet diese Krise locker überstanden. Danach wäre alles wieder in Ordnung gewesen. Ich habe eure Ehe immer neidisch betrachtet und gedacht, wow, die beiden sind wie Mum und Dad. *Glücklich.* Sie wissen, wie sie miteinander glücklich sein können.«

»Soll ich mich jetzt besser fühlen?«, fragte Juliet. »Nachdem ich das alles *verloren* habe?«

Louise machte ein langes Gesicht. »Keine Ahnung. Du machst es dir gerade sehr schwer, dich besser zu fühlen. Ich sag ja nur, wie ich darüber denke.«

Juliet lehnte den Kopf nach hinten an die Kopfstütze, während sich Minton auf ihrem Schoß unaufhörlich im Kreis drehte, um eine gemütliche Schlafposition zu finden. Als er sich endlich niederließ, den Kopf halb ans Lenkrad gedrückt, warf er Louise einen mürrischen Blick zu, weil sie ihm seinen angestammten Platz weggenommen hatte.

»Bist du die Frau, die dafür verantwortlich war, dass seine Ehe in die Brüche gegangen ist?«, fragte Juliet mit geschlossenen Augen.

»Nein. Die beiden waren gerade dabei, sich zu trennen, als ich ihn im Geburtsvorbereitungskurs kennengelernt habe. Zwischen ihnen war es endgültig aus, als Natasha auf die Welt kam. Ich hatte mit der Trennung nichts zu tun.«

»Wirklich?«

»Ja, wirklich.« Louise klang verletzt. »Es sieht so aus, als hätte er nur eine Schulter gebraucht, an der er sich ausweinen konnte, aber das war es nicht. Es war ...«

»Es ist doch nie das, wonach es aussieht, oder?«

»Jetzt sei nicht so sarkastisch! Willst du wissen, was passiert ist, oder nicht?«

Juliet war nicht sicher, ob sie das wirklich wollte, aber Louise war fest entschlossen, sich die Sache von der Seele zu reden.

»Peter hört mir nie zu«, fing Louise an. »Früher hat er es getan, aber jetzt schon lange nicht mehr. Er kommt abends nach Hause, will eine kurze Zusammenfassung des Tages hören und glaubt, dass es damit für ihn mit der Kindererziehung getan sei. Er hat mir auch nicht zuhören wollen, als ich ihm sagen wollte, dass es mir Sorgen bereitet, in den Erziehungsurlaub zu gehen. Er hört mir auch nicht zu, wenn ich ... wenn ich ihm sage, dass ich im Augenblick kein zweites Kind haben will. Das würde unserer Beziehung den Todesstoß versetzen. Michael und ich dagegen konnten uns wie echte Erwachsene unterhalten. Er hat mich zum Lachen gebracht und mir Dinge erzählt, von denen ich keine Ahnung hatte. Der Mutterschaftsurlaub hat mich in den Wahnsinn getrieben, Juliet! Alle wollten sich mit mir nur noch über Toby unterhalten, andere Themen gab es nicht mehr.«

»Das könnte einen guten Grund haben. Erinnerst du dich an das eine Mal, als ich dich allein zum Mittagessen einladen wollte und du mir fast den Kopf abgerissen hast, weil ich es nicht verstünde, wie absolut unmöglich es sei, irgendwo so einfach etwas zu Mittag essen zu gehen, bis ich selbst mal Kinder hätte?«

»Ja, weil es ein unglaublich aufwendiges Unterfangen ist, mit Toby das Haus zu verlassen, einen Babysitter zu finden oder ihn irgendwo hinzubringen, wo er für die Zeit sicher ist.« Louise hielt inne, als ihr die Bedeutung dessen, was Juliet gerade gesagt hatte, allmählich klar wurde. »Es tut mir leid, wenn du dich ausgestoßen gefühlt hast«, erklärte sie und klang dabei zutiefst beschämt. »Um ehrlich zu sein war ich damals die meiste Zeit über zu erschöpft, um zu merken, was ich von mir gegeben habe.«

Es kam so selten vor, dass Louise sich für irgendetwas entschuldigte, dass Juliet sich zurückhalten musste, das nicht auch noch zu kommentieren. »Schon gut«, erwiderte sie stattdessen. »Am Anfang habt ihr euch also nur unterhalten?«

»Am Anfang, ja. Findest du nicht, dass man sich ganz leicht und unbeschwert mit ihm ...?« Sie hielt inne. »Tut mir leid. Michael hat mir einfach das Gefühl gegeben, wieder mit der Außenwelt in Kontakt zu treten. Er wusste über so viele interessante Dinge zu berichten. Er kannte so viele interessante Leute. Wie Peter, bevor er sein Unternehmen gegründet und sich dann in einen computerbesessenen Workaholic verwandelt hat.«

Obwohl Juliet Louises Miene nicht sehen konnte, nahm sie doch sehr wohl die Frustration und Enttäuschung wahr, die sich hinter ihren Worten verbargen. Louise hatte immer darauf gebrannt, in glamourösere Zirkel aufzusteigen. Ihre Freundin von der Uni zum Beispiel, Esther, arbeitete bei der Fernsehsendung *Ready Steady Cook*, und Louise gab immer mit ihrer »Freundin von der BBC« an, als sei diese die Produzentin der Polit-Sendung *Question Time*.

»Du hattest es doch gut«, fuhr Louise fort. »Ben hatte interessante Freunde. Er hatte *Freunde*, Himmelherrgott! Peter spielt nur irgendwelche Online-Computerrollenspiele. Mit fetten Truckern aus Tuscon, die sich Glwedyr und Weißer Zauberer nennen.«

Juliet schaffte es, erleichtert zu lächeln. Bens unglaubliche Fähigkeit, eine Verbindung zu Leuten herstellen zu können, war eine seiner Fähigkeiten gewesen, die Juliet am meisten an ihm geschätzt hatte. Er kannte einfach Gott und die Welt, vom Schüler, der nebenher jobbte und Rasen schnitt, bis hin zu Longhamptons einziger Adelsfamilie, für deren gotischen Prunkbau er den Landschaftspark angelegt hatte. Und mit allen konnte er sich locker-fröhlich unterhalten, ganz gleich ob im Supermarkt, im Pub oder im Garten.

»Es ist schon einiges wert, wenn ein Mann sich gut unterhalten kann«, erwiderte sie.

War das der Grund, warum Michael sie so fasziniert hatte? Hatte auch sie in ihm jemanden gefunden, mit dem sie sich unterhalten konnte? Aber das allein konnte es nicht gewesen sein. Da unterhielt sie sich vergleichsweise ja noch mehr mit Lorcan, und er brachte sie immer wieder zum Lachen. Dennoch lief zwischen ihnen nichts.

Louise fuhr ungehemmt fort; die Worte sprudelten nur so aus ihr heraus, als habe sie noch nie die Möglichkeit gehabt, darüber zu sprechen. »Wir haben versucht, nicht so viel über unser Leben zu Hause zu reden, aber es war offensichtlich, dass keiner von uns beiden wirklich glücklich war. Ich habe versucht, dir das in jenem Gespräch zu erklären – in der Hoffnung, dass du mir zustimmst, ›Ja, Peter betrachtet dich einfach als selbstverständlich‹, aber du hast völlig überreagiert. Und dann ist Ben gestorben. Ich habe nur noch gedacht, o mein Gott, wir könnten alle morgen schon tot sein, warum bin ich dann die Einzige, die ...« Ungläubig schüttelte sie den Kopf.

Als sei sie der erste Mensch, der je *diese* Erkenntnis gehabt hätte, dachte Juliet. Sie drehte sich zu ihrer Schwester um, die starr geradeaus sah, als würde sich die Szene direkt vor der Windschutzscheibe abspielen.

»Ich habe dich im Krankenhaus gesehen, wie du vor dem Zimmer gesessen hast, in dem sie Ben aufgebahrt hatten. Da habe ich mich unweigerlich gefragt, für wen ich überhaupt lebe«, fuhr Louise fort. »Für mich oder für irgendjemand anderen? Ich habe immer das Richtige getan. Immer. Und wohin hat das geführt? Also habe ich Toby zu Mum gebracht und behauptet, ich hätte einen Zahnarzttermin. Dann habe ich Michael angerufen, und wir haben ...« Sie hielt inne.

Das Schweigen breitete sich plötzlich wie Giftgas in dem kleinen Kastenwagen aus.

»Was habt ihr?«, hakte Juliet nach.

»Was glaubst du denn?«

Ach komm schon, jetzt steh auch dazu, dachte Juliet. So einfach lasse ich dich nicht davonkommen. »Hier?«

»Nein.«

»Wo denn dann?«

»Im Wald, in den Coneygreen Woods«, erwiderte Louise nach einer langen Pause.

Juliet wirbelte zu ihrer Schwester herum. »Aber es war Oktober! Und außerdem wimmelt es da vor Leuten, die mit ihren Hunden Gassi gehen!«

»Das wusste ich doch nicht! Schließlich habe ich keinen Hund! Ich habe mir keine Gedanken gemacht über irgendwelche romantischen Orte; ich wollte mir einfach Michael schnappen und mit ihm all die Sachen tun, an die zu denken ich in den Monaten zuvor stets vermieden hatte. Das war keine rationale Entscheidung. Ich wollte es einfach nicht bei mir oder bei ihm zu Hause oder in irgendeinem Hotel tun.«

Juliet ließ sich in ihren Sitz zurücksinken. Von nun an würde sie die Wälder mit anderen Augen sehen. Sie sah Louise vor sich, die von einer animalischen Lust gepackt und halb nackt an eine der Eichen gelehnt war, aber sie sah gleichzeitig auch irgendwie *ihn*. Sein Hemd hing aus der Hose, und er stützte sich mit seinen starken Armen am Baumstamm ab. Sie blinzelte und schob diese Vorstellung schnell beiseite, bevor diese sich in ihrer Erinnerung festsetzte und sie aufregen würde.

»Was ist dann passiert?«, bohrte Juliet weiter nach.

»Dann war es auch relativ schnell wieder vorbei. Schließlich habe ich erlebt, wie verzweifelt du ohne Ben warst, und ich bekam immer wieder diese Panik, was passieren würde, wenn Peter die Sache herausbekommen würde. Ich wollte Tobys Familie nicht auseinanderreißen. Tief in meinem Inneren liebe ich Peter nämlich immer noch. Ich wollte diese Person nicht sein … in die ich mich immer mehr verwandelte. Ich wollte mein altes Ich zurück.«

»Das ist auch der Grund, warum du so plötzlich wieder arbeiten gegangen bist?«

»Ja.« Louise inspizierte ihre Fingernägel. »Ich wäre am liebsten am nächsten Tag wieder zur Arbeit gegangen, aber ich habe ein paar Monate gebraucht, bis ich Douglas dazu überredet hatte, die Abteilung so umzustricken, dass ich wieder hineinpasste. Immerhin hatte ich ihm zuvor erklärt, dass ich erst wieder zurückkommen würde, wenn Toby eingeschult wird. Mein Chef war ziemlich überrascht, dass ich es mir doch wieder anders überlegt hatte. Ich weiß, ich weiß«, fuhr sie fort, »erinnere mich bitte nicht daran, welchen Mist ich über die prägenden Jahre und all so etwas gesagt habe. Ich habe eine ganze Menge Zeug abgesondert, von dem ich jetzt weiß, wie absolut falsch das war.«

»Aber du hättest auch einfach nur zu Hause bleiben und deine Schlüpfer anbehalten können!« Juliet war gnadenlos. »Du hättest zu einer anderen Babygruppe gehen können. Du hättest stricken lernen können.«

Louise stöhnte laut auf. »So war es nicht. Es ging dabei nur um *mich*.«

Warum bin ich eigentlich so wütend?, fragte Juliet sich verwundert. Warum will ich sie so unbedingt bestrafen? Weil sie Peter verraten und ihre Ehe aufs Spiel gesetzt hat? Und sich dabei immer noch für ein Opfer hält? Ich bin diejenige, deren Ehe vorbei ist und die nicht gefragt worden ist.

»Ich nehme an, du hast Peter davon nichts erzählt?«

Louise sah schlecht aus. »Nein, das wäre egoistisch von mir gewesen. Ich muss unter dieser Strafe leiden, nicht er.«

»Aber wenn es dich doch so unglücklich macht, mit Peter zusammenzuleben, dass du dich sogar schon nach anderen Männern umschaust, die dir *zuhören* sollen – meinst du nicht, er hat das Recht, davon zu erfahren? Falls es etwas gibt, was er ändern könnte?«

Als Louise nicht gleich antwortete, sprach Juliet verärgert

weiter: »Du kannst nicht einfach die Uhrzeiger zurückdrehen und wieder die Louise sein, die du warst, bevor all das passiert ist. Du meine Güte, wenn ich in diesem Jahr etwas gelernt habe, dann ist es *das*! Jetzt hör endlich auf, hier die Märtyrerin zu spielen, und betrachte es als eine Art Warnung. Veränderungen *verändern* dich. Du hast ein Baby bekommen. Und es gab einen Todesfall, über den wir alle hinwegkommen mussten. Nur ein gnadenloser Egomane würde nach so etwas nicht innehalten und nachdenken, wie es mit dem Leben danach weitergeht.«

Louise wich ihrem Blick aus. »Das tue ich ja.«

»Indem du wieder Kontakt mit deinem Liebhaber aufnimmst?« Juliet schnaubte. »Interessante Taktik. Hast du die im Internet gefunden?«

»Ganz ehrlich: Darum bin ich nicht hier. Ich dachte …«
Louise biss sich auf die Unterlippe. »Keine Ahnung, was ich mir dabei gedacht habe. Es war eine bescheuerte Idee. Früher hatte ich niemals so bescheuerte Einfälle.«

Juliet ließ diese Erkenntnis lieber unkommentiert stehen. Stattdessen saßen sie nun schweigend beisammen und starrten auf die Hängekörbe mit den verwelkenden Geranien, die verzweifelt versuchten, draußen vor Michaels brandneuem Stadthaus mit letzter Kraft noch einmal ihr Bestes zu geben.

Man denkt bestimmt, wir würden das Haus ausspähen, befürchtete Juliet. Wir beide hier in einem Gärtnerkastenwagen, der draußen vor der Haustür geparkt ist – und wir sind nicht einmal im Namen seiner Exfrau hier. Wäre sie nicht an alldem beteiligt gewesen, hätte sie die Situation eigentlich ziemlich lustig gefunden.

Louise räusperte sich beschämt. »Kann ich … kann ich jetzt den Brief bitte zurückbekommen?«

Juliet hätte beinahe vergessen, dass sich der Brief immer noch in ihrer Gesäßtasche befand. Langsam zog sie ihn hervor. Der dünne Brief war mittlerweile ziemlich verknittert. »Was stand eigentlich in deinem Brief?«

»Das ist jetzt nicht mehr wichtig. Ich verspreche dir, dass ich mit Peter reden werde«, entgegnete Louise.

Juliet zögerte, reichte den Brief dann aber ihrer Schwester. Louise riss ihn entzwei, zerriss die Hälften noch einmal und schob dann die Einzelteile in ihre Handtasche. Ihre Hände zitterten, als sie den Magnetverschluss zusammenklappen ließ.

»So einfach soll das gehen?«, fragte Juliet ungläubig. »Eben kommst du noch her, um mit ihm zu sprechen, und jetzt ... jetzt ist das auf einmal nicht mehr nötig?«

Louise klammerte sich an ihre Tasche wie ein Kleinkind an einen Teddybären. Verbittert starrte sie hinaus. »Nein«, erwiderte sie, »ich bin diejenige, mit der gesprochen werden muss.«

Sie wischte sich die verschmierte Wimperntusche unter den Augen weg. Jetzt erst, nachdem ihr eigener Ärger verraucht war, merkte Juliet, wie verzweifelt ihre Schwester tatsächlich war. Sie beugte sich vor, um Louise zu trösten, wodurch Minton von seinem Platz vertrieben wurde. Juliet war zwar immer noch wütend – auf sich, Louise und Michael –, aber sie konnte deutlich spüren, dass bei Louise zu Hause irgendetwas schieflief. Es stimmte sie traurig, dass sie nicht einmal die Hälfte davon mitbekommen hatte.

»Es tut mir so leid, Juliet«, schniefte Louise in ihren Armen. »Schlimm genug, dass ich überhaupt so etwas getan habe, aber jetzt habe ich es auch noch für dich verdorben. Ich bin ein Miststück! Ich habe es wirklich verdient, aber du doch nicht!«

»Jetzt sei nicht albern.« Juliet strich ihr über das Haar. »Es war nur ein Date. Na ja, es war nicht einmal ein Date. Wir sind einfach nur zu einer Ausstellung gegangen.«

»Michael ist ein wirklich netter Kerl. Und ich nehme an, dass er mittlerweile auf jeden Fall Single ist.« Louise hob den Kopf und versuchte zu lächeln, obwohl ihr Blick Bände sprach. »Wirst du ihn wiedersehen?«

Für diese Frage habe ich jetzt gerade keine Antwort, dachte Juliet. Ich muss dringend nach Hause. Aufs Sofa. *Time Team* schauen. Mit Minton. Tee trinken. Vielleicht eine Schlaftablette nehmen und mich dann unter meine Bettdecke verziehen.

»Ich fahre dich zur Arbeit zurück.« Sie seufzte. »Bevor uns die Nachbarn anzeigen, weil wir hier einbrechen wollen.«

Als Juliet die Haustür öffnete, lief im Obergeschoss das Radio. Sie hatte total vergessen, dass Lorcan ihr heute Verfugen beibringen wollte. Ihre Laune sank noch weiter in den Keller. Sie wollte allein sein, um die chaotischen Knoten zu lösen, die sie gerade aufgedeckt hatte. Im Augenblick hatte Juliet nämlich keine Ahnung, was sie davon halten sollte. Das war alles viel zu kompliziert und verwirrend.

Leise wollte sie sich wieder davonstehlen. Ich werde einfach noch ein paarmal um den Park laufen, dachte sie, und sehen, ob Hector noch eine Runde Gassi gehen will. Ich könnte so tun, als hätte ich einen Hilferuf vom Herrchen eines gelangweilten Schäferhundes bekommen.

Doch bevor sie Minton zurückhalten konnte, war dieser schon die Treppe hinaufgestürmt. Zwei Sekunden später hörte sie Lorcan brüllen: »Nicht in die Fugenmasse! Nicht in die – o Mann, du blöder Hund!«

Juliet schloss die Augen.

»Hey, Juliet, der Unterricht hat vor einer Dreiviertelstunde begonnen! Willst du etwa nachsitzen?«

Sein Akzent – witzig, vertraut, freundlich – gab ihr das gleiche Gefühl wie der Vorspann von Come Dine With Me, bei dem sie am liebsten tief ins behagliche Sofa versank.

Vielleicht musste sie gar nicht weglaufen. Vielleicht war es besser, sich mit Handwerkerarbeiten abzulenken. Außerdem musste sie ja mit Lorcan Louises seltsames, geheimes Doppelleben auch nicht unbedingt diskutieren.

»Tut mir leid, dass ich zu spät bin«, entschuldigte sie sich und lief die Treppe hinauf. »Ich musste einen kleinen Umweg machen.«

Lorcan saß mit einem cremefarbenen T-Shirt bekleidet im Bad und war von Kopf bis Fuß mit Fugenmasse besprenkelt. Selbst seine Arme waren voll. Ganz zu schweigen von seinem Haar, das sich in der feuchten Luft lockte und aufbauschte. Als er Juliet sah, grinste er und deutete auf Minton, der in das auf dem Boden liegende Waschbecken gesprungen war. »Dein Männlein hier hat einen wahrlich bleibenden Eindruck hinterlassen.«

In der Ecke zwischen einer Wandfliese und deren Anschluss an die Bodenfliesen war ein perfekter kleiner Abdruck seiner Pfoten zu erkennen.

»Das kann ich später noch ausbessern«, sagte Lorcan.

»Nein, lass es«, entgegnete Juliet. »Das ist wie eine Unterschrift! Also: Wo fange ich an?«

Ihre Entschlossenheit überraschte Lorcan, doch er zeigte ihr, wie man die Fugenmasse zwischen den glänzenden Fliesen auftrug, und erklärte alles auf seine lässige, ungezwungene Art, während sie mit der Fugenspritze hantierte.

»Hey, du hast Talent«, stellte er anerkennend fest. »Kann ich dich für nebenan buchen?«

»Ich versuche mir vorzustellen, die Fugenmasse sei Zuckerguss.« Juliet beendete ihre erste Fuge. Sie war perfekt geworden. Der Gedanke, dass diese noch in vielen Jahren vorhanden sein würde, begeisterte sie. »War ein Zuckerschlecken. Quasi. Und jetzt?«

»Jetzt setzt du hier noch einmal neu an. Vorsichtig ... Also hat dich der Spanielmann im Park aufgehalten?«, erkundigte sich Lorcan. Seine Frage klang ein wenig *zu* beiläufig. »Was unternimmt er als Nächstes mit dir? Geht ihr zu einem Vortrag? Oder ins Ballett?«

»Nein, ich habe ihn heute gar nicht gesehen.« Juliet platzierte die Spritzdüse neben der nächsten Fliese. »Außerdem kann man da nicht von ... *Dates* sprechen.«

»Nicht?«

»Nein.« Sie drückte und wanderte mit der Spritze weiter, wobei sie sich darauf konzentrierte, die Fugenmasse gleichmäßig zu verteilen. Eigentlich hatte sie sich mit der Arbeit ablenken wollen, doch Lorcans freundschaftliche Art machte es ihr schwer, nicht gleich mit der Geschichte um Louise und Michael herauszuplatzen.

»Er ist einfach nur ein Freund.« Michael war attraktiv, aufmerksam – genau der Typ Mann, den sogar ihre Tante Cathy akzeptiert hätte. Doch Juliet kam einfach nicht über die Tatsache hinweg, dass er, selbst wenn er zu dem Zeitpunkt damals schon von seiner Frau getrennt gewesen war, doch genau gewusst hatte, dass Louise verheiratet war. Wahrscheinlich hatte er Peter sogar kennengelernt und sich im Kurs mit ihm über Milchpumpen und dergleichen unterhalten.

Juliet schüttelte den Kopf, um diese Vorstellung aus dem Kopf zu bekommen. »Er ist ein *Kunde*. Außerdem bin ich noch nicht bereit, mich auf Dates einzulassen. In den Ratgebern steht, dass man so lange damit warten soll, bis man andere Leute nicht mehr mit dem verstorbenen Ehemann vergleicht.«

»Ah, die Ratgeber.« Lorcan nickte wissend. »Und? Hast du es getan? Also Ben mit ihm verglichen?«

Juliet dachte einen Augenblick nach. »Bei Michael ist es eher so, dass er das vollkommene *Gegenteil* von Ben ist. Er ist kein Handwerker. Eher der Anzugtyp. Aber vielleicht ist es genauso schlimm, das komplette Gegenteil zu suchen.«

»Ich bin da kein Experte« – Lorcan wischte ein verschmiertes Stück Fugenmasse von einer Fliese –, »aber ich glaube nicht, dass man je aufhören wird zu vergleichen, wenn ein Mensch einen so großen Einfluss auf das eigene Leben gehabt hat. Ich fände es auch komisch, die Erinnerung an ihn einfach so wegzuwischen, wenn einem ein Mensch viel bedeutet hat.«

Juliet sah zu ihm hinüber. Lorcan hielt sich auf einmal sehr zurück. »Sprichst du da aus Erfahrung?«

Er zuckte mit den Schultern. »Vielleicht.«

»Jemand Besonderes?«

Jetzt blickte Lorcan zu ihr hinüber und lächelte kurz, doch das Lächeln erreichte seine Augen nicht. »So ist das Leben. Wer Sonnenschein will, muss auch Regen akzeptieren, wie irgendein berühmter Philosoph wahrscheinlich irgendwann mal gesagt hat.«

Wahrscheinlich ging es um Emer, dachte Juliet. Vielleicht trauerte er ihr hinterher? Vielleicht war sie damals seine erste Freundin gewesen? Juliet erwiderte einen Moment lang seinen Blick. Normalerweise hätten sie beide in diesem Moment sicherlich eine witzige Bemerkung vom Stapel gelassen, doch Lorcan schien genau wie sie düsteren Gedanken nachzuhängen.

Juliet wandte sich wieder ihrer Fugenmasse zu und seufzte. »Na ja, in den Ratgebern steht auch, dass es nach einem Jahr leichter wird.«

»Ist es nicht bald so weit?«

»In sechs Wochen.«

Als sie diese Worte sagte, war sie selbst überrascht. Sechs Wochen kamen ihr nicht sonderlich lang vor, um aus den letzten warmen Augusttagen einen ordentlich verregneten, windigen Herbst werden zu lassen. In sechs Wochen würde es statt des saftigen Grüns und der roten Beeren überall nur noch welkes Blattwerk und Kastanien geben. Schon jetzt wurden die Blätter bunt, und dieses Mal hatte sie es sogar selbst bemerkt, ohne dass Ben sie extra darauf hinweisen musste.

»Sollen wir heute Abend etwas zusammen kochen?«, fragte Lorcan. »Ich habe die Austern einfach bei dir in den Kühlschrank geschoben, aber wenn du keine Lust hast, dann kann ich bestimmt auch Emer dazu überreden, die …«

»Nein, nein!« Juliet ließ die Spritze mit der Fugenmasse sinken. »Ich habe nur schon seit einer Ewigkeit keine Austern mehr zubereitet.« Sie verzog das Gesicht. »Zumindest nicht mehr, seit wir alle zusammen vor ein paar Jahren an Allerheiligen deswegen im Krankenhaus gelandet sind.«

340

Lorcan starrte sie entsetzt an. »War ein Witz«, fuhr sie nach ein paar Sekunden fort.

Er lachte, und mit dem Klang seines Gelächters ging es ihr gleich schon viel besser, zumindest für eine kurze Zeit.

»Ich liebe Austern«, gab Lorcan zu. »Die erinnern mich an die irische Westküste. Ein Stück Brot, ein Guinness, ein prasselndes Kaminfeuer, attraktive weibliche Gesellschaft. Austern gelten ja als Aphrodisiakum ...«

Juliet nickte, doch insgeheim dachte sie tatsächlich darüber nach, dass sie schon seit einer halben Ewigkeit keine Austern mehr gekocht hatte. Zumindest nicht seit einer ziemlich noblen Hochzeit in Hanleigh, für die sie und Kim das Catering übernommen hatten. Austern waren nicht gerade leicht zuzubereiten, und wenn sie schon Kekse und Cupcakes nicht hinbekam, was sollte denn dann bitte schön erst bei Meeresfrüchten passieren?

Ihre Zuversicht schwand, und vor ihrem geistigen Auge sah sie schon den armen Lorcan vor sich, wie er elendig über einer Kloschüssel hing. Das war wohl kaum eine angemessene Belohnung dafür, dass er ihr Gourmetessen mitgebracht hatte. Und wenn sie ganz, ganz ehrlich war, wollte ein Teil von ihr nicht, dass er seinen Glauben an sie als Gourmetköchin verlor. Denn sie hatte sich ziemlich geschmeichelt gefühlt, als er ihre einfachen Kekse über den grünen Klee gelobt hatte.

»Vielleicht sollte tatsächlich lieber *Emer* die Austern zubereiten«, erklärte sie schließlich. »Sie ist immerhin in dieser Hinsicht eine Expertin, und ich fände es schrecklich, wenn ich die schönen Austern verderben würde. Kann ich nicht einfach Guinness besorgen und nach nebenan kommen? Ist denn überhaupt genug für uns alle da?«

Lorcan sah zu ihr hinüber. »Es reicht leider nur für zwei. Oder für eine gefräßige Irin. Hör zu, wir machen es folgendermaßen: Ich besorge das Guinness, und du bestellst uns eine Pizza? Mir wäre es recht, wenn ich heute Abend nicht in dieses

Irrenhaus zurückmuss. Ich bin sicher, dass im Fernsehen etwas läuft, worüber wir uns ordentlich lustig machen können.«

»Aber das ist doch viel zu kompliziert«, fing Juliet an und hörte sich auf einmal selbst reden. Sie lehnte immer ab und erfand irgendwelche Ausflüchte. Warum eigentlich?

Guinness und Pizza, den Abend vor dem Fernseher mit jemandem verbringen, mit dem man Witze reißen konnte – das klang doch wie eine erstklassige Version ihrer sonst so einsamen Fernsehgewohnheiten. Nur Minton würde dann seinen Platz räumen und auf sein Kissen umziehen müssen.

»Ich gehe mal die Pizzaprospekte suchen«, erwiderte sie schließlich.

»Braves Mädchen.« Lorcan grinste breit und fing an, methodisch seine Sachen zusammenzuräumen.

Das Beste an Lorcan war, stellte Juliet ein paar Stunden später fest, als sie sich mit ihrer Guinnessdose in die weichen Sofakissen fallen ließ, dass er und Minton zu einer Art stillschweigender Übereinkunft gekommen waren.

Der Terrier lag laut schnarchend zwischen ihnen beiden. Sein Kopf ruhte in Platzhirschmanier auf Juliets Bein, während die Hinterpfoten an Lorcans schmalen Hüften lehnten. Völlig ohne Knurren oder misstrauisches Schwanzwedeln.

Diese Brücke hatten sie überquert. Es war ein gutes Zeichen, dass er Lorcan als echten Freund betrachtete. Zweieinhalb Pints Guinness später wurde Juliet richtig gefühlsduselig und wollte dies auch Lorcan erklären.

Was sie auch getan hätte, wenn sein Kopf nicht an ein großes Kissen gelehnt gewesen wäre, seine dunklen Locken dadurch nicht wie ein Heiligenschein um seinen Kopf gepresst worden wären und er nicht mit offenem Mund schwer geatmet hätte, was früher oder später zu einem lauten Schnarchen ausarten würde. Der Adamsapfel war deutlich sichtbar, und auch die leichten Bartstoppeln waren gut zu erkennen, die in ein oder zwei Tagen einen ordentlichen Dreitagebart abgeben würden.

Von den Socken einmal abgesehen sah Lorcan ziemlich Rock 'n' Roll-mäßig aus, und Juliet konnte sich bildlich vorstellen, wie er im Backstage-Bereich als Roadie arbeitete.

Juliet dachte kurz darüber nach, ihn aufzuwecken, doch dafür fühlte sie sich einfach zu wohl. Denn genau dafür war ihr gemütliches Wohnzimmer gemacht worden. Um nach einer leckeren Pizza in kumpelhaftem Schweigen mit Freunden zusammen einzudösen.

Auf noch viele weitere solcher Abende, prostete sie sich selbst zu und trank einen letzten Schluck Guinness, bevor ihr die Augen zufielen.

21

Am nächsten Tag war es Juliet klar, dass sie mit Michael reden musste. Einerseits über ihre Beziehung (wenn man diese denn als solche bezeichnen konnte), andererseits auch über Damson – und das idealerweise, bevor Louise ihre Meinung änderte und zu ihm zurückkehrte. Diese ganze Affäre war so untypisch für Louise, dass Juliet zum allerersten Mal keine Ahnung hatte, was Louise als Nächstes tun würde. Sie befürchtete tatsächlich, dass Louise Michael erklären könnte, dass er es ihnen beiden schuldig war, mit ihrer tragisch verwitweten Schwester auszugehen, und dass er, nett, wie er war, dies auch tatsächlich tun würde.

Die Sache ging ihr nicht mehr aus dem Kopf. Diane um Rat zu fragen schied natürlich aus, ihre engsten Vertrauten waren immer Ben und Louise gewesen. Juliet besaß nicht mehr viele Freundinnen, und dies war sicherlich kein Thema, das sie mit Kim beim Backen von Cupcakes besprechen konnte.

Wahrscheinlich muss ich gar nichts tun, dachte sie hilflos. Während der Woche sehe ich Michael kaum; an den Tagen, an denen er im Park unterwegs ist, könnte ich diesen einfach meiden. Ich könnte ihm eine Nachricht dalassen: Damson fände es besser, wenn ihre Gassigänge nicht von unserem Privatleben beeinflusst würden.

Gar nichts in dieser Sache zu unternehmen kam ihr aber auch nicht richtig vor. Wenn sie durchgebrannte Sicherungen oder den Steuerbescheid der Gemeinde ignorierte, kam sie auch nicht weiter. In ihrem neuen Leben, in dem sie auf sich allein gestellt war, musste Juliet etwas unternehmen. Selbst wenn es das Falsche war.

Ich werde Emer fragen, überlegte sie. Sie wird bestimmt wissen, was zu tun ist, wenn der Mann, mit dem man ausgeht, heimlich mit deiner verheirateten Schwester geschlafen hat.

Emer besaß die erstaunliche Fähigkeit, einen Skandal schon aus einer Meile Entfernung zu riechen, und schickte daher Florrie und Roisin – Letztere hatte bereits die Ohren neugierig gespitzt – unverzüglich nach oben, um dort mit Spike und ihrem Make-up-Täschchen »David Bowie« zu spielen. Das war die Ablenkung schlechthin, und die Zwillinge warteten nicht erst darauf, bis es sich ihre Mutter wieder anders überlegte.

Emer ließ Juliet in ihrer chaotischen Küche Platz nehmen, schob verschiedene Zeitungen beiseite und knallte zwei winzige Likörgläschen auf den Tisch. Sie waren unter sich, wie Emer erklärte: Alec war in Genf unterwegs, Salvador hatte »Bandprobe«, und Lorcan, der »halbprofessionelle Poolbillard-Abzocker«, war im Pub, wo er in der B-Mannschaft des *Fox and Hound* Billard spielte.

»Er lässt immer absichtlich ein oder zwei Stöße danebengehen«, beichtete Emer und öffnete eine Flasche Wacholderschnaps. »Er hat keine Lust, sich das Theater mit der A-Mannschaft anzutun. Also, was ist los? Du siehst aus wie ein begossener Pudel.«

Zögerlich und so knapp wie möglich beschrieb Juliet die Situation. Emer nickte immer mal wieder und schenkte Schnaps nach, sobald ein Glas leer war. Für eine Flasche, auf der ein selbst geschriebenes Etikett klebte, war der Inhalt verdammt starkes Zeug. Emer behauptete, den Schnaps selbst gebrannt zu haben nach einem Rezept, das nach eigener Aussage in der EU mittlerweile »wahrscheinlich illegal« war.

»Was soll ich denn jetzt tun?«, schloss Juliet.

»Du könntest zuallererst damit aufhören, in deiner Schwester nur das ehebrecherische Miststück zu sehen.«

»Aber wenn sie doch eines ist!«

»Vielleicht ist sie das, aber das hilft dir doch auch nicht weiter!«, entgegnete Emer. »Die ganze Sache war doch längst vorbei, als du diesen Michael kennengelernt hast, oder etwa nicht? Man weiß nie, was sich so alles in der Ehe anderer Leute abspielt, und wenn man ein Baby hat, dreht man leicht ein wenig am Rad. Ich hatte immerhin vier davon. Frag mal Alec! Obwohl – lass es lieber.«

»Aber man dreht doch nicht so sehr am Rad, dass man hinterher mit irgendeinem Typen aus dem NCT-Elternverein im Bett landet, oder?« Juliet schnaubte.

»Na ja ...« Emer wich ihrem Blick aus. »Es gibt da so Momente ... Du bekommst das Gefühl, als habe jemand anders die Kontrolle über dein Leben übernommen. Und wenn du dein Leben lang ...«

»Eine Vorzeigefrau wie Louise warst ...«

»... Verantwortung für dich selbst getragen hast, dann treibt dich das dazu, ganz schön dumme Sachen anzustellen, um zu beweisen, dass du mehr bist als nur eine Milchbar. Hormone sind kraftvolle Drogen«, erklärte Emer und riss dann die Augen weit auf. »Und wenn dann noch der Schlafmangel dazukommt und bestimmte Erschütterungen – wie der Tod eines Schwagers zum Beispiel –, dann passiert es leicht, dass man sich zum Idioten macht. Es ist, als sei man betrunken. Am nächsten Morgen bereut man, was man getan hat, aber im Augenblick, in dem es passiert, kann man nicht anders.«

»Du klingst ganz wie Louise«, stellte Juliet fest. »Sie erzählt mir auch gern, dass ich sie erst verstehen werde, wenn ich selbst mal Kinder habe.«

»Das klingt zwar ziemlich blasiert, ist aber wahr.« Emer seufzte. »Hast du sie gefragt, warum das Ganze passiert ist?«

Juliet spielte an ihrem Schnapsglas herum. Sollte es hier

nicht eigentlich um sie gehen? Jetzt drehte sich aber schon wieder alles um Louise. Mit einem Mal verspürte sie erneut diesen vertrauten Ärger darüber, dass sich in ihrer Familie immer alles in diese Richtung entwickelte.

Juliet schüttelte den Kopf. »Könnten wir bitte zum Thema zurückkommen und darüber sprechen, was *ich* jetzt tun soll?« Sogleich merkte sie, wie weinerlich sie klang. »Wahrscheinlich treffe ich ihn, Michael, morgen wieder im Park. Was soll ich ihm bloß sagen?«

Emer antwortete nicht sofort. Stattdessen starrte sie Juliet auf eine Art und Weise an, die Juliet ziemlich nervig fand. »Na ja, die Sache ist eigentlich ganz einfach. Magst du ihn? Möchtest du ihn wiedersehen?«

»Keine Ahnung.«

»Dann lass es. Der Mann ist vogelfrei; wenn du ihn magst und für eine Beziehung bereit bist, dann würde ich sagen, los, ran an ihn, aber wenn sich dein Interesse derart in Grenzen hält …« Sie zuckte mit den Schultern. »Ich glaube, ich würde mir eher Sorgen darum machen, was mit meiner Schwester los ist.«

»Das beantwortet aber meine Frage nicht, Emer!«

Emer stieß ein ungeduldiges Schnauben aus. »Juliet, ich weiß, dass du in letzter Zeit einiges durchgemacht hast, aber deine Schwester spielt hier gerade mit dem Feuer … Sie könnte wahrscheinlich ein wenig Mitgefühl brauchen!« Sie rieb ihre Stirn und versuchte, ihre Gefühle in den Griff zu bekommen. »Okay, was sollst du jetzt tun? Na, sei ehrlich. Sag ihm, dass du herausgefunden hast, dass er mit deiner Schwester eine Affäre hatte, und dass es für alle wohl das Beste sei, die Dinge ein wenig abkühlen zu lassen. Du bist bislang nur ein einziges Mal mit ihm ausgegangen und verbringst mehr Zeit mit seinem Hund als mit ihm. Sag ihm das. Sag ihm, dass du dich allein auf seinen verflixten Hund konzentrieren willst.«

Emer stand vom Tisch auf, öffnete einige Schranktüren und ließ sie laut wieder zuknallen. »Hast du Lust auf Chips?«

347

Juliet starrte in ihr winziges Glas und hatte das Gefühl, die Orientierung zu verlieren – und das nicht nur wegen des Wacholderschnapses. Das war so typisch für Emer und Lorcan: Sie hatten keinerlei Hemmungen, genau das zu sagen, was sie dachten, anstatt nur darüber nachzudenken, wie es ihre Familie tat. Ohne mit der Wimper zu zucken, hatte Emer all die unschönen, verbitterten Gefühle zutage gefördert, die Juliet jahrelang gegenüber ihrer großen Schwester gehegt hatte und die nun wie die Scherben eines zerbrochenen Tellers vor ihr auf dem Tisch lagen.

Aber wie sollte sie Louise fragen, was los war, wenn Louise die letzten sechs Jahre damit verbracht hatte, ihr zu erklären, wie perfekt ihr Leben war? So funktionierte das doch nicht! »Louise braucht keine Hilfe, von niemandem. Und von mir am allerwenigsten.«

Juliet merkte, dass sich Emer auf dem Stuhl neben ihr niederließ, doch sie sah nicht auf.

»Menschen verändern sich«, erklärte Emer sanft. »Und manchmal stellen sie eben dumme Dinge an. Dann musst du ihnen vergeben und darüber hinwegkommen. So funktioniert Liebe. Du brauchst dazu eine große, dehnbare Augenbinde. Jetzt nicht im perversen, sondern eher im mitleidigen Sinne.«

Juliets Mundwinkel zuckten und hoben sich zu einem erleichterten Lächeln, während Emer ihr auf die Schulter klopfte.

»Ich will dich nicht belehren, aber ich habe so etwas schon einmal erlebt, und es ist frustrierend, dabei zuzusehen, wie es noch einmal passiert.«

»Mit … dir und Alec?«, fragte Juliet verblüfft.

»Nein.« Emer schüttelte den Kopf. »Mit … Mann, ich will keine vertraulichen Dinge ausplaudern, aber es ist jemand, den wir beide gut kennen. Jemand, der mit seiner Herzensdame nicht geredet hat, als er ihr schlecht ging, und sich stattdessen in Arbeit vergraben hat. Er ist mit Alec auf Tour gewesen, anstatt sich zu fragen, ob ...« Emer kniff die Augen zusammen und überlegte, wie sie die Details verwischen konnte, gab dann aber auf. »Anstatt sich zu fragen, ob es für eine Frau normal ist, ihr Baby zu verlieren und dann nie wieder darüber zu sprechen – weder über sich noch über ihren Mann oder sonst etwas. Männer sind keine großen Redner, deswegen hat dieser ... Freund so getan, als sei es nie passiert. Das hat die beiden entzweit, und es ist nur allzu menschlich, dass diese Kluft von einem anderen Mann gefüllt wurde, der das Leid und das Elend, das sie erlebt hatte, nicht kannte.«

»Oh«, entfuhr es Juliet, und mit einem Mal sah sie Lorcan in einem ganz anderen Licht. »Und hat sich unser *Freund* von seiner ... Herzensdame getrennt?«

Herzensdame. Aus ihrem Mund klang das irgendwie albern, doch für Emer nicht. Außerdem würde Lorcan seine Freundin garantiert wie eine Herzensdame behandeln. Es klang auf jeden Fall besser als »Weib«.

»Ja, das hat er. Es war ein Riesenchaos, und er meinte, dass er sich das nie wieder antun wolle. Das ist auch der Grund, warum er mit seiner alten Schulfreundin und deren wahnsinniger Rasselbande abhängt und immer wieder den menschlichen Tiersitter für sie spielt, während ihr Ehemann auf Tour ist.« Emer schlug sich die Hand vor den Mund. »O nein«, rief sie, die Augen aufgerissen. »Ich glaube, ich habe viel zu viel erzählt.«

»Nein, keine Sorge«, beruhigte Juliet sie. »Vielleicht ist das auch der Grund, warum dieser Freund und ich uns so gut verstehen. Wir müssen uns beide noch erholen.«

Emer nickte traurig. »Seine Geschichte würde ich sonst niemandem anvertrauen, aber ich hoffe, dass du das verstehst.«

»Tue ich. In unserem Alter ist es schließlich schwieriger, einen echten Freund zu finden, als einen Liebhaber.«

»Rede mit deiner Schwester. Versuche zu verstehen, was passiert ist. Sie muss sich wie der einsamste Mensch auf der

Welt fühlen, wenn die Familie sie auf einen solch hohen So-
ckel gehievt hat.«

»Das werde ich«, erwiderte Juliet. »Danke.«

Hectors Besitzerin, Barbara Taylor, besuchte ihre Schwester
schon längere Zeit nicht mehr im Krankenhaus, doch sie empfand die regelmäßigen Pausen von Hector als so erfrischend
und belebend, dass er auch weiterhin mit Minton und Coco
Gassi ging.

Eines Freitagmorgens gestand Mrs Taylor Juliet, als diese
Hector abholen wollte, sogar, dass seine regelmäßigen Spaziergänge in der Tat ihr Leben verändert hätten. Denn sie hatte
währenddessen nicht nur im Visitor's Support Centre wirklich
sympathische Leute kennengelernt, sondern besuchte nun regelmäßig zweimal in der Woche mit einem sehr netten Wit-
wer den Pensioners' Lunch Club, während Hector im Park unterwegs war und von der neuen Liebe seines Frauchens keine
Ahnung hatte.

»Ich möchte Albert Hector jetzt noch nicht vorstellen«, erklärte sie und zog Hector sein warmes Herbstmäntelchen an.
»Dafür ist es noch zu früh. Das finden Sie doch auch, meine
Liebe, nicht wahr? Ich will erst sichergehen, dass er der Richtige ist!«

»Herzlichen Glückwunsch.« Juliet staunte. »Ich freue mich,
dass ich Ihnen helfen kann.«

»Ich glaube aber schon, dass die beiden gut miteinander auskommen werden.« Mrs Taylor musterte Hector zärtlich, als
dieser intensiv an Cocos Intimzone herumschnupperte. »Die
beiden haben so viele Gemeinsamkeiten.«

Juliet wollte lieber keine Details hören, darum eilte sie los
und ließ Mrs Taylor allein zurück, die sich großzügig mit Rive
Gauche einparfümierte.

Juliet hatte sich selbst heute Morgen mit ihrem Aussehen
einige Mühe gemacht, obwohl sie Wert darauf gelegt hatte,

dass dieser Umstand nicht allzu offensichtlich war. Damit hatte sie hauptsächlich ihr eigenes Selbstbewusstsein stärken wollen. Dennoch hatte sie Lipgloss aufgetragen und sich ihren neuen königsblauen Mantel angezogen – und eben nicht Bens alten, abgenutzten Parka. Mit einem guten Gefühl betrat sie nun den Park. Dicke Strumpfhosen, Stiefel und eine Runde an der frischen Luft hatten stets diese Wirkung auf Juliet.

Im Park steckte sie sich ihre iPod-Stöpsel ins Ohr, ohne dabei jedoch Lorcans Irish-Folk-Musik einzustellen, damit sie ungestört üben konnte, was sie Michael sagen wollte. Doch kaum lief sie den Hügel in Richtung der Coneygreen Woods hinauf, tauchte dort plötzlich eine vertraute Person in einer Wachsjacke aus den Tiefen des Waldes auf und kam den Weg herunter; der Spaniel trottete nebenher.

Hector stürzte los und beschleunigte sein Tempo, Minton im Schlepptau.

Juliet klopfte das Herz bis zum Hals, und sie kämpfte mühsam gegen die Versuchung an, sich auf dem Absatz umzudrehen, um so dem unangenehmen Gespräch aus dem Weg zu gehen.

Michael winkte ihr schon von Weitem zu, das typische Winken eines Gassigängers, das verdeutlichen sollte, dass man noch zu weit entfernt war, um zu rufen. Juliet zwang sich zu einem Lächeln und winkte zurück.

Ihn anzulächeln war gar nicht so schwer. Denn er war immer noch der gleiche attraktive, unbedrohlich wirkende Mann vom Typ Antiquitäten-Experte – allerdings hatte Juliet bei seinem Anblick nur noch das Bild vor Augen, wie er mit Louise im Wald zugange war.

Warum muss eigentlich immer alles so *kompliziert* sein?, dachte sie betrübt.

Dann war er plötzlich nah genug herangekommen. Juliet zwang sich zu einer neutralen Miene, während sie sich gleichzeitig das Hirn zermarterte, was sie nun sagen sollte.

»Hi!« Juliet blieb weit genug von ihm entfernt stehen, um einen Begrüßungskuss definitiv zu vermeiden. Was ihm wohl nicht entging.

»Hallo! Wie geht es Ihnen?«, fragte er. »Gestern haben Sie mir keine Nachricht dagelassen – ist alles in Ordnung?« Der Blick hinter seiner dunklen Brille war besorgt. »Ich war mir nicht sicher, ob ich … Habe ich etwas falsch gemacht, als ich Sie zum Mittagessen eingeladen habe?«

Juliet holte tief Luft. »Nein, aber …«

»Aber …?« Michael zog die Augenbrauen hoch. »O nein. Waren die Fotografien so schlecht?« Er versuchte, lässig zu klingen, doch sein gewohntes Selbstvertrauen schien zu schwinden.

»Oje, das ist jetzt ein wirklich heikles Thema«, erwiderte Juliet, »deswegen sage ich es geradeheraus: Ich weiß über Sie und meine Schwester Bescheid. Louise. Louise Davies aus Ihrer Babygruppe«, fügte sie hinzu und merkte dann, dass so viele Informationen gar nicht nötig waren.

Michaels ermunterndes Lächeln erlosch. Entsetzen machte sich auf seinem Gesicht breit, gefolgt von Scham. »Louise ist Ihre Schwester?«

Juliet nickte. »Wir sehen uns nicht sehr ähnlich. Auch sonst haben wir nur wenige Gemeinsamkeiten. Aber sie ist definitiv meine Schwester.«

Beschämt schloss er die Augen – oder fragte er sich gerade, wie viel sie wusste? –, bevor er Juliet direkt anschaute. »Das tut mir leid. Jetzt verstehe ich, dass es Ihnen schwerfällt, mit mir auszugehen.«

Juliet empfand eine gewisse Achtung dafür, dass er nicht gleich alles abstritt. *Wenigstens das.*

»Bevor Sie über mich herfallen, wäre es unhöflich zu fragen, woher Sie davon wissen?« Er runzelte die Stirn. »Hat Louise Ihnen davon erzählt, oder gab es …?« Seine Stimme verlor sich, und er schien aufrichtig besorgt zu sein.

»Sie meinen, ob es einen Riesenkrach zwischen ihr und Peter gab und nun ganz Longhampton über diese Affäre Bescheid weiß?«

»So hätte ich es nicht formuliert. Und als Affäre würde ich das Ganze auch nicht bezeichnen.«

»Nein. Niemand weiß davon. Sie selbst hat mir davon erzählt.« Juliet ging zu einer Bank und ließ sich darauf nieder. Das Gespräch lief völlig anders als geplant. Mit einem Mal fühlte es sich wie eine sehr persönliche Unterhaltung an mit jemandem, den sie eigentlich so gut wie nicht kannte.

Michael nahm neben ihr Platz, und Damson ließ sich neben ihm nieder. Widerwillig kamen nun auch Minton und Hector herbeigetrabt und hatten offensichtlich nur wenig Lust, Teil dieser Beratungsrunde zu werden.

»Dann schießen Sie mal los«, forderte Michael sie auf, dessen sonst so zuversichtlicher Tonfall mittlerweile ziemlich gedämpft war. »Ich bin sicher, Sie wollen eine Menge wissen.«

»Ich weiß nicht, ob das tatsächlich so ist«, gab Juliet zu. »Ich glaube nämlich nicht, dass ich noch mehr erfahren will als das, was ich ohnehin schon weiß.«

»Und das wäre …?«

»Dass Sie und Louise sich bei einem Kurs des NCT-Elternvereins kennengelernt haben, dass Sie lange Gespräche miteinander geführt haben, die unvermittelt zu einem Quickie hier im Wald geführt haben, bis der Tod meines Ehemannes Louise an die Launenhaftigkeit des Schicksals erinnert hat. Und dass alles zu Ende war, als Louise ihre Sinne wieder beisammenhatte und merkte, was für sie auf dem Spiel stand.«

»*Das* hat sie gesagt?« Juliets schonungslose Zusammenfassung schien Michael tief zu treffen.

Juliet erinnerte sich noch gut daran, wie Louise ihr kurz vor Bens Tod strahlend ihre »Verliebtheit« gebeichtet hatte, und an den aufrichtigen Kummer in ihren Augen, als sie am Vortag vor Michaels Haus im Auto gesessen hatten. Ihr *hatte* es etwas bedeutet, und der Anspannung in Michaels Gesicht nach zu urteilen, war es bei ihm ähnlich gewesen. Sie war zu streng mit ihm, und das war kein schönes Gefühl.

»Nein. Sie sagte, Sie hätten ihr zugehört und ihr das Gefühl gegeben, interessant zu sein. Es ist nur ...« Juliet hatte Mühe, sich zu sammeln. »Das sieht Louise gar nicht ähnlich. Ihre Ehe bedeutet ihr alles, und ich hätte niemals vermutet, dass sie eine Frau ist, die ihren Mann betrügt. Hören Sie, eigentlich geht mich das alles gar nichts an. Sie müssen mir nichts erzählen.«

Michael streckte die Beine aus. »Wie geht es ihr?«

»Eigentlich ganz gut«, erwiderte Juliet vorsichtig. Letzte Woche noch hätte sie diese Antwort voller Zuversicht gegeben. Heute war sie sich da allerdings nicht mehr so sicher.

»Ich habe von ihr nichts mehr gehört, seit sie ... seit Anfang November letzten Jahres. Es war nicht ihre Schuld, dass meine Ehe in die Brüche gegangen ist. Dafür dürfen Sie sie nicht verantwortlich machen. Und ich fange für gewöhnlich auch nichts mit verheirateten Müttern an. Wir haben beide eine harte Zeit durchgemacht – und Louise war so erfrischend anders.«

Er sah sie von der Seite an, und Juliet wurde klar, dass ihm die Frage unter den Nägeln brannte, ob Louise und Peter immer noch zusammen waren.

»Wir haben lange, intensive Gespräche miteinander geführt«, fuhr Michael fort. »Und ich wünschte, wir hätten uns unter anderen Umständen kennengelernt. Ich vermisse ihre Gesellschaft sehr. Hat sie sich eigentlich für einen Kunstkurs am College eingeschrieben?«

»Louise? Nein.«

»Warum sagen Sie das so entgeistert?«

»Weil sie ...« Juliet wollte eigentlich antworten: »Weil sie sich für Kunst nicht die Bohne interessiert«, merkte dann aber, dass ihre Überzeugung einzig auf der Tatsache basierte, dass Louise 1993 in der Schule einen Kunstkurs zugunsten von Erdkunde abgewählt hatte, während sie selbst Kunst *und* Hauswirtschaftslehre *und* Musik gewählt hatte. Sie war das künstlerisch begabte Familienmitglied; Louise war dagegen die Akademikerin.

Juliet hatte noch Emer im Ohr, die sagte: »Menschen verändern sich.« Vielleicht war genau das der Punkt. Offenbar hatte Louise ein geheimes Seelenleben, das nun zum Vorschein gekommen war.

»Weil sie mit Toby alle Hände voll zu tun hat und sie obendrein wieder arbeiten geht«, erwiderte Juliet. Die Vorstellung, wie Louise diese gesprächige, kunstinteressierte Frau rücksichtslos wieder in einen Anzug bugsiert und zurück an den Schreibtisch kommandiert hatte, als habe es sie nie gegeben, stimmte sie plötzlich traurig.

»Sie geht wieder arbeiten«, wiederholte Michael. Offensichtlich hatten sie sich auch über dieses Thema unterhalten, da er es so betonte. »Okay.«

Während der nun folgenden Stille fragte sich Juliet, was Louise wohl sonst noch alles geplant hatte, ohne ihnen etwas davon zu sagen. Vielleicht sollte sie sie danach fragen.

»Tut mir leid, wenn das hier vielleicht wie eine Suggestivfrage klingt, aber …«, fing Michael an.

»Fragen Sie.«

»Ist sie glücklich?«

»Ich glaube schon. Wir haben alle ein ziemlich schlimmes Jahr hinter uns.«

Michael antwortete nicht sofort. Er schien seine nächsten Worte abzuwägen, und da Juliet keine Fragen mehr einfielen und sie auch nicht wusste, wohin die nächste, noch unangenehmere Ebene dieses Gespräches führen würde, hegte sie keinerlei Absicht, Michael zu einer schnellen Antwort zu drängen.

Stattdessen griff sie in ihre Jackentasche und holte ein paar Hundeleckerli hervor. Damson musste sie nicht einmal irgendetwas befehlen, damit sie gehorsam zu ihren Füßen Platz machte.

Eine betretene Stille entstand, als ein paar Fußgänger mit ihren Border Terriern, die Juliet beide kannte, vorbeikamen. Alle tauschten ein fröhliches »Hallo!« aus, und Hector versuchte kurz, sich an einen der Terrier heranzumachen.

»Ich ... oje.« Michael schüttelte den Kopf. »Ich weiß nicht, wie ich es sagen soll.«

»Reden Sie einfach drauflos. In der Hinsicht sollten Sie bei Ihrem Beruf doch keine Probleme haben.«

Er lachte. »Nein, das sollte ich nicht.« Er drehte sich um, und seine haselnussbraunen Augen suchten Juliets Blick. »Ich mag Sie wirklich, Juliet, und den Besuch der Ausstellung mit Ihnen habe ich sehr genossen. Ich möchte Sie zu nichts zwingen, wozu Sie noch nicht bereit sind, und es liegt mir wirklich fern, die Gefühle anderer Menschen zu verletzen. Aber heißt das nun für uns, dass wir nicht mehr zusammen zum Essen gehen können? Und dann einfach abwarten, wie sich die Dinge entwickeln?«

Die Frage schwirrte in der Luft wie ein Penny, der hochgeworfen wurde. Juliet hatte das Gefühl, an einem sehr wichtigen Punkt in ihrem Leben angekommen zu sein, an dem sie über die Richtung entscheiden konnte, anstatt vor vollendete Tatsachen gestellt zu werden. Es gab niemanden, mit dem sie irgendetwas abklären musste, außer ihr selbst. Na ja, und Minton.

Ja? Nein? Ihr Instinkt ließ sie schmählich im Stich, doch vor ihrem inneren Auge tauchte plötzlich Louises Gesicht auf. Niedergeschmettert. Beschämt.

Nein. Das konnte sie Louise einfach nicht antun.

»Michael, bitte verstehen Sie mich nicht falsch, aber ich glaube, es wäre besser, das nicht zu tun«, erwiderte sie. »Mir hat der Abend neulich auch sehr gut gefallen, aber ich glaube nicht, dass ich jetzt schon bereit dafür bin, mit Männern auszugehen.«

»Und wenn doch, dann wünschen Sie sich sicherlich etwas Unkomplizierteres, nicht wahr?«

»Mittlerweile denke ich, dass nichts mehr ohne Komplikationen abläuft. Zumindest nicht in unserem Alter.« Juliet beugte sich vor und streichelte Damsons weiche Ohren.

»In unserem Alter«, wiederholte Michael kläglich. »Dennoch bin ich der Überzeugung, dass Komplikationen immerhin bedeuten, dass man zumindest kein langweiliges Leben hat.«

Juliet fragte sich, was an einem langweiligen Leben so schlecht war. Ben, der niemals irgendwelche anstößigen Überraschungen auf seinem Laptop hatte. Ich, die ich keinen einzigen Stempel in meinem Reisepass habe. Sind wir einfach nette, unkomplizierte Leute, oder habe ich die ganzen Jahre über etwas verpasst?

»Werden Sie denn weiterhin mit Damson Gassi gehen?«, fragte Michael. »Ich fände es schrecklich, wenn sie wegen zwischenmenschlicher Schwierigkeiten darauf verzichten müsste!«

Juliet sah lächelnd zu ihm auf. Michael war genau der Typ Gentleman, den ihr Vater immer gern als ihren Freund gesehen hätte. Wenn sie ihn besser kennengelernt hätte, hätten sie sicherlich auch ihre eigenen Insiderwitze gehabt oder entdeckt, dass sie den gleichen Bio-Cidre mochten. Doch im Augenblick war nichts zwischen ihnen. Allenfalls eine Art gegenseitiges »Erforschen«, als ob sie fremde Gewässer erkunden würden.

Das Jahr war noch nicht vorbei. Es könnte sich also noch etwas ändern.

»Ich würde mich freuen«, erwiderte sie. »Ich finde es nämlich schrecklich, mich von Hunden trennen zu müssen.«

Das Problem war nur, dachte Louise, als sie Toby dabei zusah, wie er in der Badewanne herumspritzte, während Peter am Wannenrand saß, dass ihr Ehemann ein wirklich netter Kerl war.

Im Vergleich zu den verlogenen, fremdgehenden, versoffenen, prügelnden, misshandelnden Mistkerlen, deren Akten immer wieder auf ihrem Schreibtisch landeten wie eine Horde von schäbigen Ratten, hatte sie einen Mann geheiratet, der in deren Welt gar nicht *existierte*. Warum hatte sie dann in dieser Woche drei Nächte in Tobys Zimmer auf dem Boden geschlafen, anstatt das Bett mit Peter und seinem Schnarchen zu teilen, das stets in einem erstickenden Pfeifen endete?

Ihr Bauch verkrampfte sich. Am Vorabend, nachdem sie von der Arbeit zurückgekommen und von der schrecklichen Begegnung vor Michaels Haus immer noch ganz aufgewühlt gewesen war, hatte sie Peter in der Küche vorgefunden, wo er bis zu den Ellbogen in Fertiggericht-Verpackungen gesteckt hatte. Wieder hatte er ein vollständiges Drei-Gänge-Menü auf den Tisch gezaubert, komplett mit Kerzen und klassischer Musik. Als sie beim Nachtisch angelangt waren, hatte er verkündet, dass er ihnen in zwei Wochen ein Zimmer in einem Landhotel gebucht hatte für einen »romantischen Kurzurlaub«. Bestimmt hatte er mit einem begeisterten »Oooh« gerechnet, doch Louises erste Reaktion war blankes Entsetzen gewesen. Danach hatte sie alles versucht, um sich mit einer aussichtslosen Suche nach einem Babysitter herauszureden.

Seinen enttäuschten Ausdruck würde sie am liebsten aus ihrer Erinnerung löschen. Beim Gedanken daran wurde ihr vor Schuldgefühlen und Beschämung ganz übel.

Was *stimmt* bloß nicht mit mir?, hallte es ohrenbetäubend durch ihren Kopf, als Peter Wasser in den Mund des quietschfidelen Toby spritzte.

»Pass auf das Wasser auf, da ist doch Badezusatz drin!«, hörte sie sich selbst in ihrem strengen Mutterton sagen.

»Ich weiß, aber es ist schon gut«, erwiderte Peter sanft. »Es war ja nur ein kleiner Spritzer, nicht wahr, Toby?«

Es lag an Michael, dachte sie schließlich. Einen Gedanken an Michael überhaupt zuzulassen erinnerte sie sogleich daran, dass sie bei Weitem nicht die perfekte Ehefrau war, die zu sein sie gehofft hatte. Gleichzeitig traf die harte Erkenntnis sie, dass sie auch niemals der Freigeist sein würde, der sich einfach zu Kunstkursen anmeldete.

Die Kunstkurse. An diese hatte sie nicht einmal mehr gedacht, bis sie Michaels Namen vor sich gesehen hatte.

Das Telefon klingelte, und Louise zuckte zusammen.

»Ich gehe schon«, rief sie unnötigerweise, da ihr Sohn und ihr Ehemann nur Augen füreinander hatten.

Von der Nebenstelle in ihrem Schlafzimmer nahm sie den Hörer ab und stellte verärgert fest, dass Peter seine dreckigen Unterhosen nicht ordentlich in den Wäschekorb geworfen hatte. Sie hingen über den Rand und sahen aus, als würden sie gerade einen Fluchtversuch unternehmen.

»Hallo?«

»Louise, hier ist Juliet. Bist du allein?«

Louise ließ sich aufs Bett sinken und schloss mit dem Fuß die Tür. Das Herz klopfte ihr bis zum Hals. »Ja.«

»Ich habe Michael heute gesehen. Ich habe mich mit ihm unterhalten und ...«

»Was hast du ihm gesagt?«, unterbrach Louise sie.

»Gar nichts.« Juliet verstummte. »Na ja, nicht gar nichts, offensichtlich, aber er hat die meiste Zeit geredet.« Pause. »Er lebt immer noch von seiner Frau getrennt.« Pause. »Er sagte, du seist eine tolle Frau.« Längere Pause. »Und er hofft, dass du glücklich bist.«

Louise versuchte, Juliets Zögern zu ignorieren, und ließ die Worte erst einmal sacken. Michael hatte es also tatsächlich getan. Er hatte sich befreit und den Blick nach vorn gerichtet. Und wie es klang, ging er nun mit Juliet aus.

Sie schloss die Augen und lehnte den Kopf nach hinten an das Metallgestell des großen Doppelbetts. Was löste bloß diesen Schmerz in ihrer Brust aus? Dass Michael offensichtlich über sie hinweggekommen war? Oder dass er das getan hatte, wozu sie nicht fähig war, und sein Leben in den Griff bekommen hatte?

»Louise?«

Louise zwang sich, die Augen wieder zu öffnen. Das Erste, worauf ihr Blick fiel, war ein Foto von ihr, wie sie vollkommen erschöpft, aber überglücklich Toby nach seiner Geburt auf ihrer Brust liegen hatte.

»Wirst du ihn wiedersehen?«, fragte sie und staunte über den fröhlichen Tonfall, der plötzlich aus dem Nichts aufgetaucht war.

»Nein«, erwiderte Juliet. »Nur seinen Hund. Du etwa?«

»Nein!«

»Jetzt tu nicht so gekränkt! Das war eine ernst gemeinte Frage.«

»Nein«, wiederholte Louise nachdrücklich, »ich werde ihn nicht wiedersehen. Ich habe mir geschworen, dass ich meine Beziehung mit Peter wieder in Ordnung bringe. Für Toby. Und nur darauf werde ich mich konzentrieren.«

»Er sagte, dass du das gesagt hättest.«

»Bekomme ich jetzt Extrapunkte?«

Juliet musste lachen, wurde dann aber wieder ernst. »Louise, du hast so viele gute und tolle Dinge in deinem Leben. Ich glaube, dir ist gar nicht klar, wie schön dein Leben ist. Bitte verdirb dir das nicht! Ich glaube, Mum könnte neben einer Witwe keine Scheidung mehr ertragen.«

»Mir ist sehr wohl klar«, beharrte Louise, »wie glücklich ich mich schätzen kann. Ich bin nur ...«

Verzweifelt auf der Suche nach jemandem, bei dem sie eine andere Person sein konnte als die langweilige Louise? Nicht sicher, ob Peter sie jemals zu einem anderen Thema nach ihrer Meinung fragen würde als dazu, ob sie lieber Pasta Bolognese oder Lasagne essen wollte? Allmählich fühlte sich ihre Welt wieder sicher an, und sie dankte Gott inständig dafür, dass ihre Dummheit nicht zum Verlust ihrer Familie geführt hatte. Doch mehr würde es nie wieder werden.

Juliet stieß ein Schnauben aus. »Na ja, du weißt es ja am besten. Wie immer. Ich muss jetzt los.«

»Hast du etwas vor?« Louise verspürte einen Hauch von Neid. Juliets Gesellschaftsleben schien sich in letzter Zeit durch das Haustiersitten und die Einladungen der Kellys wieder zu erholen.

»Nein, ich muss nur nebenan babysitten. Emer und Lorcan fahren zu einer Pool-Billard-Meisterschaft.«

»Und du bist für das *Babysitten* zuständig? Entschuldigung, das klang jetzt entsetzter als beabsichtigt.«

»Die Kinder sind ja schließlich keine *Babys* mehr. Wir werden uns einfach eine DVD anschauen, danach gehen sie hoffentlich gleich ins Bett. Jedenfalls wollte ich nur, dass du weißt, dass ich mit Michael gesprochen habe. Falls du dich das gefragt haben solltest.«

»Danke. Aber das hatte ich mich nicht gefragt«, erklärte Louise entschlossen.

Das hatte ich mich nicht gefragt, wiederholte sie, als sie den Hörer auflegte.

»Mummy!«, schrie Peter aus dem Badezimmer. »Könnten wir bitte ein hübsches, warmes Handtuch haben?«

Das hatte ich mich nicht gefragt, wiederholte sie ein letztes Mal auf dem Weg zum Wäscheschrank.

22

Der Jahrestag von Bens Tod rückte allmählich näher wie ein Termin beim Zahnarzt. Juliet lag im Bett und wartete darauf, dass die Ziffern auf ihrem Radiowecker über Mitternacht hinwegschritten. Danach blieb sie liegen und starrte die Minutenanzeige an, während der Tag langsam erwachte.

Bens Mutter, Ruth, rief um acht Uhr an. Sie klang, als habe sie die ganze Nacht darauf gewartet, bis eine angemessene Uhrzeit für den höflichen Anruf erreicht war.

»Ich kann kaum glauben, dass es schon ein Jahr her ist«, fing sie an und brach unweigerlich in Tränen aus. Juliet konnte ihr Gestammel kaum noch verstehen.

»Ich weiß«, erwiderte sie, während sie das Zimmer durchquerte, um Minton vor Cocos Eintreffen noch schnell sein Frühstück zu geben.

Sie hörte geduldig zu, als Ruth schilderte, was sie damals gerade getan hatte, als der betreffende Anruf gekommen war – von Juliets Dad, der stillschweigend die schwere Bürde auf sich genommen hatte, alle zu benachrichtigen. Juliet murmelte mitfühlend, als Ruth darüber spekulierte, was Ben wohl heute tun würde, ob sie vielleicht schon Großmutter und das Unternehmen so expandiert wäre, dass sie in ihre Nähe gezogen wären.

Ausgerechnet am heutigen Tag wollte Juliet Ruth nicht unterbrechen, doch die wehmütigen Fantasien kratzten arg an ihrer eigenen recht instabilen Selbstbeherrschung. Gern hätte sie hervorgehoben, dass Ben *nicht* der dynamischste Geschäftsmann gewesen war, und dass vielleicht auch sie verzweifelt war, weil es keinen Mini-Ben gab, der gluckste, während sie den Kinderwagen mit Minton zusammen durch den Park schob.

Sie biss sich auf die Lippe. Juliet hatte heute so gar nicht das Gefühl, dass ihr eine große Last von den Schultern genommen wurde. Tatsächlich hatte sich sogar eher die bleierne Erkenntnis breitgemacht, dass das Leben zwar weitergehen würde, sie aber niemanden mehr hatte, mit dem sie ihre Witze teilen oder bei dem sie ihre Füße im Bett wärmen konnte, wenn der Regen draußen an die Fenster schlug.

Aber selbst wenn sie jemanden finden sollte – ganz gleich wie erschreckend diese Vorstellung augenblicklich noch war –, würde derjenige niemals wissen, wie sie als Teenager gewesen war oder als Mittzwanzigerin mit Pfirsichhaut. Ihre besten Jahre waren vorbei, und Ben hatte all die Erinnerungen mit ins Grab genommen. Ihr, die sie hatte dableiben müssen, blieb nichts anderes übrig, als müde und mit dem Stempel »aus zweiter Hand« durch den Rest ihres Lebens zu kriechen.

»Es macht dir ja nichts aus, wenn auf der Bankplakette nur Ray und ich erwähnt werden, oder?«

Juliet hatte gerade Mintons Wassernapf frisch aufgefüllt, doch jetzt richtete sie sich auf und konzentrierte sich auf Ruths Stimme. »Bitte?«

»Die Plakette für die Holzbank. Es ist nur eine bestimmte Anzahl von Buchstaben möglich, und es muss unbedingt darauf: ›In liebevoller Erinnerung an Benjamin Raymond Falconer, 1979–2010.‹ Neue Zeile: ›Der Sohn, der Licht in unser Leben gebracht hat.‹ Neue Zeile: ›Gestiftet von Ruth und Raymond Falconer.‹«

Lautstark trank Minton aus seinem Napf, doch Juliet ignorierte die Wasserpfützen, die rundum entstanden.

»Ich dachte, die Bank sollte gemeinsam von seinen Freunden und seiner Familie gespendet werden? Ist sie denn nicht von dem Geld gekauft worden, das bei seiner Beerdigung gestiftet wurde? Das Geld, das zur Hälfte an einen wohltätigen Zweck gehen sollte, während die andere Hälfte für ein Denkmal für ihn vorgesehen war?«

Ruth stieß ein halb beruhigendes, halb seufzendes Geräusch aus. »Ich weiß, Juliet, aber Ray und ich haben das alles organisiert, außerdem haben wir noch einiges selbst beisteuern müssen, damit wir eine solide Bank aus Eichenholz kaufen konnten. Deshalb dachten wir …« Ihre Stimme verebbte, damit sie nicht fortfahren musste: »Wir könnten das so bestimmen.«

Ben war nicht ohne Grund schon mit neunzehn Jahren von zu Hause aus- und mit Juliet zusammengezogen. Juliet fragte sich, ob Ruth ihr dies je verziehen hatte. Ob sie nicht dachte, dass Ben noch am Leben wäre, wenn er immer noch in seinem Jugendzimmer in ihrer Doppelhaushälfte leben, sich zusammen mit seinem Dad *Top Gear* im Fernsehen anschauen und den Rasen mähen würde.

»Er war mein Ehemann.« Juliet war angespannt vor Mühe, ihren Schmerz und diese Kränkung zu unterdrücken. »Er war nicht *nur* euer Sohn. Er war ein Freund, ein Geliebter und … und ein Hundebesitzer.«

»Juliet, du kannst noch einmal heiraten«, antwortete Ruth voller Dramatik, und Juliet wurde klar, dass Ruth seit Monaten darauf gewartet hatte, diesen Satz loszuwerden. »Ich werde nie wieder einen Sohn haben. Niemals.« Erneut fing sie an zu weinen – wütende, abgehackte Schluchzer, die Juliet einen Mangel an Mitgefühl vorzuwerfen schienen.

Aber Juliet wollte nicht weinen; dafür war sie viel zu beunruhigt, dass Bens biedere Bank nicht einmal an seine Ehe erinnern würde.

»Wahrscheinlich werde ich nie wieder heiraten«, protestierte Juliet erbost. »Ich weiß genau, dass ich einen Mann wie Ben nicht noch einmal finden werde.«

»Aber du kannst es wenigstens versuchen. Mein Leben ist dagegen vorbei! Juliet, ich kann jetzt nicht mehr reden. Ich melde mich.« Ruth legte auf, und Juliet war erleichtert.

Sie ging zum Fenster und schaute in den Garten hinaus, wobei sie jedoch die nackten Äste und Zweige oder die Farne, die sich vor der Backsteinmauer langsam in einen Bronzeton verfärbten, gar nicht wahrnahm.

In ihrem Kopf hörte sie einzig und allein Bens Stimme, die ihr riet, Ruth, die Drama-Queen, zu ignorieren. Die Erinnerung an ihn würde Juliet rund um sich herum, im Garten, in seinem Hund und ihrer Liebe zueinander finden.

Warum renoviere ich dann das Haus?, fragte sich Juliet. Warum geht mein Leben weiter? Ist das falsch?

Es klingelte an der Haustür, und Dianes Stimme hallte durch das Haus. »Bist du da? Irgendwer zu Hause? Wir sind da!«

Sie klang so fröhlich, als hätte sie heute ihre Anstrengungen verdoppelt.

Juliet sah zu Minton hinunter und stupste ihn mit der Fußspitze an. Anders als sonst war er noch nicht zur Haustür hinuntergestürzt.

»Los, geh schon!«, forderte sie ihn auf. »Mir geht's gut.«

Sie absolvierte die tägliche Routine wie ferngesteuert, während sie die ganze Zeit daran denken musste, dass Bens Todesstunde immer näher rückte.

Um jenen Moment bewusst zu erleben, wollte Juliet etwas Besonderes tun, doch sie wusste nicht, was das sein sollte. Stattdessen versuchte sie krampfhaft, sich an den letzten verbleibenden Minuten dieses Jahres festzukrallen, als würde das Überschreiten jener Schwelle eine letzte Verbindung kappen, die sie noch zu Ben hatte.

Sie ging mit den Hunden Gassi und kehrte schließlich in ein leeres Haus zurück, wo sie dann die Karten las, die von ein paar Freunden geschickt worden waren, die sich an den

Jahrestag erinnert hatten. Es fühlte sich sowohl falsch an, die Karten auf dem Kaminsims aufzubauen, als auch, sie einfach wegzuwerfen. Deswegen blieben sie einfach auf dem Regal neben der Tür liegen, als unangenehme Erinnerung an furchtbare Gefühle. Sie kochte sich ein Abendessen, fütterte Minton und unterhielt sich apathisch mit ihrer Mutter, als diese Coco abholte und ihr eine große Schachtel mit Pralinen mitbrachte. Währenddessen hatte Juliet die ganze Zeit das Gefühl, um Viertel nach acht einen wichtigen Termin zu haben, den sie einhalten musste.

Als es langsam dämmerte, ging Juliet in den hinteren Teil des Gartens und betrachtete das Unkraut sowie das viele Herbstlaub, das überall herumlag. Es war beschämend, wie wenig sie gegen diese Verwilderung getan hatte, und sie entschuldigte sich innerlich bei Ben für die struppigen Hecken und die überwucherten Beetränder.

Dennoch waren überall noch Anzeichen dessen zu sehen, was er einmal begonnen hatte. Die Rosenbüsche, die ihr Vater neben der Gartentür gestutzt hatte, trugen immer noch ein paar verspätete gelbe und rote Blüten, und die Küchenkräuter waren – völlig unbeachtet – gut gediehen. Als Juliet mit der Hand über die Minze-, Lavendel- und Rosmarinbüsche strich, verbreitete sich ein wohliger Duft. Die Pflanzen hatten es geschafft, ohne ihn weiterzuwachsen, genauso wie sie selbst auch weitergemacht hatte. Zwar sahen sie ein wenig verwildert aus, aber sie waren definitiv gewachsen.

Ganz langsam sammelte Juliet ein Sträußchen aus Kräutern und Blumen zusammen. Bei jeder Pflanze dachte sie an Ben, wie er seinen Hochzeitsstrauß für sie zusammengestellt hatte.

Rosmarin, weil sie nicht vergessen hatte, wie sehr er sie geliebt hatte, und sie es auch niemals vergessen würde.

Abgestorbene Samenstände vom nicht zurückgeschnittenen Lavendel, mit denen die Duftsäckchen hatten gefüllt werden sollen für die Kleiderschränke, die sie nie gekauft hatten.

Ben, du hattest recht, dachte sie traurig. Ich habe *gar keine* Zeit dafür gehabt. Aber vielleicht demnächst.

Minze für die dunkelgrünen Fliesen im Badezimmer, das jetzt fertig war und genau so aussah, wie es ihm gefallen hätte.

Dunkelgelbe Chrysanthemen für das Wohnzimmer, das das nächste Projekt sein würde, wenn sie erst einmal den heutigen Tag überstanden hatte.

Die Kellys waren allesamt unterwegs, und es herrschte eine seltsame Stille im dämmrigen Garten. Juliet kam es vor, als sei sie dort in eine Art Zeitblase geraten, in der sie ihren Kopf drehen und die erste Bewohnerin des Hauses sehen konnte, die sich in einem Reifrock liebevoll um die Rosen kümmerte. Unweigerlich fragte sich Juliet, ob Ben wohl auch in jene Halbwelt getaucht war. Vielleicht würde ja eines Tages einmal jemand in der Dämmerung Rosen pflücken und einen attraktiven blonden Mann sehen, der die Hecke schnitt und dessen Muskeln für einen Geist viel zu kraftvoll und gesund glänzten.

Sagte man nicht, dass Menschen mit einer großen Lebenslust diejenigen waren, die für immer einen Eindruck in ihrem Umfeld hinterließen? Ben war so jemand gewesen. In seinem Garten.

Juliet wappnete sich für die Trauer, die seltsamerweise aber ausblieb. Stattdessen spürte sie in ihrem Inneren plötzlich eine tiefe, friedliche Ruhe bei dem Gedanken daran, dass Ben dort umherwandern könnte, wo er wirklich glücklich gewesen war – und vielleicht wäre dieser Ort hier in diesem Garten. Juliet wünschte sich für ihn, dass er glücklich war, ganz gleich wo auch immer er gerade war, weil sie nun endlich begriff, dass er *nicht* wieder durch die Haustür zurückkommen und sagen würde, dass alles ein Missverständnis gewesen sei. Er war fort.

Sie erreichte das Ende des Rasens, von dem aus sie beide immer auf die alte Backsteinmauer gedeutet und über Duftwicken und Himbeersträucher gesprochen hatten. Danach hatten sie sich immer im nassen Gras niedergelassen und die gedrungene weiße Rückseite der Hausfassade mit ihren Fenstern und der Gedenktafel betrachtet. Auf dieser Tafel war das Jahr der Erbauung festgehalten, und sie hatte sich gleich bei der ersten Hausbesichtigung in sie verliebt. 1845 hatte irgendjemand genau dort an diesem Platz gesessen und gedacht: *fertig.*

Das ist mein Haus, dachte Juliet und korrigierte sich sofort. *Unser Haus.*

Die Worte gingen ihr noch einmal durch den Kopf. Nein, *mein* Haus, beschloss sie schließlich. Meine Fugenmasse. Mein Stromkasten. Wir haben keinen einzigen unserer Pläne umgesetzt, die wir geschmiedet haben. *Ich* allerdings schon. Allein. Das Haus verwandelt sich in mein Haus. Und wenn ich weiterhin von unserem Haus rede, bedeutet das, dass dort für immer jemand fehlen wird.

Außerdem waren diese großartigen Pläne und deren ausbleibende Umsetzung der winzige Dorn gewesen, der die schlechte Stimmung zwischen ihr und Ben ausgelöst hatte – jene leise Verbitterung, die unter dem Deckmantel ihres Glücks immer weiter gewachsen war und sich manifestiert hatte, bis sie schließlich hervorgebrochen und es zu dem einzigen ernsthaften Streit gekommen war, den sie je gehabt hatten.

Nun brach die Trauer mit gewaltiger Macht über sie herein, doch anstatt die Erinnerung an jene letzten Worte beiseitezuschieben, die sie ihrer Liebe des Lebens an den Kopf geworfen hatte, stellte Juliet sich ihnen. Wenn sie sich heute nicht damit auseinandersetzen konnte, wann dann?

Plötzlich merkte sie, wie sich etwas Warmes an ihr Bein drückte. Minton war aufgewacht und losgelaufen, um sie zu suchen. Besorgt schaute er Juliet an und leckte ihre Hand.

»Tut mir leid«, entschuldigte sie sich bei ihm. »Ausgerechnet heute. Wie gemein von mir, dich glauben zu lassen, ich hätte dich jetzt auch noch allein gelassen.«

Minton strich mit seinem Kopf an ihrem Bein entlang und legte sich auf den Rücken, den Schwanz zwischen die Hinterbeine geklemmt. Diese Geste der Unterwerfung brach Juliet beinahe das Herz, und sie kraulte seinen Bauch, um ihn wieder aufzuheitern.

Dann nahm sie ihre Pflanzen und erhob sich. Das feuchte Gras hatte ihre Jeans durchnässt, und jetzt setzte auch noch ein feiner Nieselregen ein. Sie registrierte zwar, dass es kalt war, doch mit einem Mal wurde sie von einer felsenfesten Entschlossenheit gepackt, sodass sie den Regen kaum wahrnahm.

»Komm, Minton«, erklärte sie. »Wir machen einen Spaziergang.«

Juliet leinte Minton an und trat auf die Veranda in die frische Abendluft hinaus.

Es regnete ganz leicht, weshalb sie ihre Kapuze aufsetzte und mit festem Schritt die Anliegerstraße hinunterlief. An deren Ende holte sie tief Luft und schlug nicht etwa den gewohnten Weg ein, sondern wählte die genau entgegengesetzte Richtung. Sie eilte die Straße hinunter, an der sich einst ein Hufschmied und eine Bäckerei befunden hatten, die aber nun unter den Namen »Old Forge« und »Old Bakery« zu Wohnhäusern umgebaut worden waren (Wohnungen A, B und C). Das komplette letzte Jahr hatte sie es vermieden, hier entlangzugehen; sie hatte es nicht übers Herz gebracht, ohne Bens Gesellschaft an diesen Altbauten vorbeizugehen.

Ich habe keine Ahnung, wohin ich laufe, dachte sie selbstquälerisch. Ich weiß nicht, wo genau Ben gestorben ist, weil *ich nicht da war*. Die Vorstellung, wie Ben hier in der menschenleeren, stillen Straße und umgeben von blinden Fenstern zusammengebrochen war, traf Juliet wie immer wie eine Messerklinge mitten ins Herz. Jetzt schmerzte es sogar noch mehr, da sie ein Jahr vollkommen allein gewesen war und wusste, welche Panik er gehabt haben musste, als er wie ein Ertrinkender mit den Armen gerudert und doch keine Aufmerksamkeit erregt hatte.

Obwohl er nicht vollkommen allein gewesen war. Immerhin hatte er Minton dabeigehabt.

Juliet drehte sich der Magen um, und sie sah zu dem kleinen Terrier hinunter, der begeistert neben ihr hertrottete, als
würden sie lediglich eine zusätzliche nächtliche Gassirunde
drehen. Das Licht der Straßenlaternen färbte sein cremefar-
benes Fell gelb wie ungesalzene Butter. Gleichzeitig erinnerte
sich Juliet an die vielen Nächte, die sie auf dem Supermarkt-
parkplatz von Tesco verbracht hatten, als Minton im Schein der
Sicherheitslaternen hinter seinem leuchtenden Ball hergejagt
war. Juliet hatte ihm diesen wie ferngesteuert geworfen, während ihr gleichzeitig die Tränen über das Gesicht gelaufen waren. Mittlerweile kam es ihr jedoch vor, als sei dies in einem
anderen Leben passiert.

Sie liefen an der großen freistehenden Villa sowie der Reihe
von Cottages vorbei, und immer wieder warf Juliet Minton einen prüfenden Blick zu, ob er auf die Umgebung reagierte. Ihr
war klar, wie verrückt dieses Vorhaben eigentlich war, aber ein
Teil von ihr hoffte inständig, dass Minton sie verstehen und ihr
darum zeigen würde, wo sie ihre Trauer abladen konnte. Wie
weit war Ben wohl die Straße hinuntergestürmt, als er nach
ihrem Streit vor Wut immer noch gekocht hatte, bevor er unerwartet einen schweren Herzinfarkt erlitten hatte?

Der Rettungssanitäter hatte ihr erklärt, dass Minton bei Ben
gesessen und ununterbrochen gebellt hätte, bis irgendwann
einmal jemand aus einem der Häuser gekommen war, um zu
sehen, was mit dem verdammten Köter los war. Es war ein au-
ßerordentliches Pech für Ben, dass er ausgerechnet vor einem
der wenigen Häuser in Rosehill kollabiert war, das jemandem
gehörte, den er nicht kannte. Zudem war er in seiner Wut
nur in seinem Fußballtrikot aus dem Haus gestürmt, sodass
er auch weder einen Ausweis noch ein Handy bei sich getragen hatte. Darum war anfangs unklar gewesen, wer er überhaupt war.

Wenn Ben Minton sein Halsband angezogen hätte, worum
Juliet ihn immer wieder gebeten hatte, dann hätte man sie so-

fort benachrichtigen können. Sie hätte noch rechtzeitig da sein können. Stattdessen hatte sie warten müssen, bis ...

Juliet hielt inne und schloss die Augen, um das Bild zu vertreiben, das sich vor ihrem geistigen Auge bildete, doch vergebens.

Als Minton allein vor der Tür gestanden hatte und in jener verängstigten, unterwürfigen Art mit dem Schwanz gewedelt hatte, hatte sie sofort gewusst, dass etwas nicht stimmte. Zunächst dachte sie aber, jemand hätte Minton getreten, so verletzt, wie er sie anstarrte.

O Gott, ihre erste Reaktion war schlechte Laune gewesen; die Nachwehen ihres Streits mit Ben hatte der arme, treue Minton abbekommen. Sie hatte ihn angebrüllt, warum er ohne sein Halsband weggelaufen war.

Dann hatte es an der Tür geklopft, und vor ihr hatte ein Sanitäter gestanden, der völlig außer Puste war, weil er hinter Minton hergerannt war und versucht hatte, den Hund nicht aus den Augen zu verlieren. Juliet konnte sich noch gut an seinen Ausdruck erinnern, als sie mit ihrem verängstigten, erschöpften Hund unter dem Arm und einem tränenverschmierten, von ihrem Streit noch ganz angespannten Gesicht die Tür geöffnet hatte.

Juliet ließ sich auf einem schmalen Mäuerchen nieder und drückte auf den Stopp-Knopf an Mintons ausziehbarer Leine, damit er nicht noch weiter vorlief. Schnell kam er wieder zu ihr gerannt und schnupperte an ihrer Hand, ob sie ein Leckerli für ihn hatte. Automatisch griff sie in ihre Tasche, wo sie seit Kurzem immer eine Frischhaltetüte mit Trockenfutter für Coco aufbewahrte, und belohnte Minton. Doch ihr Verstand war zu einer erbarmungslosen Punkt-für-Punkt-Analyse übergegangen, ohne dass sie etwas dagegen hätte tun können.

Wenn Ben nicht davongestürmt wäre, hätte sein Herz vielleicht nicht diesen Infarkt erlitten, ganz allein, irgendwo auf der Longhampton Road.

Wenn sie sich nicht gestritten hätten, wäre er nicht so davongestürmt, vollgepumpt mit Adrenalin, verletzt, entsetzt und geschockt durch die Tatsache, dass seine Seelenverwandte nach fünfzehn Jahren plötzlich nicht mehr sicher war, ob sie überhaupt noch Kinder mit ihm haben wollte oder nicht.

Und wenn sie ihn nicht angebrüllt hätte, wie er denn, wenn er nicht einmal das Badezimmer fertigstellen konnte, jemals einem Kind beibringen wollte, nicht mehr in die Windeln zu machen, oder jemals einen Kindergarten bezahlen oder irgendeine der langweiligen Aufgaben übernehmen wollte, die sie dann letzten Endes wohl wieder selbst erledigen müsste – dann hätte er wahrscheinlich nicht zurückgebrüllt und wäre nicht davongestürmt und gestorben ...

Juliet presste die Faust auf ihren Mund, als sie in ein lautes Schluchzen ausbrach.

Ben war gestorben, weil sie sich heftig darüber gestritten hatten, dass er sich nicht so erwachsen verhielt wie sie. In diesem Streit war es nicht um sie beide gegangen, sondern ausschließlich um Juliet.

Seit Monaten war sie um diese Erkenntnis herumgeschlichen, doch das war die bittere Wahrheit. Das Haus war nicht bereit dafür, darin ein Baby großzuziehen. Es war ja nicht einmal sicher genug für ihren kleinen Hund. Hätte man Ben alles allein überlassen, so wäre es niemals fertig geworden. Und es schien ihn auch nicht sonderlich interessiert zu haben, dass diese Tatsache sie in den Wahnsinn getrieben hatte. Wenn sie wirklich ehrlich war – so ehrlich, wie sie sich Louise gegenüber aus purer Verzweiflung gezeigt hatte –, dann hatte Juliet sich damals tatsächlich gefragt, ob sie beide in einem unterschiedlich schnellen Tempo reifer wurden wie ein schiefer Baum: Ben war der ewige Teenager, der gerne anderen Leuten einen Gefallen tat und sich erst später dann Sorgen um morgen machte, und Juliet hatte sich zu der widerwilligen Erwachsenen entwickelt, die alle Rechnungen bezahlte und sich für sie beide Sorgen machte.

Bei dem Gedanken, dass sie vielleicht doch nicht das perfekt zueinander passende Paar waren, war ihr schlecht geworden. Dieser Gedanke hatte *sie* sowohl wütend als auch traurig gemacht – nicht etwa ihn. Ben hatte das alles wenig gekümmert.

Aus den Augenwinkeln sah Juliet, wie ein Auto herangefahren kam, abbremste und schließlich anhielt.

»Hey, Juliet! Soll ich dich mitnehmen? Es regnet!«

Juliet schaute auf und sah Lorcan, der sich aus seinem Van herausbeugte. Emer saß auf dem Beifahrersitz, während Roisin zwischen den beiden hockte. Dem Getöse von der Rückbank nach zu urteilen, waren auch die restlichen Kellys mit von der Partie und nutzten den Werkzeugkasten, um Schlagzeugrhythmen auszuprobieren.

Juliet schüttelte jedoch den Kopf und gab sich Mühe, normal auszusehen. »Nein, danke, schon okay.«

»Ach, komm schon!«, rief Emer. »Wir fahren auf dem Weg noch an der Fish-and-Chips-Bude vorbei, um Sals ersten Auftritt zu feiern! Ruhe dahinten!«

Juliet schaffte es, müde zu lächeln. »Gratuliere ihm von mir, aber lieber ohne mich. Es ist alles in Ordnung, ehrlich!«

Lorcan beugte sich noch weiter aus dem Autofenster heraus und musterte ihr tränenüberströmtes Gesicht. Dann schwang die Fahrertür auf, obwohl der Motor noch immer lief, und seine in Jeans gehüllten Beine tauchten vor ihr auf. »Emer, fahr du nach Hause«, rief er. »Ich gehe zu Fuß.«

»Du willst doch nicht ... Ach, Lorcan. Soll ich euch zwei Pommes mitbringen?« Sie schien zu kapieren, dass irgendetwas nicht stimmte, und kletterte auf den Fahrersitz hinüber. Sie sah dabei jedoch nicht sehr zuversichtlich aus, und Roisins Miene sprach ebenfalls Bände.

»Keine Ahnung. Ich melde mich«, rief Lorcan, ohne zurückzuschauen. Seine Augen waren allein auf Juliet fixiert, und er runzelte besorgt die Stirn.

Juliet wollte gerade protestieren, dass das nicht nötig sei.

Doch irgendwie ging es ihr durch seine kraftvolle Art gleich ein wenig besser, obwohl sie sich auch irgendwie unbehaglich fühlte. Sie winkte, als Emer einen Gang einlegte und unter lautem Protestgeschrei vom Beifahrersitz und von der Rückbank schlingernd davonfuhr.

»Wolltest du irgendwohin?«, fragte Lorcan, als er die Pflanzen in ihrer Hand sowie die Hundeleine entdeckte. »Ah, okay.«

Juliet schwieg.

»Möchtest du ein wenig Gesellschaft haben? Du kannst mir ruhig sagen, dass ich mich verziehen soll, wenn du lieber allein wärst.«

Juliet presste die Lippen aufeinander. »Ich ... keine Ahnung. Ich wollte den Ort aufsuchen, an dem Ben gestorben ist, und die Blumen dort niederlegen. Eigentlich ist das eine blöde Idee.«

»Nein, finde ich gar nicht.« Lorcan sagte nichts mehr, und Juliet merkte, dass das eine der Eigenschaften war, die sie am meisten an ihm schätzte. Er sagte einfach, was er dachte, und beließ es dabei – ganz anders als die meisten anderen Leute um Juliet herum, die ihr immer vorschreiben wollten, wie sie sich zu fühlen hatte, wie sie sich in ihrer Situation fühlen würden und so weiter und so weiter, bis Juliet am liebsten laut geschrien hätte.

Er nickte in Richtung der Straße, und ohne einen Ton zu sagen, gingen sie los. Minton trottete ihnen voraus.

Bilder von Bens letzter Nacht gingen Juliet durch den Kopf, als sie die Mauern und Bäume entlang der Straße mit seinen Augen sah. Bei den meisten ihrer dunkleren Gedanken hatte sie es während des letzten Jahres geschafft, sie in die hinterste Ecke ihres Kopfes zu verbannen, sie dort »aufzuheben«, bis sie stark genug war, um ihnen genügend Raum zu geben. Doch jetzt zwang sie sich dazu, sich mit diesen Gedanken auseinanderzusetzen. Denn wenn nicht jetzt, wann dann?

Hatte Ben – voller Wut – an sie gedacht, als er seinen Herzinfarkt erlitten hatte? Diese Vorstellung quälte sie mehr als alles andere, dass sein letzter Gedanke an sie Schmerz gewesen war angesichts der verletzenden Worte, die sie ihm an den Kopf geworfen hatte. Sie hatte mit Gott gefeilscht und hoffte inständig, dass Ben kurz vor seinem Tod stattdessen einige glückliche Momente, die sie beide zusammen erlebt hatten, vor Augen gehabt hatte.

War es wirklich so egoistisch, sich darüber Gedanken zu machen?

Juliet merkte, dass Minton stehen geblieben war und an einem Laternenpfahl herumschnupperte. Eine vollkommen irre Sekunde lang fragte sie sich, ob dies wohl die Stelle sein könnte, an der Ben kollabiert war, vor ... Sie drehte sich um, um das gezwirbelte schmiedeeiserne Schild lesen zu können. Vor dem *Gables Cottage.*

Es könnte sein. Als der Sanitäter an ihre Tür gehämmert hatte, war Ben schon im Rettungswagen auf dem Weg ins Krankenhaus gewesen, obwohl es da bereits zu spät gewesen war. Sie selbst war zu diesem Zeitpunkt einfach nicht in der Verfassung gewesen, den Mann zu fragen, wo genau es passiert war. Er hatte Mitleid mit ihr gehabt, ihr den Autoschlüssel aus den zitternden Händen genommen und sie mit Bens Kastenwagen in die Notaufnahme gefahren, obwohl das, wie er ihr sagte, eigentlich gar nicht erlaubt gewesen wäre.

Auch Lorcan war stehen geblieben, und ihr war klar, dass er verstanden hatte, was sie vorhatte. Vielleicht wäre es besser gewesen, dabei allein zu sein, dachte sie. Dann hätte ich ein Gedicht aufsagen oder einen Song vom *X&Y*-Album zitieren können.

Aber noch während ihr dieser Gedanke durch den Kopf ging, wusste sie, dass das Quatsch war. Hierbei ging es mehr um sie als um Ben. Jeden Tag feierte sie die Erinnerung an ihn mit kleinen Ritualen, nicht nur während der Trauerstunde, die in letzter Zeit immer kürzer geworden war. Die Musik von *Coldplay* hatte sich abgenutzt. Nein, hierbei ging es hauptsächlich um sie und die Tatsache, dass sie zum ersten Mal seit ihrem fünfzehnten Lebensjahr zwölf Monate ohne Ben überstanden hatte. Sie fühlte sich zerschlagen und betäubt, aber sie atmete immer noch.

»Soll ich gehen?«, bot Lorcan noch einmal an, nachdem er ihre Miene gemustert hatte. »Möchtest du lieber ein wenig allein sein?«

Zögerlich schüttelte Juliet den Kopf. Ben war nicht hier. Er würde auch nicht plötzlich erscheinen wie Banquo, der Geist aus Shakespeares Macbeth. Wäre es ihr nicht außerdem viel lieber, wenn er in ihrem Garten auftauchen würde, anstatt in irgendeinem Teil von Rosehill?

»Nein. Ich würde nur hier herumstehen und Selbstgespräche führen, bis einer der Hausbesitzer herauskäme. Wenigstens sehen wir wie zwei normale Menschen aus, die sich miteinander unterhalten.«

»Na schön.« Er starrte auf die Hecke neben ihnen, die in eine rechteckige Form gestutzt war. »Die Hecke sieht toll aus. Was ist das?«

»Buchsbaum«, erwiderte Juliet. »Riechst du das? Der Geruch von Buchs erinnert mich immer an typisch englische, denkmalgeschützte Herrenhäuser.« Sie zerrieb ein paar Blätter zwischen ihren Fingern und atmete den charakteristischen Duft ein. »Ben liebte Buchs. Er hat immer davon gesprochen, im Garten welchen zu pflanzen und ihn dann in Form zu schneiden. Aber das hätte Jahre gedauert.«

»Dann solltest du dir so schnell wie möglich Buchsbaum anschaffen. Setz es auf die Liste. Fürs Haus«, fügte Lorcan hinzu, als hätte Juliet mehrere Listen.

Juliet spielte mit den Blättern. Ben wäre sicherlich an dieser Hecke stehen geblieben, um sie zu bewundern. Vielleicht hatten sich seine letzten Gedanken um dunkelgrüne Hecken, Scheren und sie in einem Sommerkleid im Garten gedreht, umgeben von Buchsbaum-Hähnen.

Vorsichtig nahm sie ihr Sträußchen und schob es in das trockene Innere der breiten Buchsbaumhecke, bis es hinter den vielen Zweigen verschwunden war.

»Auf Wiedersehen, Ben«, flüsterte sie. »Ich liebe dich.«

Sie schloss die Augen, als sich die Tränen tief aus ihrer Brust heraufzudrängen schienen und dann wieder zurücksanken. Juliet hatte mittlerweile gelernt, mit der Intensität ihrer Trauer klarzukommen und kleine Schwankungen wie eine Krankenschwester zu überwachen. Nun verspürte Juliet jedoch rund um ihre Trauer eine seltsam besänftigende Erleichterung wie einen Lichtschimmer entlang der Vorhangkanten an einem Wintermorgen.

»Okay«, erklärte sie angespannt. »Lass uns nach Hause gehen.«

»Bist du sicher?« Juliet spürte Lorcans Hand tröstend auf ihrer Schulter. »Du kannst so lange hierbleiben, wie du möchtest. Ich kann gern mit Minton schon nach Hause gehen, Passanten abwimmeln oder was auch immer tun.«

Juliet stieß einen tiefen Seufzer aus. »Nein. Ich habe keine Ahnung, was ich hier erwartet habe. Ich dachte eigentlich, heute wäre auf einmal alles anders. Aber ich bin immer noch dieselbe.«

»Was wolltest du denn sein?«

»Ich weiß nicht. Vielleicht wollte ich mein altes Ich zurück. Vielleicht auch ein neues, stärkeres Ich?«

Plötzlich hatte sie das Bild vor Augen, wie sie selbst als Superheldin wie ein Schmetterling glänzend und stark aus ihrem alten Körper hervorbrach. Bereit für ein neues Leben.

Aber ich will doch gar kein neues Leben, dachte Juliet unweigerlich, bevor sie sich ernsthaft fragte, ob das denn wirklich stimmte.

Dieser Gedanke erschütterte sie.

»Du bist eine starke Frau«, erklärte Lorcan. Er zog sie sanft an seine Schulter, wo sie ihren Kopf anlehnte. Es war ein tröstliches, geschwisterliches Gefühl, und sie verharrte einen Augenblick lang in dieser Position, bevor sie wieder den Kopf hob.

»Na gut«, erwiderte sie schließlich. »Bring mich irgendwohin, wo es laut ist und ich abgelenkt werde. Aber nicht in einen Pub. Oder in eine Billardhalle.«

»Da kenne ich genau den richtigen Ort.« Lorcan seufzte. »Leider. Wie wäre es mit Blockflötenübungen?«

»Perfekt«, antwortete Juliet.

23

Louise starrte auf die klebrige pinkfarbene Pampe in ihrem Cocktailglas und fragte sich, wie, zum Teufel, sie bloß auf die Idee gekommen war, dass das *Ferrari's* plötzlich einen Cocktail-Experten aus London eingestellt haben könnte. Das war doch kein Cosmopolitan! Es sei denn, man mixte diesen mittlerweile mit ...

Sie versuchte, den Geschmack auf ihrer Zunge zu ergründen.

Konzentrat aus schwarzer Johannisbeere und Franzbranntwein.

»Soll ich dir noch einen bestellen?«, fragte Peter und leerte gut gelaunt sein kleines Weißweinglas.

»Willst du mich betrunken machen?«, erwiderte sie, wobei die Antwort nur zur Hälfte als Witz gemeint war.

»Ja!«

Louise nahm an, dass er das tatsächlich beabsichtigte. Früher hatten ein paar Cocktails bei ihr stets zu einem ziemlich skandalösen Verhalten geführt. Doch dieses Wissen half ihm derzeit auch nicht weiter. Wie bei einer fest entschlossenen viktorianischen Jungfer verkrampfte sich Louises Körper, um nüchtern zu bleiben, ganz gleich wie viel Alkohol sie in sich hineinzwang.

»Komm schon, lass doch mal alle Hemmungen fallen«, forderte Peter sie auf, der ihr Zögern als mütterliche Sorge um Toby missverstand, den sie die Nacht über bei Diane einquartiert hatten. »Deine Mum freut sich doch, Toby bis morgen früh bei sich zu haben. Hier, sieh dir noch einmal die Cocktailkarte an. Was ist die Spezialität von *Ferrari's*?«

»Frostschutzmittel mit Cidre?« Louise zwang sich zu einem Lächeln und wurde mit einem vergnügten Gesichtsausdruck von Peter dafür belohnt.

Sie erinnerte sich daran, wie viele Frauen sich freuen würden, Drinks von einem gut aussehenden Unternehmenschef, der noch über sein komplettes Haupthaar verfügte, spendiert zu bekommen. Peter gab sich wirklich Mühe, und Louise versuchte, es ihm gleichzutun. Er hatte sich sogar ein frisches Hemd angezogen. Beide bemühten sich um echte Gespräche unter Erwachsenen über Themen, die mit Babys nichts zu tun hatten. Also all das, was die Experten-Ratgeber im Internet als »Wir-Zeit« bezeichneten, die dazu auserkoren war, eine Beziehung, die am Nullpunkt angekommen war, wieder zu beleben.

Ich muss es wenigstens *versuchen*, ermahnte sich Louise. Selbst wenn es sich so anfühlt, als würde ich vor einem großen Bluescreen schauspielern, ohne dass davon irgendwas etwas mit mir zu tun hat.

Vielleicht würde ein weiterer Cocktail helfen.

»Okay«, erwiderte sie und schob ihr Glas weg, bevor sie nach der laminierten Cocktailkarte griff. »Warum probiere ich nicht einfach mal einen Martini? Dabei kann man eigentlich nicht viel falsch machen – der besteht doch nur aus Gin, Wermut und einer Olive.«

»Hervorragend. Einen Drink noch, dann geht es weiter.« Peters Lächeln wurde breiter. »Mit Veranstaltungspunkt Nummer zwei.«

Sie saßen im Barbereich des Restaurants, waren aber offensichtlich nicht zum Essen hier. Das sollte Programmpunkt Nummer drei sein.

»Und wo gehen wir hin?«

»Lass dich überraschen.«

»Ehrlich gesagt glaube ich nicht, dass Longhampton an Aus-gehmöglichkeiten viele Überraschungen zu bieten hat.« Als die Kellnerin zu ihnen kam, bestellte Peter noch ein Glas Wein für sich sowie einen Dirty Martini für Louise, die die Cocktail-karte zurückgab. »Gehen wir etwa Bingo spielen?«

»Nein!« Peter klang entsetzt, bis er merkte, dass Louise ei-nen Witz gemacht hatte. »Kein Bingo. Das hier ist ein Date!« Er beugte sich über den Tisch und griff nach Louises Hand, verhakte seine Finger mit den ihren und lächelte. »Mir wur-de klargemacht, dass die Weinprobe vielleicht ein wenig ego-istisch war. Das hier ist also mehr ein Date-Date.«

»Und wer hat dir das klargemacht?«

Peter schüttelte den Kopf. »Das ist doch egal. Ich habe je-denfalls versucht, mich daran zu erinnern, was wir so alles un-ternommen haben, nachdem wir uns kennengelernt hatten – du weißt schon, all die Sachen, die wir gemacht haben, weil sie dir gefielen –, und ... da sind wir. Cocktails, Überraschung, Abendessen.«

Louise fing allmählich an, sich über die Unterstellung zu ärgern, sie habe ihn zu einer Menge nervtötender Verabre-dungen gezwungen, doch sie schob dies beiseite und konzen-trierte sich auf die eigentlich recht süße Bedeutung zwischen den Zeilen – dass Peter vor so vielen Jahren trotz seiner Unlust überall mit hingegangen war, um mit ihr zusammen zu sein.

So lange ist das nun auch wieder nicht her, ermahnte sich Louise. Acht Jahre. In ihrem Kleiderschrank befanden sich im-mer noch Jeans aus dieser Zeit.

»Als da wäre ...?«, fragte sie, während sich ein Lächeln in ihre Stimme schlich. »Jetzt erzähl mir bloß nicht, dass du lieber zu Hause geblieben wärst und dich um deine Handarbeiten ge-kümmert hättest, als ich dich ins Wolseley mitgeschleppt habe?«

»Doch. Zumindest wenn ich die Wahl gehabt hätte. Ganz ehrlich: Ich habe nicht einmal die Hälfte der Witze dieser schrecklichen Stand-up Comedians verstanden.« Peter grinste, und einen Augenblick lang verspürte Louise ein Gefühl wie früher.

»Hätte ich das damals gewusst, dann ...«, sagte sie, doch in dem Moment kamen – verdächtig schnell – die bestellten Drinks, und sie hielt inne.

»Ich will einfach nur mit dir zusammen sein«, antwortete Peter leise, und Louise stockte der Atem angesichts der schlichten Sehnsucht, die hinter seinen Worten steckte.

»Cheers«, erklärte Peter feierlich, und sie hob ihr Glas und prostete ihm zu.

Der Martini schmeckte nach Geschirrspülreiniger, doch sie lächelte tapfer, als sie den ersten abscheulichen Schluck hinunterspülte.

Nach kurzer Zeit fand Louise, dass sie sich an den Martini des *Ferrari's* durchaus gewöhnen könnte. So sorgte schon der zweite Cocktail dafür, dass sich das kleine Fünkchen Wohlwollen zu einem warmen innerlichen Glühen verwandelte. Als Peter ihr schließlich in die Jacke half, hatten sie sich gemeinsam an einige verrückte Abende zurückerinnert, die Louise bereits komplett vergessen hatte. Und sie sah diesen Abend in einem viel positiveren Licht.

»Wohin *gehen* wir denn jetzt?«, hakte sie erneut nach, als sie die menschenleere High Street hinunterliefen.

»Geduld«, entgegnete Peter mit gespielter Verzweiflung. »Warst du als Kind an Weihnachten eigentlich auch immer so ungeduldig?«

»Nein. Ich habe nicht einmal irgendwelche Pakete geschüttelt. Dagegen hat Juliet sogar an den Klebestreifen herumgefummelt.«

Louise hakte sich bei Peter ein und stützte sich auf ihn, während sie gingen. Der Gedanke an Weihnachten brachte auch sie zum Strahlen. Dies würde das erste Weihnachtsfest werden, an das sich Toby vielleicht einmal erinnern würde. Alle wollten sich bei ihren Eltern treffen und es dieses Jahr vor allem für Juliet besonders schön machen. Damit sie das Gefühl hatte, ein Teil der Familie zu sein. Denn das war sie: Tante Juliet.

»Mir gefällt das mit der Überraschung«, erklärte Louise und merkte, dass sie es wirklich ernst meinte.

Als sie durch die leeren Straßen gingen, hallten ihre Schritte über den Gehweg. Hier schlossen alle Geschäfte um Punkt halb sechs, und das *Ferrari's* war das einzige Restaurant an der High Street. Nach achtzehn Uhr verwandelte sich Longhampton in eine Geisterstadt, wenn man einmal von dem Verbrechensschwerpunkt rund um die zwei Nachtclubs, das *Duke's* und das *Majestic*, absah. Praktischerweise lagen beide in unmittelbarer Nähe der Polizeistation.

Der erste kalte Hauch des Winters war in der frischen Abendluft zu spüren, und Louise war froh, dass sie ihren Mantel mitgenommen hatte, obwohl dieser nicht unbedingt zu ihrem Outfit passte. Die Cocktails wärmten sie von innen, und sie genoss die kühle Luft.

»*Das* erinnert mich wieder an unsere ersten Dates«, erklärte sie wehmütig. »Nach der Arbeit sind wir immer in der Stadt etwas trinken gegangen. Weißt du noch, wie kalt es in jenem Winter war? Und dann mussten wir uns entscheiden zwischen einem letzten Drink und einem Taxi, das uns nach Hause brachte ...«

Rückblickend kam ihr dies wie das glamouröse Leben einer anderen Person vor. Bis spät in die Nacht hinein auszugehen, die letzte U-Bahn zu verpassen, um Mitternacht durch die Straßen Londons zu irren, wackelig auf den hohen Absätzen unterwegs zu sein, aber noch keine Lust zu haben, sich voneinander zu verabschieden, endlich ein freies Taxi zu finden, schnell hineinzuspringen und sich dann so leidenschaftlich zu küssen, dass man vergaß, dem Fahrer eine Adresse zu nennen ...

Die Sache ist, wie ihr eine Stimme in ihrem Kopf sagte, dass du all das einmal erlebt hast. Irgendwann einmal sind Leidenschaft, Flirten und gegenseitige Anziehung da gewesen. Das alles könntest du wieder haben.

Das muss nicht unbedingt mit Michael passieren. Peter war früher auch einmal sexy und interessant, und er könnte es für dich auch wieder werden.

Dieser Gedanke setzte sie derartig unter Strom, dass sie am ganzen Körper erzitterte.

»Ist dir kalt?«, fragte Peter besorgt und legte seinen Arm um Louise. »Willst du meine Jacke haben?«

»Nein, schon gut.« Seine galante Reaktion rührte sie; Peter war, so erinnerte sie sich, schon immer sehr umsichtig und fürsorglich gewesen. Er wäre nie nach Hause gegangen, wenn er sich nicht selbst davon überzeugt hatte, dass sie sicher und wohlbehalten auf dem Heimweg war.

Peter lenkte sie von der High Street in die North Road hinunter.

»Aha!«, rief Louise. »Wir kommen der Sache näher. Wir gehen also nicht Bingo spielen.«

»Irgendwie habe ich das Gefühl, zu viel Wirbel gemacht zu haben«, erwiderte er trocken.

»Nein, mir gefällt es, einmal nicht zu wissen, wohin wir gehen.« Noch während Louise dies sagte, fiel bei ihr der Groschen, und sie merkte, dass genau das der Grund war, warum sie sich ihm gegenüber plötzlich in einer derartigen Flirtlaune fühlte. »Wir haben jeden Tag genügend Alltagstrott, nicht wahr? Es ist schön, einmal nicht alles im Vorhinein zu wissen.«

Peter warf ihr einen verzagten Blick zu, doch er widersprach ihr nicht.

Wieder bogen sie um die Ecke, und mit einem Mal musste Louise lachen, als sie sah, wohin Peter sie geführt hatte.

»O mein Gott, das ist die Memorial Hall! Der Tanzunterricht! Du führst mich zum Tanzen aus?« Sie drehte sich zu ihm um und stupste ihn sanft an. »Du Blödmann! Wenn ich gewusst hätte, dass wir es heute mit der furchterregenden Angelica und ihrem verdammten Foxtrott zu tun bekommen, dann wäre ich bei einem Cocktail geblieben! Und hätte vor allem flachere Schuhe angezogen!«

Peter hob abwehrend die Hände. »Wir gehen nicht zum Tanzunterricht. Hältst du mich etwa für einen Masochisten?«

»Warum sind wir denn dann hier?«

»In der Halle findet gerade eine Ausstellung statt. Es ist die letzte Woche.« Er machte einen zufriedenen Eindruck. »Du hast mich damals auch schon einmal in eine Fotogalerie mitgeschleppt, als wir …«

»Ein einziges Mal.«

»Na ja, das eine Mal hat mir gereicht. Ich dachte einfach, ein Abend voller Kultur würde dir gefallen. Außerdem werden in der Ausstellung Bilder von Longhampton gezeigt, und sie ist heute länger geöffnet.« Peter warf einen Blick auf seine Uhr. »Bis um acht. Was in einer halben Stunde wäre – ist das ausreichend Kultur für dich?«

»Genügend«, erwiderte Louise. Sie lächelte und fühlte sich geschmeichelt, dass er sich daran noch erinnert hatte. »Vielen Dank!«

»Und wenn dir ein Bild richtig gut gefallen sollte, dann können wir es ruhig kaufen«, fügte er großzügig hinzu.

Sie wusste, dass Peter dabei an jenes abstrakte Foto dachte, »Kiesel in Öl«, das er in irgendeiner fürchterlichen Galerie für sie gekauft hatte, nachdem sie so getan hatte, als würde es ihr gefallen. Eines musste sie Peter lassen: Über die Jahre hinweg hatte er sich wirklich um sie bemüht.

»Das muss nicht sein«, erwiderte sie.

Als sie die Memorial Hall betraten, gingen dort gerade mehrere andere Paare durch die Ausstellung und bewunderten die großen, gerahmten Schwarz-Weiß-Bilder an den Wänden.

Louise nahm sich einen Faltzettel, auf dem nicht nur die

Biografie des Künstlers aufgelistet war, sondern sich auch weitere Informationen darüber befanden, wo die verschiedenen Landschaften aufgenommen worden waren. Es wäre vielleicht ganz nett, ein Bild für Mum und Dad zu kaufen – demnächst stand ihre Rubinhochzeit an, und sie wohnten ihr Leben lang in Longhampton, überlegte Louise.

Ihr kam zudem in den Sinn, dass dies die Ausstellung sein musste, die Juliet mit Michael besucht hatte – denn in Longhampton gab es nie und nimmer zwei Fotoausstellungen zur gleichen Zeit. Diese Erkenntnis versetzte ihrem Herz einen leichten Stich, doch sie konzentrierte sich angestrengt auf den netten Abend, den sie bisher gehabt hatte.

Peter trat hinter sie, und Louise holte tief Luft. Ohne dass sie sich umdrehen musste, stieg ihr der angenehme Duft seines Aftershaves in die Nase.

»Ist das der Busbahnhof?«, murmelte er in ihr Ohr. »Ein ziemlich düsteres Bild.«

»Stimmt.« Louise hatte diese Rollenspiele immer als völlig unmöglich abgetan, bei denen man seinen Ehemann bei einem Date wie einen Fremden behandelte. Wie sollte man auch jahrelangen Ärger über Zahnpasta im Waschbecken und Nasebohren einfach so vergessen können? Doch nach zwei Cocktails fing sie allmählich an, die Möglichkeiten zu entdecken, die in diesem Spiel steckten.

»Mir gefallen eher die Landschaftsbilder«, murmelte sie zurück und deutete auf die dramatische Aufnahme eines Baumes, der düster vor einem hellen, klaren Winterhimmel aufragte und dessen Äste wie Klauen in die Höhe gereckt waren. »Das ist doch in der Nähe von Juliet, oben in Rosehill.«

»Der Künstler ist ein Fan von Landschaften, nicht wahr?« Peter sah sich um. »Wahrscheinlich sind die einfacher. Da ist nicht so viel Bewegung drin.«

»Nein, sieh doch mal, da sind Leute auf dem Bild.« Louise trat einen Schritt zur Seite und deutete auf ein Porträt eines vertrauten Paares, das fast silhouettenhaft auf einer Parkbank abgelichtet war. Der Mann hatte den Arm um die Frau gelegt, und ihre Köpfe waren einander zugeneigt, als ob sie sich gerade Geheimnisse erzählen oder sich küssen würden – was davon nun zutraf, ließ sich nicht genau sagen, doch die Stimmung des Bildes glich einer Hollywood-Romanze. »Das ist wirklich hinreißend! Hat das jemand schon gekauft? Wir sollten nachsehen, ob …« Ihre Stimme verebbte, und sie konzentrierte sich intensiv auf das Bild.

»Bin ich verrückt, oder bist du das da auf dem Bild?«, fragte Peter in einem scherzhaften Tonfall. Er wollte fortfahren, hielt dann aber inne. Sein Tonfall klang nun alles andere als scherzhaft.

Louise starrte auf die Fotografie. Das war tatsächlich *sie*. Sie zusammen mit Michael. Sein Gesicht lag mehr im Schatten als ihres, doch selbst wenn seine Brille und ihre charakteristische lange Nase nicht Hinweis genug gewesen wären, so hätte Louise sich selbst und Michael sofort daran erkannt, wie leidenschaftlich sie sich aneinanderschmiegten. Dieses brennende Verlangen, miteinander zu reden, sich gegenseitig kennenzulernen, die wenige Zeit, die man miteinander hatte, bis zum Letzten auszukosten – all das war in dem winzigen Streifen Himmel zwischen ihren halb geöffneten Mündern zu erkennen.

»Das *bist* du, oder?«, wiederholte Peter ungläubig. Seine Stimme klang blechern. »Das ist doch dein Wintermantel mit den Knebelknöpfen.«

Louise wollte ihm nicht in die Augen sehen, doch sie empfand es beinahe als eine Art Zwang, sich zu ihm umzudrehen. Als sie ihn anschaute, blieben ihr allerdings die Worte im Hals stecken. Peter war nicht mehr länger der sanfte IT-Freak, den sie kannte. Seine Miene war angespannt und plötzlich wie um Jahre gealtert, und er schwieg, als müsse er alle Energie darauf konzentrieren, die Ruhe zu bewahren.

Louise schluckte. Jetzt wo der Moment gekommen war, ihm alles zu beichten, schaltete ihr Kopf plötzlich darauf um, alles zu bestreiten. Zum ersten Mal in ihrer Karriere als Staatsanwältin hatte Louise Verständnis für die irrwitzigen Storys, die im Zeugenstand oft gestammelt wurden: *Ich kann es gar nicht gewesen sein; ich war überhaupt nicht da. Ich kenne den Mann gar nicht. Ich habe ihn in meinem ganzen Leben noch nie gesehen.*

Nie wieder werde ich diese verzweifelten Lügner mit Verachtung strafen, dachte sie. Dabei ging es gar nicht darum, eine Lüge zu erzählen. Vielmehr war es so, dass ihr Verstand einfach nicht die Person sein wollte, die gleich allein hier stehen würde, nachdem sie alles zugegeben hatte.

»Ich bin nicht ...« Ihr Mund war wie ausgetrocknet. Louise wusste, dass sie Peter durch ihre Reaktion bereits eine Antwort gegeben hatte; was er nun von ihr hören wollte, war, dass sie alles leugnete.

Eine Frau ging hinter ihnen vorbei und warf Louise einen neugierigen Blick zu.

Ich will meine Ehe retten, dachte Louise plötzlich mit absoluter Klarheit. Wenn ich wirklich wollte, dass Schluss wäre, würde ich einfach alles zugeben und dann gehen. Es ist ein gutes Zeichen, dass ich am liebsten lügen würde. Aber wenn ich jetzt nicht die Wahrheit sage, dann ist es ohnehin vorbei.

»Ja«, fuhr sie leise fort, »das bin ich.«

»Verzeih mir bitte die Frage, aber wer ist der Kerl neben dir?« Peter klang absolut ruhig und beherrscht. »Oder ist das eine alte Aufnahme?«

Louise war klar, dass er ihr die Möglichkeit eröffnete, sich herauszureden, aber sie beide wussten nur allzu gut, dass dieses Bild unmöglich mehr als acht Jahre alt war.

»Nein«, erwiderte sie und nahm all ihren Mut zusammen, »das ist kein altes Bild. Der Mann heißt Michael Ogilvy. Er ist Mitglied im NCT-Elternverein.«

»Und seid ihr ...«

Die Frage stand unausgesprochen im Raum.

»Wir unterhalten uns nur«, erklärte Louise.

Peter erwiderte nichts, sondern starrte schweigend auf das Bild. Louise konnte den Blick nicht von ihm abwenden, obwohl es ihr das Herz brach und sie das Gefühl hatte, als würde heißer Teer durch ihre Adern gejagt, der alles zerstörte.

Es war gar nicht einmal der angedeutete Kuss, der alles offenbarte; vielmehr war es die vertraute Art, wie er seinen Arm um sie gelegt und sie den Kopf ihm zugeneigt hatte. Diese hungrige Nähe, die aus ihrer eigenen Beziehung verschwunden war.

»Das bist du nicht, Louise«, erklärte Peter vollkommen ruhig, drehte sich auf dem Absatz um und verließ die Memorial Hall.

Louise lauschte seinen Schritten, die auf dem Boden wie Pistolenschüsse klangen. Dabei hatte sie noch Angelica, ihre Tanzlehrerin, im Ohr, die stampfend die Schritte für ihren Hochzeitstanz vormachte. Mit einem Mal verspürte Louise einen fast schon kindischen Zwang, die Uhr zurückdrehen zu wollen, damit all dies nicht passierte und sie noch einmal von vorn anfangen konnte, dieses Mal aber richtig.

»Peter!« Sie wirbelte herum, doch Peter war schon am Ausgang angelangt. Dann war er fort, ohne sich noch einmal umzudrehen.

Die anderen Besucher in der Ausstellung konnten ihre neugierigen Blicke nicht verbergen, als sie stocksteif dastand, die Wärme fort und die fröhliche, von den Drinks ausgelöste Übermütigkeit mit einem Schlag verflogen war.

Louise hatte das Gefühl, als ob ihr nie wieder warm werden würde.

Juliet stellte ihre Tasse mit frisch gekochtem Tee auf dem Fensterbrett ab und machte es sich in ihrem roten Ohrensessel gemütlich. Minton rollte sich auf ihrem Schoß zusammen, und Coco ließ sich in ihrem Korb unter dem Fenster nieder. Juliet beobachtete die beiden Hunde – von denen einer schon schnarchte und es bei dem anderen auch nicht mehr lange dauern würde – und beschloss, dass sie die Trauerstunde nicht mehr brauchte.

»Von jetzt an haben wir einen eigenen Stundenplan, nach dem wir Daddy vermissen«, erklärte sie Minton und kraulte mit beiden Händen seine samtigen Ohren. »Welche Sendung sollen wir uns jetzt im Fernsehen anschauen?«

Dies war der erste Abend in dieser Woche, an dem sie wirklich Zeit hatte, ausgiebig fernzusehen. Neulich Abend hatte sie nebenan einen Notfalleinsatz als Babysitterin gehabt, als Lorcan länger arbeiten und Emer Sal zu einer Bowlingparty fahren musste. Am Dienstag dann hatte sich das Anstreichen des Wohnzimmers nach der Arbeit mit Pizza und Guinness bis Mitternacht ausgedehnt. Diane hatte sie am Mittwoch zum Spendensammeln für die Hunde-Auffangstation mitgeschleppt, wobei sie dann endlich die Namen von drei beschämend vertrauten Gassigängern kennengelernt und die plumpen Versuche ihrer Mutter abgewendet hatte, sie einem »netten jungen Mann« namens Dennis vorzustellen, der – wie es der Zufall so wollte – gerade einen Border Terrier adoptiert hatte.

Vielleicht hieß aber auch der Border Terrier Dennis. Juliet hatte immer noch nicht den Dreh heraus, um zuerst die Namen der Herrchen und dann erst die der Hunde zu erfahren.

»Wie befreiend es doch ist, ein wenig Zeit für sich zu haben, nicht wahr?«, fragte sie Minton und blätterte durch die Fernsehzeitung. »Das hättest du auch nicht erwartet, diese Worte einmal aus meinem Mund zu hören, oder?«

Neben ihr klingelte plötzlich das Telefon, und Juliet dachte einen Augenblick darüber nach, es einfach zu ignorieren. Ruth, Bens Mum, redete ununterbrochen über die Erinnerungsbank für Ben, und je mehr Juliet darüber nachdachte, desto mehr reg-

te sie dieses Thema auf. Vor Kurzem hatte Ruth doch tatsächlich erklärt, sie wolle die Bank im Krematorium aufstellen lassen, »wo jeder sie sehen würde«, und nicht etwa dort, wo Ben
sich gern hingesetzt hätte, wie zum Beispiel in einem wirklich
schön gestalteten Teil des Parks.

Aber wenn sie den Anruf ignorierte, würde sie sich Ruth
auf dem AB anhören müssen, was noch schlimmer war. Ihre
Nachrichten waren ellenlang und endeten meistens in lautem
Schluchzen.

Juliet seufzte und nahm den Hörer ab. »Hallo?«

»Juliet, hier ist Emer«, ertönte die vertraute Stimme. »Hilf
mir. Ich muss zu einer dieser schrecklichen Tupperpartys,
und ich brauche dringend jemanden, der mich davon abhält,
ein Vermögen für Schneebesen und dergleichen auszugeben.
Komm bitte mit. Nimm du mein Portemonnaie in Gewahr-
sam.«

Es war ein schönes Gefühl, gebraucht zu werden, doch
Juliet wusste genau, dass sie sofort vom Chaos nebenan ver-
einnahmt werden würde, sobald sie sich von ihrem Sessel erhob. Die Trauerstunde mochte es vielleicht nicht mehr geben,
doch sie brauchte immer noch ein wenig Zeit für sich, um ihre
Gefühlswelt davon abzuhalten, wie ein Milchtopf, auf den niemand achtete, überzukochen.

»Ich kann nicht«, erklärte Juliet stur. »Ich passe heute auf
Coco auf und habe Mum versprochen, sie heute Abend zu
baden.«

»Bade sie morgen. Kauf heute Schüsseln, die du ineinander-
stapeln kannst!«

Mintons Ohren spitzten sich, als er ein Geräusch von draußen wahrnahm, und er sprang vom Sessel herab.

»Hör mal, ich muss jetzt leider«, erwiderte Juliet trotz Emers
lautstarkem Protest. »Ich glaube, da ist jemand an der Tür. Ich
hoffe nicht, dass du das bist. Ruf mich an, wenn ich dich an-
brüllen und zurechtweisen soll.«

Sie legte den Hörer auf, und noch während sie dies tat, ertönte wie auf Kommando die Türklingel.

»Du bist mir ja ein schöner Wachhund«, schnaubte Juliet mit
Blick auf Coco, die nicht einmal aufsah. »Bleib ruhig liegen,
ich geh schon ...«

Juliet eilte durch das Wohnzimmer, von dem zwei Wände
in einem sanften Salbeigrün erstrahlten, und öffnete fröstelnd
die Tür zum Flur, da es mittlerweile merklich kälter geworden
war. Es wurde Zeit, die Heizung anzumachen.

Wieder klingelte es. »Moment«, protestierte Juliet, als sie mit
dem Sicherheitsriegel kämpfte. Lorcan hatte diesen Riegel zu
ihrer »Sicherheit« angebracht, und er klemmte noch ein wenig.

Die Tür schwang auf, und vor ihr stand Louise, die sie verstört anstarrte.

Juliet erinnerte sich mit einem Schlag an ihr Spiegelbild, das
sie in einem Fenster am Abend von Bens Tod im Krankenhaus gesehen hatte. Grau, angespannt, irrer Blick, zerraufte
Haare – der Anblick von jemandem, vor dessen Bild im Spiegel man sich an Halloween fürchtete. Wirklich furchterregend
war die Tatsache, dass Louise offenbar keine Ahnung hatte,
wie sie aussah.

»Louise!«, rief Juliet erschrocken. »Was ist passiert?«

Louises Augen brannten und schienen Juliet zu durchboh-
ren. »Warum hast du mir das nicht gesagt?«, krächzte sie.

»Warum habe ich dir *was* nicht gesagt?«

»Die Ausstellung. Warum hast du es mir nicht *gesagt*?«
Schwankend blieb sie auf der Türschwelle stehen. »Hast du
das absichtlich getan? War es das? Ist das deine Vorstellung
von einer *Strafe*?«

»Lou, ich weiß wirklich nicht, was du meinst. Komm doch
erst einmal herein.«

Louise bewegte sich keinen Zentimeter, sodass Juliet ihren
Arm packte und sie nach drinnen zerrte, bevor Emer sie reden
hörte und herüberkam, um mehr zu erfahren.

Sie hat Peter von ihrer Affäre erzählt, vermutete Juliet. Das muss es sein. Entweder das, oder sie erlebt gerade irgendeinen Zusammenbruch. Oder hat sich etwa Michael bei ihr gemeldet?

Juliet zuckte bei dieser Möglichkeit zusammen. Vielleicht hatte Michael sie angerufen, als Peter zu Hause war? Oder hatte Peter eine Mail von Michael gelesen? Löschte Louise eigentlich regelmäßig ihre alten Mails? Oder war etwas anderes passiert? Louises Verhalten ergab einfach keinen Sinn.

»Pass auf die Farbeimer auf«, wies sie Louise an und lenkte sie zwischen den abgedeckten Möbeln und Kisten hindurch in den gemütlicheren Teil des Wohnzimmers. »Jetzt setz dich erst einmal hin und erzähl mir, was passiert ist.« Juliet schob ihre Schwester in den roten Ohrensessel und setzte sich selbst auf den Hocker, der davorstand.

Doch sie erhob sich sofort wieder. »Brauchst du einen Drink? Einen Kognak vielleicht? Süßen Tee?«

Coco bewegte sich in ihrem Korb, erblickte Louise und rollte sich sofort wieder zusammen – aus Angst, gleich vertrieben zu werden.

»Sag mir einfach nur, ob du davon gewusst hast.«

»Ich schwöre bei Gott«, erklärte Juliet langsam, »dass ich keine Ahnung habe, was du meinst. Jetzt sag mir doch endlich, worum es geht!«

Louise schien ihr für den Augenblick zu glauben, jedenfalls vergrub sie das Gesicht in ihren Händen und stöhnte wie ein Tier. »In der Ausstellung, die Michael mit dir besucht hat, hängt ein Foto – von uns. Von ihm und mir, auf einer Parkbank.«

»Du machst Witze.« Wie hatte sie das übersehen können? »Bist du sicher, dass du das bist?«

»Ja, das sind eindeutig wir. Und du hast das wirklich nicht gemerkt, als du da warst?«

»Nein. Da waren so viele Leute, außerdem haben mich

meine Füße wirklich umgebracht – darum haben wir nicht die ganze Ausstellung gesehen.« Juliet verschwieg, dass sie die Hälfte übersprungen hatten und lieber nach draußen gegangen waren, um dort miteinander zu flirten und Sekt zu trinken.

Juliet wurde es schlecht, als sie an ihre Verantwortung dachte. Das war alles ihre Schuld! Sie hätte das Ganze beenden können, indem sie das Bild ganz einfach gekauft hätte.

Ja, wenn sie nicht von ihrem »Date« abgelenkt worden wäre. Wenn sie diese verdammten Stiefel nicht getragen hätte. Wenn sie sich die Mühe gemacht hätte, sich die Bilder aufmerksam anzuschauen, anstatt einfach nur die Sehenswürdigkeiten festzustellen und abzuhaken, die sie ohnehin schon kannte ...

»Wann hast du es gemerkt?«, fragte sie Louise. »Hat dir jemand davon erzählt?«

»Nein. Peter hat mit mir die Ausstellung dort als Teil unseres Dates heute Abend besucht. Wir haben es beide gleichzeitig entdeckt.«

Juliet hielt vor Entsetzen die Luft an und zermarterte sich das Hirn, um tröstende Worte zu finden. »Aber das Bild hängt dort doch schon seit einer halben Ewigkeit. Wenn es so offensichtlich wäre, dass du das bist, dann hätte dir sicherlich jemand ...«

»Es ist nur eine Silhouette, aber das bin ganz eindeutig ich. Ohne Zweifel. Peter hat es auch gleich gemerkt; es zu leugnen war zwecklos.« Louise fing zu weinen an; laute Schluchzer ließen ihre Schultern beben. »Was soll ich denn jetzt tun, Juliet? Er hat das Bild gesehen und mich angeschaut. Dann hat er sich auf dem Absatz umgedreht und ist einfach gegangen. Er hat nicht einmal herumgebrüllt.«

»Aber was macht ihr denn da auf dem Foto? ... Küsst ihr euch da etwa gerade?«

»Wir *unterhalten* uns.« Louise putzte sich verbittert die Nase. »Wir unterhalten uns nur.«

Sie unterhalten sich nur? Wie schlimm konnte das denn

schon sein? Juliet fragte sich ernsthaft, ob vielleicht Louises schuldbewusste Reaktion Peter mehr verraten hatte, als er von sich aus vermutet hätte.

»Aber hat Peter denn tatsächlich …«

»Juliet, Peter weiß es einfach. Schließlich ist er nicht dumm. Es war sonnenklar – er hat mich angestarrt, als wäre ich etwas, wo er gerade hineingetreten ist.«

»Ich …«, stammelte Juliet, doch dann merkte sie, dass sie nichts Tröstendes mehr sagen konnte – außer dass sich Louise nun wenigstens keine Gedanken mehr darüber zu machen brauchte, wie sie Peter die Affäre beichten sollte.

Aber das war es doch, hob eine Stimme in ihrem Kopf hervor. Das Schlimmste war überstanden: Peter wusste nun Bescheid.

Dies war vergleichbar mit dem Moment, als der Arzt mit einem ernsten Gesichtsausdruck vor Bens Kabine aufgetaucht war und den Vorhang zur Seite geschoben hatte. Das ist der schlimmste Moment, und der ist nun vorbei, hatte sie damals gedacht, als würde sie über ihrem in Schockstarre verfallenen Körper schweben. Nie wieder würde etwas Schlimmeres passieren, das so sehr schmerzte wie das hier.

Juliet ging vor ihrer Schwester in die Hocke und nahm deren Hände. Sie waren weich und lang im Vergleich zu ihrer von den Handwerksarbeiten rau gewordenen Haut. Louises Ringe funkelten im Licht der Stehlampe: der Diamantring, den sie zur Verlobung bekommen hatte, der Ehering und der Freundschaftsring, den Peter ihr nach Tobys Geburt geschenkt hatte.

»Ist Toby immer noch bei Mum?«, fragte Juliet.

»Ja.« Louise sah auf, und die Verzweiflung war ihren von der Wimperntusche verschmierten Augen deutlich anzusehen. »O Gott, muss ich los und ihn abholen? Kannst du ihn nicht abholen und ihn hierherbringen?«

Juliet wollte gerade entgegnen: »Was – etwa obwohl Coco und Minton hier auf der Pirsch sind?«, aber diese Bemerkung schluckte sie lieber herunter. Falscher Zeitpunkt.

»Sag Mum einfach, dass ich dich gebeten habe, ihn abzuholen«, fuhr Louise fort. »Bitte! Bevor Peter bei Mum auftaucht.«

Juliet konnte sich nur allzu gut die hysterische Panik vorstellen, in die ihre Mutter unweigerlich ausbräche, wenn Juliet plötzlich Toby früher abholen würde. »Louise, dafür habe ich keinen geeigneten Kindersitz«, erwiderte sie sanft. »Außerdem geht es ihm bei Mum doch gut. Sie erwartet bestimmt ohnehin nicht, dass du ihn vor morgen früh abholst.«

»Aber was, wenn Peter sie anruft?« Louise starrte sie entsetzt an. »Ich will nicht, dass Mum und Dad Bescheid wissen. Zumindest jetzt noch nicht. Nicht, bis wir …«

»Ich werde Peter anrufen«, erklärte Juliet, bevor sie einen Gedanken daran verschwendet hatte, wie unangenehm dieses Gespräch werden könnte. »Mach dir keine Sorgen, ich kläre das.«

»Danke, Juliet.« Louise schaffte es, matt zu lächeln, bevor sie wieder aussah, als würde sie jeden Moment in Tränen ausbrechen – dieses Mal aus Dankbarkeit und Verwunderung darüber, dass jetzt Juliet diejenige war, die sich um alles kümmerte.

»Ich koche uns mal einen Tee«, erklärte Juliet. Es kam ihr recht merkwürdig vor, dies aus ihrem eigenen Mund und nicht etwa von jemand anderem zu hören. Jetzt verstand sie endlich, warum ihr eine Kanne Tee nach der anderen gekocht worden war. Es war eine Art automatischer Reaktion, um einfach irgendetwas zu tun, was helfen könnte, ganz gleich wie klein und unbedeutend es war. »Eine Tasse heißer, süßer Tee wird dir guttun.«

Nachdem sie schließlich Louise dazu gezwungen hatte, eine Tasse zu trinken, schnappte sie sich den Telefonhörer und bereitete sich innerlich darauf vor, zuerst mit Peter und danach dann mit Diane zu sprechen.

Während an ihrem Ohr das Freizeichen ertönte, nahm sich Juliet vor, ihrem Vater für die vielen Anrufe zu danken, die er für sie getätigt hatte, als sie dazu nicht in der Lage gewesen war. Sie hatte zu dem Zeitpunkt nicht einmal mitbekommen, dass er ihr diese Last abgenommen hatte. Sie erinnerte sich nur noch an den breiten Rücken ihres Vaters, der sich von der Bettkante entfernte, um draußen die Anrufe zu erledigen.

Juliet ging das Herz über, als sie darüber nachdachte, wie glücklich sie sich schätzen konnte, ihre Familie um sich zu haben. Sie liebte sie für all das, was sie für sie während ihrer Trauer – größtenteils unbemerkt – getan hatte, um sie allmählich wieder ins Leben zurückzustupsen, als sie selbst am liebsten gestorben wäre.

»Hallo?«

Juliet schluckte. »Peter, Louise ist hier bei mir ...«

24

Ich dachte, wir hätten uns darauf geeinigt, dass hier keine albernen Bilder hingehängt werden. Damit wird nur mein makelloses Werk verdeckt.«

Lorcan verzog so theatralisch das Gesicht, dass er wie ein wütender, schwuler Innendesigner aussah. Juliet befreite gerade Minton von seinem Geschirr und hielt ihn über die Fußmatte, um seine Pfoten mit einem Handtuch abzutrocknen, die nach dem morgendlichen Spaziergang ganz nass waren.

»*Mein* Werk, meinst du wohl«, entgegnete Juliet und zog ihre dicke Jacke aus. »Ich lasse dich hier nur alles aufräumen.«

Das Wohnzimmer war nun beinahe fertig. Die Wände erstrahlten in einem beruhigenden Salbeigrün und verfügten über cremefarbene Sockelleisten, in die Nischen neben dem Kaminvorsprung waren Kiefernholzregale eingepasst worden. Eine von Juliets Kundinnen, Mina Garnett, hatte ihr mehrere schwere Seidenvorhänge angeboten, die sie nach einer Neugestaltung ihrer hübschen Wohnung selbst nicht mehr brauchte.

Juliet hatte diese überaus dankbar angenommen. Daher hatte sie auch ihr Wissen lieber für sich behalten, dass der Renovierung von Minas Wohnung ein Einschreiben der staatlichen Lotteriebehörde vorausgegangen war.

»Was ist denn eigentlich vor über einer Stunde geliefert worden?«, wollte Lorcan wissen. »Und höre ich da den Wasserkessel flöten? Für eine Tasse Tee würde ich sterben!«

»Erstens, ich habe keine Ahnung, und zweitens: nein.« Juliet

entdeckte, was Lorcan wahrscheinlich meinte: Ein in Luftpolsterfolie gewickeltes großes Paket lehnte an der gegenüberliegenden Mauer. Eine Sekunde lang flackerte ihre Neugier auf,
bevor ihr etwas dämmerte. Jede Wette, dass ich weiß, was sich
in dem Paket befindet, dachte sie mit schwerem Herzen und
lief in die Küche, um sich eine Schere zu holen.

Dort entschied sie sich, trotzdem auch den Wasserkocher
einzuschalten. Sie würden beide eine Tasse starken Tee brauchen, wenn sich in dem Paket das befand, was sie annahm.

»Ein Geschenk?« Lorcan ließ nicht locker. »Von einem heim-
lichen Verehrer?«

»Du verbringst eindeutig zu viel Zeit mit Emer«, stellte Juliet
fest. »Meine Verehrer schicken mir kostenlose Hundekotbeutel.«

Die erste Lage Luftpolsterfolie gab schließlich den Blick auf
einen silbernen Rahmen einer großen Fotografie frei. Nach
dem zu urteilen, was sie sehen konnte, saßen zwei Menschen
auf einer Parkbank.

Juliet biss sich auf die Unterlippe. Michael hatte wirklich
keine Zeit verloren. Erst vor eineinhalb Stunden hatte sie mit
ihm gesprochen; sie hatte ihn früh angerufen und dabei auf-
gepasst, außer Hörweite von Louise zu bleiben, die endlich in
ihrem Bett eingeschlafen war. Michaels Reaktion ähnelte der
Juliets – Panik gemischt mit einem schlechten Gewissen, dass
sie es nicht eher entdeckt hatten –, woraufhin er ihr versprochen hatte, »die Sache in die Hand zu nehmen«.

So schnell hatte Juliet nicht mit einem Ergebnis gerechnet –
aber andererseits war Michael genau jener Typ Mann, der nur
einen Anruf tätigen musste, und schon war alles erledigt. Wäre
die Situation nicht so furchtbar gewesen, hätte sie dies tief beeindruckt.

»Was ist das? Und sag bloß nicht, dass das ein Nacktfoto von
deinem Hundetypen mit seinem Baby ist!«, beschwerte sich
Lorcan fröhlich.

»Vertrau mir doch einfach mal. Jetzt sei ein lieber Handwerker und geh den Tee holen«, erwiderte sie grinsend, doch nachdem Lorcan in sicherer Entfernung in der Küche verschwunden war, war ihr Grinsen mit einem Schlag erloschen. Sie löste den Rest der Verpackung und betrachtete eingehend das romantische Bild vor ihr.

Oh, Louise, dachte sie entsetzt. Es war eine Fotografie, bei der ihr das Herz stehen blieb. Sie fing einen Moment zwischen zwei Menschen ein, die ganz offensichtlich den Rest der Welt um sich herum vergessen hatten. Obwohl die Gesichter der beiden beinahe vollkommen im Schatten lagen, sprengte die Spannung zwischen ihnen beinahe den Rahmen. Dies war ein absolut *intimer* Moment. Mit einem Mal verstand Juliet Louises seltsame Miene, verängstigt und gleichzeitig auch ekstatisch, am Tag vor Bens Tod, als Louise ihr beinahe die Wahrheit gebeichtet hatte. Zum Teil verstand sie nun auch, warum Louise vor Michaels Haus herumgelungert war.

Durch die Art, wie Michael seinen Kopf neigte und Louise lachte, hatte der Fotograf jene Intimität und unglaubliche Nähe eines Flirts eingefangen, der sich an der Grenze zu etwas Größerem befand. Beim Betrachten des Bildes fühlte sich Juliet wie ein Voyeur. Genau das war es, was Louise ihr zu erklären versucht hatte – die Art, wie er ihr zuhörte. Ihre Freundschaft. Dieses aufregende Gefühl. Das hier war nicht einfach nur eine schnelle Nummer im Wald; es war eine echte Bindung, die zwischen den beiden entstanden war.

Juliet konnte nicht verhindern, dass sie einen Anflug von Neid verspürte, doch sie verdrängte dieses Gefühl sofort. Guter Gott, sie wäre lieber für den Rest ihres Lebens Single, als dass sie diese Situation durchmachen müsste, in der sich Louise gerade befand.

»Was für ein Riesenmist!« Juliet schüttelte den Kopf.

»Du meine Güte!«, entfuhr es Lorcan, der über ihre Schulter lugte. »Ich nehme alles zurück – die Fotografie ist toll. Häng sie ruhig auf, wo du willst.«

»Die werde ich nirgendwo hinhängen«, entgegnete Juliet und zog schnell die Luftpolsterfolie wie einen Schutzschild über den Rahmen. »Ich werde zusehen, dass ich das Bild so schnell wie möglich loswerde.«

»Warum?«

Juliet war längst über den Punkt hinaus, Lorcan nur gefilterte Informationen zu liefern. Vielleicht wählte sie mit Bedacht aus, was sie Emer erzählte, doch Lorcan hatte eine Art an sich, durch die sie sich so wohl fühlte, dass sie ihm alles erzählte. Ganz gleich, ob sie es wollte oder nicht.

»Das ist Louise. Mit dem Spanielmann.« Juliet fasste die Geschehnisse mit so wenigen Worten wie möglich zusammen. Lorcan riss überrascht die Augen auf, bevor er sie mitfühlend ansah.

»Das ist nicht schön«, schloss er knapp, »aber so etwas passiert.«

»Aber nicht in unserer Familie.« Juliet seufzte. »Da hat es in den letzten dreißig Jahren nur eine einzige Scheidung gegeben – und dabei ging es immerhin um das Tragen von Frauenkleidern. Mum wird außer sich sein!«

»Deine Mutter weiß noch nichts davon?«

Juliet schüttelte den Kopf. »Nein. Aber Louise will, dass ich sie begleite, wenn sie Mum alles erzählt. Das musste ich nicht mehr tun, seit Louise 1988 Mums Heizwickler kaputtgemacht hat.«

Oben wurde die Toilettenspülung betätigt.

»Hey, hey, hey! Wen hast du denn da oben versteckt! Stille Wasser sind doch wirklich tief!« Lorcan tat geschockt, bevor ihm jedoch klar wurde, dass Juliet tatsächlich einen Übernachtungsgast haben *könnte*, und gab sich allergrößte Mühe, schnell so zu tun, als würde ihn das alles gar nicht interessieren.

Juliet stupste ihn an. »Das ist Louise. Ich habe ihr gestern eine der Schlaftabletten gegeben, die mir von Bens Mutter für den Notfall aufgezwungen worden sind. Louise hat wahr-

scheinlich gar nicht mitbekommen, dass du schon hier bist.«
Sie verzog das Gesicht. »Gleich fahre ich sie zu Mum, damit
sie Toby abholen kann. Danach bringe ich sie nach Hause. Peter ist Gott sei Dank nicht da. Ich glaube, ich wäre auch nicht
in der Lage gewesen, in der Sache als Ringrichterin zu fungie-
ren.«

Der Anruf bei Peter war der allergrößte Gefallen, den sie
Louise je getan hatte. Er hatte geklungen, als säße er in einem
Schacht, und hatte nur mit halben Sätzen geantwortet. Er würde, wie er sagte, ein paar Nächte lang zu seinem Kumpel Hugh
ziehen. Um nachzudenken.

»Soll ich mich vom Acker machen?«, fragte Lorcan und deutete auf die Wandfarbe. »Das hier kann warten. Wir können
das auch ein anderes Mal erledigen.«

Juliet schüttelte nachdrücklich den Kopf. »Geh bitte nicht.
Nur der Gedanke, an Weihnachten endlich ein fertiges Wohnzimmer zu haben, hält mich im Augenblick aufrecht.«

Lorcan tätschelte ihr den Arm. »Ich werde frischen Tee kochen, wenn du wieder zurück bist. Und das Bild hier stelle ich
in den Schuppen, nicht wahr?«

»Wärst du so nett? Ganz nach hinten bitte. Danke!«

Louise versuchte, ihre Gedanken zu ordnen, während Juliet
sie nach Hause fuhr. Doch nach zehn Minuten des Schweigens
gab sie auf. Ihre Gedanken weigerten sich, sich in eine Listen-
form pressen zu lassen. Stattdessen drängten sich immer wieder Bilder in ihr Bewusstsein: Peters verletzte Miene, Toby, der
zwischen seinen geschiedenen Eltern hin- und herpendelte,
ihre Mum und ihr Dad, die sich die Schuld für alles gaben, die
Tatsache, dass sie es allen Leuten würde erklären müssen ...

Alles war ihre Schuld. Verzweiflung lastete bleischwer auf
ihren Schultern. Keine einzige To-do-Liste würde je dieses Problem lösen können. Und wenn, wo sollte sie überhaupt anfangen?

»Wie war die Dusche? Hast du es genossen?«, fragte Juliet beiläufig.

»Wie bitte?«

»Die Dusche. Die ist toll, oder?«

Vage erinnerte sich Louise daran, dass sie am Morgen bei Juliet unter der Dusche gestanden hatte. In ihrem benebelten Zustand hatte sie vollkommen vergessen, das prächtige Badezimmer zu bewundern, das sie über Monate hinweg heimlich finanziert hatte.

Die Dusche war toll gewesen, erinnerte sie sich nun. So kraftvoll.

»Ich bin froh, jetzt morgens richtig duschen zu können. Ich hatte schon ganz vergessen, wie es ist, dafür nicht mit irgendwelchen Duschaufsätzen hantieren zu müssen. Emer hat mich auf die Idee gebracht. Ich soll mir Zeit nehmen, mich auch über die kleinen Dinge zu freuen. Eine richtige, ordentliche Dusche. Kirschbaumblüten. Grüne Ampeln ...«

Louise unterbrach sie. »Soll das irgendeine Anspielung auf meine derzeitige Situation sein?«

»Gar nicht.« Juliet setzte den Blinker und bog in eine Einbahnstraße ein, wobei sie sich in eine winzige Lücke einfädelte, vor der Louise zurückgeschreckt wäre. Coco protestierte gegen diese rasante Fahrweise von ihrem Platz hinten im Kastenwagen aus, während Minton, der zwischen ihren Füßen eingequetscht war, sich zusammenriss. »Ich finde einfach, dass das unheimlich hilft, wenn alles andere um einen herum schiefzugehen scheint. Die kleinen Dinge.«

Louise kaute auf ihrer Unterlippe herum, da sie Juliet nicht zurechtweisen wollte. Aber was sollte das, jetzt so auf den »kleinen Dingen« herumzureiten? Wo doch ihre Ehe in die Brüche gegangen war, ihre Familie sich offensichtlich auflöste und sie selbst nicht die Frau war, die zu sein sie bisher gedacht hatte. Noch schlimmer war, dass nun alle Longhamptoner, die die Ausstellung besucht hatten, davon wussten.

Juliet fuhr vor Louises Haus vor. Der Citroën Picasso stand noch vor dem Haus. Entweder hatte Peter ihn stehen lassen, oder er war wider Erwarten doch zu Hause. Dies stieß Louise sauer auf.

Juliet drehte sich zu ihr um. Besorgt musterte sie Louises Miene und sprach schnell, als sei sie auf der Hut, irgendwelche Ratschläge zu geben.

»Hör zu, zwei Dinge. Erstens: Nur Leute, die dich ziemlich gut kennen, würden erkennen, dass du das auf dem Bild gewesen bist. Okay? Und mal ehrlich, das sind nicht gerade die Leute, die zu einer Fotoausstellung gehen. Also hör auf damit, dir einzureden, dass die ganze Stadt sich das Maul über dich zerreißt, weil das einfach nicht stimmt.«

»Woher weißt du …«

»Das Bild steht mittlerweile bei mir im Schuppen. Michael hat es mir per Kurier bringen lassen. Vergiss also die Fotografie – sie ist weg.«

Louise merkte, wie ihr dadurch eine Last von den Schultern genommen wurde.

»Zweitens«, fuhr Juliet fort, »werde ich dir sicher nicht sagen, dass ich weiß, wie du dich fühlst, weil das einer der am wenigsten hilfreichen Kommentare überhaupt ist. Allerdings kenne ich das Gefühl, als sei man mutterseelenallein auf sich gestellt. Ich weiß, wie es sich anfühlt … vor Angst wie erstarrt zu sein. Aber deine Ehe ist noch nicht am Ende. Du kannst sie immer noch retten. Wenn du ehrlich bist und es auch wirklich willst.«

»Ist das so?«

»Peter liebt dich«, beharrte Juliet. »Und du liebst ihn. Wenn das nicht so wäre, hättest du ihn auf der Stelle verlassen, als ich dir erzählt habe, dass Michael mittlerweile geschieden ist. Stimmt's?«

Louise ballte die Faust um ihren Schlüsselbund, bis dieser ihr in die Hand schnitt.

Sie wollte ihre Ehe retten. Das war der Grund, warum ihr so schlecht war – es war die Angst, dass dies nicht mehr möglich war, die ihr die Kehle zuschnürte.

»Komm schon«, forderte Juliet sie in ihrer neuen Rolle als die Organisiertere von ihnen beiden auf. »Lass uns reingehen.«

Juliet wusste, dass ihre Mutter die Katastrophe bereits roch, sobald sie mit Louise im Schlepptau die Haustür passiert hatte. Coco und Minton folgten in sicherer Entfernung.

»Meine beiden Mädchen sind zusammen hier, und es ist nicht einmal Weihnachten«, rief Diane und tat verwundert, konnte jedoch ihre Freude nicht verbergen. Sie trug ihre Küchenschürze und hatte Toby auf dem Arm, der beim Anblick seiner Mutter die Hände nach ihr ausstreckte. Der leckere Duft eines frisch gebackenen Früchtekuchens mit Zuckerguss wehte von der Küche herüber. »Eric! Stell den Fernseher aus – wir haben Besuch!«

»Hallo, Toby!«, rief Juliet in ihrem quietschigen Babytonfall. Wahrscheinlich war es klug, durch ihn erst einmal für eine Ablenkung zu sorgen. »Hast du einen Weihnachtskuchen mit deiner Oma gebacken? Aber das ist doch noch viel zu früh, oder?«

»Dieses Jahr gehen wir alles ein wenig organisierter an«, erwiderte Diane ein wenig nervös. »Gestern Abend haben wir sogar schon ein paar Geschenke eingepackt, nicht wahr, Toby? Sieh mal, da ist deine Mummy! Habt ihr beide schon gefrühstückt? Ich stelle gleich mal den Wasserkessel auf …«

Louise streckte die Arme aus, sodass Toby zu ihr kletterte. Ihre tapfere Miene bröckelte, und sie drückte schnell seinen Kopf an ihre Schulter, damit er ihre Tränen nicht sah. Glücklicherweise bekam Diane das nicht mit, da sie auf dem Weg in die Küche war, um den Kuchen anzuschneiden.

»Soll ich ihr alles erzählen?«, murmelte Juliet, doch Louise schüttelte den Kopf. Sie wirkte fest entschlossen, wenn auch ein wenig müde.

»Nein, das mache ich schon. Schließlich habe ich ja auch alles vermasselt.«

Louise holte tief Luft, übergab Toby ihrer Schwester und machte sich auf den Weg in die Küche. »Mum«, hörte Juliet sie sagen, »kann ich mal kurz mit dir reden?«

Dann schloss sich die Küchentür.

Juliet ging mit Toby und den Hunden ins Wohnzimmer hinüber, wo ihr Dad sich gerade eine uralte Folge der *Antiques Roadshow* anschaute.

»Hallo, Liebes«, begrüßte er sie, als sich Juliet neben ihm auf dem Sofa niederließ. Coco sprang zwischen ihnen beiden hoch, und Eric tätschelte ihr gedankenverloren den Kopf. »Sag deiner Mutter bloß nichts davon, dass Coco auf dem Sofa liegt!«

»Keine Sorge«, erwiderte Juliet, »ich werde ihr auch nicht verraten, dass du deine Toffeebonbons in der Tüte von kalorienreduzierten Reiscrackern versteckst«, fuhr sie fort und bediente sich.

In gemeinschaftlichem Schweigen saßen sie da, während Toby mit ein paar Kartons und Büchsen auf dem Boden spielte, ohne dabei Notiz von den Hunden zu nehmen. Juliet zwang sich dazu, der Fernsehsendung zu folgen, anstatt ihre Ohren in Richtung der Küche zu drehen, um zu hören, was dort vor sich ging. War das gerade etwa ein entsetzter Schrei gewesen? Hörte sie Schluchzer?

»Das ist aber eine schöne Schale«, befand Eric, als eine ältere Dame so tat, als habe sie keine Ahnung, dass ihre alte Wedgwood-Schüssel mehrere Hundert Pfund wert war.

»Mrs Cox hat drei davon«, erzählte Juliet. »Aus einer davon trinken ihre Katzen Wasser.«

»Tatsächlich?«

»Tatsächlich.«

Das ist doch der Sinn einer Familie, dachte Juliet plötzlich. Die sichere Geborgenheit, die eine ordentliche, langweilige Unterhaltung über eine alte Folge der *Antiques Roadshow* zu bieten hat. Was auch immer in der Küche vor sich geht – Louise hat immer noch uns. Wir werden für sie da sein, wie sie alle für mich da gewesen sind.

Juliet beugte sich über Cocos massiven Rücken, legte den Arm um ihren Vater und drückte ihren Kopf an sein kariertes Hemd.

»Ich hab dich lieb, Dad. Ich bin froh, dass es dich gibt.«

Eric grunzte beschämt und schob die Reiscrackertüte zu ihr hinüber. Juliet nahm sich eine extragroße, mit Schokolade umhüllte Toffeepraline.

25

Juliet legte das Backblech auf dem Küchentisch ab und nahm das Gebäck unter die Lupe, um verbrannte Stellen, Zerlaufenes, Risse oder seltsame Mehlflecken zu finden, weil sie den Teig vielleicht nicht gut genug verrührt hatte.

Doch von alledem war nichts zu sehen. Vor ihr lagen vier Reihen perfekter Butterkekse, goldbraun, mit sauberen, akkuraten Rändern.

»Du meine Güte«, rief sie Minton zu, »das ist jetzt schon die dritte Ladung in Folge. Meinst du, mein Händchen fürs Backen ist wieder okay?«

Minton wackelte halbherzig mit dem Schwanz, denn es war schon nach Mitternacht. Juliet hatte aber auch keine großartigen Begeisterungsstürme von einem kleinen Hund erwartet, der um diese Uhrzeit normalerweise bereits seit einigen Stunden schlief. Mintons nächtliche Ausflüge zu *Tesco* lagen schon lange hinter ihm.

Juliet brach einen der heißen Kekse in der Mitte durch und biss ein Stückchen ab, wobei sie sich ordentlich die Zunge verbrannte. Der Keks schmeckte köstlich, so köstlich, dass ihr vor Erleichterung beinahe die Tränen gekommen wären.

Gegen zehn Uhr abends hatte plötzlich die Backwut sie gepackt, nachdem sie im Fernsehen eine Sendung über irgendeinen Banker gesehen hatte, der seinen Job an den Nagel gehängt hatte, um glutenfreie Cupcakes zu backen, die für Juliets Empfinden so aussahen, als würden sie nach Strickwolle schmecken. Zum ersten Mal seit Bens Tod hatte sie tatsäch-lich die *Lust* verspürt, etwas backen zu wollen. Die vielen er-folglosen Versuche, zu denen sie sich hatte zwingen müssen, konnte sie schon gar nicht mehr zählen. Weil sie Angst gehabt hatte, wieder zu versagen – da sie in dem Fall die endgültige Bestätigung dafür gehabt hätte, dass sie ihre frühere Begabung tatsächlich verloren hatte –, hatte sie ein Rezept ausgewählt, das sie mit geschlossenen Augen hätte backen können. Dazu hatte sie das Radio angestellt, eine Late-Night-Call-in-Sen-dung, und ihre Hände ganz den automatischen Bewegungen überlassen.

Die Resultate lagen vor ihr auf den stapelbaren Abkühlble-chen; drei Etagen voller knuspriger Butterkekse, die sie mit den Förmchen ausgestochen hatte, die »Milton« ihr beim ers-ten Weihnachtsfest nach seinem Einzug hier geschenkt hatte – Knochen, Scotties, Hundehütten.

Während der letzten Jahre hatte Juliet Tausende Butterkek-se wie am Fließband hergestellt, und das in Form von Baby-schühchen, Fußbällen, Golftaschen und Hochzeitsglocken. Doch keine davon hatten so gut wie diese geschmeckt, die mit-ten in der Nacht aus dem Ofen gekommen und mit einigen be-reits abgelaufenen Zutaten gebacken worden waren.

Juliet lauschte behaglich, wie der Regen ans Küchenfenster schlug, während sich im Radio die Anrufer über den Zustand des Busbahnhofs beschwerten. Juliet lehnte sich an ihre un-fertigen Küchenschränke und musterte das Chaos aus Mess-bechern, Rührschüsseln und Löffeln, das sie umgab. Wäre es nicht mitten in der Nacht gewesen, hätte sie jetzt Lorcan an-gerufen, um sich eine zweite Meinung einzuholen. Er mochte Kekse. Während der letzten Monate hatte er mehr als genug davon mit lausiger Qualität verdrückt – er hatte es einfach ver-dient, Kekse vorgesetzt zu bekommen, die gelungen waren.

Vielleicht sollten Brownies ihr nächstes Projekt werden. In dem Moment ging Juliet ein Licht auf. Sie würde probieren, bessere Brownies zu backen als Lorcan mit seinem ach so fabelhaften Rezept. Die Kellys sollten entscheiden.

Als sie die Einkaufsliste auf die Kreidetafel schrieb – Eier, Kakaopulver, Mehl, Zucker –, lächelte sie glücklich. Einen kurzen Moment lang war sie versucht, in ihre Stiefel zu schlüpfen und sofort zum 24-Stunden-*Tesco* zu fahren. Doch dann überlegte sie es sich doch wieder anders; mittlerweile machte es ihr kaum noch etwas aus, tagsüber einkaufen zu gehen.

Und Louise. Auch sie könnte derzeit sicherlich ein paar leckere Kekse vertragen. Und schon holte Juliet wieder ihre Messbecher hervor und rührte ein weiteres Mal die Teigmasse zusammen. Es war ein schönes Gefühl, zur Abwechslung einmal ihrer Familie zu helfen und sie zu unterstützen, anstatt immer diejenige zu sein, die aufgebaut werden musste. Sie war zwar immer noch Witwe, doch an manchen Tagen war sie so sehr damit beschäftigt, Schwester oder Tante zu sein, dass diese Tatsache nicht mehr vorrangig ihre Gedanken beschäftigte.

»Weißt du was, Minton? Ich glaube, ich kann wieder arbeiten!«, sagte sie laut, doch noch während sie sprach, fragte sie sich unweigerlich, ob das denn wirklich das war, was sie wollte.

Am entgegengesetzten Ende der Stadt hatte sich Louise auf dem Sofa zusammengerollt und lauschte dem Regen, der auf das Dach des Wintergartens prasselte. Normalerweise lag sie um diese Uhrzeit schon lange im Bett, doch sie war so weit davon entfernt, einschlafen zu können, dass sie absolut keine Lust hatte, ins Bett zu gehen.

Dabei hätte sie den Schlaf eigentlich dringend nötig gehabt. Am nächsten Morgen musste sie wieder zur Arbeit gehen; sich drei Tage lang krankzumelden war das Äußerste, was unter Vorgabe eines Magen-Darm-Virus drin war, da im Büro alle wussten, dass sie noch einen Fall vor Gericht verhandelt hatte, als sie bereits die ersten Wehen verspürt hatte.

Ich hätte einfach sagen sollen, dass ich mir das Bein gebrochen habe, dachte Louise ironisch. Susie aus dem NCT-Eltern-verein war mit einem Arzt verheiratet und Louise noch einen Gefallen schuldig für eine Beratung, die Louise ihr nach einem Knöllchen gegeben hatte. Wahrscheinlich hätte Susie ihr den Krankenschein problemlos besorgen können.

Noch während ihr dieser Gedanke durch den Kopf ging, schämte sie sich dieser Lüge. Sie befand sich derzeit auf dem Wahrheitstrip – nicht einmal eine Notlüge erschien da akzepta-bel. Aber im Augenblick hatte es eher den Anschein, als könne sie nur noch mit Hilfe kleiner Notlügen alle anderen glücklich und zufrieden machen.

Der Mensch, bei dem sie es am meisten verabscheute, ihn an-zulügen, war Toby. Seit Peter vor fünf Nächten davongestürmt war, hatte Toby jeden Abend nach Daddy gefragt. Sie hatte ihm erklärt, dass Daddy auf einer besonderen Geschäftsreise wäre und bald schon wieder zurückkäme. Zwar war Louise sich nicht sicher, wie viel Toby davon verstand, aber sein ängst-licher Blick hatte ihr ein schlechtes Gewissen eingejagt. Mit Mummy zu Hause zu sein anstatt im Kinderhort, das war nicht so lustig, wenn Mummy die ganze Zeit über den Tränen nahe war und das Haus nicht verlassen wollte.

Juliet rief jeden Tag an, um sicherzugehen, dass »alles in Ordnung« war. Louise begriff endlich, wie frustrierend es für Juliet gewesen sein musste, als jeder so mit *ihr* umgegangen war und sie stets gezwungen gewesen war, mit »Mir geht es wirklich gut« zu antworten, wenn es ihr in Wirklichkeit al-les andere als gut ging. Juliet war sogar extra vorbeigekom-men, um zu fragen, ob Louise sich ihr und ihrer Hundemeute bei einem Spaziergang rund um die Stadt anschließen woll-te. Doch Louise fand, dass sich das Chaos, das sie angerichtet hatte, wahrscheinlich nicht dadurch lösen ließ, dass sie einen Labrador den Hügel hinaufzerrte.

Auch ihre Mum hatte angerufen – was noch mehr Notlü-gen bedeutete, dass es ihr gut ging. Sogar Michael hatte sich spät am vorherigen Abend bei ihr gemeldet, als Toby schon im Bett lag.

Michael. Louise drehte sich der Magen um. Als sie seine Stimme gehört hatte, hatte sie eine fast schon körperliche Trauer verspürt. All die cleveren Dinge, die sie ihm in ihrem Brief hatte sagen wollen, waren auf einmal aus ihrem Kopf wie weggefegt. Er hatte sich vielmals entschuldigt und war offenbar sehr traurig über das Geschehene, doch weder hatte er sein Bedauern ausgedrückt, noch hatte er ein Treffen vorgeschlagen.

Sie selbst hatte dieser Anruf auch traurig gestimmt. Michaels Stimme zu hören machte Louise klar, wie sehr sie seine Beobachtungen, Anmerkungen und Fragen vermisste. Zu einem anderen Zeitpunkt und an einem anderen Ort wären sie sicherlich beste Freunde geworden, vielleicht auch mehr. In einer Parallelwelt, in einem anderen Universum, hätten sie sich beide vielleicht dazu entschlossen, zusammen wegzugehen. Dann wäre sie die Person geworden, die sie insgeheim immer hatte sein wollen – mit unkonventioneller Kleidung, interessanten Partys, einem Ehemann, der ein Experte auf dem Gebiet der Landeskunde und der Geschichte war und keine ominösen Codes programmierte, von denen sie keine Ahnung hatte.

Während Michael und sie miteinander telefoniert hatten, war Louise durch das Haus gewandert und hatte sich plötzlich vor der Fotowand wiedergefunden. Da hingen Fotos von Peter und ihr, die frischgebackenen Mr und Mrs Davies, die bei ihrer Hochzeitsfeier miteinander tanzten; von Juliet und Ben, Hand in Hand bei deren Hochzeit; von ihren Eltern, die einander bei Tobys Taufe voller Stolz anschauten. Glück überall. Glückliche Familien.

Ich will immer noch diese Frau sein, hatte sie mit einem sehnsüchtigen Verlangen gedacht, das sie völlig überraschte. Die Intensität dieses Gefühls hatte die letzten Reste ihres Wunsches nach dem Leben in jener Parallelwelt schwinden lassen. Und während Michael ihr erzählt hatte, dass Anna das alleinige Sorgerecht für Tasha beantragt hatte, war ihr aufgefallen, dass sie dieses Mal tatsächlich aufmerksam zuhörte, anstatt wie früher mit ihrer aufkeimenden Eifersucht zu kämpfen.

Die Louise jener Parallelwelt war in die Fantasiewelt verbannt worden, wo sie hübschen Schals und amüsanten Freunden hinterherjagte, während die Louise des echten Lebens die Sicherheit ihrer Entscheidung in dem Holzfußboden ihres Zuhauses fest verankerte.

Nachdem Michael den Hörer aufgelegt hatte, war Louise auf das Sofa gesunken und hatte etwa eine halbe Stunde lang geweint – hauptsächlich aus Erleichterung. Danach hatte sie sich die Haare gewaschen und sie zu dem hübschen Bob geföhnt, den sie in weniger als fünf Minuten frisieren konnte.

Das war letzte Nacht gewesen. Heute blieben jedoch Anrufe aus. Und immer noch kein Anruf von Peter.

Das Prasseln des Regens auf dem Dach des Wintergartens wurde stärker, und Louise dachte an die kleine Flasche mit den amerikanischen Schlaftabletten, die Juliet ihr gegeben hatte. Sie holte das Fläschchen; vier Tabletten befanden sich darin. Nicht genug, um eine »Dummheit« zu begehen, wie es ihre Mutter ausdrücken würde. Es war durchaus verlockend, eine zu schlucken, um die Nacht zu überstehen. Aber wenn sogar Juliet trotz ihres toten Ehemanns eine Einnahme verweigert hatte, dann sollte sie ja wohl auch in der Lage sein, mit einem »nur« davongestürmten Ehemann klarzukommen. Außerdem schlief Toby oben in seinem Zimmer. Mit einem Baby im Haus wollte sie sich nicht schachmatt setzen.

Louises Körper wurde immer schwerer vor Müdigkeit, während ihre Gedanken rasten. Sie brauchte *dringend* Erholung. Immerhin musste sie sich am nächsten Morgen mit ihrer Mutter auseinandersetzen, wenn sie ihr Toby vorbeibrachte, und sie würde garantiert wissen wollen, wie es weiterging.

Louise hasste die Vorstellung, nicht zu wissen, was sie darauf antworten sollte. Dabei kam sie sich so schwach vor, und diese elende Erschöpfung brachte sie nur dazu, alberne Dinge von sich zu geben.

Eine halbe Tablette. Schaden würde sie garantiert nicht. Das war auch nicht schlimmer als ein Glas ...

Plötzlich hörte sie, wie jemand die Haustür aufschloss. Louise sprang auf und eilte in den Flur.

Peter stand in der Tür, das Haar klebte ihm am Kopf, und die Schultern seines Mantels waren klatschnass. Er sah müde und abgekämpft und um zehn Jahre gealtert aus. Zudem schien er wütend zu sein, was sie an ihm nicht kannte. In der Hand hielt er eine Squashtasche, die er an dem Abend mitgenommen hatte, als er zu seinem Kumpel gezogen war, sowie einen Koffer, den er wahrscheinlich von Hugh geliehen hatte, bei dem er seitdem übernachtete. Sowohl die Tasche als auch der Koffer sahen leer aus.

Sobald Louise ihn erblickte, ihren wunderbaren, leisen Mann, wie er dort in dem Haus stand, wo er hingehörte, brach die sorgfältig vorbereitete Liste in einem gewaltigen Wortschwall aus ihr heraus.

»Peter, wir müssen uns unterhalten. Ich will dir alles erklären. Ich will, dass du weißt, wie viel du mir bedeutest und wie wichtig mir unsere Ehe ist.«

»Ist sie das?«, fragte er.

»Ja! Ich liebe dich. Und ich *habe* dich immer geliebt. Es ist nur, dass die letzten anderthalb Jahre nach Tobys Geburt verdammt hart für mich waren, mit dem Mutterschaftsurlaub und allem anderen. Wir waren beide immer so unendlich *müde*. Aber es ist normal, dass Paare auch mal stürmische Zeiten durchmachen. Das liest man doch immer wieder; das ist die schwerste Zeit in einer Ehe – die ersten Jahre nach der Geburt von Kindern. Wir müssen uns an die neue Situation anpassen und ...«

Peter war keinen Zentimeter von der Tür gewichen, und als Louise mit ausgestreckten Händen einen Schritt auf ihn zuging, wich er zurück. Dies verletzte Louise mehr, als es eine Ohrfeige vermocht hätte.

»Das ist es also, was du getan hast?«, fragte Peter voller Sarkasmus. »Dich anzupassen? Auf einer Parkbank, zusammen mit einem verheirateten Mann aus dem Elternverein?«

»Ja«, stammelte Louise und wurde durch seinen eisernen Tonfall völlig aus der Bahn geworfen. Es war nicht *alles* nur ihr Fehler gewesen. »Ich wollte herausfinden, ob ich immer noch ein Mensch oder nur noch die Mutter deines Kindes bin.«

»Was soll das denn heißen?«

»Dass du aufgehört hast, mit mir wie mit einem normalen Erwachsenen zu reden, nachdem du wieder arbeiten gegangen bist und ich den ganzen Tag zu Hause festhing! Wir haben nur noch über Tobys Tagesablauf gesprochen und über das, was du bei der Arbeit gemacht hast. Ich bin vor Langeweile beinahe wahnsinnig geworden, aber das wolltest du einfach nicht sehen. Ich habe mich durch Tobys Geburt doch nicht in eine andere Person verwandelt. Ich bin immer noch ich!«

Jetzt war Peter derjenige, der aussah, als hätte man ihm eine Ohrfeige verpasst. »Deine Affäre war also *mein* Fehler? Willst du mir das sagen?«

»Nein! Aber Michael hat mir zugehört. Er hat mir das Gefühl gegeben, dass ich auch noch andere Dinge zu sagen habe als ›Wo sind denn die Feuchttücher?‹.«

Als der Name Michael fiel, zuckte Peter zusammen. Seine Miene versteinerte sich, als würde auch er sich mit seinen vorbereiteten Fragen im Freiflug befinden. »Wie oft hast du mit ihm geschlafen?«

Der zuckende Muskel an seinem Auge zeigte, wie viel Mühe es ihn kostete, die Beherrschung nicht zu verlieren. Louise wusste, wie sehr sie ihn verletzt hatte. Ihre vorgetäuschte Tapferkeit begann zu bröckeln.

»Das spielt keine Rolle.«

»Natürlich spielt das eine Rolle!« Peters Augen blitzten auf. »Wie oft? Und versuch ja nicht, mich anzulügen, Louise.«

Plötzlich hatte Louise das Sprungbrett vor Augen, von dem Juliet und sie als Kinder im Schwimmclub hatten herunterspringen müssen. Juliet war die Erste gewesen und ohne zu zögern gesprungen. Sie hatte sogar einen richtigen Hechtsprung hingelegt, während Louise auf dem Weg nach oben jede einzelne Stufe gezählt und sich vorgestellt hatte, wie die Fallhöhe mit jeder Stufe anstieg.

Einen Weg zurück gab es nicht mehr. Es würde wehtun, aber sie musste ehrlich sein.

»Ein Mal«, erwiderte sie. »Ein einziges Mal, und ich habe sofort gewusst, dass ich einen Fehler gemacht habe.«

Während sie sprach, waren Peters Schultern abgesackt, und sein ganzer Körper wirkte, als hätte jemand die Luft aus ihm herausgelassen. Louise wurde klar, dass er offenbar gehofft hatte, »*Nie. Wir haben nicht miteinander geschlafen. Wir haben immer nur geredet*« zu hören.

»Und das ist die Wahrheit, weil ich mir wünsche, dass wir noch einmal von vorn anfangen können.« Sie weinte. »Ich habe einen Fehler gemacht! Einen schrecklichen, dummen Fehler, und das habe ich auch eingesehen. Ich wünsche mir, dass wir uns Hilfe suchen, damit wir unsere Ehe wiederaufbauen können, weil sie *alles* für mich ist. Unsere Familie ist all das, was ich mir immer gewünscht habe ...«

Peter schob sie beiseite und eilte mit seinen leeren Taschen zur Treppe.

»Wo gehst du hin?«, rief sie ihm hinterher, bevor ihr wieder einfiel, dass Toby oben in seinem Kinderzimmer lag und schlief. »Weck Toby bitte nicht auf.«

»Ich hole mir nur noch ein paar von meinen Sachen«, erwiderte er in einem wütenden Flüsterton.

»Bitte tu das nicht«, flehte Louise ihn an. »Komm nach Hause. Wir können über alles reden und das Problem lösen. Ich habe eine Therapeutin gefunden. Da können wir ...«

Peter wirbelte zu ihr herum und starrte sie böse an. Selbst noch im Dunkeln war seine Wut nicht zu übersehen. »Ich ertrage es nicht, hier zu sein. Die ganze Stadt hat meine Frau gesehen, wie sie einem anderen Mann tief in die Augen schaut. Und du willst, dass ich hierbleibe und einen auf glückliche Familie mache? Louise, du kannst vielleicht die meisten Dinge in deinem Leben organisieren. Aber meine Gefühle kannst du *nicht* regeln.«

Louise taumelte zurück, und Peter lief ins Schlafzimmer hinauf, wo er Socken und Unterwäsche in seine Squashtasche stopfte – Socken, die sie zusammengefaltet und ordentlich in das Wabensystem einsortiert hatte.

»Morgen Abend nach der Arbeit komme ich vorbei, um Toby zu sehen«, fuhr Peter fort. »Ich will nicht, dass er unter der Situation zu leiden hat. Wenn du in der Zeit ausgehen willst, wäre das prima.«

»Ich möchte aber nicht ausgehen«, entgegnete sie. »Ich will, dass wir miteinander reden.«

»Das will ich aber nicht. Zumindest nicht, bis ich weiß, was ich denken soll.« Er ging zum Kleiderschrank hinüber und packte einen Armvoll Hemden samt Kleiderbügel in seinen Koffer. Die Bügel waren Louises Zugeständnis an die wenige Zeit, die ihr zum Bügeln blieb. Vor Tobys Geburt hatten Peters Hemden immer ordentlich gefaltet in seinen Schubladen gelegen.

»Bleibst du bei Hugh? Weiß er Bescheid? Was hast du ihm gesagt?«

»Das ist doch jetzt wohl nicht dein Ernst, Louise, oder?« Peter drehte sich um und starrte sie verächtlich an. »Ist das das Einzige, worüber du dir Sorgen machst? Was die anderen Leute über unsere Ehe denken könnten? Findest du nicht, dass es dafür vielleicht ein wenig zu spät ist, nachdem die ganze Stadt sich mit eigenen Augen von der Affäre überzeugen konnte?«

»Niemand wird wissen, dass ich das war«, flehte sie. »Wenn es so offensichtlich gewesen wäre, dann hätte irgendwer wohl schon etwas gesagt ...« Aber nicht einmal sie selbst war von ihren Worten überzeugt, und er wusste es.

Aus Tobys Zimmer erklang ein Murren, das sich erfahrungsgemäß gleich zu einem Geschrei steigern würde.

»Geh nicht zu ihm«, bat Louise. »Es wird ihn vollkommen verunsichern, dich jetzt zu sehen. Lass mich das machen.«

Einen Moment lang hatte sie das Gefühl, dass Peter sehr wohl zu Toby gehen wollte, um ihr zu trotzen, doch dann schien er es sich anders überlegt zu haben.

»Vielleicht bis morgen«, erklärte er und widmete sich wieder seiner Kleidung.

Louise ging ins Kinderzimmer, um ihren Sohn zu beruhigen.

26

Die Herbsttage wurden kürzer, während Juliets Zeitplan immer enger wurde, indem sie versuchte, alle Gassi-Verpflichtungen in das kleiner werdende Zeitfenster des Tageslichts zwischen nebeligen Vormittagen und dunklen Nachmittagen zu pressen.

Die Leute behaupteten, es würde ein weißer Winter werden. Juliet musste sich mit jedem Tag wärmer anziehen, wenn sie mit ihrer Wollmütze, dem dicken Mantel und den warmen Socken in ihren Stiefeln, die sie vor der Kälte schützen sollten, durch die gefrorenen Felder spazierte. Ganz gleich wie das Wetter ausfiel – die Möglichkeit, zu Hause im Warmen zu bleiben, gab es nicht. Je dunkler und kälter es wurde, desto mehr Anrufe bekam sie von Hundebesitzern, die lieber bei wärmeren Temperaturen mit ihrem Hund Gassi gingen. Doch Juliet hatte mit ihrem bereits bestehenden Kundenstamm so viel zu tun, dass sie neue Aufträge nur annahm, wenn ihre täglichen Kunden dies zuließen.

Minton, Hector, Coco und Damson waren Nieselregen oder eiskalte Novemberluft egal. Sie bellten die weißen Fahnen an, die ihnen aus dem Maul wehten, nachdem sie eifrig den geworfenen Bällen hinterhergejagt waren. Aber auch Juliet merkte nach kurzer Zeit, dass ihr das Wetter fast nichts mehr ausmachte. Hätte es die Hunde nicht gegeben, wären ihr die rostfarbenen Farbtöne des Herbstes in den Wäldern gar nicht aufgefallen, und sie hätte sich wahrscheinlich auch niemals über die knackenden Zweige unter ihren Sohlen gefreut, wenn sie weit und breit die einzige Spaziergängerin war.

Allerdings nahm sie an, dass sie wahrscheinlich auch auf die große Mühe der Stadtgärtner im Park hätte aufmerksam gemacht werden müssen, die nötig war, um die Beete mit farbenfrohen Blumen zu bepflanzen, während ringsum die Bäume all ihre Blätter verloren. Juliet dachte jedes Mal an Ben, wenn sie in dem Naturführer blätterte, den sie in ihrer Jackentasche dabeihatte. Mittlerweile schmerzte die Erinnerung an ihn nicht mehr ganz so sehr. Wenn sie sich wünschte, dass er einen besonders atemberaubenden Sonnenuntergang miterlebt hätte, war der plötzliche Schmerz milder, und sie musste sich nicht mehr unverzüglich von dem Anblick abwenden.

Juliet betrachtete dies als einen Fortschritt.

Da sie insgesamt weniger Zeit im Park verbrachte, blieb ihr mehr Zeit für die Renovierungsarbeiten. Wenn sie nicht gerade mit einem Hund Gassi ging, bearbeitete sie Türen mit Schmirgelpapier oder laugte mit Lorcan Mauern ab, der mehrmals in der Woche zwischen seinen verschiedenen Aufträgen vorbeischaute.

Mit der Zeit entwickelte sich das Haus immer mehr zu einem richtigen Zuhause – nur eben mit sehr wenigen Möbelstücken. Wie Juliet hervorhob, als ihr Vater vorbeikam, um die Ebereschen zu stutzen, gab es im Erdgeschoss mehrere Stellen, von denen aus man nur frische Farbe erblickte, egal wohin man schaute. Ein Gästezimmer im Obergeschoss war fertig sowie fast alle Bereiche im Erdgeschoss – mit Ausnahme der Küche. Diese war ein Riesenprojekt, das war Juliet klar. Wäre die Küche einmal fertig, so würde dies bedeuten, dass Juliet genug Zeit hätte, für ein paar Schichten bei Kim einzuspringen; aber nur, wenn sich dies mit ihren Gassigängen vereinbaren ließ. Für Kim schien diese Regelung in Ordnung zu sein, und auch Juliet war damit für den Augenblick zufrieden.

Im Obergeschoss waren die Renovierungsarbeiten allerdings noch nicht sonderlich weit vorangeschritten, weil das Schlafzimmer für Juliet immer noch ein wunder Punkt war und sie entsprechend empfindlich darauf reagierte. Es zu verändern würde bedeuten, die letzten Spuren zu überpinseln, die an Ben erinnerten, und alles dann nach ihrem eigenen Geschmack – und nicht nach ihrem gemeinsamen – neu zu gestalten. Außerdem würde sie in dem Fall sehr viel Zeit mit Lorcan in diesem Zimmer verbringen müssen – und das mit dem Riesenbett, das in der Mitte des Raumes thronte und sie beide an ihre komplizierten Vergangenheiten erinnern würde.

Es lag aber auch nicht nur an ihr. Lorcan schien seit geraumer Zeit keine Lust mehr zu haben, Farben oder überhaupt irgendwelche Handwerkerarbeiten für das Obergeschoss zu besprechen. Er schickte einen Kumpel vorbei, der sich den ominösen Riss ansah. Juliet hatte Angst, dieser könnte sich als schwerwiegender Baumangel herausstellen. Bis vor ein paar Monaten noch hatte sie eher die Symbolik des Risses in ihrem Schlafzimmer geplagt; nun war sie jedoch deutlich besorgter um dessen Bedeutung für den tatsächlichen baulichen Zustand des Hauses.

»Es liegt allein am Putz«, hatte das Urteil gelautet. »Lassen Sie beim nächsten Mal aber nicht wieder einen Stümper ans Werk!«

Es wäre schön gewesen, das Schlafzimmer noch vor Weihnachten renoviert zu haben, doch Juliet wollte nichts überstürzen. Im Augenblick hatte sie ohnehin alle Hände voll zu tun. Die Nachmittage fühlten sich an, als würde sie wieder zur Schule gehen. Während sich draußen der Himmel erst lila verfärbte, um dann tiefschwarz zu werden, brachte ihr Lorcan neue Fähigkeiten bei. Zwischendurch machten sie Pause, tranken Tee und lehnten sich zufrieden zurück, um die Fortschritte zu bewundern. Dabei konnte Lorcan ihre Kekse knabbern. Solange es keine verbrannten Stellen gab, tunkte Lorcan die Kekse in seinen Tee, aß sie genüsslich und lobte sie anschließend.

Ihre Freundschaft hatte sich weiterentwickelt; oftmals scherzten sie, hin und wieder flirteten sie sogar miteinander. Manchmal war ihre Beziehung geschwisterlich, manchmal hätte sie sich aber auch fast zu mehr entwickelt, doch sie beide schreckten so schnell und unmittelbar wieder zurück, dass man nur schwerlich sagen konnte, wer von ihnen als Erster einen Rückzieher gemacht hatte.

Wenn sie die Dinge jedoch positiv sah, erinnerte sich Juliet immer wieder, erwachte das Haus um sie herum endlich zum Leben. Obwohl ihr Vater sich immer noch um den Garten kümmerte und der Nachbar von nebenan die Handwerkerarbeiten übernahm, fühlte sich Myrtle Villa immer mehr wie ihr Zuhause an.

Louise hatte Dianes Einladung, sich am Wochenende der fröhlichen Truppe aus ehrenamtlichen Gassigängern anzuschließen, stets abgelehnt. Dies geschah mit der Begründung, dass sie in ihrer knapp bemessenen Freizeit bessere Dinge zu tun hätte, als sich von einem Rudel verrückter Hunde aus der Auffangstation durch den Park zerren zu lassen. In ihrer Liste tauchten Punkte auf wie Putzen, Bügeln und Peter dabei zusehen, wie er das Auto wusch. Ehrlich gesagt wäre ihr sogar alles mit Ausnahme eines Zahnarzttermines lieber gewesen, als sich ihre Jeans beschmutzen zu lassen und anschließend Hundehaare auf ihrem Mantel zu finden.

Selbst Juliets Behauptungen, die Spaziergänge mit Minton hätten nach der monatelangen Trauer dafür gesorgt, dass sie auf andere Gedanken gekommen sei, wischte Louise beiseite. Schön und gut, aber wahrscheinlich war alles besser, als zu Hause herumzuhocken und sich die Seele aus dem Leib zu weinen. So geschah es doch mit großem Widerwillen – und einer Portion Ungläubigkeit –, dass Louise schließlich an einem kühlen Samstagmorgen im Dezember Minton und Hector durch den Park Gassi führte. Juliet hatte Coco sowie einen

Shih Tzu aus der Auffangstation namens Gnasher an der Leine. Mit einem überaus ungezogenen Paar goldbrauner Labradore folgte ihnen im Abstand von guten zehn Minuten Diane.

Wenn Peter Toby nicht den ganzen Tag über gehabt und sie mit klaustrophobischen Gedanken zu Hause gesessen hätte, wäre Louise nie im Leben auf diesen Vorschlag eingegangen. Doch jetzt, da sie an der frischen Luft war und das Blut ihr durch die Venen jagte (Juliet legte ein professionelles Tempo an den Tag), musste Louise zugeben, dass die Zeit auf diese Art und Weise wie im Flug verging.

Ohne anzuhalten, um Luft zu holen, hatte Juliet ihr alles über die neue Gästetoilette im Erdgeschoss erzählt – in der sich nun auch ein hübsches Miniwaschbecken befand, das Lorcan einem Kumpel im Baumarkt hatte abschwatzen können.

Selbstverständlich hatte es dieses Gespräch mit einem Kumpel im Baumarkt nie gegeben. Louise hatte das Becken gefunden, Diane hatte es bezahlt, und *VictorianPlumbing.com* hatte es installationsbereit in der letzten Woche den Kellys ausgeliefert. Wenigstens hatte Juliet den Einbau weitestgehend selbst übernommen – mit Lorcans Hilfe natürlich.

»Ich habe sogar mit einem Drehmomentschlüssel gearbeitet und den Abfluss selbst montiert«, berichtete Juliet stolz. »Lorcan meinte, er würde mich glatt als Klempner einstellen, wenn ich jemals einen neuen Job zu meinem Lebenslauf hinzufügen wollte. Wie es scheint, habe ich gute, starke Handgelenke. Unsere Arbeit würde dir gefallen, Louise. Es sieht perfekt aus, sogar die Messingarmaturen. Ich ertappe mich immer wieder, wie ich ins Gäste-WC laufe, um mir den Spiegel anzuschauen!«

Louise zog einen Augenblick lang in Betracht, Juliet zu verraten, woher all die auf mysteriöse Weise so gut passenden Armaturen, Waschbecken, Duschköpfe und so weiter stammten. Doch Juliet wirkte so begeistert, wenn sie über ihre Renovierungsarbeiten sprach, dass Louise es nicht übers Herz brachte, ihr den Spaß zu verderben. Die Tatsache, dass Lorcan anscheinend einen magischen Zugriff auf *all* die Dinge hatte, die Juliet wirklich wollte, die sie aber unter normalen Umständen nie hätte bezahlen können, schien dabei nie ihr Misstrauen zu wecken.

»Du und Lorcan, seid ihr ...?«, setzte Louise an und stupste Juliet in die Seite, doch mit einem Schlag verdüsterte sich ihre Miene.

»Nein«, entgegnete sie, »wir sind Freunde. Ich kann mich glücklich schätzen, Freunde wie Lorcan und Emer zu haben – das will ich mir nicht verderben.« Ihr Blick fixierte den Ball, den sie Minton geworfen hatte. »Außerdem bin ich für mehr noch nicht bereit. Für einen möglichen Partner wäre das ziemlich unfair, finde ich. Ich bin einfach noch nicht in der Lage, mich sowohl um meine Probleme als auch um die Probleme eines anderen Menschen zu kümmern.«

»Ist das wegen Michael?«, hakte Louise nach.

»Michael ist ein netter Kerl, aber ich will mich nicht mit ihm treffen«, erwiderte Juliet. »Das ist einfach zu seltsam und kompliziert. Für dich, für mich, für ihn – das wäre ein absoluter Albtraum. Ich gehe zwar noch mit Damson Gassi, weil sie mich braucht, aber ... Nein.«

Louise merkte, wie Juliet sich bemühte, das Thema zu wechseln.

»Wohin ist Peter heute mit Toby gefahren?«

»Zum Streichelzoo nach Hanleigh.« Zum zehnten Mal, seit sie losgegangen waren, zerrte Louise nun Hector von Gnashers Intimzone weg. »Bis drei Uhr wollen sie dortbleiben. Ich muss also gleich zurück, um zu Hause zu sein, wenn Peter Toby vorbeibringt.«

»Bitte?«

»Peter geht wieder aus. Mit Hugh. Er meinte, es könne spät werden, vielleicht würde er sogar bei Hugh übernachten.« Louise behielt lieber für sich, dass ihr diese Variante am liebsten war. Das war immerhin besser, als sich mit dem wütenden Schweigen auseinandersetzen zu müssen und sich gegenseitig zu ignorieren, wenn Toby nicht dabei war.

Inzwischen hatte Peter sich entschieden, wieder zu Hause einzuziehen. Dies war widerwillig und nur Toby zuliebe geschehen, doch die Atmosphäre zwischen Louise und ihm war im besten Falle eisig, im schlimmsten Fall feindlich. Es war, als würde man mit einem Mitbewohner zusammenwohnen, mit dem man sich nicht verstand.

Juliet drehte sich zu ihr um und sah sie mitfühlend an. »Wie lange geht das nun schon so, Louise?«

»Was denn?«

»Hör schon auf, du weißt genau, wovon ich rede. Mum ist nicht hier, sie kann dich also nicht hören. Wie lange geht das schon so, dass Peter und du nicht miteinander redet?«

Louise starrte stur geradeaus. Der Pelzkragen an ihrer Kapuze verhinderte glücklicherweise, dass Juliet den schmerzhaften Ausdruck in ihren Augen sah. Als sie Diane kürzlich eigentlich alles hatte erzählen wollen, hatte sie im letzten Moment den Mut verloren und gekniffen. Stattdessen hatte sie es geschafft, ihre Mutter davon zu überzeugen, dass die Spannungen zwischen Peter und ihr nur auf ihren langen Arbeitszeiten und Peters Schnarchen beruhten. Juliet dagegen konnte man nicht so leicht etwas vormachen. Sie schien mittlerweile eine Antenne für Trauer zu besitzen und stellte Fragen mit einer hemmungslosen Direktheit, die Louise vor einiger Zeit im Gerichtssaal abhandengekommen war.

»Wie lange wohnt er schon wieder zu Hause?«

»Seit drei Wochen.«

»Und ihr behandelt euch immer noch wie vollkommene Fremde? Mit diesem … diesem *Rotationsprinzip*, was Tobys Erziehung angeht? Ich habe keine Ahnung, wie du das auf Dauer ertragen kannst. Mich würde das verrückt machen. Wäre es nicht besser gewesen, wenn er für eine gewissen Zeit tatsächlich ausgezogen wäre, damit du die Chance hast, reinen Tisch zu machen?«

»Nein! Ich will nicht, dass er auszieht.« Louise biss sich auf die Lippe. Bislang hatte sie mit niemandem über dieses Thema gesprochen. »Eigentlich wollte er sich eine dieser Neubauwohnungen in der Nähe des Krankenhauses mieten. Nur ein Einzimmerapartment, aber das wäre alles so endgültig gewesen. Ich bin ausgeflippt und habe ihm gesagt, dass er das Geld lieber auf Tobys Sparbuch packen sollte, anstatt es zum Fenster hinauszuwerfen. Ich habe keine Lust, dass die Leute sich über unsere Angelegenheiten das Maul zerreißen. Du weißt doch, wie schnell hier die Gerüchteküche brodelt.«

Sie merkte, dass Juliet sie anstarrte, und wusste sofort, was gleich kommen würde.

»Spielt es denn eine *Rolle*, was andere Leute sagen?«

»Ja«, antwortete Louise, »für mich schon. Peter und ich sind bekannt. Ich will nicht, dass man über uns redet.«

»Du machst dir zu viele Gedanken darüber, was andere Leute denken könnten«, entgegnete Juliet. »Sieh dir mich an. Mein Ehemann ist im Alter von nur einunddreißig Jahren auf der Straße tot zusammengebrochen. Das war auf der Titelseite, und in der nächsten Woche war alles schon wieder vergessen. Außerdem wärst du sicher überrascht, wie viel man geheim halten kann. Zum Beispiel sind Reverend Watkins und sein Weimaraner schon vor mehr als vier Monaten bei Stadträtin Barlows eingezogen.«

»Tatsächlich?«, fragte Louise verwundert.

Juliet errötete. »Ähm, wahrscheinlich hätte ich dir das gar nicht erzählen dürfen. Aber zurück zum Thema: Wie lange, meinst du, kannst du das durchhalten? Wenn ihr nicht miteinander reden könnt, solltet ihr eine Beratungsstelle aufsuchen und jemand anderen den Schiedsrichter spielen lassen«, fuhr Juliet fort. »Wenn du die Sache nicht ins Reine bringen und herausfinden kannst, was der eigentliche Auslöser für das alles war, werdet ihr auch noch die nächsten fünfzig Jahre in eurem Haus hocken und euch anschweigen.«

Louise drehte sich zu ihr um. Sie war überrascht von der Veränderung in Juliets Verhalten und der Ungeduld in ihrer Stimme. Ungeduld hinsichtlich Peter. Als sie sich im Auto vor Michaels Haus miteinander unterhalten hatten, hatte sie die Missbilligung deutlich gespürt, die ihre Schwester ausgestrahlt hatte, obwohl Juliet sie kurz in den Arm genommen hatte, um sie zu trösten. Durch Juliets Abscheu hatte sie sich mehr getadelt und zurechtgewiesen gefühlt als durch ihre eigene Scham – und das hatte etwas zu bedeuten. »Meinst du wirklich?«

»Ja.« Juliet nickte. »Ich habe lange darüber nachgedacht, und ich finde schon, dass du ganz schön dumm gewesen bist, aber ...« Sie befreite Coco von der Leine, da sie nun in dem Teil des Parks angelangt waren, in dem die Hunde frei laufen durften. Ein oder zwei andere Hundebesitzer hatten es ihr bereits gleichgetan, und Hector zerrte schon vor Aufregung wie verrückt am Halsband. »Mir wurde klargemacht, dass man nie weiß, was in den Ehen anderer Leute so alles passiert. Und das stimmt auch. Man weiß es einfach nicht.«

»Ich wollte Peter nicht verletzen«, erklärte Louise. »Das wollte ich nie. Aber zwischen uns stimmte es einfach nicht mehr. Und das schon seit einer ganzen Weile.«

»Dann sorg dafür, dass das wieder in Ordnung kommt.«

»Wenn das so *einfach* wäre.« Louise seufzte und dachte an Peters Stolz und sein verletztes Schweigen. »Peter frisst alles in sich hinein. Er ist ein Einzelkind wie Ben, du weißt schon. Er hasst es, über schwierige Themen zu reden. Darum will er auch nicht zum Paartherapeuten mitkommen.«

»Dann geh allein hin. Früher oder später wird er sich dir schon anschließen, wenn er meint, dass du ihm gegenüber dadurch beim Herumstreiten im Vorteil bist.«

Louise musste lachen. Sie hatte ganz vergessen, wie trocken Juliets Humor manchmal war.

»Aber mal im Ernst, Louise.« Juliets Stimme klang eindringlich und leise, als müsse sie aufpassen, dass Diane nicht jeden
Augenblick zu ihnen aufschließen würde. »Lass nicht zu, dass
das so weitergeht. Ich weiß, dass du ihn tief in deinem Inneren
liebst. Und ich weiß auch, dass er dich anbetet. Und ihr beide
betet Toby an.«

»Sag nicht, wir ...«

»Ich weiß, ich höre mich schon an wie eine verrückte alte
Witwe, aber das ist mir egal. Ich kann nicht zulassen, dass du
weiter so herumzauderst wie bisher. Weißt du, was ich am
meisten in meinem Leben bedauere? Dass die letzte wirkliche
Unterhaltung, die Ben und ich miteinander geführt haben, ein
Streit war. Und der Grund dafür war so albern und belanglos,
dass ich mich nicht einmal daran erinnern kann, was es genau
war. Und dabei ging es eigentlich nicht einmal darum. Die eigentliche Frage war, ob wir uns beide ein Baby wünschen –
weil ich nämlich tierisch Angst davor hatte, alles hinzubekommen! Es war also nicht einmal ein echter Streit. Vielmehr war
es reine Zeitverschwendung.«

»Ich wünschte, du hättest mir davon erzählt!« Louise blieb
stehen und packte ihre Schwester am Arm. »Warum hast du
nichts gesagt?«

»Weil ich mir zu viele Gedanken gemacht habe, was andere Leute darüber denken könnten!« Sie zog eine Augenbraue
hoch. »Und weißt du was? Es war vollkommen egal!« Juliet
sah elendig aus, doch sie weinte nicht. »Ich habe mich so lange
schuldig gefühlt, weil ich dachte, dass du mich dafür verurtei-
len würdest, weil ich doch am Abend vor seinem Tod über ihn
geklagt hatte.«

»Das habe ich nie getan!«, protestierte Louise. »Ich war viel
zu beschäftigt mit meiner Angst, dir vielleicht zu viel über Michael erzählt zu haben. Ich habe nicht eine Sekunde daran ge-
zweifelt, wie sehr du Ben geliebt hast. Das hat niemand getan.«

Minton und Hector zogen und zerrten an ihrer Leine, in

dem Versuch, Coco zu folgen. Diese lief ziellos zwischen dem herabgefallenen Laub umher; wenn sie eine Fährte aufgenommen hatte, zuckte ihre Schnauze. Juliet ging in die Hocke, um Hector und Minton abzuleinen, und beide waren trotz ihrer kurzen Beine im Nu verschwunden. Den Hund aus der Auffangstation befreite Juliet jedoch nicht von der Leine, sondern ließ ihn an ihrer Hand schnuppern, kraulte ihm den Kopf und gab ihm ein Leckerli für seine Geduld.

Als sich Juliet wieder erhob, strich sie ihren Pony beiseite, damit Louise ihr in die Augen sehen konnte. Die kalte Luft hatte ihre Wangen rot gefärbt, und die braunen Augen leuchteten in ihrem blassen Gesicht. Louise fiel auf, dass Juliet sich zum ersten Mal seit einer halben Ewigkeit geschminkt und einen hübschen grünen Lidschatten aufgetragen hatte. Die alte Juliet schien hinter der traurigen Hülle der neuen Juliet hervorzublitzen.

»Was machst du, wenn Peter heute Abend nicht nach Hause kommt? Was, wenn er überfahren wird oder sich im Streichelzoo an etwas verschluckt und erstickt? Woran würdest du dich primär erinnern – an die glücklichen Jahre, die ihr miteinander erlebt habt, oder an dieses alberne Schweigen? Rede mit ihm! Verdammt noch mal!« Juliet hielt inne. »Oberflächlich betrachtet hast du immer noch all das, worum alle dich beneiden. Ein schönes Haus, einen netten Ehemann, ein süßes Baby. Aber was bleibt denn davon übrig, wenn ihr nicht mehr miteinander redet? Eine bloße Hülle. Das ist doch wie ein *Gefängnis*!«

So hatte Louise ihre Schwester noch nie erlebt: erwachsen, verärgert und klug. »Ich werde mit ihm reden«, versprach Louise gerührt. »Nächste Woche hat er Geburtstag. Er wird neununddreißig.«

»Dann sieh zu, dass es ein denkwürdiger Geburtstag für ihn wird«, riet Juliet ihr und hielt ihr den verdreckten Ballwerfer aus Plastik hin.

»Was soll ich damit?«, fragte Louise und war froh, Handschuhe zu tragen.

»Wirf ihnen einen Ball – die Hunde werden dich bis an dein Lebensende dafür lieben. Los, mach schon. Das ist eine bereichernde Erfahrung für alle. Vergiss einfach den Sabber.«

Louise war unsicher, ob sie das konnte, doch sie zielte auf die Mitte des Parks, der Tennisball wurde aus dem Werfer katapultiert und flog in hohem Bogen über das Gras. Begeistert und unter lautem Gebell jagten die Hunde hinterher. Hectors kurze Beine flogen durch die Luft, alle vier Pfoten hoben dabei vom Boden ab, und alle Ohren flatterten, selbst Cocos. Die schlichte, aufrichtige Freude der Hunde bei dieser Jagd war so ansteckend, dass Louise grinsen musste, als Minton in die Luft sprang, um den Ball hoch über Hectors Kopf zu schnappen.

»Siehst du?«, fragte Juliet, und Louise nickte zustimmend.

Louise hatte Peters Geschenk bereits im Kleiderschrank des Gästezimmers versteckt: einen Kaschmirpullover, den sie im Neujahrs-Schlussverkauf erstanden und in grünes Seidenpapier gewickelt hatte.

Sie betrachtete das Geschenk, das sie im Januar eingepackt und beschriftet hatte. An dem roten Geschenkband hatte sie eine Zedernkugel befestigt, damit der Pullover während der folgenden Monate vor Motten geschützt war.

Daran kann ich mich gar nicht mehr erinnern, dachte sie verblüfft. Dagegen konnte sie sich noch sehr wohl an ihren Drang erinnern, das Geschenkband hübsch zu binden und zu zwirbeln, die Geschenkeschublade ordentlich aufzufüllen und die Schublade selbst mit Schutzpapier auszuschlagen, falls ihre Mutter zu Besuch kommen sollte und ihre Schränke nicht erwachsen genug aussahen für eine verheiratete Frau mit Kind.

Wie verrückt bin ich eigentlich gewesen, für alle die perfekte Hausfrau geben zu müssen?, fragte sie sich bestürzt. Habe ich gedacht, die Welt ginge unter? Weil ich etwas mit Michael an-

gefangen und beinahe ein Jahr im Voraus Geburtstagsgeschen-
ke für meinen Ehemann gekauft habe? Vielleicht hat Juliet nur
teilweise recht; vielleicht bin tatsächlich *ich* diejenige, die die
Therapeutin braucht.

Sie setzte ihre Tasche mit neuen Geschenken auf der Frisier-
kommode ab und fing an, diese in das grüne Seidenpapier aus
der Geschenkeschublade einzuwickeln. Davon gab es jede Menge mit dazu passenden Geschenkbändern, Rosetten und Glitzer.

Es war Freitagabend. Toby war bei ihren Eltern, um weiterhin so zu tun, als gäbe es immer noch ihren Date-Abend,
obwohl Peter die letzten drei Freitage mit seinen Kumpels ins
Kino gegangen war, während Louise in der Badewanne gelegen und so getan hatte, als würde sie einen Roman lesen. Heute würde der Abend jedoch anders ablaufen.

Louise hatte im Büro extra früher Feierabend gemacht und
war anschließend bei *Waitrose* vorbeigefahren, um dort eine
Auswahl von leckerem Essen einzukaufen. Leider war sie keine gute Köchin, doch sie war entschlossen, sich so viel Mühe
wie möglich zu machen – auch wenn der größte Teil des Essens nur vorsichtig erhitzt werden musste. Im Kühlschrank
lag schon eine Flasche Wein, der Peter bei der Weinprobe im
White Hart gut geschmeckt hatte. Anschließend räumte Louise
die Küche auf und stellte eine Vase mit frischen Blumen auf
den Esstisch.

Oben packte sie die kleinen Präsente geschickt in eine Geschenktüte, während sie einstudierte, was sie sagen wollte,
wenn Peter sie auspackte. Sie traute sich allerdings nicht, darüber nachzudenken, was passieren würde, wenn er die Geschenktüte einfach auf den Tisch knallte und fortging.

»Peter, wenn ich die Zeit zurückdrehen könnte, würde
ich ...«

»Peter, können wir nicht einfach ...«

»Peter, ich liebe dich«, sagte sie laut und erzitterte. Doch das
Zuschlagen der Haustür ließ sie erstarren.

Panik stieg in Louise auf. Peter kam mindestens eine Stunde zu früh. Weder hatte sie Zeit gehabt, um sich zu duschen oder umzuziehen, noch, um sich die Haare zu waschen. Außerdem – sie betrachtete sich ängstlich im Spiegel des Kleiderschrankes – sah sie gestresst und müde aus.

Zugunsten des Gesamtbildes schob sie zur Abwechslung die Bedenken angesichts ihres eigenen Erscheinungsbildes beiseite. Sie packte die Geschenktüte, fuhr sich mit der Hand durch das Haar und eilte die Treppe hinunter. Im Flur stieß sie auf Peter, der die Post durchsah. Seine Jacke hatte er noch nicht ausgezogen. War das nun ein gutes oder ein schlechtes Zeichen?

»Du gehst heute Abend aber doch nicht etwa aus, oder?«, stammelte sie.

»Vielleicht gehe ich mit ein paar Leuten aus der Firma etwas trinken«, erwiderte er sanft. »Warum? Hattest du andere Pläne?«

»Ja! Ich habe ein Essen gekocht. Heute ist dein Geburtstag«, fuhr sie unnötigerweise fort. »Ich habe dir ein Geschenk besorgt.«

»Das wäre nicht nötig gewesen«, erwiderte er. Es klang, als würde er es ernst meinen.

»Ein Glas Wein?«, fragte Louise. »Komm schon. Tu was Verrücktes. Ich habe den Chardonnay besorgt, der dir so gut geschmeckt hat und der von diesem Weingut stammt, das nur weibliche Angestellte wegen ihrer zierlichen Füße für das Stampfen der Weintrauben beschäftigt.« Ihr war klar, wie albern das klang, doch es war ihr egal. Wenn sie ihn dazu bewegen konnte, in die Küche zu gehen, hatte sie ihr Ziel schon zur Hälfte erreicht. Selbst wenn sie anschließend einen Stuhl unter die Türklinke würde klemmen müssen – sie hatte heute Abend für ihren Ehemann gekocht und würde sich bei ihm entschuldigen.

Peter lächelte kurz, doch das Lächeln erreichte seine Augen nicht. »Ein Glas auf die Schnelle.«

»Toll!« Louise bat ihn in die Küche und ließ ihn am Tisch Platz nehmen. »Nimm dir ein paar Cracker. Oder lieber eine Olive?«

»Blumen?«, fragte er mit gespielter Überraschung. »Die guten Servietten?«

Louise zuckte zusammen. Sie wusste, dass er sich über ihre frühere zögerliche Reaktion auf seine Bemühungen für Verabredungen zu Hause lustig machte. Schaudernd dachte sie daran, wie offensichtlich sie seine Annäherungsversuche in der Vergangenheit zurückgewiesen hatte.

Sie hatte Mühe, ihre Reaktion vor ihm zu verbergen. Es war sinnlos, jetzt einen Streit anzuzetteln.

»Natürlich! Immerhin hast du heute Geburtstag! Hier, bitte«, sagte sie und stellte ein Weinglas vor ihm auf den Tisch. Danach schenkte sie auch für sich eines ein. »Ich habe hier ein paar Kleinigkeiten für dich«, fuhr sie fort und holte ein Geschenk nach dem anderen aus der Tüte. Der Reihe nach baute sie diese vor ihm auf.

»Was ist das?« Peter nahm einen großen Schluck Wein und musterte misstrauisch den Stapel.

»Das sind Geschenke. Für dich.«

»Das wäre *wirklich* nicht nötig gewesen«, entgegnete er. Seine Miene wurde immer eisiger. »Ich denke nicht, dass Geschenke etwas an dem ändern können, was passiert ist. Du etwa?«

»Das ist es nicht. Ich wollte dir etwas von mir geben«, erwiderte Louise schlicht. »Das waren keine teuren Geschenke. Aber erinnerst du dich noch, wie wir uns früher wirklich süße, tolle Geschenke gemacht haben, als wir nur wenig Geld zur Verfügung hatten? Das ist … so etwas in der Art. Mach schon. Pack das erste Geschenk aus.«

Er wollte protestieren, änderte dann jedoch seine Meinung. Schnell, als wolle er nachgeben, um die Sache rasch hinter sich zu bringen, schob er das Geschenkband des ersten Pakets beiseite und löste das Papier.

Louise hielt den Atem an.

»Oh, das ist hübsch ...« Sein Gesichtsausdruck veränderte sich, und er sah zu ihr auf. »Das ist *wirklich* hübsch.«

Es war ein gerahmtes Foto von ihnen dreien, aber nicht eines jener teuren Porträts, die sie im Fotostudio über dem Optiker hatten machen lassen, sondern ein Schnappschuss, den Juliet im Haus ihrer Eltern mit der Handykamera aufgenommen hatte. Toby thronte auf Peters Schultern und lachte, lachte fröhlich über Louise, die hinter Peters Rücken hervorlugte. Den dreien war die Liebe anzusehen, die sie füreinander verspürten.

»Danke«, murmelte Peter, »das werde ich zur Arbeit mitnehmen. Und auf meinen Schreibtisch stellen.«

Louises Lächeln bebte. »Du weißt, dass du und Toby mir alles bedeutet, nicht wahr?«

»Toby vielleicht.« Er wich ihrem Blick aus.

»Du auch. Das meine ich ehrlich, Peter. Wir brauchen nur ein wenig mehr Zeit als Paar, um wieder zueinanderzufinden. Ich habe schon mit Mum gesprochen. Sie würde Toby nehmen; wenn du dir ein paar Tage freinimmst, könnten wir zusammen wegfahren, vielleicht nach Venedig? Oder einfach nur ...«

»Ist das hier auch ein Geschenk?«, fragte Peter und deutete auf ein kleines Paket.

Sie schob es zu ihm hinüber. Peter streifte zuerst das Geschenkband ab, bevor er das Papier auseinanderfaltete.

In dem Paket befanden sich eine Schachtel mit Vitaminpräparaten für Frauen mit Kinderwunsch sowie eine Schachtel mit Vitaminen für den Mann.

Peter sah sie hämisch an. »Nette Idee, aber ich glaube, man braucht ein wenig mehr als einfach nur diese Tabletten, um ein Baby zu zeugen.«

»Ich weiß«, erwiderte Louise und erinnerte sich an all die Nächte, in denen sie ihn vor lauter Schuldgefühlen hatte abblitzen lassen. »Es soll dir nur zeigen, dass ich ein zweites Kind will. Aber ich möchte es planen und vorher darüber reden, damit wir uns nicht gegenseitig in den Wahnsinn treiben wie nach Tobys Geburt.«

»Haben wir uns da in den Wahnsinn getrieben?«

»Ja, haben wir. Wir haben über nichts anderes mehr gesprochen als über ihn. Die Elternrolle hat unser ganzes Leben bestimmt. Ich habe dabei vollkommen aus dem Blick verloren, wer ich war und was du mir bedeutet hast.« Ihr Mund war staubtrocken. »Ich will mich nicht herausreden, aber ich habe keine Ahnung, in welche Person ich mich verwandelt hatte. Ich wurde das Gefühl nicht los, mich in zwei voneinander unabhängige Personen verwandelt zu haben: die Louise, die mit Toby zu Hause hockte und Mummy war, und diese andere Louise, die gerne ein wenig mehr Aufmerksamkeit gehabt hätte und nichts mit Windeln zu tun hatte. Das war einer der Gründe, warum ich so unbedingt wieder arbeiten wollte – damit alles wieder wie früher wurde. Aber mittlerweile ist mir klar, dass das nicht funktioniert.«

»Oh, das weiß ich jetzt auch.« Peters Stimme klang angespannt und blechern. »Ich habe das in den letzten Wochen versucht. Ich habe versucht, so zu tun, als sei das alles nicht passiert. Ich habe versucht, dieses Foto aus meinem Gedächtnis zu löschen – dieses Wissen, dass du einen anderen Mann mehr begehrt hast als mich. Aber ich kann das nicht. Die Sache hat alles verändert.«

»Nicht alles«, entgegnete Louise. »Sie hat nichts daran geändert, dass ich dich liebe oder dass Toby das Wunderbarste ist, was uns je in unserem Leben passiert ist.« Sie machte eine Pause. Es lief nicht so wie geplant. Er sollte sich deutlich mehr über diese Babysache freuen.

Vielleicht sollte ich einfach gehen, dachte sie mit einem Mal, doch dann tauchte vor ihrem geistigen Auge Juliet auf, die sie dazu drängte, nicht aufzugeben.

Sie schob das nächste Geschenk zu ihm hinüber. Dies war

das »eigentliche« Geschenk – das sie zwar ziemlich langweilig fand, der technikverliebte Peter jedoch schon seit Jahren auf seinem Wunschzettel hatte.

»Was ist das?«, fragte Peter und packte das Geschenk verärgert aus. »O toll, ein Navi.«

Er schien nicht sonderlich begeistert zu sein.

»Du hast doch gesagt, dass deines schon ein wenig veraltet wäre. Sieh mal, ich habe es programmiert, sodass unser Haus als Zuhause eingegeben ist. Dann weißt du immer, wohin du fahren musst. Wo wir sind.« Louise merkte selbst, wie verzweifelt sie klang.

»Danke.« Peter warf einen Blick auf seine Uhr.

»Ein letztes Geschenk noch.« Der letzte Versuch. Louise reichte ihm eine kleine Schachtel, die wie eine Wan-Tan-Teigtasche in Seidenpapier eingewickelt war.

Er riss das Papier ab. Darin befand sich die kleine Schachtel, in der ihre Eheringe gewesen waren.

»O Gott, Louise, nicht ...«

»Mach es auf.«

Ihre Blicke trafen sich, und Peter seufzte müde. Da er jedoch keine andere Wahl hatte, klappte er die Schachtel auf.

Darin befanden sich kleine, zusammengerollte Zettel, die in die Schlitze gesteckt waren, in denen sich die Ringe befunden hatten.

»Was ist das?«

»Sieh nach.«

Langsam entrollte Peter die Zettel und las die Nummern und Buchstaben. »Was ist das?«

»Das sind Passwörter«, erklärte Louise tapfer. »Für mein E-Mail-Konto, mein Handy, mein Internetbanking und meinen Computer. Für alles. Ich weiß, dass ich dein Vertrauen in mich zerstört habe, aber ich schwöre dir, dass ich nichts zu verbergen habe. Du kannst mich zu jeder Tages- oder Nachtzeit überprüfen – das macht mir nichts.«

»Ich will dich nicht kontrollieren …« Peter starrte sie entsetzt an.

»Darum geht es nicht. Du wirst nie, nie wieder einen Grund haben, an mir zu zweifeln.« Louise streckte die Hände quer über den Tisch; Tränen standen ihr in den Augen. Dies hier war ihre letzte Chance. Danach würde ihre Ehe entweder die eine oder die andere Richtung einschlagen. »Ich bin so dumm gewesen! Aber ich bin mir auch noch nie so sicher gewesen wie jetzt, wie sehr ich dich liebe, Peter. Du bist der Mann, mit dem ich alt werden möchte. Sollte ich dich verlieren, werde ich das für den Rest meines Lebens bereuen. Bitte, kannst du nicht vielleicht versuchen, mir zu verzeihen?«

Peter schob seinen Stuhl zurück, und einen schrecklichen Augenblick lang dachte Louise, er würde hinausstürmen. Er starrte sie über den Tisch hinweg an, kaum erkennbar als der unbeholfene, aber doch ziemlich clevere Mann, den sie von früher kannte. In ihrem Herzen flackerte eine beinahe schon in Vergessenheit geratene Sehnsucht nach seinem hageren Körper. Sie wünschte sich, ihn nie wieder so verstört und wütend zu sehen, doch ein Teil von ihr fand diese neue Seite, die sie an ihm bisher nicht gekannt hatte, sehr aufregend.

Vielleicht kannte sie ihn doch nicht so in- und auswendig. Vielleicht gab es noch unentdeckte Seiten an ihm, die es in den nächsten vierzig Jahren kennenzulernen galt.

»Nicht nur du hast eine Dummheit gemacht«, entgegnete Peter schließlich schroff. »Ich habe nicht gemerkt, was du durchgemacht hast. Ich war überzeugt, du bräuchtest meine Hilfe nicht, weil du anscheinend alles unter Kontrolle hattest. Ich hatte sogar eher das Gefühl, dir im Weg zu stehen.«

»Wie konntest du das nur annehmen?«, entfuhr es Louise entsetzt. »Je gestresster ich bin, desto organisierter bin ich! Hast du das denn nicht gemerkt? In all den Jahren?«

»Ich habe irgendwann aufgehört hinzuschauen«, erwiderte Peter. »Ich habe aufgehört zu fragen.«

Er stand auf, und Louise hielt den Atem an aus Angst, er würde nun gleich gehen. Seine Antwort hatte wie ein Abschiedswort geklungen.

Was sie aber nicht gewesen war. Peter kam zu ihr herüber, zog sie von ihrem Stuhl hoch und schlang seine Arme um sie, bis sich ihre Gesichter ganz nahe waren.

»Ich will dich nicht verlieren«, stellte er mit einer Leidenschaft fest, die Louise überraschte. »Und ich will nie wieder sehen, dass du so betteln musst.«

Louise wusste nicht, was sie darauf antworten sollte. Sie hatte sich vorher nicht getraut, den Verlauf des Gesprächs so weit zu planen. Sie küsste ihn mit einer Sehnsucht, die sie beide seit ihrer Jugendzeit nicht mehr verspürt hatten. Währenddessen verbrannte das leckere Essen im Backofen unbeachtet zu einer schwarzen Masse.

27

Juliet wollte in das allgemeine Gejammer, dass Weihnachten jedes Jahr immer früher begann, nicht einstimmen. Denn genau genommen fing die Weihnachtszeit für sie bereits im September an, wenn Kim und sie ihre ersten Bleche mit kleinen Weihnachtsküchlein backten.

In diesem Jahr jedoch hatte die Weihnachtszeit sie ohne die Kuchen, die sie stets an das Fest erinnerten, erst im Oktober überrascht. Die Anfragen von Kunden, sich über die Feiertage um deren Haustiere zu kümmern, begannen sich auf einmal zu stapeln. Doch Juliet lehnte sie mit Ausnahme von Hector – Mrs Taylor war wieder mit Albert, ihrem Angebeteten, auf einer Kreuzfahrt unterwegs – und Boris und Bianca für Mrs Cox alle ab. An Weihnachten flog Mrs Cox nach Florida, um dort einige ihrer zahlreichen Enkel zu besuchen, und über Neujahr machte sie in der Toskana Urlaub.

»Das ist der Vorteil von drei Ehemännern, meine Liebe«, erklärte sie Juliet und drückte ihr eine »Kleinigkeit« als Weihnachtsgeschenk in die Hand. »Ein paar eigene Kinder sowie zweimal einige Stiefkinder ergeben eine hübsche Anzahl von Enkeln, die sich gerne um die Urlaubsbedürfnisse ihrer alten Oma kümmern.«

»Drei Ehemänner!«, entfuhr es Juliet ungewollt. Zwar hatte sie die vielen Familienbilder gesehen, doch die drei Ehen waren ihr verborgen geblieben.

»Und alle vor meinem sechzigsten Lebensjahr.« Mrs Cox

seufzte und presste sich die Hand aufs Herz. An ihrem Ringfinger trug sie einen Ehering mit einem einzelnen Diamanten.
»Bob starb im aktiven Dienst, als ich gerade einmal sieben-
undzwanzig war, Gott hab ihn selig. Lionel starb bei einem
Autounfall, und der arme Walter hatte ein Blutgerinnsel im
Hirn. Das Leben ist kein langes Gedicht, Juliet. Ich betrachte
es als ein Buch mit einer Reihe von Kapiteln. Eine Weile lang
ist man traurig; dann blättert man eine Seite weiter und sieht,
was passiert.«

Juliet lächelte und nahm sich vor, Louise davon zu erzählen.
Sie würde niemals glauben, dass die nette, weißhaarige Mrs
Cox insgesamt dreimal verheiratet gewesen war. Wie kam es,
dass sie sie nie danach gefragt hatte? Wenn man sich um Haustiere kümmerte, erfuhr man vielleicht doch nicht alles.

Während Juliet mit Minton die Straße hinunterspazierte,
fragte sie sich, ob Mrs Cox ihr damit wohl ganz sanft und vorsichtig einen Ratschlag hatte geben wollen. Doch die Vorstellung, dass ihre alte Klavierlehrerin ihr Tipps in Sachen Liebe
gab, war noch viel unvorstellbarer als deren Eheringsamm-
lung.

Jede freie Minute, die Juliet nachmittags entbehren konnte, verbrachte sie damit, sich kitschige Weihnachtsmusik anzuhören und riesige Schüsseln voller Schokoladentoffees,
Marshmallows und Honigwaffeln herzustellen. Nachdem ihre
Backfähigkeiten wie von Zauberhand wieder zurückgekehrt
waren, konnte sie damit gar nicht mehr aufhören. Sogar ihr
Marmeladenthermometer hatte sie hervorgekramt, um mit
ihrer langen Liste der Weihnachtsgeschenke fertig zu werden.

Ihr Dad hatte sich zu Weihnachten immer Schokotoffees gewünscht, und ihre Tanten sowohl mütterlicher- als auch väter-
licherseits liebten Juliets Buttergebäck, das sie bereits fertig gebacken und in hübsche Dosen verpackt hatte. Zwar tat Louise
so, als äße sie keinen Kristallzucker, doch während *Mary Pop-*

pins oder zweier Weihnachtsfolgen von *Coronation Street* konnte sie locker eine ganze Schüssel Marshmallows verdrücken. Juliet hatte nicht viel Geld für Weihnachtsgeschenke übrig, doch sie wollte gern allen als Wiedergutmachung für den Trübsinn und die Schwermut, die sie im letzten Jahr zu diesem Zeitpunkt verbreitet hatte, etwas schenken. *Dieses Jahr will ich allen das Fest versüßen,* nahm sie sich vor.

Eine Geschenkbox wie aus Willy Wonkas *Schokoladenfabrik* löste auch das Problem, was sie den Kellys zu Weihnachten schenken sollte. Zwar machte es einem die Familie nicht schwer, passende Geschenke zu finden – Roisin hatte ihren Wunsch nach einem Saxofon eine Weile lang deutlich zum Ausdruck gebracht, und Spike wünschte sich ein schwarz-weiß geflecktes Hausschwein –, doch Juliet war unsicher, wie weit sich ihre Freundschaft in Geschenkefragen entwickelt hatte. Außerdem hatte sie das Gefühl, dass Emers bescheidenes Haus (das, wie sie nun wusste, nur wegen der Nähe zu Alecs Eltern gekauft worden war, die prompt zwei Monate nach dem Einzug der Kellys nach Dundee, Schottland, gezogen waren) über ein ziemlich ordentliches Einkommen hinwegtäuschte, wenn sie den regelmäßigen Lieferungen der Luxusmarke *Net-à-Porter* Glauben schenken durfte. Bei ihrem eigenen, recht knappen Budget wollte sie sich selbst nicht in Verlegenheit bringen, ein Geschenkeset aus dem Body Shop zu überreichen, um dann kurz darauf eine sündhaft teure Handtasche von Mulberry oder Ähnliches auszupacken.

Als Köchin wusste sie, dass große Gläser mit Süßigkeiten immer gut ankamen, und es löste gleichzeitig auch das zweite Dilemma: die Frage, was sie Lorcan schenken sollte. Juliet nahm sich vor, ihm eine Extradose mit Keksen zu backen mit besonderen Überzügen in den Geschmacksrichtungen, die er in den letzten Wochen am liebsten bei ihr gegessen hatte. Sie zog auch kurzzeitig in Betracht, der Keksdose noch eine kleine Nachricht beizufügen mit dem Inhalt: »Jedes *Mmmm, lecker!*

von dir war ein Schritt auf dem Weg zurück zu meinen Back-künsten.« Doch obwohl das stimmte, fand sie einfach keine Formulierung, die sich nicht furchtbar kitschig anhörte.

Sie träufelte gerade Rosenwasser sowie lilafarbene Lebensmittelfarbe in die dritte Ladung Marshmallows und lauschte dazu den Klängen von *Now That's What I Call Xmas*, als es an der Hintertür klopfte. Roisin und Florrie kamen hereingestürmt, dicht gefolgt von Lorcan.

»Kochst du gerade?«, fragte Roisin und starrte mit großen Augen auf Juliets rosafarbene Küchenmaschine.

»Ich rühre gerade einen Teig an. Florrie, könntest du bitte deinen Viehbestand in deinen Taschen lassen?«, befahl Juliet. »Dies ist eine nukleare Zuckerzone.«

»Wir wollen nur kurz etwas abgeben«, erwiderte Lorcan. »Wir bleiben nicht lange.«

Er stupste Roisin an, die einen Umschlag aus ihrer Tasche zog und ihn Juliet mit einer tiefen Verbeugung überreichte.

»Was ist das?« Julie drehte den Umschlag um und las auf der Rückseite, dass er von *Florrie & Roisin Kelly, Laburnum Villa, The Grange, Rosehill, nahe Longhampton, Worcestershire, auf der Welt, im Universum* stammte.

»Das ist eine ganz besondere Einladung«, erklärte Florrie ernst.

»Für mein Debüt«, fuhr Roisin mit einer dramatischen Geste fort. »Ich bin der Engel.«

Lorcan verdrehte die Augen. »Erinnerst du dich noch, worüber wir gesprochen haben, Roisin? Du bist *ein* Engel. Nicht *der* Engel. Und es ist nicht gerade höflich, wenn du lauter singst als die Jungfrau Maria, nur weil du es *kannst*.«

»Salvador ist auch dabei. Er ist der Bassist der Band.«

»Das Jesuskind hat eine eigene Rockband? Wow, das nenne ich modern«, staunte Juliet. »Singen die Heiligen Drei Könige etwa im Backgroundchor?«

»Es ist das Krippenspiel der Schule«, erklärte Lorcan, als

Juliet den Umschlag öffnete und die Einladung herauszog. »Emer hat zwei Elternplätze zugewiesen bekommen sowie einen Platz für Großeltern. Da wir aber keine Omas in der Nähe wohnen haben, wollte sie dich fragen, ob du mit uns mitkommen willst.«

»Du könntest die Videokamera halten«, bot Roisin großzügig an. »Und dich unserer Fangemeinde anschließen.«

»Ich würde mich sehr geehrt fühlen.« Juliet wollte lachen, doch sie merkte, wie sich in ihrem Hals ein Kloß bildete, als sie die sorgfältig bemalte Karte las, mit der die »Liebe Juliet und Minton« zu einem »Abend mit fröhlichem Krippenspiel in St. Winifred's School« eingeladen wurden. Roisin und Florrie hatten Glitzerengel gemalt, unverhältnismäßig riesige Plumpuddings sowie einen Hund mit einem Rentiergeweih, der wie Minton aussah.

»Ich glaube aber nicht, dass Minton es einrichten kann, mitzukommen«, entschuldigte sie sich bei Florrie. »Dieses Jahr hat er an Weihnachten einen ziemlich vollen Kalender.«

»Du kannst es ruhig sagen, wenn es auch dir ungelegen kommt«, erklärte Lorcan. »Das soll keine Verpflichtung sein.«

»Was glaubst du denn, was ich vorhabe?«, fragte Juliet Lorcan und fand die Vorstellung irgendwie amüsant, dass sie irgendwo anders sein könnte als in ihrem Ohrensessel.

»Keine Ahnung. Aber ich will nicht, dass du meinst, wir würden davon ausgehen, du hättest Weihnachten nichts vor.« Lorcan stammelte, gab sich aber Mühe, beiläufig zu klingen. »Vielleicht gehst du ja auch lieber zu einer Party, als mit diesen nach Aufmerksamkeit heischenden Plagen hier und mir zusammen in der Schule abzuhängen.«

»Lorcan, wenn ich nicht mitkomme, würde ich ohnehin meine Zeit mit dir, einer Farbrolle und den Sockelleisten verbringen. Genauso gut könnte ich also mit in die Schule kommen und mir DJ Jesus und seine Engel anhören.« Juliet sah begeistert zu den Mädchen hinunter, die auf eine Reaktion von ihr warteten. »Es ist eine halbe Ewigkeit her, seit ich das letzte Mal bei einem Krippenspiel war. Ich kann's gar nicht abwarten! Das wird richtig *geil*!«, fuhr sie in einer schlechten Nachahmung von Roisin fort.

»So höre ich mich gar nicht an«, heulte Roisin begeistert.

Lorcan hörte auf, mit seinem Metermaß herumzuhantieren, und lächelte Juliet an. Sein privates Lächeln war recht schüchtern, ganz anders als das breite Grinsen, das er in der Öffentlichkeit erstrahlen ließ. In Juliets Brust tat es einen Ruck, der sie derart an ihre Schulzeit erinnerte, dass sie unweigerlich das Gefühl hatte, wieder eine feste Zahnklammer zu tragen.

Zugleich zuckte sie aber auch wieder zurück, als habe sie die heiße Pfanne mit dem Zucker angefasst. Hatte sie nicht mit Michael ihre Lektion gelernt? Es war noch zu früh. Und da sie mittlerweile auch wusste, dass nicht nur sie diejenige mit einer problematischen Vergangenheit war, die es zu bewältigen galt, gab es noch einen weiteren guten Grund, ihre Freundschaft so zu belassen, wie sie war – eine angenehme Wärmequelle in ihrem Leben.

Das mussten die Farbausdünstungen sein, ermahnte sie sich. Die Farbausdünstungen und die Auswirkungen der weihnachtlichen Mistelzweige schienen ihr den Verstand zu benebeln.

»Na ja, dann richte dich schon mal darauf ein, dass es dich vor Begeisterung vom Hocker hauen wird«, erklärte Lorcan. »Emer war für die Gestaltung der Kostüme zuständig. Sie hat Alec dazu gebracht, das ganze restliche Bühnenmaterial der letzten Touren von *Spiderweb* zu schicken – für ausreichend Glitzer und Flitter ist dieses Jahr also im Stall gesorgt. Ach ja, und die Hirten müssen einem knisternden Stern aus Lurex folgen. Ich hoffe nur, die Hirten haben keine Kerzen dabei.«

»Ich habe einen Heiligenschein zum Anknipsen«, rief Roisin stolz. »Mrs Barker weiß davon bis jetzt noch nichts!«

Um vier Uhr am Nachmittag des Krippenspiels begann es zu schneien.

Es schneite sogar so heftig, dass Juliet sich insgeheim fragte, ob Alec wohl ein Unternehmen für Bühneneffekte engagiert hatte, um für das Schneegestöber als Teil seines Weihnachtsgeschenks für die Kinder zu sorgen. Juliet kam nach Hause, nachdem sie mit Damson im Park gewesen war, wo der Konzertpavillon mit bunten Lichterketten geschmückt war. Diese hatten zu leuchten angefangen, als es dunkler geworden war und die ersten Schneeflocken durch die Luft wirbelten. Zuerst waren die Autodächer und Briefkästen mit einer weißen Schneeschicht überzogen, dann die Bordsteinkanten, bis schließlich die Gehsteige schneeweiß geworden waren. Innerhalb von einer Stunde hatte sich eine mattweiße, weiche Schneedecke über die ganze Straße gelegt.

Lorcan kam um sechs Uhr und klopfte an die Tür, als Juliet immer noch nicht wusste, was sie anziehen sollte.

»Du solltest doch erst in einer halben Stunde kommen«, rief sie die Treppe hinunter, als er sich die Tür selbst geöffnet und ein zaghaftes »Hallo?« ins Haus gerufen hatte.

»Ich hatte keine andere Wahl. Emer hat mich wahnsinnig gemacht, weil sie nicht wusste, was sie anziehen sollte. Mal ehrlich: Wie schwer kann es schon sein, sich für ein Krippenspiel während eines Schneesturms anzuziehen? Man zieht einfach alles an, was man hat, oder?«

Juliet fand es rührend, wie wenig Lorcan von Frauen verstand, obwohl er in einem Haus wohnte, in dem er von Frauen umgeben war.

Juliet warf einen letzten Blick auf ihr Spiegelbild und beschloss, dass sie am besten in dem Outfit gehen würde, das sie gerade trug: einem Jeansrock mit einer warmen Strumpfhose darunter und einem weichen grünen Kaschmirpullover, den Louise ihr ohne besonderen Anlass geschenkt hatte. Aufgrund der Art, wie die Schulternähte ausfielen, nahm Juliet an, dass es sich vielleicht um einen Männerpullover handelte, doch sie fühlte sich darin schlank und warm – was für sie eine beachtliche Leistung war.

Es war schön, ihre großzügige Schwester zurückzuhaben, fand sie. Die große Schwester, die ihr sagte, was ihr gut stand, und das Kleidungsstück dann für sie kaufte.

»Bitte, bitte sag, dass du gleich fertig bist«, brüllte Lorcan die Treppe hinauf. »In zehn Minuten werden wir abgeholt. Emer wollte, dass die Kinder stilvoll zur Schule gefahren werden.«

»Oh, wir fahren in einer Limousine?« Juliet rannte die Treppe hinunter. »*Rock 'n' Roll!*«

»Es wird wohl eher ein Schneepflug werden, wenn Emer sich nicht ein bisschen beeilt! Oh!« Lorcan hatte die zuletzt aufgetragene Farbschicht auf dem Heizkörper inspiziert. Als er sich nun umdrehte, starrte er Juliet ungläubig an. »Du siehst toll aus.«

»Ja?« Juliet hatte nicht mit Komplimenten gerechnet, am allerwenigsten in diesem Outfit, doch sie nahm sie gerne an. »Danke.«

Sie grinste, und auch Lorcan musste grinsen.

Juliet errötete und fragte sich insgeheim, ob auch er diese Schmetterlinge im Bauch verspürte. Zumindest sah er sie ziemlich anerkennend an. Aber er selbst sah auch nicht übel aus; er trug eine abgenutzte Lederjacke mit einem Kapuzensweatshirt darunter.

Dann kamen Minton und Hector angerannt und sprangen an ihnen hoch. Der Moment war verflogen.

»Ich wollte die beiden heute Abend eigentlich zu meiner Mum bringen, aber ich glaube, es ist auch okay, wenn sie hierbleiben«, sagte Juliet, während sie sich ihre Schneestiefel anzog. »Minton knabbert keine Möbel und dergleichen an, und ich habe alles Wichtige aus Hectors Reichweite entfernt.« Sie kniff die Augen zusammen und sah zu dem Dackel hinunter. »Hoffe ich.«

»Wir wollen hinterher zusammen Pizza essen gehen«, erklärte Lorcan. »Hättest du Lust mitzukommen?«

»Ja, gerne!«, erwiderte Juliet erfreut. »Dann mal los!«

Es war schon komisch, wie ein Abend in der Grundschule
mit der Familie von nebenan bei ihr für mehr Schmetterlinge
im Bauch sorgte als ein tatsächliches Date.

Der Wagen, der die Kellys zur Schule fahren sollte, war kein
normales Longhamptoner Taxi. Es handelte sich um eine große schwarze Limousine mit abgedunkelten Fensterscheiben,
Schneeketten an den Reifen und einem Fahrer mit Sonnenbrille.

Auch Emer hatte eine Sonnenbrille auf der Nase und trug
das aufsehenerregendste Rock 'n' Roll-Outfit, in dem Juliet sie
je gesehen hatte. Selbstsicher stakste sie auf hochhackigen *Vi-
vienne-Westwood*-Stiefeln in einem hautengen Kleid und mit un-
zähligen Tüchern und Schals behangen aus dem Haus. Darüber trug sie einen bodenlangen Lammfellmantel, der durch
den Schnee schleifte, als stamme er aus Narnia.

Juliet kühlte bei ihrem Anblick um ein paar Grad ab. Beschämt starrte sie auf ihre abgetragenen Schneestiefel, bis sich
Emer in ihrem Sitz umdrehte. »Bin ich so okay?«, fragte sie mit
einer Nervosität, die Juliet bei ihr noch nie erlebt hatte.

»Du? Du siehst fantastisch aus«, erwiderte Juliet. »Würde
ich dich nicht schon kennen, würde ich auf der Stelle deine
Freundin sein wollen.«

»Oh, prima. Ich weiß eben nur nie, was ich anziehen soll,
und wollte die Mädchen heute nicht enttäuschen.« Sie seufzte
und nahm ihre Sonnenbrille ab. Trotz ihres goldfarbenen Glit-
zerlidschattens machte Emer einen liebenswert nervösen Eindruck. »Die Mütter hier haben diesen coolen Uniform-Dress –
so etwa in der Art von dem, was du trägst. Na ja, mehr oder
weniger. Aber *so* haben sich eben die Mütter in der letzten
Schule angezogen, und ich bin das ja auch gewohnt, aber« –

sie starrte auf Juliets Rock – »flache Schuhe, knielange Jeans-röcke ... warum kann ich so was nicht tragen?«

»Meinst du das ehrlich?«

»Ganz ehrlich.«

»Ich werde es dir beibringen«, erwiderte Juliet und tätschel-te Emers Knie. »Mach dir keine Sorgen. Du brauchst nur eine Steppweste, dann kommt der Rest von selbst.«

»Und die können sich alle so *gut benehmen*«, stöhnte Emer und kaute aufgeregt auf ihrem Fingernagel herum.

»Wir sind da!«, schrie Spike. Er war das einzige Kind der Kellys, das mit ihnen im Auto saß. Salvador, Florrie und Roisin waren schon im Backstage-Bereich.

In der Schule nahmen die vier ihre Plätze in der ihnen zu-gewiesenen Reihe ein, und Juliet merkte, wie sich alle Augen auf sie richteten, als sie sich ihren Weg bahnten. Es amüsierte Juliet, wie schüchtern Emer einerseits auf die anderen Müt-ter und ihre Sprösslinge reagierte und doch gelegentlich hoch-mütig den Kopf in den Nacken warf. Außerdem kribbelte es Juliet im Bauch, als sie sah, wie die anderen Mütter erst Lorcan mit unverhohlener Bewunderung anstarrten und anschließend dann sie mit einem eifersüchtigen Blick bedachten.

Das Licht ging aus, und es entstand ein erwartungsvolles Schweigen. Der Gesang der Engel hob an, bei dem *eine* Stimme deutlich aus dem Chor herausstach. Nur *ein* Engel sang mit dem vollen Mariah-Carey-Vibrato. Und als sich der Vorhang hob und den Blick auf drei Wolken voller milchgesichtiger Engel mit Lametta-Heiligenscheinen und verblüffend holografischen Ge-wändern freigab, gab nur *ein* einziger Engel die volle Jazz-Ver-sion mit lautem Fingerschnipsen zum Besten – völlig unbeein-druckt vom wütenden Kopfschütteln des Lehrers am Klavier.

Emer strahlte vor Stolz, zoomte mit der Videokamera heran und ignorierte das pikierte Murmeln der anderen Eltern: »Wie bei *X* Factor ... alles muss aufgenommen werden ...«

»Wenn sich das Engelchen nicht in Acht nimmt, wird es

noch von dieser Wolke geschubst«, flüsterte Lorcan Juliet ins Ohr. Sie bekam am ganzen Körper eine Gänsehaut.

Juliet sah ein, dass sie nicht einmal annähernd genug Erfahrung mit Krippenspielen hatte, da ihr nämlich in dem Augenblick die Tränen über die Wangen liefen, als der Erzengel Gabriel erschien. Lorcan musste ihr ein Taschentuch aus Emers reichhaltigem Vorrat reichen.

Als Florrie ihren Auftritt als Hirte hatte und bedächtig eine Herde Schafe anführte, die gekonnt von zwei West Highland White Terriern gespielt wurden (und die Juliet als Jock und Aggie aus dem Park wiedererkannte), war selbst Lorcan plötzlich den Tränen nahe. Gemeinsam schnieften sie sich bis zum großen Finale durch, in dem Sals Bassgitarrenspiel in direkter Konkurrenz zum improvisierten Sopransolo seiner Schwester stand, das sich über die restlichen Stimmen in dem Lied »Kleines Eselchen« hinwegsetzte.

Als sich Maria und Josef verbeugten, sprangen Emer, Lorcan und Juliet auf, als seien sie in der Royal Albert Hall. Emer pfiff schrill, während Lorcan ein Rock 'n' Roll-artiges Heulen ausstieß, bei dem sich jeder verwundert zu ihm umdrehte. Juliet war das jedoch egal. Sie platzte beinahe vor Stolz über die Leistung von Florrie, Roisin, Sal und dem Rest ihrer adoptierten Familie. Erst als Roisin aus dem Hintergrund des Engelschores die Hände hob und die Finger zu einem Heavy-Metal-Teufelshörnchen formte, fand sie, dass es für alle das Beste wäre, wenn der Vorhang nun fallen würde, bevor Roisin noch die Zugabe für sich beanspruchen würde.

Der Fahrer der Limousine hatte mit seiner Sonnenbrille geduldig auf dem Parkplatz gewartet und fuhr die sieben Leute nach dem Krippenspiel – sehr zum Neid der anderen Väter, die verzweifelt versuchten, in dem Schnee von der Stelle zu kommen – vom Parkplatz.

Eine halbe Stunde später saßen sie alle knoblauchbutterver-schmiert am besten Tisch im *Pizza Parlour* in der High Street, während Schneeflocken an die Fenster geweht wurden. Quer über der Straße leuchteten die weihnachtlichen Lichterketten rot und gelb und grün und schaukelten im Wind hin und her.

»Wo verbringst du eigentlich Heiligabend?«, fragte Emer, als die Pizzen gebracht wurden.

»Bei meiner Mutter. Ich werde kochen.«

»*Du* kochst?«, fragte Lorcan verwundert. Er zog eine Au-genbraue hoch. Er war der einzige Mensch, der über ihre Pro-bleme, ihre Begeisterung für das Kochen wiederzuerwecken, Bescheid wusste.

Juliet nickte. »Ich habe geübt. Ihr werdet wahrscheinlich merken, dass das Christkind in diesem Jahr eine besondere Vorliebe für Süßes hegt.«

»Das freut mich für dich«, erwiderte Lorcan leise und stups-te sie sanft unter dem Tisch an. Juliet errötete, weil sie nicht geahnt hatte, dass sein Bein so nah war.

»Was stellst du dir denn vor, wann das Christkind vielleicht vorbeischauen könnte?«, fragte Emer weiter und stocherte in ihrem Salat herum. »Du musst nämlich noch zu uns rüber-kommen und mit uns auf Weihnachten anstoßen, bevor wir abreisen.«

»Ihr fahrt weg?« Juliets Gabel erstarrte auf halbem Wege zu ihrem Mund. Sie hatte nicht einmal darüber nachgedacht, dass die Kellys an Weihnachten vielleicht nicht zu Hause sein könnten.

»Wir fliegen nach Irland, um während der Feiertage bei un-serer Familie zu sein«, informierte Roisin sie. »Und dann flie-gen Mum und Dad nach New York, um dort ein paar Tage *miteinander* zu verbringen.« Sie verzog das Gesicht zu einem vielsagenden »Uuuh«, das Sal zu Florries Entsetzen sofort imi-tierte.

»Wir verbringen Silvester immer an einem ganz besonderen

Ort«, erklärte Emer ihr. »Spätestens vom neunten Januar an freue ich mich schon auf das nächste Mal. Alec benutzt den Urlaub, um die folgende erste Jahreshälfte wiedergutzumachen, von daher genieße ich es sehr. Der Rest der Bande bleibt so lange bei Cousins von uns in Westirland. Und wenn du glaubst, die Kinder sind schlimm, dann ...« Sie verdrehte die Augen.

Juliet konnte sich nicht vorstellen, dass es noch anstrengendere Kinder als Roisin, Florrie, Salvador und Spike geben konnte.

»Fliegst du auch mit?«, fragte Juliet Lorcan bemüht beiläufig.

»Hab mich noch nicht entschieden«, antwortete Lorcan. Er schnitt seine Pizza in Ecken und rollte diese zusammen, um sie leichter handhaben zu können. »Ich will mir alle Möglichkeiten offenhalten. In Dublin findet ein Konzert statt, das ich mir ansehen könnte. Oder ich schlage mir in Cork die Nächte um die Ohren, das ist immer ein großer Spaß. Außerdem habe ich noch einen Kumpel in Edinburgh, der eine Bar besitzt, vielleicht statte ich auch ihm einen Besuch ab.«

Juliet war traurig, dass er nicht einmal darüber nachgedacht zu haben schien, in Longhampton zu bleiben. Aber warum sollte er auch?, fragte sie sich. Silvester und Neujahr waren für gewöhnlich eine Zeit, in der man entweder allein seinen Gedanken nachhing, wie sie selbst es tun würde, oder sich mit Freunden traf und sich sinnlos betrank wie Lorcan. Und wenn man einen draufmachen wollte, gab es dafür sicherlich bessere Orte als Longhampton; insbesondere wenn man Kontakte zu Roadie-Gangs in ganz Großbritannien hatte.

»Du könntest aber auch ganz einfach zu Hause bleiben«, erklärte Emer und schielte dabei zu Juliet hinüber.

»Nein, Longhampton ist an Silvester ganz furchtbar«, protestierte Juliet schnell. »Wenn man einmal erlebt hat, wie falsch der Bürgermeister ›Auld Lang Syne‹ vom Balkon der Gemeindehalle herunterschmettert, dann weiß man Bescheid.

Ich wette, dass es in Irland an Silvester deutlich lustiger zugeht als hier.«

»Das kommt ganz darauf an, mit wem …«, wollte Lorcan gerade antworten, als Florrie einen spitzen Schrei ausstieß und ihm das Wort abschnitt.

»Salvador hat mir Eiswürfel in die Kapuze gesteckt!«, jammerte sie.

»Und da wunderst du dich, warum ich eine ganze Woche lang allein nach New York fliegen möchte?«, wandte sich Emer an Juliet und zog die Augenbrauen bis zum Haaransatz hoch.

Roisin knallte ihren Löffel auf den Tisch. »Eis. Roisin Kelly möchte ein Eis essen!«

Als sie das Restaurant verließen, liefen Roisin und Salvador mit Emer und warfen laut kreischend Schneebälle durch die Luft. Florrie dagegen schob ihre kleine Hand in die von Juliet, um mit ihr zusammen bis zum Parkplatz zu gehen, wo die Limousine auf sie wartete. Juliet merkte, wie sie das stille kleine Mädchen immer mehr ins Herz schloss.

Lächelnd sah sie zu ihr hinunter. Florrie lächelte zurück, schwieg aber.

Plötzlich wurde ihre andere Hand gepackt, dieses Mal von einer deutlich größeren Hand.

Es war Lorcan. Er hielt erst diese Hand hoch, dann die andere, an der Spike hing.

»Hey, Breakdance!«, rief Juliet und begann, die Arme wellenförmig zu bewegen.

Die Kinder lachten und ließen die Welle immer wieder über ihre Arme wandern. Als sie jedoch die beleuchtete Limousine sahen, rissen sie sich von Juliet und Lorcan los und stürzten zum Wagen.

Lorcan ließ Juliets Hand jedoch nicht los. »Ich halte dich lieber fest, bis wir am Auto sind«, erklärte er. »Der Boden ist ganz schön rutschig.«

Juliet widersprach ihm nicht. Und auch sie ließ seine Hand erst los, als sie in der Limousine saßen.

Das würde eine verdammt lange Woche werden ohne die Kellys.

Der Schnee blieb liegen, wurde mit jeder Nacht mehr und trotzte damit den Wettervorhersagen eines jeden Tages. Es sah sogar so aus, als würde es weiße Weihnachten geben – zum großen Vergnügen der Kelly-Kinder, die bereits sämtliche Mitglieder von *Led Zeppelin* und *Queen* hinten im Garten mit Schnee nachgebaut hatten.

Juliet brachte ihre mit Geschenkband verzierten Gläser und Schachteln mit Süßigkeiten eines Morgens vor ihrer Runde durch den Park vorbei. Als sie vom Gassigehen wieder zurück war, lag ein Päckchen vor der Haustür auf der Fußmatte – zum Schutz vor dem Schnee in eine Plastiktüte eingepackt.

Juliet stampfte die Schneeklumpen von ihren Stiefeln und trug das Paket vorsichtig in die Küche, um es dort auszupacken. Es war ziemlich schwer, und sie stellte zu ihrem großen Leidwesen fest, dass die Kellys nun offensichtlich abgereist waren, da sich in der Plastiktüte auch eine gekritzelte Liste befand mit der Überschrift: »Bitte, bitte, bitte, tu uns den Gefallen.« Die Liste umfasste die Bitte, nach Katze Smokey zu sehen und Florries gesamten Haustierzoo zu füttern. Dabei lagen noch einige Geldscheine für das Futter.

Die Karte in der Tüte war ein richtiges Weihnachtsporträt im amerikanischen Stil, bei dem sich die gesamte Familie verkleidet hatte. Salvador war als kleiner Trommler zu sehen, Florrie als Schwan, Roisin als Tänzerin. Spike war als gallischer Hahn verkleidet, Emer sollte wohl fünf goldene Ringe aus dem Alten Testament darstellen, und ein leicht verwirrt dreinschauender Alec war ein Rebhuhn in einem Birnbaum.

Für unsere liebe Nachbarin und Tiersitterin. Vielen Dank, dass du unseren Wahnsinn immer so geduldig erträgst. Rock 'n' Roll, die

Kellys, las Juliet. Alle hatten die Karte unterschrieben. In dem Paket befanden sich eine Flasche von Emers selbst gebranntem Wacholderschnaps, ein Beutel mit drolligen, handgefertigten Bio-Hundeleckerli und ein wunderschöner Schal von *Emilio Pucci.*

Juliet hatte noch nie einen Schal getragen, doch dieses Jahr würde sie damit beginnen, beschloss sie.

In dem Paket befand sich aber noch eine Extraschachtel, die nicht eingepackt war. Sie fühlte sich ziemlich schwer an.

Vorsichtig nahm Juliet die Schachtel heraus und trennte das Klebeband auf, mit dem die oberen Ecken versiegelt waren. Sie klappte den Deckel auf und holte zuerst die gefaltete Nachricht heraus, die oben in der Schachtel auf zerschreddertem Papier lag. Darauf stand:

Hab das hier für dich und das Haus gefunden. Hab eine halbe Ewigkeit nach der richtigen Größe und Form gesucht. Du kannst wirklich stolz sein auf das, was du in diesem Jahr geschafft hast. Ich habe noch nie mit einer so begabten Handwerkerin zusammengearbeitet.

Mögen sich im neuen Jahr viele Türen für dich öffnen und noch mehr Möglichkeiten bei dir anklopfen (na, ahnst du schon was?!).

Alles Liebe von Lorcan

Seine überraschend schöne Handschrift erinnerte Juliet an seine Stimme. Die Komplimente ließen sie lächeln, obwohl sie nicht sicher war, ob sie diese überhaupt verdient hatte. Immerhin hatte Lorcan den Löwenanteil der Arbeit erledigt.

Juliet vergrub ihre Finger in dem zerschredderten Papier und fühlte etwas Kaltes, Metallisches. Ganz vorsichtig zog sie einen antiken Türklopfer aus Messing aus dem Paket, der poliert war und nun wieder in seinem früheren Glanz erstrahlte.

Der Türklopfer war wunderschön und bestand aus fließenden Rundungen, die ein wenig gesprenkelt waren. Dadurch war er sogar noch hübscher und gewann an Persönlichkeit. Lorcan musste ihn stundenlang gesäubert haben, um ihn wieder in den Zustand zu versetzen, in dem seine ursprünglichen Besitzer ihn gekauft hatten.

Juliet merkte, wie sich in ihrem Hals vor Rührung ein Kloß bildete, als sich das Messing in ihrer Hand allmählich erwärmte und so den süßlichen, etwas muffigen Geruch eines Poliermittels freisetzte.

Ben hätte diese Antiquität geliebt, dachte Juliet und sah sie schon vorn an ihrer Haustür hängen, wie sie sich von der neuen roten Farbe glänzend abhob. Der Türklopfer strahlte diese »Ein wenig alt, ein wenig neu«-Eigenschaft aus, die das langsame Wiedererwachen der Myrtle Villa charakterisierte.

Es wird Zeit, neue Menschen in meinem Haus willkommen zu heißen, dachte Juliet. Alles, was ich an Silvester brauche, ist ein großer, dunkelhaariger, attraktiver Mann, der das traditionelle Kohlestück für ein warmes Feuer und einen anständigen Whisky mitbringt.

Wie schade, dass der Mann, auf den diese Beschreibung passte, so weit fort war.

28

Heiligabend folgte dem gewohnten Muster aller Weihnachts-
feiern in Dianes Haus – von der gedämpften Stimmung des letzten Jahres einmal abgesehen. Als Juliet dort um neun Uhr morgens eintraf, stellte sie erleichtert fest, dass der Champagner
schon kalt gestellt war und im Hintergrund Weihnachtslieder
ertönten. Trotz der frühen Stunde stand bereits eine offene
Dose »Quality Street«-Toffeepralinen auf dem Sideboard, aus
der sieben grüne dreieckige Toffees fehlten, die Diane wahrscheinlich aussortiert und für später weggeschlossen hatte.

Juliet war mit einer ganzen Wagenladung angereist: Im Kofferraum des Kastenwagens befanden sich neben den mit Folie
abgedeckten Blechen mit dem Essen, das sie am Abend zuvor
vorbereitet hatte, auch die Tüten mit den Geschenken – in sicherer Entfernung von Hector und Minton. Die beiden trugen
festliche Halsbänder und waren schon vor dem Frühstück um
den Block Gassi geführt worden, um sämtliche »Missgeschicke«
zwischen den Unmengen von Geschenkpapier zu vermeiden.

Diane schien dank des Champagners bereits einen kleinen
Schwips zu haben, als sie die Haustür öffnete. Juliet wich erst
einmal einen Schritt zurück, als die warme Luft aus dem Haus-
inneren ihr entgegenprallte. Aus Gründen, die im Laufe der
Zeit nicht mehr nachzuvollziehen waren, drehte ihre Mutter
an Weihnachten die Heizung immer ein paar Grad höher – was
ihre ohnehin geröteten Wangen noch weiter rötete.

»Frohe Weihnachten«, flötete Diane und winkte. »Oh, du

bist ein braves Mädchen«, fuhr sie fort, als sie Juliets Braten aus dreierlei Geflügel erblickte. »Dein Vater freut sich schon seit Wochen darauf!«

»Na ja, ich hoffe, die Warterei hat sich gelohnt«, erwiderte Juliet. »Ich hatte beim Vorbereiten das Gefühl, in einer Episode von *Animal Hospital* mitzuspielen.«

Eric tauchte hinter Diane auf und trug sein buntes Weihnachtshemd. Es war rot und am Kragen mit Rentieren verziert – ein Geschenk von Ian aus Australien. Normalerweise musste Eric es nur zehn Minuten lang für das Familienfoto tragen, doch seit sie Videokonferenzen mit Ian abhielten, musste er es wohl oder übel den ganzen Tag lang tragen.

»Frohe Weihnachten, Dad!«, rief Juliet. »Oder sollte ich dich lieber Santa Claus nennen?«

»Ho, ho, ho«, erwiderte Eric trocken. »Frohe Weihnachten. Soll ich dir das abnehmen?«

Während Eric und Juliet Essen, Geschenke und Hundekram aus ihrem Kofferraum ausluden, durchlebte Juliet ein wahres Wechselbad der Gefühle. Einerseits war es wirklich schön, wieder ein Teil der familiären Weihnachtsrituale zu sein – die schlechten Witze, die Art, wie ihre Mutter versuchen würde, sich ein Lachsröllchen hinunterzuzwingen, obwohl sie noch nicht einmal gefrühstückt hatte –, doch andererseits taten sich überall Lücken auf, wo Ben eigentlich sein sollte. Er war immer derjenige gewesen, der über Dads Witze gelacht und ein paar dieser abscheulichen Lachshäppchen ihrer Mutter hinuntergewürgt hatte.

Jetzt war sie aber allein. Ich muss meine eigenen Rituale finden, beschloss Juliet und versuchte, ihre Trauer mit positiven Gedanken zu verdrängen. Neue Rituale, wie zum Beispiel diesen schönen Spaziergang mit Minton vor dem Frühstück oder das Croissant, das sie heute Morgen genüsslich verspeist hatte. Das könnte ein Anfang sein. Und andere Leute könnten sich ihr gern anschließen, wenn sie es wollten.

Dann war da noch der zweite Weihnachtstag. Sie könnte eine Tradition für den zweiten Weihnachtstag begründen – gab es denn da irgendetwas, das sie sich abgucken könnte? Was tat man traditionell an diesem Tag in Irland? Lorcan hätte bestimmt schnell einen Vorschlag zur Hand, der auf etwas Guinnesshaltigem basierte.

Beim Gedanken an Lorcans fröhliche Gesellschaft wurde Juliet auch klar, wie sehr sie Emer vermisste. Es wäre bestimmt nett gewesen, nach der Familienfeier zu den Kellys zu flüchten, sich eine warme Decke zu schnappen und es sich auf dem großen Ledersofa dort bequem zu machen, nachdem man den Hosenknopf geöffnet hatte.

Diese Vorstellung verwandelte sich aber sofort in pures Chaos, das die vier Kelly-Kinder anrichten würden. Zudem schoben sich plötzlich unbegrenzte Zuckermassen, ein Besuch von Santa Claus, Emer, ihre ganze Familie und die vielen Alkoholflaschen ins Bild, sodass Juliet ihre Meinung lieber wieder änderte. Ihre wahre Weihnachtswohltat war vielleicht doch ihr ruhiges, endlich fertiggestelltes Wohnzimmer.

»Wo verbringt Lorcan denn Weihnachten?«, fragte Diane, als sie die Kartoffeln in die Pfanne gab, um sie dort kurz anzubraten. »Er hätte doch auch mitkommen können!«

»Die ganze Familie ist nach Irland geflogen, zu Emers Mum nach Galway«, erwiderte Juliet. »Danach fliegen Emer und Alec über Silvester nach New York, und Lorcan wollte, glaube ich, irgendein Konzert in Dublin besuchen.«

»Ah. Feiert Lorcan denn nicht mit einer Freundin ins neue Jahr hinein?« Diane zog vielsagend eine Augenbraue hoch.

»Er feiert mit mehreren Freunden Silvester.« Juliet schaute nicht auf. »Es ist ein Wiedersehen mit seiner alten Tour-Crew. Wahrscheinlich kehrt er am zweiten Januar mit einem neuen Tattoo und einem mordsmäßigen Kater auf.«

»Er ist ein wirklich netter Mann …«, setzte Diane an, und Juliet wusste genau, worauf das hinauslaufen würde.

»Er ist ein netter Mann, aber er hat eine Menge Altlasten, die er mit sich herumschleppt«, erwiderte sie darum nur knapp.

»Ach, tatsächlich? Was denn?«

»Reichlich«, antwortete Juliet. »Was bedeutet, dass wir zusammen mit unseren jeweiligen Altlasten einen ganzen Schrottplatz unterhalten könnten. Was wahrscheinlich keinem von uns weiterhelfen würde.«

»Du willst sagen, dass ihr schon darüber …«

»Hallo? Hallo!« Louises Begrüßung wurde von Dianes Begeisterungsrufen übertönt, als Toby – verkleidet in einem Plumpudding-Kostüm – in die Küche gestürmt kam. Seine stämmigen Beinchen, die unter dem Kostüm herausschauten, steckten in einer weißen Strumpfhose.

Einen Augenblick später folgte ihm Louise, die eine dunkle Jeans und eine lange Kaschmirstrickjacke in Stechpalmenrot trug, hinter ihr kam Peter herein. Er war frisch rasiert und stellte ein paar Champagnerflaschen auf den Tisch. Der Gesamteindruck der drei erinnerte an ein »Weihnachtsmagazin Spezial«.

»Hallo zusammen!«, rief er und hob zur Begrüßung die Hand. Juliet stellte fest, dass er seinen Ehering trug. Louise auch. Außerdem war Louises strahlendes Familienlächeln wieder zurückgekehrt, ohne jedoch diesen manischen Perfektionszwang, der sich in letzter Zeit hineingeschlichen hatte.

Sie sieht einfach nur glücklich aus, dachte Juliet. Und das war etwas, das sie selbst keinesfalls mehr für selbstverständlich hielt.

Der Vormittag verflog in einem Taumel aus Geschenken, Geschenkpapier, Schokolade und Champagnergläsern, und Juliet war geradezu erleichtert, immer wieder in die Küche flüchten zu können. Ihre Nerven beruhigte sie mit ihrer Countdown-To-do-Liste und den vielen Pfannen ihrer Mutter.

Von dem Frankenstein-Federvieh einmal abgesehen war es

sicherlich nicht das schwierigste Menü, das sie ausgewählt hatte. Es war aber überaus befriedigend, den Braten für die fünf Erwachsenen, ein Kleinkind und drei Hunde aufzutischen, auch wenn die Kartoffeln vielleicht ein wenig zu viel Röstaroma besaßen und auch die Karotten nicht Kims Al-dente-Test bestanden hätten.

»Das war das beste Weihnachtsmahl aller Zeiten«, stöhnte Peter und schob seinen Stuhl zurück, nachdem er sich einen letzten Nachschlag vom Nachtisch genommen hatte. Anerkennend klopfte er sich auf seinen flachen Bauch.

»Auf die Chefköchin«, rief Louise und erhob das Glas.

»Und Freunde, die heute nicht hier sind«, ergänzte Diane schnell, und auch Juliet erhob das Glas. Im Gegensatz zu den anderen trank sie jedoch Apfelsaft. Heute wollte sie nicht weinerlich werden, und die Tatsache, dass sie den Kastenwagen wieder nach Hause fahren musste, war eine willkommene Ausrede.

»Zeit für ein kleines Nickerchen«, stellte Eric fest und legte seine Serviette auf den Tisch.

»O nein, nicht jetzt«, entgegnete Diane. »Wir müssen Ian anrufen! In Australien!«

»Stimmt. In dem Fall werde ich natürlich sofort nach nebenan gehen und das Wohnzimmer aufräumen.« Als er sich an Juliet vorbeischlängelte, zwinkerte er ihr liebevoll zu. Juliet tat, als hätte sie dies nicht gesehen, als Wiedergutmachung dafür, dass er nicht auf die Kartoffel hinwies, mit der sie Minton heimlich unter dem Tisch fütterte.

Während Juliet und Diane die Überreste des Essens wegräumten und Louise versuchte, Toby dazu zu bewegen, in seinem Reisebettchen einen Mittagsschlaf zu machen, holte Peter aus Dianes Arbeitszimmer (dem früheren Gästezimmer) den Laptop. Diesen schloss er dann am Fernseher an. Wofür er jedoch verdächtig lange brauchte – etwa so lange, wie sich Diane,

Louise und Juliet über nervige Verwandte austauschten. Doch nun war alles für die zeremonielle Weihnachtsbotschaft für Ian vorbereitet.

Juliet hörte als Erste das Skype-Klingeln, weil sie zitternd vor Kälte im Garten gestanden und die Pinkelpause der drei Hunde überwacht hatte.

»Mum! Louise!«, brüllte sie. »Ian ruft an!«

Sie drückte auf die grüne Taste, und schon materialisierte sich Ians Gesicht auf dem Fernsehbildschirm. Er war mehr gebräunt als sonst und hatte noch weniger Haare als beim letzten Mal, doch er strotzte geradezu vor australischer Gesundheit. Juliet kam nicht umhin festzustellen, dass Ian seine Skype-Kamera so aufgebaut hatte, dass im Hintergrund der atemberaubende Anblick des Strandes zu erkennen war. War es eigentlich schon zu spät, um ihre Kamera vom schiefen Weihnachtsbaum wegzudrehen?

»Hey, Juliet, wie geht's, wie steht's?«, rief er mit einem aufgesetzten australischen Akzent.

»Gib's auf, Ian, du spielst schließlich nicht bei den *Neighbours* mit!«, erwiderte Juliet amüsiert.

»Und frohe Weihnachten euch allen!«, fuhr Ian mit seinem britischen Akzent fort. »Louise, wie geht's dir?«

»Gut, danke!«, erwiderte Louise und schaukelte einen absolut nicht müden Toby auf ihrem Arm. »Sieh mal, Toby, das ist Onkel Ian! Sieh dir bloß mal seinen hübschen Plasmabildschirm an!«

Juliet drehte sich zu ihr um und starrte sie böse an. Das Problem bei Skype-Übertragungen war, dass man schlecht die Augen verdrehen konnte, weil man permanent im Bild war. Und die Augen zu verdrehen ließ sich bei den meisten Familienunterhaltungen nicht vermeiden.

»Ist das Dad?«, fragte Ian, als Eric erfolglos versuchte, sich unauffällig an der Kamera vorbeizuschleichen. »Hey, Dad! Wie geht's dir?«

Juliet zerrte Louise zur Seite und schob dafür Tobys Kindersitz direkt vor die Kamera.

»Sieht Ian nicht genau wie Dad aus?«, murmelte Louise leise, nachdem Juliet Toby in seinen Sitz verfrachtet hatte.

»Heißt das, wir sehen allmählich immer mehr wie Mum
aus?«, flüsterte Juliet zurück.

»Nein.« Louise drehte sich um. »Mum! Hör mit dem Ab-
wasch auf! Ian hat angerufen!«

»Was? Warum sagt mir das denn niemand?« Ein Backblech
wurde auf die Arbeitsfläche geknallt, und kurz darauf tauchte
Diane in der Wohnzimmertür auf. Sie zog die Spülhandschuhe
aus und fuhr sich mit der Hand durch das Haar. Nächstes Jahr
würde sie wahrscheinlich einen Haar-und-Make-up-Künstler
engagieren, um sich für die weihnachtliche Übertragung he-
rauszuputzen, vermutete Juliet.

»Dad, komm schon!« Louise schob alle vor die Kamera, wo
sie dann unbeholfen hinter Toby verharrten, der vergeblich aus
seinem Kindersitz zu fliehen versuchte.

»Hallo, Ian«, brüllte Eric, als sei die Satellitenübertragung
gestört. »Kannst du uns hören?«

»Ja! Gut sogar. Hi!«, erwiderte Ian. Das Bild wurde ganz pi-
xelig, als er ihnen zuwinkte. »Vanda! Vanda, komm her, bring
die Mädchen mit!«

Vanda, Ians Frau, sowie Bethan und Taya, seine Töchter,
tauchten vor der Kamera auf. Bethan war dreizehn Monate
und Taya vier Jahre alt. Beide waren mit ihrer blonden Wuschelmähne und dem strahlenden Lächeln Miniausgaben ihrer Mutter.

»Hi!«, riefen sie alle im Chor und winkten. Alle vier trugen
Rentiergeweihe auf dem Kopf.

»Was gibt's Neues?«, erkundigte sich Ian.

Louise nahm dieses Stichwort als Anlass, um davon zu berichten, was Toby zuletzt im Hort gelernt hatte, nur unterbrochen von einem gelegentlichen stolzen Nicken in Peters Rich-

tung. Juliet fing allmählich an, sich gedanklich auszuklinken. Ihr machte es nichts aus, nicht über sich sprechen zu können. Im Gegenteil: Es gefiel ihr sogar, einmal nicht im Zentrum der Aufmerksamkeit zu stehen. Ian konnte sie sehen und somit erkennen, dass es ihr gut ging. Sie hatte keine Lust, ihre Probleme als Witwe auch noch am Weihnachtstag zu diskutieren.

Stattdessen sah sie auf ihre Füße hinunter, wo Minton hockte; er wich ihr selten von der Seite. Jetzt sah er allerdings so aus, als sei er bereit, für seine Gassirunde die Flucht zu ergreifen. Seine innere Uhr schien ihm zu signalisieren, dass nicht mehr viel Tageslicht übrig war.

»Jetzt nicht, alter Freund«, flüsterte sie ihm zu. Das war das Tolle an Hunden: Man brauchte sich nie eine Fluchtstrategie zurechtzulegen, solange man mit einem Kotbeutel als Ausrede winken konnte.

Ihr Vater stupste sie in die Seite. »Ich komme mit«, flüsterte er. »Du schaffst doch drei Hunde nicht allein. Außerdem gibt es da etwas, was deine Mutter und ich dir sagen müssen …«

Juliet wollte gerade protestieren, dass sie tagtäglich locker mit mindestens drei Hunden zurechtkam, wenn nicht sogar mit noch mehr, doch da wurde ihre Aufmerksamkeit plötzlich von Vandas aufgeregter Stimme auf den Bildschirm gelenkt.

»Wir können es kaum abwarten, euch hier zu sehen!«, rief Vanda und versuchte, Ian zu übertönen.

Das Problem bei diesen Unterhaltungen via Internet war, dass man sich nie sicher war, wer gerade mit wem sprach, fand Juliet. Vanda schien sie anzusehen, und es wäre unhöflich gewesen, so zu tun, als hätte sie es nicht bemerkt.

»Wen? Mich?« Juliet deutete auf sich. »Vanda, ich komme nicht. Wir haben die Tickets doch nicht gebucht.«

»Nein, nein, nicht du, Juliet. Deine Mum und dein Dad!« Vandas freundliches Gesicht wurde durch ihr strahlendes Lächeln beinahe in zwei Teile gerissen. Sie hatte wunderschöne Zähne – sie waren fast so schön wie ihr karamellfarbener

Teint. »Wir haben das Taxi schon bestellt, das euch abholen soll, Diane. Das wird eine schöne Art, den Kater am Neujahrstag zu verpassen, nicht wahr?«

In dem Augenblick wünschte sich Juliet inständig, den Bildschirm gleichzeitig auch aus Vandas und Ians Perspektive sehen zu können, denn sie hatte guten Grund zu der Annahme, dass der Anblick ein echter Klassiker gewesen wäre. Es hätte sie auch nicht überrascht, wenn diese Neuigkeit Louise aus den Schuhen gehauen hätte wie einen Baum, der gerade gefällt wurde.

Hinter ihr fing Diane an zu stottern. »Eric!«, rief sie dann scharf – wahrscheinlich um ihren Mann davon abzuhalten, wie ein begossener Pudel dazustehen.

»Mum!«, protestierte Louise gleichermaßen wütend wie verletzt. »Ihr fliegt nach Australien? Seit wann denn das?«

»Seit sie beschlossen haben, hier Urlaub zu machen … und dann angeboten haben, so lange zu bleiben, bis unsere Tochter Nummer drei da ist!« Ian sah sie begeistert an. »O wow! Schnell, Vanda, mach einen Screenshot! Schnell! Ach, fantastisch! Das Bild kommt auf jeden Fall an die Wand!«

»Herzlichen Glückwunsch«, gratulierte Juliet, als keiner der anderen darauf reagierte. Zumindest war nichts zu hören gewesen.

»Wir freuen uns so unendlich darauf, deine Mum und deinen Dad hierzuhaben!«, erklärte Vanda. Dieses Mal wusste Juliet ganz sicher, dass sie gemeint war, da Diane, Louise, Peter und Eric abseits des Bildschirms miteinander tuschelten. »Im Augenblick ist es ein bisschen viel für mich, womit ich fertig werden muss. Zwei Kleinkinder, der Betrieb, das alles. Dann hatte ich selbst noch ein paar Komplikationen, und meine Mum und mein Dad sind ja nicht mehr unter uns, Gott hab sie selig – zwischenzeitlich war ich wirklich mit meinem Latein am Ende.«

»Wie lange bleiben Mum und Dad denn?« Juliet versuchte,

die Sache kurz im Kopf durchzurechnen, doch sie hatte keine Ahnung, wie weit Vanda schon war. Sie war von Beruf Fitnesstrainerin; beim letzten Mal war sie im Stechschritt eigenhändig in den Kreißsaal gewalkt.

»Na ja, bis das Baby ein paar Monate alt ist. Aber dein Dad hat offene Rückflugtickets gebucht, wir werden uns also überraschen lassen, nicht wahr?«, rief Vanda unbekümmert in völliger Unkenntnis des neuerlichen kollektiven Keuchens, das ihre Aussage hinter Juliets Rücken auslöste. »Schließlich müssen wir uns nicht allzu dicht auf der Pelle hocken, nachdem nun endlich die Großelternwohnung im Garten fertig geworden ist.«

Juliet hörte zwar, wie Louise ungläubig »Großelternwohnung« stammelte, doch sie wollte sich nicht umdrehen, um ihren Gesichtsausdruck zu sehen.

»Lass uns mit den Hunden Gassi gehen, sobald sie aufgelegt haben«, murmelte Eric, und Juliet lächelte starr und nickte.

Longhamptons Straßen waren grau vor dreckigem Schneematsch, den die Familienwanderungen zu Oma am Weihnachtsmorgen aus dem frischen Schnee produziert hatten. Doch der Gemeindepark war weitestgehend noch unberührt. Als Eric für Juliet, Minton, Coco und Hector die Pforte aufstieß, lag der Park wie ein märchenhafter Winterwald vor ihnen.

Auf den Hecken und Blumenrabatten lag eine dicke Schneedecke, die wie bauschige Kissen aussah. Der Konzertpavillon, der sich in der Mitte des Parks wie eine gigantische Spieldose erhob, die sich jederzeit öffnen könnte und auf der dann Ballerinas tanzen würden, war festlich geschmückt; die schmiedeeisernen und mit Frost überzogenen Kreuzblumen glitzerten im Sonnenlicht. Ein paar äußerst mutige Rotkehlchen hüpften auf den nackten und vom vielen Schnee schweren Zweigen herum. Die Sonne ließ dieses magische Szenario funkeln und glitzern. Jetzt fehlte nur noch ein riesengroßer Santa Claus, der seinen Schlitten auf der weitläufigen Rasenfläche abstellte, dachte Juliet.

Sie hielt einen Moment inne, um diese Postkartenidylle in ihr Gedächtnis zu brennen und sie bei den anderen, älteren Erinnerungen abzulegen, die sie von Longhampton gespeichert hatte. Ein Foto ließe sich von diesem Erlebnis gar nicht machen, dachte sie, da man weder den Geruch der eisigen Luft noch die Stille oder die intensiv weiße Farbe des Schnees auf einem Bild einfangen konnte. Aber jedes Mal, wenn ich von nun an den Konzertpavillon sehe, werde ich mich an diesen Anblick erinnern. Weil ich hier war, genau in dieser Sekunde.

»Sieh dir das bloß einmal an«, staunte Eric überrascht. »Wer hätte gedacht, dass diese heruntergekommene Stadt so atemberaubend schön sein könnte?«

Juliet lächelte. Ihr Dad behauptete immer, Longhampton sei heruntergekommen, weil er hier schon seit seiner Jugend lebte, seine Familie hier gegründet und den bescheidenen Charme der Stadt niemals hinter sich gelassen hatte.

»Seit beinahe einem halben Jahr komme ich Tag für Tag hierher, aber bisher habe ich den Park noch nie so atemberaubend schön gesehen«, erklärte Juliet und hielt kurz inne: »Ben würde wahrscheinlich durchdrehen, wenn er mich so reden hören würde. ›Sieh doch bloß mal – keine Pflanzen! Keine Bäume!‹«

»Er fände es aber toll, dass du jeden Tag herkommst«, widersprach Eric ihr. Juliet mochte es, wie ihr Vater immer den Kern einer Sache traf, ohne jedoch diese gedämpfte Gefühlsduselei zu bemühen, die sich oftmals in die Beobachtungen ihrer Mutter mischte, wenn sie über Ben sprach. Manchmal fühlte sich Juliet in diesem Park Ben näher als in ihrem eigenen Haus.

»Sollen wir weiter …?«, fragte sie zögerlich, weil sie die zauberhafte Stimmung nicht zerstören wollte. Sie fühlte sich sofort besser, als sie wieder losgingen.

Aus alter Gewohnheit schlugen Minton und sie den Weg im Uhrzeigersinn ein und folgten ihm bis zum Fuß des Hügels, wo sich für gewöhnlich der Kaffeestand befand. Ein paar Tapfere waren bereits vor ihnen hier unterwegs gewesen. Juliet fielen die verschieden großen Abdrücke von Schneestiefeln und unterschiedlichen Hundepfoten auf.

»Wie lange überlegt ihr schon, diese Reise zu machen?«, fragte Juliet ihren Vater. »Du und Mum, warum habt ihr uns nicht früher davon erzählt? Warum erst jetzt, so wenige Tage vor eurer Abreise?«

»Weil wir uns noch nicht endgültig entschieden hatten. Wir wollten erst abwarten, wie es dir an Weihnachten geht.« Er ließ die Schultern hängen; emotionale Gespräche waren nicht sein Ding. »In den Ratgebern steht, dass manche Witwen um diese Zeit herum schlimme Rückfälle erleben, und wir wollten einfach nicht wegfliegen, wenn es dir schlecht geht. Und die ganze Sache mit Louise …«

Juliet warf ihm einen argwöhnischen Blick zu. »Welche Sache?«

»Ach, ich weiß alles darüber. Ich bin doch nicht dumm. Oder taub. Wir wollten auch nicht fort, wenn sie und Peter nicht mehr miteinander reden.«

»Aber das scheint sich mittlerweile geklärt zu haben.«

»Stimmt. Gott sei Dank.« Eric sah besorgt zu ihr hinüber. »Und du? Bist du …?«

»Ja. Mir geht es gut«, erwiderte Juliet. »Aber wie lange habt ihr das denn schon geplant? Man kann doch nicht von heute auf morgen zu einem sechsmonatigen Aufenthalt nach Australien aufbrechen?«

»Wir haben schon seit Längerem darüber nachgedacht.« Eric wirkte ein wenig beschämt. »Als Ian zur Beerdigung gekommen ist, sprach er davon, wie sehr er und Vanda sich freuen würden, wenn wir sie besuchen kämen und ein wenig Zeit mit den Mädchen verbringen könnten. Wir werden ja auch nicht jünger, und er wollte nicht, dass sie die Chance verpassen, uns kennenzulernen. Und wir wollen sie natürlich auch kennenlernen. Und« – seine Augen funkelten –, »versteh mich nicht falsch, aber für deine Mutter wäre es auch mal ganz schön, in Urlaub zu fahren. Sie braucht eine Pause bei all dem, womit sie in diesem Jahr klarkommen musste.«

»Ihr wollt also eure zweiten Flitterwochen machen?«

»Na ja, wir holen wohl eher die Flitterwochen nach. Damals haben wir nur ein paar Nächte im New Forest in Südengland verbracht.« Eric seufzte sehnsüchtig und bot ihr ein paar Toffees an, die er aus seiner Jackentasche hervorgekramt hatte. »Hier, probier mal, das sind exzellente, handgemachte Toffees. Die sind richtig teuer gewesen.«

»Danke schön«, antwortete Juliet. »Das ist nichts für dich, Coco«, fuhr sie allerdings streng fort, als Coco beim Rascheln der Tüte interessiert aufblickte. »Das ist nämlich der Grund, warum man dir die Zähne abkratzen musste. *Dad!*«

Eric stopfte den Beutel so in seine Tasche, dass er gut hineingreifen konnte, und fuhr fort: »Um ehrlich zu sein, Liebes, wollte deine Mutter schon seit Bethans Geburt zu Ian fliegen«, erklärte er. »Aber dann ist Ben gestorben, und du brauchtest Mum. Und als du dich wieder halbwegs erholt hattest, ist Louise wieder arbeiten gegangen, sodass Toby Mum brauchte.«

»Du machst mir ein schlechtes Gewissen«, erwiderte Juliet. »Als hätten wir euch davon abgehalten, das zu tun, was ihr eigentlich geplant hattet.«

»Jetzt sei nicht albern. Dafür sind Eltern doch da, um sich um ihre Kinder zu kümmern.«

Er tippte sich an die Hutkrempe, und Juliet lächelte, als sie an Natalie vorbeigingen, der Besitzerin des *Wild Dog Café*, und ihrem Basset Bertie, die genau in die entgegengesetzte Richtung liefen. Natalie ging Arm in Arm mit einem großen, gut aussehenden Mann – ihrem Ehemann, wie Juliet vermutete.

Das war eine Information, die es im neuen Jahr herauszufinden galt.

»Jedenfalls«, fuhr ihr Vater fort, »haben wir seitdem ein wenig gespart und können uns davon einen anständigen Urlaub leisten. Unter uns gesagt: Ich wollte Australien immer schon einmal kennenlernen. Wir werden auch nicht die gesamte Zeit bei Ian verbringen. Jedenfalls ich nicht. Wir werden uns ein Wohnmobil kaufen und dann das Land erkunden.«

»*Das* war also der Grund, warum du dich für das kommende Jahr nicht für einen Sprachkurs angemeldet hast.«

»Erwischt.« Er seufzte. »Dir entgeht aber auch gar nichts.«

Allmählich fügten sich alle Puzzleteilchen zu einem großen Ganzen zusammen, dachte Juliet. »Und auch der Grund, warum Mum eine neue Frisur hat, eine neue Brille trägt und generell den Eindruck macht, als habe für sie ein neuer Lebensabschnitt begonnen – obwohl sie unter der Woche immer auf Toby aufpassen musste.«

»Was hattest du denn gedacht?«

Juliet öffnete den Mund, schloss ihn dann jedoch wieder. Ihr Vater musste ja nicht unbedingt erfahren, was sie vermutet hatte – vor allem da es nunmehr keinen Grund zur Sorge gab.

»Es ist schön, ein Projekt vor Augen zu haben«, ergriff Eric wieder das Wort. »Wir haben dadurch ein Thema bekommen, über das wir sprechen können. Und das wir immer planen können.« Er sah zu seiner Tochter hinüber. Seine Nase ragte, rot vor Kälte, unter dem Tweedhut hervor. Juliet versuchte, sich diese Nase am Bondi Beach vorzustellen, geschützt durch Zinksalbe, und gab auf. »Weißt du, wir verbringen eben nicht nur unsere Zeit damit, mit dem Hund Gassi zu gehen und Fernsehen zu schauen. Wir haben auch noch ein Leben.«

»*Ich* gehe mit eurem Hund Gassi, ja?«, protestierte Juliet. Sie hakte sich bei ihm ein, um ihm zu zeigen, dass ihr dies nichts ausmachte. »Und ich nehme mal an, dass Coco dann eine Weile bei mir bleiben wird, oder? Damit ihr euch in Ruhe in Australien herumtreiben könnt. Aber das ist schon okay, ich verstehe das. Coco, das ist dann ein wenig so, als würdest du ins Internat gehen.«

Eric tätschelte ihr die Hand. Beide spazierten weiter und genossen das Knirschen des Schnees unter ihren Sohlen. Als Eric wieder das Wort ergriff, lag ein Kratzen in seiner Stimme, das Juliet bisher nur gehört hatte, wenn er an Weihnachten ein Glas Whisky zu viel getrunken hatte.

»Ihr beiden Mädchen seid das Wichtigste in unserem Leben. Und Ian natürlich. Aber mittlerweile sind wir an einem Punkt angekommen, an dem wir daran denken müssen, dass wir manches vielleicht zum letzten Mal machen können. Deine Mutter und ich wollen noch einiges aus den kommenden Jahren herausholen, bevor wir zu inkontinent sind, um ein Flugzeug besteigen zu können.«

»Ihr seid aber doch nicht *alt*«, protestierte Juliet, aber sie wusste, was ihr Vater meinte. »Jedenfalls müsst ihr nicht erst alt werden, um euch Gedanken darüber zu machen, irgendetwas zum letzten Mal zu tun. Das habe ich mir als guten Vorsatz für das neue Jahr vorgenommen: Sachen zu *machen* und nicht ewig zu warten.«

»Klingt spannend«, erwiderte Eric. »Was hast du denn vor? Willst du dir die Welt ansehen? Den Job wechseln?«

»Na ja, ich habe mich noch nicht entschieden«, gab Juliet zu. »Aber ich will nichts ablehnen. Das ist mein eigenlicher Vorsatz. Ein Nein gibt es nicht mehr.«

»Das ist ein guter Vorsatz«, stimmte ihr Vater zu. »Obwohl ich bei Typen mit Motorrädern immer noch mein Veto einlegen würde.«

»Okay, Dad.«

Auf ihrer Runde durch den Park begegneten ihnen ein oder zwei andere Herrchen, die vom Weihnachtsfestschmaus geflohen waren und ihre Hunde als Ausrede benutzten, um entweder eine Zigarette zu rauchen – wie im Fall des Mannes mit einem Airdale – oder heimlich zu telefonieren – wie bei dem Teenager mit einem Scottish Terrier. Juliet lächelte und wünschte ihnen ein frohes Weihnachtsfest, während Hector, Coco und Minton im Vorbeigehen an den Hunden herumschnüffelten.

»Ich nehme mal an, dass der Scottie der Großmutter gehört«, murmelte Juliet ihrem Vater zu, als der Teenager vorbeischlurfte. Sein Handy verschwand in der Kapuze, während der Scottish Terrier beinahe in einem Schneehügel versank. »Der Hund heißt Hamish, und die Großmutter besitzt sogar einen farblich zu Hamishs kariertem Mäntelchen passenden Einkaufstrolley – in dem Hamish manchmal sitzt und gefahren wird. Minton findet, er ist ein kleines Weichei.«

»Das klingt, als hättet ihr ein paar neue Freunde gewonnen«, stellte Eric fest.

»Das haben wir auch«, erwiderte Juliet.

Schweigend spazierten sie über den äußeren Weg, der um den Park herumführte, während die Sonne allmählich verschwand und die dunkle Blässe des winterlichen Nachmittags einsetzte und sich über die schneebedeckten Flächen legte. Als sie an den schmiedeeisernen Toren ankamen, die auf die Hauptstraße führten, erstrahlte die bunte Weihnachtsbeleuchtung vor dem bleiernen Himmel. Rote und gelbe sternförmige Lichtkränze leuchteten über der Straße auf.

Eric hielt inne, und Juliet konnte anhand seines bangen Gesichtsausdrucks erahnen, dass nun gleich der eigentliche Grund folgen würde, warum er sie begleitet hatte.

»Juliet, Liebes, bitte sei ehrlich zu uns. Wenn du meinst, es könnte zu schwierig für dich sein, dann werden wir nicht …«, fing Eric an, doch Juliet unterbrach ihn.

»Nein«, protestierte sie, »ich will, dass ihr diese Reise macht. Ich will, dass Mum und du nach Australien fliegt und ihr dort so lange bleibt, wie ihr wollt.« Sie hatte auf einmal einen Kloß im Hals, als sie an ihre Eltern und deren tröstliche Liebe dachte, die unter der australischen Sonne vielleicht ein letztes Mal aufblühen würde. Sie sah die beiden schon vor sich, wie sie in einem Wohnmobil Händchen hielten und sogar nach so vielen Jahren immer noch neue Seiten aneinander entdeckten.

Die beiden waren schon als Kinder in der Schule zusammen gewesen, genau wie sie und Ben. Ob sie und Ben wohl in jenem Alter noch zu einem solchen Abenteuer aufgebrochen wären? Nach Enkelkindern, Beruf und allen Verschleißerscheinungen, die das Zusammenleben oftmals mit sich brachte? Hätte ihre Liebe auch schwierigere Zeiten überstanden? Juliet wollte gerne daran glauben, obwohl diese Tür sich für immer geschlossen hatte.

»Ohne euch hätte ich das letzte Jahr nicht überstanden«, erklärte sie. »Mum hat mich gezwungen zu essen und mich beinahe nach draußen geprügelt. Du hast den ganzen Papierkram erledigt und dich um den Garten gekümmert. Aber ich werde klarkommen. Und auch Louise wird ohne euch zurechtkommen. Ihr habt uns dazu erzogen, uns unseren Problemen zu stellen. Jetzt wird es Zeit, dass ihr, du und Mum, an erster Stelle steht.«

»Juliet …«

»Ich bin noch nicht fertig.« Sie schluckte. »Und wenn ihr euch dort in die Gegend verliebt, dann bleibt dort. Erlebt dieses Abenteuer! Wegen uns müsst ihr nicht zurückkommen. Jetzt ist eure Zeit gekommen. Und ihr habt es euch wirklich verdient.«

Sie blickte auf und sah, dass die hellblauen Augen ihres Vaters feucht glänzten und er Mühe hatte, nicht in Tränen auszubrechen.

»Das ist die Eiseskälte«, stammelte er. »Da laufen mir immer gleich die Tränen.«

»Daddy, nicht weinen«, rief Juliet und schlang die Arme um seinen Hals. Sie standen vor dem Park und umarmten sich so lange, bis Juliet spürte, wie Schneeflocken auf ihr Gesicht fielen.

29

Die trüben Tage zwischen Weihnachten und Neujahr waren schon immer die Zeit gewesen, die Juliet am allerwenigsten mochte. Und dieses Jahr schien sich jeder Tag doppelt so lang und zäh dahinzuziehen.

Während jener Tage gab es auch nicht die sonst so tröstlichen Wochentagssendungen im Fernsehen, sondern nur ein endloses Dahingeplätscher von *Harry-Potter*-Filmen, die zu einem hexenmeisterlichen Brei verschwammen, der nur von der gelegentlichen Frage nach der Uhrzeit unterbrochen wurde. Auch das Wetter war nicht besser, weder wurde es wärmer, noch schneite es noch einmal. Es kam Juliet wie ein tagelang andauernder Sonntagnachmittag vor, an dessen Ende Neujahr lauerte – und darauf freute sie sich nicht sonderlich.

Silvester war immer Bens und ihr besonderer Abend gewesen. Weihnachten hatten sie längst nicht so ausschweifend gefeiert wie Silvester. Schon zu ihrer Teenagerzeit war Silvester immer die Nacht gewesen, auf die jeder hingefiebert hatte. Während der Neujahrsansprache der Königin verabredete man sich heimlich am Telefon und kaufte vorher glitzernde Partyoutfits im Schlussverkauf. Selbst nachdem ihre Freunde zum Studieren oder wegen Jobs in andere Städte gezogen waren, traf sich die alte Gang ein paar Jahre lang noch immer im Stadtzentrum und zog durch die gleichen Pubs und Bars. Um Mitternacht ging man zum Konzertpavillon im Park, um sich dort das feierliche Glockenläuten anzuhören.

Seit ihrer Hochzeit hatten sich Ben und Juliet Silvester als
»ihren Tag« bewahrt; als Belohnung für das weihnachtliche
Pendeln zwischen seinen Eltern, ihren Eltern und diversen anderen Verwandten und gesellschaftlichen Ereignissen. Juliet
hatte stets etwas Besonderes gekocht, und danach hatten sie
sich, dick in warme Decken eingewickelt, nach draußen gesetzt und zusammen eine Flasche Champagner getrunken.
Diese hatte Ben jedes Jahr aufs Neue von einem netten Ehe-
paar geschenkt bekommen, das einen derart komplizierten Rasen besaß, dass nur Ben es schaffte, diesen beim Mähen mit ordentlichen Streifen zu versehen.

Dieses Jahr würde sie Silvester allein feiern müssen, das
war Juliet klar. Diese Aussicht erfüllte sie gleichermaßen mit
Furcht wie mit Entschlossenheit.

Louise und Peter hatten sie natürlich zum Abendessen eingeladen, doch sie lehnte, so höflich sie konnte, ab. Die beiden befanden sich gerade in einer seltsamen Phase, die mit
zweiten Flitterwochen zu vergleichen war, sodass sie einander
ständig geheimnisvoll zulächelten. Zwar freute sich Juliet sehr
darüber, doch wollte sie als Außenstehende nur ungern daran
teilhaben. Einzig und allein wäre sie nach nebenan gegangen,
ganz gleich welche chaotische und aus dem Ruder laufende,
feucht-fröhliche Silvesterparty die Kellys auch gefeiert hätten.
Doch die Kellys waren immer noch unterwegs, wie der wider-
willige Smokey in ihrer Küche jeden Abend bewies.

Die Tiere ihrer Kunden waren das Einzige, was Juliet die
trüben, eintönigen Tage bis Silvester überstehen ließ. Mit Minton, Hector, Coco und ein paar anderen Stammkunden, die
zeitweilig wegen allergischer Verwandter aus dem Haus verbannt worden waren, stapfte sie auf den Parkwegen durch den
Schneematsch. Die Tiere freuten sich immer, sie zu sehen, und
jagten im Park leidenschaftlich den Bällen hinterher, die Juliet
ihnen warf.

Juliet ließ alle drei nachmittags auf ihrem Sofa ein Nickerchen machen. Wenn sie währenddessen aufwachte, ein wenig irritiert durch das viele Schnarchen um sie herum, hatte Minton stets seine Schnauze an ihr Ohr gepresst und Coco – die nun zwar nicht mehr ganz so rundlich war, dafür aber nach wie vor leider unter heftigen Blähungen litt – laut gepupst. Dennoch empfand Juliet in diesen Momenten eine sanfte Zufriedenheit, die sie schon lange nicht mehr verspürt hatte. Ihr erster Gedanke war nun nicht mehr die Trauer, sondern ein ehrgeizloses Behagen.

Um noch einer kurzfristigen Einladung von Louise am Silvestertag auszuweichen, hatte Juliet sich angeboten, ihre Eltern zum Birmingham Airport zu fahren, damit diese dort den Nachmittagsflug nehmen konnten.

»Bist du sicher, dass es dir nichts ausmacht?«, erkundigte sich Diane gerade zum zwölften Mal und beugte sich von ihrem Platz auf dem Rücksitz vor. Unter dem dicken, schneebedeckten Steppmantel trug sie bereits die entsprechende Kleidung für das sonnige Australien, um dann im Flugzeug wie ein paillettenbesetzter Schmetterling aus dem Mantel zu schlüpfen. Bislang war sie nie ein Freund von bunten Farben gewesen, doch als Juliet mit ihr Urlaubskleidung einkaufte, hatte sie ein schwindelerregendes Blumenmuster nach dem anderen ausgewählt. Sie hatte beim Anprobieren der Kleider so glücklich ausgesehen, dass Juliet sich eine Träne aus dem Augenwinkel wischte, als ihre Mutter gerade nicht hinsah.

»Dafür ist es jetzt ein wenig spät, Mum«, erwiderte Juliet und warf einen Blick in den Rückspiegel. »Wir sind schon auf der Autobahn, falls du es noch nicht bemerkt hast.«

»Nein, ich meine, dass du Coco so lange zu dir nimmst. Und bei uns zu Hause nach dem Rechten siehst. Überprüfst du den Strom auch noch einmal, bitte? Im Buchclub haben sie erzählt, dass selbst dann noch ein Risiko besteht, wenn man alle Geräte abgestellt hat.« Das war die alte Diane, die da sprach, doch sie legte nicht ihr ganzes Herzblut hinein. Juliet merkte, dass sie nicht ein Mal die Möglichkeit erwähnt hatte, dass es eine Überschwemmung oder eine Hausbesetzung geben könnte.

»Hör auf damit, Diane«, ermahnte Eric sie gelassen. »Juliet wird ihrer Aufgabe schon nachkommen. Und falls das Haus abbrennen sollte, Juliet, dann bringen wir einfach unser Wohnmobil mit und campieren in deinem Garten.«

»Das werden wir nicht … o Eric. Lass das doch.« Diane ließ sich wieder zurücksinken, jedoch nur, um sich sofort wieder vorzubeugen. »Hast du Cocos Ordner? Mit den Daten des Tierarztes? Und du gehst auch regelmäßig mit ihr zum Wiegen, nicht wahr? Ich will nicht, dass ihr die goldene Leine entgeht, wenn George befindet, dass sie sich tapfer geschlagen hat.«

»*Ja*, Mum!«

»Braves Mädchen. O Liebes, ich werde meine Coco so vermissen!« Im Rückspiegel sah Juliet, wie die Unterlippe ihrer Mutter zu beben begann. »Können wir skypen? Damit Coco mich dann sehen kann?«

»Und wir rufen dich natürlich auch an, Juliet«, erklärte Eric und tätschelte seiner Frau das Knie.

Juliet grinste. Sie fand es süß, wie aufgeregt die beiden waren. Selbst ihr Vater hatte seine neue »Reisehose« angezogen, an der sich Dutzende Taschen für alle möglichen Dinge befanden. Zugegeben, sie sahen mit ihrem grauen Haar und den dicken Brillengläsern allmählich ein wenig älter aus, aber gleichzeitig hatte Juliet sie noch nie so jugendlich erlebt.

Als Juliet am Gate stand und ihnen zum Abschied winkte, glaubte sie nicht, dass sie ihre Eltern jemals mehr geliebt hatte.

Als sie nach Hause kam, war es bereits zu spät, um noch durch die Geschäfte zu bummeln, und zu früh, um sich schon das Abendessen zuzubereiten.

Nachdem sie planlos ein wenig aufgeräumt hatte, ertappte sich Juliet dabei, wie sie die Schlafzimmerwände, Lorcans

Farbkarten in der Hand, anstarrte. Minton war auf der Türschwelle stehen geblieben und beobachtete sie.

Nachdem nun das Wohnzimmer, das Esszimmer sowie der Flur und das Badezimmer renoviert waren (und die Küche ein ganzes Projekt für sich allein war), war das Schlafzimmer der nächste Raum, den es in Angriff zu nehmen galt. Doch Lorcan und sie hatten es bisher tunlichst vermieden, dieses Thema anzusprechen, da es sich schon eigenartig anfühlte, das Wort »Bett« nur zu erwähnen. *Schlaf*platz. Umgeben von neuen Farben *aufzuwachen*. Was ganz schön albern war, wo sie doch ungehemmt über alles andere reden konnten. Doch dieses Thema hatte Juliet Unbehagen bereitet, und auch Lorcan schien sich dabei ein wenig unwohl zu fühlen.

Als Juliet jedoch in den letzten Stunden des alten Jahres dastand, verspürte sie eine prickelnde Sehnsucht, es endlich hinter sich zu bringen. Neues Jahr, Neubeginn. Mit der Wand mit dem Riss konnte sie nicht viel anstellen, aber sie konnte schon einmal damit anfangen, die Vorhänge abzunehmen und die Oberflächen so weit vorzubereiten, sodass man mit der Arbeit loslegen konnte. Wenn sie es schaffte, die Hälfte davon zu erledigen, würde sie die Zeit deutlich reduzieren können, die Lorcan und sie hier drinnen würden verbringen müssen.

Lorcan hatte ihr eingebläut, wie wichtig die vorbereitenden Arbeiten für eine hochwertige Renovierung waren. Methodisch arbeitete sie seine Liste ab. Vorsichtig nahm sie die Bilder von der Wand, putzte das Zimmer und deckte die Schlafzimmermöbel mit Staubschutztüchern ab. Währenddessen ging draußen die Sonne unter, und das Radioprogramm wechselte von der Nachmittagssendung über die Verkehrsmeldungen zur Partyvorbereitung.

Es tat gut, sich körperlich zu betätigen und wie Minton müde zu werden, der im Park hinter seinem Ball herjagte. Juliet wollte heute Abend zu Bett gehen, tief und fest schlafen und dann im neuen Jahr wieder aufwachen, um so mit ihren

Träumen dem mitternächtlichen Kummer und den Schmerzen aus dem Weg zu gehen. Jedes Mal wenn ihre Gedanken zu ihren Eltern wanderten, wie sie, den Kopf an die Schulter des anderen gelehnt, in der Premium Economy Class ein Nickerchen hielten, oder wenn Juliet an die neu verliebten Louise und Peter denken musste, wie sie sich auf ein Abendessen zu zweit vorbereiteten, schrubbte Juliet fester und konzentrierte sich darauf, alle Spinnweben in ihrem Schlafzimmer zu beseitigen.

Nach einer Weile fingen ihre Arme an, angenehm zu schmerzen. Das Schlafzimmer war nicht wirklich groß, doch es wurde von einem hübschen Fenster dominiert, von dem aus man einen wunderbaren Blick in den Garten hatte. Heute schien das Tageslicht länger auszuharren und in einem gespenstischen Glanz von der intakten Schneedecke draußen reflektiert zu werden.

Erst als es allmählich dunkel wurde, genehmigte sich Juliet eine Pause. Sie fand, sich diese redlich verdient zu haben.

Die Dinge, die sie jeden Tag brauchte, waren mittlerweile in dem frisch renovierten Gästezimmer verstaut; all das, was sie nicht regelmäßig brauchte, war im Kleiderschrank untergebracht worden. Das Zimmer war nun sauber – eine unbeschriebene, leere Leinwand für das neue Jahr.

Sehr gut, lobte sie sich und lief hinunter, um sich eine Kanne Tee zu kochen.

Juliet war in einen Hercule-Poirot-Krimi vertieft und hatte gerade einen zweiten Brownie zur Hälfte verdrückt, als sie plötzlich merkte, dass Minton nicht auf seinem gewohnten Platz auf dem Sofa lag.

Ohne ihn gemütlich fernzusehen, funktionierte einfach nicht. Deshalb stellte sie den Teller auf den Tisch – außerhalb von Cocos Reichweite – und stand auf. »Minton? Minton!«

Nach einer kurzen Pause hörte sie, wie im Obergeschoss Krallen schuldbewusst über den Holzfußboden kratzten. Juliet kannte dieses Geräusch nur allzu gut. Minton hatte offensichtlich heimlich etwas stibitzt.

»Minton, was hast du angestellt?«, rief sie und war bereit, ihm zu vergeben, ganz gleich was er hatte mitgehen lassen. Immerhin war heute Silvester.

»Jedenfalls, solange es nichts Giftiges ist«, fügte sie hinzu und eilte die Treppe hinauf. »Ich werde heute Abend keinesfalls mit dir zum Tierarzt fahren. Ich kann es mir nämlich gar nicht leisten, dass du *so* krank wirst. Wo bist du denn?«

Sie hörte Geräusche in ihrem Schlafzimmer und stieß die Tür auf. Als sie jedoch sah, was aus Mintons Maul hing, war ihre gute Laune wie weggeblasen.

»Was hast du bloß getan?« Fassungslos starrte Juliet auf die Stoffreste, die aus Mintons Schnauze hingen.

Es war Bens grünes Polo-Shirt. Sein Lieblingsshirt, das sie in ihrem Kleiderschrank versteckt hatte und das so wertvoll war, dass sie es nicht einmal für ihre Trauerstunde hervorgeholt hatte. Weil sie sich aus masochistischen Gründen nie wieder daran gewöhnen wollte. Das grüne Polo-Shirt war das Einzige, was in ihrer Vorstellung noch, wenn auch sehr schwach, nach Ben roch. Er hatte es am Tag vor seinem Tod getragen und es dann in den Wäschekorb geworfen – zu spät allerdings für Juliets wöchentlichen Waschtag. Wochenlang war sie mit diesem Polo-Shirt ins Bett gegangen, hatte den vertrauten Duft eingeatmet und in den vom vielen Waschen schon ganz weichen Stoff geweint. Dies war das letzte Kleidungsstück, dem noch Spuren von Ben anhafteten. Und jetzt hing es zerfetzt und mit Sabber bedeckt aus Mintons Maul.

»O nein!« Ihr stockte der Atem. Und nachdem sie den Blick durch das Zimmer hatte schweifen lassen, wurde ihr das ganze Ausmaß dessen bewusst, was Minton angestellt hatte.

Als sie ihre Sachen im Kleiderschrank verstaut hatte, musste sie die Tür wohl offen gelassen haben, weil Minton die Kiste mit Bens Habseligkeiten aufbekommen hatte und sich wie ein durchgedrehter Schlussverkaufsjunkie durch die Sachen gearbeitet hatte – angetrieben vom Geruch seines Herrchens. Der Rasierpinsel, den Juliet Ben zu Weihnachten geschenkt hatte, war angekaut. Dann hatte er sich über Bens letztes Paar Socken hergemacht. Auch Bens Portemonnaie war von Hundezähnen durchlöchert. Aber das Polo-Shirt war der größte und schmerzlichste Verlust.

Ich werde mich nie wieder an das Shirt kuscheln können, wenn ich Ben nahe sein will, dachte Juliet. Bei diesem Gedanken wurde ihr ganz schlecht.

Vom Bett aus sah Minton zu ihr auf. Sein Blick war schuldbewusst, doch er wollte das Polo-Shirt einfach nicht hergeben.

»Aus!«, schrie Juliet schrill.

Doch Minton reagierte nicht. Es war, als könne er Bens Geruch einfach nicht loslassen, nachdem er ihn nach so langer Zeit endlich wiedergefunden hatte. Langsam wich er auf dem Bett zurück, das Shirt zwischen den Zähnen, Juliet stets fest im Blick. Dies war sein Zeichen für Beschämung.

Fetzen des Shirts waren bereits überall auf dem Bettüberwurf verteilt. Ein Knopf lag auf dem Boden, wo Minton darauf herumgekaut und ihn dann wieder ausgespuckt hatte.

»Minton, aus! Aus! Lass das sofort los! Sofort!«, schrie Juliet Furcht einflößend. Selbst in ihren Ohren klang sie zu hart, und Minton starrte sie erschrocken an.

»Gib das her!« Juliet wusste nicht mehr, was sie tat, so groß war die Wut, die in ihr hochkochte. Sie schnappte nach dem Shirt und zerrte so heftig daran, dass der kleine Terrier vom Bett heruntergerissen wurde. Durch den Schwung verlor auch sie das Gleichgewicht und taumelte nach hinten, fiel in die Kommode und knallte seitlich mit dem Kopf dagegen.

Ihr kamen die Tränen, als die erste Schmerzwelle sie durchzuckte, gefolgt von dem Schmerz wegen Bens zerstörten Habseligkeiten. Juliet fuhr sich mit den Händen durch die Haare und betete, dass sie nicht bluten würde.

Sie schloss die Augen und hörte, wie Minton aus dem Schlafzimmer stürzte und so schnell die Treppe hinunterlief, wie er nur konnte. Schneller, als gut für ihn war.

Er läuft vor mir weg, dachte sie, und vor Scham wurde ihr ganz schlecht. Ich habe Minton wehgetan.

Dann wanderte ihr Blick jedoch zu dem zerrissenen Shirt, das so zerfetzt und kaputt war, dass man es nicht mehr reparieren konnte. Gegen ihren Willen musste sie weinen. *Schon wieder*, dachte sie. Wann höre ich endlich mit dem verdammten Weinen auf?

Die Tränen strömten ihr über die Wangen, und irgendwann zwischen ihren Schluchzern wurde Juliet klar, dass dieses Weinen durchaus damit zu vergleichen war, sich zu übergeben oder in Ohnmacht zu fallen. Nicht sie reagierte hier, sondern ihr Körper. Die Tränen vergoss sie deshalb, weil sie ihrem Hund wehgetan hatte, weil sie ihre Mum und ihren Dad vermisste, weil sie nach Weihnachten ohnehin ein flaues Gefühl hatte und sie obendrein auch noch Silvester und Neujahr allein verbringen musste, obwohl sie sich gerade erst so richtig daran gewöhnt hatte, dass nebenan Freunde wohnten. Es ging um weitaus mehr als nur um Bens blödes Polo-Shirt. In ihrem Leben gab es so viele Möglichkeiten, sich über mehr aufzuregen als nur über Ben. Was im Grunde genommen eigentlich fast ein gutes Zeichen war.

Du hast andere Hemden, die dich an Ben erinnern, ertönte eine Stimme in ihrem Hinterkopf. Das hier ist doch nicht wichtiger als der arme *Minton*!

Juliet schluchzte, bis sie keine Tränen mehr hatte und das Zimmer komplett in Dunkelheit getaucht war. Sie fühlte sich ruhiger und geläutert, doch die Traurigkeit steckte immer noch tief in ihr. Es war Silvester, und sie war allein.

Minton war nicht nach oben gekommen, um sie zu suchen. Auch die anderen beiden Hunde hatten sich nicht blicken lassen.

Wahrscheinlich versteckten sie sich in einem Kleiderschrank, dachte sie schuldbewusst. Dort waren sie vor ihrer bösen Hundesitterin und deren unerklärlicher Wut in Deckung gegangen.

Sie drehte den Wecker um, der auf der Kommode stand, und sah, dass es Viertel vor neun war.

Letztes Jahr um diese Zeit ... ging es Juliet durch den Kopf, bis sie innehielt.

Eigentlich konnte sie sich kaum noch an das letzte Jahr erinnern. Zu diesem Zeitpunkt war sie von Beruhigungsmitteln und Alkohol umnebelt gewesen. Werde ja nicht eine dieser Frauen wie Bens Mutter, die auch rückblickend noch in ihrem Elend baden, ermahnte sie sich selbst.

Dennoch war ein Drink jetzt keine schlechte Idee. Ein Drink und ein Friedensangebot an Minton.

Juliet stolperte die Treppe hinunter und lief in die Küche. »Minton?«, rief sie in ihrem versöhnlichsten Tonfall. »Tut mir leid! Minton?«

Von Minton war weit und breit nichts zu sehen, doch Coco und Hector lagen zusammengerollt auf dem Küchensofa; Hectors buschiger Bart ruhte beschützend auf Cocos stämmigem Schenkel. Beide sahen sie mit ängstlichem Blick an.

»Schon gut.« Juliet seufzte. »Das Drama ist für heute Abend beendet.«

Sie holte sich ein Glas aus dem Schrank und schenkte sich einen ordentlichen Schluck Wacholderschnaps ein, den Emer ihr zu Weihnachten geschenkt hatte. Er roch nach Medizin, und Juliet nahm einen großen Schluck.

»Aah«, seufzte sie. Der süße Alkohol brannte ihr im Hals und schoss wie lilafarbener Samt durch ihre Adern. »Das ist ein guter Tropfen. Vielleicht sollte ich auch einen Happen essen«, fuhr sie fort, öffnete den Kühlschrank und inspizierte den unspektakulären Inhalt. Dort befanden sich immer noch mit Frischhaltefolie abgedeckte Schüsseln vom zweiten Weih nachtstag – die Überreste der verschiedenen Pies und Desserts, die ihre Mutter ihr aufgedrängt hatte.

»Aber um ehrlich zu sein, liebe Hunde«, schloss sie, »habe ich keine Lust, mich darum zu kümmern.«

Juliet schloss die Kühlschranktür und schenkte sich noch ein Glas ein. Vielleicht könnte sie mit dem Pie Minton eine Freude bereiten. Nachdem sie sich beruhigt hatte, verfolgte Juliet sein mitleiderregender Blick, als er vor Freude durchgedreht war, endlich den schon verloren geglaubten Geruch seines Herrchens wiedergefunden zu haben. Er hatte so sehr an allem kauen, alles abschlecken und sich in allem wälzen wollen, dass er die Kontrolle über sich verloren hatte.

Minton benahm sich sonst immer gut und war dankbar für die zweite Chance, die Ben und Juliet ihm gegeben hatten, sodass er fast übervorsichtig war, nichts Ungezogenes zu tun. Nie hatte er irgendetwas Falsches getan, aus Angst, man würde ihn wieder irgendwo anbinden und ihn dann allein zurücklassen.

Juliet musste blinzeln, um ihre Tränen zurückzuhalten. An Silvester weinerlich zu werden, das war doch nur etwas für Ältere, nicht für junge Leute Anfang dreißig. Er wird schon wieder aus seinem Versteck hervorkommen, wenn er so weit ist.

Juliet schaltete das Küchenradio ein und machte es sich neben Cocos tröstlicher Wärme bequem, ihr Glas und das Handy in Reichweite. Doch auch nach einer weiteren halben Stunde war von dem kleinen Terrier immer noch nichts zu sehen.

»Was sollen wir denn jetzt machen?«, fragte sie Coco und Hector, während sie diese an den Ohren kraulte. »Sollen wir Cluedo spielen? Scharade? Oder uns *Jools Holland's Hootenanny* ansehen?«

Hector leckte ihr die Hand ab, und Coco legte ihr als Antwort den Kopf aufs Knie. Juliet nahm ihr Handy zur Hand. Immer noch keine Nachrichten.

Ich könnte Lorcan eine SMS schicken, überlegte sie. Um ihm ein frohes neues Jahr zu wünschen, bevor um Mitternacht die Netze zusammenbrechen. Ihre Finger huschten über die Tastatur.

Juliet fragte sich, wo er jetzt wohl war. Wahrscheinlich in einer Bar in Dublin, wo er gerade sein lässiges, dunkles Lachen ausstieß, in Jeans und einem Tour-T-Shirt einer Siebzigerjahre-Band ein Bier nach dem anderen hinunterkippte. Umringt von anderen lockigen, sexy irischen Handwerkertypen. Vielleicht spielte er dazu noch Billard und zwinkerte hübschen Mädchen zu …

Juliet erstarrte. Hatte sie da nicht doch eher einen Videoclip von *Thin Lizzy* vor Augen? Egal, Lorcan war garantiert bei einem Konzert, weshalb die Chancen gut standen, dass er gerade durchgeschwitzt und euphorisch war, vor der Bühne auf und ab hüpfte und Luftgitarre spielte.

Ich schicke stattdessen einfach Emer eine SMS, dachte Juliet und brauchte zwanzig Minuten, um eine Mitteilung zu basteln, die nicht danach klang, als würde sie allein mit drei Hunden in ihrem großen Haus hocken.

Sobald sie die Nachricht abgeschickt hatte, fragte sie sich, ob es wirklich so eine gute Idee gewesen war, *Liebe Grüße von Minton, Hector und Coco* hinzuzufügen. Oder den Wacholderschnaps zu erwähnen.

Sie verdrehte die Augen über ihre eigene Blödheit. Das lief alles anders als geplant. Aber immerhin hockte sie nicht schluchzend mit ihrem Hochzeitsalbum in einer Ecke. Den Hunden einen Schrecken einzujagen, sich einen anzutrinken und damit anzufangen, das Schlafzimmer zu renovieren, war definitiv eine Verbesserung im Vergleich zum Vorjahr.

Juliet schaute sich dann die *Glee*-DVD an, die Louise ihr zu Weihnachten geschenkt hatte, und arbeitete sich durch eine Pralinenschachtel, die einer ihrer dankbaren Kunden ihr überreicht hatte.

Etwa eine Stunde später kam Minton mit eingezogenem Schwanz hereingeschlichen und verkroch sich unter dem

Sofa. Dorthin flüchtete er sonst nur während eines Gewitters, wenn er Angst hatte. Juliet klopfte auf die Stelle zwischen ihr und Coco und lockte ihn, sich zu ihnen aufs Sofa zu gesellen. Doch als sie sich bückte, um ihn unter dem Sofa hervorzuholen, knurrte er sie an. Bestürzt und erschrocken zog Juliet ihre Hand wieder zurück und ließ ihn in Ruhe.

Juliet war in einem Wacholderschnapsnebel weggedämmert, als sie plötzlich ein Geräusch hörte. Was war das?

Schwerfällig richtete sie sich auf. Ihr Kopf fühlte sich an, als sei er in Baumwolltücher gewickelt.

Ein beängstigendes würgendes, röchelndes Geräusch ertönte. Dann bellte Coco ängstlich.

Minton stand in der Küche und würgte. Sein Rücken war vor Anstrengung gekrümmt. Auf dem Teppich befanden sich schon vier große Pfützen mit wässrigem Erbrochenen. Darin waren halb verdaute Stücke eines Rasierpinsels und des Hundefutters zu erkennen sowie, o nein, Knöpfe. Mintons Maul war schrecklich verzerrt, und Juliet stellte entsetzt fest, dass sein Zahnfleisch ganz farblos war. Coco und Hector starrten sie angsterfüllt an.

»Minton, alles okay mit dir? Natürlich ist nichts okay mit dir. O Gott. O Gott.«

Sie ging neben ihm in die Hocke und schob ihre Finger in sein Maul, um herauszuholen, was sich darin befand, doch außer seiner Zunge konnte sie nichts ertasten. Minton schaute kläglich zu ihr auf, die Augen vor Panik weit aufgerissen. Er sah aus, als würde er sich schon seit einer ganzen Weile übergeben.

»Es tut mir leid, aber ich fühle nichts!«, jammerte Juliet.

Sie versuchte es ein weiteres Mal, doch dies endete nur damit, dass Minton keine Luft mehr bekam.

Juliet richtete sich auf. Ihr Verstand war durch den Wacholderschnaps benebelt, und sie hatte Mühe, sich zu konzentrieren.

Wie sollte man Hunden helfen, die würgten? Das Buch. Sie

hatte dieses Buch, diese Hunde-Enzyklopädie, in der bestimmt etwas über Erste Hilfe stand.

Juliet rannte durchs Wohnzimmer und suchte nach der Umzugskiste, auf der *Bücher* stand. Mit zitternden Händen riss sie das Paketband vom ersten Karton ab, während sie immer noch Minton in der Küche im Blick zu behalten versuchte. Mittlerweile schien er nicht mehr zu ersticken, doch er versuchte weiterhin, sich zu übergeben. Er wirkte so schwach, dass ihn jeder Versuch unendlich viel Kraft kostete.

Juliet riss einen Karton nach dem anderen auf, bis sie endlich den richtigen gefunden hatte. Doch ihre Finger waren steif, und sie hatte Mühe, das Buch nicht fallen zu lassen.

»Halte durch, Minton«, rief sie verzweifelt, während sie im Stichwortverzeichnis nach »Ersticken« suchte. »Halte durch. Ich werde dir helfen!«

Endlich fand sie die Seite zum Thema Erbrechen. Ihre Augen überflogen die verschiedenen Ursachen – da gab es mehr als genug –, doch der Rat war fettgedruckt. »Suchen Sie unverzüglich den Tierarzt auf, wenn Ihr Hund sich mehrmals hintereinander übergibt«, stand dort. »Wenn sich innerlich etwas verhakt hat, so kann dies fatale Folgen haben. Hunde dehydrieren sehr schnell, wenn sie versuchen, sich einer Blockade zu entledigen.«

Mit zitternden Fingern wählte Juliet die Nummer der Tierarztpraxis. Seit sie Minton hatte, war sie bislang immer nur zu Routineuntersuchungen dort gewesen. Minton war zäh wie Ben. Er brauchte nie einen Arzt. Juliet wusste nicht einmal, ob an Silvester um – sie warf einen Blick auf ihre Uhr – Viertel vor zehn überhaupt noch jemand in der Praxis sein würde.

Geh ran, geh bitte ran, betete sie und knabberte an ihren Fingernägeln herum, bis es wehtat. Bitte, bitte, bitte …

Nachdem es qualvolle zehn Mal geklingelt hatte, nahm jemand den Hörer ab. »Hallo, tierärztlicher Bereitschaftsdienst Longhampton?«

Juliet erkannte die Stimme sofort – es war Megan, die australische Tierarzthelferin. Sie arbeitete in der Auffangstation, wo auch Diane als ehrenamtliche Helferin tätig war. Sie war die einzige Person, die Diane kannte, die Coco dazu bringen konnte, sich für ein Leckerli über den Boden zu rollen.

»Bitte helfen Sie mir«, stotterte Juliet. »Ich glaube, mein Hund hat etwas gefressen. Er würgt, aber ich kann nicht feststellen, ob da irgendetwas seinen Hals blockiert. Ich weiß überhaupt nicht mehr, was ich machen soll!«

»Okay, erster Schritt: Beruhigen Sie sich«, erwiderte Megan. Sie behielt in jeder Situation einen kühlen Kopf. »Sie sind nicht die Erste, die diese Woche anruft, weil ihr Hund sich über den Weihnachtsbaum hergemacht hat. Und keiner dieser Hunde ist gestorben. Bis jetzt jedenfalls. Zweiter Schritt: Wissen Sie, was er verschluckt hat?«

»Nein.« Juliet sah zu Minton hinüber. Er hatte die Augen geschlossen und keuchte. Dann fletschte er wieder die Zähne und versuchte, sich zu übergeben, doch es kam nichts. »Er hat heute an einigem herumgekaut – es könnte ein Knopf sein, aber auch ein Teil eines Rasierpinsels.«

Schnell schob sie den Gedanken beiseite, welche Plastikteile gerade Mintons Innereien aufschlitzen könnten.

»Wie lange versucht er schon, sich zu übergeben? Gibt es Erbrochenes?«

»Ja, sogar ziemlich viel. Er … ist weggerannt und hat sich versteckt, als ich mit ihm geschimpft habe, weil er die Sachen von Ben angeknabbert hatte. Das war vor mehreren Stunden …« Juliet versagte die Stimme, doch sie zwang sich, nicht in Tränen auszubrechen. Sie war es Minton schuldig, jetzt nicht die Nerven zu verlieren.

»Sind Sie Juliet? Und Ihr Hund heißt Minton?«, fragte Megan.

»Ja.«

»*O nein.*« Megan schien sich weitaus mehr um Juliet zu sor-

gen als um Minton. »Das ist genau das, was einem am Silvesterabend noch fehlt, oder? Hören Sie, Juliet, bringen Sie Minton
am besten sofort vorbei. Ich werde George sagen, dass Sie auf
dem Weg sind, damit er Minton durchcheckt. Er könnte dehy-
driert sein, und das ist für ein kleines Kerlchen seiner Größe
gar nicht gut.« Megan klang ernsthaft besorgt. »Wie geht es
Ihnen? Ich weiß, wie nervenaufreibend so etwas ist, aber ihm
wird es bald wieder gut gehen.«

»Mein Hund erstickt gleich!«

»Noch nicht, Juliet«, erwiderte Megan entschlossen.

Juliet putzte sich die Nase und legte auf. »Das kommt
schon wieder in Ordnung«, erklärte sie Minton, der am ganzen Leib zitterte. »Wir fahren jetzt gleich mit dem Auto zu Dr.
George …«

Taumelnd ging sie in die Hocke, als ihr eine schreckliche
Erkenntnis kam. Sie hatte viel zu viel getrunken, um Auto fahren zu können. Sie hatte mindestens drei volle Schnapsgläser
intus – richtig volle, und das auf leeren Magen.

Schon okay, dachte sie automatisch. Ben kann doch fahren
und …

Juliet schlug sich die Hand vor den Mund, als Panik in ihr
aufstieg. Es gab keinen Ben mehr. Sie war allein. Minton war
ernsthaft krank, und sie waren beide ans Haus gefesselt, weil
sie eine halbe Flasche Wacholderschnaps geleert hatte.

Der Panik folgte eine zweite Welle der bitteren Selbstvor-
würfe. Wie hatte sie nur so dumm sein können? Und so egoistisch?

Sie hielt sich am Küchentisch fest und erhob sich mühsam.
Denk nach! Du kannst den Kastenwagen nicht fahren. Um die
Zeit fahren keine Busse mehr. Ein Taxi – du musst ein Taxi
rufen!

Wieder ging sie neben Minton in die Hocke und kraulte sein
Ohr, während sie die Nummer tippte. Bei den ersten beiden
Unternehmen im Telefonbuch kam sie gar nicht erst durch,

das dritte Unternehmen war für die Nacht schon komplett ausgebucht, und beim vierten hätte sie eine Stunde auf das nächste freie Taxi warten müssen.

Minton keuchte, doch er leckte immer noch mitleiderregend ihre Hand ab, um sich für das zu entschuldigen, was er angerichtet hatte. Juliet konnte die Tränen nicht mehr unterdrücken, die ihr über die Wangen liefen, während sie hektisch ihre Handykontakte durchschaute auf der Suche nach jemandem, der um diese Uhrzeit nicht nur zu Hause, sondern auch nüchtern war und dem es nichts ausmachte, am Silvesterabend von einer Witwe angerufen zu werden, die sich wahrscheinlich darüber ausheulen wollte, wie einsam sie war.

Mum und Dad – Juliet wusste nicht einmal, über welches Land sie gerade hinwegflogen.

Emer – nein, die war mittlerweile wahrscheinlich schon in New York.

Louise. Juliet drückte die Schnellwahltaste, doch bei ihr ging gleich die Mobilbox ran. Ebenso bei Peter. O nein! Die beiden saßen bestimmt längst in einem Restaurant, hielten Händchen und sprachen über die Zukunft.

»O Gott!«, jammerte Juliet. Minton versuchte erfolglos, sich am Bauch zu kratzen, und stieß einen lauten, schmerzhaften Seufzer aus. »Nein, du warst nicht gemeint, mein Lieber …«

Kims Handy war abgeschaltet – wie immer wenn sie nicht arbeitete.

Michael.

Juliet sah die Nummer in ihren Handykontakten. Seit diesem letzten unangenehmen Zusammentreffen mit Damson war sie ihm nicht mehr begegnet. Doch in letzter Zeit hatte er neben dem Lohn für ihr Gassigehen wieder ein paar Nachrichten für sie auf dem Tisch liegen lassen, auf die sie eine witzige Antwort hingekritzelt hatte.

Innerhalb von anderthalb Stunden hatte er es geschafft, die Fotografie aus der Ausstellung zu holen und sie ihr bringen zu lassen. Michael war genau der zuvorkommende Typ Mann, der sofort loseilen würde, um sie zu retten. Wenn er nicht gerade bei seiner kleinen Tochter war. Oder bei einer neuen, weniger komplizierten Freundin.

Juliet drehte sich der Magen um. Sie hatte Louise hoch und heilig versprochen, sich nicht mehr bei ihm zu melden. Aber sie brauchte jetzt dringend Hilfe. Wenn sie Michael jetzt anrief, würden sie vielleicht wieder an ihre Freundschaft anknüpfen. Immerhin könnte er denken, dass Minton nur ein Vorwand war. Und die Gefahr bestand, dass sie für seine Hilfe so dankbar sein könnte, dass sie womöglich seine Einladung, etwas trinken zu gehen, annehmen würde.

Wer war ihr wichtiger? Minton oder Louise?

»Warum muss ich immer über solche Dinge entscheiden, wenn ich allein bin?«, jammerte Juliet.

Just in diesem Augenblick vibrierte das Handy in ihrer Hand.

Juliet drückte die Annahmetaste, ohne einen Blick auf das Display zu werfen. »Hallo?«

»Hey, Juliet! Wie geht es dir heute, am letzten Tag dieses Jahres?«

Die Stimme klang vertraut, klang tröstlich. Erleichterung machte sich in Juliet breit wie ein Ballon, der in ihrer Brust aufgeblasen wurde, und alle Gedanken an Michael, Louise und alle anderen waren auf einmal wie weggeblasen. »Lorcan!«, schluchzte sie beinahe. »Ich wünschte, du wärst hier!«

»Warum? Findet bei dir gerade eine super Party statt, oder sind dir wieder die Sicherungen durchgebrannt?«

Juliet schluchzte und lachte gleichzeitig, heraus kam dabei ein schmerzhaftes Husten. »Nein, hier ist eine Katastrophe passiert.«

»Schlimmer als mit dem Sicherungskasten? Haben Louise und Peter dir das Babysitten aufs Auge gedrückt?«

»Nein, ich meine es ernst. Minton hat irgendetwas verschluckt und übergibt sich die ganze Zeit. Ich muss sofort mit ihm zum Tierarzt, aber ich kann nicht mehr Auto fahren, weil ich mir den Abend über Emers Wacholderschnaps gegönnt habe. Es gibt kein Taxi, und alle, die ich um Hilfe bitten könnte, sind nicht zu Hause.« Sie hielt an, um Luft zu holen, da sich ihre Stimme immer weiter in die Höhe geschraubt hatte. »Kennst du irgendjemanden, der mich abholen und fahren könnte? Hat Alec vielleicht so was wie einen geheimen Fahrdienst?«

»Überlass das mir«, antwortete Lorcan. Plötzlich klang er ganz ernst. »Du bleibst, wo du bist, und versuchst, die Ruhe zu bewahren. Koch dir einen Kaffee und halte ein Auge auf das kleine Kerlchen. Ich rufe dich gleich wieder an.«

Im Hintergrund war irgendein Geräusch zu hören, doch Juliet konnte nicht erkennen, ob sich Lorcan nun in einer Bar, bei einem Konzert oder sonst wo befand.

»Aber Lorcan, bist du nicht in …«, sagte sie, doch da hatte er schon längst aufgelegt.

Juliet ließ sich wieder auf ihre Fersen sinken und wiegte Minton im Arm.

»Alles wird gut«, murmelte sie. »Halte durch.«

Da sie nicht wusste, was sie sonst tun konnte, schaltete Juliet in der Küche wieder das Radio ein. Da lief gerade der Song »The Boys Are Back in Town«, und sie bekam den seltsamen Eindruck, dass das Haus selbst ihr das Gefühl geben wollte, dass sie doch nicht so allein war.

Beeil dich, Lorcan, dachte sie wild entschlossen, als Mintons Atmung immer schwächer wurde. Beeil dich.

30

Fünf Minuten später rief Lorcan zurück.

»Bist du fertig?«, fragte er, ohne weitere Worte zu verlieren. »Mantel an? Ist Minton so weit?«

»Ja!« Juliet rannte los, um ihren Mantel und die Schuhe einzusammeln. Hector sprang freudig vom Sofa herunter, weil er dachte, er würde einen Spaziergang machen. »Nein, du bleibst hier!«, befahl sie ihm und zog sich ihre Sportschuhe an. Coco bewegte sich keinen Zentimeter.

»Hast du deinen Haustürschlüssel? Dein Portemonnaie?«

»Ja.« Juliet hatte Minton in einen Sofaüberwurf gewickelt und hob ihn nun sanft hoch, das Handy zwischen Schulter und Kinn geklemmt. »So, ihr beide hört jetzt schön Radio und schlaft dann schön«, erklärte sie Hector und Coco, bevor sie die Küchentür hinter sich schloss. »Was passiert jetzt?«

Es klingelte. »Jetzt sag nicht, dass du in der Zwischenzeit hergeflogen bist!«, rief sie, halb im Scherz. »Wie hast du das geschafft? Bist du im Besitz von Harry Potters Flohpuder? Kannst du neuerdings beamen?«

»Weder noch«, erwiderte Lorcan, als Juliet die Tür öffnete. Vor ihr stand ein riesengroßer, bärtiger Mann. »Das ist mein Kumpel Sean, der im Baumarkt arbeitet. Er fährt dich zum Tierarzt.«

In Anbetracht der Situation war ihre Reaktion einfach nur lächerlich, das wusste Juliet, doch sie verspürte einen Hauch von Enttäuschung, dass Lorcan nicht selbst vor der Tür stand.

Sean lächelte und entblößte mehrere Zahnlücken. Er sah aus wie ein Nikolaus der Hell's Angels. Angst einflößend und doch zugleich auch verdammt liebenswürdig.

»Er organisiert an Silvester immer eine Suppenküche für Obdachlose«, erklärte Lorcan. »Sean ist so ziemlich der einzige Mensch, den ich kenne, der zu dieser Uhrzeit nüchtern ist. Sag Hallo zu ihm, er beißt nicht.«

»Hi, Sean«, grüßte Juliet ihn und schüttelte dann den Kopf. »Hör zu, Lorcan, wir haben keine Zeit, um uns lange zu unterhalten.«

»Das ist gut, weil du nämlich kaum ein Wort aus ihm rausbringen wirst. Ruf mich an, wenn ihr beim Tierarzt seid, damit ich weiß, was los ist«, verabschiedete sich Lorcan. »Und gib Minton ein paar Streicheleinheiten von Onkel Lorcan, ja?«

»Mache ich.« Juliet merkte, wie sie sanft zu einem anderen Handwerkervan geschoben wurde. »Lorcan, wenn Minton stirbt, würde ich mir das nie verzeihen …«

»Minton ist hart im Nehmen, genau wie du«, entgegnete Lorcan. »Haltet die Ohren steif, ja?«

Juliet wollte ihm gerade noch einmal danken, als Sean den Motor des Transit anließ und Juliet außer dem Getöse der uralten Rostlaube nichts mehr hören konnte. Dann fuhren sie schon die Straße hinunter, vorbei an der Buchshecke, in der sie vor ein paar Monaten an Bens Todestag den kleinen Strauß versteckt hatte. Danach bogen sie auf die menschenleere Hauptstraße ab und fuhren durch die Nacht zum Tierarzt. Mintons zartes Köpfchen ruhte wie das eines Babys an Juliets Brust, und sie zwang sich, sich auf seine röchelnde Atmung zu konzentrieren.

George, der Tierarzt, wartete schon draußen vor der Praxis auf sie. Seine breite Gestalt hob sich silhouettenhaft vor der hell erleuchteten Tür ab, als Sean mit seiner Vollbremsung die Kieselsteine aufwirbelte.

»Er ist ziemlich schwach«, erklärte Juliet. George kam zur Wagentür gelaufen und nahm ihr den kleinen Hund ab.

»Diese verdammten Terrier«, murmelte er. »Nur Labradore sind noch schlimmer. Die können die unmöglichsten Dinge verschlucken. Was macht eigentlich unsere Zehn-Tonnen-Freundin?«

»Meinen Sie Coco?« Diane hatte Juliet bereits vorgewarnt, dass George teilweise brutal schroff war, doch ihrer Warnung war ein bewunderndes Seufzen gefolgt. Juliet begriff allmählich, warum: Trotz seiner mürrischen Miene tastete George bereits mit einer Mischung aus Zartheit und Fachwissen Mintons Maul und Hals ab.

»Ja. Eigentlich ein hübsches Mädchen, aber schrecklicher Zahnbelag. Und eine ungezogene Besitzerin. Okay, ich glaube, wir müssen unseren Freund hier röntgen. Würden Sie bitte mitkommen?«

Juliet drehte sich kurz zu Sean um und winkte ihm zum Abschied dankbar zu, bevor sie dann ein paar Meter rennen musste, um mit dem langbeinigen George Schritt halten zu können, der schon in den hell erleuchteten Empfangsbereich der Praxis eilte.

Megan saß dort in ihrer OP-Kleidung hinter der Theke, und sie lächelte Juliet freundlich zu, als George an ihr vorbeistürmte und ihr Anweisungen erteilte.

»Warten Sie hier, wir kommen, so schnell wir können, wieder zu Ihnen«, forderte sie Juliet auf, bevor sie George in ein Behandlungszimmer folgte.

Juliet ließ sich auf den nächsten Stuhl fallen und starrte auf ein Poster, das Werbung für *Frontline*-Wurmkuren machte.

Bitte lass das neue Jahr nicht so schlimm werden wie das letzte, betete sie. Ich habe nicht mehr viele Angehörige, die ich noch verlieren könnte.

Juliet hatte das Gefühl, dass die Zeit noch nie so langsam vergangen war wie in den fünfundneunzig Minuten, die sich Minton nun schon im Behandlungszimmer aufhielt.

Nach etwa einer Stunde kam Georges Ehefrau vorbei und bot ihr einen Kaffee an, den Juliet dankbar annahm. Auch Megan steckte zwischenzeitlich ihren Kopf ins Wartezimmer und berichtete, dass sie ein paar Knöpfe und einige schon halb verdaute Plastikscherben entfernt hatten. Sie sagte aber auch, dass George Probleme habe, gegen Mintons Dehydrierung anzukämpfen, und er nicht sicher sei, ob sich Minton nicht auch noch eine Vergiftung zugezogen hatte. Ob sie nicht die Nacht über nach Hause gehen wolle – Georges Frau würde sie gern fahren.

Juliet lehnte so höflich wie möglich ab und beharrte darauf, so lange zu bleiben, bis Minton außer Gefahr war und sich erholt hatte.

Sie war gerade eingenickt, als gegen Viertel vor zwölf Schweinwerfer das Wartezimmer erhellten. Erschrocken blinzelte Juliet. Vor dem Fenster des Wartezimmers war ein Auto vorgefahren, und als die Scheinwerfer ausgeschaltet wurden, sah Juliet zunächst nur dunkle Punkte vor ihren Augen.

Wahrscheinlich auch jemand mit einem Notfall, dachte Juliet, als die Tür aufgerissen wurde und ein Mann in einer Lederjacke hereingelaufen kam.

»Juliet! Wie sieht's aus?« Es war Lorcan. Ein wenig ängstlich, stoppelig, ein wenig streng riechend, aber er war da.

Juliet sprang auf, doch der Kaffee und ihre Müdigkeit ließen sie taumeln. Lorcan musste sie auffangen, damit sie nicht einen Reklameständer mit Werbung für verschreibungspflichtiges Katzenfutter umstieß.

»Hey, immer mit der Ruhe«, rief er und nahm sie in den Arm, als sie ihren Kopf an seiner Schulter vergrub. »Was ist passiert? Ist Minton schon aus dem Untersuchungszimmer raus?«

Juliet versagte die Stimme. Die Erleichterung, umarmt zu werden, war zu viel für sie. Das, und der Geruch von Lorcans Lederjacke, der andere Geruch, sein Geruch, der ihr von den vielen gemeinsamen Arbeitsstunden mittlerweile vertraut war. Er riecht nach Zuhause, dachte Juliet plötzlich, und aus diesem bittersüßen Gefühlschaos heraus hätte sie am liebsten losgeheult.

Sie löste sich jedoch von Lorcan, bevor ihr die Tränen kamen. Für Juliet war die Zeit des Weinens endgültig vorbei, und ihre Augen schmerzten immer noch vom Nachmittag. Mit dem Handrücken rieb sie sich die Nase und versuchte, Lorcan nicht zu zeigen, wie ergriffen sie war.

»Er bekommt Infusionen«, erwiderte sie. »Wenn er die nächste Stunde übersteht, ist er über den Berg. Wenn du nicht gewesen wärst und Sean vorbeigeschickt hättest, dann wäre Minton laut George ... na ja. Die nächste Stunde entscheidet über alles.«

Lorcan musterte ihr Gesicht. Er brauchte erst gar nicht zu fragen, was gewesen wäre, wenn ...

»Na gut«, sagte er und setzte sich auf einen Stuhl. »Während der Wartezeit werden wir das hier brauchen.« Er reichte ihr einen seiner Ohrstöpsel und zog eine Packung Orangensaft sowie ein KitKat aus seiner Jackentasche. Dann klopfte er auf den Platz neben sich. »Du musst ein Stück ranrücken. Und ich habe nur die *Greatest Hits* von Free auf dem MP3-Spieler. Die habe ich mir auf der Fahrt hierher angehört. Dann fahre ich gleich viel schneller.«

Juliet ließ sich so nah neben ihm nieder, dass seine Lederjacke quietschte. »Du bist in der kurzen Zeit den ganzen Weg von Dublin hierhergefahren?«

»Nein, ich bin nicht nach Dublin gefahren, sondern nach London.« Er drückte ihr den Stöpsel sanft ins Ohr. »Ich hatte Gott sei Dank nichts getrunken, weil ich einerseits noch Auto fahren musste und andererseits mit einem Kumpel unterwegs war, der gerade eine Entzugstherapie hinter sich hat. Als du von Minton erzählt hast, bin ich gleich losgefahren. Die Straßen waren zudem ziemlich leer. Und wie ich schon sagte: Paul Rodgers ist dein Mann, wenn du Autobahnfahrten vor dir hast.«

»Du bist extra zurückgekommen? Und hast Big Ben verpasst? Für mich? Ähm, für Minton?«

»Für euch beide«, erwiderte Lorcan. »Ich wusste doch, dass der kleine Kerl wieder nach Hause gebracht werden muss, und dachte mir, du könntest außerdem vielleicht ein wenig Gesellschaft brauchen. Aber jetzt lass dich mal von der Musik ablenken.«

Ihre Köpfe lehnten nah aneinander, und Juliet hatte Schwierigkeiten, sich auf den etwas blechernen Klang des Siebzigerjahre-Rocks zu konzentrieren, weil sie ununterbrochen den Duft von Lorcans Haut einatmete. Er roch nach altem Leder und Seife.

Ihr Mund war plötzlich wie ausgetrocknet, als ihr die zarte Haut rund um seinen Adamsapfel auffiel. Das kurze Kabel des Ohrstöpsels zwang sie dazu hinzuschauen, während Lorcan geradeaus starrte und mit den Fingern auf seinem Bein trommelte.

»Lorcan, ich weiß, du hast gesagt, dass …«, fing sie an, doch er hob einen Finger, um sie aufzuhalten.

»Jetzt kommt das *ultimative* Gitarrensolo«, schwärmte er und schloss die Augen, um dieses gebührend zu würdigen.

Das ist schon echt komisch, dachte Juliet. Ich sitze hier und bin über Kopfhörer mit einem Mann verbunden, den ich – ja, zugegeben – verdammt anziehend finde und mit dem ich mich besser verstehe als mit allen anderen Freunden, die ich seit … seit Ben je hatte. Ihr war klar, dass es ein Leichtes gewesen wäre, Lorcan in dieser Situation zu küssen, wenn sie es gewollt hätte, doch irgendetwas hielt sie zurück. Wollte er denn auch? Er saß genauso nah neben ihr und hatte keinen Versuch gewagt. Juliet hatte Angst, diese Freundschaft für immer zu

497

verlieren, auf die sie sich in ihrem neuen Leben gestützt hatte. Wie oft lernte man denn schon Freunde wie ihn kennen? Freunde, die extra aus London heraufgefahren kamen und ein Taxi für den Hund organisierten?

Außerdem machte sie die Vorstellung, ihn zu küssen, nervös – und das auf eine Art und Weise, die sie seit ihrer Schulzeit nicht mehr erlebt hatte. Der Kuss von Michael zählte nicht wirklich; der war nur eine Geste gewesen. Würde sie Lorcan küssen, so würde sich dies zu einer unübersichtlichen Verschmelzung von Lippen und Zungen entwickeln. Vor Angst und Sehnsucht lief ihr ein Schauer über den Rücken.

»Ich habe dich diese Woche vermisst«, erklärte sie, durch die Kopfhörer ein wenig zu laut. »Dich und die Kellys. Nebenan war alles so still.«

»Tatsächlich?« Lorcan drehte sich zu ihr um und grinste. Jetzt war er ihr noch näher, so nahe, dass sie die kleinen stoppeligen Ansätze eines Bartes erkennen konnte. Über die Feiertage hatte er sich offensichtlich nicht rasiert, und es stand ihm ziemlich gut. Er sah piratenmäßig aus. »Ich habe dich vermisst.«

»Ehrlich?«

»Ja. Dich und die Hunde.«

Unbeholfen starrten sie einander an, während sich ihre Nasen beinahe berührten. Dann klingelte Lorcans Handy in seiner Tasche.

»Ignorier es einfach«, fuhr er fort. »Diese Woche hast du also …«

Das Handy klingelte wieder. Lorcan schüttelte den Kopf.

»Geh ran«, murmelte Juliet, nur wenige Zentimeter von seinen Lippen entfernt. »Es könnte jemand mit einem kranken Haustier sein, der gefahren werden muss.«

»Ach, zum Teufel damit. Ich bin doch nicht Superman! Ich bin nur in besonderen Fällen für die Hunderettung zuständig.«

Es klingelte wieder, und jetzt bekam auch Juliet eine SMS.

Beide machten sich daran, ihre Handys herauszukramen, wodurch die Stöpsel sich aus den Ohren lösten und auf Lorcans Lederjacke fielen.

»Oh«, bedauerte Juliet und rieb sich das Ohr. »Das war nur Louise, die mir ein frohes neues Jahr wünscht. Und Mum.«

»Hier auch«, nickte Lorcan. »Nur war meine SMS von Bono.«

»Echt?«

Juliet sah auf und merkte, dass Lorcan sie angrinste. »Nein. Es sei denn, Emer schickt in seinem Namen Neujahrswünsche raus. Was ich bei ihr aber auch nie ganz ausschließen würde.«

Juliets Lächeln blieb auf Halbmast, als ein ungewohntes Verlangen sie überkam. Lorcan sah außergewöhnlich gut aus, selbst im grellen, unbarmherzigen Licht der Neonröhren. Sie wollte unbedingt ihre Lippen auf diese markanten Wangenknochen pressen und seine rauen Bartstoppeln fühlen.

»Du weißt, was das bedeutet?«, fragte er und zog eine Augenbraue hoch.

»Nein, was denn?« Juliet fühlte sich gehemmt wie ein Teenager.

»Es bedeutet … es ist Mitternacht! Ein frohes neues Jahr!« Lorcan nahm ihre Hände. »Möge dies ein fröhliches, glückliches Jahr sein und dir neue Erfahrungen und erstklassige Renovierungsarbeiten bescheren. Und Freundschaften und Neubeginne.«

Juliet ließ es zu, dass er ihre Hände schüttelte. »Was erhoffst du dir denn?«, fragte sie ihn. »Freundschaft … oder einen Neubeginn?«

Lorcan hielt inne und sah ihr tief in die Augen. Seine Augen waren dunkel und wirkten ein wenig müde. Zum ersten Mal in dieser Nacht schien er unsicher zu sein.

Juliet hielt den Atem an.

»Wäre es vermessen … auf beides zu hoffen?«, fragte er. »Wenn wir beide sehr vorsichtig sind?«

Zuerst schüttelte sie den Kopf, dann nickte sie, weil sie unsicher war, wie die angemessene Antwort für »Ja, bitte« lauten sollte. Dann wich die Zurückhaltung aus seiner Miene, um von einer nervösen Freude abgelöst zu werden.

Lorcan und Juliet hielten einander immer noch an den Händen, und zum ersten Mal, seit sie fünfzehn Jahre alt war, beugte sie sich vor, schloss die Augen und küsste einen Mann mitten auf den Mund.

Lorcans Lippen bewegten sich langsam unter den ihren und öffneten sich dann. Seine Hände strichen ihr über den Kopf, bevor sich seine Arme um ihre Taille legten und er sie näher an sich heranzog, während er ihren Kuss erwiderte.

Es fühlte sich nicht so an, als hätte sie Ben geküsst. Es war anders. Aber nicht besser oder schlechter, sondern einfach nur anders. Und Juliet wusste, dass es anders war, weil auch sie sich verändert hatte: Sie war älter geworden, stärker, trauriger, aber sie war trotzdem immer noch ganz die Alte. Eine erwachsene Frau, die mit kranken Hunden, Tapeten und Beziehungen umgehen konnte, die vielleicht nicht perfekt waren.

Lorcan löste sich von ihr und presste seine Stirn an die ihre. Dann stieß er einen langen, tiefen Seufzer aus, als hätte er diesen seit einer Ewigkeit zurückgehalten.

»Ist das okay für dich?«, flüsterte er.

Juliet musste beinahe lachen. »Okay? Was meinst du damit? Willst du jetzt von mir eine Zahl auf einer Skala von eins bis zehn hören?«

»Nein! Ich weiß, dass du dich noch nicht bereit fühlst für etwas Neues, und ich verstehe das auch vollkommen, aber …« Er sah auf, und Juliet schmolz beim Anblick seiner blauen Augen dahin. »Ich dachte eigentlich, ich wäre auch noch nicht so weit. Aber das hier wollte ich schon seit einer ganzen Weile tun.«

»Es ist definitiv okay«, erwiderte Juliet. »Sogar mehr als okay.« Und dann beugte sie sich vor, um ihn noch einmal zu küssen. Dabei umschloss sie sein stoppeliges Kinn und zog ihn näher an sich heran.

»Juliet, ich habe – könnten Sie das bitte unterlassen? Es ist mir egal, ob wir schon Neujahr haben oder nicht. Das hier ist eine Tierarztpraxis, kein Nachtlokal.«

Wie Teenager, die ertappt worden waren, fuhren Juliet und Lorcan auseinander. In der Tür stand George. Er trug einen blauen OP-Kittel und streifte gerade seine Gummihandschuhe ab.

»Vielen Dank«, fuhr er fort. »Also: Minton ist genäht und stabil. Wir haben ihn in den Aufwachraum gebracht. Heute Nacht können wir nicht mehr viel für ihn tun. Morgen Nachmittag sollte es ihm wieder besser gehen, wenn Sie ihn dann abholen …«

»Morgen?«, fragte Lorcan ungläubig. »An Neujahr?«

»Den Hunden ist es egal, ob Feiertag ist oder ob man einen Kater hat, nicht wahr?« George zwinkerte Juliet zu. »Wie Sie wahrscheinlich bald herausfinden werden.«

»Das ist prima«, erwiderte Juliet. Wacholderschnaps hin oder her – sie sah es schon bildlich vor sich, wie sie durch den schneebedeckten Park stiefelte, Lorcan an der Hand und ein Rudel Hunde vor ihnen, deren Atem sich in der klirrenden Kälte zu weißen Wolken formte. In ihrer Vorstellung spazierten sie den Hügel zum Wald hinauf, wo die Bäume von einer Schneeschicht bedeckt waren, unter der aber die frischen Knospen bereits ihren Auftritt im Frühjahr planten.

Epilog

Laut Bens alten, abgenutzten Handbüchern war die beste Zeit, um Kirschbäume einzupflanzen, das zeitige Frühjahr, kurz nach einem kalten Winter.

Juliet stand im Garten und sah dabei zu, wie Lorcan ein Loch grub. Sie fühlte sich warm, obwohl es draußen noch kalt genug war, um eine Mütze zu tragen. Sie alle beobachteten Lorcan bei der Arbeit – sie selbst, Louise, Peter und Toby. Emer sollte eigentlich allen mit ihrer glänzenden Cappuccino-Maschine einen Kaffee kochen, doch sie war schon seit einer ganzen Weile verschwunden.

»Sollte ich nicht eine dieser Gedenkschaufeln benutzen?« Lorcan keuchte. Die Erde war immer noch ziemlich hart. »Sind die nicht für solche Gedächtnispflanzungen vorgesehen?«

»Ist dir der neue Spaten etwa nicht gut genug?«, lachte Louise. »Wir haben ihn sogar extra auf Hochglanz poliert.«

»Er ist perfekt«, lobte Juliet. »Genau wie die hier.«

Bewundernd sah sie auf die Kirschbaumableger hinunter, die als kleine Bäumchen in schwarzen Containertöpfen vor ihr standen. Man konnte sich nur schwer vorstellen, dass sie eines Tages einmal groß genug sein sollten, um die Straße in ein rosafarbenes Blütenmeer zu tauchen wie Bens Lieblingsbaum auf dem Hügel – doch irgendwann würde es so weit sein. Wahrscheinlich. Mit viel Geduld.

»Ich kann es immer noch nicht fassen, dass du sie gezüchtet hast, Louise«, rief sie.

»Ich habe sie auch nicht gezüchtet, das hat Ben getan. Er hat sie gezogen und eingetopft. Ich habe ihm dabei nur ein wenig geholfen.«

»Das ist doch das Gleiche.« Juliet drückte den Arm ihrer Schwester. »Warum hast du mir nichts davon gesagt? Kaum zu glauben, dass du so lange Stillschweigen bewahrt hast!«

Louise wandte den Blick ab und verzog reumütig das Gesicht. »Ich wollte es nicht verderben«, gab sie zu. »Ich wollte sicher sein, dass die Ableger auch wachsen.«

»Aber das sind sie ja«, beschwichtigte Peter sie. Zusammen mit Toby saß er auf einer Bank und half ihm dabei, Minton einen Ball zu werfen. Zu Tobys großer Freude brachte Minton den Ball jedes Mal wieder zurück. Coco sah dabei auf großmütterliche Weise zu. »Lass uns nicht trübsinnig werden. Diese Erinnerungsstraße ist eine tolle Idee. Wo werden die anderen Bäumchen gepflanzt?«

»Der erste Kirschbaum kommt hierhin. Der zweite wird am Kanal gepflanzt, einer im Park und einer oben in den Coneygreen Woods.«

»Aber ich werde nicht alle Löcher graben«, keuchte Lorcan. »Bevor du überhaupt auf diesen dummen Gedanken kommst.«

Als Louise Juliet zum ersten Mal von den Ablegern erzählt hatte, die in ihrem Gewächshaus heranwuchsen, war Juliets erster Gedanke gewesen, in ihrem Garten ein kleines Kirschbaumwäldchen anzupflanzen. Praktisch, wie Louise nun einmal veranlagt war, hob sie jedoch hervor, dass dann kaum noch Platz für den Rasen sein würde. Juliet konnte aber den Gedanken nicht ertragen, die übrigen Ableger einfach zu entsorgen.

Louise war die Idee gekommen, die Bäumchen entlang Juliets Gassiroute anzupflanzen, sodass sie einmal im Jahr mit Minton dem Weg der Kirschblüten folgen konnte. Louise hatte sich sogar darum gekümmert, im Stadtplanungsamt die entsprechenden Hebel in Bewegung zu setzen, damit Juliet die Bäume an den Stellen pflanzen konnte, die sie ausgewählt hatte.

Louise hatte eine Menge wirklich netter Dinge für sie getan, fand Juliet. Liebenswürdigkeiten, die sie kindischerweise lange ignoriert hatte.

Sie drückte ihre Schwester ein weiteres Mal.

»Wofür war denn das?«, erkundigte sich Louise verwirrt.

»Für das Badezimmer. Weil du all die Sachen gekauft hast, die Lorcan dann bei mir eingebaut hat.« Mit fragender Miene sah sie nun auch Lorcan an, da er genauso hinter dieser Sache steckte wie Louise. »Warum habt ihr mir davon nichts gesagt?«, fragte sie. »Oder war ich einfach nur zu dumm, um die Sache zu durchschauen?«

»Du warst ... in einer schwierigen Situation«, erwiderte Louise diplomatisch. »Du hast immer wieder betont, dass du alles allein schaffen willst, und Mum wollte dir einfach nicht das Gefühl geben, dich noch mehr zu bedrängen, als wir das ohnehin schon gemacht haben.«

Juliet merkte an Peters zurückhaltender Miene, wie taktvoll Louise reagierte. Erst jetzt da sie sich allmählich wieder einem Zustand näherte, der einer gewissen Normalität ähnelte, wurde ihr klar, wie schwer sie es ihrer Familie gemacht hatte. Und dennoch hatte diese sie unterstützt und war stets zur Stelle gewesen; Dad, der den Rasen mähte, Mum, die Coco vorbeibrachte, und Louise, die Badfliesen bestellte.

Lorcan hatte geduldig wochenlang alles gestrichen, während sie sich stets beklagt hatte, als sei sie die Einzige mit einem gebrochenen Herzen.

Gott sei Dank war Lorcan geduldig genug gewesen und hatte sie nicht im Stich gelassen.

»Du warst schon ein wenig blauäugig«, stellte Lorcan fest. »Ich für meinen Teil würde ja gerne einmal so einen magischen LKW finden, dem ein komplettes Badezimmer mit passenden Fliesen von der Ladefläche fällt. Da!« Er stieß den Spaten in den Boden. »Fertig.«

»Ist es so weit?«, fragte Peter. »Wollen wir Emer dazurufen?«

»Vielleicht könnte sie ein wenig Hilfe bei den Kaffees brauchen«, erklärte Juliet. »Könntest du mal kurz bei ihr nachsehen und ihr vielleicht helfen?«

»Kein Problem. Aber setzt bloß nicht den Baum ohne mich ein!«

»Komm«, rief Toby und streckte ihm seine kleine Hand hin. Peter beugte sich hinunter und nahm Toby an die Hand. Zusammen liefen sie zum Haus hinauf, der Inbegriff der Harmonie zwischen Vater und Sohn.

Juliet war ein wenig gerührt, als sie sah, wie Louise mit glänzenden Augen Peter und Toby hinterhersah. »Es ist schön, dass ihr euch wieder gefunden habt.«

»Wir sind auf einem guten Weg dahin«, antwortete Louise. »Peter arbeitet vier lange Tage und nimmt den Freitag frei, damit wir uns die Kindererziehung ein wenig teilen können. Und wir besuchen einmal in der Woche einen Collegekurs. Einführung ins Töpfern. Wir sind beide so etwas von unbegabt. Aber Dad wäre ziemlich stolz auf uns!«

»Und … hilft es?« Juliet wollte nicht in Details gehen, auch wenn Lorcan so tat, als würde er ein paar Unkrautbüschel ausrupfen.

Louise lächelte und nickte. Wenn sie lachte, schien sie ein ganz anderer Mensch zu sein. »Sehr. Wir haben viele Themen, über die wir uns unterhalten müssen.«

»Gut«, stellte Juliet zufrieden fest, und gleich wurde ihr ein wenig wärmer ums Herz.

Ein Getöse in der Ferne kündigte die Ankunft des benachbarten Kelly-Clans an. Angeführt wurde die Prozession von Roisin und Florrie, die ihre Blockflöten wie königliche Fanfaren spielten; danach folgten Spike in Ritterrüstung und Salvador. Zum Schluss kam Emer, die ein Tablett mit dampfenden Kaffeetassen trug.

In einem angemessenen Sicherheitsabstand folgten ihnen Peter und Toby.

Louise starrte ihnen entsetzt entgegen. »Das ist viel zu gefährlich!«, fing sie an. »Stell dir bloß mal vor, wenn sie fallen würden …«

»Ganz ehrlich, Louise, das ist noch harmlos. Du willst gar nicht wissen, was passieren kann, wenn sie diesen Spaten hier in die Hände bekommen.« Juliet winkte Emer, die zur Feier des Tages eine Auswahl fließender Halstücher umgelegt hatte. »Hallo!«

Minton und Coco preschten los, um sie zu begrüßen, was beinahe zum Sturz der beiden Trompeterinnen geführt hätte. Louise musste einen Schrei unterdrücken.

»Hallo!«, begrüßte Emer alle. »Danke, dass ihr auf mich gewartet habt!«

»Wie sollten wir denn ohne dich anfangen?« Juliet hatte Lorcan gebeten, das Erdloch neben dem Zaun zu den Kellys zu graben, damit auch sie im Frühjahr in den Genuss der atemberaubenden Blütenkaskaden kommen würden. Ganz zu schweigen von den Kirschen im Sommer.

Und das war auch schon der Sinn und Zweck des Ganzen. Ben mochte vielleicht tot sein, und sie beide hatten keinen eigenen Familienstammbaum gründen können, aber er hatte ihr diesen Baum dagelassen, den sie mit ihrer Familie, ihren Nachbarn und den Familien teilen konnte, die noch lange nach ihr in der Myrtle Villa leben würden. Jedes Jahr würde es etwa eine Woche lang diese bezaubernde, spektakuläre Blütenexplosion zu sehen geben, und auch im darauffolgenden Jahr würde dieses Spektakel wieder stattfinden. Und im nächsten Jahr und im Jahr danach ebenfalls.

Juliet stiegen die Tränen in die Augen, doch dieses Mal waren es Tränen des Glücks.

Lorcan fiel auf, dass sie blinzelte. Schnell kam er zu ihr herüber und legte seinen Arm um sie. Es war eine freundliche Geste, doch Juliet wusste genau, dass er sie mit jener beschützenden Liebe beobachtet hatte, die mit jedem Tag größer wurde.

»Bist du so weit?«, fragte er sanft.

Juliet holte tief Luft und nickte. Als Emer lautstark alle Anwesenden dazu aufrief, mit in das Lied einzustimmen, das die Kinder singen wollten, um dem Baum einen guten Start für sein neues Zuhause zu wünschen, nahm Juliet den ersten Ableger, schüttelte die Erde von den Wurzeln ab und setzte ihn mit beiden Händen in das Pflanzloch. Dann schob sie die frisch umgegrabene Erde darüber, während Minton alles beschnupperte und die Gerüche untersuchte, die Lorcans neuer Spaten hinterlassen hatte.

Dieser Kirschbaum fängt gerade erst an zu wachsen und Wurzeln zu schlagen, dachte Juliet, als sie ihren kleinen Hund an sich zog. Wie ich.

Danksagung

Ein Hund, mit dem Sie Gassi gehen, ist wie ein Personal Trainer – Sie werden nur nicht von ihm angeschrien oder müssen ihm Honorare zahlen. Außerdem bringen Sie es nicht so leicht übers Herz, das tägliche Trainingsprogramm zu schwänzen, wenn Sie von Ihrem Hundetrainer mit einem elenden Dackelblick fixiert werden, in dem ein flehentliches »Geh mit mir Gassi!« zu stehen scheint. Wenn Sie dann aber einmal auf dem Weg sind, bekommen Sie kostenlos jede Menge frische Luft, und die sich stets verändernde Landschaft und die Gespräche mit anderen Hundebesitzern sind so viel besser, als sich einsam und allein auf einem Laufband abzuquälen.

Wenn Sie keinen eigenen Hund besitzen, dann gibt es viele ortsansässige Tierheime und Auffangstationen für Hunde, die dringend auf die Hilfe von freiwilligen Helfern angewiesen sind, damit ihre Bewohner einen ausgiebigen Spaziergang machen können. Für den Hund bedeutet dies jedoch viel mehr als nur eine kurze Runde durch den Park: Für ihn ist dies die Möglichkeit, gutes Benehmen zu üben, menschenlieb zu bleiben und soziale Kontakte zu pflegen. Ganz zu schweigen davon, dass sich so oftmals auch ein neues Zuhause finden lässt. Obwohl die Mitarbeiter in den Hundeheimen ihr Bestes tun, um das Leben in den Zwingern so angenehm wie möglich zu gestalten, so ist dieses dennoch kaum mit einer echten Kameradschaft mit einem Herrchen oder Frauchen zu vergleichen, nach der sich der beste Freund des Menschen sehnt. So kann selbst ein kurzer Spaziergang für einen einsamen Hund das Größte auf der Welt sein. Ein paar Stunden pro Woche freiwillig die Leine in die Hand zu nehmen, kann für die Hunde im Tierheim schon einen großen Unterschied ausmachen – und es könnte auch für Sie selbst zu einigen interessanten Begegnungen führen!

In diesem Sinne möchte ich mich ganz herzlich bei all den lieben Gassigängern in meinem Dorf bedanken und mich gleichzeitig für das Gebell entschuldigen.

Ich schätze mich sehr glücklich, eine Lektorin wie Isobel Akenhead bei Hodder zu haben. Ich danke ihr für ihre Ermutigungen, ihre einfühlsamen und scharfsinnigen Vorschläge, für ihre Geduld und vor allem für das Essay-Krisen-Survival-Kit, das sie mir geschickt hat, damit ich die »Weihnachten in Longhampton«-Zeit überstehe. Danken möchte ich außerdem meiner fantastischen Agentin Lizzy Kremer, deren Herz zwar eher für Katzen schlägt, die aber dennoch immer ein Quell der Weisheit und des Humors ist. Dank gebührt zudem Laura West und dem Team von David Higham, das sich um die Übersetzungsrechte kümmert.

Herkules, den niedlichsten »Kuppeldackel« der Welt, muss man einfach ins Herz schließen.

288 Seiten
ISBN 978-3-442-20391-8
auch als E-Book erhältlich

Dackel Herkules sucht ein Herrchen für sein Frauchen.

320 Seiten
ISBN 978-3-442-47792-0
auch als E-Book erhältlich

Herkules erfährt Freud und Leid der ersten Liebe.

320 Seiten
ISBN 978-3-442-47066-2
auch als E-Book erhältlich

Ein kleines Dackelherz auf Abwegen. Neue Abenteuer mit Herkules.

www.goldmann-verlag.de
www.facebook.com/goldmannverlag

GOLDMANN
Lesen erleben

Um die ganze Welt des
GOLDMANN Verlages
kennenzulernen, besuchen Sie uns doch
im Internet unter:

www.goldmann-verlag.de

Dort können Sie
nach weiteren interessanten Büchern *stöbern*,
Näheres über unsere *Autoren* erfahren,
in *Leseproben* blättern, alle *Termine* zu Lesungen und
Events finden und den *Newsletter* mit interessanten
Neuigkeiten, Gewinnspielen etc. abonnieren.

Ein *Gesamtverzeichnis* aller Goldmann Bücher finden
Sie dort ebenfalls.

Sehen Sie sich auch unsere *Videos* auf YouTube an und
werden Sie ein *Facebook*-Fan des Goldmann Verlags!

www.goldmann-verlag.de
www.facebook.com/goldmannverlag